WILL SELF   WIE TOTE LEBEN

WILL SELF WIE TOTE LEBEN

Roman • Aus dem Englischen von Klaus Berr

Luchterhand

Für Deborah

»Wie in einem initiatorischen Mysterienspiel treten die Schauspieler für jeden Tag des Bardo auf die Geist-Bühne des Verstorbenen, der ihr einziger Zuschauer ist; und ihr Regisseur ist Karma.« W. Y. Evans-Wentz aus dem Vorwort zu *Das Tibetanische Totenbuch*

Epilog

April 1999

Wir alten Frauen sind aus dem Bild des ausgehenden Jahrhunderts leicht auszuradieren. Wir sind eine in sich geschlossene demographische Gruppe von Trotzkis. Wie dieser einst so weltmännische Jude stehen auch wir mit nonchalanter Befangenheit am Fuß der hastig auf dem Bahnsteig des Finnischen Bahnhofs errichteten hölzernen Tribüne. Ohne Schnauz- und Ziegenbart ist unser kollektives Kinn rund und schrecklich verletzlich, als warte es bereits auf den kalten Hieb des Mörderstahls. Des Kneifers beraubt, blinzeln unsere Augen ins Rampenlicht; was für ein Fehler war es doch – wir scheinen künftige Historiker anzuflehen –, sich der Nachwelt in der Kittelschürze zu präsentieren. Hätten wir nur unser Trotzki-Kostüm anbehalten und unsere Schuhe nicht Lenin geliehen, dann drohte uns jetzt nicht dieses Wegretuschieren, dieses Rausentwickeln, diese verdammte ewige Auslöschung.
Wo, ach, wo sind die alten Frauen des zwanzigsten Jahrhunderts? Wohin sind sie alle verschwunden? Auf so wenigen Filmen, Fotos und Fernsehbildern sind wir zu sehen. Und wenn wir abgebildet sind, war die Absicht die Darstellung der Requisiten: Schau, wie alt dieser Mantel ist/unförmig dieses Sackkleid ist/abgetragen diese Schuhe sind. Neben den großen Männern des Jahrhunderts sind wir nur Mütter oder Frauen, die alt genug sind, um ihre Mütter zu sein, oder Frauen, deren Alter sie zur personifizierten Kinderlosigkeit macht, da die Zeit ihren Lauf verkehrte und unsere alten Vaginas wie antiquierte Staubsauger die Ungeformten, die Ungewordenen, die Ungeborenen aufsaugten.

Ich will damit nicht sagen, daß es keine Ausnahmen gab, viele, viele Ausnahmen, Unmengen von Ausnahmen wie die Babuschkas, die auf dem Schlackehaufen des Jahrhunderts Kohle klaubten. Eine Legion bemerkenswerter Individuen, die Pennerbündel zu Plätzen schleppten, wo die Einsatztruppen wüteten. Angesehene Persönlichkeiten, die kleine, kraushaarige Köpfe in ihren verwelkten Händen hielten, während die Interahamwe durch die grünen Todesviertel von Kigali tobten. Ja, wir waren dort. Und angesichts unserer Unsichtbarkeit, unserer ausschließlichen Verwendbarkeit als Komparsen oder Crew – die Beleuchter, Kulissenschieber und Kabelschlepper der Geschichte – ist, glaube ich, die Bemerkung angebracht, daß wir in Wahrheit schon längst dort waren. Ja, wir waren dort, bevor der Regisseur aufhörte, seine neueste minderjährige Geliebte zu schtippen. Dort, bevor die Hauptdarsteller irgendein Interesse zeigten oder der Schauplatz überhaupt entdeckt war. Wie eine Herde mandeläugiger Ziegen, eine Palisade aus totem Gras oder eine Flucht von Straßenlaternen waren wir dort. Alte Frauen, die darauf warteten, daß etwas passierte.

Und wenn es Wehen alter Frauen gibt, die über die Felder der Lebenden stieben, warum sollte es dann überraschen, daß dasselbe auch auf das Leben nach dem Tod zutrifft? Schauen Sie sich in der Stadt um, und Sie sehen uns in unseren Unstützstrümpfen durch die Straßen wanken. Schauen Sie genauer hin, und Sie werden feststellen, daß einige von uns sich zwar noch an den Rand des Lebens klammern, viel mehr aber schon losgelassen haben. Während die Lebenden älter werden, ein steriler Pfropfen Menschlichkeit, der den prokreativen Kanal verstopft, so drängen wir Toten uns wie Münzen am Absturzrand eines Kaskadenspiels.

Wenn die Jungen sterben, sind sie voller Elan. Das Leben hat sie noch nicht erschöpft – warum dann der Tod? Und für tatkräftige Tote gibt es immer freie Stellen in den Provinzen oder sogar im Ausland. Viele junge britische Tote und auch viele mittleren Alters arbeiten am Golf, in den Vereinigten Staaten oder sogar im beschissenen Deutschland. Aber tote alte Frauen? Wer will uns schon? Im Tod wie im Leben sind wir die Spaziergängerinnen, die Schaufensterbummlerinnen, die gelangweilten, fußkranken *boulevardières*. Wir warten, daß etwas – egal was – passiert. So kann man uns fotografieren, filmen oder auf Video aufnehmen, eine Kulisse aus Totaloperierten, vor der Ereignisse immer wieder durchgespielt, doch nie erschöpft sein werden. Die Geschichte schließt sich nie, sie ist ein unendliches Bühnenspiel, und wenn der Tod der Vorhang sein soll, wie kommt es dann, daß so viele Augen vom Proszenium ins Dämmerlicht des Parketts starren? Sind es tragische oder komische Masken – oder überhaupt keine Masken?

Früher an diesem Abend – wenn es noch immer Abend ist, wir haben so verdammt lange gewartet –, ging ich, Lily Bloom, die Old Compton Street entlang. Noch eine tote alte Frau, die auf einer mißverstandenen Mission durchs West End patrouilliert. Mein Lithopädion wuselte mir zwischen den Knöcheln herum, mein Rotzlöffel stolzierte mitten auf der Straße. Vor mir bewegte sich die schlangenhüftige Gestalt von Phar Lap Jones durch die fröhlich schwule Menge. Er mag alt sein, aber er ist schwarz, er ist schlank, und er ist – natürlich – ein *karadji*, ein *mekigar*, ein Zauberer. Voller *buginja*-Macht, im Besitz der *miwi*-Magie. Mit seiner fein gefurchten, matten Haut und seiner florierenden Restaurantkette könnte er, der Gedanke kam mir schon oft, die ultimative Ledertunte sein.

Als ich noch am Leben war, machte ich es mir zur Aufgabe, meine Altersgenossinnen zu studieren. Bei einer Straßenszene wie dieser – voller junger Leute, die sich in den Mummenschanz der Lust stürzen, sich gummige Ekstase an Hand- und Fußgelenke binden, bevor sie den Bungeesprung in den Orgasmus wagen – zogen mich immer die Tweedumhüllten, die Trägerinnen des geräumigen Zwickels, die Nylontaschenschlepperinnen an. Die

Großmuttergilde. Ich fing Gespräche mit diesen Witwen, vertrockneten Jungfern und alten Schachteln an. Vermutlich sah ich mich als eine Art Reporterin, die für einen langen Artikel über die Welt recherchierte, aus dem allerdings eine biographische Skizze meiner selbst wurde. Ich interviewte diese alten Frauen, fragte sie, wer sie seien, was sie täten, wohin sie gingen, warum sie sich überhaupt die Mühe machten und wann sie es aufzugeben gedächten. Später schrieb ich dann ihre Antworten in ein Notizbuch.

1. Eine Mrs. Green, die Witwe eines kleinen Beamten. Sie lebt in Hornsey, in dem Haus, das sie mit ihrem Mann gekauft hatte, in einer Souterrainwohnung, notdürftig hergerichtet vom Sohn und der Schwiegertochter, die es nicht abwarten können zu erben.

2. Sie geht ins Old Bailey und setzt sich in den Zuschauerraum des Gerichtssaals. Es ist gute, billige, bekömmliche Unterhaltung.

3. Ihr Souterrain ist im Sommer heiß und im Winter kalt; es ist gut, aus dem Haus zu kommen.

4. Das ist keine Frage, die man in ihrem Alter beantworten kann. Ihrem Verständnis nach ist das Leben weniger eine Reise von einem Horizont zum anderen als vielmehr eine Betrachtung der Welt um sie herum.

Wie unrecht Sie doch hatten, Mrs. Green. Ja, ich wußte, daß Sie unrecht hatten, als ich diese Unterhaltung mit Ihnen anfing, während Sie in Ihrer Handtasche nach dem passenden Kleingeld für den Fahrkartenautomaten am Embankment suchten, denn als ich an diesem Abend vor dem zuckrigen, mundwäßrigenden – und für mich nicht spiegelnden – Schaufenster der Konditorei Valerie stehenblieb, sah ich Sie wieder. Sie trugen denselben, von der Zeit zerkämmten Kammgarnmantel, als sie züchtig den gegenüberliegenden Bürgersteig entlangtrippelten, die Haare erst dauergewellt und dann unter einem Hut wie ein Velourkuhfladen zerdrückt. Mrs. Green, ich vergesse nie ein Gesicht, nicht einmal eines, das so unscheinbar ist wie das Ihre. Was hatten Sie in Soho zu suchen? Sie brauchen doch kein Butylnitrat, keine Reizwäsche, keine Edelsalami, kein Sushi. Schämen Sie sich.

Ihr Ehemann starb sechzigjährig im Jahr 1961. Ich lernte Sie 1974 kennen, als Sie selbst bereits über siebzig waren. Jetzt haben wir 1999! Um Himmels willen, Frau – Sie sind beschissene fünfundneunzig, und doch sehen Sie keinen Tag älter aus als im Winter des Mißvergnügens (der nicht der jetzige ist). »Ist Ihnen noch nie der Gedanke gekommen, Mrs. Green«, hätte ich sie beiläufig fragen können, während ich neben ihr herging, »daß Sie schon vor vielen Jahren gestorben sein müssen? Daß Sie allen Ernstes tot sind – aber noch immer keine Ruhe geben wollen?«

»Ach, ich glaube nicht, meine Liebe«, hätte sie antworten können. »Ich will damit sagen, ich halte noch immer meine Wohnung in Ordnung, zahle die Rechnungen und so weiter, kaufe ein, gehe zum Bingo. Das alles könnte ich doch gar nicht tun, wenn ich tot wäre, oder?«

O doch, das alles können Sie tun, Mrs. Green. Und mehr noch, jetzt, da Sie befreit sind vom unaufhörlichen Zerplatzen Ihrer zellulären Blisterfolie, sind diese Aufgaben doch ein Klacks, *n'est-ce pas?*

»Aber was ist mit meinem Derek? Er würde doch wissen, daß ich tot bin – meinen Sie nicht auch?«

»Natürlich würde er das wissen – er besucht Sie häufig, oder?«

»Na ja, er ist ziemlich beschäftigt –«

»Sein Leben lang?«

»Wie bitte?«

»Sein Leben lang – er war sein ganzes, beschissenes Leben lang beschäftigt, nicht? Die letzten zehn, fünfzehn, zwanzig, fünfundzwanzig Jahre? Zu beschäftigt, um Zeit zu haben für ein Abbey Crunch und eine Tasse Tee mit Milch – so ist es doch, oder?«

»Na ja …«

»Nichts da mit na ja, *nada, rien du tout.* Keine Zeit im Leben, keine Zeit im Tod. Nichts da – Sie sind tot. Und das ist der Grund, warum Ihr Sohn sie nicht besucht, weil Sie nämlich tot sind – und er auch! Er starb Anfang der Achtziger. Zuerst die Herzrhythmusstörungen, wie eine Schlagzeugfigur, die auseinanderfällt, und dann der große Ruck ins Nirgendwo. Und dann Woking.«

»Woking?«

»Woking in Surrey, dort verbringt er seinen Tod. Und wie es kommt, daß er Sie nicht besucht? Na ja, für die Toten ist das genauso schwer wie für die Lebenden, wissen Sie – die Kontaktpflege. Es kostet Mühe, anzurufen, zu schreiben, den anderen zu besuchen. Vor allem, wenn die eigene Mutter tot ist, es aber gar nicht merkt. Wobei Sie durchaus Ihren Nutzen haben, wissen Sie.«

»Nutzen?«

»Sie sind ein unruhiger Geist – in gewisser Weise. Wie alle unwissentlich Toten sind Sie eine Kontaktstelle zwischen den Lebenden und den Toten. Das trifft auf viele zu, die im Schlaf sterben oder, ohne daß sie es merken, im Rausch oder in einer Umnebelung. Wenn Sie nicht wissen, daß Sie tot sind – und die Lebenden ebenfalls nicht –, dann ist es einfacher, über den Styx hinüber als an seinem Ufer entlang zu rufen. Sie könnten zum Beispiel meiner Tochter Natasha eine Nachricht überbringen.« Dies hätte die klapprige Mrs. Green vielleicht ein wenig elektrisiert; seit einem Vierteljahrhundert bat man sie, wenn überhaupt, immer nur, Sachen weiterzugeben – und dann höchstens Kleinigkeiten.

»Ihrer Tochter, hm? Was soll ich ihr denn sagen?«

»Daß es eine bemerkenswert gute Idee wäre, wenn sie abtreiben ließe, sogar in diesem späten Stadium. Oder besser noch, daß sie sich dieses beschissene kleine Wesen aus ihrem versifften Schoß reißen und es der Welt präsentieren, es auf die Scheißerde schmeißen soll – das wäre doch einfach niedlich.« O Gott, jetzt bin ich zu weit gegangen; sie weicht zurück, wendet sich ab, macht sich davon auf ihren dürren Stelzen, die Hühneraugen so entzündet wie ihre Hämorrhoiden. Sie flieht vor mir, und Angst und Ekel gerinnen in ihren milchigen Augen. Und dieser Kuhfladenhut – ach du meine Güte!

»Das hätteste nie getan«, sagte mein Lithopädion, das wie gewohnt zwischen meinen eigenen O-Beinen wuselte.

»Wie bitte?« Ich hatte meine Stirn gegen das Schaufenster der Konditorei gedrückt, deren Sahnetorten, Croissants, Blätterteigteilchen und *petits fours* sich in meine komischen Gedanken drängten.

»Das hätteste nie getan – die olle tote Mrs. Green hätteste nie so geschockt.« Mein Lithopädion wurde gezeugt und starb 1967, im Herbst meiner Liebe, und das ist der Grund für seinen Möchtegernjugendslang.

»Ich habe vergessen, daß du alles weißt – alles gesehen hast. Vergessen. Vergessen. Vergessen.«

»Nicht alles.« Mein Lithopädion sah mit kleinen, tiefschwarzen Muschelschalenaugen zu mir hoch. Mineralischen Augen. Seine Augen haben eine schwarze Lebendigkeit, ganz im Gegensatz zu seinem Körper, der so grau ist wie die Pflastersteine, auf denen es stand. »Aber alles, was nach meiner Zeugung passiert ist – darunter auch die fünf Minuten Unterhaltung mit Mrs. Green am Embankment im Oktober 1974 –, daran erinnere ich mich.«

»Du bist« – und ich vermute, für die Passanten sah das völlig normal aus, eine ältere Frau, die an einem Schaufenster lehnt und zu ihren geschwollenen Knöcheln hinuntermurmelt – »ein sehr scharfsinniges Lithopädion.«

»Ich bin *dein* Lithopädion – *dein* Lithy.« Es ist schade, daß meine ganzen Erziehungsbemühungen sich nur in diesen letzten paar Stunden bezahlt machten, die wir gemeinsam verbrachten. Aber letztendlich wurde aus Lithy doch das Kind, das ich immer hatte haben wollen, klug und beredt genug, um wiederum mein Erzieher zu sein.

»Na gut, Lithy – und warum hätte ich es nicht getan?«
Zum ersten Mal in den elf Jahren, die wir uns nun schon quälten, hörte es auf herumzutänzeln und sprach deutlich. »Weil du, wenn du erst einmal in Fahrt gekommen wärst, dich gezwungen gefühlt hättest, ins Detail zu gehen. Du hättest der armen toten Seele ein höchst ungalantes Bild ihres eigenen Ablebens gezeichnet. Ein Gehgestell-Abgang, hm? Ein Retortenstativ, auf dem die Zeit mit der menschlichen Sterblichkeit experimentiert hat – das wäre doch die Art von Bemerkung, die du machen würdest – nur noch viel derber. Sie stand auf, um sich frischen Tee zu holen, und auf dem Weg durchs Wohnzimmer, während sie mit den Gummistoppern über den Axminster-Teppich stopselte, starb sie, bevor sie es aufs Linoleum schaffte.«
»Es hat eine gewisse Würde – so formuliert.«
»So formuliert – aber du würdest die Beschreibung noch ausschmücken. Sie starb auf dem Gehgestell, vornübergebeugt, so daß ihr Körper über der Querstange baumelte. Du hast doch immer gesagt, daß alle englischen Frauen –«
»In einem gewissen Alter und aus einer gewissen Schicht –«
»Birnenförmig sind, und im Tod kehrt Mrs. Green diesen Zustand um, wenn sie, verwesungsschwanger, Drosophila-Maden sprießend, den Kopf angeschwollen mit Flüssigkeit, zum ersten Mal seit Jahrzehnten die Frucht der Birne ist und nicht ihr Stiel.«
»Ach, erspar uns das, Lithy, dieses armselige kleine Kasperltheater – erspar es uns. Was ist mit Sozialhilfe?«
»Sozialhilfe – die sind doch kein Goldesel, Mumsie, wer wird denn gleich so gierig sein.« Und Lithy brach ab, um ein kleines Tänzchen aufzuführen, was eher zu ihm paßte.
Lithy ist ein winziger Kadaver von einem Kind – etwa halb so groß wie eine Kewpie-Puppe –, eine abgestorbene Frucht meines Leibes, die sich in die Falten meines Perineums verirrte. Dort versteinerte es einundzwanzig Jahre lang, bis ich 1988 starb. Als ich dann nach meinem Tod die ersten zögerlichen Schritte machte, fiel es unter meinem Nachthemd hervor und

schepperte auf das Linoleum auf dem Treppenabsatz im dritten Stock des Royal Ear Hospital. Phar Lap Jones – der mich damals von meinem Totenbett holte – blieb stehen, bückte sich und hob es auf. »Schau mal her, Mädel«, sagte er in dieser wangenschmatzenden, gaumenschnalzenden, perkussiven Abart des Englischen, die ich noch nie hatte ernst nehmen können. »Das ist ein Lithopädion, ein kleines, totes, versteinertes Baby von dir, yeh-hey!?«

»Woher soll ich das denn wissen«, erwiderte ich; zu dieser Zeit hatte der Tod mich noch nicht milde gestimmt.

»'Cause I lo-ove youu!« trällerte Lithy, das einundzwanzig Jahre Zeit gehabt hatte, sich einen besseren Spruch auszudenken, dessen Rohmaterial aber vorwiegend aus den ersten Monaten stammte, die es in den rosigen Falten verbracht hatte, als die Poprhythmen noch in meinem straffen Bauch widerhallten. *»I just like the things youu-doo/Wo-on't youu-do-the-things-youu-doo/Nya-nya-nya-nya-nya-nya-nyaaa/Nya-nya-nya-nya-nya-nya-nyaaa!«* Und überraschend behende auf seinen mißgebildeten Beinchen (eigentlich kaum mehr als die Stummel, die bewiesen, daß es das wahre Vorbild für die Flut von Muttergottheiten war, die in neolithischen Ausgrabungsstätten gefunden werden), begann das Lithopädion, zwischen meinen Knöcheln herumzuwuseln und mit seinem kleinen Hintern zu wackeln – was es seitdem unaufhörlich tut.

»Könnte viel schlimmer sein, weißte, Mädel«, sagte Phar Lap Jones. »Viel schlimmer als der Knirps da. Du hattest doch keine Abtreibungen, oder?«

»Nein.«

»Totgeburten?«

»Nein.«

»Fehlgeburten?«

»Soweit ich weiß, nicht.«

»Weil die eim ziemlich lästig ummen Kopf rumbaumeln – und das ist noch das Harmloseste, hey-yeh?«

»Was soll das heißen?« Sein Gesicht war unter der Krempe eines lächerlichen weißen Städter-Stetsons verborgen. In dem kleinen Schatten schwelte eine selbstgedrehte Zigarette. Zu dieser Zeit war es nur die Abwesenheit von Schmerzen, die es mir erlaubte, mich zu konzentrieren, seitdem allerdings hatte ich genug Zeit, mir diese ganze Scheiße immer wieder durch den Kopf gehen zu lassen.

»Tote Föten, Neugeborene und so weiter. Bei Müttern, die Kinder haben, weißte, und die noch jung sind – klein, okay. Na ja, wenn diese Frau stirbt, kommen die alle daher und hängen bei ihr rum. Aber vastehste, wenn die echt ganz klein sind, dann sind sie noch mit der Frau verbunden und baumeln an ihr, vastehste – wie dieser Rauch. Ältere Kinder, die hängen nich mehr so viel bei der Mutter herum, und erwachsene gar nich.«

»Wie im Leben?«

»Nein, nein, nicht wie im Leben …« Er hielt inne, um ein paar Krankenschwestern vorbeizulassen, obwohl das völlig ohne Bedeutung war. »Im Leben reißt der Tod eine Familie auseinander, yeh-hey? Aber jetzt treibt er alle wieder zusammen. Ich frag mich, was dir besser gefällt. Wie auch immer, du hattest ein totes Kind, nicht?«

»Woher weißt du das?« Das war ein alter Kummer von mir, ein Dosenöffner für meine konservierten Emotionen. Ein hungriger Schmerz, dieser Verlust – wie der Krebs.

»Was is denn ein Typ wie ich als Todesführer wert, wenn ich so was nicht weiß? Ohne das krieg ich dich kaum von diesem Umgang runter, yeh-hey?«

»Ich hatte einen Sohn. David. Er war neun, als er starb.«

»Und das war dort, wo du herkommst, in deinem Heimatland, hey-yeh?«

»Vermont. Nicht mein Heimatland, wir haben nur damals dort gelebt.«

»Na ja, wie auch immer. Das Kleine-Jungen-Zeug braucht 'ne ganze Zeit, bis es hier ist, vastehste? Aber dann wird er dir sauber auf die Nerven gehen. Neun Jahre ist für einen Jungen ein schlechtes Alter zum Sterben. Die nehmen einem das richtig übel, yeh-hey.«

1988, auf dem dunklen Treppenabsatz, sprach Phar Lap Jones die Wahrheit, während Lithy zu meinen Füßen herumtollte. Lithy zeigte nie irgendwelche Ressentiments oder gab mir die Schuld für seine nur partielle Existenz. Nicht so sein Bruder Rotzlöffel – wie sonst soll ich ihn nennen? »Dave« erscheint kaum angemessen –, der sich an Bord einer 747 schmuggelte und ein paar Wochen später bei mir auftauchte, während ich mich gerade in Dulston eingewöhnte und zu den Treffen ging. Rotzlöffel war hier, um mich – elf lange Jahre lang – daran zu erinnern, was es heißt, eine schlechte Mutter zu sein. Rotzlöffel ist auf Dauer gefangen in jener flegelhaften Trotzigkeit, die ihn auf die Straße hinaustrieb, vor den Fünfzigerjahre-Kotflügel, der seinen Schädel zerschmetterte und sein Hirn über den Asphalt schmierte. Jetzt, in der Old Compton Street, ist er wieder ganz der alte.

1957 in Vermont hatte ich ihn dabei ertappt, wie er mit zwei seiner Kumpel im Garten spielte. Die drei bis auf ihre Shorts nackten Jungen waren über und über mit schwarzem Schlamm beschmiert, den sie mit Hilfe des Gartenschlauchs fabriziert hatten. »Was spielt ihr?« rief ich David von der Terrasse aus zu. »Das Niggerspiel!« rief er zurück. Ich stürzte durch das Fliegengitter, war mit zwei Schritten bei ihm, packte ihn bei den blonden Haaren und schlug ihm einmal, zweimal, dreimal auf den Kopf. Er hatte es nur aus Gedankenlosigkeit gesagt – das wußte ich auch damals schon, trotz meiner Zornumnebelung. Und ich wußte auch, daß mich diese so beiläufig ausgespuckten Spritzer des Rassenhasses nur deswegen so wütend machten, weil sie von mir selbst stammen mußten. Meine ganz persönlichen schwarzen Trüffeln des Vorurteils, dick und fett direkt in der Erde.

Also schlug ich ihn, und er lief davon und wurde angefahren und starb. Jetzt liebt er es, wo immer es geht, mitten im Verkehr zu spielen – und stets eingeschwärzt für das Niggerspiel. An diesem Abend stand er, noch immer mit schwarzem New-England-Schlamm beschmiert, der auf seinen geraden, flaumbedeckten Gliedern glänzte, mitten auf der Old Compton Street, zeigte all den illegalen Taxifahrern aus dem Senegal, aus Ghana und Nigeria seine kümmerlichen Fäuste und schrie: »Nigger! Nigger! Nigger!« Nicht daß sie ihn hätten hören können. Sie fuhren einfach durch ihn hindurch, als wäre er eine Phantomkühlerhaubenfigur. Dann hörte er damit auf und wandte sich der Kavalkade der Klone zu. »Homos! Schwule! Tunten! Schwuchteln! Arschficker!« kreischte er – doch auch sie bemerkten ihn nicht. Verdammt, auch wenn sie ihn hätten sehen können, was hätten sie gedacht? Nicht viel. In der Dekade, die wir nun schon wiedervereinigt sind, habe ich zehntausendmal gesehen, wie Rotzlöffel sich manifestierte – das tun nur die wütenden Toten, der Rest von uns ist durchsichtig vor Gleichgültigkeit, so unsichtbar wie die Lebenden. Aber sehr zu seinem Mißvergnügen – und zu meiner matten Freude – scheint kaum jemand in London in der Lage zu sein, von einem nackten, schlammverkrusteten, neunjährigen amerikanischen Jungen, der Obszönitäten schreit, Notiz zu nehmen. Im IT-Slang – diesem Argot fest installierten Veralterns: Sie bringen die Daten nicht in ihren Arbeitsspeicher.

Wie bei dieser pickligen, drallen Blondine, die ich vor ein paar Tagen morgens in der Charing Cross Station sah. Sie trug ein T-Shirt mit der Aufschrift HARD ROCK CAFE – KOSOVO. Har-har-har. Als meine beiden Mädchen noch klein waren, ging ich mit ihnen in den ersten Hamburgerladen Londons, ins Great American Disaster an der Fulham Road. Nach einiger Zeit wurde daraus das Hard Rock Cafe, und nach weiteren boshaften Runden wurden Desaster fabriziert, damit die ihre T-Shirts schmükken konnten. Cool, was?

Ach, dieser Rotzlöffel. Das einzige, was er sich in den elf Jahren, die er nun schon in England ist, angeeignet hat, ist ein Füllhorn der Flüche. Für ihn keine Ausflüge in die Wigmore Hall, um Beethovens Streichquartette zu hören. Keine Expeditionen zum Piccadilly, um Burberry zu kaufen. Kein launiges Schlendern über die Bayswater Road an einem Sonntagnachmittag, kein Grinsen über den Kitsch, der am Parkgitter hängt. Nein, nein. Was mein lästermäuliger Junge gern tut, ist das, was er damals tat, nämlich von hinten auf mich zuzurennen und mir einen seiner Kellenfüße – so geformt wie und so hart wie – in mein Hinterteil zu rammen.

»Ja!« schrie er. »Du kannst mich mal, du blöde Kuh! Leck mich!« Auch wenn die Lebenden die Anwesenheit der Toten weder spüren noch erkennen, noch anerkennen, können wir untereinander, wie Sie wissen, zueinander durchdringen, wenn wir eine solche Aufdringlichkeit nicht erwarten. Normalerweise geht Rotzlöffels Fuß einfach durch mich hindurch, aber dieser Angriff überrumpelte mich – seine scharfe Verachtung stach in meine dumme, farblose Gleichgültigkeit, und als ich mich umdrehte, sah ich seine knochige, schlammverspritzte kleine Gestalt in der Menge verschwinden. Kinder zu haben mag vielleicht die Erfüllung des Lebens sein, ob es aber den Tod bereichert, ist zweifelhaft.

»Rotzlöffel, yeh-hey!« Phar Lap war zurückgekommen, um nachzusehen, was mich aufhielt. »Er hört nie auf, dich zu ärgern, hey-yeh?«

»Nein, sieht nicht so aus.« Wir blieben stehen. Er drehte sich eine Zigarette, ich zog eine aus meiner Packung. Wir zündeten sie an.

»Vielleicht isses Zeit, ihm Lebwohl zu sagen und weiterzuziehen, hey-yeh?« Phar Lap hielt seine Hand so, daß sie meinen Ellbogen umfaßte, und ich drehte mich, um ihn zu begleiten. Wir taten beide so, als würden wir uns berühren.

»Das würde ich nur zu gerne – aber geht das denn?«

»Yeh-hey. Is nich alles nur Gewäsch, weißte.«

»Was? Reinkarnation?«

»*Yaka.* Is kein gutes Wort dafür, is so, als würde man die Perversen, die kleine Jungs und Mädchen ficken, ›Kinderfreunde‹ nennen. Nee, nee, weißte, wir stecken dieses Lily-Ding in einen neuen Körper, yeh-hey? Man macht es nicht so, daß ein Körper zwei Seelen dient oder eine Seele zwei Körpern. Geht viel raffinierter. Du hast früher vielleicht gedacht, daß du dein Körper bist – is aber nich so.«

»Nicht?«

»Nein, was macht dich denn jetzt zur Lily? Dieses Lithopädion? Oder der Flegel da?« Phar Lap hat eine ganz eigene Art zu gestikulieren, er drückt sich die Ellbogen eng an seine Schlangenhüften und streckt die Unterarme weg, so daß sie abstehen wie die Blinkerwinker am 1927er Hupmobile meines Vaters. Wenn er das tut, ist es unmöglich, ihm keine Aufmerksamkeit zu schenken – er erzwingt sie förmlich.

Wir hatten eben das Ende des Blocks hinter der Konditorei erreicht, Rotzlöffel stand mitten auf der Straße, und Lithy hatte sich in den samtigen Falten meines praktischen Sackkleids versteckt, als plötzlich die gesamte Vorderseite des Pubs, an dem wir eben vorbeigegangen waren, erzitterte, erbebte und von einer Explosion im Inneren nach außen gedrückt wurde. Materie stiebte in die Luft wie Milch, die sich in Kaffee ausbreitet. Stamperl, Bierdeckel, Henkel, Heteros, Schwule, Kitschprints, Hocker, Hosen, Zecher, Herzen, Lungen, Lampen, Blut, Gedärme, Limo, Semtex, Piccolo, Teppichfliesen, trockengeröstete Erdnüsse, Penisse – der ganze Krimskrams aus der Bar ballte sich zu einer Faust aus Kraft zusammen und schnellte auf die Straße. Ich spürte den Hauch mehrerer Seelen das durchströmen, was ich hätte sein können, was Phar Lap hätte sein können. Menschenfetzen. Die Druckwelle umwirbelte uns und zerknitterte den Umschlag aus Luft, als wäre er Papier.

Dann lag plötzlich jeder in der Old Compton Street auf der Erde – als hätte ein böswilliger Gott allen seinen Kindern ein Nickerchen verordnet. Rotzlöffel war der einzige, der noch stand.

»Schwule! Nigger!« schrie er. Lithy klammerte sich erschrocken an meinen Knöchel und ließ sich von mir tragen, während wir uns einen Weg bahnten durch zerborstenes Glas – das für mich wie immer zerlegt aussah, ein Fenster-Puzzle – und Holzsplitter und die Kinder, die sich jetzt, zitternd vor Schock, wieder bewegten, und die Passanten, die sich aus ihren Pompeji-Posen lösten, und die Menschenstücke. Gutenachtbrei.
Phar Lap flüsterte mir ins Innenohr: »Hab ich mit dem Strafbumerang gemacht. *Walbiri* eins, hey-yeh. Sehr stark. Hab ihn diesmal auf dem Rückweg quer über den Balkan geschleppt. Hab heuer ziemlich viel Todesstaub aufgewirbelt, hey-yeh!«
»Blödsinn«, blaffte ich zurück. Wir bogen in die Wardour Street ein und mußten einer toten alten Prostituierten ausweichen, die uns entgegenkam. Ich erkannte sie; ihren Kopf umschweben so viele Föten – jeder befestigt mit seiner eigenen schlangengleichen Nabelschnur –, daß die Toten des Viertels sie nur Medusa nennen. Ich fuhr fort, Phar Lap eines Besseren zu belehren: »Es ist doch eine Tatsache, die schon in allen Zeitungen steht, daß der Anschlag das Werk irgendeiner rechtsextremen Zelle ist – einem Ableger der British National Party oder sonst was.«
»*Yuwai* – darüber wird spekuliert. Eine Tatsache ist aber auch, daß wir zu spät dran sind, yeh-hey?«
Wieder beschleunigte er durch die Menge vor uns, eine Menge, die, während wir ihre psychische Schockwelle hinter uns ließen, all die von der Explosion ausgelösten Symptome zeigte, nur umgekehrt. Natürlich, es gab das synthetische Jaulen von Krankenwagensirenen – aber gibt es das nicht immer? Und die empörten Menschen, die die Gewalt überall außer in sich selbst suchen – aber sind die nicht immer da? Nein, die Bombe in der Old Compton Street war ein Verkehrsunfall, und wir waren nicht stehengeblieben, um zu gaffen. Unter den Pseudoporphyrsäulen der Nat West Bank schwenkte Rotzlöffel seinen kleinen Pimmel vor dem nichtsahnenden Gesicht einer holländischen Touristin, die sich ihren Käskopp käsig von einem äthiopischen Wirtschafts-

flüchtling porträtieren ließ. Lithy kletterte Arm über Arm an mir hoch, packte die unterste Perle meiner Bernsteinhalskette und zog sich hoch in den Schutz meines Busens.
Wie merkwürdig ist es doch, einander nie richtig berühren zu können. In den Sechzigern wunderte ich mich immer über diese Astronauten, die nicht so recht beschreiben konnten, wie es ist, schwerelos zu sein. Ich dachte mir, daß man einfach nur sehr dumme Menschen ins All geschickt hatte, aber in den letzten elf Jahren habe ich gelernt, daß einige Empfindungen einfach so sind. Wenn man tot ist, kann man sich an etwas drücken, man kann sich daran reiben, kann sich konzentrieren auf das exakte Maß an Widerstand, den die Oberfläche bietet, aber man *spürt* es nicht, es *berührt* einen nicht. Trotzdem tun wir es alle – dieses So-Tun, als ob wir einander berührten. Das kommt anscheinend ganz automatisch – meinen Sie nicht auch? –, wenn man tot ist.
Wobei ich diesen Aspekt des Lebens nie sehr vermißt habe – den körperlichen Aspekt, den Innen-Außen-Teil davon. Ich hatte nicht einmal einen toten kleinen Zwilling, der mich auf der anderen Seite erwartete – wie so viele andere. Der Idiotenzwilling in meinem Leben war der große blonde Schwabbelkörper, den ich mit mir herumschleppte, so schwer und dumm und träge und breit grinsend, mein ganzes verdammtes Erwachsenenleben lang. Und dann auch noch der Krebs. Ich hatte eine lächerlich späte Menopause für eine Frau, die so offensichtlich ihren Zenith bereits überschritten hatte. Das muß man sich einmal vorstellen – kaum hatte ich ein letztes Mal den blutigen Spülkasten der Menstruation betätigt, schon bimmelte irgendwo ein Wecker, und die Zellen begannen sich zu teilen.
Ein Klugscheißer erzählte mir – als ich schon im Sterben lag, verdammt –, daß ein Fötus während der Ontogenese eine viel schnellere Zellteilung durchmacht als irgendein Krebs. Toll. Er starb drei Jahre nach mir – ebenfalls an Krebs –, und zu der Zeit war ich noch naiv genug, mir einzubilden, daß einem das Leben nach dem

Tod vor allem unvergleichliche Gelegenheiten zu unschlagbarer Häme, unglaublicher Schadenfreude biete. So englisch war das – eine Nation, die es immer schüttelte vor Lachen, wenn die Welt sich unsanft auf den Hintern setzte, obwohl sie es gewesen war, die ihr den Stuhl weggezogen hatte. Auf jeden Fall ging ich hin und schaute es mir an, vielleicht habe ich mich sogar ein wenig manifestiert – ich weiß es nicht mehr –, aber ich versuchte, ihm das Sterben so elend wie möglich zu machen, indem ich ihm ins Ohr flüsterte: »Teilen-teilen-teilen ...« Wer weiß. Wer weiß.

Auf dem Piccadilly gab es Unmengen unruhiger Geister, die nichtigen Schatten toter Junkies und Huren und Unfallopfer, die es sich zur Aufgabe machen, zerstreut die Eros-Statue zu umflattern. Die Séance möchte ich sehen, der es gelingt, mit diesem Ringelreigen von Dummköpfen Kontakt aufzunehmen. Ich sage Ihnen, ich hätte diese Kavalkade der Kotzbrocken nicht einmal bemerkt, wenn Rotzlöffel nicht gewesen wäre, der bei so etwas immer mitmachen will, ihnen das Ektoplasma von den Schultern reißt und es in die Luft wirft, als wäre er ein Pizzabäcker. Ich rief ihm zu, er solle herkommen, und Lithy krähte ebenfalls: *»Come on-comeon-Come on-comeon! D'you wanna be in my gang, my gang, my gang, d'you wanna be in my gang – oh yeah!«* Dies lockte ihn tatsächlich zu uns, aber nur, um Lithy eine zu kleben, das aufschrie und sich bei mir beschwerte, aber ich schob es weg, und es gab Rotzlöffel einen Tritt, und Rotzlöffel trat zurück. Wie immer wußte ich nicht so recht, was mich wütender machte, die haßerfüllte Blutsverwandtschaft der beiden oder ihre Unfähigkeit, einander wirklich zu treffen. So trotteten sie hinter mir her über den Piccadilly, schimpfend und streitend und einander widersprechend. Kinder eben.

Ja, dieses permanente Unterwäschebewußtsein – ich vermisse es nicht. Ich erinnere mich noch an einen Urlaub in der Toskana Mitte der Siebziger, ich besuchte dort einen wunderschönen *palazzo* aus der Renaissance, und das einzige, worauf ich mich in diesen Zimmerfluchten voller Gemälde, Möbel, Glas und Gott

weiß was konzentrieren konnte, war ein verdammter Türschließer, der an einen BH-Verschluß erinnerte – Haken und Ösen. Das einzige, woran ich mich an diesem warmen, duftenden, wunderbar sinnlichen Nachmittag klammern konnte. Lag wohl daran, daß ich Durchfall hatte. Der wirkte bei mir immer so – er kurbelte das permanente Unterwäschebewußtsein an. Offensichtlich.
Da stand ich also unter dem Eros und hoffte, die Todokratie hätte für dieses Treffen besondere Räumlichkeiten angemietet, weil ich wollte, daß es ein ganz besonderes Treffen wurde. Ich hatte halbe Ewigkeiten in ihren Büros in Eltham, Ongar, Barking und Thurrock zugebracht. Sie kennen die Räumlichkeiten, die sie bevorzugen, Büros, die noch die Spuren vergangenen geschäftlichen Mißerfolgs aufweisen: Nobbo-Anschlagtafeln, Sasco-Jahresplaner, überflüsse Rolodexe, veraltete Computer. Ja, das ist die Art von Swinging Scene, die die Todokratie bevorzugt. Und tatsächlich ist es schwierig – würden Sie nicht auch sagen? –, sie in irgendeinem anderen Kontext zu sehen, diese schäbigen kleinen Männer in ihren braunen Anzügen. Genauso wie es unmöglich ist, sie sich ohne piepsende Computer-Spielkonsolen und ohne ratternde Gameboys vorzustellen. Woher kommt es, daß die Leute, die den Tod verwalten, einen so verläßlichen Appetit auf Spielzeug, Krimskrams und Gimmicks haben – auf alles eigentlich, was ihnen die Gelegenheit gibt, stundenlang zu daddeln, während in den Arterien draußen sich der Verkehr staut und wir Schatten im Dämmer des Wartezimmers dösen?
Trotzdem sind, wie Sie wissen, nicht alle Todesverwalter männlich; hin und wieder findet sich auch eine Frau. Und was für Frauen das sind, diese auf ewig grauen Mäuse! Es ist die Art alter Jungfern, die direkt nach beiden Kriegen erwachsen wurden – Frauen, die im Vakuum des permanent nichtvorhandenen Pürees der Männlichkeit existierten. Unter Schirmen aus Kaschmir und Baumwolle verschluderten sie ihr Leben, ohne je mit dem feuchten Nieseln von Testosteron in Kontakt zu kommen. Jetzt im Tod machen sie es genauso. Igitt! Phar Lap behauptet, daß die

meisten dieser assistierenden alten Jungfern unruhige Geister sind. Aber ich halte dagegen, daß es nichts Ruhigeres gibt als diese vertrockneten Frauen, die auf Zehenspitzen in Besprechungen schleichen, nur um einem Mr. Glanville oder einem Mr. Hartly einen weiteren braunen Schnellhefter in die schmuddeligen Finger zu drücken, oder eben jenem Mr. Canter – das ist der Mister, der meinem Antrag im Lauf der Jahre die meiste Aufmerksamkeit gewidmet hat.

»Dann haben Sie sich also die Wiedergeburt in den Kopf gesetzt?« fragte Mr. Canter bei einem unserer letzten Treffen und bildete mit seinen Fingern über dem Friedhof einer aufgeschlagenen Akte ein Dach.

»Ich glaube, der Tod hat mir alles beigebracht, was er kann.« Ich hatte die Knie zusammengepreßt, die Hände im Schoß gefaltet. Ich ballte die Fäuste und – Hokuspokus! Ein halbes Jahrhundert spulte sich zurück, und ich saß wieder in dem erfolglosen Bewerbungsgespräch bei Barnard and Wellesley, wo man meine vorstehende Nase aus allen Blickwinkeln betrachtete.

»Ach wirklich.« Canter trug seinen gewohnten, primitiven wollenen Norfolk-Anzug von Jaeger. Ich erkannte ihn sofort als eins von George Bernard Shaws zweckdienlichen Kleidungsstücken und identifizierte den Todokraten dementsprechend als shawschen Pazifisten und Freidenker der edwardischen Periode. Anfangs amüsierte es mich, daß die Leute, die den Tod verwalten, ihre Schrullen weit über das Grab hinaus pflegen – aber sind es vielleicht nur die Engländer, die das tun?

Ich vermute seit langem, daß der Tod auf die amerikanische Art glamouröser und geselliger gewesen wäre. Daß Bobby Franks die zwölf Jahre auf Loeb gewartet hätte, damit sie Kumpel sein, Binokel spielen und darauf warten konnten, daß Leopold aus Südamerika zu ihnen kam. Daß sogar ein Paar wie diese beiden sich letztendlich der Niederwerfung des Willens beugen würde.

Tatsächlich braucht man eine solide bürokratische Vorbildung, wenn man den Tod verwalten will. Einige Jahre nach meinem

Tod bewarb ich mich dort um einen Job, beim Eignungstest sagte man mir aber, daß ich, obwohl mich keine Arthritis mehr plagte, zu langsam tippte und meine Ablage zu schlampig sei. (Allerdings zeigte sich das gesamte Personals des Büros, in dem ich mich bewarb, sehr begeistert, als es von meiner früheren Tätigkeit als Kugelschreiberdesignerin erfuhr.)

Darüber hinaus glaube ich nicht, daß es irgendwelche speziellen Qualifikationen gibt, oder was meinen Sie? Schließlich stekken die meisten der Todesbeamten in Anzügen aus allen Dekaden der letzten zweihundert Jahre. Ich habe scharfe, einreihige Kunstseidenanzüge aus den 1950ern gesehen und derbe Kötpersakkos aus den 1930ern, Nanking-Gehröcke aus den 1890ern und Pepita-Fräcke aus den 1870ern. Vorherrschend sind jedoch diese entsetzlichen braunen Nadelstreifen-Zweireiher aus den 1940ern. Ich schätze, das war die Zeit, als die bürokratischen Typen in den Vordergrund traten – und wir alle zu Burton-Ale griffen. An der Macht dank der Abwesenheit ihrer kampfesmutigeren Brüder, hielten diese Papiertiger und Federfuchser die Heimatfront, wo beide Armeen dieser Nichtkombattanten ACRONYM sprachen und die Büro-Managementsysteme perfektionierten, die die Nachkriegszeit beherrschen sollten. Alan Turing war der Erfinder der Tabellenkalkulation, falls Sie das nicht wissen sollten.

»Ach wirklich.« Canter sagte es noch einmal, und ich genieße es aufs neue. Der Tod hat seine guten Seiten wie auch seine schlechten. Zu den guten gehört, daß man Zeit hat, einfach herumzusitzen und zu glotzen. Es gibt keine Eile. Zwischen dem »Ach« und dem »wirklich« hatte ich genug Zeit, splitterige Spanplattentrennwände und mächtige Hartfasertischplatten zu untersuchen. Zeit zu sehen, daß in diesem Büro – über dem Laden einer chemischen Reinigung an der Willesden High Road – der Dexion-Container, in dem Canters Abteilung ihren *nyujo* herumkarrt, eine beherrschende Position einnimmt. Canter und seine Leute schwärmten mir immer vor: »Ach, wissen Sie, er ist ein sehr guter *nyujo*, ein sehr scharfsinniger – wir haben ihn wirklich sehr gern bei uns.«

Kennen Sie den *nyujo*? Er ist die versteinerte Leiche eines längst verblichenen Notars, der es für angebracht hielt, sich in einen kristallinen Zustand zu meditieren. Der *nyujo*, der dieser Abteilung gehörte, schaffte das, indem er sich unaufhörlich auf seinem Parker Knoll drehte, unter einer unendlichen Folge von großen Plastikflaschen mit Buxton-Mineralwasser, die seine Schüler umdrehten und eine nach der anderen auf diesen Dexion-Verschlag stellten. Von Zeit zu Zeit wurden auch Fläschchen mit Tipp-Ex über seinem gesenkten Kopf ausgeschüttet, Heftklammern aus den Tackern seiner Gehilfen auf ihn abgefeuert und Etiketten aller Art auf ihn geklebt – natürlich auch Post-its. Im Lauf der Jahre ist diese Galionsfigur zu einer beängstigenden Größe angeschwollen – ein plumper, mit Schreibwaren verkrusteter Buddha. Dennoch schleppen sie ihn in seinem Pappmaché-Palankin noch immer von einem aufgelösten Reisebüro zum nächsten bankrott gegangenen Elektrogroßhandel.

Ich nehme an, Sie haben inzwischen bemerkt, daß sie auch ungeheuer stolz auf ihre Anubis-Statue sind? Lachhaft, nicht, wie sie diese von einer angemieteten Räumlichkeit zur nächsten mitschleppen, als wäre sie ein widerspenstiges, altes, verzogenes Hündchen. Wahrscheinlich ist sie das auch.

Die Lebenden würden wahrscheinlich erwarten, daß das Zusammentreffen von verschiedenen Anzugstilen und die Anwesenheit dickensscher Beamter, die Nintendo spielen, diesen Büros etwas Anachronistisches gibt. Wir wissen, daß dem nicht so ist. Die Lebenden machen immer wieder diesen dummen Fehler, sich selbst als zeitgenössisch zu betrachten. »Jede Zeit, die ich durchlebt habe, ist mir immer wie das Jetzt erschienen«, sagte mein zweiter Mann gern – das Gernhaben war überhaupt seine Stärke. Er hatte mich oder seine Töchter oder seine Mutter genauso gern, wie er seinen Hund, seine Golftasche oder seinen

Penis gern hatte. Gernhaben stand als Inschrift auf seinem Herzen, als ich es ihm noch schlagend herausschnitt. Das war jetzt ein Witz.

Yaws führte sein Leben lang gewissenhaft Buch über das Jetzt und registrierte penibel auch noch den kleinsten Partikel seiner Auslöschung. Als mir, nach seiner eigenen, diese Unterlagen in die Hände fielen, stellte ich befriedigt fest, daß ein übererforschtes Leben kaum lebenswert ist, und daß er, der augenscheinlich an einem ganz normalen Herzinfarkt gestorben war, in Wahrheit, wie so viele seines Schlags – permanent präpubertäre, in einer unbedeutenden Privatschule ausgebildete Engländer der oberen Mittelschicht –, einfach in den elysischen Pavillon zurückgeschlendert war, nachdem er seinem Lebensbuch noch einen letzten Eintrag angefügt hatte: »Abgang aus Langeweile.«

»Ach wirklich?« Hatte Canter es schon wieder gesagt? Auf jeden Fall hatte er mich dabei ertappt, wie ich diesen verdammten *nyujo* anstarrte, denn er fuhr fort: »Haben Sie sich vielleicht schon einmal überlegt, ob Sie selbst ein *nyujo* werden wollen?«

»Wie bitte?« erwiderte ich – obwohl ich ihn nur zu gut verstanden hatte.

»Befreiung durch eine Kontrollfunktion auf der Nach-Tod-Ebene – das kennen Sie natürlich, oder?«

»Natürlich.« So reden sie immer, diese braunen Anzüge, diese Todokraten, und machen dadurch das Transzendente völlig mühelos banal. »Aber ich möchte doch lieber wieder leben.«

»Wir verfügen über eine Vielzahl neuer Animationsprinzipien, wissen Sie – wir bekommen dauernd neue Ernten anenzephaler Totgeburten herein –« Er unterbrach sich, um einem vorbeigehenden Gehilfen zuzurufen: »Mr. Davis? Wären Sie wohl so freundlich, mir den Ordner mit den Animationsprinzipien anenzephaler Totgeburten zu bringen?«

»Nein, ich habe wirklich nicht den Wunsch, ein *nyujo* zu werden, und ich hatte eher damit gerechnet, im nächsten Umgang ich selber zu sein.«

»Aber Ihnen ist hoffentlich klar, daß Sie mehr Sie *selbst* sein würden, wenn Sie ein neues Animationsprinzip akzeptieren, hmm? Sie hätten dann – wie soll ich es sagen – eine *porösere* Barriere zwischen Ihren Erinnerungsgruppen.«

»Ja, das weiß ich – aber das wäre dann nicht ich. Ich. Ich.«

»Natürlich.«

Ja, ich will Sie nicht auf den Arm nehmen – mit solchem Dreck versuchte er, mich abzuspeisen. Immerhin gehörte ich nicht zu den Lebenden, die durch die Gegend stolpern und sich vorstellen, sie seien geschminkt mit Gegenwart, wo es doch gar nicht stimmt. Ihre Hirne sind voller toter Ideen und Bilder und verdrehter Fakten. Ihr Gesichtsfeld ist zugestellt mit verfallenden Gebäuden, rostenden Autos, schlaglöchrigen Straßen und einem nur unvollständig ausgestalteten Himmel, der sich zum Horizont der Geschichte hin verdunkelt. Sooft ein Bild der Stadt in ihr Hirn dringt, nehmen sie alle Jahrhunderte mit auf. Ihre Nasen sind verstopft mit sterbenden Haaren, moribunder Haut, geschichtetem Rotz – sie riechen die Vergangenheit, spüren sie auch, zwischen ihren Zehen, ihren Schenkeln, den Achselhöhlen: schschkschschk! Die Jahre abschälen. Wir Toten dagegen, wir sind die wahren Erben der Moderne. Das lebende Pack häufelt Zeit zu trägen Dekadenzen – Dekaden aufdringlichen Posierens, die erst in der nostalgischen Rückschau begriffen werden. Mein zweiter Gatte war ein durch und durch archaischer Mann, ein neolithischer Steinschläger. Aber wir … wir sehen alles, denn die einzige Sehhilfe, die wir tragen, ist die Brille des Anachronismus. So war diese endlose Reihe von Zweigstellen, durch die ich mich gequält habe, Lithy auf meinem Schoß und Rotzlöffel lärmend draußen im Vorzimmer, wo er versuchte, auf alte Ausgaben des *Reader's Digest* zu pinkeln, gar nicht so fremdartig, gar nicht so anders.

Aber jetzt schweife ich ab, was Canter noch nie getan hat. »Vielen Dank, Mr. Davis«, sagte er und nahm den verlangten Ordner entgegen. »Wissen Sie, Ms. Bloom – aber vielleicht hat Ihnen Ihr Todesführer … Mr. … Jones, ja, Jones, das schon gesagt – wir haben hier unsere eigenen Berechnungsarten, unsere eigene Vorgehensweise, nicht?«

»Das weiß ich nur zu gut.«

»Es geht hier« – nun nahm er tatsächlich seine Drahtgestellbrille ab und fuhr sich mit der Hand durch die schütteren, sandfarbenen Haare, was mir die Zeit gab, mir noch einmal bewußt zu machen, daß mein Schicksal nicht von dem aufgeblasen amtlichen englischen Christen entschieden wurde, von dem ich geglaubt hatte, er hätte darüber zu bestimmen, sondern in den wächsernen Händen eines bissigen kleinen Juden lag – »nicht mehr um die Frage Ihres Verhaltens während Ihres letzten ›Umgangs‹, wie Sie es nennen.«

»Mr. Canter, Sir« – solche Ehrbezeugungen kamen mir ganz natürlich über die Lippen, wenn ich mit jemandem sprach, der seit 1953 nicht mehr geschissen hatte, – »die Implikationen des Karmas sind mir sehr wohl bewußt.«

»Auf der Vor-Tod-Ebene vielleicht – aber nach dem Tod? Als Sie 1988 starben, schuldeten Sie dem Finanzamt über zweitausend Pfund. Geld, das daraufhin aus Ihrem Nachlaß bezahlt werden mußte –«

»Ist das wirklich von Bedeutung?«

»Buchungsvorgänge sind Buchungsvorgänge – und wir sind –«

Buchhalter. Abgesehen von seinen merkwürdigen Kollegen ist Mr. Canter so gut wie nicht zu unterscheiden von Mr. Weintraub, der, als ich ihn das letzte Mal sah – der Krebs löffelte meinen linken Busen bereits aus wie eine verdammte Avocado –, mir versicherte, er würde sich um alle wichtigen Zahlungen kümmern ... was bedeutete, daß er in seinem aggressiv rauhverputzten Büro an der North Circular in der Nähe von Brent Cross saß, mit einem Bic Cristal spielte und die Buchhaltung, die ich so mühsam zusammengestopselt hatte, mit Anmerkungen versah.

»– damit beschäftigt, alle relevanten Zahlen zu überprüfen. Wir werden das fast das ganze nächste Jahr über tun, denken Sie sich also nichts, wenn Ihre Nachbarn – Sie leben in Dulburb?«

»Dulston«, murmelte ich.
»Dulston, natürlich, eine charmante Gegend, dörfliches London eben. Wie auch immer, sollten Sie hören, daß Erkundigungen über Sie eingezogen werden, können Sie sicher sein, daß nur wir es sind. Und jetzt«, er preßte seinen teigigen Hintern in den Drehstuhl, als hätte er Lust auf Analverkehr, »müssen wir noch über Sex reden.«
»Sex?«
»Nun, ich hoffe doch, Sie werden von einer Wiedererlangung sexueller Gefühle nicht allzusehr aus der Fassung gebracht werden, hmm? Am Anfang rein geistig, aber dennoch sehr real.« Er machte eine Kunstpause, und ein Zombie brachte Tee und Nice-Kekse.
Für den Rest des Gesprächs saßen Mr. Canter und ich beiderseits des Viktualientabletts. Nachdem ich gegangen war, kam ein anderer Zombie, um es wieder abzuräumen. Komisch, daß wir Toten nie essen und doch einige von uns es lieben, Essen zu servieren.

Nun, das war, wie gesagt, eine meiner letzten Begegnungen mit Canter. Und früher an diesem Abend, mitten auf dem Piccadilly, wurde ich heimgesucht von einer muskelschmelzenden Flut von Orgasmen – von Schwänzen, die mich durchrührten. Als ich der Ödnis meiner späten mittleren Jahre ausgesetzt wurde, als mein Fleisch sich faltete und runzelte zu säuerlicher Schlaffheit, da wollte ich, daß man mir mein Geschlecht herausschnitt – und so geschah es auch, zumindest im Tod. Wer stach das Plätzchen mit dem Plätzchenstecher aus? Aber seit Miles und Natasha es in der protzigen Wohnung an der Regent's Park Road getrieben haben, quälen mich Lust und Eifersucht. Wer hätte gedacht, daß sie je wieder in diesem alten Haus willkommen sein würden, hinter dieser neidischen grünen Tür? Ätherische Finger, die meine Muschi massieren. Mein erster Ehemann, der fröhliche Dave Kaplan, sagte immer, sein Bart sei so, als »würde er eine Muschi im

Gesicht tragen – ich muß mir nur übers Kinn streichen und fühle mich gleich sauwohl«. Dave war es, an den ich auf dem Piccadilly dachte. Oder genauer, es war der störende Leberfleck am Ansatz seiner schütteren Haare, den ich mir vorstellte. Auf diesen unregelmäßigen gelbbraunen Fleck hatte ich mich immer konzentriert, wenn ich mich zu einem weiteren Orgasmus niederschmetternder Nichtspontaneität zwang.
Jahre nach dem Ende dieser Ehe, am Ende der Sechziger, um es einigermaßen genau zu sagen, als wir uns noch gelegentlich in Manhattan zum Mittagessen trafen – diese guten, bekömmlichen Geschiedenen-Lunches, das einzige, was Leute, die sexuell miteinander verkehrt haben, verzehren und trotzdem genießen können –, verriet er mir, daß, während ich seinen Leberfleck anstarrte und mir meine Ekstase einbildete, er sich auf das Muttermal auf meinem Kinn konzentrierte und sich zu ejakulieren zwang. »*Touche pas!*« lachte ich und hob mein Glas Zinfandel. »Ja«, fuhr er fort, »ich habe wahrscheinlich Jahre meines Lebens damit zugebracht, mich in die Pusteln, Pigmentflecken und anderen Unvollkommenheiten schöner Frauen zu vertiefen.« Und als nötige ihn dieses Geständnis dazu, sich selbst zu stimulieren, strich er sich bedächtig über seine Muschi.
Ob nun spontan oder nicht, mit Kaplan hatte ich wirklich Orgasmen. Ich umklammerte seinen angespannten Nacken, stöhnte, sagte Sachen – diesen Blödsinn machte ich wirklich. Ich liebte Sex – oder, genauer, wie so viele Frauen meiner Generation, ich liebte die Vorstellung von Sex. Sex umwunden von romantischem Wildwuchs, Sex mit starken, selbstsicheren Männern und nicht mit weinerlichen Knäblein. Im Vergleich mit Vorstellungen dieser Art schnitt das Echte nie so gut ab, 'türlich nicht, und der Dildo kam aus der Schublade. Ich wußte schon damals, aus Gesprächen mit diesen Knäblein (und gab es je ein besseres Jahrhundert als das zwanzigste, um alles mögliche durchzukauen? »Zeit wie Heu« – diskutieren Sie), daß ihre Antörner das genaue Gegenteil von meinen waren – Abtörner, wenn Sie so wollen.

Für alle diese Kerle war Sex einfach zu sexy. Deshalb beschränkte Dave sich auf das Muttermal.

Wir waren einige Blocks weitergegangen und ich konnte Phar Lap Jones nicht mehr vor mir sehen, doch plötzlich – *»Oimissus!«* – war er wieder da; er kauerte an einer Hauswand in einer der Gassen, die zu The Albany führt. Mit seinem tief in die Stirn gezogenen weißen Stetson war er nicht viel mehr als schwarze Jeans, Rassel und übergroße Strafbumerangs. Er sah aus wie irgendeiner dieser fremden Erstsemester, die sich in die Londoner Sommerschule des Didgeridoo eingeschrieben hatten. *»Oi!«* Irgendwo unterwegs hatte er es geschafft, eine Fleischpastete zu ergattern. Komisch, da dieses Viertel doch eher Kebabistan als Fish-and-Chiplington war. Er kaut auf diesem Kissen aus Hackfleisch und Zwiebeln herum, nachdem er es zuvor mit brauner Soße aufgepeppt hat. Das ist eine von ihm ganz neu geschaffene australische Tradition. Fleischpasteten-Träumen – wie ich vermute. Aber er schluckt sie nicht, das tut keiner von uns, nicht?

Wie gesagt, er kauerte also in der Gasse, und ich hatte dieses drängende Verlangen, mich zu ihm hineinzudrücken, mich in diese Rinne aus alten Ziegeln zu zwängen. Ich war beinahe überzeugt, daß ich zum ersten Mal in elf Jahren ein Reiben, ein Scheuern spüren würde, zwischen Phar Lap und der Wand meine ich. Vielleicht hatte ich sogar schon angefangen, mich hineinzuschummeln, denn er sagte: »*Juda!* Lily, nicht hier drin. Mädel, das ist schlecht, du kannst da nicht rein.«

»Wo rein? In The Albany?«

»Nein, in dieses verdammte *buju,* Mädel!« Er tat so, als würde er mich mit sich ziehen, und ich folgte ihm, und so stemmten wir uns gegen die sommerliche Menge, die inzwischen, wie braune Ratten, durch Stimmungsübertragung die Explosion fünf Blocks entfernt gespürt hatte. Zur Abwechslung sahen sie nun einmal so häßlich aus, wie sie es immer sind. »Das spürste, nich?« fragte er.

»Was ist *das*?«

»Weg ist deine blöde Farblosigkeit der Gleichgültigkeit, hey-yeh?«

»Ja, ich wollte wirklich in diese Gasse –«

»Zu mir, *yuwai,* und du denkst schon 'ne ganze Zeit ans Vögeln, yeh-hey?«

»Ja-a.«

»Du bist schon zu lange tot, Mädel, viel zu lang. Diese toten Seelen auf der Old Compton Street, die sind einfach durch dich hindurch, und du bist nicht mal aus dem Tritt gekommen. Das hab ich gesehen.«

»Dann – glaubst du also, daß Wiedergeburt eine gute Idee wäre ... in meinem Fall?«

Er blieb wieder stehen, diesmal neben einer Frau, die mit zusammengekniffenen Augen in die Luft starrte und einen Arm in die Höhe streckte, als würde sie einem Taxi winken, das von Zeus über den feurigen Abendhimmel gelenkt wurde. Phar Lap war so dicht bei ihr, daß er sich ein wenig zügelte – und ich ebenfalls. Wir schnippelten uns weg. Das tun wir Toten doch, nicht? Rasieren uns aus den designerstoppeligen Gesichtern der Lebenden. Rotzlöffel kam zurück und setzte sich neben uns auf den Bordstein. Lithy lehnte sich erstaunlicherweise an Rötzlöffels Knie.

»Diese Burschen da willste loswerden, yeh-hey?«

»Nein. Ich meine – vielleicht. Ich weiß es nicht. Aber wenn ich wiedergeboren werde, habe ich unter den Lebenden Kinder, mit denen ich reden kann – auch wenn ich diese beiden zurücklasse.«

»Yeh-hey! Du willst wohl nie allein sein, was, Lily?«

»Willst du es?«

»Ich bin nie allein. Hör zu, kriech in keine Ritzen, nicht jetzt. Die Gefühle, die du jetzt kriegst, diese Sehnsucht, die mußte beherrschen, yeh? Wenn du jetzt Scheiße baust, dann biste erledigt, vastehste? Das kommt alles auf dich zurück, wie dieser *kayan* hier – siehste?« Er schwenkte seinen großen schwarzen Bumerang, um mir einzubleuen, was er meinte. »Aber jetzt mach zu – Mr. Canter erwartet dich.«

Er hob seinen Arm vor den leeren Augen der lebendigen Frau und schnappte sich das Taxi. Und so kommt's, daß ich jetzt hier bei Ihnen gelandet bin. Hier im Wartezimmer, wo ich auf meine letzte Begegnung mit der Todokratie warte – vorerst.

Weihnachten 2001

Ja, aber da war noch mehr, die Rückschau vervielfacht mich wie einander gegenüberliegende Spiegel zu beiden Seiten einer Sitznische im Restaurant. Denn als wir in das Taxi stiegen, erinnerte ich mich. Dieser Eilmarsch durchs West End, der uns zwang, den Bombenanschlag in der Old Compton Street zu ignorieren, und der Rötzlöffels zwang, mit uns Schritt zu halten: Wir waren in Eile – ich war in Eile. Und das kommt bei Toten niemals vor. Wenn man tot ist, gibt es keine Eile. Auch wenn man die dunkle Treppe hinaufgekrabbelt ist, um sich ihm zu stellen, am moderigen Teppich geschnuppert und seinen Schrecken auf jeder dieser fünfzehn Stufen vorausgeahnt, auf jedem Zentimeter des Treppenabsatzes erwartet hat – hat man ihn, sie und es erst einmal gesehen, gibt es keine Eile mehr. Keine Eile mehr, wenn man erst einmal dort ist. Nur noch herumtrödeln. Für alle Ewigkeit herumtrödeln.

Sterben

»Was für ein Vormittag.« Die letzten Worte von Samuel Becketts Vater.

1. Kapitel

April 1988

Es heißt, daß man ist, was man ißt, und jetzt, da ich sterbe, weiß ich, daß das eine feste Tatsache ist. Und eigentlich ist es nicht nur eine feste Tatsache, sondern auch eine gallertige. Es ist labberige, klebrige, geronnene Realität. Es ist der rosige, blubbernde Pudding der Offensichtlichkeit und die zähflüssige Grütze des Beweises. Es ist eine sehnige Bestätigung, die anschwillt wie eine zwischen den Zähnen steckende Fleischfaser. Wobei ich, wie ich Ihnen sagen muß, seit Jahren keine eigenen Zähne mehr habe, ich habe nur kürzlich von Zähnen geträumt, davon, wie es ist, eigene Zähne zu haben. Geträumt, wieder Zähne zu haben. Wie auch immer, man ist, was man ißt: in meinem Fall diese Krankenhauspampe, die nur zu dem einen Zweck zusammengerührt wurde – von Kochen kann man kaum sprechen –, um so schnell wie möglich durch uns Beinahekadaver durchzuflutschen.

»Bringt doch nichts, denen was anderes als Spülwasser zu geben«, kann ich einen ehrgeizigen Mangelernährungsexperten (schon komisch, daß dieser Berufszweig gar so viele Magersüchtige anzieht) bei dieser Besprechung oder jener Fallkonferenz sagen hören, »die fressen sowieso schon das halbe Krankenkassenbudget auf – das kann doch nicht richtig sein, oder?« Nein, vielleicht nicht, aber ich habe meine Scheißsteuern gezahlt, oder ich hoffe zumindest, daß dieser lächerliche kleine Mann Weintraub es inzwischen getan hat.

Einen Vorteil hat diese Schlutzeküche, 'türlich: Sie stößt einem nicht auf. Oder, genauer, weder ihr Geruch noch ihre Materie

steigt den armen, überarbeiteten Krankenschwestern ins Gesicht. Das ist gut. Wir bekommen nur selten Käse und nie geräucherten Fisch. Eier werden zu Tode gekocht. Harte, vertrocknete Eierleichen. Keine Pickles. Keine üppigen Soßen. Keine Zwiebeln und vor allem keinen Knoblauch. Wobei ich, als es mir noch gutging, diese Art von Essen gar nicht so gern mochte, aber jetzt, da ich sterbe, merke ich, daß die Eigenschaft gewisser Aromen, Stunden nach dem Verzehr spontan wieder im Mund aufzutauchen, ein sehr deutliches Lebenszeichen ist. Das Leben in seinen Iterationen. Das Leben, *wie es weitergeht.* Ich könnte töten für a Schmalz, jetzt, da ich ganz sicher weiß, daß ich sterben werde. Als man mir Mitte der Sechziger – 63, 64, komisch, daß ich das nicht mehr weiß – die Zähne herausnahm, dachte ich, jetzt wäre ich unsterblich. Ich hatte immer angenommen, daß ich mit meinen Zähnen sterben würde, weil sie so verdammt weh taten. Etwas so Schmerzendes – krausdachte ich mir – bringt einen zwar nicht direkt um, nimmt einen aber doch sicher mit, wenn es kaputtgeht. Man stirbt dann aus lauter Glückseligkeit. Aber jetzt sterbe ich, Zähne hin oder her.
Ich bin mir absolut sicher, daß ich sterbe, weil vor einer halben Stunde der nette Mr. Khan, der zur Station gehörende klinische Psychologe, bei mir war und es mir sagte. Irgendein Klugscheißer sagte einmal, das Geheimnis des Lebens bestehe darin, daß wir alle jede Minute sterben können – daß wir aber leben, als wären wir unsterblich. Ich würde diesen Klugscheißer gern bei seinem dürren Hals packen und ihm das Leben abdrücken. Hatte er eine Vorstellung, wie es ist, wenn man die Stunde seines Todes *kennt?* Und wenn es einem so mitgeteilt wird: »Ähm – ah. Soweit ich weiß, hat Dr. Steel heute morgen mit Ihnen gesprochen, Ms. Bloom, nicht?«
»Ja, hat er.« Ich legte mein beschissenes Frauenmagazin beiseite und zeigte dem nervösen Mr. Khan mein Gebiß. Ich gebe die gute kleine, krebsgeplagte alte Dame. Das ist ganz einfach, wenn man keine Beine hat. Beine lassen Männer an Mösen denken –

sogar an alte Mösen; und im Bett hat niemand Beine – außer man ist mit ihnen, den Männern, drin.

»Hat er mit Ihnen über palliative Therapie gesprochen?«

»Daß ich palliative Therapie bekommen soll? Ja, das hat er, vielen Dank.«

Noch sehe ich Mr. Khan aufmunternd freundlich an, aber ganz allmählich trübt sich mein Blick, weil, seien wir doch ehrlich, Freundlichkeit zu Minderheiten hin oder her, es ziemlich schwer zu erkennen ist, worauf der aufgeschwemmte Mr. Khan eigentlich hinauswill. Zwar spielt er den schleimigen Uriah Heep so perfekt, daß Dickens seine Freude gehabt hätte und Patienten und Vorgesetzte ihm seine Bescheidenheit abnehmen, aber ich bin nicht nur alt, ich habe auch genug von der Welt gesehen, um so eine Nummer zu durchschauen. Deshalb weiß ich, daß dahinter ein typisches Muttersöhnchen vom Subkontinent steckt, ein weinerlicher Macho, der zu Hause seine Frauen tyrannisiert, nachdem er einen harten Arbeitstag lang Sterbenden Scheiße erzählt hat.

»Es tut mir leid, aber mehr können wir ... kann ich ... nicht mehr für Sie tun. Sind Sie religiös, Ms. Bloom?«

»Nein, tut *mir* leid.«

»Was tut *Ihnen* leid?« Er ist ein fetter Brocken, er hat keinen gierigen Krebs, der seine Brüste auffrißt, Brüste, die in seinem gebügelten, fast durchsichtigen Synthetikhemd höchst unerfreulich schwabbeln. Warum tragen sie immer transparente Hemden, diese Leute, die alles zu verbergen haben?

»Es tut mir leid, daß Sie unter dem Wahn leiden, mir irgendwie geholfen zu haben. Irgend etwas für mich getan zu haben.« Und damit nehme ich mein weggelegtes *Woman's Realm* wieder zur Hand und lese weiter Rezepte, die ich nie machen werde, niemals, das ist jetzt ganz sicher. Trenne im Geiste Strickmuster auf. Nachdem ich mir ein weiteres Rezept für Bananenpfannkuchen eingeprägt habe – vielleicht das zweihundertste in meinem bisherigen Leben –, hebe ich den Kopf und sehe, daß Mr. Khan noch immer da ist. Nachdem er mit dem, was er sich unter einer mitfühlenden Heransgehenweise vorstellt, versagt hat, versucht er, angestachelt durch meinen Tadel, eine wissenschaftlichere: »Wir haben uns gefragt – oder genauer, ich habe mich gefragt –, ob Sie vielleicht *uns* helfen könnten?«

»Wobei?« Einfach unglaublich, dieser Schlemihl.

»Wir machen gerade eine Studie über Patienten … über terminale Patienten« – jetzt hat er es endlich herausgequetscht, dieses so terminale »terminal«, hat es der Unterhaltung wie eine Zyanidkapsel in den Mund geschoben – »und ihre Haltung.«

»Haltung zu was?« Draußen auf dem Grafton Way kann ich das Keuchen und Knurren des Verkehrs hören. Als ich diesmal wegen einer lachhaften Operation ins Krankenhaus kam (eine Lumpektomie – können Sie glauben, daß die das wirklich so nennen? Das ist so, als würde man eine Herztransplantation als »Pumpentausch« bezeichnen), war es für mich eine richtige Erleichterung, aus der Großstadt heraus und in eine Art Zufluchtsstätte zu kommen, aber jetzt begreife ich, daß das überhaupt keine Zufluchtsstätte ist. Es sollte im Krankenhaus einen Ort geben, wo man vor Dr. Khan und seinesgleichen Zuflucht findet.

»Zu, ähm … zu ihrer Lebensqualität.« Jetzt hat er es über die Lippen gebracht, und das scheint ihm eine obskure Freude zu bereiten; ein dünnes Lächeln zerteilt sein vollgefressenes, fettes Gesicht.

»Nur damit ich Sie richtig verstehe: Sie fragen Leute, die im Sterben liegen, wie ihre Lebensqualität ist?«

»Ja-a, darum geht es. Ich habe hier eine Checkliste … einen Fragebogen, wenn Sie sich den vielleicht einmal ansehen wollen?«

»Was hoffen Sie denn herauszufinden?« Mein Ton ist anfangs scharf, aber ruhig, doch während ich die verhaßten Wörter ausspreche, wird meine Stimme schriller, die Wörter zerfransen und zerfasern. »Daß die Lebensqualität um so besser wird, je näher ein Krebspatient dem Tod ist? Ach du verdammte Scheiße. Ich liege im Sterben. Aber ich kann es nicht ertragen, daß ich sterbe.

Ich nicht! Ogottogott-o-gott-o-gott-ogottogott –« Nun geht's dahin, stammelnd bricht das Entsetzen aus mir heraus, die Fassade wird zertrümmert von Schluchzern wie Vorschlaghämmer. Ich ächze und flenne und stöhne, und Speichel trieft mir aus dem schlaffen Mund. Eine höchst befriedigende Vorstellung, das spüre ich durch den Nebel, für Mr. Khan. Schließlich ist er ausgebildeter Leidensberater – und hier sieht er Unmengen von Leid. Ganze Säcke voll. Aber nein – er kann damit nicht umgehen, er steht auf und watschelt davon in Richtung Schwesternzimmer, während ich das *Woman's Realm* zerreiße, das papierene englische Heim verwüste und schreie und weine.

Ich hatte schon immer Talent fürs Hysterische, fürs Eintauchen in den schwarzen Abgrund einer Stimmung, aber diesmal ist der schwarze Abgrund viel, viel tiefer. Er ist ein Niagarafall, der das gesamte Wasser meines Lebens einsaugt. Ich fühle mich, wie sich ein Schlaganfallopfer fühlen muß – die Hälfte meiner Welt ist verschwunden. Die Hälfte von diesem Plastikwasserkrug, die Hälfte von dieser Kleenexschachtel, die Hälfte von diesem verdammten bereits halbgegessenen Battenberg-Kuchen, den meine Junkietochter mir gestern nachmittag brachte, die Hälfte von diesem zerdrückten Tempo, diesem Staedtler-HB-Bleistift, dieser Staubfluse. Zum ersten Mal in meinem Leben spüre ich völlig und unbestreitbar, was es heißt, nicht ich zu sein. Was es heißt, ich zu sein und mich nicht wie ich zu fühlen. Es ist so einsam. Ich bin so verdammt einsam. Wer hätte gedacht, daß ich, die ich ein Leben voll soviel beschissenen Alleinseins geführt habe, jetzt der absoluten Einsamkeit des Todes ins Auge sehe? Schluchzer schütteln mich. O mein Ich – warum hast du mich verlassen?

Schwester Smith, eine dieser westindischen Frauen von kontinentaler Masse, die jeden Alters zwischen dreißig und sechzig sein können, packt mich mit Armen wie springende Robben in meinen Plastikkokon und setzt sich dann schwer neben meine verstümmelte Brust. Schon hat sie den nicht abstellbaren Becher, die leicht zu schluckende Kapsel bereit. »Hier«, sagt sie – und ich nehme das Valium. Damit habe ich kein Problem, schließlich habe ich mein Leben lang rauhe Mengen davon genommen – warum also jetzt damit aufhören? In den Siebzigern, bei meinen alltäglichen Spaziergängen mit dem schwarzen Wachhund der Depression, kam ich oft an vorstädtischen Zeitungsläden vorbei, und beim Anblick der Kaugummiautomaten vor der Tür (Sie kennen die Dinger – zehn Pence für einen Gummi und ein Plastikspielzeug) stellte ich mir immer vor, sie seien angefüllt mit Fünf-, Zehn- und sogar Zwanzig-Milligramm-Valiums. Geh rein, und der alte Kauz hinter der Theke – die Haare mit Brillantine nach hinten geklatscht, eine qualmende Zigarette im Gesicht – sagt vielleicht: »Schlechte Nachrichten, heute, Mrs. Yaws, sehr schlechte Nachrichten. Bombe in einem Pub in Guildford, viele Tote. Ein schreckliches Blutbad. Sinnloses Gemetzel. Unaussprechlich grauenhaft. Unvorstellbar böse. Wollen Sie vielleicht ein Valium zu Ihrem *Guardian?*«

»Brav, meine Liebe«, sagt Schwester Smith. »Sehr brav.«

Schluck! Ich spüre ihre bräunlich-gelbe, schwielige Handfläche durch die aufgerauhte Baumwolle meines Nachthemds. Eine merkwürdige Verwirrung der Sinne – und schon die allein beruhigt mich, denn nur bei Schwarzen habe ich das Gefühl, ihre Farbe spüren zu können. Wie könnte sich Weißsein wohl anfühlen? Als blöde Farblosigkeit der Gleichgültigkeit, würde ich sagen. Aber die Schwarzen – die ich immer eigentlich gegen meinen Willen berühre –, sie *fühlen* sich schwarz an oder gelb oder braun oder, im Fall des alten Mannes, den ich zu trösten versuchte, nachdem er vor dem John Lewis's an der Finchley Road von einem Auto angefahren worden war, grau. Er fühlte sich grau an.

»Ich muß sagen, Mr. Khan ist nicht der beste klinische Psychologe, den wir hier im Krankenhaus haben, wissen Sie.«

»Ich-ich weiß. Glauben Sie mir, ich weiß das. Ogottogottogottogott...« Schwester Smith würde ich sehr gern in den Arm nehmen. Sie ist dafür gebaut, mich in den Arm zu nehmen, sie ist groß genug, um mich in den Arm zu nehmen. Meine Mutter war zu zierlich, um mich noch in den Arm zu nehmen, nachdem ich sieben geworden war – nicht daß sie es gewollt hätte, sie hatte zuviel Angst, ihr perfekt sitzendes Kleid zu zerdrücken. Und was meinen Vater anging – er packte mich unter den Achseln, hob mich hoch und schwang mich hin und her, aber immer so, als wollte er mich gleich wieder loslassen.

»Eigentlich meint er es ja nur gut … aber kein Mensch kann genau die richtigen Worte finden …«

Nein, nicht einmal die ungefähr passenden, so wie's aussieht. Ja, ich würde sehr gern von Schwester Smith in den Arm genommen werden, spüren, wie das große Riff ihres Busens meinen zerstörten, verrottenden stützt … Fünf Faden tief liegt dein ausgeschältes Fleisch … Ich würde gern ihre gelben Hände auf meinen welken Schultern spüren. Ich würde gern das Kokosnußöl auf ihrer Haut, den pH-neutralen Conditioner in ihrem krausen Haar riechen, aber das wäre keine gute Idee.

Ich sitze auf der Veranda des alten Hauses in Huntingdon, Long Island, das wir für eine kurze Zeit hatten, als ich noch ein kleines Mädchen war. Ich sitze auf dem Schoß einer Frau, die so massig ist wie Schwester Smith und so schwarz und so süß duftend. Die Sonne ist abwechselnd heiß und kühl auf meinem Hals, während Betty meine langen, blonden Haare flicht. Schon damals waren sie das Beste an mir. Kann es sein, daß sie etwas so Naheliegendes tut, wie ein Kirchenlied zu singen? Ja, sie tut es. Sie ist eine religiöse Frau – beim Hausputz sang sie allerdings Blues. »Titanic Man« fürs Bad, »St. Louis« für die Küche. Sie flicht meine Haare zu einem Zopf, hoch und drüber und dazwischen. Haariges Hefegebäck. Und während sie flicht, fange ich an, sie zu küssen. Den sanftesten und flüchtigsten aller Küsse auf ihren Hals und ihr Schlüsselbein am Rand ihres Hauskleids. Ich bin sehr vorsichtig mit diesen Küssen, die eigentlich nur Luftküsse sind, atmosphärische Störungen direkt über Bettys Haut, weil ich weiß – oder zu wissen glaube –, daß es sie ärgert. Aber ich will Betty küssen, weil ich sie liebe. Nein, ich liebe sie nicht, sie ist meine Welt. Wie alle liebevollen Betreuer kleiner Kinder hat sie die Welt für mich geschaffen. Meine Welt ist Betty – nicht die Erde. Dinge können assimiliert werden je nach ihrer Übereinstimmung oder Divergenz mit dieser Bettyheit.

Ja, ich küsse eben Betty und ich rieche Betty und ich reibe sogar vorsichtig ein Stück von Bettys altem Hauskleid zwischen Daumen und Zeigefinger – weil sie auch meine Notfalldecke ist –, als ich ihr plötzlich entrissen und unsanft auf die Verandadielen gesetzt werde. »Du böses Mädchen! Du böses, böses Mädchen! Das machst du *nie wieder.* Nie wieder. Hast du mich verstanden? Du?« Ein Schlag mit der Handfläche auf mein winziges Gesicht, dann mit der Rückhand, und ein dritter wieder mit der Handfläche. Meine Mutter schlug mich, wie britische Schauspieler, die Gestapooffiziere spielen, später ihre Verhöropfer schlagen sollten – aber sie tat nicht nur so. Ihr Diamantring riß mir die Haut auf, daß Blut kam, und wurde so zum schlimmsten Feind dieses kleinen Mädchens. Es war so unverhältnismäßig – diese kolossale Gewalt von so einer zierlichen blonden Frau –, daß sogar Betty erschrak; halb hatte sie sich aus ihrem alten Schaukelstuhl hochgewuchtet, und ihr Gesicht war eine rassistische Karikatur eines entsetzten Niggers.

Ich küßte Betty nie mehr. Sie blieb bei uns, bis ich fünfzehn war – aber ich rührte sie nie mehr an. Wir redeten miteinander, ich vertraute mich ihr an, und sie fühlte mit mir, aber wir wußten, daß wir einander nie mehr berühren konnten, daß für mich schwarze Haut ein Tabu war. Ein Schadstoff. Ich kann schwarze Menschen nicht berühren – außer ich muß. Wie unfair, daß sie mich vielleicht berühren müssen. Ich hoffe sehr, daß ich nicht mehr bei Bewußtsein bin, wenn es soweit ist. Und ich höre, wie ich Schwester Smith frage: »Werde ich es wissen, wenn ich sterbe?«

»Pscht.« Schwester Smith hebt die Hand und streicht über meine Haarreste – schwarze Frauen, blonde Haare, mein ganzes Leben ist eingewickelt in dieses Gewirr –, zuckt aber zurück, als sie spürt, daß ich mich verkrampfe. »Wissen Sie, Sie tun sich selber nichts Gutes, Mädchen – Lily. Dr. Steel, er meint es gut, aber – wie soll ich das jetzt sagen – er betrachtet diese Sachen eher vom Praktischen her. Er kann nicht so gut erklären – hat er Ihnen gesagt, worauf Sie sich einstellen sollen?«

»Er sagte, daß sie diesmal nicht den ganzen Tumor erwischt hätten, daß er meta –, meta –«

»Metastasiert hat, ja. Nun, das heißt einfach, daß er sich ausgebreitet hat, verstehen Sie.«

»Wie auch immer – und er sagte, daß wir jetzt mit der Chemo weitermachen könnten, mit der Strahlenkanone, mit einem tanzenden Schamanen, wenn ich das wolle, daß aber er meine … er meine …«

»Daß es keinen Zweck mehr hat. Daß es besser ist, es zu akzeptieren und in Würde zu sterben – hat er das gesagt?«

»Ja.«

»Na ja, so ist er eben, das war von ihm zu erwarten, aber er ist eben nicht gläubig, wissen Sie, er hat keinen Retter, mit dem er sich trösten kann – der arme Mann.«

Retter. Jetzt hat sie es geschafft. Schwester Smith ist zweifellos einer der Felsen, auf dem die Kirche gebaut wurde. Obwohl es in ihrem Fall wahrscheinlich eine kleine Erweckungskapelle ist. Ich stelle mir das winzige Gebäude vor, wie es tatsächlich erzittert, wenn Schwester Smith und ihre Schwestern die Gospels schmettern. Ich bemerke erst jetzt, was mir schon früher hätte auffallen müssen – daß in der braunen Schlucht ihres Dekolletés ein winziges goldenes Kreuz klemmt. Ihr Retter muß winzig sein, kommt mir jetzt in den Sinn – wahrscheinlich, weil mein Zynismus das letzte an mir ist, was verstummen wird –, wenn das Ding groß genug ist, daß man ihn draufnageln kann. »Vielen Dank, Schwester, aber ich bin nicht religiös.« Das ist wahrscheinlich das Schwesterlichste, was ich seit Jahren gesagt habe – seit ich das letzte Mal Grund gehabt hatte, meiner eigenen zu danken.

»Das ist schon okay, Mrs. Bloom, es gibt bei unserem Herrn auch einen Platz für die Israeliten, wissen Sie –«
»Ich bin nicht jüdisch, Schwester.«
»'tschuldigung. Ich dachte nur … der Name …« Eigentlich wollte sie »die Nase« sagen, wie alle.
»Ich war nur eine Zeitlang mit einem Mr. Bloom verheiratet.« Die Lüge kommt mir leicht über die Lippen, da sie den ersten Fehler gemacht hat. »Nein, ich bin nicht religiös, ich glaube nicht an ein Leben nach dem Tod, ich glaube nicht an den großen, gütigen Papa, der nur darauf wartet, mich in den Himmel zu holen. Wenn ich sterbe, verfaule ich. Das ist alles, Schwester, das ist alles.«
Eine Sekunde lang bin ich stolz auf meine Tapferkeit, doch dann sagt sie: »Wissen Sie, Ms. Bloom, man darf nicht jedes merkwürdige Symbol des Christentums wörtlich nehmen. Ich kann verstehen, daß Sie keinen Priester sehen wollen, aber Mr. Khan –«
»Dieses Arschloch.«
»Mrs. Bloom –«
»Dieses Arschloch, dieses Arschloch, ich will ihn nicht sehen – will überhaupt niemanden sehen –« Und schon geht's wieder los, der kleine Stöpsel des Stolzes ist aus meinem Schlund geflogen, und Selbstmitleid sprudelt schäumend heraus in einer Folge von Schluchzern, Seemöwenschreien, Tränen und dann Batzen weißen Schleims, der die fürsorgliche Fundamentalistin nach einer Pappkartonnierenschale greifen läßt. Warum sind die eigentlich wie eine Niere geformt – warum nicht wie ein Herz oder eine Lunge oder eine abgetrennte Brust?
Sie verläßt mich, nachdem sie mir zuvor noch mit dem stahlkalten Steel gedroht hat, und ich falle in den Memento-mori-Alptraum, der das Sterben ist. Die Hälfte von allem ist verschwunden – das Fleisch ist abgeschält, der nackte Schädel des Ganzen tritt nun endlich und unwiderruflich zutage. Ich bin so schockiert. Auch wenn Sie es mir nicht glauben, aber ich spürte diesen Knoten schon seit zwei Jahren, ich war so vertraut mit ihm, daß ich

ihm sogar einen Kosenamen gegeben habe. Mistie nenne ich ihn, weil er mich vernichten wird, der kleine Mistkerl. Ja, zwei Jahre Kosenamen, und dann schneidet Steels scharfer Kumpel Mistie heraus. Aber als die Fäden an der Unterseite meiner Brust gezogen wurden und ich den Mut hatte, sie abzutasten, merkte ich, daß Mistie noch immer da war, und zwar größer denn je. Glaube ich.

Bevor ich wußte, daß ich Krebs habe, hatte ich furchtbare Angst, daran zu sterben. Zu sterben wie meine eigene fiese kleine Mutter, von ihm ausgedörrt zu werden, bis ich nur noch ein keuchender grauer Kadaver bin, eine Mumie. Mit wem ich auch redete, was ich auch las, wohin ich mich auch wandte, überall erfuhr ich, daß Rauchen ihn verursacht – aber ich konnte nicht aufhören. Ich konnte nicht aufhören und ich konnte nicht aufhören und ich konnte nicht aufhören. Ich konnte verdammt noch mal nicht aufhören. Ich konnte nicht aufhören, als meine Lungen sich anfühlten, als wären sie voller Napalm – genau so fühlten sie sich an. Die Amerikaner napalmten die Vietcong, und ich napalmte meine Lungen mit Camels, Winstons, mit Marlboros, sogar mit – wenn ich wirklich verzweifelt war – *britischen* Zigaretten, mit englischen Fluppen. Sie besprühten den Urwald mit Agent Orange – und ich fühlte mich, als würde ich das Zeug hochhusten.

Dr. Bridge, eine der unvermeidlichen Geliebten meines zweiten Mannes. Ein trockenes Ding. Mußte eine ziemlich staubige Angelegenheit gewesen sein, wenn sie es miteinander trieben, da Yaws selbst doch so ein vertrockneter Langweiler gewesen war. Ein vertrockneter Scheißer. Ein alter Scheißhaufen auf dem Bordstein – das war David Yaws. Wie man alle Nase lang an einem vorbeigeht. Wenn ich es nur getan hätte. Auf jeden Fall, diese Bridge – *Virginia* Bridge noch dazu –, sie parkte also ihren lächerlich gut gepflegten Morris Traveller, ein lachhaftes kleines, halb mit Holz verkleidetes Auto, das zu ihrem lachhaften kleinen, halb mit Holz verkleideten Haus paßte, und kam hoch in das Schlafzimmer, in dem ich lag und in meinem eigenen Schleim ertrank. Dann klopfte sie mich mit ihren glatten, atrix-gecremten Händen ab und sagte zu mir in ihrem trockenen englischen Akzent: »Lily, wirklich, ich muß sagen, Sie können nicht erwarten, daß ich Sie weiter wegen chronischer Bronchitis behandle, wenn Sie nicht bereit sind, das Rauchen aufzugeben. Ich meine, es ist ja nicht so, daß Sie die Fakten nicht kennen …«

Ich konnte ihr nicht zuhören. Ich hatte Fieber, ich hatte Schmerzen – und sie wollte es trotzdem mit meinem Mann treiben. Kam sie ins Haus, um zu spekulieren und gleichzeitig ihr Spekulum zu benutzen? Darüber zu spekulieren, was Yaws und ich nicht miteinander trieben? Sich Yaws und meine Töchter als mögliche Versionen von Kindern vorzustellen, die sie mit ihm hatte? Ich kann das nicht glauben. Sie hatte einen behinderten Mann. Von der Taille abwärts gelähmt. Glück für Virginia, daß es nicht von der Taille aufwärts war. Auf jeden Fall lag ich da und sah zu, wie Schwarzweißdokumentarfilme der damaligen Zeit über Affen, die man mit vorgeschnallten Schnauzenmasken zum Rauchen zwang, sich hinter meinen Augen abspulten. Gib's auf. Ich konnte es nicht – lieber würde ich sterben. Zigaretten waren die besten Freunde, die ich je hatte. Verläßlicher als Alkohol, Tröster, aber keine Dickmacher. Lieber würde ich sterben.

Doch wie mit den Zähnen hatte ich auch mit den *unlucky* Luckys eine schicksalhafte Beziehung. Mehr noch, wenn ich mir Virginias Pferdegebiß anschaute (wie konnte sie diese Zeltpflöcke nur sauberhalten?), kam mir der Gedanke, daß ja nicht unbedingt mein Leben auf dem Spiel stehen mußte, sondern vielleicht das von jemand anders. Virginias zum Beispiel. Ich schloß die Augen noch fester – »… es ist eine Sucht wie jede andere, Lily, es dauert nur ein paar Tage …« – und wünschte mir Virginia Bridges Tod: O Großer Weißer Geist, wenn ich das Rauchen aufgebe, holst du dann diese Frau an meiner Stelle? Tja, er tat es. Sie starb wenige Jahre danach, und ich war schwer in Versuchung, es wieder anzufangen. Das war ein Witz. Inzwischen war meine Angst noch viel schlimmer. Im Verlauf der Sechziger tauchten jedes Jahr mehr Beweise für die Schädlichkeit des Rauchens auf. Ich kam mir vor, als wäre ich das Leben lang auf eine Kreuzung zugefahren, während der Tod die Hauptstraße entlangraste, so daß wir beide auf Kollisionskurs waren. Eigentlich fühlte ich mich kein bißchen besser, nachdem ich es aufgegeben hatte. Ich hatte eine ganze Autobahn voller Teer in meiner Lunge, und während ich den hochhustete, erkannte ich, daß ich so viel geraucht hatte, daß es wahrscheinlich sowieso schon zu spät war. Ich hatte den Schierlingsbecher schon getrunken. Jede Diskussion über Krebs war in meinen Augen eine *self-fulfilling prophecy.*

Jetzt allerdings wäre eine Zigarette gut. Gut, hier in diesem aseptischen Krankenzimmer. Blauer Rauch paßt gut zu weißem Leinen. Auch wenn wir leben wie in einer Seifenoper oder einem seichten Musical, so hat doch jede Frau das Recht, als Bette Davis zu sterben.

Eine *self-fulfilling prophecy.* Eine hübsche, eingängige Phrase – und ich hatte ja schon immer was von einem Phrasendrescher. Von der Ausbildung her war ich Designerin, wobei ich nie etwas Bedeutendes entworfen habe bis auf eine Kulikappe, an der seitdem Milliarden von Mündern nuckelten. Die Kappe war ein Unikat, die Münder Generika. So sehe ich es. Trotzdem, Designen ist eine *self-fulfilling prophecy* – wenn es richtig gemacht wird. Aber das Wesentliche an jener speziellen *self-fulfilling prophecy* – Tod durch Krebs – war, daß allein schon das Aussprechen der Prophezeiung unweigerlich Krebsangst auslöste. Jedesmal, wenn ich es sagte, wußte ich, daß es sich erfüllen würde. Trotzdem war ich überrascht, als er bei mir diagnostiziert wurde – komisch, was? Sehr amüsant.

Außerdem hatte ich zu den Mädchen, die mit meinen schwarzen Stimmungen aufwuchsen, gesagt: »Wenigstens geht es uns in einer guten Umgebung schlecht.« (Schlecht, weil ihr Vater uns verlassen hatte; schlecht, weil er die Rechnungen nicht bezahlt hatte, so daß wir weder Heizung noch Licht, noch Telefon hatten; schlecht, weil ich nicht aufhören konnte zu weinen; schlecht, *weil ich meine Schlüssel nicht mehr fand.*) Wenigstens geht es uns in einer guten Umgebung schlecht – ha! Was für ein Trottel ich doch war – es war ja genau andersherum; ich hätte sagen sollen, in einer *schlechten* Umgebung *gut* – das wäre der richtige Weg zum Weitermachen gewesen. Wenn ich den eingeschlagen hätte, dann würde ich jetzt vielleicht nicht so verdammt wenig Stoizismus besitzen, hätte nicht soviel Angst vor diesem Schmerz, keinen so großen Ekel vor dieser Übelkeit.

Man gibt mir Medikamente gegen die Übelkeit, aber von denen wird mir schlecht. Vielleicht bekomme ich noch mehr. Ja – bestimmt. Sie stopfen mich so voll mit Pillen, daß ich mir irgendwann gleichzeitig die einen in den Mund schiebe und die anderen wieder auskotze. Ha-ha. Hier kommt Dr. Steel, zwischen den Rollbahren hindurch tänzelt er über das wirbelbunte Linoleum. Er trägt einen weißen Mantel, der zwar liebevoll gewaschen und gebügelt ist (von Mrs. Steel?), dann aber so ungeschickt zusammengelegt wurde, daß die dicke Baumwolle ein Muster aus steifen Quadraten bildet. Damit sieht er aus, als würde er eine Art Wappenrock tragen. Der heilige Georg, der sich ins Krankenzimmer schleicht, um mit dem Tumordrachen zu kämpfen … »Hallo, Doktor.«

»Ms. Bloom, Ihre Töchter sind hier.«

»Freut mich.«

»Beide.« Ich frage mich, welche er nicht ausstehen kann – verdient hätten sie es beide. »Aber bevor sie zu Ihnen kommen, möchte ich mit Ihnen noch kurz über die Zukunft reden.«

»Sie meinen den Mangel daran – zumindest für mich.«

»Sehen Sie, ich habe mich heute morgen nicht besonders gut ausgedrückt, ich fürchte, diese Dinge sind nicht gerade meine Stärke …« Ja, das habe ich mir auch schon gedacht. Ich glaube, Steel ist einer der Ärzte, die praktizieren, weil sie die *Krankheit* lieben, nicht den Kranken. Ja, er liebt die Krankheit. Er sieht sich gern Mikroskoppräparate an, die Schnitte durch interessante Krebse zeigen. Er mag die überraschend leuchtenden Farben und die komplexen Verwindungen des Gewebes. Ja, und in nachdenklicheren Augenblicken neigt er dazu, über das Wesen des Krebses zu spekulieren. Er läßt sich über die Tatsache aus, daß in grauer Vorzeit Krebs unbekannt war, daß er zur selben Zeit entstanden sein mußte, als die menschliche Vernunft aus der Dunkelheit auftauchte. Nach ein paar Gläsern gutem Single Malt versteigt er sich vielleicht sogar zu der Theorie, daß die eigentümliche Morphologie bestimmter Krebsarten möglicherweise darin begründet liege, daß sie in Wahrheit winzige zelluläre Modelle des kopernikanischen Universums selbst sind! »... es ist nie einfach, jemandem zu sagen, daß wir nicht mehr viel für ihn tun können.«

»Ich fühle mit Ihnen – das tue ich wirklich.«

»Ms. Bloom – das hilft uns nicht weiter. Sie können hier im UCH bleiben, wenn Sie wollen, obwohl ich weiß, Ihnen ist ebenso bewußt wie mir, daß das Bett gebraucht wird. Oder, das weiß ich von Mr. Khan, es kann im St. Barnabas ein Bett für sie bereitgestellt werden –«

»In dem Hospiz?«

»Ja, in dem Hospiz.«

»In Muswell Hill?«

»Ich glaube schon.«

»Ich sterbe doch nicht in Muswell Hill – früher bin ich nicht mal zum Einkaufen nach Muswell Hill gefahren. Ich will nach Hause.«

»Oder Sie können nach Hause gehen. Können Ihre Töchter die Pflege für Sie organisieren? Sie verstehen natürlich, daß es rund um die Uhr sein muß.« Oder, oder, oder – aber man bemerke: kein Entweder.

»Eine der beiden kann es.«

»Das wäre dann wohl Charlotte, nicht?«

»Ich kann mir nicht vorstellen, daß Natasha viel organisieren kann – Sie etwa?«
»Ähm, nein, vielleicht nicht.« Er rafft die Quadrate seines jungfräulichen Wappenrocks zusammen und schreibt etwas mit einem Bic Fine auf ein Klemmbrett. Er ist wunderbar rasiert, Dr. Steel, perfekt gepflegt. Wenn er einmal Krebs bekommt – und irgendwann muß er, es ist eine *self-fulfilling prophecy* –, dann wird es ein hübscher ordentlicher Krebs sein, ein winziger Tumor in seinem Hirn, der einfach auf irgendeine lebenswichtige Arterie drückt und ihn ausschaltet wie eine Lampe. Wobei seine Kleidung ordentlich gebügelt und sein Körper makellos bleibt.
Ging er dann? Die Leute machen das inzwischen immer so – sie verabschieden sich nicht von mir, sie verschwinden einfach. Ich schätze, sie glauben, daß inzwischen alle Unterhaltungen mit mir ein Abschiednehmen sind – der alten Schachtel braucht man nicht mehr auf Wiedersehen zu sagen, die ist eh schon hinüber. Und es stimmt – ich fühle mich wirklich abwesend. Ich fühle mich auf die gleiche Art abwesend wie während der ödematösen Schwangerschaften, die zu David und Charlotte und Natasha führten. Damals kam es mir jedesmal merkwürdig vor, daß ich mich absentierte, während diese so wichtigen Gäste zur Party des Lebens eintrafen, aber jetzt sehe ich, daß alles miteinander verbunden ist, daß es ein kompensatorisches Arrangement gibt – Ankünfte und Abfahrten. Terminales Leben im Terminal des Lebens.
Anscheinend war ich ein paar Minuten lang weggetreten, denn als die Mädchen ins Zimmer kommen, wecken sie mich mit ihrem Gezanke.
»Es macht mir nichts aus, dir das Geld zu geben – ich will nur keinen Blödsinn von wegen Kredit hören.«
»Aber ich zahl's dir zurück.« Diese schmeichlerische Stimme ist von Natur aus wohlklingend und schön.
»Nein, das tust du nicht, du hast es noch nie getan.« Dieser sachliche, reife Tonfall ist von Klassendünkel stranguliert.

»Tu ich doch – ich besorg mir einen Job.« Dieser Trotzrotz ist so falsch.

»Einen Job? Du?« Diese Arroganz ist völlig glaubhaft.

»Bei den Hunden – in Hackney.« Hackney ... wie absolut unpassend für dieses, dieses ...

... Bild von einem Mädchen. Sie ist wirklich wunderschön, meine Natasha. Sie sollte ellbogenlange weiße Handschuhe tragen und mit silbernem Drehbleistift ihre Tanzkarte beschriften. Statt dessen hat sie die Ärmel eines schwarzen Kaschmirpullovers bis über die Handgelenke heruntergezogen. Wenn sie sich ihre Schüsse nur in die Fußsohlen setzen würde! Ihre schwarzen Haare sehen aus wie mit einer Zickzackschere geschnitten. Ihre blauen Augen sind kohlschwarz umrahmt, was ihre noch schwärzeren Augenringe verdeckt. Natürlich ist sie high. Ihre Pupillen sind tote Punkte in welken Iriden. Sie ist ein paar Zentimeter größer, als ich es war – einsachtundsiebzig, schätze ich –, aber Natasha ist kleiderbügeldünn. Als ich sie das letzte Mal nackt sah, konnte ich ihre Rippen zählen. *Ihr* hätte man die Brust amputieren sollen – sie hätte es überhaupt nicht bemerkt. Aber ihre Stärke sind sowieso ihre Wangenknochen. Ihre Wangenknochen und ihr Charme. Wie kann jemand mit einem so großzügigen Mund nur so wenig geben? Aber das ist auch egal, denn Natty ist nicht auf der Welt, um zu geben – sie ist eine Nehmende. Sie nimmt jedem Mann sein Herz oder seine Brieftasche und heutzutage seine Kreditkarten und auch sein Handy. Ja, ich frage mich, ob es dieses besondere Talent ist – die Antwort »Ja« aus einem herauszulocken, bevor sie überhaupt eine Frage gestellt hat –, das sie so unfähig macht, ihren eigenen inneren Stimmen zu widerstehen, ihren eigenen charmanten Dämonen. »Ein bißchen Heroin, Natty?« säuseln sie ihr ins Ohr, und sie antwortet: »Klar, warum nicht?« Sie sagt, sie ist Malerin – und es stimmt, daß sie auf der Kunstakademie war. Leider ist sie nicht reich genug, um eins dieser Mädchen zu sein, die malen, also muß sie eine Frau sein, die Wände bekleckst. Sie hat einmal

ein Wandbild – ein »Wabi«, wie sie es nennt – für ein Gemeindezentrum gemacht, aber dem augenblicklichen Streit nach zu urteilen, muß das schon lange her sein.
»Die Hunde, wie passend«, sagt Charlotte. »Da dürftest du keine Schwierigkeiten haben, wie man vor die Hunde geht, weißt du ja bereits.«
»Ach, leck mich, du materialistische Kuh. Wenn du mir die zwanzig Mäuse nicht borgen willst, dann laß es sein. Kauf dir davon 'ne Pediküre oder 'ne Massage. Laß dir deinen spießigen Arsch im Sanctuary durchspülen, ist mir doch egal.«
»Zwanzig Pfund sind ziemlich viel Geld.« Typisch für Charlotte, wie sie »zwanzig Pfund« sagt. In einem völlig sachlichen Tonfall. Sie kennt den Wert der Worte, die Geld sind. Ich hebe ein Lid, um mir die beiden anzuschauen. Natty steht vor dem spitzgiebligen Triptychon eines verfaulenden gotischen Fensters. Mein Bett steht in einer Nische – ich führe ein Nischenleben. Das paßt zu ihr, diese Mischung aus Verwahrlosung und Kirchlichem. Man kann sie sich leicht als Madonna des Drecks vorstellen. Charlotte hat Dr. Steels Platz auf dem Stuhl neben dem Nachttischchen eingenommen. Sie hat Blumen mitgebracht und eine Flasche Nährbier. Ich bat sie gestern nachmittag, mir Nährbier zu bringen, weil ich es zu der Zeit mehr als alles andere auf der Welt begehrte, mehr als Licht, mehr als das Leben, mehr als Liebe. Das war gestern nachmittag, jetzt würde ich lieber kotzen, als die Brühe zu trinken.
Es ist ein bißchen wie Charlotte, das Nährbier – bei beiden bleibt die Wirklichkeit hinter der Erwartung weit zurück. Nein, schlimmer noch – beide sind etwas, das man nur will, wenn es nicht da ist. Charlotte ist eine dieser Frauen – sie ist eine Frau, kein Mädchen, obwohl sie erst dreißig ist im Vergleich zu Nattys entwicklungsgehemmten siebenundzwanzig –, die es sich zur Aufgabe machen, das noch zu optimieren, was die Natur ihnen gegeben hat. Sie ist ein großes, blondes, fleischiges Ding wie ich. Manchmal erinnert sie mich so sehr an die linkische Art meiner

eigenen Jugend, daß ich es kaum ertragen kann. Ja, sie sieht aus wie ich: einsfünfundsiebzig und mindestens siebzig Kilo schwer; große, lenkbare Titten, die noch immer fest sind; kurze Taille; kräftige, dichte Haare. Eine pragmatische, dralle, blonde Frau. Sie könnte damit gut zurechtkommen – wie ich es getan habe –, wenn sie die Nase hätte, aber die hat sie nicht, nicht diesen weit vorstehenden Kiel, der mich durch die Meere des Lebens führte. O nein. Wo diese Nase sitzen sollte, zeigt sich das kleine Klümpchen ihres Vaters, David Yaws' Knopfnase. »Stupsnäschen«, nannte seine Mutter das Ding oft. »Schweinsrüssel«, erwiderte ich dann.

Sie hat also Yaws' Nase und auch den Rest seines Gesichts. Wenn ich sie, wie jetzt, mit trüben Augen ansehe, kommt es mir vor, als hätte man ihr einen Schnappschuß von Yaws' Gesicht mit Tesa auf ihr eigenes geklebt. Es mag vielleicht falsch sein, daß ich meine ältere Tochter nicht mag, nur weil sie ihrem Vater so ähnlich sieht, aber mir reicht das. Aus welchen anderen Gründen soll ich sie denn sonst nicht mögen? Weil sie die Stelle ihres Bruders einnahm, der starb, bevor sie geboren wurde? Ja, auch das wäre ein guter Grund. Und was ist mit der Tatsache, daß sie penibel, ordentlich und effizient ist – all das, was ich nie geschafft habe? Hm, ich würde sagen, als Ergänzung könnte das auch durchgehen. Die arme Charlotte mit ihrem so durch und durch *englischen,* mittelalten Mittelschichtsgesicht, das ganz verzerrt ist vor Anstrengung, weil sie sich gleichzeitig mit ihrer drogensüchtigen Schwester und ihrer sterbenden Mutter abgeben muß. Nur gut, daß sie Mr. Elvers hat, auf den sie sich verlassen kann. Nicht daß ihr Ehemann im Augenblick anwesend ist – wahrscheinlich steht er im Aufenthaltsraum und telefoniert mit dem Münzapparat oder seinem Handy, oder er lehnt sich zum Fenster hinaus, um Passanten auf der Straße Anweisungen zurufen zu können. Er ist schon sehr kommunikationsfreudig, unser Mr. Elvers.

»Sie ist wach, Natty. Sei jetzt still.«

»Ich hab doch gar nichts ge –«

»Pscht.«
»Mädchen. Sind das meine Mädchen?«
»Wir sind hier, Mum.« Charlotte beugt sich vor und nimmt meine vor Arthritis geschwollene Hand in die ihre, die einfach nur geschwollen ist.
»Bist du das, Charlie?« Ich packe so viel zitternde Aufrichtigkeit in diese Frage, wie ich nur kann.
»Ja, Mum, ich bin's.«
»Warum hast du dir dann einen Schnappschuß von deinem verdammten Vater aufs Gesicht geklebt?«
Charlotte erschrickt, Natty lacht. »Alles klar, Mumu? Noch immer die große Sprücheklopferin, was?« Sie bückt sich und drückt mir einen Kuß auf den Mund, der mehr ist als ein Hauch.
»Mutter!« ruft Charlie – sie zog es schon immer vor, meinen Haß auf ihren Erzeuger als boshafte Schauspielerei zu betrachten. »Dr. Steel hat mit uns beiden gesprochen.« Und jetzt weiß ich, daß das Spiel aus ist. Solange es nur die Ärzte, die Schwestern, die Mr. Khans wußten, konnte es nicht wahr sein. Es war eine schmuddelige, aber unwahrscheinliche Tatsache – die man einfach in einer Pappkartonnierenschale entsorgt. Aber jetzt, da Charlie es weiß, die effiziente Charlie, tja – da könnten meine Knochen ebensogut bereits in diesem Kremulator pulverisiert werden. Ich möchte wetten, daß sie sich während des Gesprächs mit Steel bereits Notizen in ihrem Filofax machte, mit sauber unterstrichenen Überschriften: TOTENSCHEIN, BESTATTUNGSUNTERNEHMEN, BEGRÄBNIS. Wisch und weg – so ist Charlie.
»Natty-watty.«
»Mumu.«
»Mein Baby.« Ich strecke die Arme aus, und irgendwie schafft sie es, ihre fast Einsachtzig in meiner Umarmung unterzubringen. Ich kann das Henna in ihrem Haar riechen und sein Kratzen an meiner blassen Wange spüren, aber sie fühlt sich gut an, fühlt sich an wie mein Baby. Wenn sie mein Baby ist, bin ich ihrs. So ist das mit den jüngsten Kindern – das ganze Leben lang geben sie

einem das Gefühl, selber die Jüngste zu sein. An ihr kann ich nie auch nur eine Spur von David Yaws entdecken.
»Willst du heim, Mumu?«
»Es ist beschissen hier drin, Natty – das Essen ist Scheiße, die Einrichtung ist Scheiße und mein Gott, die Leute erst!«
»Du gehst nach Hause, Mumu. Ich komme mit und kümmere mich um dich, versprochen.«
»Ich dachte, du hast einen neuen Job?« sagte Charlotte.
Natasha fährt hoch. »Hab ich auch, aber was ist wichtiger, ha? Geld verdienen oder sich um die sterbende Mutter kümmern, hmm? Nein – sag lieber nichts.«
»Es gibt gewisse praktische Dinge zu regeln« – Charlotte war dafür geschaffen, so etwas zu sagen. »Mum braucht richtige Pflege. Ich habe schon vermutet, daß du zurück in deine Wohnung willst, Mum, und deshalb kümmert Richard sich um eine Pflegekraft, und ich habe Molly zu dir geschickt, damit sie die Wohnung putzt und aufräumt – okay?«
»Vermutlich.« Nur vermutlich, weil Molly – Charlies und Richards philippinisches Faktotum – eine andere Vorstellung von Putzen hat als ich.
»Aber Mum – du kannst doch nicht in einer schmutzigen Wohnung krank sein.«
»Krank bin ich dort seit zwei Jahren; was du meinst, ist, daß ich nicht in einer schmutzigen Wohnung sterben kann. Komm, sag's. Schmutzig-schmutzig-schmutzig. Sterben-sterben-sterben.«
»Mu-um!« rufen sie im Chor, und in diesem Punkt sind die beiden sich einig: in diesem beständigen Bedürfnis, Mummy zu erziehen, Mummy zu ermahnen. Was werden sie nur tun, wenn ich mal nicht mehr bin? Dann haben sie nichts mehr, was sie zusammenhält.
Aber es ist gut, die verächtliche, wegwerfende, zynische Pose zu bewahren – das hält die Angst in Schach. Ich will nicht vor ihnen zusammenbrechen, nicht jetzt. Dafür ist später noch genügend Zeit.

»Dr. Bowen – die Stationsärztin – kümmert sich schon um deine Entlassung.«

»Mit Entlassungen kennt sie sich ja aus.«

»Wie bitte?«

»Na ja, in letzter Zeit mußte sie sich ziemlich viel um das kümmern, was mein Körper entlassen hat.«

»Ach Mutter, also wirklich.« Ich habe wirklich, wirklich, wirklich ernsthaft die Schnauze voll von diesem »also wirklich«. Mein Leben könnte *wirklich* etwas sein, worum es sich zu kämpfen lohnte, wenn ich sicher sein könnte, daß, nachdem man mir die restlichen Haare mit Bestrahlungen vom Kopf gebrannt und mich mit Chemotherapie vergiftet hat, kein Mensch in meiner Nähe je wieder »also wirklich« in diesem Tonfall sagt. Aber Natty sagt nicht »also wirklich« – sie wäre nie so krass. Statt dessen lacht sie. Sie ist eine prosaische Seele, meine Natty. Eine Furzerin und Lacherin. Allerdings, wenn sie gewaschen und gekämmt, gut angezogen und gestiefelt ist, dann sieht Natasha aus, als würde sie Schokoladeneiscreme scheißen, wohingegen die arme alte Charlie immer nur aussieht, als würde sie glauben, daß sie es tut.

»Richard wartet auf uns, und in einer Weile fahren wir heim – er hat den Mercedes dabei.«

»Wie schön.«

»Ich komme auch mit, Mumu. Und dann mach ich dir das Essen, das du grad am liebsten magst.«

»Dann eine extradicke Schokotorte.« Und während ich ins Kissen zurücksinke (das ist übrigens das einzig Gute an modernen britischen Krankenhäusern – gute, große, saubere, hübsch dralle Kissen; wenn die nicht wären, dann wäre dieser Laden wirklich das Bed&Breakfast für die Seele), fangen die beiden an, mein Köfferchen mit meiner armseligen Habe aus Shampookissen und Büchern und Frauenmagazinen und Unterwäsche vollzustopfen. Mein ganzes Leben lang hat meine Unterwäsche mich genervt – wenigstens diese Sorge bin ich jetzt bald los. Das Playtex-Totenhemd – trennt dich vom Leben, erhebt dich in den Himmel.

In den Sechzigern, als die Mädchen noch klein waren, trug ich natürlich noch Strumpfhose und Hüfthalter oder Strümpfe und Hüfthalter oder einfach nur die verdammten Hüfthalter. Alles, was diese dralle Ceres der Bäuche platt drückte und mich zur Sylphe preßte. Erst kamen die Mädchen, und dann die verdammten Hüfthalter. Wenn ich Strümpfe trug, dann klemmte ich sie an Clips, die doch tatsächlich an den Hüfthaltern befestigt waren – was für ein Abrieb von Nylon und Gummi und Stahl. In den Sechzigern war spontaner Sex unglaublich schwierig. Auch noch die hitzigste Erregung war schon fast wieder erloschen, wenn er es endlich geschafft hatte, eine Hand in dieses Durcheinander zu schieben – geschweige denn seinen Schwanz. Es war wie ein dreiminütiger Fliegeralarm: »Aalüüüü! Aaalüüüü! Sex kommt! Sex kommt!« Und *schnell, schnell, Jungs – eine Ekstase des Fummelns;* aber dann: »Aaalüüüü Mum-may!« Das war die Entwarnung, die keine Entspannung versprach, und schon war's verdammt noch mal zu spät. Nicht daß ich den Sex mit ihrem Vater besonders toll fand – aber damals ging es ums Prinzip. Als ich aufwuchs, war Sex *wirklich* wichtig. Wir hatten keine Drogen, kaum Konsumgüter, aber wir konnten bumsen. Erwachsen wurden wir während des Zweiten Weltkriegs, und damals war es praktisch Pflicht, mit allen und jedem ins Heu zu hüpfen. Dann kamen die Fünfziger und Sechziger, in denen für mich jede Fehlzündung eines Autos klang wie die Detonation einer Zehnmegatonnenbombe. Der kalte Krieg machte mich nicht gerade heiß, aber zusammen mit vielen, vielen anderen nahm ich an, daß das, was ich wirklich wollte, wenn die ganze Chose über uns zusammenkrachte, ein guter Fick mit Dr. Strangelove war.

Das oder die Kleine umbringen. Oder beides. Die Kleine umbringen, während ich mit Strangelove ficke – das waren für mich die frühen Sechziger. Aber *eigentlich* war es die Kleine umbringen. »Wenn Sie die Bombe wirklich abwerfen, müssen wir die Kleine umbringen«, sagte ich damals zu David Yaws. »Das ist dir doch bewußt, oder«, sagte ich beim Abendessen, in dieser Zeit pas-

sierte alles beim Abendessen, »denn auch wenn wir die Bomben überleben, die sie auf London abwerfen, werden wir uns wünschen, daß wir nicht überlebt hätten. Es wäre das Beste für sie.«
»Weißt du, Lily«, erwiderte er dann, während er sein Essen auf die englische Art schaufelte, mit der Gabel als kleinem Bulldozer und dem Messer als winziger Barriere, »die Sowjets haben diese Verhandlungsrunde zwar verlassen, aber sie kommen zurück. Sie wissen, daß ein Atomkrieg Wahnsinn wäre – so wie Eisenhower das weiß.« O Gott. Was für ein elender Phrasendrescher dieser Mann doch war. Er redete immer, als hätte man ihn erst kürzlich in dieser Sache konsultiert. »Ist dort Mr. David Yaws, der Kirchengeschichtler?« »Am Apparat.« »Ich habe hier den Vorsitzenden des Politbüros für Sie in der Leitung ...« Während ich es kaum über mich brachte, eine Zeitung auch nur anzusehen, verschlang Yaws Krise um Krise, voller Zuversicht, daß keine ihn je betreffen würde, daß er einfach weitersegeln konnte, wie er es immer getan hatte.
Im Krieg war Yaws bei der Royal Navy gewesen. »Ich war bei den Nordatlantikkonvois dabei«, pflegte er zu sagen, an Kneipentresen, Golfclubtresen, Speisewagentresen – überall, wo er sich, die Hände in den Taschen seiner Flanellhosen, angemessen in Pose werfen konnte. In Wahrheit aber war er nur am Startpunkt der Atlantikkonvois gewesen. Er war der Typ, der kontrollierte, ob sie auch genügend Kugeln oder Kekse oder was sie sonst noch brauchten geladen hatten. Er war der verdammte Quartiermeister. Er fror sich nicht mitten auf dem Ozean die Eier ab, o nein, nicht Yaws. Nein, er hockte bequem an Land auf den Orkneys, in einem gemütlichen Farmhaus bei einer einsamen Farmersfrau einquartiert. Ich bin mir ziemlich sicher, daß inzwischen einige Orkneyaner mittleren Alters mit Yaws-Masken vor ihren Gesichtern herumlaufen. Schon erstaunlich, daß ein so schwerfälliger Mann einen so geschwinden Schwanz haben kann.
Es ist die Babysprache, die mich an das alles erinnert hat, die Babysprache, die ich mit Natty spreche. Ich habe mit ihr immer

zuviel Babysprache gesprochen, und das dürfte der Grund sein, warum aus ihr so ein Baby geworden ist. Mit Charlotte habe ich sie zwar auch gesprochen, aber ich glaube, das war nichts als der Versuch, sie ein bißchen mehr wie ein Baby erscheinen zu lassen und ein bißchen weniger wie eine verkleinerte Version von Yaws. Eines Abends im Mai 1960 gingen Yaws und ich zu seiner Schwester und seinem Schwager zum Abendessen. Bunny hieß seine Schwester. Die ganze Familie hatte kitschige Spitznamen, die ganze Welt war ihnen eine Kinderstube. Auf jeden Fall hatte Bunny sich die Mühe gemacht, für uns Wachteln zu besorgen. Die kleinen Vögel lagen auf unseren Tellern, die Füße mit den Klauen am Tellerrand, die Köpfe aufgeschnitten und danebengelegt. Das machte man so, damit man das Hirn herauslecken konnte, das schließlich als Delikatesse betrachtet wurde. Ich kostete nicht von der Köstlichkeit. Die Vorstellung, meine Zähne in diese Eierschalenköpfe zu schlagen, ekelte mich an, um so mehr, als die versammelte Tischgesellschaft genau das tat, und zwar ziemlich lautstark. Ich kam mir vor wie in einer Geschichte von Kafka. Ich probierte das Fleisch, aber für mich schmeckte es fischig, und als keiner hersah, versteckte ich mein Pärchen unter einem großen, welken Salatblatt.

»Lily glaubt, wir müssen Charlotte umbringen, wenn sie die Bombe abwerfen«, sagte Yaws, und Bunny und Mr. Bunny kicherten höflich. Für mich klang das wie »Lily denk, wi' müss Charlie-Mausi umbring, wenn Bumbum hochgeht.« Sowohl Babysprache wie – komischerweise – Schwarzenslang. Als wir an diesem Abend nach Hause kamen und Yaws den Fernseher einschaltete, wurden die Nachrichten in Babysprache gesendet. »De Sowjets, de wolln nich mehr vahandln. Sin böse. Nich wie da Westn. Ganz böse Buben.« Ich sagte zu Yaws, der Nachrichtensprecher – ein Säufer, dessen Schtickl es war, genau das zu sein – spreche Babysprache, aber er beachtete mich nicht. Am nächsten Tag hörte ich nach *Mrs. Dale's Diary* eine Radiomeldung in Babysprache, und als Yaws von der Universität nach Hause kam, ertappte er mich dabei, wie ich Charlotte, die damals zwei war, sagte, daß sie sterben müsse – natürlich in Babysprache. Virginia Bridge war mit ihrem schwarzen Gladstone-Koffer bei uns, bevor man »Barbiturat« sagen konnte. Oder zumindest »Babarbibituburabat«.

Zu dieser Zeit waren es die Barbiturate. Virginia nannte sie die »gelbe Medizin«, aber ich wußte verdammt genau, was es war. Sie fesselte mich für die nächsten sechs Monate an ein gelbes chemisches Bett, und danach bemerkte ich, daß ich mit Natasha schwanger war. Ich frage mich, ob das mithalf, sie in Morpheus' Arme zu treiben, dieses Fruchtwasserbad aus gelber Medizin. Es half auf jeden Fall mit, mich in noch größere Angstzustände zu stürzen. Nach Davids Geburt 1948 war ich klaustrophobisch, nach Charlottes Geburt zehn Jahre später war ich agoraphobisch. Aber nach Natashas Geburt 1961 konnte ich weder drinnen noch draußen sein. So stand ich oft mit dem Baby im Arm in der Hintertür und schwankte zwischen den schrecklichen Nichtalternativen. Ich schätze, das ist das einzig Gute, was man übers Sterben sagen kann: Es faßt all diese irrationalen Ängste zusammen und übertrumpft sie lässig mit der ganz großen. Keine Einsätze mehr. *Rien ne va plus.*

»Ich mag es, daß sie diese Katzen in die Zimmer lassen«, sage ich zu Natty, die meinen Koffer gepackt hat und mir jetzt aus dem Nachthemd und in meine Straßenkleidung hilft.

»Was?« Ich schätze, sie schlägt sich mit ganz anderen, lebensnäheren Sachen herum – woher sie ihren nächsten Schuß bekommt, zum Beispiel, jetzt, wo sie es nicht geschafft hat, ihre Schwester anzupumpen.

»Die Kätzchen – in den Krankenzimmern. Keiner scheint was dagegen zu haben. Da ist eine getigerte, die den ganzen Tag auf dem Bett dieser alten Dame sitzt; und dann noch eine Schildpattkatze, die ab und zu mal durch dieses Fenster hereinkommt und sich auf meinem Bauch zusammenrollt. Es ist so tröstend – ob das wohl eine neue Therapieform ist?« Aber das lockt sie auch nicht aus der Reserve, sie schaut mich nur komisch an. Komisch. So wie man Sterbende anschaut, die Trugbilder sehen.

So, und jetzt kommen Richard Elvers und seine Gattin. Sehen Sie nur, wie gut sie zusammen aussehen – mit all dem Auftreten und der Eleganz, die sich mit Geld erkaufen lassen. Man muß zugeben, daß Charlotte eine kluge Wahl getroffen hat, weil sie einander so gut ergänzen. Beide fleischig, beide kotverhaltend, beide getrieben. Elvers ist ein großer Mann mit sandfarbenen Haaren und einer gesund geröteten Hautfarbe (er trinkt nicht). Er bevorzugt dunkle zweireihige Anzüge, die sein Fett kaschieren. Sie ebenfalls. »Hallo, Lily« – er beugt sich vor und pickt mit spitzen Lippen nach mir, als wäre ich bereits Aas –, »ich habe eben mit Molly gesprochen, und sie hat den Familiensitz mal tüchtig auf Vordermann gebracht.«

»Oh, das ist schön.« Jetzt, da die Filipina ihre Nummer durchgezogen hat, darf ich zurückkehren.

»Das Auto steht direkt vor der Tür im absoluten Halteverbot – also sollten wir uns besser auf die Socken machen.«

»Und hopp«, sagt Natasha, und zusammen mit Richard stellt sie mich auf die Füße. Ich werfe den Überzähligen in den anderen Betten ein Abschiedslächeln zu – auf Wiedersehen braucht man nicht zu sagen. Schwester Smith ist zusammen mit den zwei Schwestern, die die Nachtschicht übernehmen, im Schwesternzimmer. »Schön, Sie wieder auf den Beinen zu sehen, Mrs. Bloom, und noch dazu am Arm eines so attraktiven Herrn.« Sie hat wahrscheinlich angenommen, daß Elvers einer von meinen ist. Pfui – die Frau ist wirklich ein Trottel. Trotzdem lächle ich, so gut ich kann, zeige ihr mein Plastikgebiß. Es dürfte schließlich das vorletzte Mal sein, daß ich ein Krankenhaus verlasse.

2. Kapitel

Ich bin froh, daß er einen Strafzettel bekommen hat – und traurig, weil es nur eine Verwarnung über sechzehn Pfund ist. Er hätte eine unbegrenzte Strafe verdient: eine freischwebende Axt sollte für immer über seinem Kopf pendeln und ihn spalten, falls er je irgend etwas falsch macht. Und worin liegt der Fehler dieses aufrechten Unternehmers, der so gütig war, meine Tochter, auf die ich, ehrlich gesagt, gut verzichten könnte, zu heiraten, zu beschützen und ihr sogar treu zu sein? Er ist erfolgreich, und das mögen wir nicht. Erfolgreich sein kann schließlich jeder, aber es braucht Mumm, ein Versager zu sein. Richard hat keinen Mumm in den Knochen, und das ist vielleicht der Grund für seine juvenile Jovialität. Und auch in diesem seinem knabenhaften Bauch ist nichts außer dem Gas des Marketing, ohne das – wie jeder Narre wisset – kein Sauerstoff der öffentlichen Wirksamkeit entstehen kann.

So setzen wir uns also samt unseren Tumoren in die blaue Zelle des Mercedes und fahren davon. Richard kocht ein wenig, aber nur innerlich. Das Auto ist wie Richard selbst: modisch unmodern, korpulent, solide, effizient. Und marineblau – ein deutsches Schlachtschiff. Mercedes ist so stolz auf die Langlebigkeit seiner Fahrzeuge, daß ich mich frage, warum sie sich überhaupt die Mühe machen, neue Modelle herauszubringen. Jetzt, da wir die Zielgerade zum Ende des Millenniums hinunterbrausen – ich sage absichtlich »wir« –, würde man doch eher vermuten, daß sie die älteren Modelle wieder auf den Markt werfen. »Ladies and Gentlemen, meine Damen und Herren, Mercedes Benz, einige Jahre lang autorisierter Fahrzeughersteller des tausendjährigen Reichs, ist stolz darauf, Ihnen die allerälteste, allerneueste

Pferdelose Kutsche vorstellen zu können. Mit Liebe zusammengebaut von drei uralten Handwerkern, Veteranen der Schlacht von Sedan, präsentiert sich die Pferdelose Kutsche mit einer Vollholzkarosserie und einem Armaturenbrett aus solidem Metall. Vasen und Ridiküls sind optional, Sesselschonbezüge gehören jedoch in jeder Pferdelosen Kutsche zur Grundaus –«

»Schau, Mumu«, unterbricht mich Natty – sie sitzt mit mir im Fond, die Erwachsenen vorne –, »da ist *Jew*mar.« Und wirklich, dort an der Ecke der Prince of Wales Road ist Jewmar – oder das, was einmal Jewmar war, als die Mädchen noch klein waren. Jetzt ist davon nur noch der schwarze Umriß eines aufs Mauerwerk schablonierten Schriftzugs übrig. Jewmar – oder Lewmar, um es bei seinem korrekten Namen zu nennen – war ein Haushaltswarengeschäft im Besitz von Lewis und Mary Rubens, dem Ehepaar, das in den Sechzigern und Siebzigern in Hendon neben uns wohnte. Lewis und Mary – daher Lewmar; und daher, in unserer antisemitischen Weltsicht, *Jew*mar – Judmar.

Als Yaws und ich mit der damals einjährigen Charlotte nach Hendon zogen, fand ich die Rubens einfach unglaublich. Hier, durch den Filter der Stores erspäht, in einem karierten Nylonhauskleid herumwuselnd oder sich auf der Velourswohnzimmergarnitur fläzend, war all die säuerliche, affektierte Fastvornehmheit meiner eigenen jüdischen Mittelschichtsherkunft. Das Haus der Rubens roch nach gefilte Fisch und Matzeklößchen – trotz der Tatsache, daß Mary Rubens unaufhörlich putzte, ja, eine Reinigungsmaschine war. Und waren sämtliche Oberflächen erst einmal sauber, bedeckte sie sie mit Glas oder Plastik oder Vinyl. Glasplatten lagen auf jedem Tisch, gepunktete Streifen transparenten Vinyls schützten jeden Teppichsaum, jeder Sessel steckte in einem Plastikschonbezug. Das ganze Haus war eingekapselt – doch das diente nur dazu, die Gerüche drinnen zu halten. Nebenan, auf der anderen Seite der Hecke, warf ich unterdessen Librium ein und bügelte Falten in Yaws' Hemden. Schließlich hatte ich in wahrhaft schäbige Vornehmheit einge-

heiratet, und da gab es Ansprüche, bei deren Erfüllung ich einfach versagen *mußte.*
Jewmar mit seinen kargen Seitenschiffen voller Scotch-Brite-Riegel und seinen Rokokokapellen voller wuscheliger Mops ist längst verschwunden; es wurde ersetzt durch eine Filiale von Waste of Paper, einer landesweiten Ladenkette, die Drucke, Poster, Postkarten und dekorative Papeterie verkauft. Die Läden wurden in den Siebzigern eröffnet, um Posthippiekram zu verkaufen – blumige Bucheinmerker, buchförmige Blumenpressen, Sie kennen den Scheiß. Vorwiegend an Jugendliche, würde ich meinen. Ich erinnere mich noch an die erste Filiale im Untergeschoß des Kensington Market, und ich erinnere mich auch noch an den dicklichen, pickeligen, weichärschigen Besitzer, einen gewissen R. Elvers. Ja, Elvers ist der Mann hinter Waste of Paper, und deshalb sagte Natty *Jew*mar auf diese so sarkastische Weise, mit der Betonung auf *Jew.* Nicht daß Elvers Jude wäre, Sie verstehen, es ist nur so, daß er wie viele liberale Engländer unseren jüdischen Antisemitismus nur schwer verdauen kann. Ach Gott. So viele Leute zu verhöhnen – und so wenig Zeit.
Ja – aber wissen Sie was? Pommerland ist abgebrannt, und mir ist das wirklich scheißegal. Es ärgert mich, daß Richard über zweihundert Waste-of-Paper-Filialen hat. Es entsetzt mich, wie er Geschmack en gros kauft, nicht nur für seine Läden, sondern auch für sich und seine Frau. Hatte er eigentlich ein gewisses Startkapital des guten Geschmacks, frage ich mich, oder fing er in völliger Geschmacklosigkeit an? »Fast zu Hause, Mutter«, sagt Charlotte – als würde es stimmen. Doch als wir jetzt die Kentish Town Road hochfahren und in die Islip Street einbiegen, um uns in das Einbahnstraßensystem einzufädeln, bin ich mir gar nicht mehr so sicher, ob das hier wirklich mein Zuhause ist.
Wenn ich daran denke, welche gigantischen Anstrengungen ich unternahm, um mich in dieses Viertel zu integrieren, als ich vor zehn Jahren hierherzog, dann kommt mir zu Bewußtsein, wie armselig all die Bemühungen meines Lebens waren. Als ich über

den großen Teich kam, waren meine Versuche als Hausfrau so, als würde ein Kind mit Baukästen, Lego oder Meccano spielen. Sie waren kindisch, unproportioniert, und wenn ich damit fertig war, machte ich sie regelmäßig in einem Wutanfall wieder kaputt.

Eins muß ich David Yaws allerdings zugute halten – bei seinem Abgang zeigte er ein Gespür für Timing, das ihm in seinem Leben völlig fehlte. Nachdem er immer für alles zu spät gekommen war, verließ er mich schließlich im Winter 1970, nicht um sich mit Virginia Bridge zusammenzutun oder mit Serena Hastings oder irgendeiner anderen verklemmten vornehmen Möse, die er seit der Vorkriegszeit – zumindest einige waren davor – gevögelt hatte. Er ging auch nicht zu Maria dos Santos, seiner Kirchengeschichtskollegin und klischeehaft heißen iberischen Geliebten. Maria war diejenige, die er tatsächlich bis nach Sevilla *verfolgt* hatte, wo er vor ihrer Tür *jaulte* wie der dumme Hund, der er war, bis sie von ihrer hinteren Terrasse *herunterklettern* und zum Haus ihrer Mutter laufen mußte, um *mich* anzurufen und zu bitten, ich solle in seinem verdammten Hotel die Nachricht hinterlassen, er möge *nach Hause* kommen. Nein, nicht Maria – die mir sowieso immer recht sympathisch war. Nein, er ging nach *Crouch End* – gerade in dieses Kaff –, wo er ein Verhältnis mit einer kleinen alten Dame namens Wix hatte, einer Wendy Wix. Die so klein und alt und runzlig und so verdammt vornehm war, daß die Mädchen sagten, sie sehe aus wie eine Kreuzung zwischen einem Gnom und ihrer *Großmutter.*

Ich schätze, Yaws vermißte Mumsie, seine Mutter, die er im Jahr zuvor bis ins Grab hinein vernachlässigt hatte. Entweder das, oder er war wirklich gerontophil. Ein finsterer Gedanke, aber anscheinend hatte er, während die Dekaden vergingen und der pedantisch präzise Akzent seiner komfortabel gepolsterten Zwischenkriegsjugend vom gegenwärtigen Sprachgewirr verdrängt wurde, eine echte Sehnsucht nach einer kurzen Begegnung mit der Vergangenheit entwickelt. Mehr bekam er aber nicht, denn nachdem er schon als Gentleman versagt hatte, drückte Yaws sich auch vor dem Mannsein. Indem er starb. Es hieß, es sei ein Herzinfarkt gewesen, aber das klingt viel zu rasant für Yaws, der sein ganzes Leben in Zeitlupe durchwanderte. Nein, ich neige eher zu der Vermutung, daß sich seine sterbliche Uhrfeder einfach entrollte. Seine Ticktack blieb stehen, und niemand machte sich die Mühe, sie wieder aufzuziehen. Sein Herz machte tripp, machte trapp, ließ einen Schlag aus, dachte »Scheiß drauf« und blieb stehen. Er war sechsundfünfzig, noch eine dieser Drohnen, die nicht mehr wegkamen von der Leimleiste des Todes.

Schon komisch, daß damals Juden das Brackwasser des vorstädtischen London verschlammten. Merkwürdig, daß die Diaspora hinter Stores endet. Hinter beschissenen Stores. Anstatt nach Hollywood oder in die Gaskammern zu gehen, gesellte ich mich zu diesem verschleierten Haufen. Richard biegt vorsichtig in die Bartholomew Road ein, und wir schnurren sie entlang, wobei die Nazi-Federung alle Schlaglöcher schluckt. Nicht daß Kentish Town auch nur annähernd so heruntergekommen wäre wie Hendon; es ist viel fester im Zentrum der Stadt verkeilt, ein Tortenstück von einem Viertel. Ich zog 1979 hierher, als Natasha auf die Kunstakademie ging, und wieder einmal, wie schon so oft, organisierte ich meine Einführung selbst: einen Bibliotheksausweis besorgen, das beste Feinkostgeschäft entdecken, strategische Wege finden, schaufensterbummeln, Nachbarn kennenlernen. Mein Gott, bin ich froh, daß das jetzt alles vorbei ist; ich glaube nicht, daß ich es noch einmal aushalten würde. Da würde ich lieber nach Madison, Wisconsin, zurückkehren. Wo Dave Kaplan und ich die Eisenhower-Jahre verbrachten, oder zumindest einige davon. Madison – das war genau der Ort für Klaustro-Agro. Ein Speichenkranz aus Boulevards, durchweht von kalten Winden von den Seen her, und alle auf das nachgemachte Kapitol zulaufend, dem Fluchtpunkt der Demokratie.

»Wir sind da, Mumu, komm, laß dir heraushelfen.« Warum ist sie nur so übereifrig? Springt aus dem Auto wie der Blitz, kommt zu meiner Seite gelaufen und bietet mir ein Geländer von einem Arm zum Abstützen an. Au! Schmerz und Übelkeit. Was war zuerst? Natürlich wird mir schlecht vor Schmerzen, aber könnte es nicht auch sein, daß die Übelkeit mir solche Schmerzen verursacht? Wir schwanken zum Bordstein. Ich hatte ganz vergessen, daß Frühling ist, obwohl der in London oft nur einen gelbsüchtigen Ausbruch von Forsythien bedeutet. Die Straße sieht anders aus, wie alles anders aussieht, wenn man weg war; und wenn man im Krankenhaus war, sieht das Vertraute meistens umwerfend aus, und die Lebendigkeit des frischen Draußen ist ein großartiger Teil der Genesung. Nach allen drei Kindern – auch nach der schmerzhaften, peinlichen Geburt Natashas – fühlte ich mich unermeßlich viel besser, als ich aus dem Krankenhaus kam. Ich würde gern sagen, das wäre das transzendente Gefühl neuer Mutterschaft oder kosmischen Neubeginns gewesen – aber das war es nicht. Es lag einfach daran, daß es mir wieder gutging, daß ich leer und unbebaucht, ungeschwängert und frei war.

So ist es jetzt nicht – ich komme nur zum Sterben nach Hause, und die Straße sieht deshalb wie Scheiße für mich aus, bekleckst mit Hundehaufen, beschmiert mit zerkautem Gummi, verstopft von Autos auf beiden Seiten. Die Ziegel der dreistöckigen Reihenhäuser wirken abstoßend im grellen Sonnenlicht – woraus besteht London? Na ja, aus Londoner Ziegeln natürlich. Ich fühle mich schrecklich exponiert in meinem beschissenen alten Mantel, den braunen Schuhen wie Cornish Pasties und mit diesem schütteren Haar, durch das mein kahler Schädel hindurchscheint. Mit jedem Schritt steigt mir Galle in den Mund, so daß ich, nachdem wir Haustür, Halle, Wohnungstür, Diele, Wohnzimmer hinter uns gelassen und das Bad erreicht haben, bereit bin, zu kotzen. Was ich auch tue. Natty hält mich dabei die ganze Zeit fest und plappert, wenn auch nicht gerade mit sanftester Stimme, beruhigend auf mich ein. »Das ist schon in Ordnung, Mummy, mach nur, denk dir nichts, das ist schon okay, mach nur, raus damit, willst du einen Waschlappen?«

Einen Waschlappen? Igitt. Der riecht, wenn ich mein Gesicht damit wasche – alles riecht viel zu intensiv. Ich sehne mich nach den Tagen, als Churchill an der Macht war und ich nichts anderes riechen konnte als den Rauch meiner Winston. Damals bekam man die in England gar nicht, Freunde mußten sie mir aus den Staaten mitbringen. Wir stolpern zurück ins Wohnzimmer, dann durch die Flügeltür in mein Schlafzimmer, wo ich niedersinke und Natty sich hinkniet, um mir meine Pasties auszuziehen. Meine kleine Wohnung – warum kann *ich* sie nicht sauberhalten? Ohne philippinische Hilfe wären alle Oberflächen mit Krümeln bedeckt, die Teppiche mit Katzenhaaren durchschossen, die Lampenschirme mit Staub überzogen. Aber warum sollte ich mir darüber den Kopf zerbrechen? Dieses eine Mal in meinem Leben ist die Entropie in Mode. Das zweite Gesetz der Thermodynamik ist der Look für 1988. Sagt Topdesigner Stephan Shylock: »Geben Sie sich nicht mehr damit ab, den Abfall rauszutragen, abzustauben, zu bügeln oder die Vorhänge zu waschen. Lassen Sie den Dreck sich anhäufen, damit Ihr Lebensumfeld zum Spiegelbild Ihrer eigenen unausweichlichen Vernichtung wird ...« Nur schade, daß Molly mir das Schlamassel vermasseln mußte.

Wo sind eigentlich meine Kätzchen? Im Krankenhaus gab es jede Menge davon – oder waren das meine? Oder hat die Filipina sie zusammen mit ihren Haaren aufgesaugt? Ist mir das überhaupt wichtig? Meine Mädchen werden mir ein angemessener Kuscheltierersatz sein – für den Augenblick.

»Mumu, willst du dich hinlegen?« Warum bedrängt sie mich so? Es ist doch recht bequem hier auf der Bettkante – warum sollte ich mich in dieses kühle Leinengrab legen wollen? Der alte Lazarus hat's doch gerade erst geschafft, aus dem vorherigen zu steigen. Aber – he! Es ist nicht meine Entscheidung; sie hat mich wieder auf die Füße gestellt, und gemeinsam taumeln wir wie zwei Marathontänzer kurz vor dem Ende des Laufs. Weg mit dem Mantel, runter mit dem Kleid. Ich trage inzwischen nur noch Kleider, die man runterziehen kann – was mich runterzieht. Meine Tage des nach oben orientierten Ausziehens sind vorbei. Ich war zwar nie gerade freizügig mit meinem Körper, aber vor der Geburt meines zweiten Kindes hatte ich keine Skrupel, die Arme zu verschränken und mein Kleid über den Kopf zu ziehen. Und dann auf den Mann zuzugehen, welcher es gerade sein mochte, weit offen für ihn, weit offen für die Welt.

»Das ist besser.« Besser für wen eigentlich? Besser für dich, du promiske kleine Schlampe? Besser für dich, daß ich auf dem Rücken liege, weil du dann in der Wohnung herumstöbern und nach irgendwo herumliegendem Bargeld suchen kannst, Dollars vielleicht, die noch von meiner letzten Reise nach New York übrig sind. Oder was auch immer. Natasha würde einen Stapel Zlotys klauen, wenn sie glaubte, daß ihr Dealer sie akzeptieren würde. Früher war ich mal eine große Blonde mit großen Titten und einer großen Nase. Jetzt bin ich ein großer grauer Klumpen mit eineinhalb Titten und einem scharfen Schnabel. Ich bin ein Raubvogel – hoffe ich. Nein, wenn ich darüber nachdenke, fürchte ich, bin ich eine verzagende Wachtel.

»Ährrr.« Die Wohnungsklingel klingt wie Zögern.

»Das wird die Macmillan-Krankenschwester sein«, sagt Elvers – weil er sie bezahlt.

»Ich mache ihr auf«, sagt Charlotte – weil sie es ebenfalls tut. Natty bleibt geldlos, wo sie ist. Dann Stimmengewirr, das zu entwirren mir zu blöd ist. Wahrscheinlich zeigen sie ihr die Wohnung und besprechen mit ihr die Medikamente –

Die Medikamente! Das ist der Grund, warum Natty so unbedingt mit hierherkommen wollte – sie hat ein Auge auf das Oramorph geworfen (ein Milligramm Morphiumsulfat pro Kubikzentimeter Flüssigkeit) und auf das Diamorphin (kleine sechseckige Pillen, zwanzig Milligramm die blauen und zehn Milligramm die braunen, man muß sie sich unter der Zunge zergehen lassen), und auf das Valium – natürlich. Ich habe sie bereits laut darüber nachdenken hören, wann sie ihren Brompton's-Cocktail bekommen werde. Schwester Smith dachte natürlich nicht im Traum daran, ihr die Papiertüte mit den Krankenhauspackungen voller Stoff auszuhändigen, sondern gab sie Charlotte. Und Natasha gierte hinter ihr her wie eine Möwe auf Beutefang. Mein Gott – wie grotesk. Da stirbst du an Krebs, und deine Junkietochter kommt daher, um dir deine Schmerzmittel zu klauen – »Natty!«

»Ja, Mumu?« Sie streckt ihr wunderschönes, verwüstetes Gesicht durch die Flügeltür zum Wohnzimmer.

»Wie ist denn die Schwester?«

Sie tritt ganz ein und schließt die Tür, bevor sie antwortet. »Sie trägt eine schreckliche gelbe Strickjacke, die ihre Haut blaß und häßlich macht.«

»Wirklich – meinst du, daß das irgendwelche Rückschlüsse auf ihre Heilkünste zuläßt?«

»Keine Ahnung – du hast mich nur gefragt, wie sie ist. Charlotte zeigt ihr die Küche, und Richard richtet die Bettcouch für sie her.«

»Wie spät ist es?«

»Fast fünf, Mumu.«

»Dir ist doch bestimmt schon schlecht, Liebes – sag Charlotte, sie soll mir meine Medikamente bringen.« Das läßt sie davontraben wie ein Fohlen – mein kleines Junkiepony.

»Geht's dir nicht gut, Mum? Hast du Schmerzen?«

O ja – es schmerzt mich, dein rundes Gesicht zu sehen. Es schmerzt mich, daß ich da noch einen Klumpen von Yaws' weißem, adipösem Körper herausgepreßt habe. Laß dich nie von einem Mann beherrschen, dessen Nachname rückwärts gelesen werden kann: *to sway* – herrschen über. »Ich brauche meine Pillen.«

»Aber Dr. Bowen meinte, daß du bis heute abend keine mehr brauchen würdest.«

»Na ja …« Das Reden wird allmählich richtig anstrengend; ich muß ein Loch in die schwabbelnde Membran der Übelkeit stoßen, nur um die Worte ejakulieren zu können. »Ich glaube nicht, daß Dr. Bowen *so* mitfühlend ist. Ich meine – es ist ja nicht *ihr verdammter Schmerz!*«

»Ich hol sie dir.«

Noch einmal Tuscheln hinter der Flügeltür, dann schwingt sie wieder auf. Warum werde ich beharrlich an alte Western erinnert, in denen Cowboys aus Saloons hinausgeworfen werden? Das ist Kino, Kind, genieß es. Natty hatte recht wegen der Strickjacke. »Ms. Bloom?« Sie ist abstoßend, möglicherweise noch leichenhafter als ich; ein dienstbarer Engel – des Todes. »Ich bin Deirdre Murphy.« Ich bin eine Autorität in arroganter Geringschätzung – vielleicht die höchste der Welt. »Ich kümmere mich die Nacht über um sie.« Sie spricht schnell, aber klar, und ohne irischen Akzent.

»Sie sind ein bißchen früh dran, nicht?«

»Normalerweise kommt die Nachtschwester um acht Uhr abends und bleibt bis acht am nächsten Morgen, aber die Agentur meinte, es wäre besser, wenn ich heute schon früher kommen würde, damit Sie sich nicht an einem Tag mit zwei Pflegekräften herumquälen müssen.«

»Wie rücksichtsvoll von der Agentur.« Daß sie Rücksicht auf ihren Profit nimmt.

»Nun ja, wir sind da, um zu helfen.« Das bist du wirklich, du hilfst mir jetzt schon, das Leben loszulassen – wenn solche Strickjacken auf die Welt losgelassen werden, ist sie für jemanden mit einem Minimum an Kleidergeschmack kein sicherer Ort mehr. »Ihre Tochter sagte, Sie brauchen Schmerzmittel?« Sie hat die Tüte in der Hand.

»Ja, wo die Fäden gezogen wurden, ist alles noch sehr entzündet.«

Sie verschwindet ins Bad, und ich höre, wie sie die Schachteln und Fläschchen mit Pillen verräumt. Dann kommt sie mit dem Oramorph zurück.

Ich winke ab. »Nein, nein, ich brauche eine Tablette – das Zeug wirkt nicht.«

»Sie hatten heute doch schon zwanzig Milligramm Diamorphin, Ms. Bloom – mehr macht Sie nur schrecklich verstopft.«

»Schrecklich?«

»Wie bitte?«

»An meiner Verstopfung ist nichts Schreckliches. Ich genieße sie. Ich habe das Scheißenmüssen immer gehaßt – und jetzt ist es vorbei.«

»Ich – ich wollte sie eben fragen, ob Sie ein Nachtgeschirr brauchen.«

Nur um deinen Kopf hineinzustecken. »Nein, nein – das ist nicht nötig, geben Sie mir einfach die Pille.« Und das tut sie auch, besiegt von meiner Ironie. Ich stecke die Tablette in den Mund, und als sie sich abwendet, spucke ich sie in die Hand. Wenn das Leben ein Gefängnis war, kann es dann eine bessere Zeit geben als das eigene Sterben, um die Regeln zu brechen? Wenn ich nur mehr Sex gehabt hätte – und mehr unschicklichen Sex. Jetzt wird einer meiner Nachkommen ihn an meiner Stelle haben müssen – ein stöhnendes Vermächtnis. »Und, Deirdre.«

»Ja, Ms. Bloom?«

»Bitte nennen Sie mich Lily, und würden Sie jetzt bitte Natasha zu mir schicken?« All dieses Kommen und Gehen – und so wenig Diskussion der großen Meister.

»Ja, Mumu.«

»Da, Liebling.« Ich zeige ihr die braune Pille in meiner Handfläche.

»Was?«

»Da ist ein bißchen Heroin für dich, Darling, nimm lieber eine Pille, bevor du deine Arme noch mehr zu Nadelkissen machst, als sie es eh schon sind. Was ist das …«, ich schiele die Pille an, die feucht ist vor Speichel, »… zehn Milligramm, reicht dir das?«

»Nicht ganz – aber warum tust du das, Mumu?«

»Nicht ganz, hm? Geh ins Bad und bring mir das Fläschchen.« Sie tut es, und ich schüttle ihr noch zwei heraus. »Jetzt genug?«

»Ja.« Sie schluckt sie ohne Wasser. »Aber warum, Mumu?«

»Hör zu, ich war wegen deinem Problem bei diesen Scheißtreffen, ich habe in Ärztewartezimmern und Notaufnahmen geflennt, und du nimmst diese Scheiße noch immer – weiß Gott, was es dir bringt, aber mir bringt's auf jeden Fall nichts. Also, wenn du bei mir bleiben willst, dann will ich nicht, daß du immer auf der Suche nach Geld oder nach Drogen bist, und ich will auch nicht, daß dein Junkiekumpel vorbeikommt – wie heißt er gleich wieder?«

»Russell.«

»Ja, Russell. Den kann ich nun überhaupt nicht brauchen. Also, wenn's dir nichts ausmacht, dann spiele ich für die nächste Zeit lieber deinen Dealer – ist Ihnen das recht, Madam?«

O ja, das ist ihr sehr recht. Das sehe ich. Ich dachte immer, daß Heroin Leute, die es nehmen, zu komatösen Zombies macht. In meinem eigenen Fall würde man den Unterschied wohl kaum bemerken, aber Natasha wird von der Droge ganz merkwürdig vitalisiert – sogar schon von der Vorfreude auf ihre Wirkung. Ist sie vor der Einnahme verletzlich und fahrig und verschlossen, so wird sie danach stark und gelassen und extrovertiert. Sie hat mir einmal erzählt, daß der Stoff ihr ein Gefühl von Vollständigkeit und Selbstvertrauen vermittelt, und ich sehe deutlich, was sie meint. Ohne Heroin ist sie ein verdammter Alptraum, wenn sie drauf ist, ist sie ein Engel. So sollte eine Mutter eigentlich nicht für ihre Tochter empfinden, aber ich tue es, ich tue es, ich tue es. Jetzt galoppiert sie förmlich durchs Zimmer, hängt meine Kleidung in den Schrank, ordnet mein Nachttischchen – die Bücher sauber aufgestapelt, das Radio ganz vorn am Rand. »Willst du, daß ich hier penne? In der Wohnung bleibe?« Sie übernachtet in Russells Wohnung, das weiß ich. Die ist gleich um die Ecke, über einem Buchmacher an der Hauptstraße. Natasha schläft dort, damit sie in der Früh sofort ihre Dröhnung bekommt – ihren Aufwecker, wie sie es nennt.

»Nein, das ist nicht nötig – ist ja auch gar kein Platz mehr. Außerdem dachte ich, daß du im Augenblick bei Miles wohnst, oder?«

Miles ist ihr Freund – einen Freund muß es einfach geben, Natasha könnte ohne einen Freund nicht sein.
»Ja, schon – aber … na ja, du weißt schon.«
»Was, was weiß ich?«
»Er ist so langweilig.« O ja, meine Tochter, immer auf der Suche nach Kicks. Hätte ich ihr nicht schon in der Kindheit beigebracht, nach großer Dramatik zu lechzen, dann würde sie jetzt ihr Leben vielleicht nicht ganz so theatralisch angehen. Mein Fehler. Ich würde ja sagen *mea culpa,* aber in den Geschäftsräumen, die ich gegenwärtig gemietet habe, steht neben der Kasse ein diskretes Schild mit der Aufschrift: KEINE HAFTUNG FÜR IRGEND ETWAS. ZU KEINER ZEIT.
»Und, wohnst du bei ihm?«
Sie tut es. Bestätigt wird dies von einem weiteren Zögerlaut der Klingel – Miles ist angekommen. Miles mit Namen und Miles vom Wesen her, denn er geht und fährt viele *miles,* Meilen, auf der Suche nach der liebenswürdigen Natasha. Am liebsten würde ich den netten Miles zur Seite nehmen und ihn warnen, daß dies immer sein Schicksal sein wird. Daß er sein Leben lang hinter dieser Katzengoldeselin herhecheln wird, während sie bei anderen Männer grast und unaufhörlich jedes Kraut frißt, das Dröhnung verspricht, und daß es noch schlimmer wird, falls er so dumm sein sollte, sie zu schwängern. Dann wird er nämlich durch Briefschlitze schreien, um herauszufinden, ob sein Kind noch lebt, ob seine Mutter nicht an einer Überdosis krepiert ist und das Kleine sich selbst überlassen hat, in einem Unterschlupf voller rostiger, vorstehender, tetanusinjizierender Nägel. Der arme Miles.
Er kommt herein mit einem betroffenen Gesicht – als wäre er mein Sohn. Er öffnet die Flügeltür wie ein Kriecher oder ein Botschafter, indem er sie vor seinem Gesicht teilt und hinter seinem Arsch geschickt wieder schließt. »Mumu?« Er bedient sich der familiären Lingua franka, dem süßlichen Slang. »Wie geht's dir?«

»Jetzt, wo ich zu Hause bin, schon viel besser, Miles.« Ich zeige ihm die Maske der Verbesserung, um ihn meine Verbitterung nicht spüren zu lassen. Er ist ein schrecklich attraktiver junger Mann, glatte schwarze Haare, gemeißelte Züge – er sieht viel besser aus alle, mit denen ich je zusammen war. Nicht daß ich je einen Funken Lust für ihn hätte aufbringen können, auch nicht, bevor Mistie ins Spiel kam. Nein, meine Lust wurde mit mir alt. In meinen Dreißigern fand ich dreißigjährige Männer attraktiv, in meinen Vierzigern Vierzigjährige, und in meinen Fünfzigern Männer, die, offen gesagt, todgeweiht waren. Jetzt ist meine Lust mit ihnen gestorben – und so sterbe ich. Wie haßte ich es früher, das Sträflingskostüm weiblichen Charmes anzuziehen, bei dem alle Pfeile auf mein Geschlecht zeigten – und wie fehlt es mir jetzt. Es kann gut sein, daß ich mein Leben um der Lust willen führte.

»Ich wollte mit Natasha ins Kino gehen – wenn es dir recht ist?«

»Natürlich ist mir das recht, ich kann euch allerdings nicht begleiten.«

»Soll ich dir den Fernseher hier reinbringen?«

»Nein, mach dir keine Mühe, ich habe ja mein kleines Radio. Ich mag die BBC-Stimmen. Ich mag die Nachrichtensendungen. Ich wette, die gibt's sogar im Grab.« Sein wohlgeformter Mund wird formlos vor Betroffenheit, aber er zuckt mit keiner Wimper. Ein kleiner Katastrophiler, unser Miles – das kommt davon, daß er von einer versoffenen alten Hippieschlampe aufgezogen wurde. Er hat mir erzählt, daß er einen Großteil seiner Jugend damit zugebracht hat, ihr Merrydown-Cider-Flaschen aus den gefühllosen Fingern zu zerren oder nachzusehen, ob Isis (so heißt sie wirklich – kein Witz) sich in die Hose gemacht hatte. Ja, er kennt sich aus mit den Lebensuntüchtigen, unser Miles, und das ist wahrscheinlich auch der Grund, warum er Natty so verdammt unwiderstehlich findet.

»Wenn ich noch irgendwas für dich tun kann, Mumu – was auch immer?«

Was meint er denn, was für einen Dienst er mir erweisen kann? Will er mir wirklich einen Einlauf machen, mich mit einem Lappen waschen, mir eine Spritze geben? Oder steht ihm der Sinn nach etwas hinterhältiger Invasivem? Betrachtet er mich wie Dr. Steel, der den Patienten nur als Behältnis der Krankheit sieht? Steel, ein verhinderter Pathologe, wie er im Buche steht, kann es offensichtlich gar nicht erwarten, mich aufzumachen und sich meine malignen Prachtstücke anzusehen. Viel Glück für ihn – ich bin dann schon woanders. »Nein, Miles, geht nur. Und, Miles?«

»Ja, Mumu?«

»Natty hat dreißig Milligramm von meinem Diamorphin bekommen, also laß sie nicht in die Nähe von diesem Wichser Russell, okay?«

»Okay, Mumu.« Als er geht, verzieht er keine Miene in seinem Model-Gesicht, um sich seine Verwirrung über meine bizarre neue Rolle nicht anmerken zu lassen.

Ja, Miles. Der versucht, so scharf und hip und funky auszusehen in seinen pechschwarzen Jeansklamotten, mit seinen drei Ohrringen und den gegelten Haaren. Miles, der wie so viele Kinder von Bohemiens in Wahrheit verzweifelt Konformität sucht. Miles, der den perfekten Partner für Charlotte abgegeben hätte. Charlotte, die jetzt eifrig mit etwas beschäftigt ist, das aussieht wie eine Checkliste – und tatsächlich eine ist. »Mum, ich habe Deirdre über die Küche, die Heizung und die Katzen informiert. Richard hat Molly aufgetragen, jeden Morgen für eine Stunde vorbeizukommen und die Wohnung aufzuräumen. Natty sagt, daß sie später noch einmal nach dir sieht, und ich komme morgen am späten Vormittag wieder. Davor habe ich noch eine Besprechung.«

»Okay.«

Diese mürrische Antwort paßt ihr nicht, und sie spitzt die fetten Lippen zu einem Yaws-Schmollen, als wäre sie enttäuscht von der Welt, die sie doch so gut organisiert hatte. »Bist du okay, Mum?«

»Charlotte.« Ich richte mich ein wenig auf, damit es mir noch ein bißchen unbequemer wird. »Ich habe nicht vor, sanft zu gehen.«

»Das habe ich mir schon gedacht.«

»Ich habe Angst.«

»Ich auch.« Sie kommt an mein Bett und küßt mich auf die Stirn. Ich weine ein wenig, und nachdem sie mich ein wenig getröstet hat, vergesse ich, daß sie da ist, und sogar, wer sie ist. Als es mir wieder bewußt wird, ist sie bereits verschwunden und offensichtlich auch die Zwillinge in schwarzen Jeans.

Da die Mädchen und ihre Gefährten nun gegangen sind, kann ich darüber nachdenken, wie die Zeit ihre gegenwärtig noch verborgenen Ähnlichkeiten ans Licht zerren wird. Bei Charlotte zeigt sich, wie gesagt, nichts als Yaws, und bei Natasha noch immer nichts von ihm. Aber ich weiß, daß das nicht so bleiben wird, weiß es aus eigener Erfahrung. Je älter ich wurde, desto unverkennbarer starrte mich das ungeliebte und schwere Gesicht meiner Tante Rhea aus dem Spiegel an. Dieses Gesicht war all die Jahre vor mir versteckt, und jetzt kommt es wie zum Hohn über mich – so scheint es zumindest. Ich frage mich, wer auferstehen wird, um meine beiden zu verhöhnen? Sie werden es erst erfahren, wenn sie so alt sind wie ich zu der Zeit, als ich sie aufzog. Dann wird das Gedächtnis ihrer Körper ihnen sagen, wer sie wirklich sind. Was, wenn sie sich auch als Tante Rheas erweisen? Das wäre ja fast das Warten wert – drei fette Rheas, die zusammensitzen und gehässige Gobelins sticken. Lieber nicht.

Ich schätze, ich habe zu lange an dem Trugschluß festgehalten, eine eigenständige Frau zu sein, denn dazu war ich viel zu unbeständig, so unausgeglichen, daß letztendlich meine Neurosen mich schmiedeten. Wenn ich eine eigenständige Frau war, warum konnten meine unpersönlichen Ängste und Massenphobien mich dann so herumschleudern wie einen Affen am Seil? Und erst die Lust. Oder besser: *Und erst die Lust!* Die Lust war ein richtiges Hochspannungskabel, das direkt mit meinem Kern verbunden war und einen beinahe epileptischen Anfall der Überzeugung auslöste, Vögeln sei das einzige, was ich im Leben tun *müsse*.

Deirdre kommt auf Zehenspitzen ins Zimmer. »Möchten Sie was zu essen, Ms. – Lily?« Klingt wie »Mizz Lily«, und einen Augenblick lang bin ich wieder in den Dreißigern und werde von einer Negerin bedient – was sie damals ja noch waren. Was wird sie mir anbieten? Maisbrot? Wackelpudding?

»Danke, Deirdre, ich habe keinen Hunger.«

Sie verschwindet wieder durch die deckenhohe Flügeltür, die eigentlich das einzig originale Teil dieser heftig umgebauten Wohnung ist. Und trifft dasselbe nicht auch auf mich zu? Alles, was einmal ich war, hat sich aufgelöst im Fluß von abertausend Erfahrungen. Das Ich wurde unterteilt, umgestaltet, mit neuen Oberflächen versehen und neu isoliert, so daß es sich nicht einmal mehr daran erinnern kann, wie die ursprünglichen Wandverkleidungen und Stuckdecken ausgesehen haben. Es heißt, daß neunzig Prozent des Hausstaubs tote menschliche Haut ist – und das bin ich. Staub auf dem Fensterbrett, in einer modernisierten Wohnung, in einer fremden Stadt.

Ich schätze, ich hätte meine Memoiren schreiben sollen, bevor es zu spät war, aber im Gegensatz zu der verdammten Lady Asquith habe ich nie Tagebuch geführt. Die Orte und Städte und Gegenden, in denen ich gelebt habe, auf zwei Kontinenten, über fünfundsechzig Jahre lang, verschmelzen zu einem einzigen Unschöndorf. Die Leute, die ich gekannt habe, reduzieren sich zu Typen, die mir jetzt wie ein Spielset aus Plastikfiguren erscheinen: »Typische Personen der amerikanischen Ostküste und des englischen London aus dem zwanzigsten Jahrhundert – Maßstab 1:3.« Nur die Lust kann mich jetzt noch mit ihren Büstenhalterhaken packen, mich durch die Gegenströmung der Übelkeit zerren und in eine Vergangenheit tauchen, die meine sein könnte.

1955. Dizzy Gillespie und Miles Davis duellieren sich im anderen Zimmer. Es ist ein spritziges Jazz-Scherzo, so spritzig, daß ihnen

Tröpfchen aus den Hörnern spritzen müssen. Ich lehne an einem General-Electric-Kühlschrank von einer so surrenden, wummernden, aerodynamischen Art, daß er, würde ich die gummisaugende Tür aufziehen, hineinklettern und es mir zwischen Schüsseln mit gehackter Leber, Päckchen mit Würstchen und schrumpeligen Salatköpfen bequem machen, durchaus abheben könnte zum Verbotenen Planeten. Ja, Dizzy und Miles treiben es nebenan, und ich lehne hier und rede mit einem Mann, der nicht mein Ehemann ist. Es ist ein großer, leicht gebeugter Mann – ganz anders als Dave Kaplan –, und er trägt einen Anzug, was Kaplan nie tun würde. Wir reden über Norman Podhertz und die *New Republic*, oder über die Gedichte von William Carlos Williams oder über das Einwecken von Einsteins Hirn, aber eigentlich reden wir über *Lust*. Sex. Ficken. Er sagt: »Ich will dich ficken, aber ich will meine Ehe nicht zerstören.« Und ich sage: »Laß es uns einfach tun – und scheiß auf die Konsequenzen.« Ich teile ihm das mit, indem ich ihm direkt in seine erstaunlich tiefen, schwarzen Augen sehe. Er drückt seine Unentschlossenheit aus, indem er einen Punkt direkt über meiner linken Schulter anschaut, eine Blickrichtung, die es ihm erlaubt, die Arme seiner Frau zu sehen, die im Nebenzimmer lebhaft durch die Luft wirbeln. Es ist 1955 – und ich bin noch mit meinen eigenen Zähnen bewaffnet.

Es ist eine Party. Eine Party in seinem Haus. Kaplan und ich haben ja kaum einen Eiskasten – geschweige denn diese Mercury-Rakete der Kühlung. Und Kaplan mag eigentlich keinen Bepop, manchmal glaube ich, daß er lieber Klezmer hört. Die Party ist beherrscht von Armen – das sind die Partys in den Fünfzigern immer. Es ist das Rauchen, das Einziehen und Ausblasen. Wenn man sich an einem dieser brennenden Babys festhalten will, muß man Geschick und Flexibilität in seiner Haltung beweisen. Deshalb werden die Arme in allen möglichen Winkeln abgestreckt, wie Äste an Bäumen. Winstons und Pall Malls und Camels und Luckys und Newports, sie qualmen vor sich hin, wo

immer diese Leute sich treffen. Aber das Haus ist gar nicht so verraucht, denn die Fenster sind weit offen, um die säuselnde Wärme eines Neuengland-Abends Ende Juni hereinzulassen.
Der Mann – Bobby Beltane mit Namen – raucht nicht, was ihm etwas Geheimnisvolles gibt. Was diesen Bob noch anziehender macht: Er ist Dichter, und ich finde das fabelhaft cool. Seine Verse sind gar nicht so übel, ein wenig manieriert vielleicht, aber er hat den Mut, sie mir vorzutragen, was ich unwiderstehlich finde. Außerdem rezitiert er andere Dichter, und ich bin um eine Replik nicht verlegen, als er sagt: »… September, als wir liebten wie in einem brennenden Haus …«
»Wird es so lange dauern?«
»Was?«
»Bis wir uns lieben. Meinst du nicht, wir sollten das Haus sofort in Brand stecken? Wir könnten den Kalender sich selbst überlassen, hm?« Um ihm zu zeigen, daß ich es ernst meine, schnippe ich mein Zippo an und halte die zwei Zentimeter elfenbeinerne Flamme an eins von Jean Beltanes Kochbüchern, die auf der keramikgefliesten Frühstückstheke aufgestapelt sind. Dazu muß ich mich über Bob drüberbeugen, so daß mein Bauch ganz kurz an seinem Schritt reibt. Er zuckt zurück, als hätte ich ihn mit einer Strahlenwaffe getroffen – und auch ich zucke zurück, schokkiert darüber, wie wenig Bauch bei mir vorhanden ist. Er ist flach wie ein Pfannkuchen und umhüllt von einer Bundfaltenhose – einer schwarzen Bundfaltenhose. Ich trage eine Leinenbluse, die ich unter meinen Titten verknotet habe. Ich bin dreiunddreißig Jahre alt und habe meine eigenen Zähne – auch wenn sie bereits verfaulen – und ich weiß, daß ich für immer hier leben werde, hier in …
… Hendon. Crooked Usage – so heißt die Straße. Ein kleiner Ellbogen dreistöckiger Doppelhäuser, zwei Seitenlinien eines Dreiecks, dessen Grundlinie der Hendon Way bildet. Vom Hendon Way kommt man nicht weg. Ich habe einen wiederkehrenden Traum, der immer in dem Haus spielt, das ich mit Yaws und

Charlotte und Natasha bewohnte. Zwar hatte ich damals Kontinente getauscht und Männer gewechselt, aber ich saß schon wieder in einem verhaßten Haus – in einer dieser Hütten, die ich weder verschönern noch instand halten, noch schätzen wollte. Das ist vielleicht der Grund, warum diese Typen aufgetaucht sind – eine staubige Bande. Nicht das, was man mit London assoziieren würde. London – sogar die Vorstädte – ist wirklich eine drekkige Stadt, aber dieser Haufen ist bedeckt mit echtem Staub, weißem Wüstenstaub. Sie bauen ein Zelt auf oder errichten einen Anbau, vielleicht sogar eine Aborigines-Hütte. Was es auch ist, eins ist klar: Sie haben vor zu bleiben. Einer von ihnen kommt zur Hintertür; ich sehe ihn von der Spüle aus. Ich habe im Traum solche Ausblicke – aus allen Fenstern des Hauses auf einmal. Er trägt – ach du meine Güte – einen weißen Stetson, und er bittet um Wasser: »Habense Wassa, Missus?« sagt er. »Habense Wassa, Missus?« Ich habe den Eindruck, absolut *unvollständige Informationen* über diese Sache zu besitzen, ein Gefühl, das für mich nichts Ungewöhnliches ist, ob ich nun schlafe oder wach bin.

3. Kapitel

»Guten Morgen, Lily.«
Morgen – was redet diese irische Kuh denn für eine Scheiße? Das ist doch kein Morgen, draußen ist es grau und fad – was diese Stadt, die immer schläft, ihren schlaftrunkenen Einwohnern als Tagesanbruch andreht. »Wie spät ist es, bitte?« Das »bitte« ist eine Entschädigung für meine unausgesprochenen schlimmen Gedanken. Das ist es immer – nicht? Höflichkeit ist nie gerechtfertigt. Sogar in *Stolz und Vorurteil* haben die Bennet-Schwestern die Leute verarscht und beschissen und aufs Kreuz gelegt – zumindest zwischen den Zeilen.
»Es ist fast halb sieben, Sie haben beinahe dreizehn Stunden geschlafen.« Das liegt bestimmt am Diamorphin und am Valium, denn diese Medikamente sind so stark, daß man sich fühlt, als hätten einem schwere Männer mit Stiefeln ins Genick getreten. Himmel – dieser Schmerz im Genick. »O Gott.«
»Haben Sie Schmerzen?«
»Mein Nacken – mein Genick, es fühlt sich an, als wäre es gebrochen.«
»Das kommt daher, weil Sie so verdreht dagelegen haben. Ich habe gestern nacht noch versucht, Sie zu bewegen, aber ich habe es leider nicht geschafft.« Sie ist jetzt ganz nahe bei mir, meine Deirdre, noch immer in dieser gräßlich gelben Strickjacke. Erstaunlich – ich habe noch nie ein Knäuel eiterfarbener Wolle gesehen. »Sie haben letzte Nacht auch stark geschwitzt.«
»Wirklich.« So undamenhaft, das, ich muß ein Wörtchen mit meinen Schweißdrüsen reden, ihnen Benimm beibringen.
»Es wäre vielleicht nicht schlecht, wenn ich Sie jetzt ein wenig wasche und Ihnen für den Tag ein frisches Nachthemd anziehe.«

Sie geht es langsam an, die schlaue Deirdre. Sie merkt, daß ich, obwohl zahnlos, noch immer beißen kann. Jetzt, da sie so nahe ist, kann ich an ihr Seife riechen. Anscheinend hat sie ihre eigene mitgebracht, denn ich erkenne sie nicht. Der Duft ist erstaunlich angenehm und zwingt mich dazu, meinen eigenen, gut gereiften Gestank nach Schweiß und Krankheit wahrzunehmen. Am liebsten möchte ich kotzen.

Und tue es auch – »Harusch!« –, ein unvermitteltes, drittpersönliches, äußerst feminines Kotzen. Oder so hätte ich es zumindest gern.

Deirdre und ich haben jetzt eine Riesenprozedur vor uns. Sie schaukelt mich hoch und rollt mich aus dem Bett – ich bin so verdammt schwach, die Breitengrade meiner Kraftlosigkeit beginnen unter meiner verstümmelten Brust und umrunden den vergifteten Planeten, der mein Körper ist. Ich bin viel, viel schwächer, als ich gestern war, meine Kraft sprudelt aus mir heraus, all die Wut – ob die mich wohl am Leben halten kann? Ich kippe immer wieder über die Sessellehnen, während Deirdre mich mit Waschlappen und Wasser aus der Schüssel bearbeitet, kippe um wie ein Niemehrstehaufmännchen: »Whistlers unglaubliche tote Mutter – stoß sie um, und sie bleibt liegen – für immer.« Eigentlich nicht komisch, nicht im Sinne von haha, eher merkwürdig komisch.

Deirdre knüllt das besudelte Nachthemd und das besudelte Laken zusammen. Irgend jemand hat die Matratze darunter mit einem Plastiktuch abgedeckt. Wie vernünftig. Anscheinend gelten für das Sterben zu Hause dieselben Prozeduren wie für eine Hausgeburt. Der Sessel, in den sie mich gesetzt hat, ist eine Regency-Kopie, die ich erst vor kurzem habe neu überziehen lassen. So betrachtet, war mein Verfall ekelhaft abrupt – Bücher müssen in die Bibliothek zurückgebracht werden, die Steuererklärung ist noch unvollständig, Briefe sind noch zu schreiben, und ich habe sogar Verabredungen, die ich absagen müßte. Wer weiß, vielleicht kommt es ja zu einer plötzlichen Genesung, vielleicht rafft Mistie sich auf und verläßt ihr zeitweiliges Zuhause, so daß ich am Samstag mit Susie Plender zu einer Blumenschau gehen kann. Oh, blumer Tag! Oh, schlusse Fron!

»Was ist, Lily?«

»Nichts, Deirdre, rein gar nichts.«

Ich habe nichts gegen Deirdre, im Gegenteil – ich bin ihr dankbar. Sterben sollte man mit Fremden, für die ist es nicht so schlimm, Schweiß und Kotze wegzuwischen. Schließlich ist es ja nicht so, daß der karzinöse Räuber ins Haus ihres Körpers eingebrochen ist und auf ihrem zellulären Teppich einen krebsigen Kothaufen hinterlassen hat. Deshalb vermute ich, daß es für sie viel einfacher ist, ihn wegzuputzen. Dasselbe dürfte auf Leichenbestatter zutreffen. Es müssen die fröhlichsten Kerle überhaupt sein, da sie jeden Tag zur Arbeit gehen können mit dem Wissen, daß sie es mit Tragödien zu tun haben, die nicht ihre eigenen sind. *So* eine Erleichterung! Und englische Bestatter müssen die fröhlichsten von allen sein, da ihr Hang zur Schadenfreude unerreicht ist: Hahaha! Da liegt man blutverschmiert auf der Erde: Was für eine lachhafte Bauchlandung. Sie müssen nicht korrupt und geldgierig sein wie die Amerikaner, denn sie haben tatsächlich Spaß an ihrer Arbeit – sie würden sogar dafür bezahlen, es tun zu dürfen. Und außerdem hält Deirdre mich gut fest, sie langt kräftig zu. Sie ist eine Krankenschwester – ich bin ein Kind. Das dürfte die einzige Art sein, wie die Engländer jetzt noch mit mir umgehen, bis sie meine Leiche ohne jedes verlogene Zeremoniell in einen billigen Fichtensarg stopfen und ich durch den Kamin verschwinde, der den grauen Himmel über Hoop Lane stützt. Das Krematorium in Golders Green mag ich wirklich gern – haben Sie gewußt, daß dort Kinder unter fünf umsonst verbrannt werden? So ausgesprochen human.

Sie trocknet mich ab, zieht mich an, steckt mich wieder ins Bett, streicht die Decke glatt, streicht meine Haare glatt. Ob alle Krankenschwestern wohl als kleine Mädchen viel mit Puppen gespielt haben?

»Glauben Sie, daß Sie jetzt eine Kleinigkeit essen können?«
Zu meinem unendlichen Erstaunen merke ich, daß ich vielleicht wirklich etwas hinunterwürgen könnte. »Im Schrank über dem Herd ist Ryvita-Knäckebrot – könnten Sie mir vielleicht zwei Scheiben mit dem Frischkäse im Kühlschrank schmieren? Und vielleicht ein bißchen Obst, falls was da ist?« Über den Teppich, den ich noch nie mochte, schlurft sie davon in die Kochnische, die immer schon zu klein war. Ich schätze, ich hätte in dem Haus in der Crooked Usage bleiben können, die Küche dort war ganz in Ordnung. Aber was hätte ich dort getan? Gigantische Menüs gekocht, die ich nie hätte essen können, ohne noch mehr aufzugehen, als ich es eh schon tat? Das ganze verdammte Haus war besudelt mit den Spuren meiner Kämpfe mit der Wampe. An jeder Wand standen mit Bleistift geschriebene Listen meiner täglichen Wiege-Aktionen: 5. April – 90 Kilo. 6. April – 89 Kilo. 7. April – 88 Kilo. 10. April – 92 Kilo. SCHEISSE! SCHEISSE! SCHEISSE! Anscheinend war ich übers Wochenende weggefahren – in eine verdammte Konditorei!
Die Siebziger waren meine fetteste Dekade. Aber ich denke sowieso, daß die Siebziger insgesamt deutlich ausgebeult waren. Die Leute wirkten stämmig, die Schrifttypen waren gerundet, Schreibutensilien penisartig. Ich redete mir gern ein, daß ich mich nur um ästhetische Konformität bemühte, während mein Gewicht auf hundert Kilo hochschoß und ich zu einer Mrs. Pepperpot von einer Frau wurde. Nichts als gespielte Gelassenheit – wie ich sie haßte. Ich haßte mein Fett. Oft saß ich weinend auf der Bettkante – einiges ändert sich nie – und packte meine Fettfalten, um sie einzeln mit meinem Hohn zu überschütten. Die mühelos dünnen Mädchen standen dann tuschelnd auf dem Treppenabsatz zusammen – konnte man sich diesem fetten alten Drachen überhaupt gefahrlos nähern? Nachdrücklich nein. Ich verabscheute und beneidete diese Sylphen, mit denen ich das Haus teilte. Ich haßte ihre sprießenden Kurven und ihre knospende Sexualität – und zeigte das wahrscheinlich zu sehr. Sagte

zu oft, wie beschissen es sein kann, einem Mann beizuschlafen. Sagte es zu Natty – natürlich in Babysprache. *Pas devant les engafengas.*

Rauf und runter ging es mit meinem Gewicht, über Wochen und Monate hinweg hüpfte die Anzeige meiner Waage auf und ab. Ich schätze, daß ich zwischen 73 und 79 über dreihundert Kilo zu- und ab- und zu- und abgenommen habe – drei ganze fette Ichs. Ich-Ich-Ich. Dann stabilisierte ich mich als übergewichtige alte Frau. Nicht fett, einfach nur übergewichtig und alt. Es sah so aus, als hätte ich die natürliche, birnenförmige Figur der englischen Mittelschichtsfrau in ihren späten mittleren Jahren angenommen. Das Fett meiner Wahlheimat hat mich als seinesgleichen angenommen. Wie nett. Kein Wunder, daß Hedley nicht auf mich stand. Natasha ertappte mich einmal dabei, wie ich quer über den Atlantik in den Hörer flennte. »Ich war wie eine Robbe«, stöhnte ich, »wie eine Robbe.« Ich meinte damit meine Beweglichkeit im Bett, aber er verstand es als Charakterisierung meines Umfangs und erwiderte: »Das ist es nicht, Lily – es geht nicht darum, daß du fett wärst, glaub mir –« Ich legte auf und sah einen schwarzen Pony über dem Treppengeländer. »Warum hast du das gesagt, Mumu? Warum hast du gesagt, du bist eine Robbe?«

Hier kommt Deirdre mit dem unangebrachten Diätsnack. Ich brauche das verdammte Ryvita nicht – ich brauche Nahrung, die so gehaltvoll ist, daß sie mir mein Leben, meine Kraft, meine Gesundheit zurückgibt. Ich muß eine völlig neue Lily Bloom essen, damit sie ich sein kann. Deirdre hat alles hübsch arrangiert, und sie hat sogar die Trauben im Wohnzimmer entdeckt, aber ich hätte ihr sagen sollen, wo die Tabletts sind – sie lehnen am Herd –, weil die Knäckebrote auf diesem blauen Teller hin und her rutschen wie Pucks auf dem Eis. Auch wenn ich den Teller auf meinem verwitterten Busen abstütze, kann ich ihn allem Anschein nach nicht ruhig genug halten, um eine Scheibe in die Hand zu nehmen. Deirdre hat sich in den blauen Sessel gesetzt

und tut ostentativ so, als würde sie in ihren Notizen aus der Nachtzeit lesen. O Gott! Wenn jetzt nur Beißzeit wäre, aber ich weiß, dem ist nicht so, noch bevor die kariöse Ecke eines Knäkkebrots mir hinter der unteren Gebißhälfte ins Zahnfleisch sticht und eine so üble Wunde hinterläßt, daß ich Blut schmecke. Blut auf den Snacks.
Hedley. *Er* lebt noch immer irgendwo. Erst letztes Jahr hat er mir ein Schachspiel geschickt, obwohl er weiß, daß ich nicht spiele. Aber schließlich hat er im Village einen Schachladen – und er war schon immer ein Knauser. Ein beschissener Knauser. Und bis heute besitzt er kein Auto – er braucht auch keins. Von dem Backsteinhaus, das ihm sein Ganovenvater hinterließ, geht er in Leinenanzug und Panamahut zu Fuß den ganzen Broadway hinunter bis ins Village, wo er seine Schachfiguren und -bretter verkauft. Nicht gerade eine anspruchsvolle Arbeit. So hat er genügend Zeit, sich auf die einzigen Probleme zu konzentrieren, die er in seinem Leben zuläßt – Schachprobleme. Hedley, der letzte Mann, der mich intim berührt hat – bis auf Dr. Steel, aber *der* ist ja kaum menschlich. Eher ein animiertes Skalpell.
Hedley. Gemeinsam lagen wir in der Wohnung in Brooklyn, die ich mir von Esther geborgt hatte – »Mit Mietpreisbindung, Darling – ich bin doch nicht so blöd, sie zu vermieten!« –, nackt auf dem Bett, wie zwei Klammern, die auf das Vorhandensein leidenschaftlicher Sprache, die Präsenz von Sex hindeuten. Natürlich hätte er nie seine Frau verlassen. Seine schwerkranke Frau. Damit will ich sagen, natürlich verließ er sie, um zu mir zu kommen, aber er ging immer wieder zu ihr zurück. Zurück zu ihr, um sie an die Maschine anzuschließen (sie ist – was? – Diabetikerin) oder um sie von der Maschine zu befreien oder um ihr eine Injektion zu geben. Ich fragte ihn einmal, ob er, vorausgesetzt, er hätte einen Batzen Geld auf der Bank, nicht eine Nierentransplantation für sie organisieren könnte. Er schaute so verwirrt drein, wie ich ihn noch nie gesehen hatte, noch mehr von allen guten Geistern verlassen als nach einem Orgasmus. Er stammel-

te etwas von Gewebetypen, Abstoßung, Nichtverfügbarkeit, Untauglichkeit – aber ich glaubte ihm kein Wort. Wie gesagt, er war ein Knauser, und vor allem glaube ich, er wollte, daß sie ans Haus gefesselt war, wollte, daß sie dort war, wenn er schließlich nach Hause kam. Was für ein Psychopath. Nur gut, daß ich den los bin.

Acht Uhr, und draußen machen kleine Vögel »Tschiep«. Ich höre, wie Autos angelassen werden und das unaufhörliche Tuckern von Lastern auf der Kentish Town Road. Wie ich hier so liege und mir im Radio *Today* anhöre, kann ich kaum glauben, daß ich noch vor sechs Wochen mit allen anderen aus dem Haus gegangen bin. Die Italiener nennen diese Art Krebs »den Wirbelsturm«, weil er auf einen Menschen herabsaust und ihn drischt wie Getreide, so daß nur noch die leere Hülse übrig bleibt. Er hat all meine mir so teuren alltäglichen Verrichtungen weggefegt, meine Besorgungen, meine stockende Geselligkeit, meine kleinen Ausflüge – alles weg. Und mit dem Alltag die Menschen.

Susie Plender brauche ich nun nicht mehr zu sehen – obwohl sie natürlich angerufen hat. Auch Emma Gould brauche ich nicht mehr zu sehen, und ich muß mir auch keine Geschichten über ihre jüngsten männerfangenden Eskapaden mehr anhören. Sie ist keine fünfzigjährige Frau, sie ist eine läufige Hündin. Jack Harmsworth, meinen alkoholsüchtigen bibliophilen Freund, brauche ich nicht mehr zu sehen, obwohl ich den immer noch am ehesten ertragen konnte. Wie Natty, schätze ich – Süchtige sind eigentümlich erholsam für Sterbende, weil sie wie wir innerhalb winziger Fenster des zeitlich Möglichen agieren. Und Mr. Weintraub brauche ich auch nicht mehr anzurufen. Nein, Weintraub muß ich sogar anrufen oder Charlotte sagen, sie soll es tun. Ich muß diese Steuergeschichte klären, bevor – bevor – na ja, sagen wir einfach, die Sache muß erledigt werden. Tim brauche ich nicht mehr zu sehen, meinen Chef, obwohl dieser Schatz mich doch tatsächlich letzte Woche im Krankenhaus besucht hat. Er war schrecklich verlegen, und seine Frau Lola, eine scheeläugige Spanierin, schaute sich in meinem Krankenzimmer um, als könnte sie etwas sehen, das wir nicht sahen. Etwas Schreckliches.

Nee, von denen brauche ich keinen mehr. Hedley ist Vergangenheit. Yaws ist tot. Kaplan – na ja, das ist eine ganz andere Geschichte. Aber ich rechne nicht damit, etwas von ihm zu hören. Von jetzt an sind es ausschließlich Natty und Charlotte und Steel und Deirdre. Nicht daß Deirdre bis zum Ende hierbleiben wird; während ich hier sinniere, kann ich hören, wie sie im Nebenzimmer bereits behutsam den Stab weitergibt.

»Hier ist mein Arbeitsblatt, Mrs. Elvers. Ihre Mutter hatte eine sehr ruhige Nacht.«

»Ach, tatsächlich?« Wie Sie hören, befleißigt sich meine hochnäsige Tochter auch weiterhin äußerster Förmlichkeit.

»Nun, ich sage ruhig, aber eigentlich muß ich sagen, daß sie ... daß sie ...«

»Schnell verfällt?«

»Ich – ich würde es nicht so ... es ist ...«

»Bitte, Mrs. Murphy, bitte ... sagen Sie ganz offen Ihre Meinung.«

»Es scheint mit ihr rapide bergab zu gehen. Das passiert sehr häufig – wenn ein todkranker Patient nach Hause kommt.«

»Verstehe. Ist Ihre Kollegin schon da?«

»Nein –«

»Ährrrr!« Ist sie doch, die zögerliche Klingel verkündet ihr Eintreffen – aber nein: »Hiya.« Es ist Natasha, sie kommt bestimmt wegen ihres Aufweckers – na ja, ich hab's ihr schließlich angeboten – und: »Ährr!« Ein bißchen weniger stürmisch, dieses Klingeln – das dürfte der Murphy-Ersatz sein, wieder eine gewisse Frau in einem gewissen Alter im aalglatten, professionellen Hausmantel des Todes. Ihres Vaters Haus hat viele Zimmer, aber sie sind versessen darauf, den Flur abzustauben.

Aus dem Wohnzimmer kommen Gesprächsfetzen, Satzreste, die bis zu mir dringen. Dann zögert die Klingel noch einmal, es ist

Molly, das Mädchen der Elvers, das kommt, um die Wohnung zu putzen. Da drin muß es inzwischen zugehen wie in der Foyerszene in *Die Marx Brothers in der Oper*. Ich frage mich, ob ich die immer noch lustig finden würde. Ich frage mich, ob in diesem verrottenden Körper noch ein Partikel Vergnügen übrig ist. Wer weiß, wenn ich einen Vibrator mit der richtigen Frequenz benutzen würde, dann würden mich die Würmer vielleicht verlassen, so wie die Ratten Hameln. Um ehrlich zu sein, ich fand sie nie so besonders lustig. Groucho Marx setzte ich immer mit Hitler gleich – ich sah ihn als Hitler, mit seinem falschen schuhgewichsten Schnurrbart und seinen Schnellfeuersalven irrwitziger Demagogie. Wie Hitler und wie mein Vater mit seinen großen Händen, seinem narbigen Gesicht, der Geldklammer mit dem Indianerkopf und seinem besserwisserischen Geplapper. »Ein fünfjähriges Kind würde das verstehen. Schick jemand ein fünfjähriges Kind holen.« Damit er widernatürliche Experimente mit ihm durchführen, ihm die Haut abziehen und einen Lampenschirm daraus machen kann. Ja, an Groucho ist nichts Anheimelndes, so wie er Hitlers höchstpersönlichen Semitismus Lügen straft – finden Sie nicht auch, daß nur ein Jude die Juden mit solcher Heftigkeit hassen kann und am liebsten den Itzig herausreißen würde, der sich im Juden versteckt? Dave Kaplan heiratete ich, das begriff ich erst später, wegen seines eigenen, bald zutage tretenden jüdischen Antisemitismus. »Wissen Sie, Kaplan ist nicht mein richtiger Name«, sagte er des öfteren zu anderen, »ich habe ihn nur angenommen, um jüdisch zu wirken – eigentlich heiße ich Carter.« Und das von einem Mann mit einem solchen Schmelztiegel der Gesichtszüge – es war einfach unwiderstehlich.

Der liebe Dave – er ernannte sich selbst zum »Pessimistischen Possenreißer« oder gar zum »Ja-Ja-Jidd«. Ich vermute, sein Hohn wurde noch verstärkt durch mein Aussehen – zu der Zeit gertenschlank und sehr blond. Damals in den Vierzigern war das schon etwas Besonderes in den Staaten, eine Heirat zwischen einem Juden und einer scheinbaren Nichtjüdin. Als die Leute dann mitbekamen, daß ich doch Jüdin war, war es bereits zu spät, denn wir waren inzwischen umgezogen und hatten mit Sicherheit eine sehr unangenehme Duftspur hinterlassen. Umgezogen. Die späten Vierziger und die frühen Fünfziger waren eine Aneinanderreihung provinzieller Lehraufträge für Kaplan, dessen kommunistische Sympathien es ihm unmöglich machten, wirklich engagiert Politik zu lehren. Deshalb verlegte er sich schließlich auf die Verwaltung, und so landeten wir 1955 in Vermont, wo Dave junior dann sein Rendezvous mit diesem Kotflügel hatte.

Es zerstörte das Leben des Fahrers – daß er meinen Sohn tötete. Er wurde verrückt – oder genauer, er hatte einen Nervenzusammenbruch, und in diesen Tagen, in diesem Land reichte das, um in ein Insulinkoma versetzt und mit Stromschlägen traktiert zu werden. Ich hatte Mitleid mit ihm, auch als ich in diesem bösen Ballett des Schocks gefangen war – die fünf Schritte bis zu der Stelle im Garten, wo Dave und seine Freunde spielten. Ich hatte Mitleid, weil ich selbst immer schuldig war, selbst immer das Falsche tat. Mit zwei Sprüngen war ich bei ihm, packte ihn bei den blonden Haaren, schlug ihm einmal, zweimal, dreimal auf den Kopf. Dann war er plötzlich ein Stückchen vor mir, sein schmaler, kleiner Arsch schlammverschmiert, er rannte aus dem hinteren Garten hinaus und über den Vorplatz und dann RUMMS! Ein verdrehter Klumpen Fleisch auf dem Asphalt. Der Aufprall war so heftig, daß er den Kinderkopf spaltete. Sein Gesicht hing herunter wie ein zerknittertes Stück Stoff – und da war Blut und graues Zeug. Danach ging es mit Kaplan und mir noch ein Jahr. Ich glaube nicht, daß er sich je wieder »Pessimistischer Possenreißer« nannte. Nicht, nachdem ich all mein Schuldbewußtsein an ihm ausgelassen und die Liebe, die wir füreinander empfunden haben mochten, umgestaltet, sie in einem Ofen aus weißglühender Wut gebrannt und dann das potthäßliche Mahnmal zertrümmert hatte.

»Mumu?« Da ist sie, frisch gewaschen in Jeans, Sweatshirt und Turnschuhen, die schwarzen Haare zu einem Pferdeschwanz gebunden. Sehr *amerikanisch* sieht sie heute aus.

»Natty.« Ich bin entsetzt über mein Krächzen, es klingt wie »N'nerr«.

»Mumu!« Weinend beugt sie sich über mich. Ich vermute, daß der Stoffpegel in ihrem System auf Null ist und die Wirklichkeit hineinsickert. Sie drückt mir Küsse auf den schütteren Schädel. »Mumu, Esther ist da.«

Esther, eha, was für eine Überraschung. »Wo ist sie?«

»Im Ritz, glaube ich.« 'türlich, obwohl es auch das Royal Garden oder das Savoy oder das Brown's sein könnte. »Sie hat angerufen – sie will gleich vorbeikommen.«

»Will Sie nich hier haben.«

»Was?«

»Willesthernich hier haben.« Nur die Ankunft meiner Schwester kann mich so elektrisieren.

»Was soll das heißen?« Schweißperlen am Haaransatz beflecken inzwischen ihr frisch gewaschenes Aussehen.

»Wir treffen uns irgendwo anders – wo es eben geht.« An diesem Morgen muß ich nicht nur ein Loch durch meine Übelkeit stoßen, ich muß auch noch meine Gleichgültigkeit durchstoßen. Mir ist klar geworden – dank einer von der British Broadcorpsing Corpsoration auf einer speziellen Frequenz übermittelten Botschaft –, daß ich nicht mehr wichtig bin. Natürlich, ich bin der Vorwand für ein intensives Endspiel, ein höchst dramatisches Finale, aber dann? In ein paar Monaten bin ich vergessen – wenn's hoch kommt, in ein paar Jahren. Da bin ich mir ganz sicher. Oh, ich zweifle nicht daran, daß meine Mädchen hin und wieder an mich denken werden, aber es wird keine Zusammenkunft von Menschen geben, bei der mein Name die Unterhaltung belebt, keine angeregten Gespräche, die im Gegenzug mich wieder zum Leben erwecken. Nein, ich *weiß*, daß das nicht so sein wird. Die Lily Bloom, die Aufmerksamkeit gebot, gibt es

nicht mehr – bis auf diesen letzten Hieb, diese Mißachtung Esthers. »Ich will nicht, daß sie hierher kommt – sie ist so ein verdammter Snob.«
»Ach, Mumu – ist denn das jetzt noch wichtig?«
»So wichtig wie noch nie.«

»Ms. Bloom?« Es ist die neue Dreckschauflerin, und sie ist schwarz – 'türlich.
»Hi.«
»Ich bin Doreen Matthews, ich mache die Tagschicht, und ich wollte mich nur kurz vorstellen.«
»Angenehm.« Sie ist strahlend schön, eine kaffeebraune Nofretete mit Süßmandelaugen. Ich könnte sie den ganzen Tag lang anschauen; Frauen sind einfach schöner als Männer – so wie Juden einfach gescheiter sind als die Gojim.
»Wie geht es Ihnen, Ms. Bloom?«
Penibel und pünktlich, die Kleine – das merke ich sofort, penile Punktionen habe ich schließlich mehr als die meisten erlebt. »Bitte sagen Sie Lily. Mir geht's besser, danke der Nachfrage.«
»Brauchen Sie die dann überhaupt?« Sie hat das ganze Sortiment dabei – Schmerzmittel, Angstlöser, Übelkeitshemmer. Eigentlich sollten sie in einer niedlichen kleinen Pralinenschachtel liegen, inklusive einem Heftchen mit Sinnsprüchen. Natty schaut gierig, als würde sie sich gleich auf Doreen stürzen und ihr die Pillen aus der Hand reißen wie das Raubtier, das sie ist.
»Doch, doch, ich glaube, die können nicht schaden, man weiß ja nie.«
Und los geht's, Pillen in den Mund, dann wieder in die Hand, ein Schluck Wasser, die Schwester geht, und ich gebe den Stoff meiner lauernden Junkietochter. Charlotte versteht die Sache mit Esther sofort und geht zum Telefon, um sie anzurufen – wir treffen uns im Kenwood Park, im Old Coach House. Es regt sich beträchtliche Bestürzung, weil ich meinen Sack voller Knochen bis zur Heath schleppen will, aber – wie ich jedem sage, der es hören

will – das wird mich nicht umbringen. Der Krebs wird mich umbringen, aber erst, wenn ich noch viel dünner geworden bin, hoffe ich.

»Bist du dir auch ganz sicher, Mutter?« Charlie trägt heute ein anderes Kostüm, und sie kommt eben aus einer Besprechung mit Wiggins Teape oder Reed International. Leicht ausgestellte Röcke stehen ihr eigentlich nicht, ihr Arsch ist zu dick und die Beine zu stämmig. Aber der hier ist außergewöhnlich gut geschnitten; wenn man sich den neunzig Kilo nähert, kann man nur noch auf einen raffinierten Schnitt hoffen – und die Farbe muß unauffällig sein.

»Du weißt doch, wie sie ist, Charlie; es wundert mich, daß sie überhaupt gekommen ist.«

»Sie war wirklich bestürzt und hat am Telefon geweint.«

»Toll.« Sie wird ewig leben, unsere Esther, in ihrem ganzen Leben war sie noch keinen Tag krank. Sie ist siebzig, sie raucht wie ein brennendes Haus und trinkt, als wollte sie die Flammen löschen. Sie gibt mehr Geld aus als die kolumbianische Regierung und verdient mehr als das Medellin-Kartell. Sie ist ein gottverdammter Alptraum – meine Schwester.

Das Verlassen der Wohnung erweist sich als schwierig, ein lang sich hinziehender, gestaffelter Aufbruch, für den ich schrittweise mit Straßenkleidung, einem Mantel und einer Wolldecke ausstaffiert und dann von Töchtern und bezahltem Personal gestützt werde. Ich komme mir vor wie König Lear, und es würde mich nicht sehr wundern, wenn Natty anfangen würde, mich »Gevatter« zu nennen. Charlie hat heute den Mercedes, Elvers ist also anscheinend zu Fuß in die Zentrale von Waste of Paper gegangen. Er gehört zu der Sorte Mann, die gern sagt: »Ich gehe überall zu Fuß hin«, als würde er von einer Sommerdurchquerung der Antarktis mit Reinhold Messner reden und nicht von einem zwanzigminütigen Spaziergang durch den Regent's Park von seiner Wohnung in einem viktorianischen John-Nash-Haus zu seinem modernen Terry-Farrell-Büro. Was für ein Wichser.

Wir schnurren die Kentish Town Road hoch und dann die Highgate Road entlang nach Gospel Oak. Es gibt Apfelblüte und Kirschblüte und ein paar Gewerbeansiedlungen und luxussanierte Reihenhäuser aus dem neunzehnten Jahrhundert und Unmengen von Autos. In einem Magazin – nicht *Woman's Realm* – habe ich einmal gelesen, daß das menschliche Gehirn eher Gesamteindrücke als Details wahrnimmt, und das ist der Grund – vermute ich zumindest –, warum ich weiß, daß dies hier London ist und nicht New York oder Chicago oder Rom; denn für mich ist das inzwischen nicht mehr wichtig. Ich habe alle Filialen geschlossen, und an den Innenseiten meiner Augen hängen schäbige Schilder: AUSVERKAUF – ALLE ERINNERUNGEN MÜSSEN RAUS!

Erinnerungen an meinen Vater und seinen Zettelkasten mit schmuddeligen Witzen, seine Perlmuttgeldscheinklammer mit dem Indianerkopf, sein ständiger Mangel an Scheinen, für die er sie hätte verwenden können. Während der Depression machte er *alles,* um Geld zu verdienen. Esther erzählte mir einmal, daß er eine Zeitlang Zuhälter gewesen sei, und das kann ich mir durchaus vorstellen. Er war zwar nie ein unverblümt sexueller Mann, aber er hatte etwas Schmieriges an sich, eine *jüdische* Schmierigkeit. Ich könnte mir vorstellen, daß er den großen Penis eines Zuhälters hatte. Woran ich mich aber am besten erinnere, war sein Job als Konkursverwalter von Warenhäusern. Das konnte er sehr gut – die Angestellten entlassen, den Warenbestand verramschen, die Immobilien verkaufen. Während der Depression war er erfolgreicher als davor oder danach. Ein sehr typischer Mann des zwanzigsten Jahrhunderts – mein Vater. Ein Krisengewinnler. Ein ökonomischer Wellenreiter.

Wir fahren den steilen Anstieg des Highgate West Hill hoch und dann zwischen prächtigen Villen hindurch. Dann oben die Grove entlang, vorbei an Yehudi Menuhins imposantem Haus. Ich hasse Menuhin. Als Natty acht Jahre alt war, schickte ich sie in seine Schule zum Vorspielen. Sie war als Klavierspielerin nicht unbegabt – aber ich wußte, daß sie nicht gut genug war. Doch das ist nicht der Grund, warum ich ihn hasse – ich hasse ihn, weil er bis zu seinem fünfundzwanzigsten Lebensjahr nie allein eine Straße überquerte, so heißt es zumindest. Das muß man sich einmal vorstellen! Der ultimative verweichlichte, künstlerische Jude – und das soll beeindruckend sein? Dieses rassische Verhätscheln? Igitt. Der wird ewig leben – da bin ich mir ganz sicher. Ewig leben in einem goldenen Käfig aus Tönen, einem Laufstall aus goldenen Harfensaiten. Pfefferminzplätzchen-Kotze. Zweiunddreißig Sorten von Baskin-Robbins' bester Übelkeit.

Ich weiß, daß er meine Leber befallen hat, dieser Krebs. Ich spüre es, als der Wagen sich beim Abwärtsfahren nach vorne neigt und wir in die Hampstead Lane einbiegen. Ich spüre, wie geschwollen das Scheißding in mir ist, und jeder Ruck des Autos drückt darauf, so daß es Gift vertröpfelt wie ein schmutziger Schwamm. Die Ölraffinerie des Körpers ist selbst vergiftet. Die durchgeknallten Enzyme haben die Irrenanstalt übernommen – was gäbe ich für einen zurechnungsfähigen Scharfrichter. Zwei verdammte Lumpektomien hat Steels betrügerischer Kumpel an mir durchgeführt. Er hat meine Titten ausgelöffelt wie ein Verkäufer das Eis bei Baskin-Robbins' ... Vielleicht will ich ein Eis, deshalb denke ich ständig daran. »Natty.«

»Mumu?« Sie sitzt wieder mit mir im Fond. Sie hat eine dunklere Haut als ich – aber auch eine feinporigere, die zu ihrer langen, schmalen Nase, den zart hervortretenden Wangenknochen, den violetten Augen paßt. Kleine Schlampe. Als Kind wurde sie in der Sonne sofort rot, aber wenn sie sie jetzt an ihre Haut lassen würde, bekäme sie eine attraktive olivbraune Tönung. Offensichtlich bleibt sie lieber blaß. Unter ihren flotten Klamotten trägt sie Suchtspuren, offene Stellen, Infektionen, alle aufgekratzt von ihren schartigen Nägeln. Ich frage mich, wie Miles es aushält, sie zu berühren.

»Ich frage mich, wie Miles es aushält, dich zu berühren.«

»Was?«

»Ich will Eiscreme; nein – ein Eis am Stiel.«
»Okay – im Kenwood gibt's so was.« Sie hat mich schon verstanden, aber he – nur keine Wellen schlagen.
Wenn ich gestorben wäre, als ich hätte sterben sollen, sagen wir Ende der Sechziger, als ich glaubte, mein Kopf würde zerplatzen vor heulendem Elend, als jedesmal, wenn ihr Vater sein fettes Maul öffnete, ich glaubte, ihn umbringen zu müssen, dann – dann hätte ich meinen Mädchen liebevolle Briefe geschrieben, hätte ihnen von meiner Traurigkeit erzählt und ihnen gesagt, wie sehr ich sie liebte und wie leid es mir tue, sie verlassen zu müssen. Zu spät. Sie sind hier, sie sind erwachsen, sie sind Scheiße; und so zanken wir uns auf den Untergang zu.
Anscheinend bin ich eingedöst, oder ich war kurz ohnmächtig, denn als ich wieder zu mir komme, humpeln wir den Hügel hinunter zum Kenwood House, ein verschwommener schmutzweißer Klecks palladianischer Architektur, der für etwas so Wuchtiges erstaunlich schwankt. Die Mädchen haben mich links und rechts unter den Arm gefaßt, und ich sage zu ihnen: »Ihr dürft nicht vergessen, daß es für eine Pessimistin wie mich viel leichter ist zu sterben als für jemanden, der vom Leben etwas erwartet, der mit etwas gerechnet hatte.«
»Ja, Mum.«
»Ich will damit sagen – ich habe immer im Startblock gekauert und auf den Startschuß gewartet, damit ich zur nächsten Katastrophe rennen konnte.«
»Hattu ja so haben woll'n«, sagt die infantile Natty in Babysprache.
»O ja, das stimmt.« Ich klemme mir ihre Hand noch fester unter die Achsel, und ich glaube, sie hält es für ein Zeichen von Zuneigung, aber das ist es nicht.
Kenwood. Ich habe immer gewußt, daß ich einmal hier enden würde. In meiner ersten Zeit in London war das mein Lieblingspark. Ich kam allein hierher und setzte mich auf eine Bank und las ein Buch oder fing Unterhaltungen mit alten Frau-

en oder Pennern an. In den Staaten war ich nie so gesellig, niemals. Es war diese ganze englische Verstellung, die meine Karten bestimmte, die mich zwang, mein beschissenes kleines Blatt zu spielen: »Ach, wie interessant – erzählen Sie doch weiter.« Und das taten sie auch, mein Gott, das taten sie auch. Diese verfluchte, ach so teure Reserviertheit war, wie sich zeigte, nur eine äußerst dünne Eisschicht, unter der ein wahrer Sturzbach kältesten Gesabbers brauste. Nein, niemand beherrscht das belanglose Plappern so wie die Engländer, und ich hoffe, sie ersticken alle daran. »Wie ist das We-*ttärgh!*«

In den Sechzigern war der Park gepflegter und gesitteter. Die Kinderwagen sahen wirklich aus wie aus dem neunzehnten Jahrhundert – große, schwarze Dinger, geschoben von puddinggesichtigen Kindermädchen oder Müttern, die alle Mäntel und Hüte und sogar *Handschuhe* trugen. Jetzt ist es Frühling, und androgyne Elternsurrogate in Trainingsanzügen schieben McLaren-Buggies, beladen mit Treibhauspflänzchen. Es gibt Schwule, die auf dem rasierten Rasen ihre Muskeln spielen lassen. Yaws kam jeden Sonntag vor dem Mittagessen hierher und zwang die Mädchen, ihn zu begleiten. Yaws hatte an der Uni Lacrosse gespielt. *Kein Witz.* Und er dachte, es wäre doch schön, wenn die Mädchen es von ihm lernten. Schön für wen? Für mich nicht. Ich blieb in Hendon und verkochte das Sonntagsmahl auf die vorgeschriebene Weise. Mir blieb auch kaum etwas anderes übrig. Yaws selbst konnte, dafür war er berüchtigt, tagelang mit einem Ranken Brot, beschmiert mit Frank Cooper's Oxford Marmelade, auskommen. Arschloch. Sich vorzustellen, daß ich seine Unterwäsche wusch. Doppeltes Arschloch. Doppeltes Schokosplitterarschloch.

Das einzige, was in dieser Ersatzlandschaft noch unverändert ist, sind die kleinen braunen Männer. Sie sind noch genauso wie früher, spießen in ihren weichen Filzhüten und derben Schuhen Abfall auf, prüfen die überall herumhängenden Kleinanzeigenzettel auf ihre Legalität und fahren dann weiter mit ihren putzigen Wägelchen voller toter Blätter. Ihre Anzüge sind vielleicht inzwischen aus Nylon – billig sehen sie auf jeden Fall aus –, aber die Männer sind so braun und runzlig wie eh und je. So braun und runzlig, daß sie aussehen wie Faune. Anscheinend hat das Camden Council ein Faunförderprogramm aufgelegt. Ich habe allerdings noch nie einen wirklich braunen kleinen braunen Mann gesehen, niemals. Die braunen Männer sind wichtig – sie kümmern sich um die Gedenkbänke. Ich wollte schon immer gern eine Gedenkbank: »Zum Andenken an Lily Bloom, 1922 – 1988, die auf dieser Bank gern unsere Produkte einnahm. Hoffmann La Roche.« Aber als ich mich vor zwei Jahren näher damit beschäftigte (als ich den Knoten entdeckte, noch bevor ich Sydenberg, meinen Hausarzt, anrief), bemerkte ich, daß die Heath bankgesättigt war, daß man, wenn man hier unter den Nachgeborenen auch nur ein Minimum an Gedenken hervorrufen wollte, seinen Namen auf eine Gedenktafel eingravieren lassen mußte, die sich den Platz mit vielen anderen teilte. Zweifellos verstreuen Verwandte, wie sie es bei den Bänken tun, auch um diese Gedenktafeln die Asche der Verstorbenen. Was für eine köstliche Ironie – diejenigen von uns Juden, die dem Holocaust entkamen, liegen dennoch gemeinsam mit ihren Itzigbrüdern in Massengräbern. Wie unbrüderlich.

Drinnen in der Teestube ist es dunkel, trotz der weißgetünchten Wände. Dieser Teil des Anwesens beherbergte früher die Stallungen, und auch jetzt noch – oder vielleicht vor allem jetzt, mit seinen Boxen voller pferdegesichtiger englischer Frauen, die Earl Grey schlürfen – sieht er aus wie einer. Das einzige Nichtpferdegesicht in dem Laden ist eine Version vom Gesicht meines Vaters. Eine kleinere, geschminkte Version des seinen – wie Dads Begräbnis-Make-up. Ein jüdisches Gesicht. Ein New Yorker jüdisches Gesicht. Ein Upper East Side New Yorker jüdisches Gesicht. Ein UESNYJG. Esther, meine Schwester.

»Lily!« Sie steht auf ihren hohen Hacken, richtet ihren Zinken auf mich und streckt mir ihre Klauen entgegen.

»Esther.« Mein Klumpen totes Kalbfleisch kollidiert mit ihrer Gesichtsmaske. Esther hat kein Gesicht mehr – nur noch eine Gesichtsmaske. Nicht, daß sie sich darin hätte herumschnippeln lassen – sie würde sich hüten, denn sie hat vor, ewig zu leben. Wenn sie sich jetzt das Gesicht liften lassen würde, dann würde sie in dreißig oder vierzig Jahren aussehen wie Methusalem.
»Wie geht's dir?« Unglaublich, nur die Taktlosen können ewig leben – das zumindest ist offensichtlich. »Laß mich dich anschauen.« Warum willst du das tun, du blöde Kuh? Na ja, soll sie doch – mehr als Anschauen ist nicht.
Da sitze ich nun zusammengesunken in meinem Krebscape, während die Welt mich umtanzt. Man bringt mir einen kleinen Becher mit Cornish Eiscreme, der ungegessen auf dem Tisch stehenbleibt. Soll heißen – so ist es kaum wahrscheinlich, daß er mir wieder hochkommt, nicht? Und außerdem wollte ich ein Eis am Stiel. Ich mustere Esther eingehend; es ist interessant, eine Version von sich selbst zu sehen, die Unsterblichkeit erreicht hat, dank Saks auf der Fifth Avenue, Tiffany, Bergdorf Goodman und all der anderen Tempel der Staffage – genau das könnten diese englischen Pferde auch gebrauchen, sogar meine kleinen Ponys. Amerikaner sehen immer so sauber und frisch gewaschen und vorzeigbar aus – ist es da ein Wunder, daß ich als Schlampe ende, die in einem Dreckhaufen lebt? Ist es eine Überraschung, daß ich beim Grasen in diesem fauligen Morast meine Zähne verloren habe?
Esther hat Geschenke für die Mädchen mitgebracht. Ja, Tiffany – hab ich's mir doch gedacht. Ein Brosche für Charlie, die sie, wie den Rest ihrer Schätze, in Ehren halten wird, und eine kleine goldene Uhr für Natty, die sie bei der erstbesten Gelegenheit versetzen wird. Sie plappern miteinander, als wäre ich gar nicht da. Esther erzählt ihnen von ihrem Hotel, ihrer Kunstgalerie, von diesem Geschäft und von jenem Geschäft. Nattys hübsches Köpfchen ist inzwischen schwer vom Heroin – das ist offensichtlich –, aber Charlie ist unermüdlich, sie nickt und fragt nach und

unterhält sich mit ihrer mumifizierten Tante. Ihrer Tantenmaske.

Ich hatte gehofft, daß das Wiedersehen mit Esther eine Flut von Erinnerungen auslösen würde. Ich wollte – Gott weiß, wieso – noch einmal in die Kindheit eintauchen. Ich wollte Sarsparillalimonade und Kewpie-Puppen heraufbeschwören, Baseballkarten und Jitterbugtanzen, Kreplach und Jitneys, diese Kleinbusse, die fuhren, wann sie wollten, und den Surrey, diese komische Kutsche mit dem Baldachin obendrauf. Ich wollte, daß wir uns in die Proportionen all der Häuser und Wohnungen vertiefen, in denen wir aufwuchsen, in die Marotten all der Freunde, die wir hatten. Ich wollte in eine Zeit zurückkehren, als Esther und ich uns mehr liebten als alles andere auf der Welt, als das einzige, was wir auf dieser Welt fürchteten, unsere armen, traurigen, verängstigten Eltern waren. Ich wollte in Esthers High-School-Jahrbuch blättern (Die Klasse von 35 – »Talent fürs Geschäftliche ist eine Zierde für die ganze Welt!«), Seite um Seite zurückgehen zu einer glücklicheren Zeit. Aber wenn ich sie mir jetzt ansehe, fällt mir nur »Das Relikt« von John Donne ein, und ich kann nur daran denken, daß sie, auch wenn ihre teure Uhr an einem skelettalen Handgelenk baumelt, weiterleben wird, während ich unleugbar dem Tod entgegengehe.

Für eins muß ich allerdings dankbar sein: Hier gibt es keine Kellner. Esther beleidigt Kellner immer mit ihrer plumpen Vertraulichkeit – »Hi! Wie heißen Sie denn? Mark, hm? Werden Sie sicher auch eine sein, 'ne Marke, meine ich« – und sichert sich so ohne jede Mühe deren Verachtung. Und die meine. Wobei es allerdings auch nicht schwer ist, Verachtung für den griesgrämigen englischen Service zu empfinden. England – wo die Kellner auf jede Bestellung, die über die Speisekarte hinausgeht, so reagieren, als wäre letztere in Stein gemeißelt und erstere eine furchterregende und unverständliche Gotteslästerung. »Ohne Mayonnaise?! Wollen Sie damit sagen, daß die Welt rund ist?! Daß Gott tot ist?! Gut und Böse austauschbar sind?!« Eins gibt es jedoch, was ich für Esther tun kann, ein Vermächtnis, das ihre schwerfällige, mürrische, verkrebste, todgeweihte Schwester ihr hinterlassen kann, und das ist, über nichts zu reden, das irgendeine Bedeutung haben könnte. Rede nicht übers Sterben. Reiß ihr riesiges Reservoir der Verdrängung nicht auf und schau einfach zu, wie sie sich kaltblütig in die Hölle der Gegenwart flüchtet. Heiz dich auf, sprudle, koche, verdampfe, und du würdest diese kleine alte jüdische Dame ebenso verängstigt zurücklassen, wie diese große sterbende es ist. O nein, erspar es ihr. Ihr samt ihren Ersparnissen.

Ich habe keine Lust mehr, dem Geplapper der Leute zuzuhören. Alles, was sie sagen, bezieht sich auf eine Zukunft, die ich nicht mehr erleben werde. Ich merke nicht einmal, ob Esther es ist, die aufsteht und sich verabschiedet, oder wir. Die Tatsache, daß ich sie nie mehr wiedersehen werde, ist auf merkwürdige Weise befriedigend – und ich habe es verhindert, daß sie meine beschissene kleine Wohnung sieht, daß sie ihren schmalen jüdisch-amerikanischen Prinzessinnenarsch auf meine staubigen Kissen pflanzt. Sie ist eine Frau, die die Welt mit einer Hygienebinde umgürtet sehen will – zumindest für die Dauer ihres Aufenthalts, der, wie ich bereits erwähnt zu haben glaube, ewig dauern wird.

Wir sitzen wieder im Wagen und fahren von Highgate den Hügel hinunter. Charlie ist eine sehr gute Fahrerin, viel weniger impulsiv, als ich es war, viel gelassener. Sie weiß, wie sie mit dieser großen *Krauts*-Kiste umgehen muß, mit diesem stählernen Eierkarton, der einen kranken Dotter in sich trägt. Der Schmerz nagt seit Stunden an den Rändern meines Seins. Jetzt bin ich gebadet in klebrigem Schmerz, und Natty liegt – kühl und trocken – auf dem Sofa *meines* Heroins.

Als wir zurückkommen, wartet Miles vor dem Haus, seine Schönheit an eine Mauer gelehnt. Ich frage mich, wie viele *miles* – Meilen – er diesmal gefahren ist, um hierherzukommen. Er ist Jurastudent, er studiert eifrig – was hat er nur mit dieser kapriziösen Schlampe am Hut? Sie laden mich aus und schaffen mich ins Haus, wo Molly und Doreen gigantische Schneisen in die Entropie geschlagen haben. Sesselbezüge wurden gereinigt! Regale abgestaubt! Hier passiert wirkliche Hausarbeit. Ich bilde mir gern ein, ich hätte eine gute Hausfrau sein können – liebend gern hätte ich das Haus in Ordnung gehalten für einen Mann, den ich bewundere. Für Trotzki hätte ich die Hemden gebügelt wie ein Derwisch und ihn dann geliebt wie eine Robbe. Aber die Männer, mit denen ich zusammen war, waren immer schwache Bittsteller, die Sex so wollten wie kleine Jungs Süßigkeiten. Armselig. Kein Wunder, daß ich mich Tag um Tag dabei ertappte, wie ich fluchte und stöhnte und sogar schrie, wenn ich ihren Dreck aufwischte, für sie kochte, ihre kleinen Spielzimmer aufräumte. Ich bin froh, daß das jetzt vorbei ist. Ich bin froh, daß das Putzen vorbei ist. Leb wohl, Vim, mach's gut, Ata, *au revoir*, Sofix – ich bin mir sicher, wir sehen uns irgendwann wieder, *some su-unny da-ay*.

Sie haben die Wohnung geputzt, weil sie sie verkaufen wollen. Charlotte will sie verkaufen. Ach, wäre doch nur mein Testament nicht in Ordnung, es hätte mir sehr gefallen, der kleinen Miss Yaws mindestens ein Doppelhaus des Prozessierens, wenn nicht sogar Bleak House selbst zu hinterlassen.

Kompetente schwarze Hände betatschen mich jetzt überall – und wissen Sie was? Mir ist es egal. Ich spüre jeden schwarzen Handabdruck, während sie mich zurechtrückt und aufschüttelt wie ein Kissen, aber es gibt keinen Pawlowschen Ekel, keinen kranken Aufguß engstirniger Intoleranz. Früher quälte ich Yaws damit: »Du bist der verdammte Fluch des schwarzen Mannes!« schrie ich ihn an. »Schau im verdammten Lexikon nach, du Wichser! Lies es – ›eine ansteckende Krankheit der Neger, erkennbar an himbeerähnlichen Pusteln auf der Haut‹ –, das bist du, Partner, das bist du!« Meistens fing ich an diesem Punkt an, ihn zu schlagen, und ich hörte erst auf, wenn die Mädchen dazwischengingen. Ob ich mich schuldig fühle? Nicht mehr, jetzt nicht mehr. Mein Junkie muß warten – ich habe das Diamorphin selber genommen und das Valium und jede andere Scheiße, die Doreen mir gegeben hat. Mein Junkie muß jetzt warten.

Doreen hat mich ins Bett gesteckt, und mein kleines Radio trällert. Es ist die abendliche Wiederholung von *The Archers*. Die meisten Leute hassen die vielen Wiederholungen in den Medien – ich nicht. Mir würde es nichts ausmachen, wenn sie diese Episode wieder und wieder und wieder senden würden, solange ich hier bin, um sie zu hören, solange ich noch am Leben bin. Aus einer Region tief im dunkelsten, kränksten Teil meines Ichs höre ich die Stimme eines alten Bluessängers. Was ist das, ein alter Song, den ich hörte, als ich, meine Stoffpuppe hinter mir herziehend, auf der falschen Seite der Straßenbahngleise durch den Schlamm stapfte? Wer weiß, aber der Song ist alt, so alt wie ich: *»I wish I was a mole in the ground/Like a mole in the ground I would root that mountain down/And I wish I was a mole in the ground.«*

Nicht mehr lange. Stimmen aus dem Nebenzimmer übertönen das Pseudofarmleben aus dem Radio. »Glauben Sie, wir sollten den Hausarzt anrufen?« Ich nehme mal an, daß Charlie bereits ihr Handy in der Hand hat; sie schwenkt es, als wäre es die Zukunft persönlich.

»Ich halte das für eine gute Idee. Ehrlich gesagt, glaube ich nicht, daß sie noch sehr viel länger hierbleiben kann.« Aber ich will hierbleiben – ich will bei dir bleiben, Doreen. »Aber –« Und hier wird ihre Stimme für mich unhörbar, so daß ich jetzt den anderen Stimmen im Nebenzimmer lauschen kann, Natasha und Miles, die sich darüber streiten, wo sie essen wollen. Wer hätte gedacht, daß alles plötzlich so schnell geht?

4. Kapitel

Sydenberg ist unterwegs – ach du heiliger Strohsack. Sydenberg, der letzte in einer langen, bis in die Vierziger zurückreichenden Schlange von Ärzten, die sich bei mir die Klinke in die Hand gaben. Wenn es darum geht, diesen Quaksalbern Beschäftigung zu verschaffen, kann man mir keinen Vorwurf machen. Ich war schon immer ein eifriger Nutzer des Hausbesuchs. Denn was ist die Hypochondrie, wenn nicht die Hebamme aller anderen, kleineren Phobien? Als die Mädchen noch Kinder waren, rief ich Virginia Bridge schon bei der geringsten Kleinigkeit. Ich vermute, meine Motive dabei waren gemischt, denn sosehr ich ihre einfallslosen Beruhigungen brauchte, so sehr gefiel es mir auch, Yaws mit seinem Nebenfrauchen zu beobachten. Es amüsierte mich, wenn er, in diesem Augenblick selbst wie ein Kind, sich plötzlich mit einem Eis am Stiel in jeder Hand konfrontiert sah und nicht wußte, an welchem er lecken sollte.

Außerdem gefiel es mir, daß die Ärzte nach meiner Pfeife tanzten – das glaubte ich zumindest. Jetzt erkenne ich, daß ich für sie nie mehr war als Patientendurchsatz, eine x-beliebige Menschenkarosserie, die ein Ersatzteil brauchte. Moderne Zeiten – kein Wunder, daß diese Fließbandarbeiter auch nach Feierabend nicht aufhören können, Diagnosen zu stellen. Sydenberg ist bei weitem nicht der schlimmste, auf jeden Fall viel besser als diese hochnäsige Niete Lichtenberg, der mich Anfang der Fünfziger »psychoanalysierte«. Ich erinnere mich nur zu gut daran. Er war ein Freund Kaplans – und sie zeigten eine hinterhältige Übereinstimmung in ihrer Haltung zu meinen immer wieder auftretenden *crises de nerfs*. Ich sagte damals: »Ihr zwei steckt unter einer Decke!«, aber sie leugneten es.

Lichtenberg war ein orthodoxer Freudianer, der jeden Aspekt meiner Psyche zu meiner frühen Kindheit in Beziehung setzte. Nun ja, meine Kindheit mag vielleicht extrem beschissen gewesen sein, aber ich hätte mich damals wohl besser mit Dave juniors Kindheit beschäftigen sollen – die er zu der Zeit noch hatte. Aber nein, Kaplan favorisierte die Analyse, die Acht Wichtigen Paare (unser inzestuös miteinander verwobener Freundeskreis) favorisierten die Analyse, und die Tatsache, daß sie mich im Sumpf der Vergangenheit festhielt, schien kaum von Bedeutung. Lichtenberg forderte mich doch tatsächlich zur *Libertinage* auf, ermunterte mich, Affären einzugehen. Er war der Ansicht, das helfe mir, meine negative Beziehung zu meinem Vater zu verarbeiten. Blödsinn. In Wahrheit war dieses ganze freudianische Sexgerede nichts als ein Prolog, der geschwätzige Vorläufer der hilflosen Promiskuität, die dann in den Sechzigern aufkommen sollte. Allerdings nicht für mich – zu der Zeit hatte ich mich bereits wieder aufs Reden beschränkt. Größtenteils. Ich frage mich, was Lichtenberg zu dem Endpunkt sagen würde, an dem ich jetzt angelangt bin. Wahrscheinlich würde er Freud zitieren: »Das Ziel allen Lebens ist der Tod.« Hätte ich den Wichser nur umgebracht, als ich noch die Chance dazu hatte.

Von Stadt zu Stadt, von Ort zu Ort. Im Flug über die Eisberge und hinein in die arktische Nacht. Sydenberg ist einer dieser englischen Juden, die englischer sind als die Engländer. Aber genaugenommen ist heutzutage fast jeder englischer als die Engländer. Ab dem Ende der Siebziger haben die Engländer ihre Reserviertheit, ihre steife Unerschütterlichkeit, ihre rustikale Urbanität aufgegeben. Sie haben sich immer über ihre »Amerikanisierung« beklagt und meinten damit Ladenketten, Supermärkte, Werbung – aber was sie dabei völlig außer acht gelassen haben, ist der schleichende Kosmopolitanismus, der ihre Kultur verwandelt, wenn nicht gar ihre ach so werte Gesellschaft. In den Siebzigern – dieser ausgebeulten Dekade – fiel mir auf, daß die Engländer anfingen, den klugscheißerischen jüdisch-amerikanischen Humor zu verstehen – ja, ihn sogar richtig lustig zu finden. Das war der Anfang vom Ende. Die einheimischen Juden waren eine viel zu dumpfe und konformistische Gruppe, um wirklich Witze reißen zu können. Sie waren diejenigen, die in Liverpool zurückblieben, während wir anderen uns aufmachten in die Neue Welt. Kaum waren sie zu etwas Geld gekommen, zogen sie sich – wie die Rubens – in die Vorstädte zurück, wo sie ihre Tage in farbloser Gleichgültigkeit beschlossen. Jüdische Anglikaner. Die Engländer mußten sich ans amerikanische Judentum wenden, wenn sie Unterhaltung wollten, und so begann die eigentliche Judisierung Londons. Inzwischen findet man kaum noch einen Cockney-Dödel, der nicht klugscheißt, kwetscht, schmiest und betrügt. Toll.

Zurück zu Sydenberg. Hier ist er also: groß, gebeugt, grau, bebrillt. Sein Anzug ist – im Gegensatz zu meinen Brüsten – zweireihig. Er hat einen häßlichen, modernen Aktenkoffer aus Vinyl bei sich, den er bedächtig neben das Bett stellt, bevor er sich auf meine Ebene herabläßt. Krankenbettmanieren – was für ein schönes Wort. Alle Ärzte, die je zu meinem Krankenbett kamen, sahen aus, als wäre ihnen, durchaus angemessen, sehr unbehaglich zumute. Ich meine, wie würde das denn aussehen, wenn sie sich völlig behaglich fühlen würden – und einem völliges Behagen vermitteln würden? Sie müßten ihre Köfferchen abstellen, die Hosen herunterlassen und zu einem ins Bett steigen. Also *das* wären Krankenbettmanieren.

»Dann sind Sie also nach Hause gekommen, Lily?«

»Wie Sie sehen, Dr. Sydenberg, wie Sie sehen.«

»Wie steht's mit den Schmerzen?«

»Tun weh.«

»Und der Übelkeit?«

»Zum Schlechtwerden.«

»Verstehe.«

Er versteht. Kein Wunder, denn dank der dicken Bifokalgläser, die seine Augen zu glubschenden Monstren machen, dürfte ihm mein Zustand kaum entgangen sein. Allerdings wäre es schön, wenn er bessere Krankenbettmanieren hätte. Ich fände es schön, wenn er zu mir ins Bett steigen würde – ich brauche jemanden, irgend jemanden, an dem ich mich festhalten kann. Ich versuche es auf andere Art. »Ich habe Angst.«

»Vor dem Sterben?« Guter Mann. Direkt – so mag ich das.

»Vor dem Sterben, davor, was man nach meinem Tod mit mir macht.«

»Sie haben mir doch gesagt, daß Sie sich darüber nicht mehr den Kopf zerbrechen, daß Sie Natasha und Charlotte aufgetragen haben, Ihre Leiche verbrennen zu lassen und die Asche in einen Betonmischer, eine Mülltonne oder sonstwohin zu kippen.«

»Ich habe Angst, daß sie es nicht tun – Charlotte ist zu sentimental, und Natty ist zu vollgedröhnt.«

»Na ja, aber bei Ihrem beinharten Materialismus dürfte das für Sie doch kaum von Bedeutung sein, oder?«

»Ich will nicht einbalsamiert werden.«

»Das ist typisch amerikanisch – wir hier machen das nicht. Vergessen Sie nicht, die große Mehrheit der Engländer wird verbrannt; ich glaube, es sind ungefähr siebzig Prozent.«

»Ich weiß – ein tolles Land zum Verbranntwerden. Man muß mir nicht einmal meinen Schrittmacher herausnehmen – weil ich keinen habe. Glauben Sie, daß man es noch spürt, wenn man verbrannt wird?«

»Lily.«

»Ich meine es ernst. Was, wenn ich unrecht habe? Was, wenn man alles spüren kann, wenn man es spürt, wenn sie einem die Knochen im Kremulator zermalmen?«

»Kremulator?«

»Das ist wie eine Wäscheschleuder voller Stahlkugeln – damit werden die Knochen zu menschlichem Knochenmehl zermalmt, die Verwandten wollen sich doch nicht von übriggebliebenen Rippen oder Wirbeln erschrecken lassen, wenn sie die Urne abholen und die Überreste durchsuchen.«

»Also nein, kommen Sie, das stimmt doch nicht – ich glaube, Sie leiden an Taphophobie.«

»Was zum Teufel ist denn das?«

»Die irrationale Angst, lebendig begraben zu werden.«

»Irrational im Gegensatz zu Leuten, die auf dem Sankt-Andreas-Graben leben.«

»Genau.«

Wow. Taphophobie. Und ich dachte, der Tod ist der große Phobienvertreiber; jetzt muß ich mir anhören, daß ich an einer irrationalen Angst leide – sogar noch im Sterben. »Wie wär's, wenn ich in Palermo den Löffel abgebe?«

»Was?«

Ich merke, daß diese Unterhaltung ihn allmählich aus der Fassung bringt. Gut – viel länger kann ich sie sowieso nicht mehr aufrechterhalten. »Palermo – oder Paris, irgendwo, wo es Katakomben gibt und wo man mich in meinem besten Marks&Spencer-Kostüm, meinen vernünftig flachen Schuhen und meinem Regenmantel an einem Draht aufhängen kann.«

»Das ist aber nicht besonders praktisch, oder?«

Nein, das ist es nicht, und ich will auch gar nicht herumhängen – ich will keine Nervensäge sein. Aber ich will auch nicht in der städtischen Nekropolis in Wanstead verbuddelt werden. Ich hatte im Leben schon genug Schwierigkeiten, mir eine Unterkunft zu finanzieren; der Gedanke, eine Hypothek für eine Grabstelle aufzunehmen, ist einfach unerträglich. Ich habe zu viel darüber gelesen, ich *weiß*, was los ist. Ich weiß sogar, daß riesige amerikanische Konzerne gerade dabei sind, die britische Friedhofsindustrie zu übernehmen. Diese Einfaltspinsel, sie glauben, sie kommen in den Himmel; aber auch wenn es so ist – was ich sehr stark bezweifle –, werden ihre irdischen Überreste in einen sehr weltlichen Profit für fette, skrupellose Investoren verwandelt. Diese Narren.

Ein paar von diesen Einsichten würde ich gern Sydenberg mitteilen, der sich als so guter Zuhörer erwiesen hat; aber als ich mer-

ke, daß ich meine Augen für eine Weile geschlossen hatte und sie jetzt wieder öffne, ist er ins Nebenzimmer gegangen, um meinen Fall zu besprechen.
– Ich fürchte, da ist nicht mehr viel zu machen.
– Wir verstehen. Meinen Sie, es bringt noch was, bei den Hospizen anzurufen?
– Eigentlich nicht, die Schmerzen können wir hier ebenso effektiv behandeln. Sie haben Pflege rund um die Uhr organisiert?
– Ja, dann wird's also hier passieren?
– Solange es keine größeren Veränderungen gibt, solange es noch möglich ist, ihr die Medikamente zu verabreichen.
– Und glauben Sie, es wird möglich sein?
– Das kann ich nicht sagen; wenn es zu einer dramatischen Beschleunigung kommt und eben nicht … zu einem langsamen Dahindämmern, nun, dann fürchte ich, müssen Sie im UCH anrufen.
– Sie will nicht im Krankenhaus sterben.
– Offen gesagt, Charlotte, das Wesentliche ist doch, daß sie überhaupt nicht sterben will; ihre Mutter ist noch relativ jung. Ich glaube, das ganze Gerede über sterbliche Überreste und Bestattung ist ein Ablenkungsmanöver. Hat Sie mit Ihnen überhaupt schon über die Zukunft gesprochen?
– Ein wenig. Sie schneidet das Thema immer mal wieder an; manchmal scheint sie sich in ihr Schicksal zu fügen, aber meistens ist sie sehr, sehr wütend.
– Na ja, das ist aber doch zu erwarten.
– Ich hatte gehofft, sie würde es ein wenig philosophischer nehmen.
Philosophisch – ha! Das war eins von Yaws' Lieblingswörtern – »philosophisch«. Er war so pherdammt philosophisch. Philosophisch in bezug auf alles bis auf die Philosophie – das schaffte er einfach nicht. Yaws war Kirchenhistoriker. Er schrieb seine Doktorarbeit über Trollope und den Klerus des neunzehnten Jahrhunderts, wie er in dessen Romanen dargestellt wird. Ich will

damit nicht sagen, das wäre ein zweitklassiges Thema, aber es war bemerkenswert, wie viele zweitklassige Geister sich damit befaßten. Ich kochte oft Tee für sie, bewirtete ergrauende ewige Studenten an ewig grauen englischen Nachmittagen: »Sagen Sie, Mrs. Yaws, welcher von den Barchester-Romanen ist Ihnen der liebste?« Jeder, der kleinformatig genug ist, *um ihn dir in deinen Arsch zu schieben, du Volltrottel.* Wäre ich zu diesen Leuten, die so völlig unwichtig waren, bloß weniger höflich gewesen, und dafür höflicher zu denen, die wichtig waren!

Hier soll ich also sterben, was? Hier in meiner schäbigen kleinen Wohnung. Ich sollte wohl besser eine Inventur meines Sterberaums, meines idealen Grabs, meines sanierten Sarkophags machen. Letzteres bedeutet übrigens – wie ich nur zu gut weiß – »Fleischfresser«. Hast du das gehört, Mistie? Du bist nicht der einzige Fleischfresser hier in der Gegend. Und der Krebs wird mich, wie der treue Hund, der er ist, zerfleischen mit seinen tödlichen Beißern. Ich hatte fast schon vergessen, was für ein wilder, köstlicher Schmerz der Hunger ist – bis *du* mich daran erinnert hast. Also, klapperiges Mobiliar, zusammengewürfelte Töpfe, Kartons mit Postkarten – warum habe ich dieses Scheißzeug eigentlich gekauft? Denk daran im anderen Leben: Kauf nie mehr Postkarten, als du verschicken willst, egal wie attraktiv die Fotos auch sind. Nippes, Bücher, Ständer voller schäbiger Sackkleider, Schrankböden, ausgelegt mit ausgetretenen Schuhen, Körbe und Schuhkartons voller Strick- und Nähsachen, um die ich mich einen Dreck gekümmert habe, Schubladen voller trauriger Unterwäsche und traurigerer Briefe – warum hebt man eigentlich Briefe auf? Will ich jetzt Briefe lesen? Bin doch nicht blöd. In den Küchenschränken stehen Gläser mit vertrocknetem Eingemachtem, im Bad gammeln halbleere Dosen Talkumpuder und verdächtige Salben – bringt mir alles! Bringt mir mein Hab und Gut! Ich will sterben mit einem Glas schwarzer Johannisbeermarmelade in der einen und einem Platzdeckchen aus Stroh in der anderen Hand. Ich will verscheiden mit all den Aufzeichnungen meines gequälten Herzens, den Protokollen meiner treulosen Treffen und den Sitzungsberichten meiner unehrenwerten Gesellschaften bei der Hand. Was ich nicht alles will. Bin ich nicht emsig?

Wie Deirdre es ist, die eben eingetroffen ist und jetzt durchs Schlafzimmer auf mein Bett zukommt, während mir Nachrichten über Ivan Boesky ans Ohr dringen. »Wie fühlen Sie sich, Lily?« will sie wissen.

»Wegrationalisiert«, sage ich. »Stück um Stück von mir wird verkauft, bis nur noch der profitable Kern übrigbleibt.« Ich will noch mehr sagen, kann es aber nicht, weil ich mich plötzlich mit einem neuen Gefühl herumschlagen muß, das mir noch mehr Angst einflößt als das Grauen, von dem mir schlechter wird als von der Übelkeit. Es ist die Mutter aller Gefühle für diese Mutter – die immer davonlaufen und sich verstecken mußte, wenn die Dinge unerträglich wurden. Ich bin gelähmt. Ich kann mich nicht bewegen, kann nicht einmal mehr zwinkern. Ein fettes Arschloch sitzt auf meiner Brust und preßt mir das Leben heraus, und das bin gar nicht mehr ich. Deirdre schiebt mir eine gabelige Hand in den Nacken und hebt mich gerade so weit, daß sie mir die Pillen in den Mund schieben kann, kippt dann meinen Kopf nach hinten, um mir Wasser einzuflößen, das die Pillen die Kehle hinunterspült. Schmerzlinderung ist inzwischen mehr eine mechanische Operation als eine medizinische Behandlung.

»Das wäre geschafft«, sie bettet mich wieder auf mein Lager, »jetzt wasch ich Ihnen noch Gesicht und Hals mit einem Lappen, dann fühlen Sie sich gleich besser.«

Als ich noch als Mutter fungierte, beherrschte ich diese Übung aus dem Effeff: den rechten Zeigefinger straff mit dem Lappen umhüllen, den Mund des Kindes mit meiner harten rechten Hand fixieren, die winzigen klebrigen Lippen mit dem stahlharten Tupfer attackieren. Hätte ich nur gewußt, daß diese Technik auch bei mir wieder angewandt werden würde, dann wäre ich nie so brutal gewesen.

– Ich wollte nur noch mal kurz vorbeischauen, sehen, wie's ihr geht.
– So gut, wie man erwarten kann, Natasha. Sie schläft jetzt.
– Sie sind – Deirdre, nicht?
– Ja.
– Glauben Sie, daß es bald soweit ist?
– Über so etwas rede ich nicht gern.
– Aber was glauben Sie?
– [*Seufzt*] Ich habe Leute im Zustand Ihrer Mutter gesehen, die noch Wochen und Monate lebten, und andere, bei denen es nach Sekunden oder Stunden zu Ende war. Der Tod, Natasha, hält sich nicht an unsere Zeitpläne.
– Ich gehe aufs Klo.
Natashas normalerweise dunkle heisere Stimme ist um eine halbe Oktave in die Höhe geklettert, und das Tremolo ist ziemlich stark. Ich rieche ihren angsterfüllten kränklichen Schweiß, als sie durch mein Schlafzimmer rennt – warum reibt denn niemand dieses Junkiepony mit einem Lappen ab? Ich höre, wie die Lüftung dort drinnen den Staub aufwirbelt und das Rauschen des Wasserhahns und der Spülung, und Sekunden später ist sie schon wieder draußen und wühlt in den Nachttischschubladen.
– Suchen Sie etwas?
– Nur einen Brief – eine Rechnung, die ich hier liegengelassen habe.
– Auf dem Tisch vor dem Wohnzimmerfenster liegen einige Papiere.
– Ach – dort?
Ertappt. Deirdre ist ziemlich gerissen – trotz ihrer Strickjacke. Sie hat die kleine Natty durchschaut. Ich würde sagen, Deirdre hat wenig übrig für verzogene Mittelschichtsgören wie die meine. Und sie wird mit Sicherheit nicht zulassen, daß Natasha sich meine Medizin unter den Nagel reißt. Verdammt – ich hätte ihr einen Vorrat geben sollen, als ich noch dazu in der Lage war. Jetzt gibt's die Abendration wieder Chez Russell – wie viele Meilen hat

sie wohl geschafft, zwischen sich und Miles zu bringen? Ich höre sie nicht einmal gehen – meine eigene Tochter; aber ich habe ja auch nicht gespürt, wie ich mich entlebte – und das ist mein eigener Körper.

Ich kenne diesen Mangel an Empfindung; das ist mir in diesem Schlafzimmer oft genug passiert, meistens in einem Ginnebel, einem Wald aus Wacholder. Ich liege hier und versuche verzweifelt einzuschlafen, während die Weltnachrichten mir ans Ohr branden. So verzweifelt versuche ich einzuschlafen, doch Gedanken sausen mir durch den Schädel und prallen von der Innenseite meiner Lider ab. Lider, die zuerst nicht geöffnet und dann nicht geschlossen werden können; die aufgerollt bleiben wie störrische Rollos. Dann begreife ich: Mein Körper ist eingeschlafen, aber mein Geist ist noch wach, daher die Lähmung. Eine Wendejacke, ja, das ist mein Geist, immer bereit, mir einen ironischen Streich zu spielen und mich zu verwirren. Sie ist versteinernd – diese Lähmung. Haha. Ich dachte immer, man versteinert, *weil* man soviel Angst hat – jetzt merke ich, daß es auch andersherum sein kann.

Warum habe ich nicht viel mehr Angst, während ich so daliege und wohltönende Radiostimmen mir von grausigen Ereignissen berichten? Unfähig, mich zu bewegen, zu fliehen. Klaustrophobie und Agoraphobie – all die Jahre lang dachte ich, sie hätten mit der Außenwelt zu tun, jetzt aber begreife ich, daß beide Ängste – in Lichtenbergs blödem Jargon – »Projektionen« sind. Daß es der Körper selbst ist, der entweder zu groß ist für den winzigen Geist, der ihn durchwandert, oder zu klein, um all die Myriaden Wahrnehmungen, die sich in seinem Gedächtnis stapeln wie Teller im Spülbecken, aufnehmen zu können. O Gott – jetzt werde ich philosophisch und treibe in einen Traum von der Penn Station …

… die ich auf klappernden Absätzen durchstreife, von den Gleisen die Eisentreppe hoch, klack-klack-klack, und in den Wartesaal, klick-klick-klick. Ich bewege mich von einem riesigen überwölbten Raum in den nächsten, und der Unterschied zwischen den beiden ist, daß der Rumpf des Bahnhofs ein entblößtes Skelett aus gußeisernen Rippen, bombastischen Beckenknochen und hoch aufragenden, sich wölbenden Wirbelsäulen ist, während der Wartesaal mit dem Fleisch kassettierten Stucks prangt. Man möchte meinen, daß die Penn Station – eigentlich jeder Bahnhof – der letzte Ort wäre, an dem ich sein möchte, da sie doch so viel des Äußeren in ihrem Inneren hat. Aber dem ist nicht so. Ich stelle sie mir lieber als riesige, gemütliche Höhle vor, nur Innenraum, wohlverwahrt in einem sicheren Winkel der Stadt. Es hilft bei der Klaustro, und es lindert die Agro, daß die Luft erfüllt ist vom Gestank der Lokomotivenabgase und dem Frühstücksatem von zehntausend Tausenden. Und dem Bahnhof verhilft es zu ein wenig klassischer Unsterblichkeit, daß die Fassade nach dem Vorbild der Bäder von Caracalla gestaltet wurde. Wobei ich an diesem Morgen nicht unter seinem schweren Ziergiebel stehenbleibe – ich habe Wichtigeres im Kopf.

Heute ist der Start von Rose's Rocket – und ich stehe in der vordersten Front einer Revolution der Schreibmaterialien. Na ja, auch wenn der Krieg im Pazifik kurz vor dem Ende steht(der VJ Day ist nur noch Wochen entfernt), sind doch die einzigen Projektile, die mir Kopfzerbrechen bereiten, die Rockets mit einem großen R – und die einzigen Scharfschützen, die anwesend sein werden, sind die mit der spitzen Feder. Es ist die Pressepräsentation des Rose's Rocket, des ersten Stifts mit permanenter Tintenzufuhr, der auf den amerikanischen Markt geworfen wurde. Natürlich, die Idee gibt es schon länger, patentiert wurde sie bereits 1888, aber zum Teufel, was bedeutet es denn, etwas zu erfinden, wenn man die Sache auch kopieren kann? Die Japaner haben nach dem Krieg einen ganzen Industriezweig aus dem Kopieren gemacht, aber sie haben das Kopieren von Leuten wie Rose kopiert. Bob hatte deutlich die Nase vorn.

In Buenos Aires, um genau zu sein, wo er Rohwolle für sein Geschäft einkaufte. Rose war ein Geschäftsmann aus Chicago, der im Krieg ein Vermögen damit verdient hatte, Sachen mit Wolle zu füttern: Fliegerjacken, Helme, Schlafsäcke – was man aufmachen kann, füttert er aus. In der windigen Stadt nannte man ihn König Futter. Auf jeden Fall entdeckte Rose eines Tages einige der Original-Biro-Stifte in einem Warenhaus, und weil er ihr kommerzielles Potential sofort erkannte, kaufte er sie und nahm sie mit nach Hause in der Absicht, sie zu kopieren. Der arme alte Laszlo Biró; er hatte seine nordamerikanischen Rechte an Eversharp verkauft, aber sich nie um eine Patentierung bemüht – und so war es klar, daß der König beiden das Futter vom Mund wegschnappen würde.

Rose war ein alter Collegekamerad von Kaplan. Kaplan war im Krieg. So hieß das damals: »Er ist im Krieg.« Da klang das Abfackeln von Japanern ein bißchen wie ein Ballspiel – und mir gefiel das so. Ich war ein egoistisches, eigensinniges, übersexualisiertes Mädchen von einundzwanzig Jahren, als Kaplan eingezogen wurde; zu der Zeit waren wir ein Jahr verheiratet. Damals war er noch ohne seine Muschi. Ein drahtiger, mittelgroßer Mann mit kantigem Gesicht und welligen braunen Haaren, der die Leute mit seinem »Ich habe meinen Namen in Kaplan geändert« immer zum Lachen bringen konnte, weil er so typisch amerikanisch war, daß er sich kaum einordnen ließ. Er wirkte nicht jüdischer, als er deutsch, italienisch, irisch oder sonstwie wirkte. Der fröhliche Dave Kaplan, der genetische Mischer.

Wir hatten eine Kaltwasserwohnung in der Ruine an der West 11th Street, die Rhinelander Gardens hieß. Wobei es in dieser Zeit nicht sehr viele Heißwasserwohnungen in Manhattan gab – es herrschte Krieg und so auch Wohnungsnot. Eine Weile arbeitete ich als Verkäuferin von Kriegsanleihen, aber das machte jeder. Ich war eine Niete beim Anleihenverkauf – Kaplan hatte mich mit seinem Kaffeehauskommunismus und seinem jüdischen Antisemitismus infiziert. Canter – das war der Typ, der dieses Kriegsanleihenbüro betrieb. Eine fiese kleine Ratte von einem

Mann – ein britischer Immigrant. Ich konnte ihn nicht ausstehen. »Sie sind nicht mit dem Herzen bei der Sache«, sagte er wichtigtuerisch und scheinheilig – als wäre ich persönlich verantwortlich für das beschissene Pearl Harbor oder für die beschissene Lage von Mrs. Miniver.

Eine Zeitlang hatte ich auch einen anderen Job, ich montierte Funkgeräte in Fliegende Festungen, und das machte irgendwie sogar Spaß. Ich fand, die Overalls standen mir ziemlich gut, wenn ich den Gürtel nur anständig festzurrte, aber die Fabrik lag in der finstersten Provinz, bis nach Jersey mußte ich fahren, um in die Arbeit zu kommen – und, na ja ... zu der Zeit war ich wirklich scharf auf Manhattan. Egal, ob ich nun ein V-8 oder ein V-Girl war – an diesem riesigen Drops aus Stein mußte ich einfach lutschen.

Ich komme also aus der Penn Station, weil ich diesen Umweg immer gern mache, wenn ich unterwegs bin zu Roses Firma, die irgendwo in den mittleren 40er Straßen liegt (ich kann mich nicht mehr genau erinnern, auf welcher Höhe – könnten Sie es?), und ich bin aufgedreht, weil wir den ersten Schreibstift mit permanentem Tintenfluß in den ganzen Vereinigten Staaten von Amerika auf den Markt bringen. Wir haben es deutliche fünf Wochen früher in die Läden geschafft als Eversharp mit seinem Capillary Action, und das glatte, futuristische Design des Rocket verkauft den Stift mindestens so gut wie sein revolutionäres Tintenzufuhrsystem. Und wer ist verantwortlich für dieses Design? Na ja, ich natürlich. Das kleine alte Mädel. Ich hatte während meines Kunststudiums an der Columbia Designkurse belegt, allerdings nie vorgehabt, daraus einen Beruf zu machen. Als ich noch jung war, hatte ich eigentlich keine große Lust, überhaupt etwas zu arbeiten. Ich sah mich eher als eine Art Zelda Fitzgerald, eine Frau, die mit einem erfolgreichen Künstler oder Schriftsteller verheiratet ist, einen Salon führt, zu viele Highballs trinkt, mit ihrem Hispano-Suiza ins Mittelmeer schlittert – in der Richtung. Ich war ein Phantast, das einzige, was ich davon wirklich schaffte, war das Trinken. Die einzigen Vorzüge, die ich aufweisen konnte, waren ein großer, draller Körper, eine schmutzige Phantasie und ein Talent für freche Antworten.

Rose schickte mir ein Telegramm, weil wir kein Telefon hatten. Wie gesagt, ich weiß nicht mehr genau, wo seine Firma lag, aber von seinem Fenster aus konnte man den Times Tower sehen. Wie diese Büroflucht aussah? Na ja, sie war natürlich vollgestopft, ausgefüttert mit allem möglichen Zeug. Rose war – zu meinem beträchtlichen Kummer – ein großer, kräftiger Kerl, so blond wie ich selbst. »Ich habe meinen Namen in Rose geändert, damit die Leute glauben, ich sei Jude«, sagte er mir, »das ist die einzige Möglichkeit, im Geschäft etwas zu erreichen.« Wir lachten darüber, und dann zeigte er mir seine Entwürfe für den Stift und fragte mich, ob ich ihm helfen könne. Er wollte keine etablierten Produktdesigner engagieren, die ganze Sache mußte unter völliger Geheimhaltung ablaufen, und ich war sozusagen sein Ersatzmann. »Wie die Atombombe«, sagte er, »wird dieser Stift die Welt revolutionieren – Sie werden schon sehen.«

Das Problem war nur, daß sein Rocket zu der Zeit noch ein klobiges, rundliches Ding war. Das Gehäuse des Stifts und der Mechanismus mußten als Einheit gefertigt werden. Um Kosten zu sparen, hatte Rose vor, die Spritzgußform eines Füllhalters zu verwenden. Der ursprüngliche Rocket hätte wohl um 1971 herum angefangen, modern auszusehen. Ich hatte einen Geistesblitz: »Sie sagen, Mr. Rose –«

»Nennen Sie mich Bob.«

»Nun gut, Bob. Sie sagen, Bob, daß das Prinzip, mit dem die Tinte aufs Papier gebracht wird, eine sich frei drehende Stahlkugel in der Spitze des Stifts ist?«

»Genau.«

»Und Sie wollen, daß der Stift – the Rocket – aussehen soll wie sein Namensvetter, die Rakete, also aerodynamisch und futuristisch, nicht?«

»Genau darum geht's.«

»Erinnern Sie sich noch an die Weltausstellung 1939?«
»Wer könnte die vergessen?«
»Nun, ich habe den Eindruck, daß ihre kleine Kugel eine winzige Version der riesigen Perisphere ist, die für die Ausstellung gebaut wurde, und daß sie sich im Inneren des Trylons befinden sollte.«
»Des Trylons?«
»Sie wissen schon, diese riesige, spitz zulaufende Säule; sie war über zweihundert Meter hoch.«
Bob Rose steckte seine Hände in seine Westentaschen und wakkelte mit den Fingern, als wäre er ein Beuteltier. An Gesten erinnere ich mich für gewöhnlich, das Aussehen vergesse ich meistens. Er riß voll naiven Staunens die Augen auf. »Das, Mrs. Kaplan, ist eine verdammt gute Idee.«
Er zahlte mir fünfzig Dollar pro Woche, und ich arbeitete zu Hause. Der Rocket hatte eine abnehmbare Kappe, die stark an den Rumpf eines Jagdbombers erinnerte. Ich strich die seitenflossenähnlichen Gebilde, die Rose am hinteren Ende des Stifts angebracht hatte – sie scheuerten beim Schreiben an den Händen. Ich machte den Stift schlanker und stählerner. Er war ein augenblicklicher Erfolg. Bei der Pressepräsentation an diesem Maitag im Jahr 45 verscherbelte ich die Dinger von einem Tablett weg, wie ein Zigarettenmädchen. Allein an die Pressefritzen und Kritiker verkauften wir fast fünfhundert Stück. In der folgenden Woche startete der Rocket bei Gimbels, und schon am ersten Tag gingen zehntausend Einheiten über den Ladentisch. Es war eine schwindelerregende Zeit – und ich machte es mir zur Angewohnheit, jeden Tag zur Penn Station zu gehen, ob ich nun ins Büro mußte oder nicht. Nur dort, im Inneren des Äußeren, konnte ich meinen wilden Stolz einigermaßen in eine Perspektive rücken – und meine neue Angst. Denn zur gleichen Zeit, als ich Roses Großhandels-Rocket für ihn entwarf, steckte er seine Einzelhandelsversion in mich hinein. Seinen Schwanz meine ich – Druckkugelschreiber mit einziehbarer Mine sollte es erst zehn Jahre später geben.

Er war ein ziemlicher Ficker, der alte Bob Rose. Wir trieben es in seinem Büro, in meiner Wohnung, in Hotels und Absteigen, auf Partys – wo immer es ging. Er hatte geschickte Finger, mein Bob, innerhalb von Sekunden war er in meinen Schlüpfern und nach Minuten wieder draußen. Das klingt irgendwie eklig – aber glauben Sie mir, das war es nicht. Bob war kein Heuchler – Blödsinn wie, er sei unglücklich mit seiner Frau, gab es bei ihm nicht. So etwas hätte ich mir auch gar nicht gefallen lassen; ich war jung, ich war stolz, ich war selbstbewußt. Ich glaubte, daß ich bald eine richtige Anstellung in der Firma bekommen würde, daß ich im Aufzug nach oben war. Ich arbeitete bereits an Entwürfen für eine ganze Schwadron von Rose's Rockets, als die Probleme anfingen. Der Rocket lief aus, er hatte Aussetzer und schrieb manchmal überhaupt nicht. Im Gimbels wurde noch immer das ursprüngliche Fertigungslos verkauft, so steil war die Verkaufsparabel gewesen. Der Fehler lag im Design. Bob schob mir die Schuld in die Schuhe: meine Schlampigkeit, meine Unerfahrenheit, meine *Amateurhaftigkeit* hätten dazu geführt, zu diesem Debakel.

Bob steckte tatsächlich in mir drin, als er dies sagte, wir beide vögelten auf seinem Schreibtisch, nackt von der Taille abwärts, ich oben. Damals taten die Leute so etwas – reden beim Vögeln. Das Vögeln selbst war so neu – oder wirkte zumindest so neu, so typisch zwanzigstes Jahrhundert –, daß sich eine Etikette dafür erst noch entwickeln mußte. Wir redeten beim Vögeln, hörten Musik, rauchten – was ich immer als beste Möglichkeit betrachtete, einen Mann von seinem hohen Roß herunterzuholen – oder tranken sogar Cocktails. Aber eins kann ich Ihnen sagen, ich hatte nicht vor, mir diese Scheiße von Rose gefallen zu lassen. Ich stand über ihm und ließ das, was er eben in mir abgeladen hatte, wieder auf ihn hinuntertröpfeln. »Dein Stift läuft aus, Bob«, sagte ich, »und ich ebenfalls.« Er hatte natürlich versprochen, daß er nicht kommen würde. »Und willst du wissen, warum?« Zu dem Zeitpunkt war ich schon von seinem großen

Schreibtisch heruntergeklettert, zog meinen Schlüpfer wieder an und entwirrte Strümpfe und Strapse.

»Warum?« Er lag, auf einen Ellbogen gestützt, da, und es sah völlig surreal aus, wie sein nackter Arsch auf der Schreibunterlage ruhte und sein nackter Fuß auf der Gegensprechanlage.

»Weil die Kugeln in deinen Scheißstiften genauso zu klein sind wie die in deinem Sack.«

Kein schlechter Spruch, was? Es war der beste, der mir je einfiel. Und ich hatte recht – es waren die Kugeln. Zehn Jahre später gab es dann Wolfram-Karbid-Kugeln mit leicht aufgerauhter Oberfläche, die die Tinte perfekt festhielten, aber die Kugeln des Rocket waren nur aus Stahl; zu glatt – und zu klein. Roses Geschäft ging den Bach hinunter, und auch der Eversharp Capillary Action schaffte es nie. Ein Jahrzehnt später brachte Parker seinen Jotter-Kugelschreiber heraus, und der kleine Scheißer verkaufte sich, bei nur drei Dollar pro Stück, in einem Jahr dreieinhalb Millionen Mal. Der Rocket war Geschichte – bis auf eine Kleinigkeit. Als Bic Anfang der Sechziger Waterman aufkaufte und den Kugelschreibermarkt mit seinen noch billigeren und noch effizienteren Stiften zu dominieren begann, merkte ich, daß sie einen Teil ihres Designs von mir geklaut hatten – die Kappe. Ja, auch heute noch ist die Kappe des ganz gewöhnlichen Bic Cristal (weltweiter Verkauf täglich: vierzehn Millionen Einheiten) ein direkter Diebstahl von meinem ursprünglichen Rose's Rocket.

Ob ich darauf stolz bin? Da können Sie Ihren Arsch drauf verwetten. Auch heute noch saugen Millionen von Mündern an etwas, das ich entworfen habe, einem Stück Plastik, dem ich Form gegeben habe, so direkt, als wäre mein Wille die Antriebskraft der Spritzgußmaschine gewesen. Stolz? Ja – klar bin ich das. Sehr. Es ist eine wunderbare Ironie, daß gerade eine Frau diesen raffinierten kleinen Schwanz, diesen piefigen Pimmel, diesen zauseligen Zipfel entworfen hat, der so vieles der Nachkriegswelt mit Anmerkungen versehen hat. Ich muß eine der marginalsten

Personen dieses Jahrhunderts sein – wenn Sie wissen, was ich meine.

Ob ich nach diesem Debakel weitermachte? Nein. Ich entwarf nie mehr etwas für kommerzielle Zwecke. In den Siebzigern schrieb ich an Berol. Ich erlaubte mir die Bemerkung, daß sie beim Design der Kappe ihres neuen Rollerball-Stiftes einen schweren Fehler machten, denn für mich sah die aus wie ein alter Nazibunker. Aber man war nicht interessiert – auch wenn ich vom Leiter der Entwicklungsabteilung einen höflichen Brief erhielt. Eins muß man Berol allerdings zugestehen, ihr Rollerball ist ein großer Erfolg. Erst vor zehn Minuten habe ich gesehen, wie Deirdre ihr Arbeitsblatt mit so einem ausfüllte. Kein Mensch scheint zu bemerken, daß die Kappen dieser Stifte eigentlich kleine Bunker sind – oder doch? Vielleicht ist genau das der Grund, warum sie so beliebt sind.

Kaplan kehrte aus dem Krieg zurück und sagte: »Warum habe ich mir verdammt noch mal die Mühe gemacht, mein Land zu verteidigen?«, als er erfuhr, daß ich herumgevögelt hatte. Ich sagte: »Warum schiebst du dir deinen hohen moralischen Anspruch nicht sonstwohin?« Und das tat er dann auch.

Warum ich jedoch wirklich auf diese ganze Rocket-Sache so stolz war, hatte noch einen anderen Grund: Ich begriff, was Fortschritt war, was damals nicht viele Leute von sich behaupten konnten. Ganz Amerika befand sich nach dem Krieg in einem Modernisierungsrausch. Die breitärschigen Automobile der Dreißiger und Vierziger machten den schlanken Schwertern der Fünfziger Platz – Raketen auf Rädern, wenn Sie so wollen. Alles hatte Flossen – nicht nur die Autos. Man bekam Brillengestelle mit Flossen, Radios mit Flossen, Schuhe mit Flossen, Kühlschränke mit Flossen. Um 1957 herum hätte es mich nicht überrascht, wenn Dave Kaplan seine Hosen heruntergelassen hätte, um mir zu zeigen, daß sein Schwanz ebenfalls Flossen hatte. Flossen waren die Zukunft, und wir rasten darauf zu. Ich schätze, worum es mir geht, ist die Tatsache, daß man vom Kugelschreiber kaum behaupten könnte, er wäre seiner Zeit voraus gewesen – nicht in einer Welt, die nur Wochen später die Präsentation der Atombombe erlebte, die natürlich auch ihre niedlichen kleinen Stummelflossen am Heck hatte. Und mehr noch, wenn ich jetzt zurückblicke, erscheint mir der Gedanke, daß die Welt bis zum Beginn des zwanzigsten Jahrhunderts nicht einmal einen *Füllfederhalter* hatte, absurd, wie eine alternative Sciencefiction, in der die Nazis den Krieg gewannen. Verdammt, bis dahin tauchte man Schreibfedern in Tinte, die sich kaum verändert hatten, seit vor fünftausend Jahren ägyptische Schreiber vor ihren Papyri hockten und verdammte *Schilfrohre* in den Händen hielten. Fortschritt – Scheißschritt.

Stolz ist ein behagliches Gefühl, das, mit Wolle ausgefüttert, das Individuum umhüllt. König Futter. Ist es der Stolz oder die Droge, was mir in meiner Lähmung ein so behagliches Gefühl vermittelt? Schwer zu sagen. Ist das eine reale Erinnerung – oder eine falsche? Eine »Deckerinnerung«, wie die freudianischen Arschlöcher es nennen würden? Wer weiß. Wir haben zugelassen, daß unsere Sexualität neurosenproduzierend wurde, als wir diese jüdischen Komiker auf uns losließen; und wir haben auch zugelassen, daß all unsere Erinnerungen Zwischenböden wurden, die gähnende Verließe unsagbarer Gräßlichkeit nur mit dünnen Brettern bedecken. Erinnerungen wie die scharfen Kanten unseres Geistes – immer bereit, ein Kleidungsstück aufzuschlitzen und die Hemden von unserer Psyche zu reißen. Ich könnte ohne sie auskommen. Ich werde ohne sie auskommen.

Aus Radio 4 werden die Weltnachrichten, während ich über die Oberfläche des Bewußtseins schlittere und dann untertauche. So schlafe ich schon seit zehn Jahren – mit dem Radio unter dem Ohr. Die soliden, eloquenten Sprecher mittleren Alters und mittlerer Schicht ersetzen mir all die soliden, eloquenten Liebhaber mittleren Alters und mittlerer Schicht, die ich nie hatte. Sie flüstern mir tröstend etwas von Krieg und Hungersnot und Aufruhr zu. Dann flüstern sie tröstend von Pferderennen, Tennisturnieren und Kricketergebnissen. Sie sind die Platzwarte der Welt, die eine riesige Regenplane dumpfen Begreifens über das sich verfinsternde Spielfeld ziehen.

5. Kapitel

Die Doppelhaushälfte in der Crooked Usage war genau das – ein halbes Haus mit seiner eigenen unordentlichen Halbwelt. Halb zugestellt mit Yawsschen Familienerbstücken, die über Generationen weitergereicht wurden – schwere Kommoden, schwerere Bücherschränke, solide und häßliche Sessel. Und die andere Hälfte geschmückt mit der Hälfte des Wenigen, was ich aus meiner ersten Ehe gerettet, in Kisten verpackt und auf diese feuchte Insel verschifft hatte. In diesem Haus gab es nichts Schönes, nichts Geschätztes oder auch nur entfernt Modernes – bis auf die kleine Natty.

Eine Backsteingarage war, umgeben von einer Ligusterhecke, an das Haus angebaut. Das Haus war nie sauber oder ordentlich, aber auch wenn ich es schaffte – zusammen mit Mrs. Jenks, meiner Unratumräumerin –, dem Haus zumindest den Anschein von Ordnung zu geben, gab es immer noch die Garage, die als Museum des Chaos diente. Diese Garage – kein Gegenstand, der hineingelangte, kam je wieder heraus. Sie war ein Monument des Nichtwegkommens. Unser Auto kampierte in der Einfahrt. Daß die Garage passend zum Haus gebaut war – Backsteinmauern, Schiefermansardendach, metallene Mittelpfosten –, setzte eher letzteres herab, als erstere zu verschönern. Was das Innere anging, da stand ein Zenotaph aus Überseekoffern genau in der Mitte, und die Rückwand zierte ein Kolumbarium aus Teekisten. Im Halbdunkel der hinteren Ecken lauerten, wie übergroßes Gynäkologenbesteck, alte Taschen mit Yaws' Golfschlägern, die er früher zu schlampigen Operationen an schlammigen Löchern benutzt hatte. *Crooked usage* im wahrsten Sinne des Wortes – schräge Verwendung. Eine Familienzusammenkunft vergammelnder Fahrräder – Mutter, Vater, Kind mit Stützrädern – lehnte, festgezurrt von Spinnweben, aufgerauht vom Rost, aneinander. Das waren die Hauptrequisiten in dieser Garage von Usher, aber es gab auch Unmengen durchweichter Zeitungen und ebensolcher Bücher, aufgequollene Kartons voller schimmelnder alter Kleider, Spielzeuge, allen möglichen Schund, den auszusortieren oder wegzuwerfen niemand sich die Mühe gemacht hatte. Und über alldem hing der unverkennbare – fast schon geheiligte – Geruch von Three-in-One-Schmieröl.

Als die Mädchen noch klein waren, spielten sie dort drinnen. Oder genauer, Charlotte versuchte – ihrem Charakter entsprechend – die Ordnung einzuführen, die ihre Mutter so erfolgreich floh. Für diese kleine Miss hieß das zweiundfünfzig Mal pro Jahr »Woche der guten Taten« – während ihre Schwester Glasscheiben zerdepperte oder Tauben einsperrte, die die Katze verstümmelt hatte. Für Yaws war die Garage Terra incognita. Wie gesagt, er schlenderte durch sein Leben, als wäre es ein ungewöhnlich großer Kathedralenhof, und obwohl er fahren konnte, lag, wenn er aufs Gas stieg und der Bedford – oder der Austin oder welches Schrottauto auch immer wir gerade erleiden mußten – rückwärts aus unserer Ausfahrt schoß, auf seinem Gesicht ein Ausdruck klerikalen Abscheus. Er war der einzige Mann, den ich kannte, der ein Auto fuhr, als wäre es eine unschickliche Handlung, als würde er Ehebruch begehen, indem er seine eigenen, riesigen Füße betrog.

Allerdings hätte ihm dieser Betrug nicht wirklich Kopfzerbrechen bereitet. (»Kopfzerbrechen« – auch eine von Yaws' Lieblingsformulierungen, die er in jeder Lebenslage und jeder Satzart anwendete: Das macht mir doch kein …! Soll ich mir deswegen den …? Zerbrich dir doch deswegen nicht …!) Yaws war geizig mit seinen Sachen, seinem armseligen Einkommen und seinen lächerlichen Erinnerungsstücken an seine Familie. Wenn er Mädchen Trinkgeld gab (ob Bedienungen oder seinen eigenen Töchtern – für ihn als Neoviktorianer stets eine lästige Pflicht),

war er oft unfähig, sein Ende des Zehnshillingscheins loszulassen. Wenn sie zupackten, wurden Vater, Tochter und Schein entzweit.
Geizig mit Sachen, aber freizügig mit seinem Körper. So stand er eines Tages in seiner gelben Flanellunterwäsche in unserem unschönen Wohnzimmer, kratzte sich am Kopf und murmelte: »Das macht mir jetzt doch Kopfzerbrechen: Wo ist meine Krawatte?« Ich verstand natürlich: »Wo ist meine Latte?« und keifte deshalb zurück: »Frag doch die letzte Fotze, in die du sie gesteckt hast!« Worauf er sich, seinen Stolz hinter Verlegenheit versteckend, sein gelbes Beutelchen kratzte und rief: »Aber Lily!« O Gott, er war ja so ein Arschloch. Himmel, sein Herz war ein dürrer Shylock, der in seinem fetten Körper steckte. Ein Geizkragen der Gefühle, das war dieser Mann – mit seinem Lächeln, das wie ein BETRETEN VERBOTEN-Schild war.
Wenn die späten Sechziger mich irgend etwas gelehrt haben, dann dies, daß nicht alle Phobien irrational sind. Da war ich – die ich die erste Hälfte des Jahrzehnts unter der Bettdecke verbracht hatte, als würde sie mich und meine Babys vor dem Fallout schützen – und lief eiligen Schritts in die zugige Arena des Grosvenor Square, um meine heiseren Verwünschungen gegen die amerikanische Botschaft zu schleudern. So ein Blödsinn, zu protestieren – wo ich doch immer viel glücklicher war, wenn ich allein im Bett liegen und rezeptelesend und kekseknabbernd meine Depressionen pflegen konnte. Aber ich wußte, ich war kein kleines Mädchen, das mit einem Napalmmantel um die Schultern einen Schlammpfad entlangrennt; und ich wußte, ich war kein Vietcong-Verdächtiger, der in einem kurzärmeligen Karohemd an einer von General Loans Kugeln stirbt. Merkwürdigerweise machte gerade die Intimität dieser Auslöschungen – die uns inzwischen beinahe simultan präsentiert werden – sie mir Trottel so gut wie unzugänglich. Ich war in Sicherheit, während alle die Bösen in Indochina auf Bauernjagd waren. In einer solchen Sicherheit, daß innerhalb der vernachlässigten Nordlon-

doner Grenzen meines Bewußtseins neuer Idealismus erblühen konnte. In einer solchen Sicherheit, daß ich nach Gus lechzen konnte.
Gus, der sportiven Schritts die Flugzeuggangway heruntereilte und vom Londoner Flughafen in der amerikanischen Studentenuniform der damaligen Zeit zu uns kam – Blue Jeans, College-Sweatshirt, Turnschuhe und Dufflecoat. Zehn Jahre später war dieser Aufzug die standardisierte vorungewaschene Verkleidung gegenkulturellen Protests, aber zu der Zeit war sie noch privatschulmäßig gebügelt. Dekadenz kommt eben doch von Dekade. Ich erinnere mich nur zu gut an die Horden am Grosvenor Square, die jungen Männer mit Mittelscheitel und dickrandiger Brille, die jungen Frauen in geldbeutelschonendem Selbstgestricktem, einige sogar in *Twinsets*. Meine Mädchen fragen mich jetzt, wie die Sechziger eigentlich waren – und die Antwort ist ganz einfach: wie die Fünfziger. Ja, wie die Fünfziger; die große Masse der Jugend äffte Stil und Mode ihrer Eltern, die inzwischen eine halbe Generation an Fadenscheinigkeit Vorsprung hatten, einfach nach. Natürlich waren die Fünfziger selbst den späten Vierzigern nicht unähnlich, die wiederum qua Nabelschnur mit der Vorkriegszeit verbunden waren. Und England war für mich eine zurückgebliebene Gesellschaft, ohne Kühlschränke und Drive-In-Restaurants. Wenn man sich die drallgesichtigen Antiatomwaffendemonstranten anschaute und nur ein wenig die Augen zukniff, wurden daraus die hohlwangigen Arbeitslosen, die in den Dreißigern durch Jarrow marschierten.
Wie auch immer, Gus war der Sohn von einem der Acht Einst Wichtigen Paare und – was viel ausschlaggebender war – einer von Dave juniors Freunden, diesen schlammverschmierten Nakkedeis, die an dem Tag, als meine Liebe starb, das Niggerspiel spielten. Gus, der auf mysteriöse Weise durch alle Netze der Beziehungen und Gitter der Untauglichkeit gefallen war, die nur dazu dienten, guten Jungs aus der Mittelschicht den Hexenkessel Vietnams zu ersparen. Gus, der wirklich *einberufen* worden war

und der dann über den Long Trail nach Kanada marschiert war, wo er auf eine Zahlungsanweisung seiner Eltern wartete, bevor er sich in ein Flugzeug nach Europa setzte.
Im Haus war kein Platz mehr – also zog Gus in die Garage. Er kampierte inmitten des abgelegten Gepäcks der vergangenen zwei Jahrzehnte. Um dem Vietcong zu entgegen, mußte er sich im dunklen Dschungel meines unsteten Lebens verkriechen. Ich war nirgendwo lang gewesen – und er sollte nicht lang in den Überresten dieses Lebens bleiben. Abends sahen wir uns gemeinsam die Neun-Uhr-Nachrichten an, die Ärsche in das kotzfarbene, haferkleierauhe Sofa gerammt. Yaws hatte zu Vietnam eine ähnliche Haltung wie Jahre zuvor zur Kubakrise: Auch das würde vorbeigehen und seine neoviktorianische Welt unbeschädigt lassen, ein Krümel auf dem Weg zu seinen Lippen. Yaws kam überhaupt nicht auf den Gedanken, daß zwischen mir und dem Jungen etwas Sexuelles sein könnte. Dabei war es nicht so, daß er die Vorstellung rational als unsinnig abgetan hätte, nein, sein Schweinereienradar registrierte sie einfach nicht. Grotesk. Mehr als viermal dürfte ich mit Gus kaum geschlafen haben – fünfmal höchstens. Dieses Gerede vom Einweihen junger Männer in die Geheimnisse der Liebe ist völliger Unsinn. Man braucht sie nur in die Spalte einzuführen, und sie übernehmen das Hämmern. Immer, wenn wir es trieben, wunderte es mich, daß ihn mein säuerlicher Geruch und meine zellulitischen Krater nicht störten. Aber ich vermute, es gab genügend Vagina und Berge von Busen.
Es war das letzte Mal, daß ich Sex mit Überzeugung trieb. In der auskühlenden Brezel schmuddeligen Leinens, das noch nach Yaws roch, wälzten wir uns. Er tat es, behindert von seinen Jeans. Ich tat es, behindert vom Librium. Für mich war das eine lange Periode geistiger Freiheit. Morgens hievte ich mich aus dem Bett und machte im Nachthemd den Mädchen ihr Frühstück. Dann fuhr ich sie im Nachthemd zur Schule. Dann kam ich zurück in die Crooked Usage, zog mein Nachthemd aus und stieg

wieder ins Bett. Ich kam mir vor wie ein Nachtschichtarbeiter. Haig hieß der Scotch, den man damals trank. Beworben wurde er mit dem Slogan *»Don't be vague«*, doch genau das machte er mit einem, mit mir vor allem. Er machte mich vage und umnebelt.

Als ich mich an diesem speziellen kalten Märznachmittag zusammen mit all den anderen blutenden Herzen und vernagelten Hirnen vom Marble Arch nach Hause schleppte, war ich müde. Ich war immer so verdammt müde. Natasha hatte in meinen Eingeweiden sieben Abarten der Verwüstung angerichtet, ich rauchte noch immer vierzig pro Tag, ich war oft vage und umnebelt – und da war auch noch das Librium. Es haute einen nicht um wie Natriumamytal, aber es machte mich doch ziemlich entspannt. Entspannt auf einer Wolke aus Librium, meinen jungen Geliebten an meiner Seite, stand ich an der Absperrung und schrie die busenbehelmten Polizisten an. Hinter der grauen Masse der amerikanischen Botschaft schwankte das grüne Mosaik des Hyde Park in Wind und Nieselregen. Die Bullen bildeten eine Kette und drängten die Hippieseelchen und die seligen alten Quäkerfrauen vom Eingang zurück. Viele der Dufflecoatträger – und, zu meiner Schande, auch Gus – fingen an zu schreien: »Ho! Ho! Ho-Chi-Minh!« Absurd – glaubten die vielleicht, daß ein alternder, intellektueller, höchst asketischer Kader der Vietnamesischen Kommunistischen Partei etwas mit ihnen zu tun hatte, die doch nur Urlaub von der Bourgeoisie machten?

Das ist jetzt alles vorbei, die soziale Revolution als ein Aspekt des Jahres zwischen Schule und Studium. Mehr war am Linksradikalismus im Westen nach dem Krieg sowieso nicht dran; ein bißchen Herumdoktern an den sozialen Rändern war eine modische Aussage, nicht mehr und nicht weniger als das Schneiden oder das Wachsenlassen oder das Abrasieren der Haare. Ich fiel wie so viele andere auf diese billigen Patentrezepte herein. Protestmärsche waren meine Gewichtskontrolle, und ich sah viele andere Frauen knapp vor dem mittleren Alter und dicht an der Birnenförmigkeit, die mir wehmütig zulächelten, während sie ihre Plakate in die Höhe reckten.

Aber ich war müde – so verdammt erschöpft. Als die Polizei vorrückte, kam es zu Handgreiflichkeiten, und sie verloren die Kontrolle – eine wunderbare Formulierung. Sie verloren die Kontrolle, Fäuste wollten fliegen, krachten aber gegen Schädel und Wangenknochen. Flinke Füße flohen durch Fleisch. Ich schlich mich davon – und ließ meinen jungen Geliebten in dem Schlamassel zurück. Aber nicht, bevor ich noch ein paar Schläge in Zeitlupe sah – Köpfe, die wie Klöppel schwangen, so wuchtig prallten die Fäuste auf. Ich sah einen Beefeater-Bastard einen Buddy-Holly-Doppelgänger schlagen, so wie britische Schauspieler, die Gestapooffiziere spielen, auf ihre Verhöropfer einschlagen. Vorhand, Rückhand und wieder Vorhand. Nie wieder wollte ich der Gewalt so nahe kommen. Das hatte ich nie vorgehabt, so sollte mein Leben nicht aussehen. Ich hatte begriffen, daß ich von diesem Teil des zwanzigsten Jahrhunderts ausgeschlossen sein würde, daß man mich nicht ausgewählt hatte. Ich sah es als meine Rolle, in der Seitenkulisse der Geschichte herumzuhängen und die Schauspieler zu beobachten, nachdem man sie bandagiert oder anderweitig verschönert hatte.

Sogar der Lärm eines Aufruhrs verklingt bald, wenn man den Kopf einzieht und ihn ignoriert. Während Flaschen, Ziegel und gesplitterte Plakate den nieselnden Himmel sprenkelten, ging ich zum Berkeley Square und setzte mich auf eine Bank. Dort gab es damals Ulmen, die noch nicht krank waren – glaube ich. Ich saß da und versenkte mich in den Anblick des feuchten, ins Pflaster gepreßten Laubes, der alten Leute, die sich langsam zerstreuten. Komm, Zigarette Nummer 34, deine Zeit ist reif. Ich hatte mich noch nie, das fiel mir jetzt auf, so leer gefühlt. Oder, um es korrekt zu sagen, so gefühllos. Allein die Anstrengung, meine eigene Müdigkeit zu registrieren, war … zuviel. Schauen ließ mich gähnen. Ich war erst sechsundvierzig, aber ich konnte mir nicht vorstellen, wie ich die mir noch verbleibenden Jahre schaffen

sollte – man müßte sie vor meinen Augen abspielen. Wochenschaufilmspulen des Lebens.
Augen, die jetzt in der mich umhüllenden Dunkelheit plötzlich aufspringen. Ich erwache aus Träumen von den späten Sechzigern und finde mich in dieser nächtlichen Lähmung wieder. Das Aufwachen dauert so lange, daß ich erkenne, daß diese Erinnerungen – unverfälscht und unredigiert – nichts als ein grober Firnis über der schlecht gemalten Gegenwart sind. Oder genauer – daß das Reservoir der Müdigkeit selbst nun leer ist; und bereits diese Tatsache erschöpft mich. Ich dachte mir, ich könnte mich zumindest auf diese betäubende Trägheit, diese schmerzhafte Benommenheit immer verlassen. Es wäre die Grundausstattung meines Lebens; und der Schlaf – so lange nur in Hungerrationen verabreicht – wäre jetzt endlich im Überfluß vorhanden.
Dem ist aber nicht so. Der Teufel schaut mich an mit böswilligen roten Augen, die wie Zweien geformt sind. Sie blinzeln mit elektronischer Unversöhnlichkeit. Die Rohrleitungen, die mein Schlafzimmer umwinden, gurgeln wie gasgefülltes Gedärm. Der Schmerz kommt auf mich zugaloppiert wie schäumende Schimmel, die alles in ihrem Weg niedertrampeln. Ein Schmerzorkan. Schmerz, so stark, daß ich mich nur noch ans Treibholz meines Bewußtseins klammern kann, so peitschend, daß ich nicht mehr ich bin. Sterbe ich jetzt? Ich lasse mich hochheben von dieser Angst wie ein oszillierendes Staubkörnchen. Höher und höher steige ich in der dumpfigen Dunkelheit, während unter mir das Muster der Steppdecke zum Straßennetz Manhattans wird und eine Klarinette traulich seufzt: »Ooooowaaaa-wa-waa-wa-waa-waaa-wa-wa-wa-wa-wa-waaaa …« und dann ein Streichersatz das Tempo hochdreht: »Diddleumdumdum-diddleumdumdumdiddleumdumdum!«, bis die Klarinette die Rhetorik ihres Schmerzes erhöht: »Wawawawaaaawawawaawawawa-wawawawaaaaaaaaa …« und die Streicher, um nicht ausgestochen zu werden, noch einmal am Tempo drehen:»Diddleumdumdumdiddleumdumdum-diddleumdumdum!«

»Wawawa-waaa!« Lebendiger Christus – es ist die verdammte *Rhapsody in Blue.* Christus, vom Herrn penetriert. Christus, der dem Heiligen Geist einen runterholt – wie ich diese Melodie hasse. Heilige Dreifaltigkeit. Es ist eine Melodie – keine Rhapsodie. Ein blechscheppperndes Krachbumm jiddischer Raffinesse, inszeniert in den müllverstopften Gassen um Times Square und Broadway.

Die Stadt meiner Volljährigkeit schwimmt aus der staubigen tödlichen Dunkelheit dieses vorstädtischen Zimmers einen Ozean entfernt auf mich zu. Ich bin überrascht, daß dieser Aufstieg so einfach ist, in einer eleganten Parabel schwebe ich vom Hahnenkamm der Liberty Island in die Wolken über dem Zeh von Manhattan, so daß das Bein der Insel sich unter mir ausstreckt, jede Neonstraße von meinem Bewußtsein angeschaltet wird. »Diddleumdumdumdiddleumdumdumdiddleumdumdum!« Eine Szene aus einer gewissen unwirklichen Ära, ohne Unterschied zwischen Erdachtem und Erbautem, zwischen Innen und Außen. Ein musikalisches New York, bevölkert von ewig jungen Sängern in himmelblauen Runyon-Schmatten. Sehen Sie, wie sie die Straße entlangtanzen, um die Ecke biegen, in der U-Bahn verschwinden, während Kater Felix mit Officer Dibble Witze reißt und die Jetsons in ihren Minifliegern nach White Plains heimdüsen?

Als wären die Straßen rauhe Kehlen, in denen die Greuel ihrer eigenen Vernichtung röcheln, ist dies eine Stadt des Memento mori, in der ein gehäuteter Polizist auf einem gehäuteten Pferd reitet, beide den halben Schädel und das halbe Skelett nackt präsentierend. Und diese abgenagten Ritter sind prädestiniert als Herolde eines Begräbniszugs aus Harlem, der über die 121st Street und weiter nach Downtown marschiert. Ein schwarzer Begräbniszug – was für ein widerliches Vergnügen. Wieviel schwarze Seide und schwarzer Trauerflor, wieviel schwarzer Bombasin wurden um diese schwarzen Körper drapiert? Die Tuben und Kornetts tröten die verhaßten Seufzer jüdischer Urbanität heraus. Dieser Schwarze hat beschlossen, dem Jüdischen Totenclub beizutreten – der ihn wiederum sehr gern als Mitglied aufnimmt. Diese Jüdin hat sich geweigert, an den Treffen des Schwarzen Clubs teilzunehmen – dafür aber wird sie in diese Prozession gezwungen. Bitte laßt nicht zu, daß der Tod mich mit seinen schwarzen Händen berührt; bitte laßt nicht zu, daß Hitler mich mit seinem gewichsten Schnurrbart küßt.

»Ooooowaaa-wa-waa-wa-waa-waaa-wa-wa-wa-wa-wa-waa-waaa ...« Ich schaffte es, dies herauszupressen, es über die murmelnden, mörderischen Nachrichten von Kurt Waldheims Rehabilitierung hinwegzuschleudern.

– Ms. Bloom?

Ich will antworten, sie bitten, mich zu bewegen, mich zu füttern, mir Pillen zu geben, mich zu trösten, aber was herauskommt, ist nur noch mehr bluesiges Rhapsodieren. »Wawawawawaaaa-wawawawaaaawawawawaaaawawawawaaaawawaawaaaa ...«

– Ms. Bloom, sind Sie in Ordnung? Kann ich Ihnen irgend etwas bringen?

Und jetzt wird der Beat verdoppelt: »Diddleumdumdumdiddleumdumdum-diddleumdumdum!« Deirdre hat die Flügeltür zum Wohnzimmer geöffnet, ein breiter Keil gelben Lichts fällt zu mir herein. Sie kommt wieder an mein Bett.

– Ms. Bloom, können Sie mich verstehen?

»Diddleumdumdumdiddleumdumdumdiddleumdumdum!« O ja, und ich sehe auch die fettigen schwarzen Mitesser wie Braille auf deinem gelben Gesichtspergament.

– Ms. Bloom, können Sie blinzeln oder die Augen schließen, wenn Sie verstehen, was ich sage?

Nein. Nein – das übersteigt meine Fähigkeiten. Jetzt ist es passiert. Ich bin in der fleischfressenden Kiste meines eigenen Körpers lebendig begraben. Meine Lider wischen stoßweise und unberechenbar nasse Schlieren über mein Gesichtsfeld – wie durchgedrehte Scheibenwischer. Die Zeit beschleunigt sich in ihrem Gefolge. »Diddleumdumdumdiddleumdumdumdiddleumdumdum!« Und meine Stimme ist gezwungen. »Wawawawaa-aawawawawaaawawawawawawa-waaaaaaaaaaaaaa ...« Das bringt die Dinge eindeutig auf Trab. Deirdre schrickt zurück, als hätte ich ihr ins Gesicht gespuckt. Ich *habe* ihr ins Gesicht gespuckt – sie wischt sich den Speichel von ihrer triefenden Nase. Ich kann meinen Klarinettenschrei durchs Zimmer hallen hören, mein Gehör hat wohl inzwischen eine Verzögerung eingebaut, eine Klangsperre. Aber aus Gershwins bombastischem Klezmer ist jetzt ein abscheuliches Lebensröcheln geworden, ein gurgelndes, keuchendes, aspiriertes Krächzen: »Hhhraarghhhrescheo' Hyayyayrhg-h'-h'h'hergh'!« Das ist ein Terroristenalarm im Sprachzentrum selbst; Vokale und Konsonanten werden im Eiltempo aus dem Turm der Lieder evakuiert. Mein Gott! Man sollte doch meinen, daß bei einem so bestialischen Lärm ganz Kentish Town die Fenster aufreißt.

– Was ist denn los?!

Schweißfeucht in ihrem Slip und in einem Che-Guevara-T-Shirt, erscheint Natty in dem gelben Keil.

– Ihre Mutter verfällt zusehends, Ms. Bloom –

– Mum! Mumu! Kannst du mich hören?

– Ich fürchte, Sie ist nicht mehr klar –

»Wawawawawaaawawawawaaawawawawawawaaaaaaaaaaaa-aaaaaaaa ...«

– Was ist das für ein schreckliches Geräusch, das sie da macht?

Am Entsetzen in den Porzellanaugen meiner Jüngsten kann ich erkennen, in welchem Zustand ich sein muß. Wenn ich mir große Mühe gebe, kann ich mit diesem schnell von dannen ziehenden Kahn voll zellulären Breis noch einmal Kontakt aufnehmen. Ich spüre seine entmastete Nichtfortbewegung – Glieder, die flattern wie schlaffe Segel, während er sich nichtdreht in den Wind der Auslöschung.

– Ich fürchte, der Krebs hat jetzt wohl ihr Hirn befallen –

– Ihr Hirn?

»Wawawawawaaawawawawaaawawawawawawaaaaaaaa ...«

– Das ist furchtbar, sie … sie klingt nicht mehr –
Menschlich. Ich klinge nicht mehr menschlich. Ich klinge wie ein verdammtes Tier. Eine röchelnde Kuh. Mein Gehirn wurde vakziniert – mit Krebs.
– Bitte – Natasha. Das ist nicht mehr sie, diese Geräusche sind unwillkürlich. Der Schmerz bricht sich einfach Bahn.
O ja, das ist wirklich bahnbrechend. Ein brandneuer Schmerz für eine brandneue Ära – in Kürze in einer Nervenendung in Ihrer Nähe.
– Was können wir tun?
– Ich muß im Krankenhaus anrufen, fragen, ob sie sie aufnehmen.
– Sie aufnehmen, warum?
– Ich konnte ihr seit acht Stunden keine Medikamente mehr geben – wahrscheinlich hat sie starke Schmerzen. Ich weiß es nicht genau. Sie muß –
Paßt bloß auf, sonst überrascht euch meine geschickte Ausführung willkürlich unwillkürlicher Handlungen; in diesem Augenblick drosch ein Arm durch die Schatten, schnellte in einem spastischen Butterfly-Schlag vor und zurück. Klatsch-Klatsch-Klonk! Ich treffe Deirdre im Unterbauch, Natty am Oberschenkel, und das kleine Radio fliegt vom Nachtkästchen.
– an den Tropf.
Tropf-tropf. Ehrlicherweise muß man sagen, daß Natty genauso ist wie alle anderen. Allerdings kann sie, im Gegensatz zu den anderen, nicht verhindern, daß ihr nackter Eigennutz sich zeigt. Vor allem nicht so, wie sie jetzt ist, fast nackt, im ausgefransten Minislip von Marks&Spencer, mit Schweiß auf den Schenkeln, Schweiß auf dem Hals und einer Tiara aus Schweiß auf der Stirn. Es ist ein Schweiß-T-Shirt-Wettbewerb – der Schweiß klebt Che Guevaras edle Stirn zwischen Nattys einst stolze Titten. Dann hat sie also hier übernachtet. Offensichtlich war Russell nicht erreichbar, abwesend, weil bei irgendeiner Junkiesoiree weilend – einer Séance der Schoreschädel. Miles wäre ihr kaum eine Hil-

fe gewesen – und meilenweit weg, wenn er noch einigermaßen bei Verstand ist. Also war es für sie das beste, hier herumzuhängen in der Hoffnung auf ein paar Krumen lustvoller Linderung. Sie hätten wohl erwartet, daß dies alles – dieses Lebendig-Begrabensein, diese Entkoppelung von Geist und Körper – mich in die äußerste Verzweiflung stürzen würde. So ist es aber nicht. Verstehen Sie mich? So ist es nicht. All diese Ermahnungen, doch *loszulassen*, zu akzeptieren und *loszulassen;* in den Garten zu gehen und den Frühling die Schößlinge schmücken zu sehen und verdammt noch mal *loszulassen* – als es noch gar nicht nötig war. Ich kann treten und schlagen und schreien, soviel es mir gefällt, ich kann mich ans nackte Leben klammern, wenn ich will, denn es spielt keine Rolle. Das nackte Leben erhebt sich über mich, steigt über mir empor, während meine Finger sich am Klippenrand der Sterblichkeit festkrallen; und das nackte Leben läßt seinen Stiefel auf meinen Handrücken herabsausen. Hart.

Das Leben hat mich in einer Kabine mit Plastikvorhängen zurückgelassen. Das Leben hat mich in anderen Umständen zurückgelassen. Ich bin hochschwanger mit dem Tod; der Tod ist jetzt beschäftigt – sein Knochenschädel drückt gegen meinen Muttermund. Vielleicht ist das der Grund, warum ich so distanziert bin, warum ich so leidenschaftslos meine spasmodischen Zuckungen registrieren kann und meine Schreie, die klingen wie von einem abgestochenen Schwein. Meine kranke und gekränkte Tochter.

Deirdre schaltet das Deckenlicht an und vertreibt eine Art der Dunkelheit. Natasha setzt sich in den Sessel und starrt das Tier an, das einmal ihre Mutter war. Ich kann den Blick nicht mehr auf Natty halten – ich kann den Blick auf nichts mehr halten. Ich habe meine Augen so wenig unter Kontrolle wie den Rest meines Körpers. Ist das vielleicht der Grund für meine glorreiche Gleichgültigkeit? Schließlich ist es Blödsinn, Verantwortung für unwillkürliche Handlungen zu übernehmen, zu weinen wegen

eines Niesens, zu schluchzen wegen eines Schluckaufs, zu trauern wegen eines Gähnens.
– Ich glaube, das Beste wäre eine Einweisung. Können Sie uns einen Krankenwagen schicken? 256 Bartholomew Road, die Erdgeschoßwohnung. Der Name an der Klingel ist Bloom.
Die tüchtige Deirdre kommt zurück, um sich das Junkiemädchen vorzuknöpfen.
– Nun, Ms. Bloom – Natasha – ich weiß, daß Sie sich selbst auch nicht besonders gut fühlen.
– Können Sie mir helfen?
Was sie nicht alles versucht. Deirdre wirft ihr einen Blick zu, der nur eins heißen kann: Was bist du bloß für eine unmenschlich selbstsüchtige Schlampe. Natasha läßt sich nicht einschüchtern.
– Hören Sie. Ich weiß, was Sie denken, aber Mum –
– Hat Ihnen etwas von ihrem Diamorphin gegeben? Das weiß ich sehr wohl, Natasha, aber als staatlich geprüfte Krankenschwester würde ich sowohl meinen Job aufs Spiel setzten wie gegen das Gesetz verstoßen. Und wenn Sie jetzt Ihr eigenes Befinden für einen Augenblick vergessen und an Ihre Mutter denken könnten, dann wäre es vielleicht eine gute Idee, wenn Sie Mrs. Elvers anrufen würden. *Und zieh dir endlich etwas an!*
Letzteres stammt von mir; die wohlanständige Deirdre würde so etwas nie sagen – nicht einmal zur heroinsüchtigen Tochter einer sterbenskranken Patientin. Außerdem scheint sie zu spüren, daß Natty imstande ist, zuzuschlagen. Wie ich kann sie sehr aufbrausend sein, sie hat etwas in sich, das sich sehr leicht entzündet. Wobei ihr das nicht anzumerken ist, wenn man zusieht, wie sie sich jetzt aus dem Sessel hochrappelt und in ihr Zimmer schlurft, wobei ihre verwüsteten Hinterbacken von hinten aussehen wie die Kniescheiben eines verhungernden Kindes. Und dieser Schweiß.
Mrs. Elvers – da sie jetzt die Bemutternde ist, geziemt es sich, daß ich sie so formell anrede – kommt unverzüglich. Und warum

auch nicht? Sie hat in ihrem großen, weißen Bett leicht gedöst. Ihr Bett ist so groß, daß sie kaum mit Mr. Elvers zu schlafen braucht, nur irgendwie in seiner Nähe. In der Welt der Elvers gibt es jede Menge Polsterung. Sie schlafen bedeckt von Leinen und Entendaunen, den Kopf auf Gänsedaunen. Charlottes Skelett ist umhüllt von ihrer eigenen Schaumgummigkeit; und wenn sie aufsteht – und sich bewegt mit dem beschwingten Geschwabbel der Fetten, aber Fitten –, dann, um es mit noch mehr Weichheit zu bekleiden, bevor sie es nach unten schleppt und in die Schaumgummigkeit des Mercedes schnallt.

Charlotte braucht fünf Minuten vom Regent's Park bis nach Kentish Town. Sie bringt die Morgendämmerung mit und kommt durch die Flügeltür zu meinem Schlafzimmer mit einer Korona grauer Helligkeit. Komisch, wie das Licht mich ängstigt – die Dunkelheit war besser. Ihre zerknautschte Schwester begrüßt sie an meinem Bett, und sie umarmen sich, wobei die Beklemmung jede Feindseligkeit auslöscht.

– Ach Charlie, es ist furchtbar.

Natty keucht in die Haare ihrer älteren Schwester, dann lösen sie sich linkisch wieder voneinander. Charlie bückt sich, um mich anzusehen, und ich habe das bizarre Gefühl, ein Aquarium zu sein; daß meine konvexe Ältere durch meine gehärteten Glasaugen späht, um die trägen Aale meines Denkens zu bewundern.

– Ihre Augen sind offen, aber sie scheint nicht bei Bewußtsein zu sein. Mum? Mu-um?

Ich bin hier drinnen, in meinem Leichentuch aus Fleisch – aber noch am Leben. Ich bin noch hier, meine Liebe, bei Bewußtsein, aber ohne Angst. Ich habe keinen Willen mehr, es gibt nichts mehr, was ich brauche oder ersehne. Die Welt ist ein kaltes, graues Knäckebrot – und ich bin, wie immer, auf Diät.

Deirdre kommt herein und verkündet mit der Autorität eines Reiterstandbilds:

– Der Krankenwagen ist da, Mrs. Elvers.

Und plötzlich ist die Hölle los. Zwei kräftige Männer und eine mannsgroße Frau kommen ins Zimmer. Sie tragen grüne Nylonoveralls und trampeln so heftig über den Teppich, daß ich sehen kann, wie ihre Gummisohlen Staubwölkchen aufwirbeln. Sie reden mit lauten Werktagsstimmen.

– Hier drin, oder, Herzchen?

– Das ist Ms. Bloom, ja.

– Flügeltüren, kein Problem –

Er sieht mich an, während er das sagt. Sieht mich an, wie ich zuckend und sabbernd in meinem Bett liege. Sieht mich mit ebensoviel Mitgefühl an wie ein unhandliches Möbelstück.

– aber die Diele wird knifflig, weil beide Türen in sie hinein aufgehen. Da bringen wir keine Bahre durch. Müssen wir den Stuhl nehmen. Ron! Ron! Hol doch mal den Stuhl aus dem Auto!

Er bemüht sich nicht einmal, die Stimme zu dämpfen. Er könnte ebensogut in einem Warenlager sein. Meine Töchter sind starr vor Schreck. Sie erwarten natürlich, daß ihre sterbende Mutter behandelt wird wie Blattgold, daß man sie sanft hochbläst und behutsam ins Krankenhaus überführt. Die beiden anderen Handwerker verrücken die Möbel, schieben die Bettcouch, den modernen dänischen Sessel und den Lehnstuhl zu einer gedrängten Menagerie zusammen. Deirdre steht etwas abseits und stopft das Spaghettigewirr ihres Strickzeugs in ihre Arbeiterinnentasche. Unsere beiden Schichten sind vorbei. Wenn mein Körper seinen eigenen Geist hat, wem gehört dann der Geist, der dies jetzt denkt? Denn ich zucke schon wieder, und die blaue Rhapsodie der Auflösung strömt aus meinem Mund. »Wawawawaaawawawawaaawawawawawaaaaaaaaaaa …«

Alle drehen sich um und starren die muhende, zappelnde Kuh in ihrer Mitte an. Dann verdoppeln sie alle ihre Bemühungen: Dieser Agrarabfall muß aus diesem häuslichen Kontext entfernt werden. Muß in den Wagen geschafft und zum Schlachthof gefahren werden. Aber Natty ist wie gelähmt von ihren eigenen Qualen. Gott, sieht sie in diesem kalten Morgenlicht krank aus. Ich kann die Krater ihrer großen Poren an ihrer fein geschnittenen Kinnlinie sehen. Ich kann mir die Schmerzen in ihrem mißhandelten Becken vorstellen. Ich habe kein Mitleid.

Der Stuhl steht im Wohnzimmer. Es ist ein sehr zweckmäßiges Ding – ein stapelbarer Küchenstuhl mit zusätzlicher Schaumgummipolsterung und vielen Gurten. Die zwei Lebensalter einer Frau: Am Morgen wirft man auf einem Hochstuhl sein Essen durch die Gegend, am Abend wird man in einen niedrigen Stuhl geschnallt und weggeschafft. Ron und sein Kollege bringen das Ding rein. Sie riechen nach Dieselabgasen, Specksandwiches, gezuckertem Tee, Rauch. Sie poltern und trampeln, ihre Hände sind derb. Die Frau – die eine etwas drallere Version ihrer Kollegen ist – hat den Weg inzwischen freigeräumt; und so reißen sie ohne viel Federlesens die Bettdecke herunter, reißen mich hoch, legen mir einen dünnen Schal um die Schultern, knallen mich in den Stuhl, gurten mich fest, heben mich vorn und hinten an und schleppen mich hinaus.

Beim Hinausgehen sehe ich in schneller Abfolge: das Yawssche Familiensilber in seinem Etui – auf der modernden Yawsschen Familienbibel – daneben ein Staubbürstchen für Schallplatten – daneben ein Stück Teppich – daneben eine Scheuerleiste – am unteren Ende einer Wand – an der eine düstere Ölkleckserei hängt, die ich auf einem Flohmarkt gekauft habe – über einer Steckdose – und über allem baumelt ein Kristallüster, der mir Facetten dieses Raumes, in dem ich gelebt habe, in die verlöschenden Augen wirft. So verläßt man sein Heim, um zu sterben: mit einem Knall und einem »Wawawawaaa-wawawawaaawawawawawaaaaaaaaa …«

Im Krankenwagen wird es noch unschöner. Er hat ein grün gefärbtes, halb durchsichtiges Plexiglasdach, das einem das Blut gerinnen läßt. Das grüne Licht läßt alle totenfahl erscheinen. Wie tröstend. Charlie sieht Yaws so ähnlich, daß es tatsächlich Yaws sein könnte – oder seine wieder ausgegrabene und in dieses Fahrzeug gestellte Leiche –, der da durch London zockelt. Ihr Gesicht und das ihrer Schwester sind starr vor angewidertem Entsetzen.

Sie können mich nicht anschauen. Was muß ich für ein Anblick sein. Ich kann allerdings den Abscheu sehen, wenn sie einen flüchtigen Blick auf mich werfen und dann noch einmal hinstarren, um sich zu versichern, daß es wirklich stimmt: Die Lichter sind alle an, und die liebe Alte ist nun endgültig abwesend.
Aber das bin ich nicht. Ich verstecke mich im Gästezimmer meines Geistes unter dem Bett und warte auf die Männer mit der Totenkopfuniform. Wie töricht war es doch, daß ich mir die Mühe machte, dem Holocaust zu entgehen, da er doch die ganze Zeit auf mich wartete –
– Kann er nicht ein bißchen vorsichtiger fahren?
– Wir müssen sie ja schnell hinbringen, oder?
– Warum – wollen Sie ihr das Leben retten?
Gut. Schöner Sarkasmus, Natty. Schöne Gemeinheit. Die weist diese Söldlinge in ihre Schranken – »Awuh-wuuh'wuuh'wuuuh-a'wuuh« –, bis sie ihre Sirene einschalten.
– Ist das unbedingt notwendig?
Fragt Charlie, und gibt damit ihre Version der familientypischen Verachtung zum besten. Aber die Ronette, dicht neben mir, ihrer im niedrigen Stuhl festgeschnallten Fracht, fühlt sich nicht bemüßigt zu antworten. Sie zieht Kraft aus ihrer Mission der Indolenz und ihrer professionellen Unhöflichkeit. Obwohl fundamental unchristlich, schwankt sie ekstatisch, als der Krankenwagen die Schikane auf der Buckelbrücke am Ende des St. Pancras Way nimmt und nach Somers Town hinunterschießt. Die Mädchen schockeln fatalistisch, wie betende Frumme, die den Leichnam eines großen Weisen der Kabbala begleiten. Ihren Gesichtern sieht man an, daß sie wirklich glauben, es könne nicht mehr schlimmer werden. Und dies würde mich tief berühren – wäre ich nicht bereits unerreichbar.

Wir erreichen die Ladebucht am Grafton Way, die eigentlich für industriellere Medizin ausgerichtet ist. Dieser neue Flügel des University College Hospital – errichtet am Scheitelpunkt der ausgebeulten Dekade – hat etwas ausgeprägt Fabrikhaftes. Wumm! machen die Vorderreifen auf der Rampe. Krach! machen die Türen. Peng! macht der Stuhl, als sie mich zu Boden lassen. Dann ratsch-kreisch-ratsch-kreisch – sie schieben mich in den niedrigen und doch höhlenartigen Wartesaal der Notaufnahme. Es kann nicht später sein als acht Uhr, und die Atmosphäre stinkt noch nach der Gewalt der vergangenen Nacht. In der Luft schwingt das stumme Bimmeln zusammenstoßender Köpfe. Sie riecht nach gerauchten Zigaretten, ihren vergammelten Kadavern, ihren toten Essenzen. Wer schert sich schon um die verdammten Menschen, die an Krebs sterben – was ist mit den armen Zigaretten, die von den Menschen mutwillig vernichtet werden? Grausam ausgesaugt, dann ruchlos ausgedrückt.

Wumm! Gegen die Wand gekracht wie eine Bowlingkugel, die zur Ruhe kommt – aber es gibt keine. Nur die beiden Ronnies, die meinen zuckenden, stöhnenden Kadaver auf eine Bahre heben und mich dann davonschieben. Haarige Trottel. Ich registriere das Säuseln einer Unterhaltung, die im Laufen neben mir geführt wird.

– Das ist sehr unvermittelt.

– Habt ihr ein Bett für sie?

– Wir werden sehen … ich habe schon mit der Verwaltung gesprochen.

– Aber habt ihr ein Bett für sie?

– Wir finden schon eins.

– Wo? Hier?

Nein, nicht hier bitte. Nicht. Es ist ein langes, dunkles, gekrümmtes Rückgrat von einem Tunnel, der unter dem Grafton Way hindurchführt und dann parallel zur Gower Street verläuft, ein Verbindungsgang zwischen all den Organen des Krankenhauses. Es ist kalt hier unten, und gleichzeitig stinkt es nach Essen. Eine ziemliche Leistung. Mit seinen grüngefliesten Wänden und dem Steinboden erinnert er merkwürdig an die Fußgängertunnel unter der Themse hindurch bei Greenwich. Muß dasselbe Baujahr sein. Und wie im Fußgängertunnel in Greenwich kommt man sich auch hier vor wie in einer Überdruckkabine, beschwert und belastet von den Millionen Tonnen Wasser darüber. Nein, nicht von Wasser, sondern von den Ausflüssen des Krankseins per se. Ein schäumender Strom aus Eiter und Blasensekret und Ichor, ein Sturzbach aus Schleim und Kotze und Galle. Ein beeindrukkend konstruiertes viktorianisches Rotzquädukt. Die Ärzte hier sind nur Schleusenwärter; sie können diesen mächtigen Orinoko zwar vorübergehend kontrollieren – aber nie eindämmen.

Ratsch-zonk-ratsch-zonk-ratsch-zonk. Die Bahrenräder hüpfen und schlittern über die Fugen im Boden. Die vernünftige Tochter hält in ihren modischen Sportschuhen gut Schritt, und bei jedem dieser Schritte schaut sie mir ins Gesicht, als würde sie hoffen, dort neues Leben zu sehen. Die kranke Junkietochter kommt weniger gut mit. Sie schlurft und schnieft hinter uns her, die Ärmelbündchen rotzverschmiert, das Gesicht verquollen. Aber ich will meiner kleinen Natasha nicht unrecht tun: Es war ein ziemlich übler Morgen für sie – vor allem, da sie ihn ohne Dröhnung durchstehen mußte. Jetzt leidet sie an Entzugserscheinungen, und obwohl ich das selbst noch nie erlebt habe, weiß ich ziemlich sicher, daß das eine einsame, stumme Hölle der Verletzlichkeit ist. Arme Natty – ein heulendes Elend, *n'est-ce pas?*

An der tiefsten Stelle des Tunnels sind wir stehengeblieben. Die Bahre platscht in einen brackigen Tümpel aus Tränen. Die Ronnies wechseln kurz ein paar Worte, dann kommt Dr. Steel aus einem kleinen verglasten Büro auf der linken Seite des Tunnels. Er ist so gut gebügelt – für mich sieht es aus, als wäre er eben einer Mangel entstiegen, in der er die kurze Nacht verbrachte. Sein Gesicht ist zu professioneller Leidenschaftslosigkeit geplättet.

– Hallo, Mrs. Elvers.

– Dr. Steel.

– Natasha.

– 'lo.

Die Anreden hat er korrekt hingekriegt. Es ist ganz richtig, Charlotte sachlich und Natasha mit Gleichgültigkeit zu begrüßen. Würde ein Arzt Natty auch nur ein Minimum an Aufmerksamkeit schenken, würde sie ihn sofort wegen eines Rezepts anhauen. Ich schaue mir die Klümpchen Klebgummi an, mit denen Listen und Terminpläne an die Fenster des Büros gepappt wurden. Als die Mädchen noch klein waren, spielten sie mit Plastilin – hat sich aus diesem Spielzeug jenes Arbeitsmaterial entwickelt? Inzwischen stöhne und zucke ich nicht mehr. Ein warmer Luftzug, der nach Kohl und gekochtem Fisch riecht, streicht mir übers schlaffe Gesicht. Auf Stühlen auf der anderen Seite des Tunnels sitzt eine kleine asiatische Familie – eine winzige, schmuckbehängte Dame, ein winziger Herr im Anzug und ein noch winzigerer Junge in gut gebügelten Shorts – schicklich nebeneinander, als wäre Etikette ein Teil ihrer Behandlung. Der kleine Junge hat ein Spielzeugauto aus Metall, eine Spielzeugkuh aus Plastik und eine Spielzeugharmonika aus Plastik. Ich sehe ihm zu, wie er die drei Gegenstände auf seinen plattgedrückten Schenkeln vorsichtig aufeinanderstapelt. Er probiert Auto auf Kuh auf Harmonika, dann Harmonika auf Kuh auf Auto, als erforschte er die Möglichkeit neuer Hindukosmologien.

– Hmm.

Steel liest die Notizen, die Charlotte ihm gegeben hat. Ist anscheinend Deirdres Bericht von der Jamsession der vergangenen Nacht.

– Ich fürchte, jetzt ist es eingetreten.

– Was?

– Der Krebs ist offensichtlich in den Liquor cerebrospinalis metastasiert.

– Cerebro-?

– In ihr Gehirn – ins Gehirn Ihrer Mutter. Dieser Liquor, die Gehirn-Rückenmarksflüssigkeit, befindet sich in einem Hohlraum im Rückenmark; wenn der Krebs diese Flüssigkeit befallen hat, dann breitet er sich sehr rasch im ganzen Gehirn aus.

– Es ist – es ist, als wäre sie schon gar nicht mehr da. Als würde sie nichts mehr mitbekommen.

– Nun ja, wer weiß ... aber unser Hauptanliegen muß es jetzt sein, es Ihrer Mutter so angenehm wie möglich zu machen.

– Bis sie stirbt.

– Ja, bis sie stirbt.

Ich mag diese Endgültigkeit, es gefällt mir, daß keiner mehr ein Blatt vor den Mund nimmt. Natürlich hatte ich, wie so viele andere, auf die Gnade ewigen Altseins gehofft, aber Endgültigkeit ist mir auch recht. Natty hingegen nicht – sie hätte gern noch ein bißchen Theater. Sie hat das Gefühl, daß alle Anwesenden von einer Improvisation ihrer Mutterliebe profitieren würden.

– Sie Scheißkerl, Sie geben sie auf!

– Natty!

– Halt's Maul, Charlie. Sie – Sie Scheißkerl, Sie geben sie auf.

– Wovon reden Sie denn?

– Sie versuchen nicht einmal, meiner Mutter zu helfen – meine Mutter zu heilen. Sie haben einfach aufgegeben. Ich dachte, ihr Kerle legt einen verdammten Eid ab, der besagt, daß ihr es wenigstens versuchen müßt. Wie wär's denn mit einer verdammten Transplantation? Das gibt's doch inzwischen – Lebertransplantationen. Ich habe in der Zeitung davon gelesen, warum machen Sie denn keine – oder sind Sie als Arzt nicht gut genug? Nicht gut genug mit Ihren verdammten Händen?

Abgesehen von der Tatsache, daß Steel natürlich kein Chirurg ist, finde ich dennoch, daß diese letzte Spitze Nattys eine gute war. Ich meine, die Anspielung zielt doch sehr geschickt sowohl auf die berufliche Kompetenz des Arztes wie auf die sexuelle Selbstachtung des Mannes. Wenn ich Steel wäre, dann wäre ich jetzt geknickt – aber ich bin es nicht, und er ist es nicht.

– Hören Sie, Natasha, Ihre Mutter ist nicht der einzige Mensch, der stirbt. Nicht auf der Welt, nicht in diesem Krankenhaus, nicht einmal in diesem Korridor. Ja, man kann inzwischen Lebertransplantationen machen. In Kalifornien. Wenn Sie die erforderlichen

dreißigtausend Pfund auftreiben und den Lufttransport Ihrer Mutter von hier nach Los Angeles organisieren können, dann hätten Sie eventuell – nur eventuell – eine Chance, Ihrer Mutter das Leben zu retten. Aber nicht ihr Gehirn.
– O Gott. Was für ein gottverdammtes Scheißmonster sind Sie eigentlich? Oh – h'h'-h-oh! Diese Wichser im Krankenwagen haben sie durchgeschüttelt, und jetzt hängen Sie sie in diesem Scheißtunnel an einen Tropf und lassen sie sterben. Der Nationale-Scheiß-Todesdienst – das sind Sie.
– Die Krankenwagenbesatzung hat ihr Möglichstes getan, um Ihre Mutter so schnell und so sanft wie möglich hierherzubringen. Und jetzt, da sie hier ist, werden wir uns nach besten Kräften um sie kümmern. Natasha, wenn Sie sich nicht beherrschen können, muß ich Sie bitten, das Krankenhaus zu verlassen. Nun, Mrs. Elvers, wir haben für Ihre Mutter ein Bett im Royal Ear Hospital. Es steht zwar nicht sofort zur Verfügung, aber es wird nicht mehr lange dauern.
Stählerner Steel. Ich kann mir nicht vorstellen, daß viele Männer, die noch zu einer Erektion fähig sind, es gewagt hätten, Natty so herunterzuputzen, aber anscheinend hat ihr Junkiecharme auf ihn keine Wirkung. Er betrachtet sie – völlig zurecht – als eine unter vielen Kranken. Und sie flennt vor Selbstmitleid, tupft schwarzes Bündchen an verquollenes Auge und schlurft ein Stück zur Seite, in die Schatten vorübergehenden Vergessens.

6. Kapitel

Wir fahren wieder. Ratsch-zonk-ratsch-zonk-ratsch-zonk-krach. Da war eine Ecke. Die Rons sind längst verschwunden, ein richtiger Pfleger hat ihre Stelle eingenommen, ein neandertalischer Schwarzer mit üppig wuchernden Brauen. Charlotte läuft im Gleichschritt mit ihm und schaut jetzt auf mich herunter, als wäre ich ein Haufen Hundekot, den man entsorgen muß. Das Royal Ear Hospital – das Königliche Ohrenkrankenhaus – hmmm. Wie passend, da es doch so aussieht, als wäre das Gehör das letzte, was ich verliere. Meine Ohren … hmmm. So eigentümlich handgeformt – wie der ganze Rest des menschlichen Lehms. Meine Ohren – der letzte Teil von mir, der den Klauen des Krebses zum Opfer fällt.

Die Rollbahre hat Unterstützung – oder sind es Unterstützer? Wie auch immer, an beiden Längsseiten befinden sich, wie Ruder, die durch die Luken einer Galeere ragen, viele Beine. Fette Beine, dünne Beine, haarige Beine, glatte Beine, wachsweiße Beine, dunkelhäutige Beine. Sie haben nichts gemein, außer daß sie tot sind. Tote Beine. Tote Beine, gefleckt vom Miasma des Wundbrands oder angeschwollen vor Eiter oder zerschmettert bei einem Aufprall. Sie sind abgetrennt und an den Seiten der Bahre befestigt, so daß sie sich abbiegen und abstoßen können, um mit mir in die Ewigkeit zu marschieren.

Es sind – dies erkenne ich erfreut – die übriggebliebenen Glieder von Amputierten. Das Krankenhaus ist berühmt für seine Amputationen – hier wurden die ersten überhaupt unter Verwendung von Äther durchgeführt. Ich habe das in einem hilfreichen historischen Handbuch gelesen, als mich so etwas noch interessierte. Das müssen die Gespensterbeine sein, dazu verdammt, ewig durch die neonbeleuchteten Kreuzgänge dieses weltlichen Klosters zu hoppeln.

Das Königliche Ohrenkrankenhaus – irgendwie klingt das gut. Ich kann mir vorstellen, wie ein perückengeschmückter Höfling zum anderen sagt: »Ich habe das königliche Ohr.« Und der andere erwidert: »Aber soweit ich weiß, ist es doch im Krankenhaus.« Ich frage mich, wo bewahren sie das königliche Ohr eigentlich auf? Ich stelle es mir sehr groß vor – so groß wie ein Tablett – und sehr rot, rot vor Wut. Wahrscheinlich wird es in einem Inkubator im Keller des Krankenhauses aufbewahrt, wo es von einer Abfolge von teiggesichtigen Lakaien gepflegt wird, die seine geschwollenen Windungen mit Gelée royale enthaltender Salzlösung einreiben. *De temps en temps* kommt ein Minister aus dem Palast, um dem Ohr Staatsangelegenheiten mitzuteilen. Er sitzt dann auf einem Klappstuhl und flüstert in die fleischige Toilettenschüssel. Natürlich kann das Ohr nichts erwidern, und so begibt sich der Minister zu gegebener Zeit ins Königliche Mundkrankenhaus, um dort das königliche Edikt zu vernehmen.

Jetzt entfernen sie mein herrschaftliches Gebiß aus meinem königlichen Mund. Ach, du wohlgeformtes Acryl, lebe wohl. Du hast nie Haftcreme oder ähnliches gebraucht. Ich habe dich in Kukident gebadet, so daß du nie faultest oder stankst. Ich habe dich mit äußerster Sorgfalt behandelt, so daß dir nie etwas abbrach. Du bist mir treu geblieben, so wie ich dir – wir waren eins, traulich turtelnd ein Vierteljahrhundert lang. Die beiden Prothesenhälften und ich – wir waren die wahre und liebende Dreieinigkeit.

– Blutdruck siebzig zu vierzig.

– Haben Sie eine Tasche für sie mitgebracht?

– Schwester, könnten Sie mir eine Siebener-Kanüle bringen?

– Nehmen Sie ihr doch bitte fünf Kubikzentimeter ab und bringen Sie es ins Labor.

– Ich brauche Kochsalzlösung, Glukose und Diamorphin.

Ssschk-ssschk-ssschk-schk.

Sie haben die Nylonvorhänge zugezogen, um mich vor den desinteressierten Blicken meiner Mitmütter zu schützen. Wir wissen doch alle, was uns bevorsteht, warum dann diese Heimlichtuerei? Aber was kann man schon erwarten von medizinischem Personal, das die Körper von Menschen und die Köpfe von Kätzchen hat? Es stimmt, daß ihre Pfoten erstaunlich geschickt sind, wenn es darum geht, Katheter zu setzen, Infusionen anzuschließen und Krankenblätter auszufüllen. Aber ich werde den Verdacht nicht los, daß ihre Chimärenhaftigkeit ein Grund war für ihre Unfähigkeit, mich anständig zu behandeln. Wenigstens eins meiner neun Leben zu retten.
Vielleicht hätte ich selbst meine Brüste gründlicher untersuchen sollen. Hätte womöglich öfter zur Vorsorgeuntersuchung gehen sollen. Aber wissen Sie was? In all diesem lohfarbenen Brustfell konnte ich nicht einmal eine Zitze finden, geschweige denn sechs. Als sie dann ein CT bei mir machten, war es bereits zu spät. Die Strahlung versengte mir nur den Pelz und brannte. Oh! Wie übel das ist – das Gefühl entblößter Katzenhaut. Es brachte mich zum Kotzen. Ich verlor den wilden, exquisiten Schmerz des Hungrigseins. Nicht einmal Whiskas konnte mich noch reizen. Man gab mir Tamoxifen. Dann mehr Tamoxifen. Dann noch mehr. Mein Fell fiel in Büscheln aus – und ich verfiel … dem Ende. Jetzt haben sie mich hier, auf der Katzenstation, morbid schwanger. Voll mit den Kätzchen des Todes. Und hier ist die freundliche Dr. Bowen, sie steht am Fußende meines Körbchens und schreibt mit einem Bic Cristal auf einem Klemmbrett.
Hier drinnen gibt es Miezen mit tödlicheren Enteritiden als die meine. Miezen, die herumgehurt haben. Miezen, die jetzt daliegen, ausgezehrt, blind, im Stich gelassen. Und mitleiderregend miauen. Herpes war ein Vorfilm für Aids – soviel wissen wir jetzt. »In Kürze in einem Körper auf dem Ihren« – so hieß der Titel, geschrieben in präzisen Pusteln. Natürlich mußte man schon dicht an den entsprechenden Genitalien dran sein, um es zu sehen – und das war etwas, zu dem ich nicht in der Lage war.

Die Lust auf oralen Sex kann einem, meiner Erfahrung nach, ziemlich vergehen, wenn man nicht fähig ist, die eigenen Zehen zu berühren. Und das konnte ich nicht einmal im Sitzen. Oraler Sex – mm. Das war es für Yaws, wenn ich es ihm machte – mm. Konnte den Blick nicht von meinem Mund nehmen. Vor mir hatte ihm noch keine einen geblasen, in Barchester tat man so etwas nicht. Man hatte schon Glück, wenn die Frau des Dekans einen ihr Korsett begrapschen und in ihre Unterröcke abspritzen ließ. Wow! Das waren noch Zeiten.

Ich erwähne das nur, weil ich noch immer Hunger auf Sex habe – auch jetzt noch, da der Tod mich leckt, seinen Knochenschädel an mich schmiegt. Ich muß zwar zugeben, daß das merkwürdig ist, aber ich bin schrecklich eifersüchtig auf die Aidspatientinnen hier drinnen. Sie hatten mehr Sex und mehr unschicklichen Sex. Ich hatte mehr Zigaretten und mehr Schnaps.

Es war Natasha, die mich darauf brachte – die mir sagte, wer was hatte. Natasha, deren Anwesenheit bei meinen Bestrahlungen eine interessante Zusatzveranstaltung war. Inmitten der vor der Zeit kahlköpfigen Jungs und der Frauen mit den ausgeschabten Brüsten war Natty zugleich exotisch und genau am richtigen Ort. Sie kannte das medizinische Ghetto nur zu gut – sie hatte ihren eigenen Herpes ins James Pringle House geschleppt, und in den Notaufnahmen und Suchtstationen hatte sie zugesehen, wie dürre Junkies noch viel dürrer wurden. Kann ihre Blässe die Folge einer Bestrahlung sein? dachten alle, die sahen, wie wir die Köpfe zusammensteckten und in Kätzchensprache miteinander schnurrten.

»Kommt heute wieder die Lesbe, Mumu?«

»Würde mich nicht überraschen. Aber weißt du, ich fühle mich immer besser aufgehoben, wenn es die lesbische Radiologin ist, Natty.«

»Warum, Mumu?«

»Na ja, ich denke mir, daß sie mit Busen viel besser umgehen kann – wenn man davon ausgeht, daß es ihr Spaß macht.«

»Wahrscheinlich.«
Sie hatte mich begleitet, bis in den Raum mit der ratternden Maschine, die dazu gedacht war, die vom Rauchen verursachte Krankheit auszuräuchern. Sie schepperte und ächzte – und wir beide fürchteten uns. Zu der Zeit spürte ich überhaupt nichts, obwohl ich immer glaubte, das Schmoren der Zellen riechen zu können. Ich möchte behaupten, daß alles Nukleare gleich aussieht – Kernkraftwerke, Waffensysteme, was auch immer. All diese unmenschlichen Kräfte, Isotope Vishnus, ausgeschleudert von Lesbierinnen in straff geknöpften Nylonmänteln, die an Bakelitkonsolen schwere Schalter umlegen. Und uns vergeblich verschmoren.
Dann traten wir wieder hinaus auf den Grafton Way und bogen in die Tottenham Court Road ein. Es war okay, sich mit meiner Jüngsten wie der Tod zu fühlen, denn immerhin brachte sie sich seit zehn Jahren um. Wir schlichen um Heal's herum, gingen Kaffeetrinken und dann nach Hause. Sie verdrückte sich, um sich einen Schuß zu setzen. Ich sagte nichts dazu. Wir hatten eine Abmachung: Red du nicht vom Tod – ich rede nicht vom Drücken. Eine Hand wäscht die andere. Ich wurde hohlwangig, meine Augen verquollen, die Haare fielen aus, die Brust brannte. Natasha war mein Schrittmacher bei meinem Rennen ins Grab.
Es war nicht immer so gewesen – deshalb war ich wirklich froh um ihre Gesellschaft. Sie mochte nicht vertrauenswürdig gewesen sein, unzuverlässig, egoistisch, schlampig und sogar – und um das über die eigene Tochter zu sagen, muß man wirklich den Priem der Ironie gekaut haben, bis er bitter schmeckt wie Wermut – anmaßend. Andererseits war das viel besser als langweilig, was all die anderen Frauen in meinem Leben – all die anderen »Freundinnen« – seit Jahren waren. All die Susies und Emmas, die sich ihre Einsamkeit, das schiere Fehlen des männlichen Tumors, den chirurgische Anwälte so effizient herausgeschnitten hatten, erklärten, indem sie die Soziologie, die Demographie und

sogar – lächerlich – die verdammte Biologie zu Hilfe nahmen. Nee, da war mir meine Junkietochter schon lieber.
Diese anderen bedeuteten mir nichts – sie schon. Mrs. Elvers ist jetzt gegangen – aber Natty bleibt. Und sie haben mir die falschen Zähne aus meinem fingierten Gesicht genommen – ich muß aussehen wie der aufgewärmte Tod. Eine Krankenschwester öffnet den Vorhang und schiebt einen Ständer mit einem Beutel in meine Kabine. Sie öffnet die Kanüle in meinem Handrücken und schließt den Infusionsschlauch an. Ich empfinde mehr Verwandtschaft mit dem Ständer als mit ihr. Sie ist winzig – und so wächst ihr die ganze Arbeit über den Kopf. Sie reckt und streckt sich, und der breite Elastikgürtel umspannt ihre winzige Taille noch enger. Ihr Kittel ist fein gestreift, sie ist blond, ihre Waden sind herzförmig, ihre Ellbogen haben Grübchen. Natty – diese Krähe – starrt sie gierig an, als wollte sie dieses pflegende Kindchen fressen. O ja, es heißt, du bist, was du ißt, meine Tochter – aber du ißt ja kaum etwas.
Hier eingesperrt, in diesem Schuhkarton aus Nylon, und dann noch eingesperrt hinter scheuernden Lidern. Versperrtes Auge, zugemauertes Auge. Ich verschwinde hinter dem Kaminschirm meiner eigenen windigen Überzeugungen – und unterhalte jedweden Besuch mit sehr gedämpftem Feuer. Augen, die sich am Grund ihrer Höhlen zur Ruhe wiegen oder bei einem Blick aufspringen. Draußen im Vormittag ruft Mrs. Elvers jetzt sicher ihren Mann Richard an, mit einem Handy, das aussieht wie ein schwarzes Plastikschienbein. In seinen gut dreißig Filialen pakken dreißig gelangweilte Verkäuferinnen Packpapier ein und tippen dann den Preis in die Kasse. Es ist also doch nicht zu früh zum Gehen.
Aber ich kann noch immer die Vergangenheit heraufbeschwören – sogar jetzt noch. Sogar jetzt noch, da der Krebs, dieser tintige Feind, mein Empfindungsvermögen in die Zange nimmt und seine Saugtentakeln in Stellung bringt. Und das nervt. Ja, ich kann die Vergangenheit heraufbeschwören. Howdydoody Vergangen-

heit! Yo Main Street USA! Vergangenheit, ich will mit dir reden – du magisches Haarknäuel. Wie Huckleberry Finns Neger Jim sein Knäuel zu Boden warf und schaute, wohin es rollte, will ich auch dich zu Boden werfen und sehen, wohin du rollst. Nee. Die Vergangenheit ist zu dicht und zu verdaut, um als Instrument der Prophezeiung dienen zu können. Wenn ich versuche, sie zu spüren, ist ihre Falschheit überwältigend. Sie war kein Teil von mir – ich war ein Teil von ihr. Ich habe unbedacht einen schwerwiegenden Fehler gemacht. Ich dachte, ich bekäme Weisheit – sie bekam mich. Sie blieben in Scharen weg, und ich schare um mich, was noch bleibt, gequält von dem Wissen, daß die Kappe eines Biro-Kugelschreibers das einzige ist, was von mir bleiben wird. Ein windiger Nasenkegel aus Plastik, in dem zwanzigtausend Meter potentiellen Ausdrucks stecken, eine lange Linie noch ungeformten, ungewordenen Sinns. Der Stationsarzt wird wahrscheinlich eine von seinem Stift ziehen, wenn er meinen Totenschein ausfüllt.

»Bist noch nicht in der *godzone,* Mädel – yeh-hey?« Es ist ein schwarzer Mann mittleren Alters mit einem weißen Stetson auf dem Kopf. Er teilt den Vorhang, streckt seinen Kopf herein – den Hut so fest auf sein staubiges Haargestrüpp gedrückt, daß die Fransen ihm über die verspiegelte Sonnenbrille hängen – und sagt: »Bist noch nicht in der *godzone,* Mädel – yeh-hey?« Dann geht er wieder. Warum hat meine Tochter das Hereinstoßen dieses männlichen Kopfes nicht bemerkt? Ach, ich verstehe, obwohl es nicht gerade niedlich ist, wie sie an ihrem Niednagel knabbert. Hat der schwarze Mann mir mit einem Bumerang zugewunken? Könnte er ein Aborigine sein? Er ist wieder da. »Nicht mehr lange, Lily, weißte, ich sag's dir. Dein *djang* dröselt sich schon auf. Mußt neue Zeit aufwickeln. Um *sie* da rumwikkeln.« Es ist ein Bumerang, und mit dem deutet er auf die Nagelbeißerin. »Mach 'nen neu'n Regenbogen ...« Seine Sprache ist ein merkwürdiger Mischmasch aus Wangenschmatzen, Zungen-Gaumen-Schnalzen und breiten australischen Vokalen. Von was redet der Trottel eigentlich? Und welcher Trottel hat ihn ins Zimmer gelassen? Warte, bis das Königliche Ohr *davon* hört! Mein Gott. In diesen Scheißläden gibt es keine Sicherheitsvorkehrungen; jeder Spinner, der Lust drauf hat, könnte hereinstürzen und mich belästigen. Mich vielleicht stehlen. Der Kleinen die Mummy wegnehmen. Haha. Ahahaha.

»Hhhraarrghhhrescheo' Hyayyayrhg-h–h'h'hergh'!«

– Schwester! Schwester!

Natty springt auf und stürzt aus der Kabine. Sie würde nach jeder Schwester schreien, außer nach ihrer eigenen – wie ich. Und eine schleicht auch schon herbei, eine ältere Brünette mit gerötetem Gesicht. Sehr gepflegt. Warum sollte sich so eine mit mir abgeben?

– Okay. Was ist hier los?

»Hhhraarrghhhrescheo' Hyayyayrhg-h–h'h'hergh'!«

Sie bückt sich und leuchtet mir mit einer Stablampe in die Augen, nicht um zu sehen, ob ich noch da drin bin, sondern nur um die Reflexe meiner Pupillen zu testen. Es ist unheimlich, fast so, als wäre man ein Boiler, und jemand beugt sich über einen, um durchs Guckloch die Zündflamme zu kontrollieren. Sie richtet sich auf, streckt sich, kontrolliert die durchsichtigen Dosierungsventile an den baumelnden Beuteln. Ich werde genauso transparent, geradeso wie ein Lehrmodell des menschlichen Körpers. Wie ein Biro. Ich kann meine Kapillardurchblutung sehen, wie die Venen und Arterien die Sedative aufschlürfen, die Opiate hochpumpen. Es gibt keinen Schmerz mehr. Keine Quälerei. Ich dachte mir, daß Sie das vielleicht interessiert. Ich hoffe … Sie … bleiben … schtumm. Halten den Mund.

Kein Schmerz, weil kein Ich. Kein Ich? Kein – du. Beim Schmerz ging's darum, eine andere zu sein – nehme ich mal an. Beim Schmerz ging's darum, ich zu sein. Beim Schmerz ging's darum, ich zu sein, die ich mich an so viele Trivialitäten erinnerte, und du – der Bagatellschmerz – warst ein großer Teil davon. Ein Bagatellschmerz, wie der bei meinem allerersten Mal bei dem verdammten Abschlußball. Schmerz brauchte Zeit – Zeit war schmerzhaft. Könnte es sein, daß Zeit ... und Schmerz ... ein ... und ... dasselbe waren? Schmerz war ein Stein, geworfen in den immer breiter werdenden und sinnlosen Strom trivialer Innovationen, dem ich selber atemlos die Brust entgegenstemme – oder ihn brustlos einatme –, bis eine Digitaluhr mich ins Auge trifft, ein Entsafter mir in die Schulter sticht. Bald höre ich auf, gegen ihn anzukämpfen, und lasse mich stromabwärts treiben. Erinnern Sie sich noch an diese Geräte aus den Siebzigern, die dazu gedacht waren, all die Leiden des Zwiebelhackens zu horten? Sie aufzusparen, um sie in ein entspanntes, tränenloses Alter zu investieren. Eine Zickzackklinge an einem Kolben in einem Plastikzylinder, die sich mittels eines Federmechanismus nach links und rechts drehte, wenn man den Kolben auf und ab bewegte. Das Ergebnis war nie so gut, wie man erhofft hatte. Außerdem waren sie verdammt schwer zu reinigen.

Ich wurde zerhackt von einer Zickzackklinge, und schräge Stükke meines schmuddeligen alten Ichs liegen im Königlichen Ohr herum. Mein Körper liegt hier auf einem subventionierten Bett, aber die letzten verarmten Sinneswahrnehmungen, die noch zu ihm gehören, befinden sich dort, außerhalb des Vorhangs. Und was die Gefühle angeht – wer braucht sie denn, wenn niemand mehr da ist, der fühlt. Sie waren sowieso nutzlos, diese Emotionen – nichts als die tote Haut unserer Gefühllosigkeit, die wir wegrubbelten, jeder vom anderen, bis der Boden ganz staubig war. Wer hat das Recht, diese zerriebenen Schwielen aufzusaugen? Wer will es? Sich wessen bewußt sein? Wohin gehen? Mit wem? Und warum, warum, warum, Mummy? Nach all den Jahren, in denen ich mir meiner Einsamkeit gewiß war, weiß ich jetzt endlich, was es heißt, allein zu sein.

Ich war allein, vor fünfzehn Jahren, im Flachland von East Anglia.

Nein, ich *bin* allein, in Aldeburgh, wo der Himmel genauso ausgewaschen grau ist wie die Chenilledecke auf dem durchgelegenen Bett im Ship Inn in Dunwich, wo ich die letzte Nacht verbrachte. Eher ein Pub als ein Bed&Breakfast; der Wirt sah genauso aus wie einer – Schnauzbart, Weste, Schlüsselkette, immer zwischen der Bar mit dem Steinboden und der Küche im rückwärtigen Teil hin und her eilend. Es sah aus, als würde er alles auf einmal tun: an der Bar bedienen, Essen kochen, es servieren, fetten Gästen – eigentlich war ja nur ich da – ihr Zimmer zeigen.

Das geht so nicht. Das ist eine Reminiszenz innerhalb einer Erinnerung – und das geht so nicht. Der Himmel über Aldeburgh ist genauso ausgewaschen grau wie diese Sschk-sschk-Plastikvorhänge, und wie sie wird er aufgezogen, und es erscheinen Steel und Bowen und die Schwester und das eßbare Kindchen. Die medizinischen Giganten ragen in das unvorstellbar hohe, höhlenartige Universum des Krankenzimmers. Ein rauhes Terrain aus feuerbeständigen Fliesen schwebt in der Halbdistanz wie flache Welten. Das Personal versammelt sich und stürzt sich auf mich. Mit Macht. Ich sollte besser weg von hier – zurück.

Viel zu spät fing sie an, Sport zu treiben, und dann waren es winzige Radtouren zu Musikfestivals, Blumenausstellungen oder den diversen Kirchen – es gab so viele spitze Türme in ihrer stumpfsinnigen Wahlheimat. Drei Kinder, ein Dammschnitt, zwei Kontinente, viele Phobien, unzählige Depressionen. Die Unterwäsche einer fetten alten Dame. Das alles lastete wie ein Fluch auf dem Fahrradfahren, das sie aufgenommen hatte – aus welchem Grund? Ob Sie es glauben oder nicht, sogar in den ausgebeulten Siebzigern gab es noch ausgebeulte Frauen mittleren Alters wie sie, die glaubten, daß das *Prinzip* des Fahrradfahrens schon etwas bedeutete. Sie radelten und aßen in Biokostrestaurants wie Cranks und Ceres, deren Dogmatik dazu gedacht war, die Erdgöttin selbst zu besänftigten. Sie *überdosierten* sich beinahe mit geraffelten Karotten, während sie beschissenen *Pflaumen*saft tranken. Sie *erfanden* das Umweltbewußtsein mit ihren Gemüseeinkaufskooperativen, die ihnen als Vorwand dienten, in der Stadt in Gummistiefeln herumzulaufen.

Arme Lily. Arme, unendlich armselige, fette, alte, schlampige Lily; eine derangierte Dame, die schon längst hätte ausrangiert werden müssen. Es war traurig, mit anzusehen, wie sie in ihren letzten fünfzehn Jahren eifrig Abfall – Blechdosen, Schokoriegelhüllen, Zigarettenpackungen und so weiter – vom Boden aufhob, in die Manteltaschen oder sogar in die Handtasche steckte, ihn dann, einen hühnerbeäugten Schritt nach dem anderen, zu der Unterkunft trug, die sie gerade ihr Zuhause nannte, und dort zusammen mit seinesgleichen verstaute. Kein Wunder, daß sie ihre Mädchen immer auf die Pennerinnen mit den Plastiktaschen aufmerksam machte – sie war selbst eine, allerdings von der bürgerlichen Art. Aber im Gegensatz zu ihr durfte wenigstens der Abfall unter seinesgleichen sein und unter mehr und mehr von seinesgleichen. Jeder Abschnitt der Reise dieses Abfalls bedeutete für sie, sich die Unterkunft mit immer mehr Müll zu teilen; bis hin zur allerletzten Reise, die Themse hinunter in dem großen Stahlkahn, nach Baba Yagr.

In Aldeburgh steht Lily, nachdem sie ihr Raleigh Tourer auf den Ständer gestellt hat, vor der Moot Hall und beobachtet einen augenbrauenlosen Mann, der in seinem Vorgarten werkelt und Farne mit einer Heckenschere stutzt. Komisch, denkt sie, daß das Fehlen eines normalerweise unbeachteten Gesichtsteils diesen Mann so unheimlich, so verstümmelt, so merkwürdig erscheinen läßt. Auch seltsam – und hier verlagert sie ihr Gewicht von einem hühnerbeäugten Fuß auf den anderen und spürt dabei schmerzhaft die neuen, beim Pedaltreten erworbenen Blasen –, daß ich mir die Mühe mache, dies zu beobachten. Ich hätte nie soviel Zeit mit dem Beobachten von Leuten zubringen dürfen – sie bedeuten mir nichts. Wie viele von diesen Überwachungen muß ich noch durchleiden? Fünf pro Tag? Zehn, wenn ich kleine Radtouren mache? Wie viele Jahre noch, bis ich meine eigene Prophezeiung erfülle und die Krebse aus dem dunklen Meer gekrochen kommen und mit ihren Scheren am Farn meines Fleisches schnippeln? Zehn vielleicht – in diesem Fall sterbe ich 1984. Oder vielleicht fünfzehn? Wer weiß. Keine Frau soll die Stunde ihres Todes kennen oder in die Sonne blicken. Nicht in Aldeburgh. Nicht in diesem Juni, der ungewöhnlich grau und windig ist. Vielleicht regnet es heute nachmittag noch. Sie ist froh, daß sie Wollunterwäsche eingepackt hat. Dicke wollene Unterhosen.

Lily geht um die Ecke zu dem kleinen Kartenkiosk für das Festival, der sich gegenüber einem ähnlich winzigen Kino befindet. Unterwegs wirft sie ein wenig Müll in einen Abfallkorb – eine Schokoriegeltüte, die sie seit mindestens zwei Tagen mit sich herumschleppt. Papierballast – kein Wunder, daß sie so instabil ist. Sie mag Aldeburgh und seine Umgebung, unsere Lily. Das ist das England, wegen dem sie herkam, ein Land der spitzgiebeligen Häuser und vornehmen alten Damen, der Heckenscheren, der sanft geschwungenen Landschaft und eines guten Sozial- und Gesundheitssystems. Es ist Holland – das England, wegen dem sie herkam. Lily kauft sich eine Karte für das Konzert an diesem Nachmittag. Peter Pears singt Schumanns »Liederkreis«, am Klavier begleitet von Murray Perahia. Sie freut sich unmäßig, ein Ticket ergattert zu haben; das dürfte schließlich eins der gefragtesten Konzerte des diesjährigen Festivals sein. Ich kaufe mir ein Lunchpaket, denkt sie, und radle dann auf den Nebenstraßen in Richtung Snape. Suche mir irgendwo ein stilles Plätzchen für ein Picknick. Mache es mir mit meinem Buch gemütlich.

Sie liest ein Buch über ein Dorf in Suffolk. Es ist ein sorgfältiges Stück Sozialgeschichte, vom Autor liebevoll herausgearbeitet aus Hunderten von gestelzten Interviews mit alternden Bauern. Sie wäre gern selbst, zumindest in gewisser Weise, eingeschlossen in diesem Schutzwall der Verwurzelung, in diesem schweren, schützenden Mantel des Bleibens, wo und wie man ist, weiß aber, daß dem nicht so ist. Sie kauft im Co-op ein und fragt sich, ob sie sich mehr zu Hause fühlen würde, wenn sie in einem

Schtetl Hühnern hinterherhumpeln würde; fragt sich außerdem, wie es um die Beziehung zu ihren Mädchen bestellt ist – die jüngere ist, wie es gerade Mode ist, mit einer Jugendgruppe beim Camping, die ältere beim Skifahren. Sie prüft die Bande, die sie noch an die beiden fesseln. Sie sind schlaff. Die beiden sind fast erwachsen. Sie hat ihre Pflicht getan. Eigentlich wäre es jetzt durchaus angemessen, wenn sie all die gekreischten Drohungen, »das Mutterschaftsabzeichen zurückzugeben«, wahrmachen würde.

Keine von beiden war auch nur in der Nähe des Chemieunfalls in Flixborough oder dem Aufruhr am Red Lion Square – einer von Lilys Konzertstätten. Es gibt so viele Arten zu sterben – man kann von überreagierenden Chemikalien zu einem Klumpen verbrannt oder von gesetzeshütenden Schlagstöcken zu Tode geprügelt werden –, ist es da wichtig, welcher man zum Opfer fällt? Rosinen, mit der freigebigen mediterranen Schönheit auf der Schachtel – 5 p. Eine Orange – 3 p. Knäckebrot – 23 p. Sechs Eckchen Frischkäse – 18 p. Eine Dose Top-Deck-Radlerbier – 10 p. Insgesamt: 59 p. Gut gemacht. Vielleicht ist jetzt sogar genug Geld übrig für ein Taxi von Snape nach Saxmundham, als Vorbeugung gegen den spätnachmittäglichen Versuch, Unterwäsche dort hineinzustecken, wo sie nicht hingehört. Innen Arsch, Lily, während sie in Richtung Bahnhof strampelt. Auf dem Rückweg in die Crooked Usage. Insgesamt: 59 p.

»Darf es sonst noch etwas sein?« An der Kasse steht ein beinahe augenbrauenloses Mädchen. Ist dieses Merkmal vielleicht ein Resultat lokaler Inzucht? Na danke schön. Natürlich massig, sowohl die Kasse wie das Mädchen.

»Wie bitte?«

»Wünschen Sie sonst noch etwas, oder ist das alles?« Lily erkennt, daß das Mädchen nur wegen ihres amerikanischen Akzents so hochgestochen redet.

Sie hält mich wohl für eine Touristin. Gott! Dieser Schokoriegel sieht gut aus. Einen pro Tag. Ein Batzen Nougat und Karamel und Schokolade. Mmm. Ich darf nicht. Dieser Ausflug bedeutet schlank, bedeutet gesund, bedeutet sexy. Bedeutet ein Vorspiel zu all dem Sex im Freien, den ich nicht mehr gehabt habe, seit ein Klassenring meinen Arsch ritzte und Blut unter die Tribüne floß. »Und ein Mars.« Verdammt noch mal – ich habe ihn ja bereits mit den Augen verschlungen.

Draußen kehrt sie zu ihrem Fahrrad zurück und verstaut das Picknick in den Satteltaschen, wobei sie jedes Stück vorsichtig zwischen zerknautschte Socken, Nachthemd und Regenumhang steckt. Es ist noch immer bewölkt, aber von Regen ist nichts zu sehen. Sie schaut, ob der augenbrauenlose Mann noch in seinem Garten ist, ob er jetzt sie beobachtet und ihr sportlich effizientes Packen bemerkt. Aber er ist verschwunden, und seine Stelle hat eine birnenförmige Frau in den Sechzigern mit chemisch gefestigten Elfenbeinhaaren eingenommen. Halt ein Streichholz an sie, bemerkt Lily mit stummer Häme, und sie wird zu einem Mini-Flixborough.

Na ja, nicht viel geboten in Aldeburgh, bis auf ein paar stattliche Häuser auf einer kleinen Anhöhe. Doch schon dieser Anstieg reicht, um Lily beim Hochstrampeln außer Atem kommen zu lassen. Fuß 1: Zuerst das Spüren des Hühnerauges, dann des entzündeten Fußballens und schließlich, schärfer, stechender, der schmerzhaften Blasen – und es kann nur noch schlimmer werden, denn hier kommt Fuß 2 und das gleiche noch einmal von vorn. Zwischen den Abwärtsspiralen der Kraftanstrengung gibt es noch andere, altvertraute Empfindungen: Stechen in der Lunge, Schmerzen im Brustkorb, Kneifen der Unterwäsche, Zwicken im Bauch. So umfassend ist der Reigen der Beschwerden, daß Lily, während ihre fetten Beine pumpen, sich völlig darin vertieft und jedem Tritt in Richtung Selbstverbesserung ihr ganz persönliches Mantra des Selbsthasses hinzufügt: Ungeschickt und unvollkommen, ignorant und tapsig, weder tolerant noch generös ... So vertieft ist sie, daß sie gar nicht bemerken kann, wie riesige Hände das Grau über ihrem Kopf aufziehen. So vertieft, daß sie nicht hören kann, wie die Stimmen der Zukunft über dem Flachland die Schallmauer durchbrechen. Was für ein Vormittag.

– Mrs. Elvers?

– Ja.

– Wir verlegen Ihre Mutter in ein kleines Zimmer am Ende der Station. Dort ist sie ungestörter.

– Vielen Dank. Schwester?

– Ja?

– Ich weiß, Sie können nicht – Sie – sagen es nicht gerne, aber –

– Jetzt dauert's nicht mehr lang.

– Nicht mehr lang.

Mittagessen. Lily bleibt stehen, um auf die Karte zu schauen. Nicht daß sie gut Kartenlesen könnte – sie will sich nur versichern, daß die Strecke wirklich zu schaffen ist. Kartenlesen war Yaws' Sache, eine seiner Lieblingsbeschäftigungen. Er las Karten, während er auf dem Klo in der Crooked Usage hockte und schiß. Auf einem Klo, das nie verschlossen war – weil es noch nie ein Schloß gehabt hatte. Wobei das kein Zeichen ihrer beider Progressivität war, sondern einfach nur die Trägheit der Nichtheimwerker. Nie verschlossen, so daß die Frau des Hauses hin und wieder hereinplatzte und den alten Bullen dabei ertappte, wie er über seinem eigenen Dung hockte und eine winzige Landschaft anstarrte.

Die Nebenstraße ist eine langweilige gerade Linie, Gott sei Dank flach, die an einer Nadelholzpflanzung entlangführt. Sollte sie da hineinkriechen und es sich unter den stacheligen Bäumen gemütlich machen? Nicht sehr reizvoll. Links des Wegs ein Golfplatz – der sie an Yaws' kürzliches Dahinscheiden erinnert – und dann Felder entweder mit blühenden Kartoffeln oder scheißenden Kühen. Nirgendwo in dieser bearbeiteten Landschaft gibt es ein Fleckchen, wo man sich ausruhen und über die Würde manueller Arbeit nachdenken kann. Wie ironisch. Das Mars drückt ihr beim Treten höhnisch in die Hüfte. Der kleine Riegel fühlt sich absurd sperrig an. Muß mein schlechtes Gewissen sein. Lily hat sich vorgenommen, bis zum Abend keine Schokolade zu essen – und dann nur dieses eine Stück. Sie ist seit fünf Tagen mit ihrem Fahrrad unterwegs, und sie will nach Hause und sich auf die Waage stellen und in unbestechlichen Ziffern nachlesen, wie viele Pfunde sie auf den Straßen Suffolks über Bord geworfen hat.

ratsch-zonk-ratsch-zonk-ratsch-zonk

Ach, wenn es nur nicht so anstrengend wäre – warum kann Anstrengung nicht mühelos sein? Diese verdammte Anstrengung und die noch schlimmere Anstrengung, nicht an die Schokolade zu denken. Wunderbar weiche, braune, sinnliche Schokolade. Schokolade, die einem den Bauch mit ihrer warmen, kitzelnden Süße penetriert. Ich kann es riechen, denkt sie, und ihre Nasenlöcher weiten sich, um Luft einzusaugen. Ich kann das Mars riechen. Sie sollte wenigstens warten, bis sie Frischkäse auf Knäckebrot geschmiert, die Orange geschält und ihr Radlerbier getrunken hat, aber Lily ist sich nicht sicher, ob sie es schafft. Was haben denn diese armseligen kleinen Beispiele der Selbstkontrolle schon zu bedeuten? Würde sie es damit wenigstens ins Lokalblatt schaffen? FRAU MITTLEREN ALTERS VERWEIGERT SICH AUF RADTOUR VIER STUNDEN LANG MARS-RIEGEL. Nein, nicht einmal in East Anglia, in den ausgebeulten Siebzigern, gibt es eine solche Schlagzeile.
Der Verkehr, der luftverwirbelnd an ihren strampelnden Flanken vorbeirauscht, macht ihr angst. Mit ein wenig zusätzlicher Energie könnte sie so viel schneller fahren. Es ist schon fast eins. Um halb neun hat sie Dunwich verlassen; die vergangenen Stunden haben doch sicher ein bißchen was von ihren Hüften abgeknabbert. Sie wünscht es sich. Sie sehnt sich danach. Die meisten Frauen mittleren Alters, dieser Gedanke kommt ihr jetzt, dürften sich beim Einsetzen der Wechseljahre überlegen, mit dem Rad-

fahren anzufangen – aus offensichtlichen Gründen. Warum liegen eigentlich, unabhängig von der Jahreszeit, immer tote Blätter auf der Straße? Wenn etwas stirbt, sollte es verfaulen. Schaffe ich es überhaupt nach Snape? Und warum mache ich mir die Mühe? Um irgendeinen Schwulen Naziliebeslieder singen zu hören? Ich glaube nicht. Noch immer die Baumpflanzung auf der einen Seite, die Weiden mit Kuhfladen auf der anderen. Ach, Scheiße. Ich *muß* anhalten! Ich *muß* Schokolade essen!
Und das tut sie auch – der Nudnik. Vom Bauch zum Stehenbleiben gekwetscht. Während sie bremst, langsamer wird und ihr Daks-beschuhtes Fahrgestell ausfährt, um sich abzustützen, rattert noch eine motorisierte Bauernkutsche an ihr vorbei. Sie erschrickt, macht eine unbedachte Bewegung, schlägt sich das Schienbein am Pedal an und sinkt eher in sich selbst zusammen, als daß sie stürzt – ein unbequemes Gewirr von Stahl, Gummi, Nylon, Wolle und Fett. Tränen vor dem Mittagessen. Lily schiebt das Rad mit seinen blödsinnig dicken Satteltaschen von der Straße und in eine Zufahrt, die in den Nadelwald führt. Sie fingert ihre Viktualien heraus, wiegt sie wie nahrhafte Babys in ihren wollenen Armen und überwindet dann ungeschickt ein fünfstangiges Tor. Sie spürt, wie unter ihrer Hose Blut träge das Schienbein hinunter und in ihre Socke läuft. Doch darum wird sie sich später kümmern.
Unter einem Baum, an dem eine zischend blutrünstige Warntafel – EINDRINGLINGE WERDEN ERSCHOSSEN – hängt, schlägt sie ihr Lager auf, wirft ihren Kram auf die Erde und freut sich auf ihr Essen. Und als sie sich auf den feuchten Boden aus Zweigen und modrigem Laub niederläßt, riecht sie eher das Moribunde des Waldes als seine Kraft. Und sie ruft: »Gehöre ich hierher?« in die fichtenschale Luft. Und die Antwort kommt nicht als Echo, sondern als schwammiges Schweigen: Nein, nicht hierher. Nirgendwohin. Sie kramt das Mars aus der Tasche und reißt in der Bewegung die Verpackung auf, so daß sie den Riegel direkt zu ihrem häßlichen Mund führen kann. Mmmm … salzig. Ihre obere

Gebißhälfte löst sich vom Gaumen, als sie die zähe klebrige Masse zerkaut, und sie spürt, wie sie liebevoll durch ihre lieblose und ungeliebte Kehle sickert. Ich könnte genausogut hier sterben, denkt sie, in der schrecklichen Gewißheit, daß nichts sich je ändern wird, und zwar auf der Stelle.
Ihr Wunsch geht in Erfüllung. Ein Schleier schwarzen Regens wird durch den dunklen Wald gezogen. Das stotternde Tuckern eines Traktors auf einem weit entfernten Feld verstummt plötzlich, wie auch das Muhen, das Zwitschern und das bukolische Brodeln. Kälte erfüllt alles von innen her. Es ist eine vollständige Verfinsterung der Wirklichkeit selbst, denn ein wohlgeformter, dreißig Meter langer Arm stößt durch den Regenvorhang und schiebt ihn zur Seite. Dahinter ragen vier Riesen in die Höhe, je hundert Meter hoch. Ein Riese in Blau, ein Riese in Weiß, ein Riese in Rot. Und ein dürrer Riese in Schwarz.
»Pressen!« So ermunterten sie einen. »Pressen!« Und jetzt pressiert es ihnen wieder. Pressant schieben sie mich den Gang entlang. Schieben mich hier rein. Schieben Spritzen in meine Adern. Schubsen einen allgemein herum. Ich frage mich, ob ich auch diesmal wieder gleichzeitig scheißen und gebären werde? Bei Natasha war es ein Schwall aus Scheiße und Blut und Fruchtwasser. Dann nähten sie mich zusammen wie einen verdammten Truthahn. So peinlich – sie sorgten dafür, daß es mir peinlich war. Tatsächlich herrschte bei meinen beiden Geburten hier diese ach so englische Mischung aus Geilheit und Prüderie, so weit verdünnt, daß nur noch ein wäßriger Schleim der Mißbilligung übrigblieb. In den Staaten in den späten Vierzigern, als ich Dave junior bekam, war es genauso schlimm. Ich kann nur hoffen, daß das jetzt endlich anders geworden ist; daß der verdammte Scheißfeminismus wenigstens eins für uns erreicht hat, nämlich das Recht auf unsere Würde in den Wehen und die Freude an der Geburt. Egal, wie schwierig sie ist. Egal, wie verschissen.
»Nach dei'm Tod, Lil', wirste Zeit haben, yeh-hey?« Es ist wieder der Aborigine. Er klatscht seinen Bügeleisenhintern aufs Bett

und plappert unbekümmert weiter. Er hat nichts von der überarbeiteten Besorgtheit der Ärzte, Hebammen und Verwandten. Allerdings sterbe ich nicht – ich gebäre. »Wie auch immer. Hey – weißte, daß ich dich rüberbring' yeh-hey?« Über was? »Über den Styx, yeh? Den Fluß. Siehste, du gibst den Löffel ab, Lily – glaub mir. Kommst in die *godzone*. Wie gesagt – aber du mußt auch probieren, in die *ungud* zur Regenbogenschlange zu kommen. Wegkommen von den Umgängen, weißte?« Ich habe nicht den leisesten Schimmer, von was du da redest, aber abgesehen davon bist du ein recht angenehmer Umgang. »*Yuwai* – wir wer'n Kumpel, Lily. Richtig klasse Kumpel, yeh-hey.« Die Kontraktionen kommen jetzt immer schneller hintereinander … magst du meine Hand halten? Wie soll ich dich nennen? »Phar Lap Jones – kannst mich Phar Lap nennen.« Das ist ein ungewöhnlicher Name. »Ein Rennpferd. Hat viel für mich gewonnen, als ich noch jung war, weißte. Ist ein Spitzname – nicht mein echter.«

Er nimmt meine ledrige Klaue in seine mattschwarze Hand. Er raucht eine selbstgedrehte Zigarette. Erstaunlich, heutzutage in einem Krankenzimmer. Der Rauch steigt über seine mehr als vollen Lippen und sammelt sich in seinen schwarz verspiegelten Augenhöhlen, er wabert wie Nebel in einem Bergtal oder wie die dauergewellten Haare meiner Abschlußklasse auf Long Island 1939. Ich muß zugeben – es ist eine Spätgeburt, dieses Kind namens Tod. Wer hätte das gedacht – nach den langen Monaten quälender Hitzewallungen, Schweißausbrüche und Bauchschmerzen –, daß ich immer noch das Zeug dazu habe? »Haste nicht, Mädel. Lily, hör zu – du stirbst. Ich – das da«, er deutet mit seiner Zigarette, »nicht hier. Nichts davon. Nicht das Zimmer. Nicht das Krankenhaus. Nicht der Krebs. Nicht der Tod. Nicht hier …«

Pressen! Pressen! Pressen! Die hohen, gekalkten Wände des Krankenzimmers blähen sich auf und ziehen sich wieder zusammen, als wären sie der Mutterleib und ich das Baby. Pressen.

Das blöde, beschissene Baby. Zuerst taucht ein winziger Fuß auf – gelb vor Hühneraugen, die Fußballen entzündet –, dann ein zweiter. Eine Steißgeburt – kein Wunder, daß es so verdammt schmerzhaft ist, es strampelt sich seinen Weg in die Welt. Dann ein dichtes Haarknäuel an der Verbindungsstelle der gelben Schenkel, dann ein Bauch, der schlaff ist von eigenen Geburten. Dann zerschnippelte Titten, dann kümmerliche, schlaffhäutige Arme – und schließlich, ein stattlicher kleiner Kiel, um es in der wäßrigen Welt zu stabilisieren. Ein stattlicher Kiel und ein dichter Schopf blonder Haare. Da liegt es, zahnlos, schrumpelig, auf dem Bett, nicht sanft eintreffend in diesem Nachthemd aus dreißig Prozent Baumwolle, das ihm bis zum Hals hochgerutscht ist. Wie kann eine Leiche so schwitzen?

»Du bist keine Leiche.«

»Wie bitte?« So verdammt englisch, das – ich mag die Person nicht, zu der ich geworden bin.

»Du bist keine Leiche – du stirbst.« Ich habe eine sarkastische Erwiderung auf den Lippen, aber ich verbeiße sie mir – mit meinen eigenen Zähnen. Phar Lap sitzt, noch immer rauchend, am Fußende des Betts, aber ich habe mich aufgerichtet und habe meine eigenen Zähne. Meine eigenen Zähne und mein Fett, es ist alles wieder da. Eben als der Krebs mir alles weggeschnippelt hatte, ist ein anderes Untier aufgetaucht und hat mir alles wieder draufgeklatscht – wie Lehm. Außerdem kann ich Phar Laps Zigarette riechen – und Phar Lap selbst. Der Aborigine duftet nach Raubtier, Fleisch und Blut. Das ganze wirre Rondo des Todes – die blaue Rhapsodie, der röchelnde Kampf, die donnernden Brecher von Schmerz, Übelkeit und Angst – alles hat sich gelegt. Die andern sind verschwunden, nur wir beide sind noch übrig, eine Frau im späten mittleren Alter, nicht allzu gut erhalten, aber noch mit ihren eigenen Zähen, und ein Aborigine mittleren Alters in schwarzen Levi's, einem karierten Hemd und einem weißen Stetson.

Da steht eine Anglepoise, den weißen, konischen Lampenschirm zur Wand gedreht, so daß sie einen weiten Kreis gelben Lichts

ausspuckt. Durch die offene Tür kann ich sehen, daß die Station in das trübe, gelbsüchtige Licht nächtlicher Institutionen getaucht ist. Durch das Fenster sehe ich die gelben Aureolen der Straßenlaternen. Ich höre das überdimensionale Besteckschubladenscheppern der Laster, die die Gower Street hinunterdonnern. Auf dem Spind neben dem Bett steht ein Digitalwecker. Eine meiner Töchter hat ihn offensichtlich brav aus der Bartholomew Road geholt, damit seine roten Augen die Stunde meines Todes blinken können: 3:27. Ich rieche Dettol.
»Wir haben noch ein paar Minuten, yeh-hey?«
»Was?«
»Wir haben noch ein paar Minuten – vastehste?«
»Und dann?«
»Wie gesagt – dann siehste das helle Licht.«
»Das helle Licht?«
»Genau – das helle Licht. Das warst doch du, die einmal geschrieben hat: ›Die Verbindung zur Wirklichkeit ist schrecklich und möglich.‹«
»Das ist bizarr – ich muß das vor Jahren in einem Brief geschrieben haben. Woher weißt du das?«
»1961. Hör zu«, er beugt sich vor, »alles kommt an diesem Punkt zusammen: Du hast keine Zähne mehr, du hast kein Fett, und Aborigines hängen nicht mitten in der Nacht in Londoner Krankenzimmern herum und rauchen – kapiert?«
Phar Lap hat mir zwar den großen Dienst erwiesen, diese kleine Ansprache in seinem bestmöglichen Standardenglisch zu halten, aber ich verstehe ihn noch immer nicht. »Was soll denn das heißen?«
»Nichts von alledem ist real, Lily. Nichts von Lily ist real. Nichts davon war es je. Schmeiß dein Lilysein jetzt weg, Mädel. Es steht dir nicht. Schmeiß es weg, oder geh noch einmal in ihm um wie in einem Satz alter Klamotten. Trag's noch einmal zu Markte. Wirf's noch einmal auf den Wühltisch. Kapiert?«
»Dann bist du also – nicht real?«

»Deine Scheißzähne, Frau, übaleg mal – deine Scheißzähne!« Das aggressive Strine ist wieder da. Er tritt seine Selbstgedrehte auf dem Linoleum aus, steht auf. Er trägt Stiefel mit seitlichen Elastikeinsätzen. Reitstiefel. Sie sind sehr staubig. Ich gebe mir die größte Mühe, an gar nichts zu denken – aber ich denke an meine Zähne. Ich denke an all das, was ich mit ihnen anfangen könnte, wie sie wunderbares Essen zerbeißen und zerkauen und zermahlen und zerkleinern können. Und ich denke an mein Fleisch – wie es gedrückt und gestreichelt und betastet und begehrt werden kann. Und Phar Lap sagt, ziemlich unerwartet: »Scheiß drauf, Mädel – zu spät.«

Tot

»Ich habe vor, mich ungefähr fünf Jahre nach meinem Tod zur Ruhe zu setzen.« Warren Buffet

7. Kapitel

Die Leiche auf dem Bett ist kindlich klein. In einer Hinsicht, das zeigt sich jetzt, hatte jeder recht. Der Anblick meines Körpers nach dem Tod rührt mich zum Selbstmitleid. Armes kleines Ich. Armes, kleines, altes Ich. Armes, kleines, altes, totes Ich. Es gab noch ein letztes »Hareuch –«. Einen unvollendeten Atemzug – wie ein Drink zuviel. Dann das letzte Zittern der blassen, eingefallenen Wangen. Dann nichts mehr. Der Digitalwekker blinkt 3:28, und es ist vorbei. Mein Leben ist vorüber. Dies muß der große Durchbruch in der Krebstherapie sein, auf den wir alle so lange gewartet haben. Jetzt, da es nicht mehr nötig ist, kommen sie, zwar nicht gerade gerannt, aber doch ziemlich eiligen Schritts zum Schauplatz. Die Junkietochter schorfig und schrundig in ihren schmutzigen Tagesklamotten, die normale Tochter geschäftsmäßig in prächtigem Pyjama und Galamorgenmantel. Mir einen zu bringen war ihr die Mühe nicht mehr wert, was?

Es war die tüchtige Schwester, die brünette, die sie benachrichtigt hatte. Sie wirkt ein wenig wie ein Majordomus – sie dirigiert diese burleske Todesszene. Überrascht sehe ich, daß sie sich über mich beugt und ihr Ohr an die schlaffe Tasche hält, die früher mein Mund war. Lauscht sie, ob ich noch atme, oder auf letzte Worte? Sie richtet sich wieder auf. »Ja, allem Anschein nach ist Ihre Mutter verschieden.«

»Oh«, erwidert Charlotte. Sie ist eindeutig geschockt – denn das ist ein gleichgültiges »Oh«, ein »Oh«, das jemand vielleicht von sich gibt, wenn er erfährt, daß man ihm eine Tasse Tee zubereitet hat. Schock ist das Mittel des Körpers, aus tiefgehenden Erfahrungen banale zu machen. Schock ist eine schlecht strukturierte

Erzählung. Der Nachricht, daß Tee bereitet wurde, folgt, wenn man so will, der Vorwand fürs Trinken.

»Ich habe Dr. Bowen angefunkt – sie hat Bereitschaft.«

»Oh – gut.« Und dann warten sie, sichtbar wippend – alle drei –, von den Fersen zu den Ballen und wieder zurück. Über diese zugegebenermaßen große Situation ist kein Smalltalk zu machen. Ich schätze, ich hätte auf eine gewisse Hysterie hoffen können – wenn schon nicht von der vernünftigen Tochter, dann wenigstens von der gefühlsüberschwenglichen Junkietochter. Aber sie ist eindeutig high. Sie kratzt sich immer, wenn sie high ist – und dann ist alles einfach rosig. Schartige Nägel, die rosige Haut ritzen. Bowen, eine Lesbierin Anfang Vierzig mit traurigem Gesicht, kommt auf flachen Sohlen leise daher. Am Revers ihres weißen Mantels hängt schwer ein Sammelsurium wütend protestierender Anstecker – SANE, MIND, MENCAP – jedes Scheißakronym, das ihr in die abgeknabberten Finger kommt. Sie ist ein bedauernswertes Ding. Ich weiß noch, wie sie mir einmal sagte, Onkologie sei nicht ihr »Ding«. Würde ich auch sagen, denn sie ist viel zu schlampig für einen guten Krebsarzt. Für den Krebs braucht man die Dienste einer flinken Klinge – wie Steel. Wie auch immer, die gute alte Bowen – oder Jane, wie sie genannt werden will – macht sich an mich ran. Sie zupft ein wenig am traurigen Sack meines Nachthemds, entblößt einen Teil meiner zerschnippelten Titten, legt dann ihr Stethoskop an. Schade, solange man stirbt, verschwenden sie Geld für die neumodischste Technik, aber wenn man tot ist, stecken sie sich nur einen Plastikschlauch ins Ohr und lauschen – auf nichts.

Bowen und die Schwester gehen eine Checkliste nicht mehr vorhandener Vitalfunktionen durch, und die Schwester hakt sie ab, mit je einem Schwung ihres Parker aus gebürstetem Stahl auf einem Klemmbrett. Dann gibt sie die Liste Bowen, die sie eher beiläufig unterzeichnet und mich murmelnd als »tot um 3:47« deklariert. Die Zeit verfliegt, wenn man körperlos ist. »Was passiert jetzt?« fragt Natty. Sie ist noch immer in der Schockphase

des Banalen, und die Frage klingt, als würde sie sich auf einen geplanten Ausflug beziehen – doch dem widerspricht der Rotz, der ihr aus der Nase trieft. Auch wenn sie high ist vom Heroin, leidet sie doch am Mutterentzug.
»Die Leiche Ihrer Mutter wird über Nacht hierbleiben, aber natürlich müssen Sie sich so schnell wie möglich um ein Bestattungsunternehmen kümmern. Hatte Ihre Mutter bestimmte Vorstellungen in bezug auf das, was sie wollte?«
Auf diese Frage lachen meine beiden Mädchen, aber es nicht das nervöse Kichern englischer Verlegenheit, es ist das schmutzige Glucksen jüdischen Zynismus, eins, das eigentlich von einer verächtlichen Wiederholung begleitet sein müßte: Hatte meine Mutter bestimmte Vorstellungen? Ist Paris eine Weltstadt, du Schmock? Aber soweit gehen sie nicht – keine von beiden hat die nötige Frechheit. »Nein, nein«, antwortet Charlie, »sie war eine ziemliche Atheistin und wollte nicht viel Aufhebens –«
»Ja«, mischt Natasha sich ein, »sie sagte, wir sollen sie einfach verbrennen und in einen Betonmischer kippen …«

Es ist komisch, aber während meine Töchter nun zum ersten Mal seit meinem Abgang etwas mich Betreffendes äußern, merke ich, daß ich mich in Bewegung setze, mich entferne, davonschlendere. Noch kann ich das fortdauernde Gespräch hinter mir hören, aber es ist ohne Bedeutung. Es ist wie die surrealistischen Gesprächsfetzen – »-eit für«, »-ürchtete, wir würden« »-ichtlicher Fehler« –, die man mitbekommt, wenn man sich einen Weg durch eine überfüllte Abflughalle bahnt. Ich bin aus der Todeskammer hinausgeschlendert und sehe, daß sie nichts anderes ist als eine verglaste, vom Rest der Station abgetrennte Kabine. Tod auf staatlichen Krankenschein, na ja, das muß einfach besser sein als Tod auf Ratenzahlungen. Der amerikanische Tod.
Ich gleite über den kühlen Steinboden der Station und betrachte mir die auf die Kissen geschmierten Gesichter, als plötzlich der Saum meines Nachthemds sich aufbauscht und ein Klappern

von Stein auf Stein zu hören ist. Ich schaue nach unten, und dort, zwischen meinen Knien, dreht sich ein winziges graues Männchen. Es ist nur ein paar Zentimeter groß und sieht aus wie ein Fötus, aber ein Fötus von ungefähr zwanzig Jahren. Neugierig bücke ich mich, um das Wesen zu betrachten. Sein winziger Mund öffnet und schließt sich, und als ich mich ganz zu ihm hinunterbeuge, kann ich hören, daß es singt: *»'Cause I lo-ove youu!/ I just like the things youu-doo/Wo-on't youu-do-the-things-youu-doo/ Nya-nya-nya-nya-nya-nya-nyaaa/Nya-nya-nya-nya-nya-nya-nyaaa!«* Ich bin nicht unbedingt schockiert – das wäre zu banal –, eher erstaunt. Dieses Erstaunen muß ein Damm in der Gegenwart sein, denn ich spüre, wie sich dahinter eine Flut der Ehrfurcht vor dem eben Vorgefallenen aufstaut. Ich denke. Ich bin ich. Ich bin tot.

Das graue Männchen hat blitzende schwarze Augen. Es ist ein guter Tänzer. Es trällert weiter sein albernes Liedchen und tänzelt zwischen meinen Knöcheln. Was zum Teufel kann das nur sein? »Na, hallo, Mädel. Das ist ein Lithopädion, ein kleines, totes, fossiliertes Baby von dir, yeh-hey!?« Das ist Phar Lap, der Aborigine, der bei mir war, als ich starb. Ich muß sagen, daß er mich während des Finales beträchtlich irritiert hat. Ich verstand nicht so ganz, woher er eigentlich kam – aber ich brauche wohl kaum zu erwähnen, daß es irgendwie religiös schien.

»Woher soll ich denn das wissen«, blaffe ich.

Aber Phar Lap achtet nicht auf mich, er kauert sich einfach hin und tippt dem Männchen mit der Spitze seines kleinen Fingers auf die Stirn. »Könnte viel schlimmer sein, weißte, Mädchen«, sagt Phar Lap Jones. »Viel schlimmer als der Knirps da. Du hattest doch keine Abtreibungen, oder?«

»Nein.«

»Totgeburten?«

»Nein.«

»Weil die eim ziemlich lästig um den Kopf herumbaumeln – und das ist noch das Harmloseste, hey-yeh?«

»Was soll das heißen?«

»Tote Föten, Neugeborene und so weiter. Bei Müttern, die Kinder haben, weißte, und die noch jung sind – klein, okay. Na ja, wenn so eine Frau stirbt, dann kommen sie zu ihr zurück – vastehste? Aber vastehste, hey, wenn die noch echt ganz klein sind, dann sind sie noch mit der Frau verbunden und baumeln an ihr, yeh-hey? Ältere Kinder, die hängen nicht mehr so viel bei der Mutter herum, und erwachsene gar nicht.«

»Wie im Leben?«

»Nein, nein, nicht wie im Leben ...« Er hält inne, um ein paar Krankenschwestern vorbeizulassen. »Im Leben reißt der Tod eine Familie auseinander, yeh-hey? Aber jetzt treibt er alle wieder zusammen. Ich frag mich, was dir besser gefällt. Wie auch immer, du hattest ein totes Kind, nicht?«

Wie typisch für das Leben – man muß verdammt noch mal sterben, damit irgend jemand über die Sachen redet, die einem wirklich Kummer bereiten. Er ist wie ein umgedrehter Pilz – dieser Phar Lap Jones – mit seinem weißen Hut und dem schwarzen Stiel. Dennoch, seine stille Beharrlichkeit ist faszinierend. Wir haken uns unter, ohne daß unsere Arme sich berühren, und er führt mich, als hätte er ein Pferd an der Leine, mit wippender Hutkrempe und wangenschmatzenden Klicklauten, zur Treppe. Wir gleiten hinunter, folgen den schmutzigen Windungen des vergammelten Königlichen Ohrs und reden dabei über David junior.

Das Fehlen von Körperkontakt verstehe ich – kein Schmerz, keine Berührung. Die Gleichgültigkeit des Personals, an dem wir vorüberkommen, verstehe ich auch – keine Berührung, kein Schmerz, keine Schmerzmörder, die durch die Nacht schleichen. Dieses Bewußtsein nach dem Tod – nun, offensichtlich habe ich da einen riesigen Bock geschossen. Diese schmerzvolle, peinliche Welt, durch die ich mich, falsch lächelnd, hin und wieder ausflippend, gepeinigt von irrationalen Ängsten, geschleppt habe – das war das Fegefeuer. Und das hier? Das muß der Himmel sein.

Vorbei an Postern, die bevorstehende Veranstaltungen in den Welten der Schwangerschaft, des Wahnsinns, der Zahnkaries und der Drogensucht ankündigen. Durch leere Wartebereiche, wo Wasserkühler nachsichtig blubbern. Dann vorbei an den gequälten Gemälden, die die Krüppel malten, und den faden, pastellenen Aquarellen überall. Schließlich vorbei an dem über seiner Zeitung eingenickten Wachmann und hinaus auf die Straße. Ich senke den Kopf, um zu sehen, was aus dem Lithopädion geworden ist, aber das hält gut mit, denn es hat den Saum meines Nachthemds gepackt und schwingt sich von Schritt zu Schritt. Ein winziger Tarzan.

Bis wir ins Freie treten, denn da merke ich plötzlich, daß mein Nachthemd auf geheimnisvolle Weise mit der Nacht verschwunden ist, und ich, nackt und schlaffhäutig, im hereinbrechenden Morgen auf der Straße stehe. »Oj!« rufe ich Phar Lap zu, der sich einhändig eine Zigarette dreht. »Was ist denn das alles?« Das alles ist all diese schwabbelnde Zellulitis, all diese schwammigen Pfunde, die der Krebs weggeschnippelt hatte. All dieses *Fett.* Ich hatte mir nicht vorgestellt, daß ich nach dem Tod pummelig sein würde. Rundlich inmitten der Schatten.

»Du kannst es nicht mitnehmen, Mädel.«

»Nicht das Nachthemd – das da.« Ich zeichne dicke Rundungen mit den Händen, um ihm zu zeigen, was ich meine.

»Ach, yeh-hey! Das wirst du behalten. He! Nicht ganz so ätherisch, der Körper, yeh-hey?«

Das verstehe ich nicht – aber ich rede weiter auf ihn ein. »So, wie ich jetzt aussehe, kann ich nirgendwo hingehen« – was absurd ist, das habe ich jahrelang getan, wir sind alle nackt unter unseren Kleidern. »Und überhaupt – *wo* gehen wir eigentlich hin?«

»Dulston.« So ähnlich.

»Dalston?«

»Nein, *Dul*ston.«

Dulston, aha, und ich dachte, ich würde die Namen der meisten Londoner Vorstädte kennen – auch die der allerunwichtigsten.

Ich hoffe nur, daß es dort nicht so ist, wie der Name klingt, nämlich *dull* – langweilig. »Was tun wir dort?«
»Dort wirste wohnen, Lily, Mädel. Dort is deine neue Wohnung. Aber jetzt genug von dem Geschwafel – hier ist das Taxi.« Und wirklich hält ein Taxi am Bordstein. Es ist eine ungepflegte, mittelalte viertürige Limousine. Ein Ford Granada oder so etwas in der Richtung. Als junge Frau interessierte ich mich noch für Autos. Autos wie den Achtzylinder-Buick, den ich in den späten Vierzigern hatte und der einen steilen Hügel mit neunzig im Dritten hochfahren konnte. Große Autos wie feurige Männer, die unter mir lagen, und die ich beide mit meinen Füßen, meinen Waden, meinen Schenkeln, meinen Händen kontrollierte. Die Männer wurden älter und weniger kraftvoll. Die Autos kleiner. Und ich gab beide Bewegungsarten auf.
Der Fahrer dieser Kiste ist ein griechischer Zypriot. Das erkenne ich an der Ikonostase auf dem Armaturenbrett. Winzige, goldgerahmte Bilder von verschiedenen Heiligen, Madonnen und Patriarchen, alle miteinander verbunden durch ein Gewirr aus Weihnachtsbaumleuchtschnüren und Rosenkränzen. Auf der Hutablage des Autos liegt einer dieser nickenden Hunde, ein schwarzer mit drei jasagenden Köpfen. Der Zypriot hat eine fettige Tonsur, ein braunes Hautetikett, das in schütteren Haaren klebt. Er grinst, und altmodische Busukimusik klimpert aus den Lautsprechern. Alle Sitze im Auto haben diese Holzperlenauflagen, als wäre es ein orthopädisches Transportmittel für Rückenkranke, für Leute, die sagen: »Mein Rücken bringt mich um«, als wäre er ein verdammter Krebs.
Phar Lap klappt sein langes Gestell in den Beifahrersitz, und ich nehme im Fond Platz, zusammen mit dem Lithopädion, das mit einem sauberen Salto vorwärts in die Sitzmulde springt. Ich allerdings nicht, ich muß ins Auto steigen, wie dicke Leute es tun, seitwärts, einen Fuß provisorisch vorausgestreckt. Für uns Dicke ist jeder Schritt ein Test, wir müssen herausfinden, wer zuerst nachgibt, die jeweilige Trittfläche oder wir.

Kein Ziel wird genannt, und doch legt der Zypriot den Gang ein, fährt los, und wir rollen sanft die Huntley Street hoch. Aber erst als wir aus dem Grafton Way in die Tottenham Court Road einbiegen, bemerke ich so langsam, wie komfortabel dieses Auto ist, wie es dahingleitet – eher wie ein Flugapparat denn ein großstädtischer Schlaglochrumpler.

Aber dann dämmert es mir, ich habe vergessen, daß ... »Ich kann nichts spüren«, rufe ich Phar Lap zu, dessen Gesicht im Rückspiegel nicht zu sehen ist. Der Taxler schaltet den Kassettenrecorder aus.

»Wirste auch nicht«, knurrt mein Mentor.

»Ich meine ... es ist komisch ... aber ich kann mein Inneres spüren ... die Anordnung meiner Körperteile ... Und ich kann sehen, wie mein Körper in diesen Sitz paßt, aber es ist, als würde er auf der Oberfläche *ruhen* und sich nicht ins Polster drükken.«

»Mhmh.«

»Was?«

»Ja, stimmt schon, Lily-Mädel. Hast eben keinen physischen Körper mehr, Kleene, nur so 'nen *ätherischen*, yeh-hey? So 'nen ätherischen. Der kann kein Licht reflektieren. Kann keinen Schmerz und keine Lust empfinden. Er schläft und riecht nicht. Braucht nichts zu futtern. Nichts zu saufen. Und das da auch nicht.« Wie ein obszöner Schuljunge klopft er sich mit der flachen Rechten auf die zur Röhre gekrümmte Linke. »Es geht nur noch um Nix-is.«

Ich überlege einen Augenblick, bevor ich erwidere: »Aber kein Schmerz, richtig?«

»Genau, Mädel – kein Schmerz. Wenigstens vorerst nicht.«

Also haben wir alle gewonnen – und jeder bekommt einen Preis. Der meine ist der zertrümmerte Krebs, seine Scheren sind ausgerissen und liegen neben dem weißen und braunen Brei seines Fleisches. Kein Schmerz. Ich finde das ein exzellentes Geschäft. Es fühlt sich an wie eine große Taubheit, eine Ganzkörperdosis

Supernovocain, eine Epiduralanästhesie für alle Ewigkeit. Ich liebe es.

Am schlichten Riegel des Euston Tower dreht das Taxi um neunzig Grad und gleitet die Euston Road hinunter, und dann sehen wir das abweisende Wellcome Institute vor uns. Wie oft bin ich auf dem Weg zur Arbeit hier schon entlanggetrottet. Eine fette, bürgerliche Tütendame, beschwert von einer Barnes&Noble-Büchertasche voller Kultur aus zweiter Hand und fiesen, kohlehydratreichen Snacks. Die staubige Stadtluft fährt mir unter den Rock, bläst mir Schrapnelle in die Augen. Die Prothese zusammengebissen vor all der Künstlichkeit meiner Bemühungen.

Zahnprothese? Von Zähnen träumen. Wieder von Zähnen träumen. Ich habe meine eigenen Zähne wieder – das zumindest kann ich spüren. Meine eigenen gefüllten, überbrückten, schrecklich unregelmäßigen Beißerchen. Eine klaffende Idiotenkauleiste – kaum wert, dafür zu sterben. Man hätte sie überhaupt nicht herausnehmen sollen, aber verdammt, das tat man eben, bevor das Trinkwasser mit Fluor versetzt wurde. Sie rissen sie dir raus, ohne dich lang um Erlaubnis zu fragen. Eltern schenkten ihren aus dem Mund stinkenden Kindern Gebisse zum einundzwanzigsten Geburtstag. Der Schlüssel zur Tür, die wegführt von der Mundfäule. Vor allem die Juden – als ahnten wir einen bösen Bedarf nach vergammeltem Schmelz für neue üble Duschkabinen voraus. Damals hatte ich also keine Zähne und einen großen Appetit. Jetzt habe ich Zähne und keine Verwendung dafür. *Quelle blague.*

»Was grübelste denn, Mädel?« Phar Lap dreht sich und zeigt mir seine gelben Augäpfel, seine gelben Zähne. Aborigines sind – im Gegensatz zu afrikanischen Schwarzen – völlig matt, ihre Haut hat nichts Öliges. Auch nichts Fahles. Einfach nur mattschwarz. Sie sind eindeutig die ethnische Minorität, nach der die Achtziger sich sehnten.

»Über dich denke ich nach.«

»Wassis mit mir?«

»Was bist du denn eigentlich?«
»Wie gesagt, Lily. Wie ich dir dort drüben schon gesagt habe – ich bin dein Todesführer, Mädel.«
»Na, dann führe mich. Wo zum Teufel fahren wir eigentlich hin?«
»Do you know where you're going to?/Do you like the things that life is showing you?/Do you know?« Das kommt vom Lithopädion, das auf der äußersten Kante des Rücksitzes hockt und es tatsächlich schafft, die Kalkbeinchen *baumeln* zu lassen. Wenn wir ankommen, muß ich mit ihm ein ernstes Wörtchen über sein Verhalten reden.
»Wie gesagt, Mädel – wir fahren nach Dulston; dassis ein Vorort wie jeder andere auch, yeh-hey?«
»Und wo liegt Dulston?« Das Taxi ist auf die Pentonville Road eingebogen. »Ich meine, es sieht aus, als würden wir in Richtung Dalston fahren.«
»Ja, schon. Es liegt direkt daneben, weißte. Ist ein ziemlich dünner Distrikt, yeh? In einem Augenblick biste auf der Kingsland Road, im nächsten biegste in die Dalston Lane ein. Wennde nicht fix bist, kannste Dulston leicht verpassen.«
»Dann liegt es also zwischen Islington im Westen und Dalston im Osten?«
»Genau.«
»Und was liegt im Süden?«
»Auch Dalston.«
»Und im Norden?«
»Stoke Newington.«
»Das ist doch Blödsinn. Zwischen diesen Stadtteilen liegt überhaupt nichts. Außer es ist so ein Viertel, das irgendwie künstlich von Immobilienmaklern kreiert wurde.«
»Könnte sein. Könnte aber auch sein, daß du London nicht ganz so gut kennst, wie du glaubst.«
»'tschuldigung – aber wie gut kennst du es denn, hm?«
Phar Lap zögert eine Weile mit der Antwort. So lange, daß wir in die Varnsbury Road einbiegen und am Metropolitan Cab Office

vorbeifahren. So lange, daß ich zu dem Schluß komme, daß das nicht die Route ist, die ich nach Dalston nehmen würde, wenn ich am Steuer säße. Ich würde nach Norden fahren und dann über den Archway – und einen Zwischenstop in Jack Harmsworths gemütlicher, muffiger Wohnung im Obergeschoß des Pfarrhauses an der Hornsey Lane einlegen. Der würde bestimmt noch seinen Ginrausch von der letzten Nacht ausschlafen, wenn ich mich auf Zehenspitzen hineinschliche. Ich müßte ihm die Flasche aus den blauen Händen zerren. Trotzdem weiß ich, daß er froh wäre, mich zu sehen, und wir würden eine Tasse Kaffee miteinander trinken. Oder ich würde von hier aus nach Süden fahren, durch Covent Garden, und in Emmas schicker Wohnung an der Bow Street vorbeischauen. So früh am Morgen war ich noch nie bei ihr – ich wette, sie schläft mit einem der Teddys, die sie sammelt, im Arm, als wäre er ein winziger, pelziger Liebhaber.

Was denke ich da eigentlich? Keine von diesen Routen nach Dalston – oder Dulston – ist auch nur annähernd direkt. Außerdem bin ich in den letzten Jahren überhaupt nicht mehr gefahren. Meine alte Rostlaube habe ich Natasha geschenkt, die sie, wie vorauszusehen war, zu Schrott fuhr. Und überhaupt besuche ich diese Leute nie überraschend. Nicht um diese Zeit – niemals. Wie die spießigen Engländer es sagen würden: So etwas tut man nicht.

»Ich kenne London gut genug. Weißte, Lily, ich bin ein traditioneller Typ, yeh-hey? Ich singe noch die Lieder. Also, ich kam damals für die Zweihundertjahrfeier hierher, yeh?«

»Die australische Zweihundertjahrfeier?«

»Ja. Vielleicht. Auf jeden Fall, als ich für die Zweihundertjahrfeier hierher kam – weil doch jemand mal drauf hinweisen mußte, was für ein beschissenes leeres Gewäsch das Ganze ist –, hab ich meinen *kayan* auf den Teppich gelegt, hab einmal an meiner Rassel gedreht und bin tot umgefallen, hey? Einfach tot umgefallen. Herzinfarkt.«

»Und wann war das?«
»Januar, so in der Gegend.«
»Januar? Du bist erst seit Januar in London?«
»Genau.«
»Und du willst mir weismachen, daß du dich in der Stadt auskennst?«
»Wie gesagt, Lily, ich bin eher 'n traditioneller Typ. Ich mußte also herausfinden, wie die Stadtlieder gehen, weißte –«
»So how can you tell me you're lo-one-ly, and say for you that the sun don't shine/Let me take you by the hand and lead you through the streets of London ...«, krähte das Lithopädion, aber wir beachteten es nicht.
»Mußte durch die Stadt spaziern. Herausfinden, was sie in Schwung hält, yeh-hey?«
»Sind Sie tot?« Ich beuge mich vor und frage das den zypriotischen Taxifahrer. Ich wollte ihm sagen, er soll bei der Liverpool Road abbiegen, aber ich fürchte, meine Richtungsangaben bringen auch ihn nicht viel weiter.
»Ich – seit vier Jahren«, erwidert der Mann und schlägt sich mit der Faust auf die Brust, als wäre er stolz auf diese Leistung. »Unn heißen tue ich Costas – wennse nichts dagegen haben.«
»Sie müssen ... Sie müssen ...« – Ich kann nicht glauben, daß ich etwas so Banales sage, aber es trieft mir trotzdem von den Lippen – »... sie sehr vermissen?« Inmitten der leeräugigen, aureolierten Köpfe auf dem Armaturenbrett stehen Schnappschüsse von krausköpfigen Kindern, die aus Spitze, Taft und anderen Rüschen herauslächeln.
»Nicht wirrrklich« – er rollt ein teuflisches r –, »jetzt, wo ich tot bin, sehe ich mehr von ihnen als damals, als ich noch am Leben war.«
»Und – können sie Sie auch sehen?«
»Nee-nee – das will ich ihnen nicht antun – sind ja noch kleine Kinder. Will ihnen ja keine Angst einjagen. Aber – ihre Mutter, dassis was anderes.«

Ich will dieses Thema noch ein wenig weiterverfolgen, aber Costas muß ein kniffliges Manöver durchführen, das ich selber nur zu gut kenne: seitlich am Bahnhof vorbei, um Highbury Corner herum einen Haken schlagen und weiter auf die St. Paul's Road. Als wir dann an der Kreuzung mit der Essex Road wieder stehenbleiben, habe ich zwar nicht ganz das Interesse verloren, bin aber in einen Zustand verfallen – *faute de mieux* –, den ich nur als farblose Dummheit der Gleichgültigkeit bezeichnen kann. Ich war sowieso immer der Meinung, daß London genau das ist – eine farblose Dummheit der Gleichgültigkeit. Nicht einmal diese zitronige Morgendämmerung des späten Frühlings, in der das Sonnenlicht allem ein Janusgesicht aus Dunkel und Licht verleiht, gewährt Erlösung. Die Stadt ist eine Kruste auf einem Schorf, Zigarettenasche, die auf Zigarrenasche geschnippt wurde. Reihe um Reihe gedrungener, unheilbar verzogener viktorianischer Stadthäuser, zwischen die sich hier und dort beschissene Sozialblocks gedrängt haben. Die Einkaufspromenaden sind nicht prunkvoll genug, um diesen Namen zu verdienen. Hin und wieder zwängt sich ein Dreieck, ein Viereck oder ein Trapez umbauter Grünfläche zwischen die Backsteinberge, schmutziger Rasen, reserviert für das verlorene Spiel des Lebens, mit Abseitstorpfosten in den verpißten Ecken.

Fünf Uhr morgens, und die Stadt dreht sich in ihrem lehmigen Flußbett und spürt den Riesel verschwitzten Ruhens. Fünf Uhr morgens, und die menschliche Gemeinschaft reibt sich den Papp der Urbanität aus den glasigen Augen, furzt das Gas der öffentlichen Unversorgtheit und gähnt asthmatisch, um unter Mühen einen neuen Tag einzuatmen. Flugzeuge voller verschlafenen Staubs landen in Heathrow. Terminaler Morgen im internationalen Terminal. Bilde ich mir das nur ein, oder ist diese Straße noch holperiger und unebener als gewöhnlich? Zugegeben, ich bin diese Strecke nur zu Werktagszwecken gefahren oder aus Gründen gnadenloser Fürsorge. Wenn ich in irgendwelche Dreckslöcher mußte, um meine Junkietochter aufzugabeln, sie von den

Teppichen von »Freunden« hochzustemmen. Oder sie in Krankenhäuser zu bringen, um sie dem Tod zu entreißen, wenn sie sich gegen den unerträglichen Schmerz ihres bürgerlichen Wohlstands anästhesiert hatte.

Trotzdem kenne ich die Balls Pond Road – wer nicht? Und das ist sie nicht. Das ist eine weitere Unterabteilung der polarisierten Stadt – mit ihren Armen im Osten, ihren Reichen im Westen. Die Häuserreihen sind noch verzogener – sie schielen richtig, ihre Eingangstreppen zerkrümeln, und Ziegeldächer schuppen sich wie grindige Schädel. Die kleinen Sozialsiedlungen wirken noch kleiner, ihre roten Plattenwege sind nur Bunkerschlitze, aus denen heraus die Bewohner – sollten sie überhaupt dazu in der Lage sein – gleichgültig die farblose Dummheit der Stadt um sich herum betrachten können. Und die Läden – bilde ich mir das nur ein, oder sind sie schäbiger denn je, mit weniger Waren im Angebot und in den verschmierten Fenstern kaum noch Werbezettel, die völlig nutzlose Dienste anbieten?

Phar Lap Jones sitzt auf dem Beifahrersitz, die scharfen Knie gegen das Armaturenbrett, die scharfen Schultern in die Rückenlehne gedrückt, und die Krone seines weißen Stetson schwebt über der schwarzen Krone der Straße. Ab und zu dreht er sich um, schiebt seine Sonnenbrille zurecht und betrachtet mich mit weltweiser Freundlichkeit. Costas fährt überraschend schwungvoll für einen Mann, der bereits seit Anfang der Achtziger tot ist, er reißt das Steuer nach links und nach rechts, packt energisch den Ganghebel und schiebt seine Masse nach vorn auf die Pedale und dann wieder nach hinten in den Knubbelsitz. Das Bündel Devotionalienkitsch am Rückspiegel baumelt hin und her. »Wie kann er fahren«, frage ich Phar Lap, »wenn er immateriell ist – oder ist sein Körper nicht so ätherisch wie der meine?«

»Yeh-hey. Na ja, wirst langsam neugierig, Mädel – und weißte, du erfährst schon noch alles. Das Leben haste auch nicht an einem Tag gelernt – mit dem Tod ist es nicht anders.«

Nicht nur Costas fährt mit beträchtlichem Ungestüm, es gibt auch andere Fahrzeuge, die es genauso machen – sie starten durch in den Flaschenhals Islingtons. Abgesehen von einem gelegentlichen trödelnden Milchwagen oder einem durchrauschenden Schwerlaster haben diese Dämmerungsraser die Straßen für sich. Soweit ich das sehen kann, werden sie alle von Costas Brüdern gesteuert, und sie alle haben nickende Zerberusse auf der Hutablage, und sie alle transportieren frisch verschiedene Fahrgäste. Fords voller Infarkte, Toyotas beladen mit Tachykardien, Vauxhalls befrachtet mit Valvulitiden. Ich vermute, daß sie einander nicht den Schneid abkaufen wollen – denn es gibt ja nichts mehr, vor dem sie Angst haben müßten. Ein Datsun von so verrosteter Altertümlichkeit, daß seine Karosserie von einem einheitlichen oxidierten Orange ist, schert nur Zentimeter vor uns ein, als wir vor einer roten Ampel bremsen. Doch anstatt zu hupen oder zu schreien, lacht Costas nur und sagt: »Das ist Spiro – der ist aber forsch heute morgen!« Dann fährt er neben die Karre. Der Datsun hat ebenfalls Holzperlenauflagen auf den Sitzen und einen weiteren Griechen hinterm Steuer. Im Fond sitzt ein käsebleicher Mann, der sich an die Kopfstütze des Fahrers klammert. Er hat eine Heidenangst, sitzt wie auf Schpilkes.

»Siehst du das, Mädel?« fragt Phar Lap. »Noch ein Neutoter.«

»Das habe ich mir fast gedacht, aber wohin fahren sie?«

»Hey-yeh, Mädel – du weißt doch, im allerletzten Taxi gibt's nur ein Ziel –«

»Dulston?«

»Genau.«

»Und ... das ist es?«

Wir haben die Balls Pond Road verlassen, sind eine Einbahnstraße hinuntergesaust, haben vor einem alten viktorianischen Pub – der aussieht wie ein Wasserwerk und auch so heißt: The Waterworks – gewendet und stehen jetzt an einer Kreuzung neben einer Tankstelle. Ihr ölfleckiger Vorhof ist wie ein schmutziges Diagramm der Welt. Und mein Todesführer erwidert: »Das ist es.« Er hebt einen von einem Paar großer, schwarzer Bumerangs, die er zwischen seinen Sitz und die Tür gesteckt hat, und zerschneidet mit geschickten Bewegungen die Luft. »Dort ist das Café. Alle Fahrer halten hier, yeh-hey? Müssen was zu mampfen kriegen – war 'ne lange Nacht für uns alle, hey-yeh?«

Das Café befindet sich unter einem der Brückenbögen einer Vorstadtbahn. Es sieht aus wie eine Nissen-Hütte und ist – wie ich annehme – voller Dampf und Gerüche. Aber alles, was ich von außen sehen kann, sind weißgetünchte Fenster mit aufgeklebten Pappkartonsternen – wahrscheinlich Menüvorschläge. Costas stellt das Auto auf dem asphaltierten Vorplatz neben ungefähr zwanzig ähnlichen Fahrzeugen ab – rostende Fords, Vauxhalls, Toyotas und Mitsubishis. Alle haben dünne, mit Streifen alter Plastiktüten geerdete Antennen auf dem Kofferraum. Über das vorquellende Mauerwerk der Brücke, das Mörtel und Vogelscheiße weint, schlängelt sich das Graffito: GEORGE DAVIS WAR SCHULDIG – UND JETZT IST ER TOT. Wir steigen aus, mein versteinerter Fötus springt hinter uns her und klammert sich an meinen Fuß. Ich weiß nicht, was mich mehr ärgert – das Lithopädion oder meine barärschige Nacktheit. »Mein Gott, Phar Lap«, sage ich, »ich kann doch nicht so da reingehen!«

Costas kommt zu uns gewatschelt. Er ist noch fetter als ich – und kein Mensch hat ihn je über die optisch ungünstige Wirkung von quergestreiften T-Shirts informiert. Er ist so haarig, daß er Nasenlocken hat. Er ist einer dieser häßlichen Menschen, deren Anblick mich immer glücklich machte, als ich noch am Leben war. Er öffnet den Kofferraum, und dort liegt in einem öligen Durcheinander ein einzelner trauriger Samsonite, genau wie der, den Charlie für mich gepackt hatte, als ich ins Königliche Ohr kam – nur daß dieser hier brandneu ist. Ich öffne ihn. Drinnen liegen eine große, weiche Altfrauenunterhose, ein ebensolches Unterhemd, ein ebensolches zeltförmiges Kleid (»Nicht den Wigwam, Mumu«, jault Natty seidig in meinem Innenohr) und ebensolche Treter für zerhackte Füße, die angeschwollen sind von einem halben Jahrhundert des Stillstehens. Und diese ganze erbärmliche Ausrüstung für dieses – mein größtes – Abenteuer ist brandneu. Alles. Und das macht es um so trauriger. Ich ziehe das Kleid von seinem Miniaturbügel, dekantiere die Schuhe aus ihrem Karton, reiße Unterwäsche und Strumpfhose aus Zellophan. Dann ziehe ich mich ungeniert vor den dunklen Augen der toten Männer an.

Costas geht voran in das Türkische Bad von einem Café. Dampfstöße aus einer Kaffeemaschine auf der Resopalanrichte führen einen gewaltigen, aber wirkungslosen Kampf gegen die Krakententakeln von etwa fünfzig qualmenden Kippen in etwa fünfzig qualmenden Gesichtern. Alle Tische sind dicht besetzt, zwanzig Spielkartenformen, ausgebreitet für ein Spiel Impatience. An jedem sitzt ein so ungleiches Trio, wie Phar Lap, Costas und ich es sind. Die Neutoten sind leicht zu erkennen – wir alle sehen zugleich verwirrt und erlöst aus. Erlöst vom Schmerz – ob es der Hammerschlag gewaltsamer Auslöschung, der schnell-schnelllangsam huschende Krebs oder der Blitz eines Hirnschlags ist – und verwirrt über die unerhörte Langweiligkeit des Lebens nach dem Tod. Die Charon-Darsteller sind ohne Ausnahme griechische Zyprioten. Sie alle tragen Schmerbauch und Knitterhose, machen brennende Punkte mit ihren Zigaretten und quasseln laut. Sie lehnen sich auf ihren Stühlen zurück oder beugen sich vor oder wippen auf ihnen vor und zurück, wie Autojockeys es eben tun, wenn sie nicht im Sattel sitzen.

Ich flüsterte Phar Lap zu: »Warum sind die allerletzten Taxifahrer alle griechische Zyprioten?«

»Yeh-hey. Na ja – das bietet sich eben an, weißte. Um Dulston herum gibt's 'ne große Gemeinde von diesen Kerlen – in Dalston, Homerton, Hoxton, Clapton und auch in Hackney –, sie kennen die Gegend, weißte. Also kriegen sie die Fuhren. Trotzdem, es hat sich einiges verändert – früher waren alle Fahrer richtige Cockney-Taxler, aber in den letzten zehn Jahren wurde der Tod ein bißchen dereguliert. Yeh-hey?«

Ich folge ihm zu einem freien Tisch. Unser Trio – schwarzes Gesicht, braunes Gesicht, bleiches Gesicht – setzt sich zu den Flaschen mit roter, brauner und gelber Soße. Die Taxler sind ja noch auszuhalten, aber mit den versammelten Todesführern habe ich so meine Schwierigkeiten. Diese Typen sind alle verdammte Freaks. Indianer mit Lippenpflöcken von der Größe ihrer Frühstücksteller, buddhistische Mönche in safrangelben Gewändern, samojedische Schamanen in paspelierten Roben aus Rentierfell, koreanische Taoisten in glänzendschwarzen Origami-Hüten, Wolof-Medizinmänner in Ebenholzmasken, Cargo-Kult-Anhänger aus dem Stamm der Dayak mit Weidenhüten auf den Köpfen und mehrere Doppelgänger des Baron Samedi, alle in schwarzen Voodoo-Anzügen. »Zu welcher Gemeinde gehören *die* denn?« frage ich. »Was haben diese Typen gemeinsam? Nichts, außer daß sie irgendwelchen verdammten Geistern huldigen anstatt dem mächtigen Dollar.«

»Yeh-hey.« Die Antwort habe ich erwartet. »Da haste schon recht, Lily, mein Mädel. Der ganze Haufen hier – wir kommen größtenteils aus traditionellen Völkern, wie man sagt, yeh-hey? Anscheinend kommt ihr aus dem Westen nicht zurecht mit dem Tod, der *ungud*, dem Nix-Is. Außer ihr habt einen von uns als Führer. Weißte – wennde an nichts glaubst, dann brauchste anscheinend Führer, die ans Jenseits glauben, vastehste?«

»Ähm ... Glaub schon.«

»Nein, tust du nicht. Sagst es bloß so, Lily-Mädel. Aber du hast ja auch das helle Licht noch nicht erblickt. Hier wirste's auch kaum, aber dafür ist noch genug Zeit. Jetzt laß uns erst mal essen. Was willste?« Er deutet mit einem großen schwarzen Bumerang auf die Pappkartonsterne, die mit Tesafilm an die Fensterscheibe geklebt sind. Sie preisen die üblichen ekligen Eiermutationen an (zu Scheiße pochiert, gebraten, verrührt), Würstchen, Speck, Bohnen, schwarzen Pressack, weißen Pressack, Fruchtsalat aus der Dose, eine Scheibe Toast, zwei Scheiben, weiße Bohnen in Tomatensoße. Das eine Frühstück heißt »Komplettes Engli-

sches«, ein zweites »Komplettes Irisches«, ein drittes »Komplettes Totes«.
Als ich Ende der Fünfziger in London eintraf, bekam ich schon von dem Namen »Komplettes englisches Frühstück« Sodbrennen. Ihn nur auszusprechen hinterließ bei mir einen Schmierfilm auf dem Gaumen. Allerdings, in diesen Tagen – so kurz nach der Rationalisierung, daß der Bauch sich noch daran erinnerte – bedeutete ein Frühstück im Café für gewöhnlich »Tee und zwei Scheiben«. Zwei Scheiben dünnes weißes Brot, zwei leblose Weizenlappen, beschmiert mit Margarine. Um Ihnen die Wahrheit zu sagen, die Engländer *liebten* die Rationalisierung. Es war das einzige, was sie davon abhielt, anzuschwellen und zu zerplatzen – bei den Unmengen von Kohlehydraten, die sie früher zu essen gewohnt waren. Auch wenn es unnatürlich erscheint, aber mit der Zeit wurde ich unempfindlich gegen dieses unappetitliche Auskleiden der Magenwände mit einer dicken Fettschicht, ja, ich gewöhnte mich sogar daran. Wie ein Kanalschwimmer stürzte ich mich in das kabbelige Binnenmeer meiner Neurosen, mit vollem Elan, gierig, fettbeschmiert.
Aber die Vergangenheit ist eine andere Vorratskammer. *»Would you like breakfast in America?«* säuselt das Lithopädion. Ich hatte es ganz vergessen, aber natürlich ist es hier, es hockt auf dem Tisch zwischen den Soßenflaschen.
Phar Lap ignoriert es. »O Gott, Lily – was willste, Mädel?«
»Was empfiehlst du mir?«
»Ich würde das Komplette Tote nehmen –«
»Sie *nehmen* das Komplette Tote«, wirft Costas dazwischen, »weil ihr das immer nehmt.« Der Taxler zündet sich eine Benson&Hedges an und bläst mir blauen Rauch ins Gesicht.
»Na gut, dann das Komplette Tote«, murmle ich, und Phar Lap streckt drei Finger in die Höhe, ein Signal, das von dem Kerl mit der mächtigen Brust, der die Kaffeemaschine bedient, sofort verstanden wird, denn er ruft zurück: »Drei Komplette Tote – werden sofort exhumiert!« Aber ich ignoriere das, denn ich bin kurz

davor, Costas wegen seiner Gefühllosigkeit zu strafen, bläst er doch den Rauch in das Gesicht einer Frau, die erst vor ein paar Stunden an Krebs gestorben ist; aber dann fällt mir auf, daß der Rauch weder die Schleimhäute reizt noch in den Augen brennt – er *riecht* nicht einmal.

Gar nichts riecht mehr. Mit geblähten Nasenlöchern ziehe ich die verschmutzte Luft des Cafés ein – aber da ist kein Geruch. Absolut keiner. Nicht nach Fett, nicht nach Ei, nicht nach verdorbenem Fleisch – keine Ausdünstung, kein Gestank, Nix-is.

»Phar Lap«, sage ich, »ich kann nichts riechen.«

»Wassis, Lily-Mädel – yeh-hey?«

»Ich kann nichts riechen.«

»Nein, kannste nicht – und wirste auch nicht. Bist tot, Mädel. Wie gesagt – du hast jetzt 'nen ätherischen Körper. Der hat kein Spiegelbild. Er wird nicht müde. Er hat keine Bedürfnisse, braucht kein Essen, kein Bumsen, gar nichts – vastehste? Deshalb auch kein Geruchssinn – wozu denn riechen, Mädel, vastehste? Yeh-hey?«

»Aber das Frühstück – wozu brauche ich ein komplettes totes Frühstück? Und überhaupt – was soll ich denn damit machen?«

»Wirst schon sehen.«

»Ja – wernse schon sehen«, ergänzt Costas und sticht mit seiner Kippe in die Luft, »das is alles, was Sie von jetzt an tun werden, Lady – sehen. Wenn man tot ist, geht's nur ums Sehen und ums *Hören.*«

Und ich sehe – ich sehe wirklich. Ich sehe die kompletten toten Frühstücke kommen, der Cockney-Mann mit der mächtigen Brust bringt sie, einen Teller in jeder Hand, den dritten auf dem rechten Handgelenk, und am linken baumelt ein Plastikeimer. Ich sehe, daß unter jedem Tisch ein Eimer steht und daß alle Totenführer ihr komplettes totes Frühstück mampfen; sie kauen es tüchtig durch und spucken den Brei dann in die Eimer – nicht immer mit allergrößter Präzision. Angesichts dieser Würgeorgie

sind die Neutoten alle ziemlich grün im Gesicht – und ich vermutlich auch. »Um Himmels willen, Phar Lap, das tut ihr also anstelle von essen?«
»Ja«, sagt er, spießt ein Würstchen auf und schiebt es sich rein.
»Aber warum – warum macht ihr euch überhaupt die Mühe?«
»Ritual, Lily-Mädel. Ich – ich esse nur, wenn ich jemanden herbringe, aber die andern, verdammt, die müssen die Ewigkeit hier in Dulston zubringen, warum also nicht essen – auch wenn sie es nicht schlucken können.«
»Und rauchen«, ich wende mich Costas zu, »warum raucht ihr überhaupt?«
»Habense mal geraucht, Lady?«
»Geraucht? Natürlich habe ich geraucht – deswegen bin ich ja verdammt noch mal tot!«
»Okay, okay – aber habense je im Dunkeln geraucht?«
»Gelegentlich.«
»Aber nicht oft – oder?«
»Nein, glaube nicht.«
»Genau – weil man ihn nämlich sehen muß, klar? Den Rauch sehen. Rauchen ist ebensosehr sehen wie spüren, warum also nicht rauchen – wollense eine?«
Auf eine B&H habe ich viel mehr Lust als auf das Komplette Tote – das übrigens genau dasselbe ist wie das Komplette Englische –, und deshalb nehme ich mir eine, und Costas gibt mir Feuer. Der Rauch spielt schmerzlose Akkorde im Akkordeon meiner kranken Lunge. »Wie heißt dieser Laden überhaupt?« frage ich durch mein eigenes Ektoplasma hindurch.
»Hat keinen bestimmten Namen«, erwidert Phar Lap, »wir nennen es einfach das Café.« Er wischt sich einen glänzenden Eirand von der matten Oberlippe.
»Weil es das einzige in Dulston ist?«
»Nein – nur weil es das schon am längsten gibt, yeh-hey? Dulston ist das, was man einen Zystrikt nennt.«
»Wie bitte?«

»Ein Zystrikt – ein Distrikt, der anschwillt, sich dann entleert und wieder anschwillt. Ein Zystrikt.«

»Das verstehe ich nicht.«

»Ah – wirst schon sehen – fertig?«

»Ich habe überhaupt noch nicht angefangen«, sage ich und drükke meine Zigarette im runden Eigelb aus. Wirklich komplett tot.

»Gut – dann gehen wir.« Unser Trio steht auf, geht zwischen den Tischen hindurch zur Theke, wo Phar Lap zu meiner Überraschung zahlt.

»Warum hast du bezahlt?« frage ich ihn auf dem Weg zum Auto. »Hier braucht man doch bestimmt kein Geld, oder?« Er blafft mich an: »Warum denn nicht? Hier läuft's genauso wie überall. Straßen müssen gereinigt, Lehrer bezahlt, Abwasserkanäle durchgespült werden – das hier ist kein Hotel, das kann ich dir sagen, Lily, die Toten sind genauso wie die Lebenden.«

»Außer daß wir nicht fühlen oder riechen oder lieben können –«

»Wir haben aber auch keine Schmerzen! Und wir können uns selber nicht riechen, nicht schwitzen, nichts von den unangenehmen Sachen. Das hat auch seine Vorteile, wissense«, sagt Costas, dem seine grausige Mahlzeit anscheinend neue Kraft gegeben hat, denn er schwingt sich mit tödlichem Elan hinter sein Lenkrad.

Während er auf die Straße zurücksetzt, dringe ich weiter in Phar Lap: »Aber wenn hier die Neutoten und ihre Führer frühstükken, warum werden dann ganz normale Gerichte angeboten?«

»Yeh-hey. Na ja, die anderen gehen auch da rein, weißte.«

»Du meinst die Lebenden?«

»Wen sonst?«

»Aha – und du willst damit sagen, daß die beim Anblick von einem Haufen Spinnern, die ihr Essen wieder ausspucken, keinen Schrecken bekommen?«

Phar Lap dreht sich zu mir um, bevor er seinen nächsten Spruch abläßt: »Lily – das ist London, die ganze verdammte Stadt ist voller Spinner.«

»Dann gibt es in Dulston also auch Lebende?«
»Nein, das habe ich nicht gesagt, es ist nur so, daß sie in dem Café auch bedient werden, falls sie aufkreuzen – wie gesagt, es ist ein Zystrikt.«
Ein Zystrikt. Ich glaube, langsam verstehe ich, was er meint, denn während das Taxi die Straße entlangzockelt, fange ich an, das Wesen Dulstons zu begreifen. Sicher, diese Ansammlungen von Häusern, Wohnungen, Gewerbeflächen, Lagerhäusern, Gebrauchtwagenhändlern und Leichtindustrie sind dieselben wie in allen Nachbarbezirken, aber Dulston ist noch charakterloser als alle nordöstlichen Vororte Londons, die ich kenne. Der überwältigende Eindruck, den dieses Viertel vermittelt, ist der von Farblosigkeit, von Gleichgültigkeit gegenüber großstädtischen Allüren.
Dulston ist eines dieser Viertel, in die man niemals absichtlich kommt, in die man sich immer nur verirrt. Es ist eine Gegend, in der man landet, wenn man über das Ziel hinausgeschossen ist oder eine falsche Abzweigung genommen hat. Es ist die Vorstadt als Entsorgungsort. Ohne daß ich Phar Lap fragen müßte, erkenne ich, daß Dulston so groß oder so klein sein muß wie seine Betrachter. Es ist eine versteckte Falte im aufgerollten Ärmel der Stadt, ein unsichtbarer Keil in ihrem ausgestellten Hosenbein, eine Quetschfalte in ihrem Jackett. Ich nehme an, wenn die Lebenden sich nach Dulston verirren, sehen sie nichts von seinem wahren Charakter. Für sie ist es nichts als eine schnell durchfahrene Unaufmerksamkeitsspanne, ein kurzer Blick auf das verzerrte Bild des eigenen Autos in einem Schaufenster – bevor sie Hackney Marsh durchqueren oder die Frummen in Stamford Hill anstarren oder in Richtung Stadtzentrum brausen. Dulston: Man merkt gar nicht, daß man dort ist – außer man ist tot.
Es ist für mich auch keine Offenbarung, als Costas in eine Straße mit spätviktorianischen Häusern einbiegt, die dem ähneln, das ich in Kentish Town bewohnt habe. Kein Blitz aus heiterem Himmel, als wir vor einem etwa auf halber Höhe der Straße an-

halten. Costas und Phar Lap stehen bereits auf dem Bürgersteig, als ich mich aus dem Fond herausgewuchtet habe. Es ist komisch, ich bewege mich wieder mit gewohnter Schwerfälligkeit, doch spüre ich nichts von den Qualen geschwollener Füße, verrutschter Unterwäsche oder fetten Ballasts. Auch das Lithopädion kommt mit und singt: *»This is the sound of the suburbs!«*, während ich auf die Eingangstreppe zugehe. Ich muß dieses Problem irgendwann einmal ansprechen – aber jetzt ist die neue Wohnung wichtiger. »Bin ich im Erdgeschoß?«

Phar Lap ist beladen mit seinen hölzernen Siebensachen, Holzstücke klappern gegen das Geländer, an dem er entlanggeht. Was für ein Kindskopf. Er ruft mich zurück. »Nein, Lily-Mädel, du mußt runter, weißte. Souterrain, vorerst – vielleicht kommste ja später mal 'nen Stock höher.«

Also steigen wir hinunter zu der schmalen Betonfläche mit ihren Tonnen, die aussehen wie Abfall. Phar Lap hat einen Schlüsselbund an einer Kette an seiner dürren Jeans. Er sucht sich einen aus und öffnet die schwere Tür mit ihrer Einfassung aus grauem Stein, ihrem staubeinsaugenden Zugluftschlitz, ihren vier Scheiben aus blickverzerrendem Riffelglas. Er öffnet sie in eine von muffiger Feuchtigkeit gesättigte Diele. Ich folge seinem flachen Arsch, Costas geht hinter mir mit dem traurigen Samsonite. Das Lithopädion trällert: *»Another suitcase in another hall/Where are you going to?«* Und wir besichtigen meine neue Unterkunft.

Der deformierte Korridor taumelt an der linken Seite des Souterrains entlang, und die erste Tür auf der rechten Seite stolpert in ein modriges Schlafzimmer. Das Bett ist eine formlose Pagode aus drei Doppelmatratzen. Ich sehe einen nackten Schminktisch mit einem ovalen Kippspiegel darauf, einen freistehenden Kleiderschrank aus den Dreißigern wie ein Säulensockel aus Mahagoni und drei Schiebefenster, die so gut wie nichts hereinlassen. Es gäbe Staubflusen, wenn es nicht so feucht wäre. Die armen Milben in den durchweichten Matratzen müssen wahrscheinlich um ihr Leben schwimmen.

Der nächste wässerige Verschlag ist ein Wohnzimmer. Eingerichtet mit einem uralten dänischen Lehnsessel (x 2), ein paar beschissenen Lampen auf abgestellten Beistelltischchen und einem historisierenden Gasfeuer samt flammenverdrängenden Kunstscheiten. Da könnte Sweep glatt 'ne Witwenverbrennung praktizieren. Ach, und ein Unfrohes verkündender Bücherschrank mit der Frohen Botschaft und acht stockfleckigen Ausgaben des *Reader's Digest.* Auf dem Bücherschrank steht ein winziger, alter Schwarzweißfernseher – wie ein Vogelkäfig. Aber es gibt noch mehr – mehr oder weniger. Während das Lithopädion mir gegen die Knöchel schlägt, erreichen wir das Ende des Korridors und die stinkenden Greuel von Winzküche und Badezimmer. Schäbige Einbauschränke verstopfen beide Kabuffs. In New York würde es – bei der völligen Verwahrlosung dieses Souterrains – rascheln vor Küchenschaben. Aber ich brauche nicht nachzusehen, um zu wissen, was in den Schränken ist: sechs Matschstapel, die einmal Ausgaben des längst gekündigten *Daily Worker* waren, sieben nicht zusammenpassende Tupperware-Tassen und -Untertassen, fünf Bohrasseln mit dem Bauch nach oben. Das ist alles. Die Küche hat einen Gasherd und einen gottverdammten *Fliegenschrank.* Trotzdem werde ich hier nicht kochen – was soll's also. Nicht kochen – nicht einmal einen Topf mit Kaffee aufwärmen. Und keine Waschungen im Bad, wo auf dem unaussprechlich kitschigen Hocker mit Korksitzfläche ein undichter Seelenklempner – Schticklberg vielleicht? – neben der Emailwannencouch sitzen könnte. Sogar die Köpfe der Nieten, die den Spiegel an der triefenden Wand halten, sind mit *Scheiße* verkrustet. Die Fliesen sind mit Ausfluß verfugt. Und in der ganzen Wohnung sind die Wände mit widerlichen Rhomben oder grellen Parallelogrammen oder schreienden Kegeln bedeckt. Tapeten aus den Sechzigern, entworfen von englischen Provinzlern, die sich in einer psychodelischen Erfahrung wähnten, wo ihre Phantasie doch bloß der Wirkung von zwei Pints Strongbow-Cider erlegen war. Es gibt auch schlecht verlegte Auslegeware, von der häßlichen Sorte, die aussieht wie eine Teppichunterlage. Wenn ich sie mit jedem Schritt zerpatschen könnte – ich würde es tun.

Es ist unsagbar schrecklich. Ich lasse mich in einen der Sessel im Aufenthaltsraum fallen, und mein Blick wandert von Phar Lap zu Costas zum Lithopädion. Das ist Frühling in der Hölle. Aufenthaltsraum paßt, schätze ich. Wohnzimmer wäre übertrieben. Yaws nannte das Entspannungskabuff im Haus an der Crooked Usage den »Salon«. Der aufgeblasene Schmock. Aber »Wohnzimmer« klingt ja so unfein, und jetzt auch völlig unpassend.

»Um Himmels willen, Phar Lap, diese Bude ist furchtbar. Wenn ich nicht schon tot wäre, würde sie mich endgültig umbringen – du kannst doch nicht erwarten, daß ich hier bleibe!«

»Jeder muß irgendwo anfangen, Lily-Mädel, yeh-hey«, erwidert er ungerührt. »Und außerdem – haste 'ne andere Wahl? Du hast doch keinen Schimmer von Dulston. Du brauchst diese Bude – und ich überlasse sie dir, yeh-hey? Du brauchst mich dringend. Und die Treffen brauchst du ebenfalls.«

»Treffen?«

»Ja – Treffen. So 'ne Art Einführung. Sie finden die ganze Zeit statt, überall in Dulston. Da mußte hin, Lily – sonst erfährste nichts über den Tod, sonst kommste nicht zum Quasseln mit den anderen, sonst kommste nicht zurecht, yeh-hey?«

»Unn außerdem«, ergänzt Costas, der seinen breiten Hintern in den zweiten dänischen Uraltsessel senkt und sich eine neue B&H ansteckt, »isses furchterregend, wissense. 's gibt unheimliche Sachen, auf die Sie sich vorbereiten müssen.«

»Unheimliche Sachen?«

»Klar.«

»Unheimliche Sachen in einem Vorort wie Dulston? Einem Vorort voller fader Cafés, langweiliger Straßen, nichtssagender Gebäude und dieser – dieser *beschissenen* Wohnung?«

»Ja, sogar *in* dieser beschissenen Wohnung.«

Wie aufs Stichwort dringt aus dem Schlafzimmer ein sehr merkwürdiges Geräusch, ein Murmeln und Schnattern. Es ist schwach, aber deutlich hörbar. Farblose Stimmen, die psalmodieren: »Fett und alt, fett und alt, fett und alt, fett und alt ...«

»Was zum Teufel ist das denn?« blaffe ich.

»Fett und alt, fett und alt, fett und alt«, fahren die murmelnden Stimmen fort. Phar Lap und Costas tragen ein verschmitztes Grinsen auf ihren fremdländischen Gesichtern.

»Und – wollt ihr es mir nicht sagen?«

»Fett und alt, fett und alt, fett und alt, fett und alt –«

»Wie's aussieht, haste die Fetten«, antwortet mein Todesführer schließlich. »Viele Leute – vor allem Frauen – haben sie. Geh besser rüber und schau sie dir an – sie sind so wie das Lithopädion hier.« Er deutet auf das Lithopädion, das mit baumelnden Beinen auf der Ziegelumrahmung des Gasfeuers sitzt und singt: *»I'm just a poor boy/I get no sympathy/Caught in a landslide/No escape from reality ...«*, in bizarrer Kontrapunktik zu dem »Fett und alt, fett und alt, fett und alt, fett und alt«, das von nebenan kommt.

Ich stehe auf und marschiere zur Tür; Phar Lap und Costas folgen mir. Im Schlafzimmer bietet sich mir ein fürchterlicher Anblick. Er ist nicht unheimlich – er ist furchterregend und zugleich merkwürdig erbärmlich. Unter dem Fenster sitzt, nackt und glänzend, eine Doppelgängerin von mir. Eine zweite versucht, sich unter das Bett zu zwängen, eine dritte hockt auf dem plüschgepolsterten Bänkchen vor dem Schminktisch. Es sind ekelhaft verfettete Versionen meiner selbst, alles schwabbelt und wackelt, und riesige Bauchlappen hängen ihnen bis zu den Knien. Sie haben keine Augen, Haare oder Brustwarzen, und ihr Mund ist so schlaff wie der, den ich zuletzt an meiner eigenen Leiche gesehen habe. Sie sind die Pillsbury Doughgirls der völligen Auflösung. Die unter dem Fenster hat sich einen Strang Gedärm um die Unterarme geschlungen, wovon die auf dem Bänkchen Schlinge um Schlinge abwickelt und an die unter dem Bett weiterreicht. Ich kann nicht sehen, was diese tut, aber das »Schack-schack« einer Heckenschere kann ich deutlich hören. Sie tun das in einem festen Rhythmus – diese verfetteten Versio-

nen meiner selbst, und das »Fett und alt, fett und alt, fett und alt, fett und alt« ist eine Art Arbeitslied.
Als aber die Darmdamen mich sehen, brechen sie ab, kuscheln sich zusammen, verstummen. Phar Lap und Costas nicken bedeutungsschwer. »Hatt' ich doch recht«, sagt mein Todesführer, »das sind wirklich die Fetten.«
Die Fetten flüstern sich säuerliche Nichtigkeiten zu, die klingen wie Bauchgrummeln: »Was hat er gesagt? Wer ist er? Da ist sie –«
»Und was genau«, frage ich mit einer Kaltblütigkeit, die des Aborigine würdig ist, »sind die Fetten?«
»Na ja – hast wohl ein paar Diäten gemacht, als du noch am Leben warst – yeh-hey?«
»Ähm – ja – habe ich.« Und ob – für das talgige *Olde Englande* habe ich gehungert. Ich war so besessen von meinem Gewicht, daß ich wahrscheinlich *noch zugelegt* habe, einfach indem ich an zusätzliche Pfunde dachte. Himmel! Diese endlosen hingekritzelten Zahlen auf der Tapete, diese dickflüssigen Ersatzstoffe und die faden Säfte, diese penibel zurechtgestutzten Mahlzeiten – den Rand eines Salatblatts abschneiden, um noch eine Kalorie zu sparen. Die verdammten Weight-Watchers-Treffen. Ob ich Diäten gemacht habe? Mein ganzes Leben in den Siebzigern und Achtzigern war bestimmt von dem beständigen Kampf, nicht zu essen, mir die verhaßte Welt nicht ins Gesicht zu stopfen.
»Siehste diese Fetten hier, Lily, yeh-hey, die sind dein Fett. Das Fett, das du bei deinen Diäten verloren hast« – eine mattschwarze Pranke deutet auf die Stranghalterin –, »und das Fett, das du wieder zugelegt hast.« Er deutet auf die Darmverteilerin.
»Was ist mit der unter dem Bett?«
»Sie ist das Fett, das du für immer verloren hast – das Zeug, das du hinter dir gelassen hast.«
»Ach, dann habe ich es tatsächlich geschafft, ein bißchen was zu verlieren – insgesamt betrachtet.« Warum sollte mir das jetzt Befriedigung verschaffen? Und doch ist es so.

Phar Lap antwortet nicht. Aus einem kleinen Strohbeutel, der ihm über der Schulter hängt, zieht er Papierfetzen, Broschüren und Umschläge. »Hör zu, Lily, ich hab hier in meinem Beutel ein paar Kröten für dich, fürs erste, vastehste? Und ich hab eine Karte von Dulston und eine Liste der Treffen. Komm ins andere Zimmer.«

»Aber was ist mit diesen ...« Ich kann sie nicht so emotionslos benennen, diese fetten Feinde mit ihren Gesichtern wie von Edgar Allan Poe.

»Den Fetten? Die werden dich nicht mehr belästigen als das Lithopädion hier. Sie sind ein Teil von dir, Lily-Mädel, vastehste? Nicht furchteinflößender als deine eigenen Gedanken, yeh-hey?«

Also folge ich ihm ins andere Zimmer, und die Fetten fahren fort zu murmeln und die Darmschlingen aufzuwickeln. Phar Lap zählt genau siebzehn Pfund und sechsunddreißig Pence ab. Sowohl die Scheine wie die Münzen sind alt, abgenutzt.

Nun meldet sich Costas. »Sie müssen mich jetzt bezahlen, Lily – geben Sie mir Ihr Gebiß.«

»Mein Gebiß?«

»Ja – die falschen Zähne.«

»Aber – die habe ich doch gar nicht mehr.«

»Schau im Koffer nach«, rät mir Phar Lap – und das tue ich auch. Da sind sie wirklich, eingewickelt wie früher bei den seltenen Gelegenheiten, wenn ich sie einmal herausnahm. Eingewickelt in die Unterhose einer fetten, alten Frau, und so sehen sie eher fleischig als prothetisch aus. Ich empfinde eine gewisse Zuneigung für sie – diese aufgeklappten Kauleisten –, sie waren mehr ein Teil von mir als das, was ich geworden bin. Trotzdem – Charon ist Charon, nehme ich mal an, auch wenn er einen nur durch London fährt, und so gehe ich nach nebenan und übergebe sie ihm.

»Da vorne an der Ecke gibt's 'nen Laden, Lily, yeh-hey?« sagt Phar Lap. »Da kannste dir Putzzeug besorgen und dir die Wohnung mal tüchtig vornehmen, hey-yeh?«

»Und was tust du jetzt?«

»Arbeiten – ich muß arbeiten, wie Costas. Wir müssen *alle* arbeiten, Lily. Vielleicht sehe ich dich ja heute abend beim Treffen? Vielleicht auch nicht.«

»Und wenn ich nicht zu dem Treffen gehe?«

»Dann bleibst du zu Hause bei den Fetten, und – «

»Me and you and a dog named Boo, loving and a-living off the land!«

»– dem Lithopädion hier.«

Er hat recht – lieber gehe ich zu irgendeinem Treffen, als hier mit diesem winzigen versteinerten Kadaver, dem wiederbelebten Mahner an meine sexuelle Unzuverlässigkeit, herumzusitzen. Und erst recht nicht mit diesen Fetten.

8. Kapitel

Nun, was kann ich sagen, so war der Tod für mich. Nicht sehr viel anders als für jeden anderen, vermute ich mal. Wir alle hier haben unsere beschissenen Tränendrüsengeschichten – das ist mal sicher. Trotzdem, mit den Fetten, die nebenan schnatterten, und dem Lithopädion, das, Gassenhauer aus den Siebzigern schmetternd, an meinen Füßen hing, hätte man wohl annehmen dürfen, daß ich keine Schwierigkeiten gehabt hätte, die Tatsache meines Todes zu akzeptieren. Aber so war es nicht. Ich erinnere mich an diesen ersten Nachmittag in der Souterrainwohnung in der 27 Argos Road deutlicher als an alles, was mir davor passiert ist – oder was sich seitdem ereignet hat.

Natürlich, zu diesem Zeitpunkt wußte ich noch nicht, daß es die Argos Road war – genausowenig wie ich wußte, daß die Hausnummer 27 lautete. Es war einfach nur ein feuchter Keller in einem langweiligen Vorort einer gigantischen Stadt, die ich zu tolerieren, aber nie zu lieben gelernt hatte. Und das Totsein? Das habe ich – metaphorisch gesprochen – genausowenig zur Kenntnis genommen wie die Unnennbarkeit des Namens Gottes oder die Marienverehrung oder die Teilung des Roten Meers oder irgendeinen anderen religiösen Mummenschanz. Ein Leben nach dem Tod war für mich genauso unwahrscheinlich wie Atlantis, ein versunkener Kontinent verquerer Vermutungen, an den nur naive Narren glaubten.

Ich vermute, Sie haben erwartet, daß mein ätherischer Körper, die Wiederauferstehung meiner Zähne und Phar Laps und Costas' Verschrobenheiten großen Eindruck auf mich machten, aber auch dem war nicht so. Sie müssen mir glauben, wenn ich sage, daß das Jenseits, wie es sich mir an diesem Frühlingstag des

Jahres 1988 zeigte, mir nicht merkwürdiger vorkam als meine Ankunft in England im Winter 58, als mein schwangerer Bauch – voll mit Charlotte – sich gegen die Reling der *Queen Mary* drückte, die mit lautem Tuten in den Hafen einfuhr, während sich unten am Kai die wartende Menge drängte, ein Feld aus Gabardine, gesprenkelt mit rosiggesichtigen Blumen. Eine davon – und damals suchte ich in der Menge nach ihm, weil ich glaubte oder mich zu glauben zwang, daß dies Liebe sei – gehörte Yaws. So viel zum Glauben.

England, ein Land profunder, vorsintflutlicher Rückständigkeit, wo die heimeligen Häuser ihre Zirkulationssysteme an der Außenseite trugen, eine herbe Mahnung daran, daß mit dem Wintereinbruch unweigerlich auch die körpereigenen Leitungen einfrieren würden. England – von wegen drollig. Jetzt nicht, damals nicht, nie. Ich habe das Land nie geliebt, nicht seine Kultur und eben auch nicht die Leute. Ich hatte immer meinen amerikanischen Paß in der Tasche, um sofort in See stechen zu können, falls es nötig sein sollte. Was die Yaws-Familie anging, mit ihren kindischen Spitznamen, ihrer sanften Selbstgerechtigkeit (man haßte nie jemand, weil er schwarz oder Jude oder eine Frau war, man mochte sie einfach wegen ihres Wesens nicht – und weil sie *zufällig* auch schwarz, jüdisch oder weiblich waren), ihrer beiläufigen Betrunkenheit (waren sie betrunken oder begriffsstutzig oder beides?) und ihrer Entschlossenheit, sich inwendig mit gigantischen Kohlehydratmahlzeiten zu kasteien – im Vergleich zu ihnen waren mein Todesführer und der taxelnde Charon gar nicht so merkwürdig.

Nein, ich dachte mir, das sei nur ein weiterer Szenenwechsel, ein neuer Gewaltmarsch in Lilys Krieg. So wie ich aus Kaplans in Yaws' Bett, aus den Vereinigten Staaten von Amerika ins beschissene England gesprungen war, so war ich – über das Royal Ear Hospital – von Kentish Town nach Dulston gezogen. Jetzt mußte ich mich wieder an die mühselige Arbeit des Eingewöhnens machen. Mich bei den Stadtwerken anmelden, den nächsten Sainsbury's-Supermarkt suchen, eine Bibliothekskarte besorgen – den ganzen Blödsinn eben. Mit dem Nachteil der nachträglichen Einsicht – und wann war die, zumindest für den Neurotiker, je ein Vorteil? – hätte ich vermutlich auf den Gedanken kommen sollen, daß meine Gleichgültigkeit gegenüber den verbindlicheren Aspekten des Lebens – wie Nachsendeanträge und Gesundheitsvorsorge – auf eine grundlegendere Adressenänderung hinwies als bei früheren Umzügen. Aber glauben Sie mir – auf den Gedanken bin ich nicht gekommen.

Ja, wie gesagt, ich erinnere mich bestens an den ersten Tag vom Rest meines Todes, und ich betrachte ihn als zweite Buchstütze meiner Zeit im literarischen alten England, so wie meine Ankunft hier die erste war. Southampton im Winter 58, als Eiszapfen die Ausleger der Ladekräne zierten und Land, Meer und Himmel im Nebelgrau verschwammen. Als es für mich Zeit wurde, das Schiff zu verlassen, verharrte ich in meiner Kabine wie eine blasse Kuh in einem Eisenstall, bis der muhende Yaws – »Lily? Was ist denn los? Ich warte einfach schon eine kleine Ewigkeit unten am Kai« – mich abholte und die Gangway hinuntertrieb. Einfach eine kleine Ewigkeit – so typisch Yaws; bei ihm war alles *so* einfach. Wie wahr ist es doch, daß die Einfachheit die letzte Zuflucht der Kompliziertheit ist. Ja, einfach eine kleine Ewigkeit – so lange würde in Yaws' Gesellschaft die Unendlichkeit dauern. Um ehrlich zu sein, so lange dauerten in Yaws' Gesellschaft *fünf verdammte Minuten,* nachdem erst einmal der Kick verflogen war, Kaplan verlassen zu haben und den Acht Wichtigen Paaren sowie den Quälgeistern des Schuldgefühls, die mich nach Dave juniors Tod belauerten, entronnen zu sein. Ach ja, und aus Judamerika geflohen zu sein – auch das war ein großes Entrinnen.

Wer war er, dieser große, rosige, feuchtmündige Kerl, der mich auf dem Rücksitz seines gemieteten Chrysler ein paarmal grob genommen hatte? Er biß mir in die Titten. Ich glaube, bei Yaws verwechselte ich Schock mit Orgasmus und unvermeidlich Or-

gasmus mit Liebe. Aber das Komische daran war, daß Yaws, wie jeder andere Liebhaber, für mich ein körperlicher Archetypus wurde. Alle Männer in einem – und deshalb alle hassenswert.
Yaws brachte mich in die erste einer ganzen Reihe von ungemütlichen Wohnungen, wo Wäscheständer voller Windeln und Unterwäsche beständig zu Haufen aus Tuch und Gestänge kollabierten, die aussahen wie Wracks früher Flugzeuge. Ich konnte weder die einen sauber- noch die anderen aufrecht halten. Doch als ich dann mit der zweiten Miss Yaws schwanger war, landeten wir in der Crooked Usage, wo sich schließlich eine Routine der Vernachlässigung einspielte. Herrgott noch mal, wenn Sie in den Sechzigern in Hendon gelebt hätten, dann wüßten Sie auch, was lebendig Totsein bedeutet. Dulston war im Vergleich dazu ein Furz – allerdings ein geruchloser. Schließlich hatte ich die letzten fünfzehn Jahre meines Lebens im Fegefeuer verbracht. Ich hatte nichts anderes erwartet als die Auslöschung – ist es da ein Wunder, daß schon die schäbige Realität des Souterrains genügte, um meine sonst so lodernde Neugier zu ersticken?
Ich ignorierte die Fetten und ertrug das Lithopädion. Ich ging in die Läden, um Putzzeug einzukaufen. Bestimmt, dachte ich mir, würde ich Ammoniak noch riechen können. Scheiße von Schmierseife unterscheiden.
Auf der Straße war es sonnig. Phar Lap hatte recht – das Ätherische eines ätherischen Körpers ließ einen linkischen Simpel wie mich völlig kalt. Die Luft *fühlte* sich trockener, frischer, wärmer *an* als in dem feuchten Souterrain. Befreit von Schmerz und Todeskampf, fühlte ich mich, als wäre auch *ich* trockener, frischer und wärmer. Außerdem, so viel im Leben besteht aus solchen Distanzierungen, solchen rein mutmaßlichen sinnlichen Freuden – warum sollte es im Tod anders sein? Es gab sogar verdammte Kirschblüten, rosa und weiße Froufrous von unschicklicher Frivolität, die unter den massiven Röcken der spätviktorianischen Häuser hervorschäumten. Häuser, die mit ihren vier Stockwerken frigider Urbanität über und ihren feuchten Kellern unter der

Erde umgedrehten Eisbergen glichen. Als ich mit meiner Todesbeihilfe, die in einer Tasche meines Kleides klimperte, zum Laden an der Ecke schlenderte, fühlte ich mich beschwingt, fast mädchenhaft.

Unterwegs begegnete ich einigen Leuten, aber die sahen nicht mehr und nicht weniger zombiehaft aus wie jeder andere in jeder x-beliebigen Stadt. Ein zu großes Mädchen mit Spliss vom Pony bis zum Kragen, das sich triefende Augen mit einem Tempo betupfte; ein verfaulter Stumpf von einem alten Mann in einem Zelt von Regenmantel, der jeden Pflasterstein mit dem Gummipfropfen seines Gehstocks prüfte; ein etwas bläßlicher Asiate mit präzise gestutztem grauem Schnurrbart. Ihre Augen saugten mich ein, zwinkerten mich wieder aus.

Der Laden an der Ecke war tatsächlich in ein Hauseck hineingesetzt – wie postmoderner Kitsch im baulichen Detail. Das Innere war eine bestimmt nach Kurkuma duftende Grotte, geschmückt mit Waren aller Art – von Pappkartonpatronengurten, in denen Taschenmesser steckten, über Zwiebelzöpfe bis hin zu Strängen aus Lakritzstangen. In den dunkleren Tiefen dieser Handelshöhle lauerten freistehende Postkartenständer, Plastikkörbe voller Gemüse, vibrierende Gefrierschränke und vergessene Regale, beladen mit den Seelen von Dosensuppen.

Die Ladentheke wurde beinahe überschwemmt von einer Woge billigen Krams, doch durch eine Lücke zwischen der Kasse, einem Stapel des *Dulston Advertiser* und den Albinodreadlocks einiger Mops hindurch erhielt ich Orientierungshilfe von einer zierlichen indischen Frau in einem makellosen Sari. Sie schickte mich hierhin und dorthin, steuerte mich mit einem Klagelied aus Richtungsanweisungen, damit ich aus ihrem Labyrinth diesen reizenden Kanister mit Bleiche, jene wunderschöne Flasche mit Allzweckbodenreiniger, diese lieblichen Scheuerschwämme errettete. Hinter ihr auf einem hohem Hocker saß ein kleiner Junge in gut gebügelten Shorts und spielte mit einem Spielzeugauto aus Metall, einer Spielzeugkuh aus Plastik und einer Spielzeugharmonika aus Plastik. Während ich auf und ab lief, sah ich ihm zu, wie er die drei Gegenstände auf seinen Schenkeln vorsichtig aufeinanderstapelte. Er probierte Auto auf Kuh auf Harmonika, dann Harmonika auf Kuh auf Auto, als erforschte er die Möglichkeiten neuer Hindukosmologien.

Als ich die Reinigungsmaterialien befreit hatte, zahlte ich bei der zierlichen Dame.

»Sie müssen die neue Dame sein«, sagte sie – sie war ganz offensichtlich eine Dame für die Damen. »Die in Nummer 27 eingezogen ist.«

»Richtig«, erwiderte ich, erfreut darüber, so begrüßt zu werden. Vielleicht würde dieser Umzug nach Dulston, diese neuerliche Assimilation, einfacher werden, als ich befürchtet hatte. »Die Wohnung ist der reinste Saustall«, berichtete ich ihr, »sie sieht aus, als hätte sie seit zwanzig Jahren keinen ordentlichen Frühjahrsputz mehr bekommen.«

Sie ließ ein subkontinentales Räuspern hören, »Ärhuh« – befrachtet mit vielen Bedeutungsschichten –, »ja, das ist wohl wahr. Wohl wahr. Mr. Buzzard hatte es nicht sehr mit dem Putzen – ein unruhiger Geist, wenn Sie wissen, was ich meine. Er ist jetzt weggezogen. Nach Bicester außerhalb von Oxford. Ehrlich gesagt, Mrs. …?«

»Bloom.«

»Mrs. Bloom. In der 27 gibt es eine Menge unruhiger Geister, aber lassen Sie sich von denen nicht stören. Lassen Sie nicht zu, daß sie die Oberhand gewinnen. Ist das Ihr Lithopädion?«

Sie beugte sich durch die Lücke hindurch über die Theke und musterte das Lithopädion, das auf der Kante einer Bananenkiste saß, die grauen Stummelbeine baumeln ließ und einen seiner altmodischen Gassenhauer trällerte: *»Streets are all empty/No one around/ Everyone's gone – to the mo-on!«*

»Und wie heißt du, Sunny Jim?« fragte sie. Ich war völlig verblüfft – auf den Gedanken, es direkt anzusprechen, war ich noch gar nicht gekommen.

»Lithy«, quäkte das Lithopädion.
»Jetzt sei mal still, Lithy – sei ein braves Kind«, befahl sie ihm – und es gehorchte. »Mit einem Lithopädion muß man streng sein, Mrs. Bloom. Sie können nichts dafür, aber sie plappern einfach jeden Unsinn nach, der ihnen gerade in den Sinn kommt. Normalerweise ist es Popmusik, weil die zu ihnen durchgedrungen ist, als sie noch in Ihren … Falten gefangen waren.« Sie bauschte ihren Sari, um zu verdeutlichen, was sie meinte.
Ich war beeindruckt von diesem nützlichen Tip – viel besser als Phar Laps Pigdinmystizismus. »Ähm … Wenn ich Sie etwas fragen dürfte, Mrs. …?«
»Seth.«
»Mrs. Seth. Ich habe ein paar … Fette, nicht? … Fette in meiner Wohnung – sind die gefährlich?«
»Nein, eigentlich nicht, Mrs. Bloom. Die Fetten der meisten Leute sind ziemlich pubertär, wenn Sie wissen, was ich meine.«
»Pubertär?«
»Ja, wissen Sie, Sie bestehen ja ausschließlich aus zugenommenem und verlorenem Fett. Fett, das normalerweise die Folge des kindisch zügellosen Schwelgens in Schokolade, Süßigkeiten und so weiter ist. Deshalb haben die Fetten diesen Charakter. Sie schmollen, sie geben freche Antworten, murmeln Unanständiges, spielen laute Musik, aber Sie können sie sich ziehen – Sie müssen nur hartnäckig sein.«
Eine Glocke bimmelte, und ein neuer Kunde kam in den Laden herabgestiegen. Es war ein schockierend aussehender Mann unbestimmt mittleren Alters mit Haaren wie eine Horrorperücke, das Kinn hinter einem furchterregenden Bart versteckt. Eine Toilettenbürste von einem Mann. Was ich von seiner Haut sehen konnte – Hände, Wangen und Stirn –, war mit Verbrennungen und Abschürfungen bedeckt. Er trug ausgestellte Jeans, die so kurz waren, daß sie wie *culottes* seine dürren Waden frei ließen, und einen billigen Nylonanorak mit bis zum Hals zugezogenem Reißverschluß. Seine Augen waren Kleinkalibereinschußlöcher,

durch die die Kugeln bis ins Wrack seines Hirns gedrungen waren. Neben der Tür bückte er sich mit langsamen Bewegungen, um einen Karton extrabreite Alufolie aus dem untersten Regal zu ziehen. Junkie, dachte ich und warf Mrs. Seth den Verschwörerblick der Ehrbaren zu.

Zu meiner Verwunderung erwiderte sie ihn nicht; statt dessen gab sie mir mein Wechselgeld und flüsterte: »Ich weiß, was Sie denken, Mrs. Bloom, aber er ist ein guter Kunde. Sie wollen doch sicher am Abend zu dem Treffen gehen – ich hole Sie um sieben Uhr ab.« Dann wandte sie sich dem Junkie zu, der nun auf uns zugewankt kam, und strahlte ihn an. »Hallo, Mr. Bernard, wie geht's Ihnen denn heute?«

Ich nahm meine Einkäufe und verließ den Laden.

Den ganzen Nachmittag über tat ich mein Möglichstes, um das Souterrain ein wenig auf Vordermann zu bringen. Im Schrank unter der Treppe fand ich eine dieser lächerlichen alten Teppichkehrmaschinen, die Dreck und Flusen in zwei parallele Linien zerpflügen. Hin und her, hin und her schob ich das verdammte Ding über die feuchten Teppiche. Ich scheuchte die Fetten vom Bett und schleppte die matschigen Matratzen vor die Tür, wo sie in der frischen Luft trockneten. »Was treibt sie bloß?« höhnten sie. »Putzen – ha! Die dumme alte Kuh – warum macht sie sich denn die Mühe?«

Jede wischbare Oberfläche wischte ich und schrubbte sie dann mit Viss. Den schmierigen Linoleumboden in der Küche attakkierte ich mit einem sauberen Mop und hörte erst auf, als er dem pomadisierten Schädel eines Lackaffen aus den Fünfzigern glich. Im Klo färbte ich fünf Vileda-Tücher im selben Ton wie das urinfleckige Sanitärporzellan. Dann mußte ich wieder die Fetten verjagen; mit den zipfeligen Putzfetzen schleuderte ich Dreckklumpen auf sie. »Was macht sie denn da! Ooh! Hör auf – ooh! Laß uns in Frieden!« Mrs. Seth hatte natürlich recht, was die Fetten betraf; trotz ihres bizarren Aussehens hatten sie absolut nichts Furchterregendes. Ihre Blindheit war echt, und sie brauchten eine Ewigkeit, um sich in ein Zimmer zu tasten oder den Fernseher anzuschalten oder sich von hinten an mich heranzuschleichen, damit sie dann wie drei häßliche Truthähne dastehen und kollern konnten: »Fett und alt, fett und alt, fett und alt.« Ich gewöhnte mir bald an, sie vor mir her zu scheuchen, so wie ich es mir zur Gewohnheit machte, Lithy zu befehlen, es solle »die Luft anhalten« – noch eine von Yaws' altmodischen Redewendungen. Ich hatte nicht vorgehabt, so bald schon wieder so häuslich zu werden – wenige Stunden nach meinem Tod. Andererseits, wenn ich an die Qualen dachte, die ich hinter mir hatte, war es eigentlich kein so schlechter Tausch. Und außerdem war das Putzen gar nicht so schlimm, wenn man den Dreck unter den Fingernägeln nicht spüren konnte oder den Staub, der einem in die Nase stieg. Natürlich, würde ich genauer über die zu erledigende Arbeit nachdenken, dann genügte schon der Anblick dessen, was ich tat, und meine Körperhaltung, während ich es tat, um mich an meine lebenslange ungläubige Unterwerfung unter die Götter des Haushalts zu erinnern. An den wiederholten Kniefall vor Meister Proper, ans endlose Starren in das Strahlen von Sidolin, an das ewige Kommen des gebleichten Herrn in einer Wolke von Vim.

Um sieben hatte ich von dieser schmuddeligen Angelegenheit genug bis an die Wurzeln meiner wiederauferstandenen Zähne. Das schiere *Fehlen* der Erschöpfung – von Knieschmerzen und Putzfrauenellbogen –, die diese Plackerei eigentlich hätte hervorrufen müssen, war erschöpfend. Mein energisches Putzen machte die Wohnung auch nicht gerade schöner, verschärfte nur die Muster, die von den Wänden kreischten, erhöhte das uralte Leid des mißbrauchten Mobiliars, betonte die kranken Beschläge und verkrüppelten Armaturen. Als es läutete, zog ich meinen Mantel an – den ich zusammengelegt auf dem Koffer im Schlafzimmer fand –, befahl den Fetten, in meiner Abwesenheit »brav zu sein«, steckte Lithy in die Tasche und öffnete Mrs. Seth die Tür.

»Ist es weit zu diesem … diesem Treffen?« fragte ich, als wir die Argos Road entlanggingen, wobei bei jedem dicken Schritt, den

ich machte, die winzige Mrs. Seth fünf dünne Schrittchen trippelte.
»O nein, überhaupt nicht«, erwiderte sie, »nur ein paar Straßen, einmal links, einmal rechts abbiegen. Nicht mehr.«
Ich wollte auf unserem Gang durchs dämmernde Dulston eigentlich ausführlich mit der freundlichen Mrs. Seth plauschen, aber da nun die Umgebung ihres Ladens fehlte, fiel es mir schwer, bei der juwelenbehängten Frau den richtigen Anfang zu finden. Welchen Einstieg wagte ich zu riskieren? Wie lange sind Sie schon tot, Mrs. Seth? Haben Sie auch ein Lithopädion? Was ist mit Fetten? Gibt es noch andere tote Seths in Dulston? Vielleicht wäre auch eine etwas weniger persönliche Herangehensweise besser, wie etwa: Sagen Sie mir doch bitte, Mrs. Seth, wie leben die Toten eigentlich genau?
Es war egal, denn sie hatte recht, wir waren wirklich bald dort. Dieses, das erste von vielen solcher Treffen, ist mir noch immer am deutlichsten in Erinnerung. Es fand im Gemeindezentrum von South Dulston statt, einem toten modernistischen Gebäude – Flachdach, grauer Beton, nackte Fenster –, das weder zentral noch gemeindedienlich war. Auf der einen Seite des Zentrums befand sich ein freier Platz, auf dem, von Wicken und Nesseln gefesselt, die Geräte eines Abenteuerspielplatzes standen. Auf der anderen Seite erhob sich ein baufälliges Lagerhaus, dessen zu ungünstigen Sternen zersplitterte Scheiben auf perverse Ausbruchsversuche hindeuteten – Ausbrüche nach Dulston.
Es ist meine wohlüberlegte Ansicht, daß die Geschichte des zwanzigsten Jahrhunderts zwar durch Designinnovationen charakterisiert sein mag, das Gemeindezentrum jedoch eindeutig eine Kreation des Ersten Weltkriegs ist. Ein methodistisches Pfarrzentrum, ausgesetzt im Niemandsland, wo es dem Bombardement durch die Granatwerfer der Geschichte trotzt. Der Zugang war ein betonierter Schützengraben, und das Zentrum selbst war die leere Scheune, die ich erwartet hatte – abgetretener Linoleumboden, weißgetünchte Schlackensteinwände, Tü-

ren, die zu Materialräumen, winzigen Büros und Toiletten führten. Im Männerklo hingen mit Sicherheit drei ausgewachsene Urinale neben einer winzigen Thronfolgerohrmuschel. Durch eine Durchreiche sah ich in eine industrielle Küche, wo eine Teemaschine dampfte, während einige Leute Plastikbecher mit Tee und Tupperware-Teller mit Nice-Keksen füllten und sie dann herausreichten. An der Decke waren fünf große Neonlichtkästen an die feuerfesten Fliesen gekettet. Diese länglichen Sonnen strahlten auf die versammelte Gesellschaft herab, etwa dreißig Männer und Frauen, die verlegen in Grüppchen zusammenstanden und alle von einem Fuß auf den anderen traten, als wären sie Besitzer einer einzigen, sehr vollen Blase.

Zu der Zeit dachte ich noch, es sei eine optische Täuschung, verursacht von den Neonröhren, die gegen die Nacht anflackerten, die hinter den kahlen Fenstern lauerte. Denn ich sah Strahlen noch gelberen Lichts aus den Köpfen der Leute kommen, genau vom Scheitelpunkt ihrer Schädel, und, von den Deckenfliesen reflektiert, um ihre so gewöhnlichen Köpfe merkwürdige Aureolen erzeugen.

Ich nehme an, Sie waren auch schon bei ein paar Treffen der Persönlich Toten; trotzdem, was kann ich Ihnen über diese Leute, diese Teilnehmer sagen? Nur dies, daß sie genau die Art von Leuten waren, die bei solchen Treffen auftauchen – zweifelhaften Veranstaltungen, organisiert von zwielichtigen Personen in anonymen Räumlichkeiten. Zeitweilige Sucher nach provisorischen Wahrheiten. Natürlich gab es hier und dort von Holzscheiben gedehnte Lippen und von Metallringen verlängerte Hälse – wie die, die ich an diesem Morgen im Café gesehen hatte –, aber sie waren nur das Treibmittel im allgemeinen Londoner Mischbrot. Die Frauen mittleren Alters, die alten Frauen, die sehr alten Frauen und die verwitterten Vetteln mit ihren schlabberigen Plastikkopftüchern auf den verklebten Frisuren, ihren unförmigen Mänteln und den geschwollenen Händen waren Cockney-Trampel. Chaucerianische Phänotypen. Die Männer übertrafen die Frauen an Zahl, aber sie waren noch grauer. Sie trugen Kommandostäbe, die sie vergessen hatten abzugeben, oder fest zusammengerollte Zeitungen oder Schirme. Sie waren insgesamt jünger als die Frauen, aber so verdammt farblos! Es waren keine Männer – es waren Papierfiguren von Männern, herausgeschnippelt aus alten Strickmustern im *Woman's Realm*. Es waren Männer aus den mittleren Reihen von Gruppenfotos. Männer auf Werbeplakaten, die man beiläufig aus einem fahrenden Bus heraus sieht. Männer, deren Schwänze nur noch Details auf vergessenen Karteikarten in den staubigen Aktenschränken des Kinsey Institute waren. Statistische Männer. Sie erinnerten mich an jeden Schnorrer, über den ich mich je geärgert hatte – »Missus – dat is een Fünfer, keen Zwanziger« – oder dem ich, Straßenseiten wechselnd, ausgewichen war. Sie gehörten zu der Sorte Nebbich, die grundlos schleicht. Die immer knapp vor einem um eine Ecke verschwindet und eine milde Paranoia hinterläßt. Während diese gespinstige Truppe Stapel von Plastikstühlen von den Wänden in die Mitte schob und sie in einem lockeren Oval verteilte, bemerkte ich andere Charakteristika dieser Zusammenkunft. An den Wänden klebten Karten mit merkwürdigen Sinnsprüchen darauf: LEBEN UND STERBEN LASSEN; NICHT DENKEN, NICHT DENKEN, NICHT DENKEN; ES IST SCHWER; FÜR ALLE EWIGKEIT. Die Schriftzüge waren so unelegant wie die Gedanken – jemand hatte mit zitternder Hand einen Magic Marker mißbraucht. Die Karten waren ja schon schlimm genug, aber neben der Durchreiche lehnten zwei Plakate, die noch viel übler waren. Sie verkündeten das Folgende:

Die zwölf Schritte der Persönlich Toten

1. Wir erkannten, daß wir tot sind und unser Leben zu Ende ist.
2. Wir zogen alles in Zweifel.
3. Wir beschlossen, uns mit größter Sorgfalt an unser früheres Leben zu erinnern.

4. Wir machten eine gründliche und ehrfürchtige Inventur unserer nervösen Ticks und Manien.
5. Wir zeigten diese Liste unseren Todesführern und setzten uns ihrem Spott aus.
6. Wir machten uns bereit, uns selbst aufzugeben.
7. Wir warteten auf das Nichts.
8. Wir stellten eine Liste auf mit den Namen aller, die wir haßten.
9. Wir erinnerten uns an sie.
10. Wir machten weiterhin täglich Inventur, und wenn wir störende Wesenszüge entdeckten, akzeptierten wir sie.
11. Wir bemühten uns, durch Meditation unsere Unbewußtheit und unsere Isolation zu verbessern.
12. Nachdem wir uns als Ergebnis des Durcharbeitens dieser Schritte selbst annulliert hatten, gaben wir diese Botschaft an die Neutoten weiter.

Und:

Die zwölf Traditionen der Persönlich Toten

1. Unsere gemeinsame Annullierung kommt zuerst – individuelle Auslöschung hängt ab von der Solidarität im Tod.
2. Für unseren Gruppenzweck gibt es keine höchste Autorität; unsere Führer sind normalerweise kleine Bürokraten.
3. Die einzige Bedingung für die Mitgliedschaft ist der Tod.
4. Jede Gruppe ist autonom – denn offen gesagt, wer interessiert sich für uns?
5. Jede Gruppe hat nur ein Hauptziel – die Botschaft an die Neutoten weiterzugeben.
6. Eine PT-Gruppe darf sich nie an einer Einrichtung oder einem Unternehmen der Lebenden beteiligen oder ihnen den PT-Namen leihen, um sie nicht zu Tode zu erschrecken.
7. Jede PT-Gruppe ist völlig autark und unfähig, Unterstützung von außen anzunehmen.

8. Die Organisation der Persönlich Toten ist nichtkommerziell, unsere Todesführer – die vorwiegend traditionellen Völkern angehören – dürfen aber mit Kaurimuscheln, Rasseln, Penishüllen und anderem Tand, der ihnen zusagt, befriedigt werden.
9. PT ist überorganisiert und besteht zum größten Teil aus einer sinnlosen und ineffizienten Bürokratie.
10. PT hat so viele Meinungen, daß sie – da alles gleich ist – sich gegenseitig aufheben sollten.
11. Unsere Öffentlichkeitsarbeit basiert auf Täuschung. Wir müssen, was Presse, Radio und Filme angeht, immer die Illusion aufrechterhalten, am Leben zu sein.
12. Individualität ist die Basis all unserer Traditionen. Wir dürfen nie vergessen, daß Persönlichkeiten vor Prinzipien kommen.

Jetzt, in diesem Stadium des Todes, hatte das Nachdenken über mein früheres Leben eine köstliche Bedeutungslosigkeit angenommen. Warum mir Sorgen machen um mein Junkiebaby, wenn ich ihm die verschissenen Windeln nicht wechseln konnte? Warum wettern gegen Mr. und Mrs. Elvers, wenn ich Ihnen damit auch nicht das geringste Unbehagen bereiten konnte? Und so ließ ich die Giftspinnenfäden meiner alltäglichen Frustration, mit denen ich die Wiege meiner Boshaftigkeit bespannt hatte, erschlaffen. Die beiden Daves, an die ich einst gebunden war – die können mich doch mal. Könnte ich rücksichtsvollere Liebhaber, Väter, Freunde aus ihnen machen? Ich glaube nicht. Mein verschlagener Vater – meine sadistische Mutter? All die Schläge ins Gesicht und die Tritte gegen die Schienbeine, die man mir fünfundsechzig Jahre lang verpaßt hatte? Verschwunden – oder zumindest irrelevant. Mir kam es vor, als hätten sogar meine Hauptpeiniger nichts als Nebenrollen gespielt; und jetzt hatten sie nicht mehr Bedeutung als die Protestbroschen an Jane Bowens Revers. Eigentlich hätte es mir dämmern sollen, wie schlimm es war, daß mein Leben nichts als Verbitterung gewesen war – aber dem war nicht so. Vermutlich hätte ich begreifen sollen, wie unglaublich meine neugefundene Gelassenheit war – aber ich nahm sie einfach hin: der Tod, so dachte ich, hat mich anscheinend milder gestimmt.

Was das Drum und Dran der PT-Treffen anging, die zensierten zwölf Schritte und zwölf Traditionen, die Kreisdiagrammkeile der Menschlichkeit, die sich neben mir drängten – warum öffneten die mir nicht die Augen? Warum kam ich nicht einmal auf den Gedanken, daß nur ein einziger Mensch diese speziellen Elemente meiner eigenen Erfahrung ausgewählt und zu dieser trübseligen Szene zusammengestopselt haben konnte? Ich weiß es nicht. Aber zu der Zeit hatte ich all die ermüdenden Flennorgien der Families Anonymous vergessen, an denen ich teilgenommen hatte – zusammen mit anderen verkorksten Müttern und verarschten Lebensgefährten –, um wenigstens zu versuchen, Natashas grenzenlose Fähigkeit zur Selbstzerstörung und zur Zerstörung anderer in den Griff zu bekommen.

Mein Gott, ich sitze hier bei Ihnen, blättere in irgendeinem beschissenen *Woman's Realm* und weiß es immer noch nicht. Und auch jetzt, da ich mehr als genug Zeit hatte, dieser Frage *reiflichste Überlegung* zu widmen, glaube ich nicht, daß ich es je erfahren werde. Nicht auf diesem Umgang.

Die Zombies nahmen also ihre Plätze im Oval der Stühle ein. Tötende Stille wurde hergestellt. Gut dreißig Zigaretten und billige Panatellas wurden angezündet. Die Rauchschwaden strömten durch die Lichtkegel ihrer suchenden Schädelscheinwerfer. Es war die Selbsthilfeversion der Nürnberger Parteitage. Ein fischiger kleiner Kerl in blauem Hemd und grauem V-Ausschnitt-Pullover verlas die Tagesordnung. Er bat drei Mitglieder, die auf beschichtetem Karton gedruckten Tiraden zu verlesen. Die erste – mit dem Titel »Warum sind wir tot?« – befaßte sich damit, was für eine unangenehme und furchteinflößende Erfahrung das Sterben doch für uns alle war; wie verstörend es war, zu erkennen, daß Stil wirklich Persönlichkeit war und daß unser Selbstverständnis nichts anderes war als Schrullen und negative Emotionen. Die zweite Tirade ging darum, daß die Mitglieder der PT sich regelmäßig versammelten, um sich gegenseitig daran zu erinnern, daß sie tot sind, und um den Neutoten die Gepflogenheiten des Jenseits einzuschärfen. Die dritte schlug eine Lösung für diesen Mißstand vor, aber zu der Zeit paßte ich schon nicht mehr auf. Die Lesungen zogen sich in die Länge. Wenn ich nur ein klein wenig müde gewesen wäre, hätte ich einschlafen können, aber keine Chance. Gott weiß, daß mein Interesse am Leben allzu häufig erlahmt war, aber offensichtlich würde das Gelangweiltsein jetzt noch viel fader werden.

Mein Blick schwirrte wie eine fette Fliege durch den Saal und landete auf der Ankündigung eines Aerobic-Kurses für Fortgeschrittene, einem Feuerlöscher und einem Stapel Turnmatten. Während die anderen Toten rauchten und ich mit nichts herumspielte, fiel mir auf, daß dieses komische Kaddisch eine gewisse Berechtigung hatte. Daß es angemessen höllisch für mich war – die ich mir immer etwas darauf eingebildet hatte, kein Vereinsmeier zu sein –, in so etwas zu landen, einem terminal banalen Verein, wo ich die Äonen unter Neonbeleuchtung vertrödelte.

Auf die Erde zurückgezerrt wurde ich von den Persönlich Toten, die dem letzten Herold einstimmig dankten. Das menschliche Fischlein – der, wie ich mitbekam, »der Sekretär« genannt wurde – stellte nun Robin Cook vor, der, wie er uns sagte, an diesem Abend gekommen war, um uns seine Todeserfahrung mitzuteilen. Cook, ein schwelendes Zweiglein von einem Mann, so dünn wie die Zigarette, die permanent zwischen seinen Lippen steckte, krächzte seine Sätze. Seine Augen waren versteckt unter dem heruntergezogenen Schirm seiner Tweedkappe. Er bestand nur aus spitzen Knien, spitzen Ellbogen und noch spitzeren Fitzroyschen Tönen. Er sei, sagte Cook uns, angesichts seiner völligen Areligiosität angenehm überrascht gewesen, als er feststellte, daß es doch ein Leben nach dem Tod gab. In gewisser Weise. Im Leben sei er Krimischriftsteller gewesen, und da er immer unter Pseudonym veröffentlicht habe, sei es für ihn kein Problem gewesen, nach dem Tod in seinem Beruf weiterzuarbeiten. Und die Bücher, die er seit seinem Umzug nach Dulston veröffentlicht habe, verkauften sich sogar etwas besser als die, die er davor geschrieben habe. Auch wenn sie von den Kritikern nicht allzu gut aufgenommen würden.

Ja, es sei schwierig gewesen, sich daran zu gewöhnen, daß man nichts spüre, nichts berühren oder essen, nicht schlafen könne, aber die Erlösung von den Schmerzen und der Würdelosigkeit des letzten Krankheitsstadiums sei ihm immer in Erinnerung geblieben. Er sei dankbar für den Tod, vor allem, wenn er bedenke, wie beschissen sein Leben geworden sei. Natürlich habe er schreckliche, von der Auflösung seines Geistes verursachte, paranormale Erscheinungen gehabt – aber verdammt, er habe immer schon eine düstere Phantasie gehabt. Es gebe nichts Schrecklicheres als das, was er sich selbst vorstellen könne. Und der Zynismus des PT-Programms sei für ihn ein Balsam gegen die Entkörperlichung. »Was bedeuten die Schritte?« krächzte er. »Ich habe keinen Schimmer. Arbeite ich sie in irgendeiner Weise ab? Keine Ahnung. Ich habe das Gefühl – und meine eigene Erfahrung ist das einzige, woran ich mich halten kann –, daß diese ganze Veranstaltung hier so eine Art Witz ist. Auf wessen Kosten geht der Witz? Ich weiß es nicht – und vor allem, meine Lieben, ich glaube nicht, daß ich es je erfahren werde.« Er sprach – wie Sie sehen können – mir sehr aus dem Herzen.

Nachdem Cook geendet hatte, verkündete der Sekretär, daß er nun »die Runde des allgemeinen Teilhabenlassens« eröffne. Sie nannten es »Teilhabenlassen« – was für ein lächerlicher, absurder Ausdruck. Nur Tote schafften es, nicht zu stottern, wenn sie so ein Kauderwelsch von sich gaben. In der Praxis bedeutete das auf jeden Fall Unmengen von stockenden, wirren Beschwerden. Eines nach dem anderen ließen die Mitglieder, nachdem sie sich mit »Ich heiße Soundso, und ich bin persönlich tot« vorgestellt hatten, ihre Klagen zusammen mit dem Rauch über die Lippen quellen. Das Bizarre daran war, daß das, was sie beschrieben, zwar äußerst abgehoben, die Art, wie sie es formulierten, jedoch bleischwer war. Es war wie die Heimsuchung durch die Fetten; das Grauen verflüchtigte sich plötzlich, wie Klavierklänge, die von einem Fußpedal gedämpft werden. Ich schätze, in dem Augenblick hätte es mir wie Schuppen von den Augen fallen sollen, daß ich wirklich tot war, vor allem daß die ganze Würze des Lebens nichts anderes war als ein Resultat der Angst vor dem Tod. Aber das tat es verdammt noch mal nicht.

Die PT-Mitglieder redeten von den Göttern des hinduistischen Pantheons – vom elefantenköpfigen Ganesh, von Hanuman mit dem Affenkörper, von Kali mit der Schädelkette und dem vierarmigen Vishnu –, die durch die Wände ihrer Dulstoner Appartements brachen, ihre uralten Zwiste vortrugen und dann ihre epochalen Schlachten noch einmal kämpften. Ein Wirbel von Avataren in der Toilettenschüssel. Sie stöhnten, daß Christus dem Golgotha ihrer Umluftherde entsteige, um dann auf dem Berg ihres säkularen Küchenbodens eine tremolierende Predigt zu halten. In der babylonischen Vorstadt, die sie bewohnten, vollführten die vier Reiter der Apokalypse ihren Feldzug, indem sie durch den Stadtpark galoppierten. Tod, Krieg und Hunger fesselten sie an die Schaukeln auf dem Spielplatz, während der Bürgerkrieg am Bootsteich Schinkensandwiches und Tee verteilte.

Im verwirrten Reich der Persönlich Toten badeten Huris in den kleinen Mulden in den Winkeln von Gästezimmern, die tote Maurer bei nachlässigen Umbauversuchen dort zurückgelassen hatten. Diese auf ewig unschuldigen Kurtisanen, die den Gläubigen im Paradies nach Belieben zur Verfügung stehen, tranken Scherbet und lachten lustig bis weit in die Nacht. Sogar die Götter der präbuddhistischen Religion Tibets konnten in Dulston Untermieter werden. So zog geistig-körperliche Buntheit in den Corinth Way ein, in die Sparta Terrace, den Syracuse Park und in die Athens Road. Blaue Götter von der Größe von Pkw-Ausstellungsräumen ragten drohend über Pkw-Ausstellungsräumen; rote Götter von der Größe von Bussen ragten drohend über

Bussen; und grüne Götter – zeitweise zur Ruhe gebettet in den erhöhten, grasbedeckten Dämmen des Dulston Reservoir – stürmten heraus, sobald die Persönlich Toten sich näherten. Die Floristen verkauften dämonische fleischfressende Pflanzen für ein Pfund pro Stiel. Sehr teuer.

Einige wurden heimgesucht von Gottheiten, die ihrer Religion angemessen waren. Ein Mann aus Wicklow redete in dickem irischem Akzent von der Herzoperation der Maria von nebenan. Ein bebendes Mitglied der Plymouth-Brüder legte Zeugnis ab, daß er, vor der Sintflut, allnächtlich Methusalems außerordentlich große Hühneraugen habe beschneiden müssen. Die tote Hornhaut von neun Jahrhunderten. Aber andere waren ziemlich verwirrt. Warum wurde dieser fanatische alte Portugiese von Osiris gequält? Warum schüttelte dieser törichte Frumme seine Schläfenlocken über die Erscheinungen der Regenbogenschlange? Und was hatte das alles mit mir zu tun? Der Sekretär hatte uns eingeschärft, wie wichtig es sei, »eher auf Ähnlichkeiten als auf Unterschiede zu horchen«, und es gab auch solche, die eher von körperlichen Erscheinungen redeten – Personifikationen des Schluckaufs, des Blinzelns, des Rülpsens, des Furzens und Gähnens –, die den Fetten erstaunlich ähnlich waren. Trotzdem konnte ich mich nicht lange konzentrieren. Lithy hatte ein Paar seiner Art gefunden, und die drei grauen Föten rannten, teils im Schatten der Saalecken, teils im Licht umher und trällerten mit ihren dünnen Stimmchen: *»We are fa-mi-ly/I got all my sisters an' me!«*, bis der Sekretär ihnen befahl, still zu sein und sich zu betragen.

Sich zu betragen wie was, fragte ich mich spöttisch. Wie sollte sich ein wiederbelebter, winziger, versteinerter Kadaver denn betragen? Ich meine, »das tut man nicht« griff hier einfach nicht mehr. Und was, wenn man Kreplach schlichtweg nicht mag?

Nach ungefähr einer Stunde unterbrach der Sekretär eine schmächtige, nervöse Frau, die sich über Mithras beklagte – er lebe in ihrem Kühlschrank und vollziehe dort unwahrscheinliche pyromantische Rituale –, und verkündete, daß die letzten zehn Minuten nun »den Neutoten zum Teilhabenlassen zur Verfügung stehen«. »Das dient dazu, euch tote Frischlinge so verlegen zu machen, daß ihr eure Auslöschung zugebt«, krähte er. »Ich meine, wenn ihr nicht erloschen seid – was tut ihr dann hier? Auch wenn ihr euch nicht traut, irgendwas zu sagen, dann könnt ihr wenigstens keuchen oder röcheln, oder was ihr bei eurem letzten Atemzug eben getan habt.« Als er diese grausamen Worte aussprach, ging ein Riß durch sein papierenes Gesicht. Alle toten Augen drehten sich zu mir um, starrten mich an, und alle toten Finger fuchtelten, als wollten sie mich packen.

Als ich aber dann Phar Lap Jones und Costas durch die Pendeltür auf der gegenüberliegenden Seite – diese so gewöhnliche Pendeltür – kommen sah, war ich erleichtert, und ich beschloß, unerschrocken meine Frau zu stehen. »Ich bin Lily«, sagte ich, »und persönlich glaube ich, ich bin tot.« Das war es. Das war alles, was ich sagte. Anscheinend wurde auch nicht mehr verlangt – nur das Eingeständnis, daß ich tot war. Von allem abgeschnitten. Ein Tumor von einer Frau, der aus der Welt entfernt worden war. Phar Lap Jones' Hutkrempe senkte sich unter dem Gewicht seiner coolen Anerkennung. Seine verspiegelten Sonnenbrillengläser kippten nach vorn, und die in ihnen reflektierten winzigen Bodenausschnitte wanderten nach oben. Costas füllte seine geräumige Brust mit unnötiger Luft, und die Haare loderten aus dem V seines Hemds. Meine Mittoten murmelten anerkennend. Dann war die Sitzung vorbei, wir standen alle auf, hielten gegenseitig die Umrisse unserer Hände und murmelten das Gebet: »Gog gewähre mir die Dummheit zu leugnen, daß es irgend etwas gibt, das ich nicht ändern kann, die Unbesonnenheit, die Dinge zu ignorieren, die ich kann, und die Unwissenheit, die uns unfähig macht, den Unterschied zwischen beiden zu erkennen.« Phar Lap und Costas gesellten sich zu uns und stimmten in diesen Unsinn mit ein.

Danach ging ich sofort zu ihnen. »Was sollte denn dieser Quatsch?« fragte ich Phar Lap. »Das ergibt doch überhaupt keinen Sinn. Über Dulston habe ich auf jeden Fall rein gar nichts erfahren und auch über den Tod nichts und wie ich damit umgehen soll.«

»Yeh-hey, na ja, ich schätze, es kommt dir vielleicht vor wie 'ne völlig hirnrissige Quatscherei – aber so isses eben, Mädel, yeh-hey? So isses eben –«

»Ja, Lily-Lady, so isses wirklich«, ergänzte Costas. »Sollten echt auf mein Freund hier hören, is Ihr Todesführer. Se können nich mehr in mein Taxi steigen und aus Dulston wegfahren – die Truppe hier kennt den einzigen Weg nach draußen. Hörense auf ihn! Aber nu muß ich noch mit ein paar Leuten hier reden.«

Er schlenderte davon, und Phar Lap bedeutete mir mit einem Schlenkern seiner Schlangenhüften, daß ich ihm in eins der winzigen Büros folgen sollte.

Dort ging er hinter den Schreibtisch, setzte sich auf den Drehstuhl, drückte die Rückseite seines Stetson gegen eine Korktafel – so daß die Front hochkippte und ein paar schwarze Locken darunter hervorquollen – und betrachtete mich mit lakonischer Distanz. »Ja, das hier is nichts für dich, Lily-Mädel. Stimmt schon. Die ganze Quatscherei – das is so, weil du tot bist, es aber nicht akzeptieren willst, yeh-hey? 's wird noch schlimmer – glaub mir. Wird noch schlimmer als das Lithopädion, yeh-hey? Schlimmer als die Fetten – und es is alles in deim Kopf, Mädel. Nichts davon ist real. Überhaupt nichts – du, das da, ich, was immer. Vastehste, Mädel? Weißte noch, wie du dich im Krankenhaus gefühlt hast, als wir aus der Station weg und auf die Straße sind? Es war wie eine Fata Morgana, hey–yeh? Wie heißer Wind, der über den Busch bläst, daß die Luft zittert. Yeh-hey? Das warst *du*, Mädel – glaub's mir. Du bist Nix-is. Kapier das, und das alles … wird sich einfach in Luft auflösen, vastehste? Das tuste doch, Lily? Oder?«

Nein, ich verstand überhaupt nichts. Ich sah Phar Laps erstaunliche Apfelwangen, seine ebenholzschwarzen Lider, die wie von Epstein gemeißelten Flächen seines hübschen Kopfes. Und hinter ihm sah ich das Korkbrett mit seinen angehefteten Terminplänen, Notizen und Zeitungsausschnitten. Ich sah Regen gegen schwarze Fensterscheiben spritzen und winzige Staubderwische über den Boden wirbeln. Ich sah Stapel angegrauter Akten auf dem grauen Schreibtisch, ich sah die Persönlich Toten im Saal heftig rauchen, und ich sah, wie Phar Lap eine Dose Log Cabin öffnete, mit spitzen Fingern eine Prise Tabak herauszupfte und sie zur Drehbarkeit zerfaserte. Ich sah das Papierfähnchen auf seiner Unterlippe auftauchen. Ich sah, wie er sich eine neue Zigarette bastelte und sie mit einem Redhead-Streichholz anzündete. Ich sah es, und auch wenn es verrückt, verstörend, beängstigend war, so zweifelte ich doch keine Sekunde lang daran.

Weihnachten 2001

Es war für mich nicht weniger glaubwürdig als die wuchtige Wand des Regals aus furnierten Spanplatten, das jetzt vor mir aufragt. Lage um Lage billiger Besitztümer, wie die Stufen einer toltekischen Pyramide. All die wertlosen Sachen, die die Eisprinzessin und der Immobilienmakler gestohlen hatten, dann aber weder verhökern noch versetzen konnten. Erwachsene vergessen leicht, wie gigantisch ihre materiellen Missetaten sind – so sehr sind sie mit winzigen, seelischen Mißhandlungen beschäftigt. Ich konnte einfach nicht verstehen, was Phar Lap meinte – ich konnte ihn nicht hören. So wenig, wie ich jetzt das Handy erreichen kann, das, wie ich weiß, irgendwo da oben liegt, weit außerhalb meiner Reichweite. Aber auch wenn ich es könnte, es ist jetzt sowieso nur ein totes Trumm Stromkreisverhau – ein unhandlicher Unkommunikator. Es ist genauso unfähig, irgend etwas zu empfangen, wie ich unfähig war, Phar Laps Wangenschmatzen und Gaumenschnalzen zu verstehen. Damals glaubte ich, er wolle mich einfach verrückt machen – aber zum Teufel, das habe ich ganz allein geschafft.

9. Kapitel

Ich gewöhnte mich in Dulston recht gut ein. Ich summte: »*Little boxes, little boxes, and they all look just the same/And they're all made out of ticky-tacky, and they all look just the same/ There's a red one, and a blue one, and a green one, and a yel-low one/And they're all made out of ticky-tacky, and they all look just the same*«, während ich die Depression aus meinem Souterrain wischte. Ich bekam einen Job. Nicht in Dulston, sondern gleich daneben in Hackney. Phar Lap hatte mir erklärt, daß es egal sei, ob ich für eine lebende Firma oder eine tote arbeite. Und glauben Sie mir – ich merkte keinen Unterschied. Erst sechs Wochen zuvor hatte ich in der PR-Firma, in der ich mich im Leben abgeplagt hatte, gekündigt, und schon saß ich wieder in so einer Agentur, auf der anderen Seite der Stadt, und tippte Broschüren über neues Küchengerät, Country-Club-Eröffnungen, innovative Thermosocken – oder welch neuer Ausfluß auch immer den stets breiter werdenden Strom zunehmend trivialer Innovationen speiste. *So kam es mir zumindest vor.*

Wie im Leben kaum jemand bei Chandler Communications sich je die Mühe gemacht hatte, mich zu fragen, wer, was, wo oder warum ich sei, so scherte sich auch bei Baskin's Public Relations keiner einen feuchten Dreck darum. Jeden Tag marschierte ich zur Arbeit, zuerst die Argos Road hinunter, bog dann in den Corinth Way mit seinem regen Durchgangsverkehr ein, nahm die Abkürzung durch die luxussanierte Sparta Terrace – wer sagt, daß es bei den Toten keine Aufsteiger gibt? – und durchquerte den Syracuse Park, um dann mit dem Bus die Athens Road hinunterzufahren. Meist in der muffigen Wärme des Oberdecks, wo Rentner und Schulkinder sich drängten und dem mittleren Alter keinen Platz ließen, vergaß ich meinen eigenen Tod, schob den

Tod im allgemeinen beiseite, ignorierte die Metaphysik und las statt dessen Schundblättchen für Frauen. Nach viel Dieseltuckern schaute ich irgendwann von meinem *Womans's Realm* hoch und sah, daß der Bus die Dalston Lane oder die Queensbridge Road entlangzockelte oder bereits in die Mare Street einbog. Zurück – wie lachhaft das auch erscheinen mag – im Land der Lebenden, wie es so schön heißt.

Jede Schnittstelle zwischen den Welten der Lebenden und der Toten war genauso prosaisch. Strom, Gas, Wasser, Telefon – uff! Das alles war so schwer zu organisieren wie eh und je, auch wenn in den relevanten Büros immer ein Toter arbeitete. Die Dinge des täglichen Bedarfs zu besorgen war jetzt, da ich doch so ätherisch war, wirklich mühselig. Die Grenzen zwischen Leben und Tod waren so provisorisch, wirr und unbestimmt wie die von Dulston selbst. Die Lebenden, Narren, die sie sind, trösten sich damit, daß wenigstens im Tod alles eindeutig und fest umrissen sein würde, als wäre der Tod eine definierbare Barriere, eine Mauer oder eine Linie. Aber ich fand mit der Zeit heraus, daß der Tod viel komplizierter war, so schwer zu lokalisieren wie der exakte Rand unseres Gesichtsfelds. Jetzt verstand ich, warum die Kommunikation von Spiritisten mit dem Jenseits stets so lächerlich banal war. Wenn irgend jemand sich die Mühe gemacht hätte, bei mir auf den Tisch zu klopfen, hätte ich ohne Zögern um eine Tasse Tee gebeten.

Baskin, ein in die Jahre gekommener Schwerenöter mit Bart, hatte mich eingestellt, weil ich verkündet hatte, daß ich zwanzig Prozent weniger verlangen würde als jedes Dummchen, das bereit war, mit ihm zu flirten. Im Grunde genommen war es Mrs. Baskin – ein dauergewelltes Monstrum, das von Zeit zu Zeit in die Agentur kam, um die Buchhaltung zu machen –, die mich anstellte. War das nicht schon immer so? Also, was die Schekel anging, kam von Baskin's PR nicht viel.

Ich brauchte eine halbe Ewigkeit, um das Souterrain zu meiner Zufriedenheit herzurichten. Es hatte keinen Sinn, Handwerker fürs Malen und Tapezieren zu bestellen. Bei den Treffen der Persönlich Toten war man so freundlich, mir mitzuteilen, daß tote Handwerker unglaublich unzuverlässig waren. Was soll's, ich war befreit von Arthritis, Bronchitis und Zahnfleischentzündung – befreit von allem, was mich daran hätte hindern können, die Arbeit selbst zu machen. Auf dem Flohmarkt am Ende der Sparta Terrace kaufte ich mir eine weite schwarze Hose und ein weißes Männerhemd. Ich verknotete die Hemdzipfel unter meinen Titten und kletterte aufs Mobiliar, um die Farbe mit Pinsel und Rolle zu verschmieren. Die Fetten umringten mich und kicherten über meine Bemühungen: »Schaut euch nur ihren dicken weißen Bauch an. Der hängt durch wie ein Sack, wenn sie sich streckt … Hehe, sie ist ein fettes, altes Ding. Fett und alt, fett und alt …«

So ging es immer weiter. Eigentlich hätte es mich schon nach wenigen langen Tagen in den Wahnsinn treiben sollen – aber das tat es nicht. Jetzt, da ich keinen Schlaf mehr brauchte, fehlten mir Ruhe und Erholung. Scheiße, wenn ich gewußt hätte, daß das Leben nach dem Tod ein unaufhörliches 24 x 7 sein würde, hätte ich mir abertausende mehr Tage im Bett gegönnt, mir Unmengen mehr Wärmflaschen und Gallonen mehr heißen Kakaos genehmigt. All diese verdammten Diäten – und hier war ich jetzt, birnenförmig in alle Ewigkeit und gepeinigt von den blinden Butzefrauen meiner Eitelkeit. Klar, ich hatte Lithy. Ich blieb bei dem Namen Lithy für mein Lithopädion, weil mir keine Alternative einfiel. Gus junior erschien mir – wie soll ich es sagen – nicht gerade klug. Außerdem war die Vergangenheit das letzte, worüber ich mir den Kopf zerbrach, denn es gab so viel zu tun, so verdammt viel zu erledigen. Lithy war ein lästiges, altkluges kleines Ding, aber trotz seiner flinken Beinchen und seiner Vertrautheit mit den Popsongs der Siebziger hatte es eigentlich nicht viel Ahnung von der Welt; und so nahm ich es auf mich, meinen nie geborenen Kadaver von einem Kind zu erziehen.

Ich kleidete Lithy in Ken- und Barbie-Konfektion und nahm es mit zu Baskin's PR. Es war so vernünftig, stillzusitzen und den Mund zu halten, wenn ich es ihm sagte. »Was für ein ungewöhnliches Püppchen«, sagte Mrs. Baskin, während Gloria, die dralle Sekretärin, gestand, daß sie es »unheimlich« finde. Trotzdem, vom Aussichtspunkt meines Schreibtisches aus, wo es an der alten Plastikcheops des Computers lehnte, bekam Lithy einen guten Einblick in die Origamipapierwirtschaft der späten Achtziger.

Ich muß gestehen, mit Lithy benutzte ich dieselbe Babysprache, in der Natasha und ich kommuniziert hatten, und würzte jeden Satz mit »Na-na«s und »Gu-gu«s. Lithy wurde mein klitzekleines Spielzeug, und mit der Zeit konnte ich sogar seine Vorführungen genießen, wenn es durchs Souterrain tanzte und sang: *»We had joy, we had fun, we had seasons in the sun.«* Irgendeine Ähnlichkeit mit mir oder mit Gus konnte ich in seinem runzeligen Fastgesicht oder den schwarzen Knopfaugen nicht erkennen. Ich glaube, es gibt kaum etwas auf der Welt, das einem Lithopädion ähnelt, außer vielleicht dieser Spielbergsche Alien mit dem Pferdearschgesicht. Und der hatte – 'türlich – große blaue Augen. Die großen, blauen, wunnaschönen Augen, die nur den Träumen eines jüdischen Jungen entspringen können, der sich danach sehnt, mit blonden Schicksen auszugehen. »Der Extraterrestrische als Schickse« wäre ein passender Titel für die Erörterung, die ich dem Lithopädion als Hausaufgabe stellen würde.

Glauben Sie es mir, Dulston war als Arena, in der ich die Windhunde meiner Verachtung laufen lassen konnte, so gut wie jeder andere Vorort Londons. Wer hätte das gedacht – aber die verstorbene englische Mittelschicht bestand aus genau denselben aufgeblasenen Arschlöchern, die sie im Leben schon gewesen waren. Es gab auch im Tod unzählige Feinabstufungen zwischen der Oberschicht und denen darunter und innerhalb der beiden Gruppen erst recht. Die Alttoten und die Neutoten, die Toten, die das Salz der Erde waren, und die Toten, die die magere Scholle waren. Mit grimmiger Unvermeidlichkeit zeigte es sich, daß man es *doch* mitnehmen konnte – die Todesbeihilfe war verdammt noch mal indexgebunden. Nicht nur das, sondern trotz ihrer vielgerühmten Gleichgültigkeit gegenüber vulgärer Prominenz waren die englischen Toten vernarrt in ihre berühmten Verstorbenen, und sie scheuten keine Mühe, um berichten zu können, sie hätten Den-und-den kennengelernt, vorzugsweise während beide Parteien noch am Leben waren.

Die meisten berühmten Toten waren schon längst aus Dulston weggezogen – noch etwas, das mich auf den Gedanken brachte, es sei nichts als eine Quarantänestation, ein Auffanglager, in dem wir Neutote unterkamen, bis wir uns in komfortablere Gefilde zerstreuen konnten. Unterdessen ließen es sich Hinz und Kunz nicht nehmen, mir mitzuteilen, daß sie *natürlich* die Gräfin Teresa Lubinska gekannt hätten. Mir zu berichten, wie äußerst bereitwillig sie ihre Stichwunden gezeigt hätte und daß sie direkt nach der Messerstecherei mit der *U-Bahn* nach Dulston gekommen wäre – wobei sie erst erkannt hätte, daß sie tot war, als der pedantische Fahrkartenkontrolleur in King's Cross ihre Fahrkarte sehen wollte und sie merkte, daß sie *ohne ersichtlichen Grund* umstieg. Was für ein Blödsinn. Typisch für die englischen Toten, daß die einzigen Holocaust-Märtyrer, die sie kannten, blöde, im blöden London ermordete polnische Aristokraten waren. Einfach typisch.

Und sie pflegten das gesellschaftliche Leben – Junge, und wie sie es pflegten. Sie veranstalteten Partys, auf denen der Schnaps gegurgelt und dann in die Geranien gespuckt wurde und man die Canapés von ihren hölzernen Cocktailspießchen saugte, nur um sie dann in Kübel zu speien. Ja – Trinkpartys, bei den englischen Toten mußte immer was los sein. Sie kauten auch ziemlich viel Quiche – weil es so einfach war.

Für diejenigen von uns, die arbeiten mußten, war es ein langer, heißer Sommer, und ganz offen gesagt, abends auf Terrassen herumzustehen, Quiche zu kauen, Salat zu mampfen und dann in Plastikkübel zu kotzen war nicht gerade das, was ich mir unter Spaß vorstellte. Zugegeben, nicht alle Kübel waren aus Plastik, bei der toten Schickeria galt feuerverzinkter Stahl als der letzte Schrei. Die sahen besser aus, waren leichter zu treffen, schepperten aber auch ziemlich laut. Mrs. Seth beeilte sich immer, die Kübel, das Kauen und das Spucken zu verteidigen. »Man muß die Leute tun lassen, was sie wollen, Mrs. Bloom«, sagte sie zu mir, »und was die Toten wollen, ist, sich so zu verhalten wie die Lebenden – das werden Sie doch sicher verstehen.«

Was ich verstand, war, daß Mrs. Seths Gemischtwarenladen mit dem Verkauf von Kübeln, Wein und Käse ein verdammt gutes Geschäft machte. Ein fast so gutes Geschäft war auch das Verhökern von Alufolie an Bernie, den unruhigen Geist von einem Junkie, der in der Mansarde von Nummer 27 wohnte. Ich konnte mich nie daran gewöhnen, daß diese toten Trottel auf ihren terminal langweiligen Trinkpartys tatsächlich beschwipst wurden. Ich schätze, es war eine Folge davon, daß sie *so taten*, als würden sie trinken – so mächtig ist das Ritual; aber es war trotzdem übel, zusehen zu müssen, wie ein Haufen toter Leute mittleren Alters Scheiße redete, alte Melodien grölte und sich sogar gegenseitig *anmachte*.

Soweit ich das sehen konnte, war das einzige, was diese Zusammenkünfte von denen der Lebenden unterschied – bis auf die Kotzkübel – die phantastische Anzahl von Rauchern. Meiner Erfahrung nach rauchen *alle* Toten. Sogar diejenigen, die im Leben nicht geraucht hatten, fingen damit an, wenn sie nach Dulston kamen. Als Toter hatte man wirklich etwas vom Rauchen. Mit der Lunge voll beißendem Rauch gab es ein paar kurze Augenblicke, in denen man sich fast körperhaft fühlte. Dann atmete man aus und war wieder nicht substantieller als die Schwaden, die einem vor der Totenmaske hingen. Aber diese Augenblicke waren es wert, dafür zu bezahlen, dafür zu *arbeiten*.

Die Preise in Dulston waren größtenteils niedrig – wer wollte schon hier wohnen? Aber Zigaretten waren so teuer wie überall

– und ich rauchte Päckchen um Päckchen. Ich weiß nicht, wie es für Sie war, aber ich fand, daß der Prozeß des Rauchens im Tod einen gewissen Pfiff erhielt. Das Knistern, Rascheln und Gleiten des Zellophans, wenn es sich vom Pappkarton löste, die Schachtelhaftigkeit der Packung selbst, deren harte Kanten meine Hand definierten. Dann die rauhe Seidigkeit der alubeschichteten Auskleidung und schließlich die Krebsstengel selbst, so *köstlich harmlos.* Zu rauchen, wenn man so offensichtlich fett und alt war – was für ein Affront, hingeblasen ins Gesicht der Lebenden, die darauf warteten, ihren letzten Atemzug zu tun!

Und es hielt mir die Fetten vom Leib. Sie konnten Zigarettenrauch nicht ausstehen. Es mußte etwas mit ihrer Augenlosigkeit zu tun haben. Während ich nur sehen konnte, konnten sie nur riechen und nörgeln, wie die gesundheitsbewußt korrekten, übergewichtigen Pubertierenden, die sie waren. »Ooh!« riefen sie im Chor, wenn ich den neuen Morgen mit der gut hundertsten Kippe in vierundzwanzig Stunden begrüßte. »Ooh – muß sie denn? Sollte sie? Warum tut sie es? Kann sie nicht aufhören? Weiß sie denn nicht, daß es schlecht ist für sie?« Und ich scheuchte sie davon mit einer Wolke drohenden Dunstes. Der Anblick ihrer schwabbelnden Hintern, die hastig aus dem Zimmer verschwanden, hätte mich zum Kichern bringen können; aber jetzt erkannte ich – da ich nun einmal eine völlig absurde Welt bewohnte –, daß ich vor meinem Tod nicht über die Absurdität der Welt gekichert, sondern nur meine eigene müde belächelt hatte.

Bei den PT-Treffen rieten die »alten Hasen«, diejenigen also, die schon mehr als fünf Jahre tot waren, den Neutoten davon ab, im ersten Jahr des Todes Beziehungen einzugehen. Das war absurd, denn wenn es etwas gab, das die Toten noch intensiver taten als die Lebenden, dann, Beziehungen zu knüpfen. Oder genauer – sie zogen zusammen. Ein totes altes Pärchen tat sich mit einem Toten mittleren Alters zusammen, um Miete zu sparen und den Schein zu wahren. Die Toten mittleren Alters nahmen aus denselben Gründen junge Tote bei sich auf. Es war auch nicht ungewöhnlich, zwei Tote mittleren Alters mit einer Neunzigjährigen in ihrer Mitte spazierengehen zu sehen. Eine zweite Kindheit bedeutete wirklich etwas in Dulston. Man könnte auf den Gedanken kommen, daß den durch diese Zweckverbindung geformten Familieneinheiten der Ruch der Verschrobenheit anhaftete – aber dem war nicht so. Diese Gemeinschaftshaushalte machten mir nur deutlich, daß das Blut schon immer ein höchst willkürlicher Orientierungspunkt zur Strukturierung des eigenen Gefühlslebens war.

Worüber die Toten am meisten redeten, waren die Vergangenheit und die Zukunft. Das erklärt auch ihren trotzigen Mangel an Interesse an Dulston, seinem Milieu und seiner Organisation. Dulston – das Phar Lap einen »Zystrikt« nannte – war den Nachbardistrikten so ungemein ähnlich, wie seine Bewohner den ihren waren. Obwohl es täuschend dünn war – nur ein Spalt aus Klinkern, Mauerwerk, Beton und Asphalt –, spürte Dulston nie die Hektik der lebendigen Stadt, die es umgab. Nachts, nachdem wir Toten es uns drinnen gemütlich gemacht hatten und unseren eigenen Horrorshows zusahen, hörten wir, wie die Lebenden über das kümmerliche Stück Durchgangsstraße brausten, die unser Viertel durchschnitt. Und falls sie wirklich einmal anhalten sollten, was fanden sie dann? Nicht viel. Den von den eigenen Dämpfen benebelten Vorhof einer Tankstelle, eine die ganze Nacht geöffnete Tierhandlung, in der der Besitzer hinter Gittern kauerte, eine Nutte, die ihre traurige Möse an der Ecke eines Sozialblocks verkaufte.

Gelegentlich hielten Fahrer an, sowohl tagsüber wie nachts. Sie kauften Benzin, Lebensmittel, verzweifelte Ficks, und kaum einer wurde sich je bewußt, was für makabre Geschäfte er eben getätigt hatte. Die lebendigen Freier spürten nichts von der Körperlosigkeit der toten Nutte. Aber wir Toten fanden uns auch nicht widerspruchslos damit ab. Wir rebellierten und manifestierten uns so, wie wir tatsächlich waren. Die armen, schlampigen Frauen, gestorben an Armut und Drogen, an zu vielen Schwangerschaften und zu viel Valium, zeigten sich im hellen Tageslicht auf der Dulston Junction mit ihren abgetriebenen Föten, die ihnen um die düstere Stirn baumelten, und den blutigen Nabelschnüren, die ihre Kittelschürzen aus Nylon schmückten. Die Selbstmörder hielten verirrten Vertretern ihre doppelt klaffenden Münder vors Gesicht, oder sie protzten mit ihren blutroten Armbändern oder stellten ihren vom Aufprall zerschmetterten Unterleib zur Schau, wenn sie wie Schnecken um den Block krochen. Die Ermordeten zeigten ihre aufgeschlitzten, durchschossenen, zerschlagenen Körper. Die Kranken führten ihren Schanker vor. Die Herzinfarktopfer krümmten sich und stürzten, krümmten sich und stürzten – ein endloser Leichenringelreihen. Wir stürzen alle.

Wie reagierten die Lebenden auf dieses allgemein zugängliche Zentrum der Vernichtung? Na ja – sie wurden verrückt, 'türlich. Sie wurden in Institutionen eingewiesen, stürzten sich in eine Religion oder verließen das Land. Sie nahmen die Mätzchen der Jenseitigen als das, was sie waren, eine Eruption aus einer fünften, gräßlichen Dimension, deren Existenz sie schon immer befürchtet, aber noch nie erlebt hatten. Sie hatten Heimsuchungen. Bei meinen Wanderungen durch die Straßen Dulstons erkannte ich sehr schnell, daß alles, was ich als Lebendige gehört, aber nie geglaubt hatte – über die kopflosen Reiter, die Frauen in Weiß oder die kreischenden Todesfeen – nur die allerdünnsten Hinweise auf diese abscheuliche Vorhölle waren. Und was die geistig Kranken anging, mit ihren Geschichten von außerirdischen Invasionen, konspiratorischer Kontrolle und diabolischer Destabilisierung – *sie haben alle immer die absolut reine Wahrheit gesagt.*

Im Leben hatte ich darum gekämpft, die Dunkelheit am Rand meines Gesichtsfelds abzuwehren, die Angst davor, daß der Türsturz meines Geistes einbrechen könnte, während ich auf der Schwelle zwischen meinem Zuhause und der Welt, zwischen Klaustro und Agro, zögerte. Zu gewissen Zeiten waren meine

Phobien so intensiv gewesen, daß ich mich kaum dagegen wehren konnte, mich in meinem *eigenen verdammten Kopf* klaustrophobisch zu fühlen. Eine kleine Puppenfrau, die durch von sadistischen Hirnchirurgen geschnittene Augenlöcher nach draußen starrt. Dann floh ich in die modrigen Schuppen Christi, in die Kricketpavillons des Herrn. Und wie passend war es doch, daß die Engländer mit Vorliebe ein so mageres, rationales, halbgares Bonbon des Trostes lutschten. Meine Ausrede war, daß ich den Gesang mochte oder die Kunstwerke bewunderte oder die Atmosphäre beruhigend fand. Aber die meisten englischen Kirchen haben nichts von alledem, es war schlichtweg so, daß ich *eine Heidenangst vor der Scheiße in meinem Kopf hatte.* Eine verzweifelte Angst, daß sie ausbrechen und mich überwältigen würde. Es verschaffte mir immerhin etwas Befriedigung zu entdecken, daß ich die ganze Zeit recht gehabt hatte. Recht von Anfang an.

Nach dem ersten PT-Treffen sah ich Phar Lap nur noch selten. »Ich muß arbeiten, Lily-Mädel, genau wie du«, sagte er mir. »Ich krieg keine Stütze. Ich laufe durch die Straßen und sehe mich nach neuen Projekten um, vastehste, yeh-hey?« Was das für Projekte waren, entdeckte ich erst viel später. Phar Lap empfahl mir die guten Dienste der Persönlich Toten. »Diese Babas bringen dir alles bei, was du wissen mußt, Mädel. Geh nur regelmäßig zu den Treffen. Red über deinen *guna* – sie werden es verstehen. Mehr kann ich dir im Augenblick nicht sagen, hey-yeh? Nix-is.«

Bei den Treffen gestand ich, daß ich den unüberwindlichen Drang verspürte, meiner eigenen Einäscherung beizuwohnen – mich selbst brennen zu sehen. »Geh hin«, rieten mir die Persönlich Toten, »geh hin, aber erwarte nicht, daß es dir was Besonderes bringt. Weder, daß es einen Schlußstrich unter die Vergangenheit zieht, noch, daß es dieses Fegefeuer in irgendeiner Form angenehmer macht.« Der Tod schaffte es nicht, einen Abschluß zu bewirken.

Ich nahm die U-Bahn aus Highbury und Islington, und am King's Cross, wo, falls ich sie zu bemerken beliebte, erstaunliche Geister menschlichen Kleisters über die Rolltreppen spukten, stieg ich in die Northern Line ein. Ich saß in einem Zug der Edgware Branch nach Golders Green und betrachtete die im gegenüberliegenden Fenster bis ins Absurde verlängerten Spiegelbilder blasser großstädtischer Gesichter. An den dunklen Wänden des Tunnels sah ich die Starkstromsehnen der Kabel, die sich im Körperinneren der Stadt spannten. Während die Bahn sich vom West End nach Norden wühlte, spürte ich die anwachsenden Gebäudemassen über meinem Kopf, bis mich in Hampstead ihr großes Lehmgewicht schier erdrückte. Trotzdem – *en route* zu meinem eigenen Begräbnis und nur ein *sehr leichter* Anfall von Klaustrophobie. Phantastisch – im Leben hätte ich *nicht im Traum* daran gedacht, mit der U-Bahn zu fahren, außer ich wäre betrunken oder sediert oder beides gewesen.
Dann die längste Strecke von allen, von Hampstead nach Golders Green, von den Alten und Intelligenten zu den Neuen und Smarten. Von den Villen auf dem Hügel zu den Chalets im Tal. Golders Green, wo kurzärschige neureiche Frauen von unaussprechlicher Vulgarität, die mit ihren Visagen kaum übers Armaturenbrett schauen, den Mercedes ihres Gatten mit absurder Leichtfertigkeit über die Golders Green Road chauffierten. Und diese riesigen *Krauts*-Limousinen behandelten wie luxuriöse Autoskooter. Dann irgendwo schrägparkten und auf pedikürten Füßchen in Lindys Konditorei oder Grodzinskis Bäckerei oder einen anderen Kalorienschuppen trippelten, um sich noch fetter zu stopfen. Und so war es schon in den Sechzigern! Nur zwanzig Jahre, nachdem ihre verdammten Väter und Mütter *ausgehungert* wurden, damit sie in die Öfen paßten.
Golders Green habe ich schon immer gehaßt. Ich fuhr mit den Mädchen dorthin, um im Ionic Cinema einen Film anzuschauen, aber nur, wenn er sonst nirgendwo lief. Weil ich es so haßte, eingezwängt zwischen diesen Juden zu sitzen, die sich durch Wer-

bung und Vorfilm mampften, tratschten und schmiesten – und dann noch durch den Scheißhauptfilm. Herrgott noch mal! Es war, als würde ich in einer verdammten Schul sitzen. Ich konnte nicht anders. Ich konnte meine rassische Selbstverachtung nicht vor meinen Mischlingsmädchen verbergen. Also schwor ich mir, kaum daß wir aus dem Kino wieder draußen waren, daß ich nie mehr herkommen würde. Und wenn sie hier wieder einen Film sehen wollten, dann müßten sie mit ihrem verdammten Vater gehen.

Das hielt ich einen oder zwei, vielleicht sogar drei Monate aus. Dann fuhren wir an einem trüben Winterabend vom Einkaufen in der Stadt nach Hause, zockelten in der Schrottkarre, die die Yaws-Familie in diesem Jahr gerade besaß, die Finchley Road hoch, als mir der Gedanke, zu Daddy mit seinem Goi-Getue bösartig anämischer Pfeifen-und-Pantoffeln-Gemütlichkeit nach Hause zu kommen, unvermittelt zuviel wurde. Ich ertappte mich dabei, wie ich vor Bloom's anhielt, die Mädchen hineinscheuchte und dann im heimelig duftenden Straßenverkaufsbereich wartete, bis der alte Schlepper in dem fleckigen weißen Mantel unsere Bestellung aus Pastramisandwiches und Latkes brachte. Sogar das Essen in Bloom's – wo, wenn wir ehrlich sind, Fade Fade fütterten – schmeckte exotisch in dieser Stadt der Kohlehydrate. Dann setzten wir uns in unsere Karre und mampften das Zeug. Ich erzählte Natty und Charlotte, wie verdammt brillant unser Volk doch sei. Daß wir all die großen Denker dieses und des letzten Jahrhunderts hervorgebracht hätten. Daß sogar Bloom's voll sei von eigensinnigen Einsteins, Freuds und Marx, die sich mit Kellnern ihre Promotion verdienten. Und daß wir, wenn wir eine richtige Wut im Bauch hätten, einer ganzen Armee aus Yaws und seiner lateinkonjugierenden Art monatelang standhalten könnten, um dann lieber Selbstmord zu begehen, als uns zu unterwerfen.

Es war völlig unverändert – Golders Green. Noch immer standen keifende Rebeccas auf dem Bahnhofsvorplatz und ereiferten sich schrill über jeden Unsinn, der ihnen gerade in den Sinn kam. Ich wandte mich ab, und unter einem Londoner Himmel mit einer prächtigen vertikalen Schichtung – ein statisches graues Band unter einem weißlichen statischen Band – ging ich die Finchley Road hoch nach Norden, vorbei an den wenig komfortablen Doppelhäusern, die sich hinter ihren stacheligen Ligusterwällen versteckten, zur Hoop Lane.

Es war der dritte Tag nach meinem Tod, und hier war ich, wiederauferstanden vor der Express Dairy. Ich wußte nicht, woher ich wußte, daß es die richtige Zeit war, aber ich wußte es. Zu meiner Totenfeier hatte ich nicht gehen wollen, 'türlich organisiert von Mrs. Elvers, in Esthers selbstmitleidiger und einiger Engländer gleichgültiger Anwesenheit. Warum sollte ich den Beginn meines Vergessenwerdens miterleben wollen? Nein, wichtig war mir nur die Einäscherung. Ich wollte mich versichern, daß der Sarg von der billigstmöglichen Machart, das Bestattungsunternehmen das schäbigste und der Leichenwagen ein Yaws-Mobil war. Ich wollte hinter den Vorhang kriechen, in den Raum, in den das Förderband den Sarg verschwinden ließ. Ich mußte sehen, wie die Krematoriumsdiebe meine Leiche aus ihrer Zweihundert-Pfund-Kiste holten. Ich mußte sehen, wie sie sich an meinem Erbe schadlos hielten, kaum daß ich es hinterlassen hatte. Jahrelang hatte ich mich krank geärgert über die Industrie des Todes – und jetzt wollte ich nicht verpassen, wie diese Ganeffs ihr Schlimmstes gaben.

Es war allerdings überhaupt nicht so. Elf Uhr vormittags an einem trüben Dienstag und das sanft abfallende Band aus stumpfem, feuchtem Asphalt leer bis auf die gelegentlich dahinzischenden Volvos, Volkswagen und Mercedes, die wohlhabende Matronen die lange Meile von der Judenvorstadt Hampstead Garden nach Golders Green transportierten, wo ihre Geldbeutel Gewicht verlieren sollten. Feuchtes Laub unter den Sohlen und über dem Kopf der quadratische Kamin des Krematoriums, der den Himmel mit einer schwellenden Säule fleischigen Rauchs stützte und das Grau in sein ziegelrotes Lutyens-Herz saugte. Ein paradoxes Strahlen erleuchtete den jüdischen Friedhof hinter mir. Ich lachte freudlos auf, als ich an all die Narren dachte, die viel Geld bezahlt hatten, weil sie sich einbildeten, hier sicher verwahrt ruhen zu können, wo doch der vorherrschende Wind bedeutete, daß nach dem Tod eine umgekehrte Diaspora sie erwartete, wieder im East End.

Merkwürdigerweise kam Natasha Yaws allein, und zwar aus der mir entgegengesetzten Richtung. Aus Hampstead Gardens. Ich konnte mir nicht vorstellen, warum. Es schien mir unwahrscheinlich, daß sie sich dort einen Schuß besorgt hatte. Aber sie mußte sich einen besorgt haben, denn es war ziemlich früh für sie, und auch wenn sie nicht gerade taufrisch aussah, wirkte sie doch zumindest gefaßt. Ich folgte ihr nach drinnen, allerdings mit gut fünfzig Schritt Abstand. Phar Lap hatte mich in der Kunst der Flüchtigkeit bereits so gut geschult, daß ich wußte, sie würde mich nicht sehen, wenn ich nicht wollte. Wie ähnlich war der Tod der Kindheit, zog er doch, wie jetzt, solche Spielchen mit Großmutters Fußstapfen nach sich.

Natasha hatte sich nicht überlegen müssen, ob es angebracht war, für dieses menschliche Grillfest Schwarz zu tragen – sie trug immer Schwarz. Trotzdem freute es mich ein wenig, daß sie für diesen Tag ihr bestes Schwarzes angezogen hatte. Einen wadenlangen, ab dem Knie ausgestellten schwarzen Seidenrock, eine schwarze Seidenbluse mit einem übertrieben langen, spitzen Kragen, ihr gutes, schwarzes Chenillejäckchen, einen langen, schwarzen Schal und einen taillierten, bodenlangen schwarzen Mantel – letzterer trotz des beinahe milden Vormittags Anfang Mai für sie unentbehrlich, um ihr Junkiefrösteln gut einzupakken. Es war eine Kombination, die ich für sie gekauft hatte, deshalb paßte auch alles so gut zusammen. Natasha toppte die chaotischen Lektionen ihres Vaters lediglich mit dem Gebaren einer schönen Frau. Und sie hatte sowieso seit Jahren die Angewohnheit, alles, was sie bei Marks&Spencer besorgte, in Stoff umzusetzen. Sie ging mit ihrem Kumpel Russell rein, klaute massenhaft Ware und brachte sie dann gegen eine fünfzigprozentige Erstattung zurück. M&S zeigte sich bei Umtausch und Rückgabe kulanter als alle anderen Handelsketten. Diese Juden! Sie begriffen, daß es viel besser war, ein Problem wie dieses unaufgeregt anzugehen. Also, fünfzig Prozent Jüdin, fünfzig Prozent Rückerstattung – das war meine Natty.

Als sie auf den abgetretenen Absätzen ihrer billigen Plastikstiefeletten an mir vorbeiklapperte, sah ich, daß sie sogar eine einigermaßen präsentable schwarze Strumpfhose anhatte – zumindest ohne Laufmasche am Knie. Sie fragte einen träge herumstehenden Mann in einem schlabberigen Anzug nach der richtigen Kapelle. Der Bestattungskuli sah sie mit Sarkophagaugen an. Sie ging weiter. Ich folgte ihr.

An der Tür zur Kapelle stand ein Leichenwagen. Er sah für mich stinknormal aus. Du meine Güte. Auch der Sarg war richtig unauffällig. Es gab keinen toilettensitzförmigen Kranz, keine hochnotpeinliche Huldigung. Nicht einmal ein Sträußlein meiner botanischen Namensschwestern. Wir sahen zu, wie vier Söldlinge das Ding aus dem Wagen zogen und es sich auf die unsichere Ablage ihrer Schultern stemmten. Wer hätte gedacht, daß die alte Kuh noch ein solches Gewicht hatte? Sie schwankten ein wenig in ihren stumpfen, orthopädisch aussehenden Schuhen von Freeman Hardy & Willis. Sie legten sich gegenseitig dicke Arme auf breite Schultern und rückten den Sarg mit häßlichen Händen zurecht. Dann stampften sie los. Ah, der bleierne Todesmarsch!

»Goin' to the chapel und we're gonna get mar-ried!« krähte plötzlich das Lithopädion in meiner Tasche. Ich brachte es zum Verstummen, betrat die Kapelle und stellte mich in eine der hinteren Reihen. Natty stand zwei Reihen vor mir und schwankte ein wenig in dem schmalen Zwischenraum, während die Bestatter sich daranmachten, den Sarg mit großer Zeremonie auf den Sockel zu stellen, der, wie ich von früheren Besuchen wußte, das Förderband verbarg.

Dann nichts. Oder, wie Phar Lap es nennen würde, »Nix-is«. Soll heißen, eine große Wüste der Negation, eine ultimative Tundra, eine horizontlose Steppe. Keine Lesung, keine Musik, keine Blumen, keine Tränen, kein Nix-is. Die vier Bestatter standen nebeneinander vor dem Sarg und zeigten der entsammelten Gemeinde ihre vier Elefantenärsche. Nach einer Weile kam einer zu Natty und flüsterte ihr etwas ins Ohr, sie murmelte eine Erwiderung. Der Liftboy des Todes ging zur Seitenwand und drückte, ohne zu verbergen, was er tat, auf den verborgenen Knopf. Das Förderband setzte sich mit einem Ruck in Bewegung, nahm seine traurige Fracht auf und beförderte sie nach links von der Bühne. *Exeunt.*

Natasha eilte an mir vorbei. Ich sah kurz ihre nadelstichkleinen Pupillen, ihre papierblasse Haut, ihre unbeschreiblichen Wangenknochen, dann war sie verschwunden. Was hat sie gesehen? Nix-is. Ich wartete, bis die Bestatter, händereibend und ihre Benson&Hedges aus den Taschen ziehend, ebenfalls an mir vorbeigegangen waren, dann eilte ich den Mittelgang hoch und hinten um das Förderband herum, wo ich die erwartete Tür fand.

Man sagt, es hilft den Leuten, wenn sie die Leichen derer, die sie liebten, vor der Entsorgung noch einmal sehen. Damit sie sich davon überzeugen können, daß die Toten wirklich tot sind. Entseelt. Von ihnen gegangen. Vielleicht hätte es mir geholfen, wenn ich den Nepp gesehen hätte, den ich erwartet hatte. Wie meiner Leiche aus ihrer Fichtenjacke geholfen und wie sie dann eiligst entsorgt wurde; wie der billige Sarg wieder in den Leichenwagen geschoben und in den Ausstellungsraum zurückgebracht wurde, nicht anders als ein gebrauchtes Auto mit einer Reihe nachlässiger Besitzer. Wie wir alle wissen, ist nichts tröstender, als die eigenen Vorurteile bestätigt zu sehen. Aber ich hatte kein Glück. Hinter der Bühne standen zwei Männer in den khakifarbenen Overalls, die Engländer an den ruhigeren Gestaden der körperlichen Arbeit gern zur Schau tragen, und kontrollierten die Verschlüsse, die Papiere, die Anzeigen an dem großen, bollernden Ofen, und ohne das Ding auf dem Förderband überhaupt zu berühren, öffneten sie die Ofentüren, drückten auf noch einen Knopf, und verschwunden war es. Es, wohlgemerkt. Nicht ich – es.

Hatte ich erwartet, daß andere bei meiner Verbrennung anwesend sein würden? Daß sie Wunderkerzen der Gefühle schwenkten, Raketen der Rührung zündeten? Nein, eigentlich nicht. Obwohl mich Mr. und Mrs. Elvers' Abwesenheit schon überraschte. Vermutlich hatten sie eine wichtige Besprechung – sie gehörten zu der Sorte von Leuten. Besprechungen waren für sie etwas Üppiges. Dergestalt, daß sie, wenn man sie zur Teestunde fragte, ob sie ein Stück Kuchen wollten, antworteten: »Nein, danke, ich hatte mittags eine wichtige Besprechung.« Beide wurden fett von wichtigen Besprechungen; und je größer die Waste-of-Paper-Kette wurde, eine zerknitterte Papierschlange aus Filialen, die sich durch die Bürowelt wand, desto fetter wurden sie.

Nein, es blieb Natty überlassen, an dem jetzt sonnigen Vormittag zu trauern. Unter den Platanen mit ihren tanzenden Blättern, inmitten von Kirsch- und Apfelblüten wirkte sie beeindruckend schön und lächerlich russisch. Sie stand vor einem kleinen Nebengebäude herum, das, wie alles hier, aus soliden dunklen Dachau-Ziegeln gebaut war. Als die Bestatter ihre Zigaretten ausdrückten und sich in ihren Leichenwagen schwangen, hielt einer kurz inne, und eine Falte zerteilte seine fleischige Stirn. Überlegte er, ob er Natty trösten oder ob er sie anmachen sollte? Oder beides – sie hatte diese Wirkung auf Männer. Dann besann er sich eines Besseren und schüttelte sich.

Und Natty, weinte sie? Nein, sie weinte nicht – und das ärgerte mich wirklich. An Yaws' verdammtem Begräbnis hatte sie geweint. Zugegeben, sie war damals erst zehn – aber trotzdem, ihre eigene verdammte Mutter. Ihre Mumu. Der Quell ihres unvergleichlichen Narzißmus, ihres eigensinnigen Charmes, ihrer zügellosen Begierden. Warum vergoß sie nicht wenigstens einen mageren Tropfen Kummer? Konnte sie ihr feuchtes Gefühlstuch von einem Charakter nicht noch ein bißchen mehr auswringen? Ich meine, ich weiß, daß sie traurig war, traurig wegen ihres eigenen beschissenen Ichs. Wirklich elend. Unglaublich verzweifelt. Oder war auch sie wie Yaws? Noch ein beschissener Yaws, mit einem Fresko seines Gesichts auf dem feuchten Verputz innerhalb ihres eigenen? So schien es zumindest.

Nach einer halben Stunde brachten sie ihr eine Urne. Na ja, nicht gerade eine Urne, eher eine riesige, bronzefarbene Nescafé-Dose aus Plastik, natürlich mit Schraubverschluß. Sie nahm das sperrige Ding in ihre dürren, zerstochenen Arme, ihre abgenutzten Handschuhe umfaßten den Deckel ihrer toten Mummy. Dann drehte sie sich um und ging davon, wieder die Hook Lane hoch und noch immer trockenen Auges.

Ich gebe zu, wahrscheinlich hat die Schore zusammen mit dem Schock des Ganzen sie einfach betäubt. Und daß sie die Sache ganz allein hatte durchstehen müssen, hatte wahrscheinlich Sand in ihr Fabergé-Getriebe gestreut. Aber trotzdem – überhaupt nicht weinen. Also, das gab meiner farblosen, geruchlosen, gefühllosen Dummheit der Gleichgültigkeit wirklich einen Riß. Ich probierte Wut an, wie einen Hut, und sie paßte fast. Ich sprach einen Fluch über meine Junkietochter. Ich zündete eine Zigarette an, und beim ersten Zug erinnerte ich mich an die Worte eines berühmteren Rauchers als ich. Camus, der mit siebenundvierzig bei einem Autounfall starb. »Wenn ein Mann beim Begräbnis seiner Mutter nicht weint, schlägt die Welt ihm den Kopf ab.« Genau, Bert, wie recht du doch hast. Und was mit einer Tochter passiert – na ja, mich schauderte bei dem Gedanken. Mich schauderte bei dem Gedanken.

Weihnachten 2001

Mich schaudert auch jetzt. Es ist kalt hier drinnen. Aus irgendeinem Grund hatte der Immobilienmakler das Küchenfenster geöffnet, bevor das alles passierte. Bevor er in Etappen niedersank. Jetzt stehe ich hier drin, hungrig, frierend und ziemlich kläglich und schaue hoch zu den Unterseiten der Blätter dieser gräßlichen Spinnenpflanze. Woran merkt man, daß ein Haus unbewohnt ist? Weil die Spinnenpflanzen es übernommen, es mit ihren scharfen Wedeln kolonisiert haben. Ein sehr domestizierter Tag der Dreizackigen. Vielleicht wird die Spinnenpflanze auch dieses Haus übernehmen, das jetzt leer ist bis auf mich Winzling? Zum Beweis, daß dies von ihrer Seite aus keine Symbiose war – als Gegenleistung für drei Tropfen Substral und ein paar zittrige Spritzer schalen Leitungswassers hockt sie nur in der Ecke und sieht verdammt häßlich aus –, sondern ein wüster, parasitärer Krieg. Spinnenpflanzen gegen den Rest der Welt.

Natürlich war es die Eisprinzessin, die das Gießen übernommen und diese angemessen häßliche Dekoration in einem für sie so typischen absurden Anfall von Häuslichkeit gepflegt hatte. In einer Weile werde ich nach oben krabbeln und sie mir anschauen – aber nicht jetzt. Jetzt reicht es mir, hier zu stehen, unter der Spinnenpflanze, in der Ecke. Wenn ich mich umdrehe, kann ich die Kabelganglien betrachten, die aus der Rückseite des Fernsehers herauswachsen und ihn früher einmal mit dem Verstärker, dem CD-Player, dem Kassettendeck, dem Plattenspieler und den Lautsprechern verbanden. Mit all den technischen Musikgerätschaften dieses höchst unmusikalischen Haushalts. Dieses grabesstillen Haushalts. Es ist erstaunlich, daß sie es schafften, diese Black Boxes der Tonkonservierung so lange zu behalten, wie sie es taten, aber jetzt sind sie verschwunden – und mit ihnen ihre Klänge. Wenigstens eins hätten die Eisprinzessin und ihr Liebhaber tun können – den Fernseher einschalten.

Aber ich habe ja ganz vergessen – es gibt keinen Strom.

10. Kapitel

Ich habe es immer geschafft, meine Töchter mit einer gewissen kalten Objektivität zu betrachten, vielleicht weil ich den geliebten Sohn so früh verloren hatte. Und in den Jahren nach meinem Tod übertraf ich mich noch selbst. Allerdings komplettierten die Perspektiven, die mir mein pulverisierter Zustand gewährte – der Blick aus der Nescafé-Dose – meinen Dulstoner Blickwinkel. Jeder, der diesen Plastikpott mit mir als Inhalt berührte oder auch nur betrachtete, nahm ein bißchen etwas mit – einen sarkastischen Aschefleck.

Natasha Yaws ging an diesem milden Vormittag Anfang Mai 1988 aus einem bestimmten Grund die Hoop Lane hoch. Erst vor einer knappen Stunde war sie von einem Haus am Central Square heruntergekommen. Ein Haus nach Art des Regency, mit länglicher Fassade und von vorgetäuschter Solidität, aber glaubwürdiger Geradheit, wo sie die letzten Stunden der Dunkelheit halbnackt am Ehebett eines Mannes verbracht hatte. Kennengelernt hatte sie den Mann in Russells Wohnung in Kentish Town, wo er sich Kokain besorgt hatte. Seine Frau und seine Kinder waren verreist, und dieser namenlose, nie zu benennende Mann hatte Natasha mit zu sich genommen, weil er sich im ersten High des Kokains sicher gewesen war, sie ficken zu können. Natasha war sicher gewesen, daß er es nicht schaffen würde – und sie hatte recht behalten. Am Morgen mußte sie im Norden sein – warum sich also nicht in doppelter Hinsicht mitnehmen lassen?
Er hatte im Ehebett gelegen und eher wie nebenbei das schlaffe Ding zwischen seinen Beinen gerieben, während Phil Collins melodramatisch aus verborgenen Lautsprechern säuselte: *»I feel*

him coming in the air at night«, bis es ihm in dieser Nacht letztendlich auch kam ... *O Lord!*

Natasha hatte am Rand des großen Doppelbetts gesessen, halbnackt, um dem Mann das nötige optische Futter zu geben, und sich die Reste seines Kokains in die Nase gezogen. Zwischen die lenkbaren Lines streute sie Schorehäppchen, flambiert auf einem großen Stück Alufolie von einer Familienrolle, die sie in der makellos weißen Familienküche im Erdgeschoß gefunden hatte. Sie hatte nur ihr Begräbnisjäckchen und ihren schwarzen Begräbnis-BH von M&S ausziehen müssen, um dem Mann zu geben, was er wollte. Ah! Was für ein Liebreiz. So hohe Brüste, so lange rosige Brustwarzen, so ein glatter Rücken. Wie *schade*, daß er viel zu hinüber war, um die rohen rosigen Löcher in ihren Ellenbeugen zu sehen. Was für eine *Schande*, daß er – nachdem Rémy Martin und Kokain ihre Wirkung gezeigt hatten – nicht mehr in der Lage war, darauf zu bestehen, daß sie auch Rock und schwarze Strumpfhose auszog, denn dann hätte er die wirklich fürchterlichen Verwüstungen sehen können, die sie mit ihren scharfen Fingernägeln an ihren unteren Körperregionen angerichtet hatte. Ihre langen Schenkel zerkratzend und zerstechend, hatte sie ihren Haß an dieser Hälfte ihres Ichs abreagiert. Aber er sah nichts davon.

Jetzt knallte Natasha, die Nescafé-Urne in den Armen, den Messingklopfer gegen die große weiße Tür und wartete, daß der verheiratete Mann gelaufen kam. Was der auch tat, aus spermafeuchtem Schlaf zu greller Klarheit erwacht über *alles*, was vorgefallen war. Konnte es sein, daß Frau und Kinder vorzeitig zurückkehrten? Er zog Hose und Hemd an, schob den Drogenmüll unters Bett und taumelte zur Haustür. Aber nein – es war das Herzchen ohne Herz. »G'gaa w-was ist?« würgte er in die frische Frühlingsluft. Er war verwirrt; als er sie das letzte Mal gesehen hatte, war sie halb angezogen gewesen, jetzt war sie overdressed – und hielt ein bizarres Gefäß im Arm. »Was ist das?«

»Meine Mutter«, erwiderte sie spitz. »Ich brauche ein Taxi für sie – und mich. Ich muß zum Regent's Park. Gib mir das Geld und ruf mir ein Taxi. Keine Angst – ich warte auf der Bank da drüben.« Sie deutete mit schwarzverhülltem Finger zur anderen Straßenseite.

Angst dürfte er allerdings gehabt haben, denn schließlich war er mitten am Vormittag zu Hause, und seine mütterlichen Nachbarn spazierten, gierig auf Indiskretionen, um den Platz. »A-a-aber ... ich dachte ... Was?«

»Denk nicht – tu's einfach«, sagte Natasha. »Gib mir das Geld.«

Er schob die Hand in seine Hosentasche und fand einen Zehner. Sie drehte sich auf ihrem synthetischen Absatz um, klapperte über die Straße und setzte sich auf die Bank. Er rief ein Taxi, und während er wählte, dachte er, völlig zu Recht, daß er noch einmal glücklich davongekommen war.

In der luxuriösen Wohnung an der Cumberland Terrace wartete ein merkwürdiges Trio auf Natasha: die zwei sterblich stämmigen Elvers und die aaldünne, unsterbliche Esther. In Erwartung bedeutender Ereignisse redeten sie Belangloses. Sie saßen an einem großen, runden Kieferntisch und hatten große, runde Porzellanteetassen in der Hand. Das war Häuslichkeit mit einem großzügigen Schuß Wachstumshormonen. Ihre Erwartungen sollten nicht enttäuscht werden.

Tags zuvor hatte es einen typischen Streit zwischen Natasha und Charlotte gegeben, und zwar wegen der Einäscherung. Esther hatte daran teilnehmen wollen, und Charlie sah keinen Grund, warum sie es nicht sollte. Aus Sollte/Sollte-nicht, Sollte-nicht/Sollte war zur gegebenen Zeit Getan/Nicht-Getan geworden, und daraus hatte sich die übliche zähe Routine schwesterlicher Reibereien entwickelt. »Wenn sie geht, gehe ich nicht!« keifte Natasha. »Mumu konnte sie nicht ausstehen – und ich kann es auch nicht. Mumu hätte es gehaßt, wenn sie dabei wäre – und ich auch. Wenn sie geht, gehe ich nicht – und du weißt, was Mumu davon halten würde.«

Charlie hatte auf der gepolsterten Schulter ihres Gatten geweint, mit plumpen Fäusten auf die Lehne eines rot-weiß-gestreiften Sofas getrommelt und dann den Spieß umgedreht. Ohne Esther wollte sie nicht hingehen. Dann schon lieber das Problem aussitzen und die Entwicklungen ertragen.
Jetzt rülpste die Gegensprechanlage, und Charlotte ging zur Tür, um mittels des CCTV-Systems ihre Schwester auszuspähen. Wie schlecht sie wohl aussah? Aber natürlich sah sie mit ihrer schwarzen Pillbox – dem Barett des Teufels – wunderschön aus. Das Trio machte sich auf eine Konfrontation gefaßt, während Natasha die breite, mit Teppich belegte Treppe hochstieg. Richard Elvers sagte zu seiner Frau und ihrer Tante: »Wir sollten dieses eine Mal nachsichtig mit ihr sein, sie hat viel durchgemacht – wir alle haben viel durchgemacht.« Aber Natasha ließ ihnen gar keine Chance, Nachsicht zu üben.
»Verdammt noch mal, wo warst du denn – du Schlampe!« blaffte Natasha ihre Schwester schon von der Tür her an, ignorierte ihren Schwager, strafte ihre Tante mit Nichtachtung und stellte ihre Mutter auf den weichen Teppich.
»A-aber du ... Du –« Mehr als dieses Stottern konnte Natasha ihrer Schwester an diesem Tag nicht entlocken.
»Ich was? Was?«
»Du, du hast doch gesagt, du willst allein gehen. Daß du nur allein gehen würdest. Ich habe doch nur getan, wa –«
»Was? Was hast du getan – hier rumsitzen! Mit dieser ... dieser ... Schlampe!«
Man könnte meinen, Natasha wäre jetzt *wirklich* zu weit gegangen, wäre es nicht so gewesen, daß aus dieser eleganten Nash-Wohnung – für die Zwecke dieses Schtickls – ein Wartesaal auf einem zeitlosen Ellis Island voller dicht gedrängter, gefühlsüberschwenglicher Juden geworden war. Esther – weit entfernt von Ohnmacht oder Kreischen oder der Zurschaustellung sonstiger angelsächsischer Affekte – sank ziemlich würdelos auf die Bretter des Schmierenschauspiels ihrer Nichte. Sie trällerte: »Oj!

Mein Fajgele! Meine kleine Natty! Oj – komm her, Darling, Darling! Wein doch nicht so. Deine Mutter tot – und du so traurig, so traurig!« Sie sprang auf, ging auf Natasha zu, und die beiden dürren Jüdinnen umarmten sich unter den Blicken der beiden stämmigen Gojim. Vom selben Stamm – und so weiter. Als wenn das noch nicht genug wäre – sie rauchten, Natty und Esther. Sie rauchten wie die Schlote. Charlotte und Richard hatten es aufgegeben. Sie gehörten zu den Leuten, die alles mindestens zweimal aufgegeben hatten. Wann sie es wieder angefangen hatten – um es erneut aufzugeben –, war allerdings schwer festzustellen. Sie hatten das Rauchen, das Trinken, das Essen und – die Lieblosen könnten sagen – das Denken aufgegeben. Aber jetzt mußten sie hinnehmen, daß der Junkie und das Tantchen zwei Packungen Kool rauchten und ihren Tee tranken, während sie sich gegenseitig zu mehr Rührseligkeit aufschaukelten, als sogar diese riesige Wohnung fassen konnte, diese Wohnung mit ihren hangarhohen Decken, ihren Klippenrandkranzleisten, ihrem stattlichen Stuck und der Pastelltonorgie ihrer wuchtigen Möbel aus den Achtzigern. Esther und Natasha rauchten und flennten, und die langen, lippenstiftfleckigen Stummel türmten sich im Aschenbecher zu einer verbrannten Pagode. Mumus Asche wurde weggeräumt.

Es ist nicht leicht, gut zu sein, und so zogen sich die Guten nach einer Weile in die Küche zurück, wo sie ihre wohlständischen Hintern gegen Herd und Arbeitsplatte lehnten und sich beratschlagten, was sie mit Natty tun sollten – die so offensichtlich *außer Kontrolle* war. (Was sie in Wahrheit natürlich immer gewesen war; es war nur so, daß sie jetzt, nach Mumus Abgang, beschlossen hatten, Verantwortung für sie zu übernehmen. Was für ein Fehler.)

»Ich war jetzt schon zwei Tage nicht mehr im Büro«, sagte Richard, das Gesicht rosiger denn je, die sandfarbenen Haare zerstrubbelt vor Rührung. »Aber denk dir nichts«, ergänzte er hastig, »das ist völlig unwichtig.«

Doch er hätte nicht befürchten müssen, seine Frau unnötig in Aufregung zu versetzen; Charlotte hatte bereits genug vom implosiven Tod ihrer Mutter, und auch die nun einfallenden Folgen gefielen ihr nicht. »Liebling, ich weiß, was du denkst, aber Esther wird sicher nicht lang bleiben, sie will bestimmt so schnell wie möglich nach New York zurück – aber um Natasha müssen wir uns kümmern. Ich glaube, wir sollten sie bitten hierzubleiben, sie muß von den Drogen loskommen. Ich habe mit Dr. Steel über sie gesprochen, und er hat einen Kollegen konsultiert. Wenn wir sie einen oder zwei Tage hierbehalten können, dann haben sie in der psychiatrischen Abteilung des Royal Free ein Bett für sie.«

»Hältst du das für vernünftig? Glaubst du, sie ist bereit dazu?«

»Einen Versuch ist es wert – wir müssen es einfach probieren. Ich habe auch Miles angerufen, und er kommt vorbei – vielleicht kann er sie ja überzeugen?«

Zwei Stunden vergingen, und gut vierzig Kippen häuften sich an, bevor Esther und Natasha in nebeneinanderliegenden Zimmern zu Bett gingen. Das Heroin in Natashas Stoffwechsel hatte sich ziemlich verflüchtigt – und das Kokain war schon längst verschwunden. Aber es war nicht mehr wichtig, auf welchem Ende der narkotischen Wippschaukel sie gerade hockte – sie schlingerte noch immer in den engen Amplituden der Hysterie. Natasha war natürlich pleite, ansonsten hätte sie nicht im Traum daran gedacht, in diesem zentral gelegenen Luxuslandgasthof mit seinen drallen, spießigen Lakaien zu übernachten. Russell hätte ihr vielleicht etwas besorgen oder ihr Stoff auf Pump geben können, falls er gerade Vorrat hatte, aber in letzter Zeit hatte er immer merkwürdigere Forderungen an sie gestellt. Forderungen, die so komisch waren, daß sie gar nicht high genug sein konnte, um sie zu erfüllen, ohne sich dabei sehr, sehr schlecht vorzukommen. Sie wußte, daß sie raus mußte aus dem Haus ihrer Schwester, daß sie bald bewegungsunfähig sein würde, daß die Wippschaukel zum Stillstand kam.

Sie legte sich auf das Elverssche Eineinhalbbett im Messingrahmen. Sie kuschelte sich unter die Decke und tauchte sofort in tiefe Bewußtlosigkeit. Schuß – so ein gutes Wort, so ein exzellentes Beispiel psychischer Onomatopoesie. Natasha Yaws, die einen Schuß braucht, Natasha Yaws, die sich vollkommen erschossen fühlt. So wahr, so richtig.

Als Natasha sieben Stunden später am frühen Abend wieder aufwachte, war Esther bereits verschwunden. Esther, ein flinker alter Vogel, flog schon wieder in die US of A zurück. Alterslose Esther Bloom, ihr Stengel von einem Körper in einer gepolsterten Vase erster Klasse auf einem in Heathrow gestarteten British-Airways-Flug (»In meinen Augen das Beste, was Großbritannien hervorgebracht hat – wenndeweißtwasichmeine?«). Esther, gewässert von vorübereilenden Stewardessen, in der neusten Ausgabe von *Fortune* blätternd, schob die letzten paar Tage bereits aus ihren Gedanken. Sie würde sich Zeit nehmen, den Tod ihrer kleinen Schwester zu verarbeiten, nachdem sie sich mit ihrem Börsenmakler befaßt hatte, ihrem Steuerberater, ihren Mietern, ihren Freunden, dem Komitee an der Met, ihren Schoßhunden, ihren zahmen Schwulen und dem ganzen Rest der Manhattaner Menagerie, die sie vom Grübeln abhielt. Sie am Leben hielt, in der Gegenwart, nicht zuließ, daß sie in der hoffnungslosen Vergangenheit versank wie ihre arme Lil, daß sie sie endlos immer wieder durchlebte und durchkaute, als gäbe es eine Möglichkeit, sie zu verändern. Was würde das bringen? Nur ein Stolpern, einen Sturz die Kellertreppe hinunter ins Gewirr der Erinnerungen. Ihre Eltern – ihre verdammten Eltern. Ach! Dieser Dünkel! Diese dumme Torheit! Ihre Rasse, ihre Religion, ihre Schulden, ihre Lügen zu leugnen – und wofür? Quatschallür. Und Lily, die durchs Leben rannte mit der ewigen Flamme internalisierten Rassenhasses im Herzen. Sie bis auf diese graue, feuchte kleine Insel trug, wo sie als Witwe eines englischen Trottels endete. Jetzt war sie selbst tot, vergiftet von ihren eigenen Unvereinbarkeiten.

Lily hatte bei dieser Idiotie immer mitgemacht – Esther nicht. Esther ging in die Schul, spendete für B'nai B'rith, besuchte Israel, klagte an der Mauer, weinte in Yad Vashem. Esther fand sich nicht einfach damit ab, daß sie Jüdin war – sie akzeptierte es. Lily hatte fast immer versucht, es vor der Welt zu verbergen. »Wenn es niemand weiß«, sagte sie Esther einmal, als sie noch jung genug waren, um ernsthaft miteinander zu reden, »muß ich nicht reagieren, wenn irgendein Schwein eine antisemitische Bemerkung macht.« Esther brüllte vor Lachen. »Wenn irgendeiner über mich eine antisemitische Bemerkung macht, trete ich ihm – oder ihr – in den Arsch!« Und jetzt war Lily an all diesem schwärenden Selbsthaß, diesen Phobien, diesen unfähigen Ehemännern, diesen Nudniks von Kindern gestorben – und Esther? Esther würde ewig leben – also zündete sie sich eine neue Kool an und blieb so, wie sie war.

Miles und Natasha weinten jeder für sich im zweiten Gästezimmer der Elversschen Wohnung. Trotz der späten Stunde saugte Molly, die philippinische Putzfrau, hinter Esther her und versuchte, ihre geräucherte, alterslose Aura zu vertreiben. Die Aura dieses Dörrfleischrankens von einer jüdisch-amerikanischen Prinzessin. Durch die Wand drangen die charakteristischen Geräusche von jemandem, der einen Roboter erdrosselt.
Die beiden weinten jeder für sich – weil sie nicht mehr viel gemeinsam tun konnten. Nicht, solange Natty so war wie jetzt, dürr, schorfig, verschwitzt; die schwarzen Haare auf der einen Seite ans kissenfaltige Gesicht geklebt, auf der anderen abstehend, die Nägel bis zum Fleisch abgeknabbert – das einzige, was sie davon abhielt, sich die Wunden an ihren Beinen aufzukratzen. Da kann einem ja alles vergehen! Das redete sich Miles, der Heuchler, zumindest ein. Denn in Wahrheit hatte er das erste Mal mit ihr geschlafen, als sie genau so war wie jetzt – und seitdem viele Male. Er hatte seinen seifeduftenden, hübsch kompakten, muskulösen Körper an diesen grindigen Stecken gedrückt

und gehofft, daß seine Vitalität an jedem Berührungspunkt in sie einfließen würde. Er stemmte sich hoch und bewegte sich über sie mit seinem elektrischen Mund, pulsierte zwischen den Abschürfungen, britzelte an Wundrändern, schoß Strom in ihre Möse.

Natasha lag während dieser frankensteinschen Sitzungen fast bewegungslos da und erschrak nur ein wenig über ihren eigenen, verspäteten Orgasmus. Denn wofür war Miles überhaupt da – außer dafür: um sie zu lieben, zu bewundern, sie aus dem Gefängnis zu holen oder den Klauen anderer Männer oder dem Dreck der Gosse. Das war sein *métier*, sein Spezialgebiet. Das hatte man ihm von Geburt an beigebracht. Nein, bei Miles gestattete es sich Natasha, geliebt zu werden wie der exquisite Mechanismus, der sie hätte sein können, wäre da nicht dieser Dynamo der Zügellosigkeit, der sie am Leben hielt. Und für einen dickschwänzigen, hartärschigen, aufgeheizten, anständigen Fick? Für so etwas ging sie zu Russell. Russell, der mit seinem ludengroßen Schwanz und seinem eigenen unglaubwürdig guten Aussehen – hageres, markantes Gesicht, olivfarbene Haut, kastanienbraune Locken – Natty in jeder Hinsicht ebenbürtig war. Russell mit seinem endlosen Geplapper, seinem beiläufigen Anarchismus, seiner unverhohlen erotischen Amoralität, seiner Gewalttätigkeit, seiner Verrücktheit, seinem Nicht-Miles-Sein.

Also weinte Miles um sich, und Natasha weinte um sich, und schließlich brachte er das Thema zur Sprache, das ihn überhaupt in dieses Schlafzimmer geführt hatte. »Natty, Charlie und Richard und ich –«

»Was?« Hier schaltete Natty schnell – eine solche Übereinstimmung war an und für sich schon höchst verdächtig.

»Wir haben uns gefragt, ob du dir jetzt … jetzt, da Mumu nicht mehr ist, ob du dir vielleicht überlegen willst, doch eine Entziehungskur zu machen.« Schön formuliert, dieser Satz, denn Natasha ist viel zu selbstsüchtig, um irgend etwas für sich selbst zu tun. Sie ist ausschließlich darauf konzentriert, was andere für sie tun könnten. Aber Miles ist zu dumm, um es dabei zu belassen – er redete weiter, ohne auf das gefährliche Funkeln in ihren Augen zu achten. »Charlie hat mit dem Royal Free gesprochen, dort würdest du ein Bett bekommen – sogar dein eigenes Zimmer. Es wird eine gute Entgiftung sein – nicht zu schnell. Nichts Heftiges …«

Er brach ab, denn sie hatte ihre Katzenglieder aus dem Bett geschwungen, war seinen flehenden Armen ausgewichen und bückte sich jetzt, um ihre Plastikstiefeletten und ihre kleine schwarze Tasche voller zerknitterter Alufolie und Tempoknäuel zusammenzusuchen.

»Natty, was tust du denn?« Trottel – war das nicht offensichtlich?

»Ich verschwinde von hier … aus dieser, dieser Klinik.«

»Natty … Natty …« Natty was? Angst? Er war ja so ein Schaf.

»Du bist nicht in dem Zustand –« Er brauchte nicht weiterzureden, denn sie führte das Ende seines Satzes vor, indem sie plötzlich vornüberkippte und sich erbrach. Die Stirn in den Teppich gedrückt, krallte sie ihre Finger in den Flor, als hätte sie mitten beim Verlegen des verdammten Dings die Pest bekommen. »O Natty – Natty, meine Geliebte.«

Sie gestattete ihm, sie zurück in das weiche, besudelte Bett zu bringen. Gestattete ihm, ihr die Hennaspitzen ihres Ponys aus der gerunzelten Stirn zu streichen und ihr die klebrige Kotze vom spitzen Kinn zu wischen. »Ich kann nicht, Miles, ich kann nicht … ich kann's einfach nicht … vor allem ohne Mumu … acch-ogh-ürgh … ich kann nicht. Ich brauch was – irgendwas – *ich brauch's, verdammt noch mal, brauch's!«* Natasha jaulte und kreischte.

Genau in dem Augenblick, als Miles ihr körperlich widerstand, erwies er sich als völlig gefügig, als einer, der das, was das Schicksal für ihn bereithielt, hundertprozentig verdiente. »Natty, wenn du hier bei Charlie und Richard bleibst, kannst du das haben – und die da.« Ja, er hatte wirklich Drogen bei sich. Er zog die Hand aus der Tasche seiner wie immer schwarzen Jacke, und darin hatte er ein kleines braunes Fläschchen Methadon. Verrückte Droge – verrückter Junge. Ein Heroinersatz, entwickelt während des Krieges von den Deutschen, die es für ihren Führer Dolophin nannten. Miles gab also einem ausgemergelten jüdischen Junkie ein spezielles Nazimedikament. Und auch ein schweizerisches, denn in seiner anderen Hand tauchte ein noch kleineres Gefäß mit Valium auf. Der einfallsreiche Miles hatte letzteres von seiner Mutter Isis gekauft, ersteres von einem Junkie, der über ihm wohnte. Er haßte es, so etwas zu tun. Nicht zu tun.

Natasha schnappte sich beides, beugte sich vor, um *ihren* Vorrat zu beschützen, schraubte Deckel auf, spülte Pillen mit Lösung hinunter, ließ die Fläschchen über den Bettrand zu Boden klappern und sank dann in die Kissen.

Miles sah zu und tat so, als wäre er entsetzt. Während er ihr über die Haare strich, murmelte er: »Das waren zwanzig Em-El.« Er kannte den Jargon – kein Wunder, oder? Netter Junge, im Abschlußjahr seines Jurastudiums, obwohl das wahrscheinlich – völlig zu Recht – im Arsch wäre, wenn die Obrigkeit herausfinden würde, was er hier tat. »Das sollte dich durch die nächsten vierundzwanzig Stunden bringen – und jetzt schlaf. Ich besorge dir mehr, Natty, aber nur, wenn du hierbleibst und am Freitag mit den Leuten im Royal Free sprichst. Bitte?« Er mußte nicht weitermachen mit diesem ordinären Betteln, denn Natasha schlief oder tat so, als würde sie schlafen, oder ignorierte ihn oder alles auf einmal.

Die Schlaftrunkenheit erlöste Natasha Yaws vom traumatischen Tod ihrer geliebten Mumu. Sie entkam den rächenden, unversöhnlichen, streitsüchtigen Furien ihrer Sucht. Sie lag still da, während die Drogen durch ihren verwüsteten jungen Körper sickerten, verunreinigtes Blut in destilliertes Wasser und gepeinigtes Fleisch in wächserne Reinheit verwandelten. Sie wartete darauf, daß die tränenreiche Verärgerung – die sie dazu brachte, den netten Miles in sein hübsches Gesicht schlagen zu wollen –

sich in die tränenreiche Verkörperung der Liebe verwandelte. Und in diesen Augenblicken des Halbschlafs, während die Unterströmung der Droge sie herauszerrte aus dem Jetzt und Hier, wurde Natasha zu der Person, die sie immer hatte sein wollen, schlank und jung, die Schönheit noch unbefleckt. Sexy, ja, aber nicht die Charybdis der Käuflichkeit, zu der sie sehr schnell geworden war, die Männer in sich saugte, ihre langen Beine um deren Taille schwang, so viele Male, wie fleischliche Sünden zu begehen sind. Einfach sexy. Und frei – nicht frei wie ein losgerissenes Pferd oder ein führerloser Zug, sondern fähig zu koordinierten und willensbestimmten Handlungen.

Fähig zu der Konzentration, dem Fleiß und der Kreativität, die nötig waren, um die riesigen und großartig ausgeführten Fresken zu malen, die sich hinter ihren Lidern entwickelten, während sie in den Schlaf sank. Fresken an der Decke – es waren immer solche, die Natasha zu malen träumte, denn alles, was sie erreichen wollte, ging sie aus liegender Position an. Und doch, was für Fresken. Was für eine üppige Mythologie! Was für eine Kühnheit der Komposition! Sicherheit der Linien! Leuchtkraft der Farben! Nur schade, daß sie immer verblaßten, während der Drogenpegel in ihrem Körper sich abbaute, bis sie schließlich die verklebten Augen öffnete und sich wieder konfrontiert sah mit den schmerzhaft unsicheren, verkrampften Strichzeichnungen ihres sehr realen Lebens. Dem alten Realismus.

Die Dämmerung brach herein, und Natasha keuchte auf dem Kissen. Miles zog sich einen Lehnsessel ans Fenster. Während die Sonne hinter den Bäumen des Parks verschwand und die Gibbons im Zoo – nun in Ermangelung menschlicher Vorbilder – sich selber nachäfften, zog er aus seinem Aktenkoffer ein Buch, das fast so groß war wie sein Behältnis. Er las da weiter, wo er heute morgen aufgehört hatte, über zivilrechtliche Delikte.

Die Überreste Lily Blooms in der übergroßen Nescafé-Dose aus bronzefarbenem Plastik standen in einem Einbauregal in einer Nische im Wohnzimmer der Elvers. Lily hatte immer zwischen dieser Straße und der Oxford Street leben wollen. Das ist der einzige Teil Londons, dessen Straßen wenigstens annähernd an ein Gitternetz erinnern, ein winziges Gazefleckchen amerikanischer Asepsis auf dem infektiösen Herzen der großen Hure. Allerdings, die Ironie der Wege der letzten Tage wäre ihr sicher nicht entgangen. Zuerst wurde ihre Leiche nach Norden nach Kentish Town geschafft, zwei Tage in einer Riesenschublade des Bestattungsunternehmens abgelegt, dann weiter nach Norden geschafft, dann verbrannt, und schließlich wurde, was von ihr geblieben war, auf unsicheren Beinen hierher zurückgebracht, in Hörweite des Königlichen Ohrs. Ja, Lily Bloom wußte Ironie durchaus zu schätzen – angeblich zog sie vorwiegend deshalb nach England, um seine grüne, unfreundliche Ironie aus erster Hand zu erleben. Um ihre überdramatisierten inneren Konflikte in einem Theater auszuspielen, wo sie sicher sein konnte, daß das Publikum herzlich lachte. Hinter vorgehaltener Hand.

Geht man davon aus, daß die Elvers für ihre Wohnung einen günstigen Mietvertrag mit fünfundzwanzig Jahren Laufzeit haben, ist sie nicht ganz so teuer, wie man vielleicht erwarten könnte. Dennoch, es ist das Jahr 1988, und die stetig nach oben strebenden Londoner Immobilienpreise befinden sich gerade am Gipfelpunkt einer zehnjährigen Aufwärtsspirale. Jedes Kabuff in dem Kaff hat hundert Prozent an Wert gewonnen. Ausgehend also von der Begleichung der lästigen Steuernachforderung, die – neben Mistie – in Lilys letzten Tagen an ihr genagt hat, und ausgehend von der Begleichung ihrer Todesverpflichtungen, von der Hypothek auf ihre Wohnung in der Bartholomew Road und von der Tatsache, daß Lily es in ihrem ganzen Leben nie geschafft hat, zu sparen, konnte sie sich das Regalbrett, das ihre Überreste in den nächsten fünf Jahren bewohnen sollten, gerade mal so leisten. Im Tod sind die Wohnstätten enger, die Ironien kleiner.

Nebenan im großen Schlafzimmer hatten die Elvers Sex. Das war keine freudvolle Versicherung, daß sie noch am Leben waren, während der gräuliche Nescafé im Nebenzimmer tot war, und auch keine trotzige Bestätigung ehelicher Treue angesichts des treulosen Paars im zweiten Gästezimmer. Nein, das war Sex haben, Sex besitzen auf dieselbe Art, wie die Elvers zweihundert Waste-of-Paper-Filialen, drei Wohnsitze (London, Norfolk und an der Algarveküste), vier Autos (seinen Mercedes, ihren Volvo, ihren gemeinsamen Range Rover und den kleinen Seat unten im Süden), fünfzehn beachtenswerte Gemälde (Jasper Johns, Lichtensteins, sogar einen Warhol – ihr neu gekaufter Modernismus war konservativ amerikanisch), gut zwanzig Drucke und Unmengen anderer beweglicher Werte besaßen. Die Elvers hatten mehr als einen Becherständer – das sagte alles.

Die Elvers also, so drall wie ihr übergroßes, sündteures Federbett aus hundert Prozent reinen Eiderdaunen, vergnügten sich auf ihrem Papa-und-Mama-Bär-Bett, im verzweifelten Bemühen, Mama und Papa zu werden. Sie nahmen den Sexakt in Besitz auf die Art, wie sie wohl gern einen Baby-Bär hätten – behütend, vergötternd, pflegend, erziehend, alles Erdenkliche an kalorienreichen Liebkosungen gebend. Charlotte – wie ja bereits erwähnt wurde – war ein prächtiges Weib, rosig vom Scheitel bis zur Sohle, mit breiten Hüften, großen Brüsten, weiten Warzenhöfen, blonder Mähne und breiten Schultern. Und Richard war kräftig genug, um all dieses mütterliche Potential mit seiner heftig sommersprossigen Masse, seiner weißlichen und rötlichen Unförmigkeit zu umfassen.

Merkwürdigerweise hatte Richard Elvers dieselbe Yaws-Schnute wie Charlotte, dieselbe rote Turbine von einem Kußmund. Wenn man sah, wie sie sich gegenseitig Speichel absaugten, fiel es schwer, nicht um den etwaigen Nachwuchs zu bangen, da bei ihm dieses Charakteristikum durchaus durch Vererbung verstärkt sein könnte. Es war noch früh am Abend, und schon besaßen die beiden Sex. Aber Charlotte hatte ja auch gründlich recherchiert und herausgefunden, daß man gar nicht genug Sex haben konnte, wenn es darum ging, weitere Elvers zu produzieren. Daß Richards Hoden – wie ein runzliges, braunes Euter – sich um so mehr mit kleinen Elvers füllte, je mehr er gemolken wurde.

Darüber hinaus war Charlotte erst an diesem Morgen bei ihrer allwöchentlichen Reflexzonentherapie gewesen. Ihre Füße wurden von einem alten Kiwi-Hippie in der Harley Street massiert, damit ihr endokrines System, so hoffte man zumindest, sich in ebensolcher Harmonie befand wie das Portefeuille des Flower-Power-Pensionisten. Ganz zu schweigen von den Kräutern, die Charlotte regelmäßig kaute, und den Blumenextrakten, die sie regelmäßig schlürfte, und den essentiellen Ölen, die sie regelmäßig schnupfte, und den Nadeln, die sie regelmäßig pieksten – alles im Dienste des regelmäßigen Eisprungs. Kein Wunder, daß sie diese regelmäßigen Sexkonferenzen anhand eines spezifischen Plans angingen. Spezifisch, weil sie innerhalb der drei Tage stattfinden mußten, von denen Charlotte wußte – indem sie äußerst regelmäßig Buch über ihren Zyklus führte, häufig ihre Temperatur maß und ihren Zervixschleim mit Adleraugen begutachtete –, daß sie die für den Eisprung wahrscheinlichsten waren. Und spezifisch, weil ihre Bewegungen so koordiniert waren, daß eine maximale Einleitung von kleinen Elvers aus seiner Sargassosee in ihre Binnengewässer erreicht wurde.

Es war dabei egal, ob Charlotte oben saß – was sie meistens tat –, wichtig war, daß sie sich nicht bewegte, nachdem sie gekommen waren. Und kommen mußten sie. Orgasmen mußten erreicht werden wie die Verkaufsziele in den zweihundert Kartenhäusern ihres Papierimperiums. Orgasmen mußten außerdem so gleichzeitig wie möglich sein, und abgeschlossen werden mußten sie nicht mit einem zweiten Versuch – denn es wäre fatal, die prokreative Brühe zu heftig zu rühren – oder klebrigem Kuscheln, sondern mit Charlotte pfannkuchenflach auf der Matratze, die Füße höher als der Kopf. Jede erdenkliche Naturkraft wurde für diesen natürlichen Prozeß zu Hilfe genommen – sogar die Schwerkraft selbst.

Auch Richard tat sein Bestes. Nicht daß es viel gab, was er tun konnte. Seine Figur gestattete sowieso keine knappen, hüftklammernden Slips. Er trug Boxer-Shorts und Breitcord-Bundfaltenhosen nach schlabberiger Gutsherrenart. Er reduzierte seine Verpflichtungen aufs Minimum und ließ die Geschäfte schleifen, damit auch ja genug Zeit war für regelmäßigen Sex. Regelmäßigen Sex und, leider, regelmäßige Snacks. Nicht daß die beiden Elvers ihre Keks-und-Cracker-Kataklysmen als regelgemäß betrachtet hätten. Nein, sie waren höchst *irregulär*, ungeplant und unbedacht – aber sie passierten häufig. Auch wenn nur ein Bruchteil des Platzes in den Kühlschränken, Schränken und Gefriertruhen gefüllt war, hatten sie noch immer genug schweinische Delikatessen, um mehrere Ferkel zu mästen. Die Elvers hatten, für Leute ihrer Feiste, eine höchst immaterielle Art, Nahrung aufzunehmen. Ihre großen Hände verschwammen auf dem Weg vom Teller zum Mund. Sie wußten selbst nicht, was sie taten. Oft merkten sie nur, daß sie schon wieder eine Plätzchenorgie hinter sich hatten, wenn sie sich in ihrem flauschigen Bett umdrehten und den Kies der Krümel an ihrem gestrandeten Körper scheuern spürten. Man konnte nur Mitleid mit ihnen haben – oder gar keins.

Natasha wurde die nächsten Tage in einer chemischen Zwangsjacke gehalten. Es war mörderisch für die Inneneinrichtung der Elvers und für ihre bereits vom Tod verschlissenen Nerven. Natasha verstand einfach nicht, warum sie sich, trotz der kleinen braunen Fläschchen, die Miles ihr brachte, so beschissen fühlte. Aber sie wußte auch nicht, daß der gerissene Paragraphenreiter in spe die Lösung immer mehr verwässerte. Natasha schleppte einen der tragbaren Trinitrons in das Gästezimmer und nahm ihn zu sich ins Bett. Sie stöpselte auch ein Telefon ein und trieb die Rechnung in astronomische Höhen, indem sie mit ihrer letzten verbliebenen Freundin telefonierte, die – 'türlich – in Australien lebte. Mit ihrem unaufhörlichen Rauchen brannte sie

Löcher in Teppich, Federbett und Laken. Sie plünderte Richards Hausbar und kippte Kirschlikör, Advocaat und Chartreuse, um dann auf die teuren persischen Kelims zu kotzen. Sie wollte nicht baden. Sie hielt Molly vom Putzen ab, indem sie sie mit endlosen Tiraden über häusliche Ausbeutung überschüttete. Miles nächtliche Anwesenheit nahm sie hin, aber nur, wenn er im Sessel am Fenster saß. Am liebsten hätte sie ihn allerdings auf dem Outer Circle auf und ab gehen lassen.

Es war nicht nötig, Natasha zu sagen, was die Familie für sie geplant hatte – soviel wußten sie. Natasha und Lily waren wie die zwei Kugelgewichte an der Bola eines Gouchos gewesen, die, sich um sich selber drehend, durch die Luft segelten und wüst in die laufenden Beine der Welt fuhren. Da Lily nun nicht mehr war, wurde Natasha einfach nur geschmissen.

Dr. Steel hatte Natasha von Anfang an durchschaut; seine schiere Stählernheit war ein psychisches Skalpell, mit dem er die Tumore falschen Junkiegefühls herausschnitt. »Sie kann im Royal Free ein Bett bekommen und sich entgiften lassen«, sagte er den Elvers, »ab dem Wochenende ist eins verfügbar. Aber nach vierzehn Tagen wird sie entlassen, und dann hängt sie sofort wieder an der Nadel – das kann ich Ihnen, leider, garantierten. Sie können sich natürlich auch überlegen, ob Sie sie vielleicht in ein Therapiezentrum schicken wollen.«

»Würde das funktionieren?« fragte Charlotte, als erkundigte sie sich nach einem neuen Buchhaltungssystem für das Geschäft.

»Vielleicht – vielleicht auch nicht. Der Tod Ihrer Mutter dürfte ihre Verdrängungs- und Verweigerungshaltung ein wenig aufgebrochen, sie ein wenig aufnahmebereiter gemacht haben.«

»Wie lange müßte sie dort bleiben?«

»Nun, soweit ich weiß, dauert die Grundtherapie ungefähr acht Wochen, und dann kann sie entlassen werden, wenn sie ein stabiles Umfeld hat, in das sie zurückkehren kann, aber das hat sie ja wohl nicht, oder?«

Charlotte stellte sich das Umfeld ihrer Schwester vor. Es war nicht unbedingt nicht stabil, eher fragmentiert wie ein Flüchtlingslager nach einem Bombenangriff der israelischen Luftwaffe. Fünf Müllsäcke voller schmutziger Wäsche bei Miles, drei bei Russell, zwei in Lilys Wohnung, einer in der Cumberland Terrace. Natasha hatte kein Geld, keine Unterkunft, keine Zukunftsaussichten. Ihr Job bei den Hunden in Hackney war tatsächlich vor selbige gegangen. Ihre Sucht war zum raffinierten Anwender negativer Arbitrage geworden und hatte ihr alles abgeschwatzt, was sie – und wichtige andere – je besessen hatten. »Ähm ... nein, eigentlich nicht.«

»Nun, dann würde man sie wahrscheinlich noch für eine Aufbautherapie dabehalten wollen. Alles in allem können Sie davon ausgehen, daß sie sechs Monate lang weg ist.«

Charlotte hörte das als »können Sie davon ausgehen, daß Sie sie sechs Monate lang *vom Hals haben«*, und sie widerstand dem Drang, in ein Freudengeheul auszubrechen, denn: »Dem wird sie nie zustimmen, Dr. Steel. Nie.«

»Vielleicht schon, wenn Sie ihr einen richtigen Schock versetzen. Sie brutal mit dem konfrontieren, was sie getan hat – wie ihr Verhalten sie alle beeinträchtigt. Wie heißt ihr Freund gleich wieder?«

»Miles?«

»Ist er auch süchtig?«

»Nein – aber er hat ziemlich wenig Rückgrat.«

»Was ich meine, ist – würde er Sie in der Sache unterstützen?«

»Ja, das würde er schon ... Aber da ist noch ein anderer Junge – ein Mann –, mit dem sie sich eingelassen hat. Er ist gefährlich, ein Drogendealer, ein Krimineller.«

»Hat sie Kontakt zu ihm?«

»Ich glaube schon.«

»Nun ja, ich weiß nicht, was Sie dagegen unternehmen können, aber ich kann zumindest mit den Leuten vom Therapiezentrum ein Aufnahmegespräch vereinbaren –«

»Wir würden sie nie soweit bringen, daß sie da hingeht.«
»Kein Problem – die Leute kommen auch zu Ihnen. Um ganz offen zu sein, sie brauchen das Geld.«
Geld – ein Wort, das Charlotte verstand. »Wieviel würde so etwas denn kosten?«
»Im Detail müssen Sie das mit diesen Leuten besprechen, aber soweit ich weiß … wenn sie das volle Programm macht … so an die sechstausend.«
»Sechs Riesen!«
»Ich weiß, das ist viel Geld, aber der Staat übernimmt einen Teil. Mrs. Elvers … das ist jetzt vielleicht nicht sehr taktvoll, aber hat Ihre Mutter – Lily – Natasha irgend etwas hinterlassen?«
Charlotte drückte die mentalen Plastikquadrate ihres inneren Taschenrechners, etwas, das sie sehr gut konnte. »Ähm … ja, sie könnte es sich schon leisten, wobei sie ja nicht wissen muß, daß sie die Therapie selbst bezahlt. Wenn nötig, besorge ich mir eine Vollmacht. Zum Glück bin ich alleinige Nachlaßverwalterin meiner Mutter – in solchen Dingen wußte sie genau, was sie tat.«
»Anscheinend.«

Die Leute von Pullet Green, dem Therapiezentrum, standen mit hinterhältig habgieriger Pünktlichkeit schon am nächsten Tag vor der Tür. Aber sie besaßen die beunruhigende Aufrichtigkeit, Charlotte sofort zu sagen, was Sache war. Noch in der Diele. »Wir haben eine Warteliste mit Leuten, die staatlich subventionierte Betten in Anspruch nehmen wollen, aber wir können es uns nicht leisten, sie aufzunehmen, außer sie werden von Vollzahlern mitfinanziert. Und von denen gibt es nicht viele«, sagte Irene Theakston, eine untersetzte Erscheinung mit krausen blonden Haaren, einem gepflegten blauen Kostüm und braunen Muttermalen an Gesicht und Hals, die so schwer waren, daß sie nach unten hingen wie winzige Wammen.
Ihr Begleiter war ein dynamischer junger Mann Anfang Dreißig mit hageren Gesichtszügen, der ein höchst unmodernes grünes

Nylonsakko, eine noch langweiligere braune Hose und Bootsschuhe für Landratten trug. Er stellte sich vor als: »Peter Landon, ich führe das Aufnahmegespräch mit ...«, umständlich konsultierte er einen Ordner, den er aus einer schmerzhaft praktischen Aktentasche zog, »... Natasha?«

»Genau.« Charlotte war bestürzt. Natasha würde den Kerl bei lebendigem Leib verspeisen und die Knochen auf den Teppich spucken. Noch mehr Sauerei. Sie hatte nicht gewußt, was für Leute sie von Pullet Green erwarten sollte, aber mit Sicherheit nicht diese beiden, die aussahen wie frisch aus der Heilsarmee entlassen. Merkwürdigerweise spürte Landon Charlottes Vorbehalte. »Ich führe die Aufnahmegespräche, weil ich sanft aussehe, aber ziemlich hart sein kann. Zwei Bullen in einem, wenn sie so wollen. Nicht, haha« – er lachte unvermittelt –, »daß ich mit den Ermittlungsbehörden je viel zu tun hatte – außer als Leidender.«

Charlotte hob fragend die Augenbrauen.

»Ich war zehn Jahre lang Kokaindealer – erst im Gefängnis wurde ich bekehrt. Unser ganzes Beratungspersonal besteht aus ehemaligen Drogensüchtigen und Alkoholikern, ich hoffe deshalb, wir wissen, wovon wir reden.«

»Verstehe«, sagte Charlotte, nun völlig verwirrt. »Wollen Sie ... Tee?«

»Kaffee, wenn Sie haben«, sagte Irene Theakston. »Ich gehe mit Ihnen den langweiligen Verwaltungskram durch, während Peter Ernst macht.«

Landon hatte unterdessen ein gelbes Papierbriefchen aus seiner Aktentasche gezogen. »Für mich nur heißes Wasser, bitte – ich habe meinen eigenen Kräutertee dabei. Kein Koffein, das regt mich zu sehr an.«

Am Abend davor hatte die von Dr. Steel vorgeschlagene Intervention stattgefunden. Die Elvers und Miles standen um das zerwühlte Bett, in dem Natasha lag, und überfielen sie zuerst mit ihrer Wut – warum verhielt sie sich so, all dieses Lügen, dieses

Stehlen, dieses Betrügen, dieses Beleidigen? – und dann mit ihrer Liebe. Wußte sie denn nicht, wie viel ihnen an ihr lag? Wie sehr sie ihr helfen wollten? Daß es durchaus Hoffnung gab. Aber nur wenn … nur wenn … nur wenn …

Sie schafften es, ihren Widerstand zu brechen, aber alle spürten, daß das nur vorübergehend sein würde. Sie nahmen ihr das Versprechen ab, mit den Leuten von Pullet Green wenigstens zu reden. Miles' einziger Beitrag bestand darin, ihre allabendliche Dosis für ein paar Minuten zurückzuhalten – für eine Intervention hatte er nicht den Mumm. Er hatte in seinem ganzen Leben noch nie bei irgend etwas interveniert; wenn ein selbstklebender Umschlag nicht klebte, dann fing er an zu weinen. Auch Richard intervenierte nicht sehr intensiv. Er mochte Natasha nicht und wünschte ihr alles Schlechte, aber nur aus Prinzip. Nur, weil sie der Schwester, die er liebte, soviel Kummer bereitete. Und außerdem hatte Richard an diesem Abend noch eine andere Art der Intervention vor, eine, von der er vermutete, daß sie ihm mehr Spaß machen würde.

Richard zog seine alte Jeansjacke aus seinen Kenny-Market-Tagen an. Mit lässiger Raffinesse fuhr er nach Norden. Er parkte den großen blauen Mercedes in der Gasse hinter der Kentish Town Road und holte einen Big-Chief-Baseballschlager aus Edelstahl aus dem Kofferraum. Richard Elvers hatte auch verborgene Seiten, Seiten, zu denen unter anderem die Einschüchterung von Konkurrenten im Papiergeschäft gehörte. Er stieg die Stufen zum Hintereingang über dem Buchladen hoch und lehnte den Schläger zwischen zwei Mülltonnen. Er klopfte mit gebührender Höflichkeit, so wie er sich vorstellte, daß ein Süchtiger klopfen würde – »tap-t-tap-tap«.

Mit beunruhigender Abruptheit fragte von drinnen eine rauhe, kräftige Cockney-Stimme: »Werda?«

»Ich bin ein Freund von Natty«, erwiderte Richard mit asthmatischem Stimmchen.

»Was willste?«

»Dies und das«, sagte Richard und hoffte, das sei ausreichend vage.
Das war es. Die Tür ging auf. »Was'n dies und was'n das?« Der Sprecher mußte Russell sein. Er sah besser und auch taffer aus, als Richard erwartet hatte. Etwa einsachtzig groß, mit schwarzen schulterlangen Haaren und noch mehr schwarzen Haaren, die glatt auf seinem harten Schädel lagen. Er hatte eine Hakennase, Augen mit schweren Lidern und eine olivfarbene Haut. Er trug einen losen schwarzen Trainingsanzug mit den olympischen Ringen auf der linken Brust und am Oberschenkel. Wofür, fragte Richard, könnte Russell denn trainieren? Für den Zwei-Meter-Sprint zum Aschenbecher? Minispeerwerfen – in die Vene? Oder vielleicht fürs Koksbriefchenheben?
Über Russells Schulter hinweg konnte Richard eine zweite große Gestalt erkennen, die sich im dunklen Innenraum bewegte und eine gefährliche Energie verströmte. »Wer ist das, Russell?« fragte die Gestalt aus dem Schatten.
Richard strich den Baseballschläger aus seiner Inszenierung – die Situation verlangte einen subtileren Anreiz. »Ich habe eine Nachricht von Natty« – er sprach sowohl die Gestalt im Schatten wie den Indianerkrieger an – »und etwas Geld für Sie, eine alte Schuld?«
»Ach wirklich – Natty will ihrn Stoff bezahlen? Wunder gibt es immer wieder. Dann komm mal rein.«
Russell wich einen halben Schritt zurück und ließ Richard gerade so viel Platz, daß er sich hineinzwängen konnte, so wie man einen Tisch um eine Ecke bugsiert. Seine Gürtelschnalle blieb an der Tür hängen; er spürte seine Verletzlichkeit so intensiv wie einen Sprung ins eiskalte Wasser. Der Kontrast zu der verrauchten Luftlosigkeit der Wohnung vervollständigte diese diametrale Sauna. Die Wohnung hatte auch nur die Größe einer Sauna. Ein Gang, gerade so groß, daß ein Fünfjähriger darin einen Purzelbaum schlagen konnte, führte in ein schmales Zimmer mit Regalen an allen vier Wänden – Regale aus senkrechten, an Boden und

Decke verschraubten Haltestangen, in denen kleine Einkaufskörbchen hingen. Jedes dieser Körbchen – es mußten fast siebzig sein – war auffällig mit Dymo-Prägeband beschriftet: SOCKEN, UNTERHOSEN, KASSETTEN, SOZIALAMT und so weiter. Dieses Vermengen von Öffentlichem und Intimem war für Richard so verstörend wie die pedantische Ordnung, die Hitze und die Enge. Die einzige andere Tür im Zimmer – die wahrscheinlich zu noch winzigeren Wohnungen führte – wurde von einem korpulenten Mann mittleren Alters blockiert. Er war kahl bis auf ein Hufeisen aus bräunlichem Flaum, trug ein T-Shirt, die Hose eines längst ausrangierten Anzugs und eine finstere Miene auf seinem zerknitterten Gladstone-Gesicht. Er hätte fast komisch ausgesehen, wäre da nicht der langläufige Revolver in seiner fleischigen Hand gewesen. Neben dem Mann stand ein windiger kleiner Küchentisch, und darauf befanden sich eine elektronische Waage und zwei Plastikquadrate, das eine mit einer winzigen beigefarbenen Schlackenhalde, das andere mit einer milchigweißen.
»Ist der echt?« fragte Richard und nickte in Richtung des Revolverlaufs, der über der faltigen Fadenscheinigkeit eines fleckigen Teppichs schwankte. Er hatte keine Ahnung, woher er den Wagemut zu dieser Frage nahm – diplomatisch war das wohl kaum. Doch der Mann mit dem Schweinsledergesicht nahm es mit Humor. »Hrrgh-herg«, hustete er, »nee – nich so richtig – is so 'ne Nachbildung. Aber man kann die Sicherung, die sie vorne draufschweißen, abfeilen, und 'nen echten Schlagbolzen einbauen – und dann funktionieren sie, irgendwie.«
»Oh«, erwiderte Richard.
»Ich kenn 'nen Typen, der verdammt gut mit der Feile umgehen kann«, dem Mann machte das Thema sichtlich Spaß, »und ich hab mir deshalb ein paar von diesen Dingern angeschafft ...«, der Lauf zeichnete, wie ein stählerner Zeigefinger, eine Acht in die Luft, »... von diesen Nachbildungen.«
Russell kam ins Zimmer, und dann standen drei große Bären in dem kleinen Häuschen voller Nippes. Russell setzte sich auf

einen der Plastikbürostühle an dem windigen Küchentisch. Sein Körper war ein zuckendes Spielzeug mit einer exzentrischen inneren Bewegung. Am rechten Bein schob er das Bündchen seiner Trainingsanzughose hoch und enthüllte einen Laufschuh der Spitzenklasse und eine weiße Sportsocke. Aus seiner Tasche zog er ein Plastiketui und daraus die Ein-Millimeter-Spritze eines Diabetikers, bereits fertig aufgezogen. Er setzte sich den Schuß mit Steeliger Effizienz, wobei ihm der straffe Gummizug des hochgeschobenen Bündchens und das Überschlagen und Abwinkeln des Beins als Aderpresse dienten. Dann spülte er sein Besteck in einem Becher auf dem Tisch aus, legte es ins Etui zurück und steckte das wieder in seine Tasche. Während er nun anfing, Kokain- und Heroinportionen abzupacken, sagte er: »Also, Tiny Tony ... das ist ...?«

»Richard«, sagte Richard, auf merkwürdige Weise ermutigt von Russells grotesker Aufführung.

»Angenehm«, sagte Tiny Tony und streckte Richard die linke Hand hin. Der nahm sie.

»Richard ist hier, um die Schulden dieser dämlichen Kuh zu bezahlen – nich, Richard?«

»Ähm ... ja, ja – stimmt.«

»Dann vögelste sie also, was?« Russell sah von seiner Arbeit hoch und warf Richard einen Blick zu, in dem sich Bosheit und Sympathie mischten. Tiny Tony gurgelte vor hinterhältiger Belustigung.

»Äh ... nein-nein, überhaupt nicht – ich bin ihr Schwager –«

»Mannomann, der *Schwager* bist du. Kaum zu glauben, daß Natty was so Legitimes hat, die launische Schlampe. Na ja, was willste mir denn geben, Schwager?«

Miles hatte es geschafft, aus Natty den ungefähren Betrag herauszubekommen. Richard zog eine Brieftasche aus der Innentasche seiner Jeansjacke, eine unverhältnismäßig große Brieftasche mit einer Doppelreihe von Kreditkartenhaltern aus Plastik, die aussahen wie Zähne in ledernen Kieferknochen. Daraus zupfte er nun blaßlila Zwanziger und zählte sie neben Russells werkelnden Händen auf die Tischplatte. Richard machte das ziemlich gut, ganz dem vorherrschenden Gangsterchic entsprechend. Richard Elvers hatte wirklich verborgene Tiefen.

Tiny Tony zählte leise pfeifend mit: »Zwanzig, vierzig, sechzig, achtzig, hunnert, hunnertzwanzig, hunnertvierzig, hunnertsechzig, hunnertachtzig, zweihunnert –«

»He – Moment mal!« Russell hatte die Koks- und Heroinpäckchen mit Tesa verklebt, und sie lagen jetzt wie kleine Fleischpäckchen zwischen seinen mageren Händen. »Dassis doppelt soviel, wie sie uns schuldet – was der Schwager uns gibt.«

Richard seufzte, denn er spürte plötzlich die unangenehme Atmosphäre im Zimmer – den Geruch von Feindseligkeit, der so ekelhaft und so ertastbar war wie Scheiße. Unter dem Tisch stand ein Funkempfänger auf dem Boden, der nun knisterte und krächzte: »A37, Autodiebstahl ... Royal College Street ... fordern Verstärkung an.« »Verstanden, Zentrale ... empfangen ... sind unterwegs.« Dann verstummte das Gerät wieder. Die beiden Drogendealer schienen nichts zu bemerken. »Ja«, sagte Richard, »ist es. Aber ich will, daß Sie etwas für mich tun ...« Er legte weiter Scheine auf den Stapel auf dem Tisch. »Oder genauer, etwas *nicht* tun. Wissen Sie, wir schicken Natasha in Behandlung, zur Entziehungskur oder wie das heißt, und ich weiß, daß Sie der einzige Mensch sind, der ihr weiterhin Drogen geben würde – der sie von dieser Therapie abhalten könnte. Ich will, daß Sie sich von ihr fernhalten, bis sie aus der Stadt ist –«

»Was!« rief Russell empört. »Ich soll weggehen – aber das kann ich nicht. Ich hab meine Geschäfte –«

»Nein-nein, Sie brauchen nirgendwo hingehen. Es geht nur um eins – telefonieren Sie nicht mit ihr, und öffnen Sie ihr nicht die Tür. Geben Sie ihr keine Drogen – sie kann sie sowieso nicht bezahlen. Treffen Sie sich nicht mit ihr ...« Als Richard sah, daß Russell ihn mit gefährlich erschöpften, zusammengekniffenen Augen ansah, fuhr er hastig fort: »Sehen Sie, ihre Mutter ist vor ein paar Tagen gestorben, und ... na ja, ich glaube, es ist die richtige Zeit für sie ... psychologisch ... Ich glaube, sie könnte es wirklich aufgeben ... mit einer Therapie ... das würden Sie ihr doch nicht mißgönnen – oder?«

Eine Sirene jaulte die Kentish Town Road entlang, auf den Raum voller unsicherer Männer zu, und Richards Blick huschte unwillkürlich zum Fenster, das von Russells in Körbchen verstauten Habseligkeiten eingerahmt wurde. Durch einen vertikalen Spalt zwischen Rouleau und Rahmen konnte Richard gerade noch das Dach des rasenden Polizeiautos erkennen und darauf, als wäre es nur für seine Augen bestimmt, in großen Lettern die Aufschrift »A37«. »Verdammt gut, diese Scanner«, sagte Tiny Tony, der so stand, daß er einen besseren Blick auf Straße und Fahrzeug hatte, »man schaltet sie ein, unn dann checken sie alle Bullenfrequenzen durch – immer unn immer wieder – bis sie 'nen Funkspruch –«

»Ich-ich ...«, unterbrach Russell Tiny Tonys zischelndes Geplapper mit seiner eigenen Verstärkungsanforderung, seinem eigenen Notruf, »ich mißgönne ihr das doch nicht – wer würde das denn schon ... Richard ... wer würde denn nicht aus *dem allem* rauskommen wollen.« Er drehte eine magere Hand um und öffnete sie auf dem Tisch, wie um die armselige Winzigkeit der Situation zu umfassen – die Drogen, die Dealer, der Paranoia-Empfänger auf dem Boden.

Richard ging das ernste Risiko ein, Russell voll in die Augen zu schauen, und sah dort Dinge, die er zweifellos nicht hätte sehen sollen. Selbstmitleid, sicherlich, aber auch Scham. Monströse Selbstbesessenheit, ohne Zweifel, aber auch eine Art Liebe. Russells Augen hatten große, haselnußbraune Iriden, durchschossen von noch brauneren Linien – hübsche Batikaugen. Pupillen waren so gut wie nicht vorhanden. Russells Augen glühten vor Zorn und flossen über vor Tränen, als wäre ein inneres, emotionales Sprinklersystem eingeschaltet worden. Richard wandte hastig den Blick ab und ließ ihn über die beschrifteten Körbchen wandern: HEMDEN, BÜCHER, NATS SACHEN. Nats Sachen? Also doch eine Art von Stabilität in dieser Beziehung? Bei soviel Stauraum?

»Na gut, hrrgh, ja«, raspelte Russell. »Dann rede ich eben nicht mit ihr – aber du – *du*« – er beugte sich vor und packte Richards Unterarm mit Kneifzangenfingern, und in diesem Augenblick schien das trübe Licht in der Wohnung sich zu intensivieren, die Rauchschwaden sich wirbelnd aufzulösen, der knisternde Scanner zu verstummen – »denkst daran, mir zu sagen, wo sie ist, wenn sie weg ist, okay? Du machst das, okay? Ich will … ich will ihr schreiben, sie anrufen … und so.« Richard sah, daß die Fingernägel, die ihn kniffen, bis zum Fleisch abgeknabbert waren, und daß die mageren Hände in Wahrheit geschwollenes Wurstbrät waren. Er sah die Spuren der Einstiche, die sich über die Handrücken schlängelten. Und Russell sah, daß er es sah. Dann wandte er sich wieder dem Tisch zu und begann, eins der Päckchen, die er eben in Klarsichtfolie eingewickelt hatte, wieder auszupacken. Eine Stimme, die Selbsterhaltung hieß, sprach in Richards Kopf: Du gehst jetzt besser. Er drehte sich abrupt um und ging die wenigen Schritte bis zur Wohnungstür. Keiner der beiden Männer im Zimmer rührte auch nur einen Finger, als er die Kette löste, die beiden Einsteckschlösser aufsperrte und den Riegel des Yale-Schlosses öffnete. Als er die Tür zuzog, sah er, daß Tiny Tony den lila Fächer der Geldscheine vom Tisch nahm. Der fette Dealer schaute Richard an und nickte knapp, als wollte er sagen: Ja, schalt den Zwischenhändler aus. Dann fiel die Tür ins Schloß. Richard holte seinen Baseballschläger zwischen den Tonnen hervor und war sich nicht ganz sicher, wer von wem ausgespielt worden war.

Weihnachten 2001

Auch wenn die Erwachsenen sich noch so große Mühe geben, sie können die Handschrift kleiner Kinder nicht nachmachen – und auch nicht ihre Zeichnungen. Sie können die wackeligen Striche, die verpfuschten Schleifen und übertriebenen Serifen nicht kopieren und auch die merkwürdig prosaische Rechtschreibung nicht. Es wäre nett, wenn Erwachsene beim Imitieren von Kinderhandschriften etwas zustande bringen würden, das aussieht wie die kindliche Imitation einer Erwachsenenhandschrift – aber das tun sie nicht. Hier gibt es keine Spiegelung – nur eine ungeheure Fremdheit.

Als ich das letzte Mal ein kleines Mädchen war, das in einem heißen Baumwollkleid unter einer heißen Baumwollbausch-Sonne saß, imitierte ich Erwachsenenhandschrift mit einem Bridge-Bleistift in einem grünen, dünnen, linierten Heft. Daran erinnere ich mich noch – an Papier und Schreibutensilien. Die Gefühle sind alle verschwunden. Ich zog die enge Schleife sauber über eine Zeile, schmierte dann zur Zeile darunter und malte die nächste Schleife wieder hoch zur ersten. Diese Kontinuität der Schleifen war meine Vorstellung vom Erwachsensein. Eine krause Kabbala aus Kringeln. Auf diesem letzten Umgang hatte ich alle möglichen Vorstellungen über kleine Kinder. Als meine eigenen noch jung waren, hielt ich sie alle für kleine Wittgensteins, die still ihre Zeit damit verbrachten, in blaue und braune Hefte zu kritzeln, bis sie soweit waren, daß sie ihre philosophischen Forschungen veröffentlichen konnten; die Kauderwelsch plapperten, bis sie das Bedürfnis verspürten, es zu übersetzen. Das lag natürlich ausschließlich am Einfluß der Mutterschaft und an diesem überwältigenden Gefühl, das wir alle haben, eine einzigartige Persönlichkeit, ein zeitloses Individuum auf die Welt zu bringen. Erwachsene, die Kinder sind, bringen Kinder auf die Welt, die Erwachsene sind. Als sie dann größer wurden und die verhaßten Gesichtszüge ihrer Ahnen meine schlimmsten Ahnungen bestätigten, kam ich zu dem Schluß, daß ich mich sehr getäuscht hatte und daß Babys nichts anderes sind als Dummheit in Bereitschaft. Doppelt dumm.

Jetzt bin ich ein Kind, das gern eine Erwachsenenhandschrift imitieren würde. Ich wäre gern ein kleiner Scott, der in dieser antarktischen Wohnung ohne Fahrstuhl festsitzt. Aber diese kalten Mumien, die am Fuß ihrer Endmoränen liegen – die hatten nie viel Zeit fürs Schreiben. Sie waren zu sehr damit beschäftigt, bei der Prüfung des Lebens durchzufal-

len. Ich durchstreife das Wohnzimmer, kehre der entsetzlichen Spinnenpflanze den Rücken, krieche um das gerätelose Unterhaltungsgestell herum, um den Couchtisch herum, an der Treppe vorbei und in die enge Nische zwischen Regal und Küchentür, aber nirgendwo kann ich auch nur eine halbe Kreide, einen zerbrochenen Buntstift entdecken. Und glaub mir, ich bin fürs Suchen bestens geeignet, so bodennah, wie ich mich bewege. Ich bin wie dazu geschaffen, unter Möbel zu kriechen oder mich dahinterzuzwängen. Früher habe ich mir einmal beträchtliche Mühe gegeben, ideale Schreibgeräte zu entwickeln – jetzt kann ich nicht mal ein reales finden.

Im Verlauf der ersten niederschmetternden Stunden, die ich allein hier verbrachte, erspähte ich den henkellosen Becher über dem Regal, auf der Ablage der Durchreiche, die aus dieser unteren Etage eine nicht so geräumige Gruft macht. Ein Geschenk aus Bangor – hierher verbannt. War der Kauf dieses unkuriosen Kuriosums, dieser Memorabilie an nichts, eine ironische Geste gewesen? Das war mir scheißegal – aber was ich von hier unten sehen konnte (und jetzt sehe ich alles von unten, alles ragt vor mir auf ins Unerreichbare; das hat man davon, wenn man ein Leben lang auf die Leute herabblickt – ein anderes, kürzeres Leben des Hinaufschauens zu den Dingen), war, daß er eine Anzahl Kulis und Bleistifte enthielt. Ich brauchte eine ganze Weile, um auf das Sofa zu klettern, und noch länger für den riskanten Aufstieg zur Rückenlehne. Ich stürzte ein paarmal ab, prallte auf die Polsterung und kam zwischen den höchst entflammbaren Kissen zum Liegen. Als ich es schließlich schaffte, den Becher von der Ablage zu schubsen, durchbohrten die herunterregnenden Schreiber mich beinahe, obwohl keiner von ihnen eine Spitze hatte – die ganze Übung war also zwecklos.

Da war einer, ein blauer Berol-Rollerball, aber dem fehlte die Bunkerkappe. Die Tinte war schon längst verdunstet, hatte nur noch eine winzige Spur auf dem Metallkügelchen hinterlassen. Das entdeckte ich, als ich vortäuschte, erwachsen zu sein, und ihn auf dem Rand des Fernsehprogramms von letzter Woche ausprobierte. Diese Vortäuschung war natürlich zu perfekt für ein Kind. Kinder probieren keine Stifte aus – zumindest keine Kleinkinder. Die legen einfach los und zeichnen ein wind-

schiefes Haus oder ein Männchen aus Kotwürsten. Aber ich probierte ihn aus – und der Stift schenkte mir ein paar kurze, bläuliche Rillen auf dem Hochglanzpapier und gab dann für immer den Geist auf.
Und überhaupt – was hätte ich denn geschrieben? Diese Erwachsene, die ein Kind imitiert, das eine Erwachsene imitiert. Es gibt nicht viel zu sagen, außer daß mich friert und daß ich Hunger habe und daß ich einsam und verängstigt bin. Und was ist daran so verdammt neu?

11. Kapitel

Phar Lap machte mich mit HeLa bekannt, was für eine Dulstoner Souterrainwohnung wie die meine die einzige angemessene Wandbedeckung war. HeLa war keine Farbe, auch keine Tapete, kein Verputz und nicht einmal etwas Synthetisches. O nein, HeLa war das Produkt abnormer Karyologie. Ein vitaler Zellstamm, der aus dem Gebärmutterhalskrebs einer Henrietta Lacks hervorgegangen war, die 1951 in Baltimore starb. Das war ein gutes Jahr für Innovationen der polymorphen Art – schließlich brachte auch Disney seine *Alice im Wunderland* heraus. HeLa war unsterblich und wurde in Suspensionskulturen gezüchtet. Die Lebenden benutzten es zur Virusforschung – und wenn man es Tieren injizierte, produzierte es fast immer Tumore.

Wir, die Toten, hatten von diesem Material nichts zu befürchten, und es ergab eine sehr gute Wandbedeckung: formbar, haltbar und leise die Worte der sterbenden Frau murmelnd – »Mir ist kalt, so kalt ... so furchtbar kalt«, wenn es warm war, und »Ich verbrenne ... Ich bren-ne ... Ach, mir ist so heiß!«, wenn es kalt war. Ich vermute, daß Lebende dies höchst grotesk finden würden, aber sie können sich ja von solchen Scheußlichkeiten einfach abwenden und davongehen; natürlich nur, bis sie auf den Rechen ihrer Lebenskurzsichtigkeit treten und der ihnen voll ins Gesicht knallt.

Hinter Dulston Junction gab es eine Fabrik, die dieses Zeug in Massen produzierte, und bei Seth's wurde es in Vierliterkanistern verkauft. Es wurde auch sehr gern genommen.

Im August wurde Dan Quayle Bushs vizepräsidentialer Mitstreiter. Ich mußte automatisch an die kleinen Vögel denken, die Bunny Yaws immer serviert hatte, und an all die komischen Dinnerpartys der Lebenden mit ihren Gerüchen, Rülpsern, Grunzern und Schlürfern. Im November wurde verkündet, das Turiner Grabtuch sei eine Fälschung, und mindestens fünf Dulstoner Spökenkieker – die ich persönlich kannte – übernahmen dafür die Verantwortung. Hätten sie wohl gerne. Scheiße – diese Typen behaupteten doch auch, sie steckten hinter dem Stealth Bomber, dem Handy, dem Satellitenfernsehen und verschiedenen anderen technischen Innovationen – allesamt dem Menschheitswohl nicht unbedingt förderlich.

Im Dezember gab es in Armenien ein Erdbeben. Viele Tausende tot – und noch mehr Tausende verstümmelt und verhungernd. Aber das kümmerte uns wenig, schließlich war es sehr unwahrscheinlich, daß sie in Dulston ihre Zelte aufschlugen, außer sie hatten Verwandte hier. Derselbe Monat erlebte das Eisenbahnunglück in Clapham und die Flugzeugbombe über Lockerbie. Von diesen Toten kamen ein paar zu uns – verbrannt, zerschmettert, verwirrt und versehen mit der beneidenswerten Auszeichnung der willkürlichen und schnellen Vernichtung.

Im März 1989 lauschte die liberale Mittelschicht im Zystrikt gebannt den Nachrichten vom Aufruhr in Tibet. *Tout le monde* hatte Straßenkarten von Lhasa auf ihre Korktafeln gepinnt, um über die Feinheiten der Aktion reden zu können, während man Rösti servierte, sie vierzigmal kaute und dann ausspuckte. Die Katastrophe in Hillsborough erregte in Dulston nur wenig Aufmerksamkeit – schließlich war es ein Auswärtsspiel in jeder Hinsicht. Ja, ich schäme mich fast zu sagen, daß viele Tote, die ich kannte, schallend lachten, als Kenny Dalglish, der Manager des Liverpool Football Club, seinen so berühmt euphemistischen Appell vorbrachte: »Ich glaube, jeder weiß, daß es ein paar Probleme gegeben hat. Bitte versuchen Sie, ruhig zu bleiben. Wir versuchen, Ihnen zu helfen.« Auch die niederschmetterndsten Ereignisse erhalten eben einen ungerechtfertigten ironischen Aspekt – wenn man tot ist.

Ach ja! Dulstoner Tage. Der Aufstand auf dem Platz des Himmlischen Friedens im Juni 89 berührte uns überhaupt nicht – aber im selben Monat kam Freddy Ayer nach Dulston. Er zog in eine elegante Erdgeschoßwohnung zwei Blocks von mir entfernt, am Athens Square. Scheißakademiker, die kriegen doch immer die gemütlichen Buden. Ayer hatte ich schon im Leben ein paarmal getroffen – er und Yaws waren entfernte Kollegen gewesen. Ich ging zu einer Kwaß- und Ziegenkäseparty, die für ihn von seinem Todesführer veranstaltet wurde – einem beeindruckend pelzigen Schamanen. Ich versuchte immer, diesen Rentierpissetrinkern und Schrumpfkopfhändlern einige Wahrheiten abzuluchsen, aber keine Chance. Die Todesführer der anderen orakelten ebenso unverständlich wie der meine. Sie murmelten alle von »Umgängen«, dem »hellen Licht« und den »Haken und Ösen der Gnade«, als wäre dieses Kauderwelsch aus sich selbst heraus verständlich.

Freddy hatte natürlich jede Metaphysik schon immer für Humbug gehalten, und der Tod hatte den berüchtigten Gletscher seiner Logik nicht aufgetaut. Er gab mir sogar zu verstehen, es könne durchaus der Fall sein, daß alle meine Sinneseindrücke seit meinem Tod – Lithy, Dulston, Phar Lap, die Fetten – nichts anderes waren als Fragmente meines sich auflösenden Bewußtseins. Ich muß Freddy allerdings zugute halten, daß er seine eigene Manifestation wie auch den Zusammenbruch der Berliner Mauer in den elastischen Rahmen dieser Hypothese mit einbezog.

Als ich ihn darauf hinwies, daß ihm dann selbst nicht viel mehr blieb als eine Phantomexistenz, kicherte er nachsichtig. Er mochte den Tod, weil er jetzt wieder rauchen und völlig ungestraft seine Hände unter die Röcke junger Frauen schieben durfte. Ich stellte mir vor, daß nur ein unbarmherziger Rationalist in diesen Dingen, den nervösen Ticks des postmortalen Lebens, Erleichterung finden konnte. Trotzdem machte es Spaß, ihn hin und wieder zu treffen, so elegant, vornehm und völlig unabhängig, wie er war.

Nicht so Ronnie Laing, der im August dieses Jahres starb. Der seine war ein *höchst* unruhiger Geist. In Tennisklamotten und seinen Schläger schwingend, wanderte er durch die Straßen Dulstons und suchte Streit, aber die Toten sind – wie wir wissen – nicht sehr hitzig. Also jagte er seine Wut-Volleys auf die Lebenden und schmetterte Durchfahrende, die in ihrem ganzen Leben noch nie etwas mit psychischen Störungen zu tun gehabt hatten, in die Schizophrenie. Im Tod, so nehme ich an, erhielt er nun wenigstens die Befriedigung, seine eigenen Vorurteile bestätigt zu sehen. Oder seine Theorien.

Laurence Olivier hatten wir nur für ein paar Matineen hier, dann zog er weiter in die Provinzen. Aber Sie können Gift darauf nehmen, daß sämtliche Starfickerinnen dieses elenden Kaffs alles gaben, um sich an seinem imponierenden Nichtsein reiben zu dürfen. Ich hielt mich aus dem Gewimmel heraus. Ich hatte andere Sorgen. Jeden Tag arbeiten – nur das Ätherische meines Körpers machte die Plackerei erträglich. Dann inzwischen zwei lästige Kinder, das eine ein versteinerter Clubsänger, das andere ein allzu wichtigtuerischer Delinquent. Ja – dieser Rotzlöffel. Er tauchte auf und führte sich auf. Barfuß und splitternackt kam er aus Heathrow an, sprang hüftschwingend die Treppe herunter und fiel, mit schweifschwingender Waschbärfellmütze, wackelndem Arsch und schwarz beschmiert für das Niggerspiel, in mein Souterrain ein. Natürlich versuchte ich, ihn mit Milch, Ernußbutter-und-Geleesandwiches, *Captain America*-Comics und Hostess Twinkies zu besänftigen, aber davon wollte er genauso wenig wissen wie von Kleidung und guten Manieren. Rotzlöffel vermasselte mir jedes gesellschaftliche Leben, das ich in meiner frisch mit HeLa dekorierten Wohnung hätte haben können.

Als im September 89 die *Marchioness* sank, war Rotzlöffel schon fast ein Jahr bei mir. Meistens konnte ich ihn dazu überreden, mit den Fetten, vor denen er einen gewissen Respekt hatte – schließlich stellten sie die Masse seiner Mutter dar –, zu Hause zu bleiben. Aber als die armen, tropfnassen Kinder von ihren Todesführern nach Dulston gebracht wurden, war Rotzlöffel sofort zur Stelle, um ihre Auslöschung zu einem noch größeren Trauerspiel zu machen. »Seid ein wenig schlammig geworden, was – ihr beschissenen Discotänzer! Jetzt schlagt ihr nicht mehr so große Wellen, ha!« Und – 'türlich – mußte Lithy einstimmen mit *»All I need is the air that I breathe, and to love you!«* Wobei Lithy von sich aus eigentlich kein krankes und gehässiges Wesen war, es war eben nur diese Geschwistersache, dieser schlecht gemixte Blutcocktail.

Ich wollte nichts wie weg aus Dulston, denn Neuankömmlinge waren vorwiegend triefig *und* tief gesunken. Im August wollte ich in New York sein, wo Irving Berlin starb, oder in Paris, wo Simenon starb und mit heruntergelassenen Maßhosen nach Ennuyesville hoppelte. Er behauptete, er hätte Sex mit zehntausend Frauen gehabt, und ich hätte gern gesehen, wie er sich diesem Stadion voller Schlampen stellte. Scheiße, sogar in Hollywood hätte ich es ausgehalten, wohin Bette Davis nach ihrem Tod in diesem Herbst unterwegs war. Ich hatte sie immer bewundert – oder zumindest ihre Leinwandpersönlichkeit. Aber das zumindest bringt der Tod einem bei: Eine Leinwandpersönlichkeit ist so gut wie jede andere. Eine raffiniert gehaltene Zigarette, ein diabolisches Lächeln, ein unergründlicher Blick. Wir lebten mittels unserer Manierismen – und starben aus einem Mangel daran.

Bei einem PT-Treffen schloß ich Bekanntschaft mit Clive, einem Mann meiner Alterslosigkeit. Clive war Investmentbanker, der sich erst fünf Jahre nach seinem Tod zur Ruhe gesetzt hatte. Wie die meisten seiner Kollegen erstickte er zu dem Zeitpunkt einfach noch an Anzahlungen. Im Winter 89/90 fingen wir an, gemeinsam weit mäandernde Spaziergänge zu unternehmen, die es uns erlaubten, die wirren Grenzen des Zystrikts zu überwinden. Clive hatte einen trockenen Humor, und er ertrug die Fetten, Lithy, Rotzlöffel und den Rest meines Todestrosses, die unbarmherzig mit uns latschten. »Ah!« rief er, wenn Rotzlöffel mal wieder einen seiner Angriffe startete. »Der junge Rosenkreuzer.«

Clives Troß war nichts als das, was dieses Wort ursprünglich meinte – Gepäck. Aus Gründen, die ich nie herausfand, wohnte er in einem kargen Appartement in einem fünfstöckigen Block im Thebes Estate, das vollgestopft war mit Gepäck – mit Handkoffern, Reisetaschen, Werkzeugtaschen, Aktenkoffern und Überseekoffern. Dieses Gepäck war in ständiger Bewegung, morgens, mittags und abends, wie die Plastikteile eines 3-D-Puzzles. Oft saßen wir in einem der stets wechselnden Leerräume zwischen Bergen von Reisetaschen und Haufen von Kleidersäcken und unterhielten uns, als plötzlich einer der Koffer sich, wie von hinten angestoßen, von der ihm zugewiesenen Stelle rührte. Clive grunzte dann: »Ich glaube ... ahem ... Lily, wir sollten diesen Bereich räumen.« Was wir dann auch taten. Er verriet mir nie, was dahintersteckte – und ich fragte auch nie. Clives schüttere Haare und seine funkelnde, goldgerahmte Bifokalbrille paßten zu dieser taktvollen Korrektheit. Und diese Eigenschaften, die bei einem lebenden Engländer verdammt irritierend gewesen wären, fand ich beim lieben, toten Clive merkwürdigerweise verführerisch.

In dieser Zeit erwachte ich oft in den frühen Morgenstunden, weil mich im Schlaf Inkubi heimgesucht hatten. Tröstende Phantome unaussprechlich süßer, erotischer Lieblichkeit, die mich mit ihrem ekstatischen Nichtsein umfingen, mich an meine eigene ätherische Brust drückten und in meinen zahnigen Mund ihre gaumige Nichtigkeit bliesen. In einem Winkel des Schlafzimmers flüsterten die Fetten: »Drall und alternd, drall und alternd, drall und alternd ...«, während unter dem Bett Lithy Boogie tanzte und bellte: *»I feel lo-ove/I feel love!«* und im Gang Rotzlöffel tobte, daß sein Gebrüll die Luft zerriß.

Aber ich hatte nicht geschlafen, ich war hellwach in der farblosen Gleichgültigkeit des Todes. Der kuschelige Clive und ich hatten Schattensex. Komisch, nicht, daß unter den Toten Sex immer interkrural ist – Penisse werden in Körperfurchen gesteckt, aber nie in die Vagina. Clive schob seinen Stummelschwanz in meine

Achselhöhle, zwischen meine Schenkel, zwischen meine Brüste, oder er zog sogar zwei Fettlappen meines Bauchs auseinander, um darin zu betten, was er sein könnte. Es war, als glaubten wir, indem wir diese Verrenkungen anstellten – dank deren wir die betroffenen Körperteile sehen konnten –, könnten wir wenigstens ein klein wenig Reibung, *Berührung* erreichen. Aber da war nichts, nichts liebkoste nichts.

Clive führte mich zu Dinnerpartys, wo von Gastgebern und Gastgeberinnen, die unseren Beifall erhofften, raffinierteste Gerichte zusammengestellt wurden. Diese Schmortöpfe, so braun, weinaromatisch und sämig! Diese Fleischstücke, so rosa und saftig! Ach, und die farbenfrohen Zusammenstellungen der knackigsten Gemüse, taufrisch gekauft bei den besten Händlern der Stadt. Und wozu? Für Nix-is. Sie rochen nicht einmal. Wir Gäste spielten mit unseren Portionen – denn mehr konnten wir nicht tun. Einer formte aus seinem Kartoffelbrei eine Rodin-Kopie; eine andere arrangierte ihre glasierten Karotten und die Brokkoliröschen so, daß sie an den Garten von Giverny erinnerten; und ein dritter experimentierte mit Fleischbrocken, verwandelte sie in verlockende Torsos mit knorpeligen Gliedern und abgebissenen Köpfen. Eine grausige Vorwegnahme der konzeptuellen Exzesse des kommenden Jahrzehnts.

Das waren die Dinnerpartys in Dulston – verschwenderisches, teures Backe-Backe-Kuchen. Wenn wir verblendet genug waren und fasziniert vom jüngsten Klatsch, der gerade die Runde machte, wie das Erdbeben in San Francisco – in London würde nie so etwas Aufregendes passieren – oder der Tod Samuel Bekketts – ach, was für ein glücklicher Tag – oder der letzte Abgang Greta Garbos – endlich alleine, wünscht sie sich! –, dann machten wir uns vielleicht die Mühe, das Essen zu zerbeißen, zu zerkauen, zu zermahlen und es dann als Pampe in ach so stilvolle Kübel zu spucken. Im März 1990 gingen Clive und ich zu einer Dinnerparty für die frisch verstorbene Jane Grigson, wo alle ihre besten Rezepte aufgetragen wurden, nur um kurz auf den Tel-

lern herumgeschubst und dann hastig entsorgt zu werden. Wie gern hätten wir gelacht – aber an jenem Abend hatten wir, die auf ewig Bulimischen, keinen Sinn für kranken Humor.
Clive kannte – Gott weiß woher – noch exaltiertere Charaktere. Tote Yuppies, die in den modisch minimalistischen, umgebauten Lagerhäusern mit Gummiböden und Deckenstrahlern hinter der Sparta Road wohnten. Diese Typen servierten neutote Küche. Winzige Fleischstückchen – Pedanterien der Peniblen; klitzekleine Schnipsel von Wurzelgemüse – alles nachlässig auf riesige weiße Teller geworfen, wie das Heumachen von Elfen. Über alles tröpfelten sie *jus*, als könnten sie mit diesen Schlieren eßbaren Samens ihre eigene Unfruchtbarkeit, ihre Unfähigkeit zu essen kompensieren und zugleich beweisen, daß dies – und sie – absolut, total, wirklich *le dernier cri* waren.
Wir saßen an Panoramafenstern mit abstrakten Ausblicken, auf Puffs unter Schwulen, während völlig in Schwarz gekleidete Tote – eigentlich steht es uns nicht, oder? – unbarmherzig über die Invasion Kuwaits, den Tod Leonard Bernsteins und die kulturelle Relevanz der Teenage Mutant Ninja Turtles quasselten. Nach dem Essen wurden Spiegel aus Taschen gezogen, Couchtische abgeräumt und auf den glatten Oberflächen fischförmige Kokslines gezogen. Akkurate Übungen in der Zubereitung von Antinahrung. Erstaunlich – denn auch die Toten müssen für ihre Drogen bezahlen. Und sie waren nicht billig. Erstaunlich, denn nachdem die versammelte Truppe diese winzigen Verwehungen betäubenden Schnees fünf, zehn oder zwanzig Minuten lang angestarrt hatte, holte derjenige, der den Stoff spendiert hatte, den Staubsauger und zog die Lines in dessen große, mechanische Plastiknase. Verschwunden – einfach so! Verschwunden in einem winzigen, teuren Wirbel. Schaut, was Gott uns eben angetan hat! Nix-is – wie Phar Lap gesagt hätte.
Clive und ich lebten also reibungslos nebeneinander her. Wir gingen gemeinsam zu PT-Treffen, wo wir eines Abends – das Kinn in die Hand gerammt, die das Gesicht nach oben schiebt; ist

Ihnen je aufgefallen, wie viele ruinierte Rodins es in London gibt? – unaufmerksam einer jungen Frau mit für ihr Alter sehr tiefliegenden Augen zuhörten, die von ihrem Tag erzählte. »Also, es hat an der Wohnungstür geklopft, und ich habe aufgemacht. Ich meine, was bringt es denn, nicht zu öffnen, wenn Sie wissen, was ich meine – sie kommen ja sowieso herein. Also habe ich aufgemacht, und dieser Kerl sagt, er ist einer der vollstreckenden Racheengel des Herrn des Todes. Die reden doch immer so, nicht, so geschwollen. Und dann schlägt er mir, ohne lange zu fackeln, den Kopf ab, schneidet mir das Herz und reißt mir die Gedärme heraus, leckt mein Gehirn aus, zerschnippelt mein Fleisch und nagt an meinen Knochen. Natürlich kann ich nicht sterben, und obwohl mein Körper total zerstückelt ist, setzt er sich wieder zusammen – und dann fängt der verdammte Mistkerl von vorne an. Und jedesmal ist es so schmerzhaft wie davor. Jedesmal. Na ja, am Ende des Tages weiß man dann, was ein Vollstrecker des Herrn des Todes ist. Na ja, ich wollt's nur mal rauslassen ...« Und die anderen Mitglieder raschelten, untersuchten ihre Fingernägel, die des Nachbarn, den Boden.
Ich hätte ihrem Bericht mehr Glauben schenken sollen, aber ich nahm an, daß sie sich das nur ausgedacht hatte. Die Toten spüren nichts. Die Toten haben ätherische Körper. Diese Art von Marter kann uns nicht heimsuchen – dachte ich zumindest. Ich schenkte ihr keine Aufmerksamkeit und starrte statt dessen ihr Gesicht an, das nicht nur sommersprossig, sondern ein Amalgam aus Sommersprossen war. Ach! Sollen die Katzenjammer Kids uns die Geschichte doch noch einmal erzählen – und *nicht zuhören*, nur ja nicht *zuhören*.
Meistens gingen Clive und ich zu den Treffen im Gemeindezentrum, aber hin und wieder gestatteten wir uns eine Abwechslung und spazierten zu St. John's, am oberen Ende des Argos Grove. Es war eine unscheinbare, düstere Kirche. Der Allmächtige kam hier nicht sehr oft vorbei. Dort saßen wir wie festgenagelt unter dem neugotischen Spitzturm in der asbestverseuch-

ten Sakristei auf hölzernen Stühlen in hölzernen Reihen. Der dortige Sekretär führte sich gern auf, als wäre er der Priester. Er baute sich hinter einer Reihe ausrangierter Schultische auf, die so alt waren, daß sie noch eingebaute Tintenfässer hatten. Das erinnerte mich an die Stahlfedern meiner Kindheit und daran, daß die braven Kinder immer schmutzige Hände hatten, weil sie die Tintenfässer aus der großen, gerippten Flasche nachfüllen mußten. Aber die verblichenen Mitglieder dieser infantilen Klasse hatten die Finger schmutzig von Zigarettenasche und saßen da und erzählten immer wieder Geschichten, die einem, als ich noch ein kleines Mädchen war, eine gehörige Tracht Prügel eingebracht hätten. Prügel, bis das Mischgewebeleibchen *in* der winzigen Brust und die Frisur völlig im Eimer ist. Prügel von Mummy, wenn man doch am Ende des Tages nichts anderes wollte, als den Mund aufzumachen.
All dies einen ganzen heißen Sommer lang. All dies, während die Kultur der Lebenden vom Fußball bestimmt war. Die Weltmeisterschaft hatte inzwischen ihre eigene Erkennungsmelodie. Bei Baskin's, wo ich über Pressemitteilungen für Wasserkühler grübelte – obwohl der Chef keinen für seine Unterdrückten herausrückte –, lief sie die ganze Zeit. *Nessun Dorma.* Nie mehr schlafen. Keine verdammte Sekunde mehr. Ich zündete mir eine neue Kippe an, Lithy vibrierte in meiner Kleidertasche, ein freudloser Summer. Baskin starrte mich durch einen Bogen aus berstenden Ringordnern an. Einige Männer haben Hüte aus Haaren, andere Haare wie Hüte, überlegte ich, aber wie kann ein Mann den Wunsch haben, so auszusehen, als trüge er eine Perücke?
In diesem Sommer waren sowohl Natasha wie Charlotte schwanger. Was für eine merkwürdige Übereinstimmung bei diesen meinen so ungleichen Nachkommen. Ich erfuhr das von Bernie, dem unruhigen Geist im Obergeschoß. Seit zwei Jahren war ich nun schon mit seiner gräßlichen Existenz vertraut. Das Scharr-Tock, Scharr-Tock der nächsten Heimkehr von Seth's, die nächste Alufolienkrücke. Der bleierne Schritt auf der knarzenden

Treppe, was bedeutete, daß er seinen wöchentlichen Abstecher zum Heroin-C&C machte, dann das beschwingtere Poltern, das seine Rückkehr anzeigte. Dies alles geschah mit metrischer Regelmäßigkeit, man hätte eine Atomuhr nach dem Auf und Ab der Schore-Tiden dieses Mannes stellen können. Spätabends, frühmorgens und den ganzen Tag über wurde ich von den charakteristischen Rufen seiner Kunden belästigt. Sie standen an der Haustür, ihre Füße auf der Höhe der Oberkante meiner Schlafzimmerfenster, drückten ihren bedürftigen Mund an den Backstein und schrien zu ihm hoch, eine vertikale Flüstergalerie. »Ber-nie. Bern. Ber-nie. Ich bin's.« So viele Ichs – soviel Menschenmüll.

Sauertöpfisch, wie ich bin, kam mir natürlich der Gedanke, Bernie wegen dieses pausenlosen Betriebs zur Rede zu stellen. Es wollte mir einfach nicht in den Kopf, daß jemand so viel Heroin in sich hineinschaufeln und so viel ausgeben konnte, für nischte. Mrs. Seth war so freundlich, mich in dieser Hinsicht aufzuklären. »Sie müssen verstehen, Mrs. Bloom, daß Mr. Bernard schon zu Lebzeiten keinen Rausch mehr bekam von dem ganzen Heroin, das er nahm. Das ist so mit Junkies, wissen Sie. Wenn sie süchtig sind, nehmen sie es nur noch, um normal zu sein.«

»Ja, ja, ich weiß – meine Tochter –«

»Natürlich. Verzeihen Sie, daß ich Ihnen Sachen sage, die Sie bereits wissen.«

»Aber was war, nachdem er gestorben war? Er hätte den Unterschied doch bemerken müssen.«

»Absolut nicht. Nein – überhaupt nicht. Sie kennen doch Ihren Nachbarn, Mr. Cox, aus der Wohnung im zweiten Stock. Nun, eines Tages hörte er ein heftiges Poltern aus Mr. Bernards Mansarde –«

»Das ist nichts Ungewöhnliches«, warf ich dazwischen, »das passiert, wenn –«

»Ja, ja, es passiert, wenn er ein Bein hebt, um seine Unterhose anzuziehen –«

»Und dabei vergißt, daß er das andere schon gehoben hat.«
»Völlig richtig. Wie auch immer – genau das ist bei dieser Gelegenheit passiert. Darüber hinaus aber fiel der unglückliche Mann auf sein Heizelement, das zu der Zeit an war, und da er sich beim Aufprall auf den nackten Dielen eine leichte Gehirnerschütterung geholt hatte, blieb er einfach lange genug so liegen.«
»Lange genug wofür?«
»Lange genug, um zu verbrennen. Allerdings«, sie hob einen juwelenberingten Finger, »nicht so lange, daß auch der ganze Unrat in der Wohnung Feuer gefangen hätte. Das Ganze wurde ihm überhaupt erst bewußt, als er in den Laden kam, um Alufolie zu kaufen, und der Junge hier bemerkte, daß seine ganze Bauchregion weggebrannt war.«
»Und haben Sie es ihm gesagt – haben Sie ihn darüber aufgeklärt, daß er ganz verbrannt war?«
»Ja, schon. Wir haben es ihm gesagt. Aber der Mann nahm es überhaupt nicht zur Kenntnis. Vollgedröhnt im Leben, nehme ich mal an – und jetzt vollgedröhnt im Tod. Er zog einfach den Reißverschluß seines Anoraks hoch. Und deshalb trägt er ihn auch jetzt immer bis zum Hals hochgezogen. Die ganze Zeit. Außerdem macht er jetzt ziemlich genauso weiter wie zu Lebzeiten. Sein Zimmer, wissen Sie, Sie sollten mal hochgehen und es sich anschauen, Mrs. Bloom, das ist ein absoluter Saustall, völlig verkokelt und zugemüllt.«
Ich wollte Bernies Zimmer nicht sehen – ich wollte Bernie nicht sehen. Ich hatte meine eigenen Kinder, um die ich mir Gedanken machen mußte, das versteinerte Lithy, den schlammbespritzten Rotzlöffel. Im Tod war es der Mangel an Gefühl, der wichtig war. Und die lebendigen Mädchen? Nun ja, hin und wieder besuchte ich sie, fuhr tapfer mit der U-Bahn zum Regent's Park und stapfte zur Cumberland Terrace, wo Charlie und Richard versuchten, ihr ganz eigenes Kind zu machen. Ich fuhr sogar hinaus in die Provinz und schaute in Pullet Green vorbei, wo Natasha ihre Medizin nahm. Pullet Green erwies sich als Lutyenssches Landhaus

inmitten ausgedörrter Beete mit Teerosen – die Erde so bröckelig, daß sie aussah wie Katzenstreu – und schütteren, von staubigen Rhododendren begrenzten Rasenflächen. Hier, inmitten trockener, aber tränenfeuchter Alkoholiker und cleaner, aber bösartiger Junkies, kauerte und knurrte meine jüngere Hündin, während sie für teures Geld aus ihrem Heroinzwinger gelockt wurde. Sie blühte auf – die Rosen nicht. In vier kurzen Monaten wurde aus einer beinahe des Atems Beraubten eine atemberaubende Schönheit. In diesem, dem kurzen, leuchtenden Sommer ihrer Frauwerdung war sie so wunderschön wie nie. Dieses geschmeidige Gerüst wurde gepolstert mit echten *Kurven* olivfarbenen Fleisches. Ihre Brüste, wenn sie sie entblößte – was sie mit charmanter, scheinbar unbeabsichtigter Häufigkeit tat –, waren so vorspringend und üppig, daß jeder Mann von durchschnittlicher Größe und alltäglichem Geschmack eingeschüchtert den Blick senkte. Nach einem kurzen Aug in Aug mit ihnen sich winselnd unterwarf. Ich weiß das. Ich stand hinter ihrer Schulter und schaute in den Spiegel, wenn sie sich entkleidete. Mein ätherischer Körper unsichtbar hinter ihrem ganz und gar nicht ätherischen.

Ja, ich saß dabei, als nicht integrierter Teil der Gruppe, während Peter Landon in seinen gummibesohlten Bootsschuhen über das abgetretene Fischgrätparkett quietschte und, befeuert von Kamillentee, versuchte, in Natashas schrulligen Schädel ein Körnchen gesunden Menschenverstands zu säen. Keine Chance. Natasha betrachtete ihre Genossen in der Sucht nie als ebenbürtig und, um ihr Gerechtigkeit widerfahren zu lassen, diese sie auch nicht. Sie war so verdammt reizend, daß alle sie wollten. Sogar Landon – und glauben Sie mir, er gab sich wirklich Mühe – fand es so schwer, für ihren Charme unempfänglich zu bleiben, daß er sich nach jedem Beratungsgespräch unter vier Augen auf dem Klo einen herunterholen mußte.

Nein, man konnte Natty zwar Drogen und Alkohol entziehen, aber die Sucht nach der Macht ihres intimen Zentrums blieb so tief und so glatt und so feucht wie die Öffnung selbst. Nee, in Pullet Green taten sie nichts anderes – konnten sie nichts anderes tun –, als sie auszutrocknen, in Form zu bringen und wieder in die Welt zu schicken. Schlimmer noch, die ganze Gruppentherapie, die Einzeltherapie, die Einschüchterungen, das Persönlichkeitsaufbrechen bedeuteten am Ende nichts anderes als eine besondere Art des Stutzens. Die Teerosen in ihren Katzenklos verwelkten, aber die hungrige Blume in Natasha trieb einfach tiefere Wurzeln, neue Sprosse, wurde stärker, zur dichteren Dolde. Und dann noch stärker.

In der Wohnung der Elvers kauerte ich mich in Nischen, versteckte mich hinter Sideboards, drückte mich neben üppige Sessel. Ich suchte mir Stellen in der geräumigen Wohnung, von wo aus ich das erderschütternde Rammeln dieser riesigen Tiere beobachten konnte. Mir kam der Gedanke, daß dies wohl die Erklärung für das Aussterben der Dinosaurier sein mußte, all dieses monströse Kopulieren mit so geringer Wirkung. Aber lassen Sie mich eins klarstellen, es war nicht Voyeurismus, der mich immer wieder hierherkommen ließ, keine Spur davon. Fette Action hatte ich genug zu Hause in Dulston. Und auch genug Rein-und-Raus, Klaustro und Agro.

Nein, ich sah meiner Tochter und ihrem Gatten beim Ficken zu, weil das der beste Weg war, sich über die Lebenden auf dem laufenden zu halten. Denn während sie ruckten und rammten, quatschten und plapperten sie. Um es mit Robert Ripley zu sagen: Glauben Sie's oder nicht. Wenn ich eifersüchtig hätte sein können – ich wäre es gewesen. In meinen späten Jahren war ich, liebeskrank, gefangen im Fett, ignoriert von den Männern, besessen gewesen von dem Gedanken, daß jeder andere in diesem industriellen Maßstab vögelte, solche Massen von Liebe machte. Wenn ich die alte Jungfer in der Kentish Town Library anrief, um mich zu erkundigen, ob mein bestelltes Buch schon eingetroffen sei, malte ich mir aus, wie sie dasaß, die Ärmel ihrer Strickjahre vollgestopft mit Tumoren aus rotzstarren Papiertaschentüchern, die Stirn mürrisch gerunzelt, während sie die trockenen Worte unserer sachlichen Unterhaltung aussprach. Doch unter dem Tisch stellte ich mir einen kauernden Satyromanen vor, der sie ausleckte wie eine riesige Eistüte. Den Arsch ins Knieloch gerammt, den Kopf zwischen ihre Knie. Umhüllt von ihrem Tweedrock und ihrem Nylonslip, bearbeitete er sie mit Lippen und Zunge wie ein räudiger Terrier.

Aber das war eben mein Pech – daß ich alt wurde, als die ganze Welt um mich herum die Kleider abwarf und sich in einen Paroxismus der Leiber stürzte. Anfang der Achtziger hätte es mich nicht sonderlich überrascht, wenn ein iranischer Ajatollah seine schwarze Robe ausgezogen hätte und nackt durch die Vororte von Ghom gestreift wäre. Oder Margaret Thatcher im Unterhaus einem ihrer Minister einen geblasen hätte, umringt von den anderen, die sie klatschend und johlend anfeuerten: »Maggie! Maggie! Maggie! Mach! Mach! Mach!« Ja, jeder fickte – außer ich fette Alte. Und das war nicht fair – ich hatte noch nicht genug. Richard hatte so gut wie genug, als er, mit einem letzten Stoß und einem Schauern, ein einzelnes Spermatozoon losschickte, das lebhafter war als der ganze Rest. Einen kleinen Elvers, der stark genug war, um die Meere feindlichen Schleims zu durchschwimmen. Ein Fitzelchen DNS, das, wenn es sich nur ins Ei wühlen und die Kette der Reproduktion auslösen könnte, nach vielen Monden in einer guten Position sein würde, um eine umfangreiche Kette von Waste-of-Paper-Filialen zu übernehmen. Zweigstellen, die inzwischen ein so wesentlicher Teil des wirtschaftlichen Baums waren, daß jeder, der ein Einkaufszentrum aufsuchte, von einem der Elversschen Läden heimgesucht wurde. Zwischen Woolworth's und M&S, zwischen McDonald's und Barclays oder zwischen dem Büro der Neuen Kommunistischen Partei und dem Kriegerdenkmal. Blätter zwischen Zweigstellen.

Natasha befolgte nach außen hin jeden Rat, den ihr die Betreuer in Pullet Green gaben. Aber wann hatte Natashas Äußeres je etwas anderes als Verrat bedeutet? Sie sagten ihr, sie solle nach der Grundtherapie eine Aufbautherapie machen – und das tat sie auch. Sie wohnte in einem Bungalow am Rand des Grundstücks. Sie nahm an vielen, vielen weiteren Gruppentherapiesitzungen teil. Sie ging zu den örtlichen Treffen der Anonymen Alkoholiker und der Anonymen Drogensüchtigen, wo sie einen starken persönlichen Eindruck auf alle machte, die sie sahen und reden hörten.

Sie leistete freiwillige Arbeit im Altenheim des Ortes, wo sie dem Geflüster der vorübergehenden Bewohner zuhörte. Wenn auch nicht sehr konzentriert. Wäre Natasha wirklich aufmerksam gewesen, hätte sie sich zu diesen zahnlosen Mündern hinuntergebeugt, hätte sie ihr Ohr auf Zungenabstand zu diesen alten Sabberern gebracht, dann hätte sie deren Flüstern als die Beschimpfungen verstanden, die sie tatsächlich waren: »Geh weg! Hau ab! Verschwinde!« Das sagten sie nämlich, verärgert über ihre Schönheit, verstimmt von ihrer Jugend, belästigt von ihrer nutzlosen Besorgnis.

Im Bungalow reparierte sie die undichte Abdichtung der Duschwanne mit einem riesigen spritzenähnlichen Gerät, aus dem rosafarbener Kitt quoll. Dabei mußte sie ans Drücken denken. Dabei mußte sie ans Bumsen mit Russell denken. Beides gehörte in ihrem wirren Kopf zusammen. Die Berater regten an, sie solle im ersten Jahr ihrer Rekonvaleszenz keine größeren Entscheidungen treffen – ihr Äußeres stimmte tapfer zu. Sie würde mit Miles zusammenziehen, der, obwohl von den Beratern als »Ermöglicher« und »Mitabhängiger« gebrandmarkt, darüber hinaus aber auch als stabilisierender Einfluß betrachtet wurde. Ja, sie würde mit dem armen Miles zusammenziehen, weil er ihr Ticket aus dieser Institution war. Charlotte verzichtete auf ihren Anteil an Mumus Wohnung – was hätte sie mit diesem Überrest an Platz auch anfangen sollen? Der Plan war, daß Natty und Miles zusammen in die Wohnung zogen. Ihre Welt wäre dann stabil.

Miles kam nach Pullet Green und mietete sich ein Zimmer in einem Bed&Breakfast im nahen Reigate. Er besuchte ein Angehörigentreffen mit Peter Landon, der kaum fassen konnte, was für eine glorreiche Niete dieser hübsche Junge doch mit dem wilden Weibsteufel Natasha Yaws gezogen hatte. Am nächsten Tag bekam Natasha für den Nachmittag Ausgang und traf sich mit Miles in der Stadt. Sie aßen komische Burger. Sie schauten in Schaufenster. Mit viel Sarkasmus kauften sie Postkarten in einer Filiale von Waste of Paper. Wenn die Aknefee ihre Wangen gesprenkelt hätte, dann hätten sie Teenager sein können. Nach einer Weile schlichen sie sich ins Bed&Breakfast, und Natasha holte Miles einen runter. Unter der kratzenden, kalten Decke fragte er sie, ob sie ihn liebe. Natasha schauderte, trotz des schwarzen Pullovers, den auszuziehen sie sich geweigert hatte – sie hatte die Gänsehaut des Ekels. »Aber natürlich, Dummkopf«, sagte sie. Und natürlich war er tatsächlich der Dumme.

In seinem Markenzeichen, dem schwarzen, seidig glänzenden Trainingsanzug von Adidas, und mit seinem angeboren schwarzen, seidig grausamen, perversen Herzen stieg Russell an der Victoria in den Zug nach Reigate. Nachdem er sich in der ruckelnden Toilette eingeschlossen hatte, rauchte er Crack durch ein Stück Pyrex-Schlauch. Den giftigen Rauch blies er kräftig durch ein Ventilationsgitter. Mit leergeräumtem Kopf räumte er die Toilette und stellte sich, die Synapsen entkuppelt, auf die rüttelnde Kupplung zwischen zwei Waggons.

Am Bahnhof von Reigate stieg er in ein Taxi und trug dem verwunderten Sikh-Fahrer auf, ihn zu einer Planquadratangabe zu bringen, die auf einer Landkarte im Maßstab 1:50000 markiert war. Nachdem er erfolgreich zwei Stacheldrahtzäune überwunden hatte, lief Russell quer über ein Weizenfeld auf ein schiffsförmiges Gehölz zu. Bis zur Brust in den goldenen Wogen, schaute Russell auf seine Taucheruhr und stellte fest – als der militaristische, effiziente Schweinehund, der er war –, daß das Timing perfekt stimmte.

Natasha wartete auf ihn. Sie kauerte in einer kleinen Senke, die mit dem trockenen Laub des letzten Jahres gefüllt war. Als ihr kommandierender Offizier eintraf, brauchte sie nicht aufzustehen, sondern nur seinen steifen Streifen mit ihren Lippen zu begrüßen. Sie war völlig nackt – und er ganz angezogen. Aber ihr war so heiß wie seit Wochen nicht mehr. Nachdem er gekommen war, befahl er ihr kehrtzumachen und schoß eine Salve in sie – soviel Munition hatte er vorrätig. Es gab keine überflüssigen Worte zwischen ihnen. Es gab überhaupt keine Worte. Was für eine Erleichterung für Natasha, die übersättigt war vom Reden. Was für ein Labsal, wenigstens einmal zwanzig Minuten der Nichtkommunikation zu haben, lag doch eine Gruppentherapiesitzung hinter und ein Beratungsgespräch mit Peter Landon vor ihr. Tags zuvor hatte sie Miles benutzt, jetzt wurde sie von Russell benutzt. An diesem Nachmittag saß Natasha mit Zweigen, Insektenkot, Samenkapseln und Kerbtierpuppen in den Haaren da und redete vor Landon schön. Die kranke Ceres. Die verderbte Aphrodite.
Wer war nun der Vater von Natashas Kind? Vielleicht keiner – da weder Miles noch Russell auch nur annähernd als väterlich festgenagelt werden konnten. War es dann ein zerstörerischer Kraftakt der Jungfernzeugung seitens meiner Tochter Kali, die mit einer Hand wichste, mit der zweiten dem Spender einen herunterholte, mit der dritten das Instrumentarium der Insemination vorbereitete und die vierte freihielt für kleine Gesten des Bettelns? Egal – sie war schwanger. Miles kümmerte sich um sie, während sie kotzte und stöhnte und kwetschte auf ihre ganz spezielle Art. Und während er außer Haus war, um in der Anwaltskanzlei in High Holborn, wo er nun arbeitete, zu katzbuckeln, fuhr Natasha, das Kätzchen, nach Dulston – was für sie nur irgendein charakterloser Teil einer Stadt war, die sie nicht charakterisieren konnte – und gab sein Geld für Bernies Ware aus. Bernie war ihr von einem anderen verrückten Mädchen vorgestellt worden, das es nicht geschafft hatte, die Rekonvaleszenz ernst zu nehmen; einer jungen Frau, die, wie meine Natasha, die Treffen

der rekonvaleszierenden Süchtigen ausschließlich zum Zwecke soziologischer Recherchen besuchte und sich ihre Beobachtungen auf den Kontrollabschnitten gestohlener Scheckbücher notierte.

Was für eine perfekte Tarnung für den Heroinkonsum war doch diese Schwangerschaft – dachte zumindest Natasha, gefangen in ihrer gräßlichen Gerissenheit. Einen Teil seines Ichs kann man die ganze Zeit zum Narren halten.

Ich beobachtete sie von meinem Wohnzimmerfenster aus. Oder genauer, ich schaute ihre Fußknöchel an, die hübsch und adrett – für eine so große, unordentliche Frau – in ihren gewohnten Stiefeletten steckten. Ich sah ihren Busen, der sich über mir wölbte. Dann hörte ich, wie sie zu Bernie hochschrie, und sah den Yale heruntersausen. Die Fetten sahen sie ebenfalls und tuschelten: »So reizend, so reizend. Jung und blühend, jung und blühend«, während Lithy aus seinem Schatzkästchen der Popmusik eine Serenade kramte: *»It's all too beautiful! It's all too beautiful!«* Ich sage nicht, daß sie es dauernd tat, aber alle vierzehn Tage sah ich Natasha vor meinem Haus, während sie darauf wartete, aus dem Jenseits beliefert zu werden. Und alle vierzehn Tage schlenderte ich zur Cumberland Terrace, um nachzuschauen, wie Mrs. Elvers mit ihrer Schwellung zurechtkam.

Saddam fiel in Kuwait ein, und meine Mädchen frönten ihren eigenen Sehnsüchten. In ihrem zweiten Trimester tobten die Kuffija-Träger auf dem Tempelberg. Am Ende ihres dritten war Maggie-Maggie-Maggie – dieser Transvestit – endlich weg, und im Dulston Odeon lief ein Film an, in dem eine Frau auf sehr angenehme Weise von ihrem toten Liebhaber heimgesucht wird. Er lief monatelang vor vollem Haus. Wie wir über diese beschwingte Komödie der Auslöschung lachten! Dann, am Ende dieses Jahres, als große, stählerne arabische Phalli auf Tel Aviv fielen und die Schmendricks Deckung suchend auseinanderstoben, verloren sie sie. Beide, Natasha *und* Charlotte, verloren ihre Babys – innerhalb einer Woche.

Schon eigenartig, wenn man bedenkt, daß sie so wenig miteinander zu tun hatten, abgesehen von gelegentlichen Unhöflichkeitsbesuchen, wenn Charlie entschied, daß sie auch ohne dieses oder jenes Stück schwangerschaftlichen Prêt-à-porters auskommen konnte, und ihre ungebärdige Schwester damit beschenkte. Eigenartig, daß ihre glockenförmigen Körper in solchem Einklang schwangen, vor allem wenn man bedenkt, wie unterschiedlich die beiden mit ihren Schwangerschaften umgegangen waren: Charlotte saß regelmäßig, in Hochglanzmagazinen blätternd, in der London Clinic, auf der einen Seite gestützt von einer Gräfin, auf der anderen von der Geliebten eines Waffenhändlers; Natty dagegen schlich nur gelegentlich ins Elizabeth Garrett Anderson, um sich in ihrer unbesiegbaren Arroganz mit den Hebammen anzulegen.

Komisch auch, daß die Föten auf dieselbe Art starben – vergiftet von der eigenen aufgestauten Pisse, weil angeborene Verschlingungen ihrer Harnleiter ihre winzigen Blasen blockierten. Wobei Natasha sich durchaus selbst die Schuld gab, durchaus fürchtete, daß die Alufolienflagge der Noxen, unter der sie gesegelt war, sie zugrunde gerichtet hatte. Denn eins ist sicher, im Reich der Gefühle spürt man die Bedingtheit von Ereignissen ursächlich. Ich rauche Heroin, dann stirbt mein Baby, deshalb hat meine Sucht mein Baby getötet. Wie wahr, mein Fräulein. Wie verdammt wahr.

Beide fanden es auch auf die gleiche Art heraus. Sie lagen auf der gepolsterten Liege, und die MTAs bearbeiteten sie mit den Plastikpucks des Ultraschallgeräts, bügelten ihre großen Bäuche mit kleinen Echos. Am Anfang gab es fröhlich dahingeplapperte Kommentare und dann … Schweigen … ängstliche Verwirrung runzelte die Stirnen beider MTAs. Beide Schwangeren hatten sehr unter Übelkeit zu leiden gehabt, die aber, wie durch ein Wunder, ein paar Tage zuvor plötzlich verschwunden war. Beide Mütter hatten Tritte im Bauch gespürt – und auch die hatten aufgehört. »Ähm … errr … wir haben da ein Problem …« Die beiden MTAs rangen nach Worten, um diese nicht beherrschbare Situation zu beschreiben. Der Tod *in utero* kann dies auch dem raffiniertesten Rhetoriker antun – er ist so *verfrüht.*

Auf den gepolsterten Liegen streckten beide Exmütter, niedergedrückt von den schrecklichen toten Dingern in ihrem Innern, ängstlich die Hände nach ihren Männern aus. Hysterie wallte in allen vieren hoch. Richard ließ seine Verzweiflung an dem Arzt aus, als der endlich kam, um den Elvers mitzuteilen, daß ihr Baby tot sei. Miles intervenierte nicht. Beide Frauen erhielten *reichlich* Valium verschrieben. Charlotte blieb in der London Clinic, und noch am selben Abend infundierte man ihr die Medikamente, die die Gebärmutter zusammenzogen, den Kadaver herausdrückten und ihn schließlich in eine Nierenschale aus Pappe plumpsen ließen. Natasha fuhr heim nach Kentish Town, angetan mit selbstmitleidigem Sackleinen, das ausschließlich aus blauen Zehn-Milligramm-Beruhigungspillen gewebt war. Zwei Tage später präsentierte sie sich, vollgedröhnt bis obenhin, wieder im Garrett, wo man auch ihr den toten Fisch absaugte.

Beide Fehlgeburten kamen zu mir in meine Dulstoner Wohnung. 'türlich. Sie lagen neben dem nickenden Zerberus auf der Hutablage in Costas Taxi wie blutige, entsorgte Rückspiegelgehänge. Er stopfte sie in eine Tüte von Sainsbury's – *It's Clean, It's Fresh* – und legte sie mir vor die Tür. Diesen ganzen Winter über, während junge irakische Wehrpflichtige von den fliegenden Totengräbern der Briten und Amerikaner beerdigt wurden, und in den Frühling hinein, als wieder einmal eine Hungersnot die Sudanesen als Strichmännchenparodien menschlicher Gestalten zeichnete, spukten Charlottes und Natashas Fehlstartkinder durch meine Souterrainwohnung in Nummer 27.

Ich konnte sie nicht dazu bringen, im Haus zu bleiben. Nachdem ich sie eingelassen hatte, schleimten sie schnurstracks durch die Wohnung und durch die Katzenklappe in der Hintertür auf den Hof. Sie krochen auf der winzigen Betonfläche unter der Miniwäschespinne umher. Sie saßen nebeneinander auf den drei

feuchten Stufen, die in den sonnenlosen Gartenstreifen führten. Zwei kleine rote Cousins mit ungeformten Gesichtern, die einander umarmten. Tote Babys im Betondschungel. Wir alle – Lithy, die Fetten, Rotzlöffel – gaben uns die größte Mühe, sie ins Haus zu locken. Aber es nützte nichts. Nur mitten in der Nacht, wenn die Fetten durchs Schlafzimmer wirbelten und Rotzlöffel Beschimpfungen keifend durch den Korridor fegte und Lithy sang: *»I'm gonna wait 'til the midnight hour …«*, kletterten die armen Dinger auf den Fenstersims, schlitterten zur Scheibe und öffneten und schlossen ihre winzigen Münder. Wenn ich die untere Fensterhälfte hochschob und mich zu ihnen hinunterbeugte, konnte ich gerade noch verstehen, was sie wollten. »Wir müssen Pipi machen«, sagten sie. »Wir müssen Pipi machen.« Und natürlich taten sie es. In alle Ewigkeit.
Clive ließ sich nicht mehr blicken. Die Toten brachen Beziehungen nie richtig ab – wir trieben einfach wieder auseinander, jeder umfangen von seinem eigenen wolkigen Mantel aus Zigarettenrauch. Mit einer Kippe ist man nie allein. Es gab keinen Groll, keine Tränen, kein Verlustgefühl. Er konnte die Horrorshow im Souterrain einfach nicht mehr ertragen – und wer könnte es ihm verdenken? Da saß er lieber in seiner Wohnung voller Gepäck, während die verlorenen Prinzipien seines Berufslebens die Taschen, Rucksäcke und Überseekoffer hin und her schoben.
Und überhaupt, der Balkan war in Aufruhr, während in Milwaukee eine Wohnung entdeckt wurde, die Clives nicht unähnlich war, nur daß sie vollgestopft war mit zerstückelten Leichen. Um wie viel abstoßender waren doch die imaginativen Höhenflüge der Lebenden, verglichen mit denen von uns Schatten. Miles Davis war tot. Miles mit seinem makellosen Kleidergeschmack, seinem süßen Schofar, seinem unendlichen Cool. Miles, dessen spritziges Horn in den Flossen der Fünfziger lautmalte. Miles, der sich mit Dizzy duellierte an diesem heißen Nachmittag auf der Party, als der Dichter sagte: »September, als wir liebten wie in einem brennenden Haus«. So sexy, das – Gedichte zitieren.

Das hat mich immer angemacht. Nicht daß es je viel brauchte, um mich anzumachen, ich war erotisch immer auf dem Sprung. Miles war tot. Ich hätte ahnen sollen, daß etwas im Gange war.

Ich war seit drei Jahren tot. In den Sechzigern waren wir alle schockiert gewesen über das Living Theatre, aber an das der Toten hatte ich mich gewöhnt. Die Schrullen der Dulstoner Schatten ließen mich inzwischen ziemlich kalt, wie auch die Tatsache, daß meine wehmütigen Erinnerungen an die wunderschönen Babys, die ich einst gehabt hatte, sich in eine Menagerie häßlicher Abgänge verwandelt hatten. Die PT-Treffen, die trägen Manifestationen von Phar Lap Jones – wie hätte ich denn erkennen sollen, daß dies die friedvolle Seite des Lebens nach dem Tod war? Denn während die Toten nutzloses Kokain in Staubsauger zogen und sich aneinander zu reiben versuchten, machten die Lebenden immer weiter. Das Leben trieb wie ein Korken in einem immer breiter werdenden Sturzbach trivialer Innovationen. Das Jahrhundert gurgelte auf das Spundloch der Künstlichkeit zu. Und wenn ich in diesen drei Jahren zu akzeptieren gelernt hatte, daß ich wirklich tot war, dann zeigten mir die folgenden überdeutlich, daß ich … noch toter war.

Weihnachten 2001

Bald werde ich mich an ernsthafter Kletterei versuchen müssen. Ich kann nicht erwarten, ewig so bodennah bleiben zu können, eine verlassene Teppichratte. Ich versuche, mich zu trösten, indem ich mir vorstelle, das sei nur ein Test, eine Probezeit, und daß, wenn ich die gut bestehe, irgendwann die Delegation kommen wird, um mir zu verkünden, daß ich tatsächlich die lebendige Göttin bin. Dieser Schuhkarton von einer Maisonette nimmt zwei Stockwerke der Ecke des Gebäudes ein. Es gibt noch einen zweiten, leeren Karton, zwischen der Vordertür und der Pißrutsche, die allen Wohnungen als Außentreppe dient. Auch jetzt, im toten Intervall zwischen den Jahren, kann ich hören, wie Kinder die

Treppe rauf- und runter- und die Gänge entlangrennen. Laut klatschen die Sohlen ihrer Sportschuhe auf dem Beton. Aber sie wagen sich nur selten hierher in die Ecke. Auch wenn sie bis zur Nachbarwohnung kommen, dann nur, um mit einem Stock im Briefkasten zu scheppern oder gegen die Stahlrolläden zu schlagen, mit denen die Gemeinde die Fenster verrammelt hat. Wie auch immer – Kinder hören nie zu. Wir hören nie richtig zu.

Wozu brauchen die eigentlich diese teuren Sportschuhe? Trainieren die etwa – und für was? Jedes von ihnen trägt komplexe Vehikel aus Gummi, Kunstleder, Wildleder, Gore-Tex und sogar, ja, Sympatex an den Füßen. Ich frage mich, ob sonst irgend jemand die unheimliche Konvergenz zwischen Sportschuhen und Autos aufgefallen ist. Sowohl Autos wie Schuhe werden heute so gestaltet, daß sie aussehen, als würden sie nach unten und nach vorne springen. Sie strecken den Arsch in die Höhe, und ihre kantigen, platten Hinterteile scheinen die tragischen Folgen eines Auffahrunfalls vorwegzunehmen. Die Autos werden kleiner, ihre Lakkierungen greller, und ihre Plastikstoßstangen, Seitenspiegel und funktionslosen Spoiler entsprechen den nutzlosen Wülsten und Furchen der Sportschuhe. Sportschuhe, die, 'türlich, immer größer werden. Bald werden die Leute versehentlich ihre Turnschuhe parken und ihre Autos anziehen. Das wünsche ich mir. Sogar Polizeiautos sind Mode-Statements. Ein Aufruf an alle Schwulen – hier kommt eine umfassende Stilverlautbarung. Graphisches Recht und grelle Ordnung.

Sympatex – krass, nicht? Aber es existiert, das weiß ich. Ich sah Werbung dafür in der U-Bahn, in den Tagen, bevor die Eisprinzessin so degeneriert war, daß sie nicht mehr nach Westen zu Marks&Spencer fahren und deren großzügige Erstattungspolitik ausnutzen konnte. Ich schätze, Sympatex ist ein synthetisches Material, das sich selbst an die Körperform des Trägers anpaßt. Wenn es sich nur auch an die Absichten des Trägers anpassen könnte – aber dann müßte man es Unsympatex nennen, zumindest was meine Mitbewohner hier in Coborn House angeht.

Ja, wofür trainieren die eigentlich, fürs lebenslange Unfitsein? Ich hielt es schon immer für absurd, in einem Land zu leben mit Leuten, die Baseballkappen trugen - 'türlich verkehrt herum –, obwohl sie das Spiel noch nie in ihrem Leben gespielt hatten, aber während der letzten kurzen Monate meines jüngsten Umgangs ist mir klargeworden, daß ich unter Millionen von Anbetern der Windgöttin gelebt habe. Wohin man auch sieht, prangt NIKE auf Trainingshosen und Sweatshirts, Jacken und Hüten, Schuhen und sogar Socken. Oft ist es auch nur das allgegenwärtige Häkchen, das Logo dieses Schmatte-Händlers. Schon drollig, dieses Ding, vor allem da für mich, die ich in Zeiten lebte, als die Leute noch nicht das Gefühl hatten, sie müßten Sportkleidung anziehen, bevor sie sich eine Zigarette anzünden, dieses Häkchen eindeutig so aussieht wie das Symbol auf einem alten Päckchen Newport – nur auf den Kopf gestellt. Das Logo – der Logos. Die ganze Welt ist auf den Kopf gestellt. Die Töchter sind die Mütter – ihre einstigen Ernährerinnen sind jetzt ihre vernachlässigten Babys. Mummy, warum ist deine Haut so hart und rauh? Weil ich eine verdammte Leiche bin.

Ja, sie schlendern durch die beschissenen Straßen dieses versifften Lochs, Mile End, East London. Sie schlendern durch diese beschissenen Straßen, saugen an ihren Zigaretten und zeigen, abgezeichnet mit diesem allgegenwärtigen Häkchen, all die blühenden Symptome der Schizophrenie. Ich sah sie regelmäßig, wie sie in der Umgebung des Coborn House herumhingen, bis vor ein paar Tagen, als die Eisprinzessin es nicht einmal mehr schaffte aufzustehen. Sie glaubte immer, ich würde protestieren, weil sie mich von der rostigen Schaukel, der knarzenden Wippe, dem wackeligen Karussell wegholte – dabei beschwerte ich mich im Gegenteil darüber, daß sie mich überhaupt dorthin gebracht hatte. Ganz in der Nähe starrten die Windanbeter in die Luft und redeten mit den Stimmen, die ihnen ins Innenohr flüsterten. Wie modulare, elektronische Talismane vollführten ihre Handys den Zaubertrick, ihnen weiszumachen, sie hätten wirklich eine Beziehung zu diesen körperlosen Individuen.

Warum ich so zynisch bin? Ich könnte im Augenblick selbst ein Telefon gebrauchen, aber der Festnetzanschluß ist abgeschaltet, und die Plastikriegel, mit denen die Eisprinzessin und der Immobilienmakler herumfuchtelten, sind jetzt nur noch genau das: Plastikriegel. Wenn wirklich eine Delegation kommen sollte, dann nicht, um die lebendige Göttin aufzusuchen, sondern um die Eisprinzessin zu mahnen oder ihren Gefähr-

ten zu verprügeln. Ich schätze, der Hausarzt oder der Sozialarbeiter wären zu erwarten, wenn es nicht das tote Intervall zwischen den Jahren wäre. Statt dessen sitzen sie gemütlich in ihren warmen Wohnungen, mampfen fette Vögel, plädieren für ein weiteres Gläschen Advocaat und geben sich die größte Mühe, den menschlichen Schrott zu vergessen, den sie in ihrem Arbeitsleben sortieren. »Hatten Sie ein schönes Weihnachtsfest und ein gutes Neujahr?« werden ihre Kollegen fragen, wenn sie Anfang Januar in die Praxis oder ins Büro zurückkehren. »O ja«, werden sie erwidern, »ich habe mich daran erinnert, daß ich zur Mittelschicht gehöre. Und Sie?«

Sogar in 32 Coborn House wurde das Fest der Freude zwar nicht gerade gefeiert, aber doch angedeutet. Die gräßliche Spinnenpflanze hier am Boden wurde höchst unschicklich mit labberigem Lametta dekoriert. Ich weiß, daß sie ein paar glänzende Kugeln an die windigen Wedel der Yucca-Palme im Obergeschoß hängte. Auf dem Fernseher stehen mindestens drei Weihnachtskarten, wobei eine davon vom erfolglosesten Anwalt der Welt ist. Von wem die anderen beiden sind? Keine Ahnung. Es würde mich nicht wundern, wenn beide von Mitgliedern der »Crew« sind, zu der die Eisprinzessin und ihr Gefährte gehören. »Crew« – was für ein wunderbarer Euphemismus, als wäre diese Lumpenbande ein sonnengebräuntes Cockpit voller Ivy Leaguers auf Kreuzfahrt in der Brandung vor Cape Cod. Aber der einzige America's Cup, mit dem diese »Crew« je zu tun hatte, war eine zerdrückte, mit einer verbogenen Stecknadel angestochene und mit Crack-Dampf geräucherte Cola-Dose.

Da sind also die Lamettafäden, die Karten, und in einem der Küchenschränke liegt auch noch ein Stück Weihnachtskuchen auf einem Tupperware-Teller. Es ist nicht mal in Alufolie eingewickelt, weil sie die vor ein paar Tagen bei einem ihrer Experimente in häuslicher Mißwirtschaft benutzten. Trotzdem weiß ich, daß der Kuchen da ist – ich sah ihn, als ich das letzte Mal auf der Arbeitslosenfläche saß und ein kleines Gläschen erhitzten Brei bekam, wobei mir die Eisprinzessin nachlässig mit einem harten Plastiklöffel im weichen Mund herumstocherte. Aber sonst gibt's nichts, bis auf ein paar zerdrückte Zellophantüten mit traurigen Nudeln und drei schimmelige Gläser mit aufgemachtem Eingemachtem.

Am Rand der Durchreiche lag auch noch ein schrumpfköpfiger Apfel – aber den habe ich gestern gegessen.
Ich werde mich also an ernsthafter Kletterei versuchen müssen. Es ist scheißkalt hier drinnen – wie ich meines Wissens bereits Grund hatte zu bemerken –, und wenn ich die nächste Nacht überstehen will, muß ich etwas essen. Ich muß das Lianengewirr der Kabel überwinden, den Couchtisch umgehen, auf den Sofaberg klettern, auf die Armlehne des Sofas klettern, den hohen Sofarücken entlangkriechen, die Durchreiche erklimmen. Dann muß ich, auf dem glatten Resopal kniend, mich weit über den Abgrund hinauslehnen und irgendwie versuchen, die Schranktür aufzubekommen. Warum gibt es nur in diesem Drecksloch, in dem alles, was je irgendeine Funktion hatte, längst kaputt ist, noch immer funktionierende Schranktüren?
Auch wenn ich diese erschöpfende Expedition überstehe, gibt es keine Garantie, daß ich den Kuchen wirklich erreichen kann. Und auch wenn ich ihn erreiche, weiß ich nicht, ob ich ihn herunterholen kann, ohne zu stürzen. Doch wenn ich falle, ist wenigstens jemand da, der meinen Sturz bremst; ich werde mir mein kleines Köpfchen nicht auf dem harten Boden zerschmettern. Nein, denn das ist die Stelle, wo er in Etappen niedersank, der hübsche Gefährte der Eisprinzessin. Ich habe ihm zugeschaut – deshalb weiß ich, wie schicklich er das schaffte. Und schicklich mußte es auch sein, denn es ist gerade genug Platz, daß er sich der Länge nach ausstrecken konnte, auch er in Sportschuhen und Trainingsanzug, alles gekennzeichnet mit dem allgegenwärtigen Häkchen. Er bildete sich ein, mit Immobilien zu handeln – jetzt ist er der Immobile.
Ich schätze, ich sollte dankbar sein, daß sie es für angebracht hielten, auch mich in ein Paar kleiner Nikes zu stecken, damit ich das Gehen trainieren kann. Aber weißt du was – ich bin es nicht. Das einzige, wofür ich dankbar bin, ist die Tatsache, daß sie eine Schachtel mit zehn Benson&Hedges auf dem Couchtisch liegengelassen haben. Ohne die wäre ich schön im Schlamassel. Wäre es denn nicht amüsant, wenn die Delegation auftauchte und mich allein hier vorfände, vor der Zeit gealtert und mit einer Streichholzschachtel in der Hand, mit der ich nicht nur spielte, sondern mir sogar eine Zigarette anzündete? Hahaha. Aber

es tut gut, wieder richtig zu rauchen, zu spüren, wie der Stoff mein lebendiges Gewebe durchdringt und das Nikotin meinen Verstand schärft, zu sehen, wie mir die kümmerlichen Rauchfähnchen aus dem Mund wehen. Wieder zu riechen.
Es hieß, es hemme das Wachstum – und ich dachte, damit wäre das Rauchen gemeint. Aber es war nicht das Rauchen – das Totsein war gemeint.

Toter

»Ich bin noch hier – wo sind Sie?« Generalfeldmarschall von Paulus in seinem letzten Telegramm an Hitler, bevor er sich in Stalingrad ergab.

12. Kapitel

Ich hatte mir meinen Tod eingerichtet und freute mich, es Phar Lap erzählen zu können, als ich ihn zufällig vor Seth's auf der Straße traf. Er war so, wie ich ihn kannte, in Jeans, seinen Bumerang schwingend und eine Selbstgedrehte rauchend, und er sah aus, als hätte ihn ein Staubwirbel nach Dulston geweht.

»Yeh-hey. Lily-Mädel, von was redeste denn?« fragte er.

»Ach, dies und das, dies und das«, blaffte ich zurück.

Rotzlöffel kam zwischen uns gerannt, versuchte, Phar Lap in den Hintern zu treten, und kreischte: »Nigger-Nigger, alter Spicker, Spicker-Nigger!«

Phar Lap tat so, als würde er Rotzlöffel am Schwanz seiner Waschbärenkappe packen und kicherte nachsichtig. »Der gibt nie auf, dieser Rotzlöffel, hey-yeh? Nie-mals.«

»Wird er es je tun?« fragte ich, obwohl ich genau wußte, daß Phar Lap mir absolut keine Antwort geben würde.

»Vielleicht nicht, aber du wirst irgendwann Leine ziehen müssen, Lily-Mädel.«

»Soll heißen?«

»Soll heißen, vielleicht isses Zeit, daß du weiterziehst, hey? Hier in der Gegend ist doch immer durstiger Donnerstag, nich?«

Ich gab ihm das Feuerzeug, das ich diese Woche benutzte, aus durchsichtigem blauem Plastik und ungemein wegwerfbar. Feuerzeuge waren voll und wurden leer, kamen und gingen. Ich blieb immer dieselbe. Er zündete sich seine Selbstgedrehte an, ich meine B&H. Dann standen wir beide qualmend da, und unser Rauch imitierte die Atemwolken, die wir an diesem frostigen Dezembermorgen eigentlich hätten ausstoßen sollen. Weiterziehen? Was konnte Phar Lap damit meinen? Nicht, so hoffte ich, ein fader, innerstädtischer Treck nach Dulburb, Dulstons korrespondierendem Zystrikt in South London. Ich war bereits ein paarmal in Dulburb gewesen – und es war genau das, eine *dull suburb,* eine langweilige Vorstadt. Dort setzten sich die etwas wohlhabenderen Toten gern zur Ruhe, in geräumigen Doppelhaushälften hinter gestutzten Ligusterhecken an breiten Bürgersteigen in ruhigen Straßen, deren Asphaltoberflächen so bläulichbraun waren, daß sie wie unendlich langsam strömende, dickflüssige Gewässer wirkten.

Nein, nicht Dulburb, das zugleich uneingrenzbar und beengt war, wie alle Teile Londons, die die Toten bewohnten. Nicht Dulburb, wo sich ungefähr jede Meile die Häuser von einem kurzen Stück der doppelten Fahrbahn abschälten und man sich in der gleichen bröckelnden Zeile altbekannter Läden wiedersah – Metzger, Bäcker, Gemüsehändler, Haushaltswarenladen –, die man bereits vor einer Meile passiert hatte. Nicht Dulburb, wo auf das Rondell der U-Bahn-Station Dulburb North das Rondell der Dulburb Common und schließlich das Rondell der Dulburb South folgte. Dulburb – das die noblen Neuankömmlinge scherzhaft »Dahlb« nannten – klang für mich wirklich zu sehr nach langweiliger Vorstadt. Schließlich hatte ich schon im Leben genug von den langweiligen Vorstädten dieser Welt – Himmelherrgott, ich hatte zwei Kinder in Hendon aufgezogen!

Aber es gab noch viel schlimmere Ort als Dulburb. Die Todokratie – die, wie ich wußte, so mächtig wie nebulös war – hatte vielleicht für mich einen Umzug in die Provinz im Sinn. Und was würde mich dort erwarten? Keine verfügbaren Jobs in der Nachbarschaft für eine fette alte Frau und keine Busse, die mich woandershin brachten. Mein Leben würde verkommen zu einer Aneinanderreihung von Backtreffen des Frauenclubs, nachbarschaftlichen Spucktees und Spaziergängen über Felder voller Pestizide. Allein den Gedanken daran konnte ich kaum ertragen.

»Seh dich nich mehr viel bei den Treffen, Lily«, sagte Phar Lap nach ein paar Zügen an seiner Kippe. Offensichtlich wollte er das

Thema wechseln. »Wassis los, glaubste nich, daßte da noch was lernen kannst?«
»Da du mich fragst – nein. Wie ich das sehe, sind die Treffen nur ein Vorwand für einen Haufen Trauerklöße, um übers Totsein zu jammern. Wenn sie dazu da sind, den Zustand erträglicher zu machen, dann ist es reine Zeitverschwendung. Und wenn sie ihn angenehmer machen sollen, dann ist das ungefähr so effektiv, als wenn man Tuberkulosepatienten in einen Raum sperrt, damit sie sich gegenseitig anhusten. Ich habe einen Tod – vielen Dank. Ich habe meine Arbeit, und ich brauche nicht viel Geld zum Sterben. Ich muß nur die Miete für diese miese kleine Wohnung bezahlen, meine Zigaretten und ein paar Cents für Feuerzeuge – warum sollte ich meine Zeit damit vergeuden, mir einen Haufen Quatsch anzuhören?«
»Weißt du noch, was ich früher zu dir gesagt hab, Mädel?«
»Was genau – du hast so viel gesagt, und es hat so wenig bedeutet.«
»Daß alles nur Gequassel, Blödsinn, Lüge ist.«
»Was? Was du mir sagst – das bezweifle ich keinen Augenblick.«
»*Yaka!* Nein! Sei doch nicht blöd – bist doch kein *buju*. Verhalt dich deim Alter entsprechend – denk nach!« Ich hatte den Mann noch nie so aufgewühlt gesehen; seine verspiegelte Sonnenbrille funkelte, als er erregt den Kopf schüttelte, seine knochigen Arme durchschnitten die kalte Luft. Er packte sogar einen seiner kostbaren Scheißbumerangs und fuchtelte mir vor dem Gesicht herum, als könnte er mich damit einschüchtern. »Die Treffen, Mädel, das Viertel hier, die Fetten, Lithy, Rotzlöffel – das alles. *Kapierste das nicht?«*
Ich starrte ihn an und stellte mir zwei kleine Ichs vor, die aus seinen Brillengläsern zurückstarrten. Ich fragte mich, ob ich noch immer eine Nase wie einen Kiel und ein langes Gesicht hatte, ob meine Haut noch immer so blaß war. Oder waren die Falten in meinem Gesicht ein bißchen weniger tief eingegraben? Die Furchen nicht so furchig? Die Säcke unter meinen Augen nicht

ganz so schwer? Hatte der Tod mich vielleicht lieblicher gemacht?

Wie auch immer, was soll denn das für ein Psychologe sein, der mich hinter einer Spionglasbrille hervor beobachtet? Ich versuchte nachzudenken über das, was er gesagt hatte, aber ich begriff es einfach nicht. Andererseits ergab alles, was ich in diesen letzten Jahren vom Jenseits erlebt hatte, sehr wohl einen Sinn. Vor allem, daß ich Jahr um Jahr bei Baskin's arbeiten konnte, mit Lithy als Maskottchen auf meinem Schreibtisch, und keiner je mehr als höchst flüchtige Beziehungen zu mir knüpfte – das war so lebensnah.

Im Leben hatte es mich immer verblüfft, daß eine Frau, wenn sie geschminkt, beringt und mit Akzent behaftet war, zu einem alterslosen, staatenlosen Single wurde, sobald sie in ein englisches Büro kam. Man wurde vielleicht nach dem Urlaub gefragt oder nach den neuen Schuhen oder sogar – in gewissen, lebenswichtigen Situationen wie beim Ausbruch eines Krieges – nach seiner »Meinung«, aber alles, was mehr aus einem machte als eine unter vielen Tastaturtänzerinnen, war völlig irrelevant. Ehemänner, Kinder, Wohnverhältnisse, Überzeugungen – das war alles zu viel für die Leute im Büro. Ich kam, schrieb Presseverlautbarungen über Regalsysteme und ging wieder. Ich weiß noch, daß ich, als ich hühneraugenbeschuht, arthritisbehandschuht und in der letzten Zeit krebsbekleidet aus Kentish Town zu Chandler PR humpeln mußte, mir dachte, daß dies eine Art Tod im Leben sei. Jetzt war es ein Leben im Tod. Diese schreckliche Symmetrie war faszinierend – und völlig glaubwürdig.

»Ich *denke* nach, Phar Lap – das tue ich wirklich. Aber ich ›kapier's nicht‹, wie du das so treffend formulierst.«

»Yeh-hey, Lily-Mädel, aber wennde's nich kapierst, gibt's keine Möglichkeit, dich an die Haken und Ösen der Gnade zu hängen.«

»Vermutlich nicht.«

»Trotzdem, wennde's dir anders überlegst, dann weißte ja, wo du mich finden kannst.«

»Und wo soll das sein?« Ich hatte noch nie gewußt, wo ich den Mann finden konnte, er hatte mir gesagt, er schlendre ewig durch die Straßen – und ich hatte ihn beim Wort genommen.

»Nirgend-wo«, sagte Phar Lap, kicherte, gaumenschnalzte und wangensaugte – tat all die Dinge, die mich daran erinnerten, was für ein Fremdling er doch war.

»Mach keine Witze, sonst bilde ich mir noch ein, ich hätte dich von Anfang an durchschaut.«

»Hey-yeh – ich meine es ernst, Mädel. Achteste denn nicht drauf, was in dieser Stadt passiert?«

»Soll heißen?«

»Soll heißen, daß wir jetzt fast 1992 haben, Mädel – die Rezession ist vorbei, yeh-hey?«

»Na und – was hat das mit dir zu tun?«

»Wenn der Londoner Mob ein bißchen mehr Geld inner Tasche hat, will er es auch ausgeben – so kommt der ganze Scheißladen doch wieder zum Laufen.«

»Und?« Ich haßte es, mit Phar Lap zu diskutieren. Diese Vermählung von aboriginaler Aussprache und grundlegend australischer, bedeutungsloser, aber permanenter Fragehaltung ergab die irritierendsten Wortwechsel.

»Und – sie wollen ihr *kuyu*, vastehste – ihr Fleisch. Und ich bin der Typ, der es ihnen gibt, yeh-hey? Zigarette?« Er hielt mir die kleine runde Dose mit Log-Cabin-Tabak hin, und zur Abwechslung nahm ich einmal an. Ich hatte gesehen, wie Phar Lap den groben Tabak in seiner gröberen Hand zerkrümelte und ihn dann geschickt mit dem Papierfähnchen vermählte, das von seiner Unterlippe flatterte, und zwar so oft, daß ich es jetzt selbst aus dem Effeff beherrschte. Im Tod wurde ich ungewöhnlich geschickt. Er gab mir Feuer mit einem Streichholz. Wir qualmten. Wenn ich den Tabak hätte schmecken können, dann würde er garantiert nach Holz schmecken.

»Wie genau«, fragte ich und spuckte mit kleinen »pffs« Tabakkrümel aus, die an meiner Lippe hängengeblieben waren, »willst du den Londonern ihr *kuyu* geben?«

»Nirgendwo«, kicherte er wieder. »Es ist ein Restaurant, vastehste – so eine Art Rasthaus, yeh-hey?«

»*Du* machst ein Restaurant auf?« Ich dachte daran, wie ich in den Sechzigern mit Yaws im Overtons aß; die Rechnung belief sich damals – wenn ich mich recht erinnere – auf sechs Pfund für uns beide. Weinselig, 'türlich, aber – Yaws war eben Yaws – knauserig mit dem Trinkgeld. Als ich 1958 nach London zog, gab es in der ganzen Stadt nur zwei Arten von Restaurants – schlechte und schlimmere. Jetzt wollte ein toter australischer Aborigine eins aufmachen.

»Ja – Nirgendwo. So heißt es, yeh-hey? So 'ne Art Ethnorestaurant, vastehste? Ein zentralisches, yeh-hey? Ich hab ein paar traditionelle Typen, die für mich Buschfressalien kochen – Fladenbrot, Känguruh, Eidechsen und so Zeug. Die Kunden sitzen auf 'nem Sandboden um ein Feuer, yeh-hey? Damit's immer schön heiß ist da drin. Mit 'ner großen Videoleinwand an der Decke, die Bilder vom Himmel über meinem Land zeigt, yeh-hey?«

»Und du glaubst, daß du damit Erfolg hast?«

»Unbedingt. Kann gar nicht schiefgehen – dieser *Kardibar*-Mob frißt doch jeden Schrott, und das Zeug im Nirgendwo wird gut sein, yeh-hey?«

»Und wo genau ist dieses Nirgendwo?« Warum, warum ließ ich mich von ihm in solche Absurditäten hineinziehen? Phar Laps Art der Unterhaltung war wie die jiddische, immer fragend, um eine Gegenfrage zu provozieren.

»Ach – weißte« – er schulterte seinen Bumerang, rückte seine Sonnenbrille zurecht, zog die Krempe seines Stetson tiefer ins Gesicht –, »irgendwo in der Gegend. Frag irgend jemand – man sagt es dir dann schon. Glaub mir, Lily-Mädel, wirst es wissen wollen, yeh-hey? Komm vorbei auf einen«, er hielt sich die dün-

ne Hand vor die dicken Lippen, als würde er ein Gläschen kippen, »der geht auf mich.«
Und damit machte er sich davon, er schlenderte die Argos Road hinunter, die Selbstgedrehte zwischen den Lippen nach oben weisend, der Hut auf seinem Kopf nach unten, und seine staubige Figur wehte an Seth's vorbei. Nirgendwo. Mal ehrlich, war die Unmöglichkeit dieses Mannes denn grenzenlos? Und wenn man sich vorstellte, daß ich mir mal eingebildet hatte, ich könnte was von ihm lernen. Daß er mich irgendwohin führen könnte. Wirklich nur nach Nirgendwo.
Aber an diesem Tag schenkte ich ihm keinen Glauben – und zu was für einem Klotz machte mich das? Mich, die ich mit Metaphysik herumfummelte, die ich im Grau meines kurzen Alltags mit linkischen Händen winzige Kosmologien zusammenstopselte. Mumu in einem Mumu. Ein trauriger Sack in einem traurigen Sack. Zu der Zeit hätte mir eigentlich schön langsam ein Licht aufgehen sollen – meinen Sie nicht auch? Oder zumindest zu dem Zeitpunkt, als ich entdeckte, daß Natasha sich nach dem Verlust des Babys von Miles getrennt hatte. Vor allem, als ich herausfand, daß sie eine alte Freundin in Sydney angerufen und beschlossen hatte, ein Jahr lang durch Australien zu reisen.

Die alte Freundin unterrichtete in Sydney – und das war der Grund, warum sie überhaupt Natashas Freundin geblieben war. Natasha hatte so ihre Art mit Freunden; sie kümmerte sich nicht um sie, sondern rieb höchstens ihre salzigen Tränen in die Wunden, die sie ihnen zugefügt hatte, was es ihnen unmöglich machte, in den nächsten dreißig Jahren noch irgendeine Sympathie für sie aufzubringen. Aber diese Freundin war seit ihren gemeinsamen Tagen an der Kunstakademie außerhalb ihrer Reichweite. Polly Passmore war ihr Name. Ich habe sie in Erinnerung als dralles, aber attraktives Mädchen mit einem gesunden, sinnlichen Appetit auf haarige Schenkel an ihren glatten. Sie lachte, trank zuviel Weißwein und verhätschelte die Kinder in ihrer

Obhut, als sie schließlich Lehrerin wurde. Ihr Leben war wie die farbenfrohen Collagen, die sie gern machte – voller nicht zusammenpassender Formen und Oberflächenstrukturen, aber harmonisiert von ihrem fröhlichen Naturell. In der Schule hatte sie immer unter ihrem guten Aussehen gelitten, denn es zwang ihr eine Beliebtheit auf, die sie lästig fand. Aber als sie dann an die Kunstakademie St. Martin's kam, stieß sie auf Natasha. Was für ein Segen, denn neben Natashas finstrer Schönheit wurde Polly eine dickliche, durchschnittliche junge Frau. Endlich konnte sie sich auf die zweite Geige verlegen, die sie immer schon hatte spielen wollen.

Polly bekam nicht genug von Natasha. Sie wachte als teeservierende, taschentuchreichende Kapazität über Natashas erste Abstürze in die Auflösung. Sie lieh ihre Schulter jenen Männern zum impotenten Ausweinen, deren unvollkommen befeuerte Herzen Natasha auf dem Küchenboden ihrer gemeinsamen Wohnung zerschmettert hatte. Und vom selben Boden kratzte sie Natty ein paarmal ab, nach ihren ersten, quälenden, bitter bereuten – ich mach's nie wieder! – Heroinüberdosen. Sie ging mit Natty vor Gericht, wenn ihre Freundin beim Ladendiebstahl erwischt worden war. Wiederholt. Sie malte die Leerstellen der Bilder aus, die Natty hastig anskizziert hatte, damit man sie dem Dozenten zur Beurteilung vorlegen konnte.

Aber Polly verzog sich, bevor die Dinge wirklich übel wurden. Vielleicht hatte sie von Natasha genauso viel gehabt, wie sie brauchte. Auf jeden Fall wußte sie jetzt, daß sie nie so schön sein würde – und nie so verdammt. Als Polly London verließ, dachte sie noch immer, ihre Freundin hätte sich nur einen Flügel gebrochen, denn sie begriff nicht, daß man ihn ihr amputiert hatte. Sie ging nach Glasgow, sie ging auf die Isle of Mull. Sie lebte einige Zeit in Kalifornien und in Banff. Sie unterrichtete Kunst ziemlich ungekünstelt, und sie hatte viele unschickliche Affären mit Männern, die sie ziemlich unverzeihlich behandelten. Sie wurde zu der dicken, durchschnittlichen Frau, die zu sein ihre Freundin

ihr ermöglicht hatte; und während sie süßen Wein schlürfte, wurde sie angemessen bitter. Denn wie sonst hätte Polly Passmore so dumm sein können, in Kontakt zu bleiben? Blöd genug, Natasha eine Zuflucht anzubieten, nachdem man ihr das Leben ausgesaugt hatte?
Natasha rauchte den letzten Rest ihres Heroins von einer metallenen Seifenschale in einer Toilettenkabine in der Transitlounge in Abu Dabi. Als die Maschine in Sydney landete, applaudierten alle Passagiere, die Männer grölten auf Aussie-Art, die Frauen stießen spitze Schreie aus. Unsere kleine Weltmüde steckte den verschwitzten Kopf zwischen die dürren Oberarme und erbrach sich in einen der bereitgelegten Beutel. Schon jetzt war sie die klassische Antipodin – sie machte aus der Traumzeit einen Alptraum.

Charlotte hatte so lange so vieles ertragen. Das Gesicht ihres Vaters, meinen Tod, die Sucht ihrer Schwester, das Vögeln nach Vorschrift. Aber diese ... diese ... *globale* Ungerechtigkeit. Die konnte sie nicht mehr ertragen. Einen Monat nach dem Ereignis rief eine Frau sie an, um sie zu fragen, ob sie nicht zu einer Selbsthilfegruppe kommen möchte, in der Frauen, deren Babys *in utero* gestorben waren, zusammenkamen, um sich gegenseitig die Polaroids ihrer leblosen Nachkommen zu zeigen. Die Polaroids, die das medizinische Personal rücksichtsvollerweise gemacht hatte. Aber es war nicht Charlies Stil, sich an so kümmerlichen Überresten zu laben, an den Krumen der Mutterschaft auf dem teuren, leeren Teller ihres Lebens. Deshalb lehnte sie die Einladung achselzuckend ab. Lieber ertrug sie das Trauma. Sie sah ihren toten Sohn in Alpträumen von wüstem Realismus. Jede Nacht schlitterte er, der arme Wurm, die Fassade der Cumberland Terrace hoch. Er klopfte, die arme Seele, an die Scheibe des großen Schiebefensters. Charlotte erhob sich aus dem ehelichen Morast und stapfte durch weichen Flausch, um sich der harten Wirklichkeit zu stellen. »Was ist denn, mein Liebling? Was willst du, du armes Ding?« Sein winziges Mündchen öffnete und schloß sich im orangefarbenen Licht der Straßenlaternen. Sie schob das Fenster schwungvoll hoch und beugte sich zum ihm. »Ich muß Pipi machen«, sagte er. »Ich muß Pipi machen.« Schande über den kleinen Kerl, daß er sich den ganzen Weg von Dulston hierherschleppte, nur um seine arme Mutter mit diesem Horrortrip zu quälen. Mein Gott – zur Abwechslung hatte sogar ich einmal Mitleid mit der Frau.

Tagsüber war jedes Schoßhündchen, das Charlotte sah, wenn sie den Bürgersteig entlangtrottete, ein felliger Fötus. Die Elvers ließen die Diagrammanalyse sein und gaben die systematische Kopulation auf. Sie hatten inzwischen fast tausend Waste-of-Paper-Filialen, und es gab keinen Hinweis, daß die Expansion sich verlangsamte. Natürlich, in den Achtzigern hatte es kurz einen Stillstand gegeben, aber jetzt beschleunigte das Unternehmen der Elvers in den Boom, wie eine Rakete, die den Mond der Rezession umrundet und die Massenträgheit ausnutzt. In den Neunzigern begann die Wirtschaft, ihr Augenmerk auf das zu richten, was die Leute wollten. Es ging nicht mehr darum, Bedürfnisse zu schaffen und den Leuten dann die entsprechenden Waren anzubieten, es ging jetzt darum, sie zu ermutigen, jeden alten Scheiß zu wollen – und den dann zu liefern. Und genau das konnten die Elvers so gut – jeden alten Scheiß liefern.

Noch nie zuvor in der Weltgeschichte wurden so viele Bilder gerahmt, Geschenke eingepackt, Schnickschnack in Schächtelchen gelegt, Bücher eingebunden, Drucke hinter Passepartouts gesteckt, Briefmarken auf Klebfalze gepappt, Fotos mit Ecken versehen und Regalbretter bezogen. In einer Zeit, da man sich täglich plagte, computerisierte Information zu verschlüsseln, waren Papierwaren so dekorativ und luxuriös wie noch nie. Die Bevölkerung schrieb keine Briefe mehr, aber bei Gott – man hatte persönliches Briefpapier. Litten die Leute denn nicht, wie ich es immer getan hatte, unter der Tyrannei von soviel leerem Papier? Oder war es so, wie ich befürchtete, daß die enorme Papierver-

schwendung des gigantischen Waste of Paper das kosmische Pendant ihrer ungeformten, ungewordenen und unerzählten Geschichten war?
Wobei die Elvers durchaus diversifizierten – sie waren ja keine Narren. Wie Esther Bloom kauften sie Kunstgalerien, Immobilien und Wirtschaftsverlage. Aus den einst frivol Wohlhabenden wurden jetzt ernsthaft Reiche. Richard Elvers, der mit sechzehn die Schule verlassen hatte, um an einem Stand auf dem Flohmarkt von Camden Lock kragenlose weiße Hemden zu verkaufen, und Charlotte, die eins davon gekauft hatte – beide wußten sie nicht, daß die Verfassung ihres Landes erst noch geschrieben werden mußte; und so schämten sie sich auch nicht, Gesetzgeber, Kleinadlige und Stars des Musiktheaters zu bewirten.
Ja, ich empfand eine gewisse Sympathie für Charlotte – und schon das allein hätte mich stutzig machen müssen. Wo war meine dumme Farblosigkeit der Gleichgültigkeit, wenn ich sie am dringendsten brauchte? *Les Miserables* lief schon fast zehn Jahre lang – begriff ich denn nicht das wahre Wesen meines eigenen Elends? Wenn ich neben den armen, professionell dummen Kellnern katzbuckelte, die die ministerialen Kumpel, die thrillerschreibenden Millionäre und die TV-Manager bedienten, aus denen der exklusive Klüngel der Elvers bestand, dann wurde ich wütend. Wütend wegen der Geschmacklosigkeit dieses neu gebauten Freßverschlags, der sich als krasses Zwischengeschoß in die früher so luftige Wohnung drängte. Wütend über das Geplapper, das aus diesen so privilegierten Mündern quoll. Habe schon jemand gehört, daß Frauen mit Brustimplantation inzwischen vom Fliegen abgeraten werde, weil die Dinger explodieren könnten? Wenn ich die Gelegenheit hätte, würde ich denen ein verdammtes Brustimplantat verpassen, das sie nicht mehr vergessen. Ich wünschte mir, ich wäre ein unruhiger Geist. Ein Bernie, der nicht weiß, daß er tot ist.
Und treffe es denn nicht zu, daß es sinnlos sei, Nahrungsmittel über eine Luftbrücke in die frühere Sowjetunion zu transportie-

ren? (Zu der Zeit kam das Wort »Rußland« noch keinem von denen in den Sinn.) Und sei schon irgendwer im Nirgendwo, dem neuen australisch-aboriginalen Ethnorestaurant, gewesen? Es sei *très, très amusant*. Abend um Abend knirschte ich in der Nash-Wohnung meiner Tochter mit meinen eigenen Zähnen. Der kalte Krieg war vorüber, und diese Wichser hatten gewonnen. Jetzt war jeder ein Liberaler. »Im Grunde genommen bin ich ein Liberaler«, sagten sie zueinander, als würde ihnen das die Freiheit geben, das Jackett eines Faschisten oder die Hose eines Anarchisten überzustreifen. Offensichtlich waren die einzigen, die das nicht akzeptierten, die Hexenzirkel der fetten, schwarzen, armen, aidsgeplagten Gewerkschaftler in Gambia.
Ja, gute, altmodische, rechtschaffene Wut. Gift in Flaschen. Galle in Dosen. Zorn vom Faß – da wir doch in England sind. Richard und Charlotte wurden von ihren kurzen, dunklen, erfolgreichen, semitischen Freunden dazu ermutigt, sich eine Einkaufsreise nach Phoenix, Arizona zu überlegen, wo sie vielleicht in einer waisenbetreuenden Zuchtanstalt ein großes, blondes, arisches Kind erwerben könnten. Ein Kind mit einem Stammbaum mit mormonischen und schwedischen Wurzeln. Unfruchtbare Freunde mit einem »liberalen« Gewissen rieten ihnen, nach Manila, Managua oder Mauritius zu fliegen, wo sie sich für sehr wenig Geld einen Mulatten aussuchen könnten. Durch den Babybasar bummeln sozusagen. Wohltätige Paare von unanfechtbarer moralischer Strenge – Leute also, die begriffen haben, daß Wohltätigkeit so weit weg von zu Hause wie möglich beginnt – beschworen Richard und Charlotte, mit einem Wohnmobil voller Medikamente nach Rumänien, Somalia oder Rangoon zu fahren, wo es ihnen – unter beträchtlichen Mühen und mittels Bestechung von UN-Personal – vielleicht gelingen könnte, sich einen kleinen Leprösen, einen blühenden Hämophilen oder einen süßen Enzephalitiker zu sichern. »Ist seine geschwollene Stirn nicht *wahnsinnig* süß?«
Oh – es machte mich wahnsinnig! Dann kam ich heim nach

Dulston und fand Rotzlöffel, angetan mit seiner Waschbärenmütze, die schlammigen Füße auf der Sessellehne, vor dem Fernseher, wo er sich einen Bericht über die Aufstände in Los Angeles anschaute. »Schnappt euch diese Nigger!« kreischte er zustimmend. »Knöpft euch die Bimbos vor!« Am Küchenfenster kauerten Charlies und Nattys Abgänge – »Wir wollen Pipi machen« –, und auf dem Linoleum volkstanzte Lithy: *»Oh the concrete and the clay/Beneath my feet begin to crumble!«* Und im Schlafzimmer spannen die Fetten, so nackt, wie ich sie verloren, zugelegt und abgenommen hatte, ihre Schwabbelstränge und murmelten: »Es macht sie wahnsinnig, ja, ja. Oh, ist sie wütend. Fett und alt, fett und alt – und wütend. Fett und alt.« Dann war da noch HeLa, das an den Wänden flüsterte. Warum zum Teufel *gehorchten* diese Kinder nicht, wenn ich ihnen befahl, keinen Schmutz ins Haus zu tragen? Und da war ich, die die ganze Last dieses Packs, die tote Nachkommenschaft der Familie, zu tragen hatte, während mein geliebtes Junkietöchterlein eine weitere Episode ihres Lükkenlebens erlebte und Charlotte erwog, sich von ihrem Trauma frei*zukaufen*.

Rotzlöffel redete nie mit mir, er schrie mich nur an. Aber eines Abends nahm er meine alte Hand in seine junge, so als würden wir uns aneinander festhalten, und führte mich. Führte mich aus der Wohnung. Führte mich die Treppe hoch zur Haustür. Rotzlöffel schrie zu Bernies Fenster hoch: »Schmeiß den Schlüssel runter, du elender, beschissener Schoreschädel!« Und der Yale segelte herunter.

Während wir die Treppe hochstiegen, vorbei an verschmutzten Fenstern auf engen Stiegenabsätzen, vorbei an den schäbigen Türen zu den Wohnungen im ersten und zweiten Stock, bemerkte ich eine Veränderung in ihm. Wenn man die Stimmungen seiner Kinder im Leben ignoriert hat, dann können Sie sich vorstellen, wie bestimmend diese Haltung wird, wenn man tot ist. Rotzlöffel war für mich jetzt nur noch genau das – ein Rotzlöffel, eine lästige Präsenz, die nur mit Nichtachtung zu strafen war, vor allem, wenn er einer dicken Dulstoner Dame ins Gesicht wichste, deren einziger Kummer im Jenseits darin bestand, daß sie dem Vikar seinen Tee nicht mehr servieren konnte. »Weniger Tee, Vikar?« Doch als ich jetzt seinem Arsch, seinem schlammbeschmierten Arsch, seinem verletzlichen Arsch, seinem neunjährigen Arsch die Treppe hoch folgte, hörte er auf, Rotzlöffel zu sein, und wurde wieder Dave junior.

Oben wartete Bernie, den Anorak zugezogen, eine zahnreiche Grimasse mit Bart. Er tat so, als würde er Daves blonde Haare zerstrubbeln. Nein, er tat es wirklich, er zerstrubbelte sie. Er war, wie mir jetzt wieder einfiel, in gewisser Weise ja lebendig. Soll heißen, er glaubte, daß er es wäre. Ich folgte Dave in die Wohnung. Die Mansarde war so, wie Mrs. Seth sie beschrieben hatte. Hier oben unter dem spitzen Giebel des alten Hauses kampierte Bernie seit Jahrzehnten, ein schmuddeliger urbaner Beduine, der seinen Wandertrieb verloren hatte. Überall aufgestapelt, wie ein nie zu spielendes Mikado, waren Hunderte von Kartonröhren und -schachteln, die Behältnisse der Alufolie, die er bei Seth's gekauft hatte. Dazwischen lagen erstarrte Tropfen abgelegter Kleidung, Milchflaschen, halb voll mit uralter, verkrusteter brauner Pisse und Stapel von modrigen Magazinen und Zeitungen. Genau in der Mitte der Mansarde, im trüben Licht eines verdreckten Dachfensters, lag eine nackte Einzelmatratze mit einem ekligen Fleck mitten auf dem Drillich. Daneben stand das Heizelement, das Bernie erledigt hatte, und seine beiden Schlangen glühten im Dämmerlicht.

Wie Überreste einer Opfergabe, die auf diesem häuslichen Altar dargebracht worden war, hingen am Kamingitter, klebten auf dem Boden und trieften von den Wänden geschmolzene und pulverisierte Stückchen von Bernie und seinem dahingeschiedenen Anorak. Von irgendwo zwischen den Müllverwehungen hervor, die die Scheuerleisten verdeckten, kam eine erstickte, weinerliche Stimme. *»... it's down at the end of lonely street – that's Heartbreak Hotel ...«*, sang sie. Im ersten Augenblick dachte ich, daß wohl Lithy mit uns hier hochgestiegen sein mußte, aber es war nicht das richtige Jahrzehnt. Dann merkte ich, daß es Elvis war, und der Song kam, gedämpft durch ein unaussprechliches Stück von Bernies Unterwäsche, aus dem windigen Lautsprecher eines Transistorradios aus den Fünfzigern.

Nachdem ich dieses Radio entdeckt hatte, traten auch andere Erinnerungsstücke aus dem Dämmerlicht hervor. Der Umschlag eines Taschenbuchs, das aufgeschlagen auf der Matratze lag, mit der Abbildung eines eleganten Paares in unschicklicher Umarmung. Der Titel lautete *Peyton Place*. An einem der Pappröhrenstapel sah ich Robbie den Roboter, der, jaulend vor batteriegetriebener Frustration, versuchte, die Dinger mit seinen ausgebeulten Armgabeln aufzuheben. David bahnte sich einen Weg durch den Unrat, als würde er dieses Zimmer nur zu gut kennen, als wäre es sein Zimmer. Einen schlanken Fuß stellte er sicher auf eine glänzende, neue Nummer von *The Cat in the Hat*, den anderen in die Tellervertiefung einer umgedrehten Frisbee-Scheibe. Bernie war an der Tür stehengeblieben, und während die Grimasse noch immer seinen Toilettenbürstenbart spaltete, wanderten seine Einschußlöcheraugen von David zu mir und wieder zurück. Die Junkietochter hatte er schon ein paarmal hier oben gehabt – und jetzt ihre Mutter und ihren älteren Bruder. Auf der anderen Seite der Mansarde erreichte David eine Zwergentür und zog sie auf. Die, dachte ich, führt sicher in eine stinkende Küche oder ein noch übler riechendes Bad. Der Junge winkte mir, und ich folgte ihm.

Ins Jahr 1957, nach Vermont, wo ich ihn dabei ertappt hatte, wie er mit zwei seiner Kumpel im hinteren Garten spielte.

Was anfangs überwältigender ist, ist schwer zu sagen – denn alle Sinne stürzen mit einem Brüllen, alle Perspektiven mit einem Kreischen in mich, und die Erinnerungen, die Erinnerungen rasen in Schußfahrt auf mich zu. Zuerst fällt mir wieder ein, daß ich etwa um diese Zeit Pot rauchte, drei-, vielleicht viermal, und zwar mit Bob Beltane, bevor wir uns in seinem Kombi liebten, den er oben am Moses Lake abgestellt hatte. Zum zweiten, daß dies so ist wie high sein – alles ist musikalisch übersteigert, der Himmel von einem tiefen und schmerzenden Blau, der Saft der Ahornbäume in der Plantage hinter dem Garten klebrig duftend, das Zirpen der Grillen und das Summen der Hornissen ein richtiger Streichersatz, ein Vorspiel zu *Fantasia*. Zum dritten, daß dies das Jetzt ist, das ich *spüren* kann, wie die Verandabretter unter meinen Füßen federn, die Sommerhitze auf mein glattes *junges* Gesicht prallt und kleine Brisen kühlerer Luft mich unter meinem leichten Baumwollkleid *umspielen*.

O Gott – was für eine süße Labsal! Was für *Gefühle*! Was für ein unvorstellbar weiter Ausblick – die Sahneberge der Kumuluswolken ziehen meinen Blick nach oben, das grüne Gras, die braune Erde und die weißen Holzhäuser zerren ihn in alle Richtungen. Wirbelnde Eindrücke von unvorstellbarer Intensität und Farbigkeit für jemand, der aus dem modrigen Dulston kommt, aus der toten Zukunft. Aber dann, binnen weniger Augenblicke – und das Leben ist so sehr augenblicklich, so sehr Jetzt, finden Sie nicht auch? – kommen auch andere, tiefere, noch angenehmere Empfindungen. Das warme Bauchweh erst kürzlich erhaltener und leidenschaftlich verlangter Liebkosungen, das tiefe Trommeln der Schwanz-Beats im Inneren, die salzigen Güsse der Orgasmen, seines und ihres, süß und herb, sauer und alkalisch. Der Geruch des anderen hat mich überkommen, und ich weiß – mit der Sicherheit meines geilen Bauchs –, daß ich mich eben erst aus der Umarmung meines Geliebten gelöst habe. Ihm von der Veranda aus nachgewunken, den Flossen seines haiähnlichen Fickerautos nachgeschaut habe.

Eben erst bin ich durchs Haus geschritten, habe die vitale Trägheit meiner langen Beine genossen, die vor kurzem noch seine braune Taille umklammerten; der Abdruck seiner Arschbacken ist auf meinen schweißfeuchten Händen; der Geschmack seines poetischen Munds in meinem. Meine Vagina und meine Schamhaare sind noch klebrig von ihm, denn obwohl er immer seine Trojanischen Pferde dabei hat, bestehe ich darauf, daß er sie nicht in diese Helena schmuggelt. Er, der Poet, hat soviel Takt, sein Ding zu jeder Zeit zur rechten Zeit herauszuziehen – so ist mein Bob. Ja, ich bin eben erst durchs Haus geschritten, und meine Augen sind noch geblendet vom dunklen Nachbild des Wohnzimmers mit seinem Gesprenkel aus Davids herumliegenden Spielzeugen – das neue Frisbee, der alte Robbie der Roboter, das winzige Transistorradio – und meiner und seines Vaters Lektüre, die aufgeschlagen auf opponierenden Verspannungssesseln liegt. *Peyton Place* gegen *Kriminalität: Der jugendliche Straftäter im heutigen Amerika*. Ach du heilige Scheiße: Wie kann ich so einen Tinnef ertragen? Wie kann er so einen Blödsinn verdauen?

Ich habe drei Neunjährige, David und von nebenan Gus und Gary, für eine lange Stunde allein gelassen, und sie sind natürlich auf alle möglichen dummen Gedanken gekommen. Jetzt sehe ich sie nackt bis auf ihre Unterhosen und über und über beschmiert mit schwarzem Schlamm, den sie mit Hilfe des Gartenschlauchs produziert haben. *Jetzt ein Kabbeln des Erkennens und ein Sog des Bewußtseins, eine Widersee zu der Welle, die gleich ans Ufer kracht. Stop – stoppe dieses Jetzt, stoppe diesen unaufrichtigen, alten Geysir der Wut, der gleich aus meinem Mund sprudeln wird.* »Was spielt ihr denn?« rufe ich David von der hinteren Veranda aus zu. »Das Nigger-Spiel!« ruft er zurück. Ich stürze durch die Fliegengittertür und bin in zwei Schritten bei ihm. Ich reiße ihm die Waschbärenmütze herunter, schlage ihm einmal, zweimal, dreimal auf den Kopf. So wie britische Schauspieler, die Gestapooffiziere spielen, ihre Verhöropfer schlagen.

Er hat es nur aus Gedankenlosigkeit gesagt – das weiß ich inzwischen. Der rote Nebel der Wut ist nur das Gas, das dem verbotenen Planeten entströmt, auf dem meine eigene, selbstsüchtig befriedigte Lust wohnt. Aber es ist zu spät, denn die Gesichter der anderen Jungs sind rassistische Karikaturen entsetzter Nigger, und mein David rennt aus dem hinteren Garten, durch den Vorgarten und auf die Straße. Ich bin am Haus in dem Augenblick, als der Kotflügel ihn erfaßt. Das Auto kann nicht schneller als vierzig gefahren sein – dies ist eine verschlafene Wohngegend, alle Anwohner schlafen miteinander –, aber diese Spritschlucker sind riesig, und die Wucht des Aufpralls schleudert ihn durch die Luft, meinen Sohn, die Puppe. »Mögen all deine Kinder Akrobaten sein.« Jetzt verstehe ich diese jüdische Verwünschung. Sein Astralleib dreht sich eineinhalbmal um die eigene Achse, bevor er auf den Asphalt kracht, dann sehe ich, daß er nicht mehr der meine ist, er hat kein Gesicht mehr – nur noch blutigen Brei. Ich erinnere mich an den Satz, den ich immer sagte, wenn er mir zu sehr zusetzte – »Geh und spiel im Verkehr« –, und jedes einzelne Mal trifft mich wie eine Peitsche. Jammern und sich an die Brust schlagen erweisen sich als Reflexhandlungen. »Ogottogottogott!« Ich renne zu dem Häufchen toter Junge auf der Straße, und der Fahrer springt aus dem Auto und jammert ebenfalls. »Ogottogottogott!« Jude und Goi stehen vor dem zerschmetterten Körper des toten Jungen. Gab es je eine Zeit, in der so viele Ungläubige so laut nach dem Retter riefen?

»... You'll feel so lonely you could die.« Das blecherne Klagen reißt mich herum, und in dieser einen Umdrehung wird aus der Jungen und Dünnen, die vor Kummer jammert, die Alte und Fette, die vor Wut kocht. Der blaue Himmel versinkt, die schmutzigen Wände erheben sich, und dort an der Tür steht Bernie und scheucht mich zurück in den Tod, ins Immer.

Er murrte kurz, als ich mich an ihm vorbeidrückte, um wieder ins Treppenhaus zu gelangen. Schon konnte ich unter mir Rotzlöffels klappernde Schritte hören, das Krachen der Souterraintür von Nummer 27.

»Wollen Sie dieses Drecksloch nicht mal putzen?« fragte ich meinen Gastgeber.

Er hatte keine Wimpern mehr, mit denen er hätte zucken können. »Ja – schon. Ja. Bin nur grad ziemlich beschäftigt, ja?«

Ach ja, beschäftigt – womit? Beschäftigt, Briefchen des Frönens zu verteilen, beschäftigt, der klagenden Mauer zu lauschen. Beschäftigt mit Nichtstun, dieser Junkie, dieser gottverdammte achte Zwerg. Wenn ich wüßte, wie ich ihn verscheuchen könnte – aber er hatte bereits alles gesehen, was die Welt an Greueln zu bieten hat. Das war klar.

Weihnachten 2001

Turnschuhe mit hohen Absätzen – wahrlich, genau das sind sie. Sie sind genau so wie die Basketballschuhe, die die Kids in den Fünfzigern trugen – Gummisohle, das Obermaterial schwarzes oder weißes Leinen, dicke weiße Bänder, über Kreuz geschnürt bis zu den Knöcheln – aber sie haben hohe Absätze. Das muß man sich mal vorstellen, daß eine so idiotische Fußbekleidung von einem Gospel-Nigger ersungen wurde. Sie lagen nie by the waters of Babylon, *ließen sich nie* in the bosom of Abraham *wiegen und wurden nie von einem* sweet chariot *nach Hause gefahren, aber sie trugen irgendwann Turnschuhe mit hohen Absätzen. Wenn Gott existiert, dann ist er offensichtlich eine modebewußte Tunte, hat er doch so viel Aufmerksamkeit auf die Accessoires dieser Welt verschwendet und so wenig auf ihren Gehalt.*

Wobei ich keine Turnschuhe mit hohen Absätzen trage. Die Eisprinzessin und ihr Gefährte mögen lächerlich gewesen sein, aber sie vergeudeten nie harte Währung für so weichen Schrott. Nicht für mich. Nee – ich habe ein Paar nachgemachte Nikes, von einem Stand an der Mile End Road. Gossenschmattes für ein Gossenkind. »Nee – das sind keine Kopien, Kumpel«, rief der ärmliche Mann, der neben seiner Schuhauslage stöhnte. »Warum kostense dann nur zwei Pfund?« erwiderte der Immobilienmakler und wog die kleinen Sportschuhe in seinen geschwollenen Händen. »Nimmste sie oder nicht?« fragte der ärmliche Mann, und der Immobilienmakler nahm sie, weil er zu der Zeit nichts anderes mehr konnte als nehmen. Weg war sein gutes Aussehen, weg war sein Feuer im Bauch, und seine Chuzpe war nutzlos – es gab niemanden mehr, den er einwickeln konnte, bis auf die Eisprinzessin, und die war schon längst dagegen immun. »Ta-ra«, *sagte der abgerissene Mann.* »Ta-ra«, *sagte der Immobilienmakler.* Tanta-scheiß-tara, *eine vergebliche Fanfare für den gemeinen Mann.*

Welche englische Gesellschaftsschicht ich jetzt bevorzuge, da ich doch die Gelegenheit hatte, in beiden die Dumme zu sein? (Die Aristokratie schließe ich aus Prinzip aus – das sind ja eh alles nur verdammte Krauts.*) Die Mittelschicht, mit ihrem lächerlichen Gefühl verletzter Verantwortlichkeit für ein amputiertes imperiales Glied? Ist dir eigentlich aufgefallen, daß immer sie es sind, die sich entschuldigen, wenn man sie auf der Straße oder in öffentlichen Verkehrsmitteln anrempelt? »'tschuldigung«, blöken sie unwillkürlich, »'tschuldigung.« Entschuldigung dafür, daß wir euch euer Land und die Früchte eurer Arbeit weggenommen haben, daß wir euch eure Männer weggenommen und sie in unseren Kriegen getötet haben, und Entschuldigung vor allem dafür, daß wir euch dazu gebracht haben, dieses beschissene Kricket zu spielen. Das tut uns wirklich sehr leid, alter schwarzer/brauner/gelber Freund (Nichtzutreffendes streichen). Wenigstens haben sie aufgehört, sich selbst als »unsereins« zu bezeichnen, diese merkwürdige numerische Variante des Pluralis majestatis. Was soll man von Leuten sagen, die so beharrlich von sich in der dritten Person reden? Nur, daß sie dazu verurteilt waren, ins Meer gesaugt zu werden und sich die Vokale von der Flut des gemeinen Volks verflachen zu lassen.*

Und was ist mit dem liebeskranken gemeinen Volk, mit dem ich die letzten ein oder zwei Jahre verbracht habe? »Orlright luv«, *sagt es und gelegentlich fragt es:* »Orlright luv?« »Ta-ra luv«, *sagt es beim Abschied und* »Allo luv« *zur Begrüßung. Es gibt so viel* luv *in seiner Welt und so wenig Zuneigung.* Luv *verhält sich zu* love *wie Diesel zu Benzin – es ist eine schwerere, zähflüssigere und weniger leicht entflammbare Art der Zuneigung. Nicht daß sie etwas gegen Benzin hätten – diese überalterten Cockneys, diese Ewiggestrigen. Mit benzingetränkten Lappen sind sie ziemlich geschickt. Sie stecken sie gerne in die Briefkästen der Schwarzen/Braunen/Gelben (Nichtzutreffendes streichen), die sich in ihren Mietskasernen eingenistet haben. (Und ist das nicht so verdammt englisch – kaum vorstellbar, daß ein blaublütiger Amerikaner so jemand in seine Sozialsiedlung in den Hamptons einlädt.) O ja, die Mittelschicht sagt »'tschuldigung« und scheucht sie davon, genau in die liebenden Arme dieser alten Mauschler und Straßenhändlerinnen.*

Ich fiel natürlich wirklich auf ihn. Fiel auf ihn, als ich nach dem Weihnachtskuchen langte. Die Ironie ist, daß der Immobilienmakler früher einmal durchaus korrekt sprechen konnte – wenn er wollte. Aber irgendwann auf dem gräßlichen Kurs, den er steuerte, wechselte der Wind und blies ihm die Kehllaute tief in den Hals, wo sie schließlich ganz verstummten. Ich fiel auf ihn, und er war kalt und steif und unnachgiebig. So viel besser als im Leben – denn lebendig war er heiß und schlaff und unendlich biegsam. Ich kann dir sagen, daß er einen merkwürdigen rosa Schaum auf den blauen Lippen hatte. Ich kann dir erzählen von seinem klaffenden Mund und seiner Totenstarre und wie sich sein totes Fleisch unter meinen nervösen Füßen, meinem pummeligen Körper anfühlte. Aber ich könnte nie beschreiben, wie phantastisch diese Glasur schmeckte. Wie köstlich es war, Brocken dieses talgigen Kuchens zu verschlingen, und wie wenig es mir ausmachte, die Korinthen und Rosinen aus seinen verfilzten Brusthaaren picken zu müssen.

Das ist Stunden her. Irgendwann am Nachmittag, schätze ich. Seitdem bin ich ein wenig in der Wohnung herumgetollt – aber inzwischen tolle ich ja überall herum. Die letzten beiden Nächte habe ich unten auf dem Sofa geschlafen, dick eingepackt in Kissen, um mich zu wärmen – aber es war trotzdem kalt. Heute nacht wird es Frost geben, und kleine Leute wie ich spüren die Kälte, nicht? Und es ist niemand da, der mir meine Pummelhändchen rubbelt oder mir warmen Atem in den nicht vorhandenen Nacken bläst. Die Treppe hat Tritt-, aber keine Setzstufen, und wenn man hochsteigt, weicht der Raum darunter in Streifen teppichgerahmter Schäbigkeit zurück. Direkt vor mir, am Ende der zweiten Treppe, befindet sich ein begehbarer Schrank.

Ich wäre bereit, alles zu unternehmen, um in diesen Schrank zu kommen, indem ich zum Beispiel irgend etwas heranzerre, worauf ich steigen und somit die Griffe erreichen kann. Aber das einzige, was groß genug ist, ist der Tisch, auf dem hier oben der Fernseher steht – und diesen Fernseher, auch wenn es ein tragbarer ist, kann ich nicht tragen. Selbst wenn ich mir dieses Podest beschaffen könnte, so weiß ich doch, daß die Schranktüren sich nach außen öffnen. Ich müßte mit Schwung an den Griffen zerren, und dieser Schwung würde reichen, um mich hinterrücks die Treppe hinunterzuschleudern. Selbst wenn ich in den Schrank gelangen würde, ist wenig drin, das ich mir überziehen könnte. Wie konnte eine Frau, die so oft zu Marks&Spencer ging, nur mit so wenig an Kleidung zurückkommen? Ach, ich weiß es, ich weiß es sehr genau.

Mein Bett ist ein vergitterter Käfig auf Beinen. Es steht in der Ecke an diesem Ende des Zimmers, hinter dem Fernseher, zwischen den beiden Fenstern und den zwei kalten Heizkörpern darunter. Auch als die Heizkörper noch warm waren, war es verdammt zugig, und so landete ich für gewöhnlich am anderen Ende des Zimmers, in ihrem Bett, zwischen der Eisprinzessin und dem Immobilienhändler, immer in Gedanken den Vorzug von zweimal zwei Kilowatt gegen das Risiko abwägend, daß die eine oder der andere oder beide in ihrem Heroinrausch sich umdrehten und mich erdrückten.

Dort liegt sie, an der Taille abgeknickt, aber die Schultern flach auf ihrem zerdrückten Kissen. Dort liegt sie, in einem Che-Guevara-T-Shirt, der eine Arm ausgestreckt auf dem Kissen neben ihr, der andere auf dem Oberschenkel, als hätte das Sterben sie dabei überrascht, wie sie aus Langeweile oder Verärgerung mit den Fingern trommelte. Dort liegt sie, und das Federbett – meine einzige Hoffnung – wölbt sich über ihrer Körpermitte. Dort liegt sie, die dunklen Haare wie einen Fächer um ihr Gesicht, die trüben Augen vor Verwunderung weit aufgerissen. Zweifellos war sie erstaunt über das, was mit ihr passierte. Aber ich weiß, daß ich es nicht war.

13. Kapitel

Die nächsten achtzehn Monate existierte ich auf dieser hinteren Veranda, eingehüllt in den roten Nebel des Zorns. Natürlich absolvierte ich meinen Umgang, 24 x 7, 7 x Scheiß-52, aber ich war nur ein weißerer Abklatsch meines früheren blassen Schattens. *»We skipped a light fandango«*, sang Lithy und tat genau das. Die Kleinen wollten Pipi machen, die Wände stöhnten, die Fetten kicherten, und Rotzlöffel zwinkerte mir wissend zu. Ich ging zu Baskin's, kam wieder. Ich ging zu Seth's, kehrte zurück. Ich schaute fern, lauschte meinem kleinen Radio und blieb wütend. Sehr wütend. Denn würde ich diese Wut je verglimmen, diesen Geysir je versiegen lassen, würde Rotzlöffel mir winken, mich nach draußen führen, nach dem Schlüssel rufen und mich wieder in die Mansarde voller Kummer, Schuldbewußtsein und Einsamkeit bringen. Heartbreak Hotel – aber wirklich.

Ich existierte in der Wut – und der Zorn weckte mich. Ich war schon immer ziemlich kurz angebunden gewesen, hielt mich selbst aber eher an der langen Leine, das Ganze war also ziemlich lebensecht. Die Wut durchtränkte jeden Teil meines nicht mehr ätherischen Körpers, wie Karamba, das eine rostige Maschine schmiert. Mein fetter, alter Bauch grummelte vor Verdruß, meine schlaffen Glieder zitterten vor Entrüstung, mein müdes, altes Geschlecht wurde klebrig vor Groll, meine inneren Organe spielten Arpeggios der Empörung. Sogar die Teile von mir, die im Leben bereits tot gewesen waren – Haare, Zähne, Zehennägel – *schmerzten* vor Unzufriedenheit. Haben Sie je einen unzufriedenen Zehennagel gesehen? Ich glaube nicht.

Ich ärgerte mich über die Flucht von Pablo Escobar – ich hätte ihn gern höchstpersönlich ausgeweidet. Die serbischen Todeslager widerten mich an – wenn ich diesen Arsch Milošević in die Finger bekommen hätte, hätte ich ihn an seiner eigenen Tolle aufgehängt. Im alten Nazideutschland fackelten Schläger die Unterkünfte der lachhaft so genannten Gastarbeiter ab; es hätte mir großen Spaß gemacht, diesen glatzköpfigen Monstren einen ihrer eigenen Molotow-Cocktails zu spendieren. Dieser vertrottelte Polack im Vatikan hatte die Frechheit einzugestehen, daß Galileo recht gehabt hatte – als würde die Sonne aus seinem eigenen, verschissenen, heliozentrischen Arsch scheinen. Der unehrenhafte, not- und machtgeile Gouverneur aus Arkansas pflanzte seinen launischen Schwengel im Oval Office auf, bevor ich ihn mir vorknöpfen konnte – ich dachte, ich würde in meiner eigenen Galle ertrinken. Diese friedliebenden Hindus legten die Moschee in Ayodha in Trümmer – was für ein riesiger, alter babylonischer Spaß; achthundert landeten in Dulstons subkontinentalem Zwilling – ach, wäre ich doch nur Kali, damit ich sie alle erdrosseln könnte. Die Somalis zerschossen sich gegenseitig ihre ausgehungerten Gerippe mit der wohltätigen Todeshilfe des Westens – hatte denn keiner die Mittel, ihnen einen Funken Verstand in ihre Krausköpfe zu bleuen? In Großbritannien legte die IRA wieder Bomben – ich hätte ihnen mit Freuden Semtex in ihre irischen Fressen gesteckt. Bomben in Manhattan, Bomben in Bombay, geifernde Kultanhänger in Texas – sie alle hatten ihre Augenblicke in der Megatonnensonne meines Zorns. Und noch ein cleverer, berühmter jüdischer Klugscheißer führte noch einen Milionen-Dollar-Prozeß gegen die Schickse, die er zugunsten ihres adoptierten Kinds verstoßen hatte. Oj-oj-oj, Gwald gschrign!

Im Juni 93 starben zwölf bosnische Jungen, als die serbischen Faschisten einen Fußballplatz in Sarajewo mit Granaten beschossen. Das war nun wirklich übertrieben – *einer* hätte genügt, dann hätten sie wenigstens noch eine komplette Mannschaft gehabt. Mir fiel auf, daß alle gewaltsamen Tode genau dies waren – die Eliminierung von Ersatzleuten. Massenvernichtung ist die beste

Bestätigung dafür, daß es eine Masse gibt. Das zwanzigste Jahrhundert in einem tödlichen Nußknacker. Tausende spazieren jeden Tag die Whitehall entlang, aber keiner kommt je auf die Idee, eine Dose Farbe auf die bombastische Statue von Field Marshal Haig zu schleudern, eines Mannes, der verantwortlich war für den Tod einer Drittelmillion Männer in nur sechs kurzen Monaten auf den Schlammfeldern von Flandern. Europas Hiroshima. Als ich Ende der Fünfziger nach Großbritannien kam, grübelten die Leute noch immer verstört darüber nach, wie der Erste Weltkrieg jeden betroffen hatte. Es gab keine Stadt, kein Dorf, keinen Weiler, keine Schule, keine Firma und keinen Club, die nicht eine Abordnung Männer verloren hatten. Am Volkstrauertrag erwies man jenen traurigen alten Knackern besondere Ehrerbietung, die, behängt mit dem Blech der Tapferkeit, die Whitehall entlangtaperten, bereit, noch einmal in den Schatten von Haigs steinernem Pferd zu treten. Bis zum heutigen Tag stellen sich Parlamentarier auf die Hinterbeine und blöken und plärren darüber, wie diese Ameisen in Khaki ihr Leben für die Bewahrung des Rechts auf freie Rede und der Freiheit im allgemeinen hingegeben haben. Freiheit, um was genau zu tun? Freiheit in welcher Hinsicht? Die Freiheit, zum Haufen zu gehören? Die Freiheit, an Krebs zu sterben? Man hat uns die große und wunderbare Freiheit gewährt, Multiple-Choice-Fragebögen auszufüllen. Mr. Khans Lebensqualitätsfragebögen für sterbenskranke Patienten.

Krebs und Krieg. In jeder Stadt und jedem Dorf und jedem Weiler gibt es Denkmäler für jene, die in der Schlacht gegen das Sarkom umgekommen sind; und natürlich stoßen uns beide Formen der Vernichtung auf dieselbe Wahrheit – daß das Überleben etwas völlig Willkürliches ist. »Es hätte mich treffen können!« schreien die Übriggebliebenen, und nur verrückte Moralisten wagen es, darüber nachzudenken, daß es sie hätte treffen *sollen*.

Die Wut ließ nach, und am Ende war ich toter denn je. Auch wenn ich jetzt wiedererweckt werden könnte, welchen Platz gäbe es für mich in der Welt? In den fünf kurzen Jahren nach meinem Ableben waren neue Automodelle und andere Typen von Handys auf den Markt gekommen; die Leute schnitten sich ihre Haare auf innovative Art. Neben diesem Volk der Neunziger – das selbst unübertroffen dekadent war – hätte ich wohl ausgesehen wie ein Anachronismus auf zwei Beinen. Eine verdammte Lily Van Winkle. Ich hätte mich nicht anpassen können. Ich lag im Bett und ich rauchte. Ich rauchte B&H. Ich rauchte Unmengen davon. Ich hatte vierundzwanzig Stunden am Tag, in denen ich rauchen, aber keine Lunge, die ich schädigen konnte. Ich war nichts als ein ätherischer Blasebalg, ein kurzfristiger Karzer für den Dschinn, der mich im kalten Wohnzimmer des Souterrains umwaberte. Wo die Gewebekultur an der Wand vor sich hin murmelte und die augenlosen Golems meiner Zügellosigkeit auf dem Boden hockten und der verkalkte Kadaver meiner Lust seinen Shimmy tanzte und das wütende Kind, das ich gemeuchelt hatte, tobte. Und, bevor wir es vergessen, wo vor dem Küchenfenster meine toten Enkel von einem kümmerlichen Füßchen aufs andere traten. Es heißt immer, daß es so viel befriedigender sei, Großmutter zu sein – im Vergleich wozu, bitte?

Ich schaffte eine Zigarette in vier Minuten, fünfzehn pro Stunde, dreihundertsechzig jeden Tag. In zwei Monaten dieses Sommers gab ich alles Geld aus, das ich mir von meinem Lohn bei Baskin's erspart hatte. Das Wohnzimmer wurde mit seinen Stapeln leerer, goldener Pappschachteln zu einem wertlosen Fort Knox. »Sie verkommt, sie verkommt«, murmelten die Fetten, »sie ist schon ganz verkommen – sie läßt sich gehen, läßt sich gehen.« Ich ignorierte sie. Ich lauschte meinem kleinen Radio. *»When a lovely thing dies, smoke gets –«*, säuselte Lithy, und ich schlug nach ihm. Wenn nötig, schickte ich Lithy oder die Fetten – verschlungen im Schwabbel, wie sie waren, taten sie alles gemeinsam – zu Seth's, damit sie mir ein neues Päckchen holten, denn ich hatte nicht die Absicht, außer Haus zu gehen. Baskin erklärte ich, ich

hätte chronische Bronchitis, angesichts meines fortgeschrittenen Alters und meines starken, hingebungsvollen Rauchens eine einleuchtende Erklärung.
Im Bett und ohne die Notwendigkeit, die Kissen aufzuschütteln – was könnte schöner sein? Im Bett, blaue Rauchschwaden in die schale Luft blasend (keine Lunge, deshalb keine Feuchtigkeit, deshalb keine Farbveränderung). Ich erwägte Rauchexperimente. Vielleicht könnte ich mir eine Rube-Goldberg-Vorrichtung bauen, die mir die Zigaretten automatisch zuführen würde. Eine komplizierte und unwahrscheinliche Anordnung von Rädern, Zahnkränzen, Riemenscheiben und Förderbändern, verbunden mit dem Motor eines zerlegten Staubsaugers, alles mit dem einzigen Ziel, mich mit fertig angezündeten, ordentlich aufgereihten Zigaretten zu versorgen. Ich würde einer frühen Comicfigur – *Steamboat Lily* – ähneln und hätte täglich mindestens zwanzig Minuten mehr Zeit zum Rauchen. Ich sann darüber nach, wie wunderbar nützlich meine eigenen Zähne, die ich ja wieder hatte, fürs Ein- und Ausatmen waren. Rauchen mit den falschen war immer genau das gewesen. Der Verlust der Zigaretten und der Verlust der Zähne. Immer zusammen.
Ende Juli wurde Iwan Demjanjuk freigelassen – der Automobilarbeiter, der behauptete, nie etwas mit dem Fließband des Todes in Treblinka zu tun gehabt zu haben. Ich spürte, wie meine alte Wut sich regte, ließ mich aber nicht von ihr überwältigen. Meine Tagesdeckenwelt war genau das; ich lag da, ein Schloch in einem zerwühlten Haufen Federbett, und starrte zu dem Briefschlitzpanorama hoch, das sich mir von der Welt bot. Die Oberlichte der Schlafzimmerfenster rahmten drei Teilstücke Bürgersteig. Diese graue Sicht aufs Pflaster wurde längsgestreift von Geländerstangen, so daß vorbeigehende Beine zuckten wie im Stroboskoplicht oder in einer Stop-Motion-Animation. Autos parkten selten vor dem Haus. Die Toten sind – aus Gründen, die ich nie ganz verstanden habe – nicht besonders scharf aufs Fahren. In dieser Hinsicht war Dulston wie die Vergangenheit; wenn man

sich zum Fahren aufraffte, fand man immer einen Parkplatz. Wie in der Crooked Usage in den Sechzigern.

Als ich an dem Morgen, als *Today* den Freispruch Iwans des Schrecklichen meldete, dalag und rauchte, quietschten, knirschten und scheuerten plötzlich zwei schmucke Reifen am Bordstein. Ich sah einen knappen halben Meter makellos polierte, halb mit Holz verkleidete Karosserie, dann einen hübschen pumpsbeschuhten, braunbestrumpften Fuß, dann seinen Komplizen. Sie klapperten am Geländer entlang und außer Sicht. Ich hörte sie die Stufen herunterklappern. Dann gab es eine Pause, gefolgt von einem lauten Schlag des Türklopfers. Sehr merkwürdig – die Toten klopften nie, die Tür war immer offen. Zusperren hatte auch gar keinen Sinn; inzwischen wußte ich längst, daß die Schatten, wenn sie hereinkommen wollten, sich einfach im feuchten Korridor manifestierten.

»Macht doch mal auf«, blaffte ich die Fetten an, und die drei schwabbelten blindlings davon und verkeilten sich in der Tür.

»Ich möchte Mrs. Yaws sprechen.« Die knappen Silben entströmten großen Zähnen. »Ist sie zu Hause?«

»Sie läßt sich gehen«, plapperten die Fetten, »sie ist fett und alt, fett und alt.«

»Könnt ihr ihr sagen, daß Dr. Bridge hier ist?« Die Personifikationen meines Gewichts ließen diese elegante Trantüte völlig unbeeindruckt. »Nein – laßt gut sein, ich sag's ihr selbst. Da drin, nicht?« Und herein kam sie, *Virginia* Bridge höchstpersönlich. Diese trockene, in Tweed und Twinset gekleidete, bekopftuchte, pferdegesichtige Frau in ihrer ganzen Länge. Ihre blaßblauen Augen zwinkerten im blaßblauen Rauch meiner x-ten B&H dieses Vormittags. »*Wirklich,* Lily«, sagte Virginia, kam zu meinem Bett, setzte ihre Tasche ab, zog sich die hellbraunen Wildlederhandschuhe aus, »also *wirklich.*«

Und ich war wieder dort mit ihr – wirklich. Wieder in der Crooked Usage. Wieder in dieser anachronistischen Periode der frühen Sechziger, als man sich allabendlich vor dem Fernseher zu den

Abendnachrichten versammelte und Kohle noch geliefert wurde. Kohle in staubigen, blauschwarzen Säcken; Kohle, die so dicht war wie der Rauch, den sie produzierte. Die Sechziger, eine Dekade des dicken gelben Smogs und des abgehusteten Auswurfs. Auf der schlechten Kopie eines Hepplewhite-Nachtkästchens liegen einige flache Päckchen du Maurier Filter neben einem Roman von Daphne du Maurier mit völlig zerfleddertem Papierumschlag. Dort steht auch ein Kristallglasaschenbecher voller Kippen – eine davon schwelt noch –, und ich zünde mir eine neue mit meinem rauchodynamisch geformten Ronson-Feuerzeug an.

Das Nachkästchen hat drei Schubladen. Eins für Medikamente: Natriumamytal-Kapseln, ein Fläschchen mit attraktiv gelbgrünen Librium-Tabletten und die frei Verkäuflichen, Venos nutzloser Hustensirup, Allerwelts-Aspirin, affiges Anadin, und Tampons, weil ich, natürlich, meine Periode habe. Blut an einem Ende – Auswurf am anderen. Das Kotzen könnte einem kommen. Schublade Nummer zwei enthält eine Flasche Haig, die auf einem Bett aus Tempos liegt. Virginia hat mich immer wieder beschworen, nicht zusätzlich zu den Barbituraten noch Schnaps zu trinken, aber mir ist das scheißegal.

Schublade Nummer drei ist voll mit Naschereien, die ich mir in den letzten paar Tagen aus der kalten Küche geklaut habe. Da ist ein halbes Päckchen Kekse, verdammte Huntley and Palmers Toytime. Das sind rechteckige, glatte Dinger mit Zuckerglasur, auf der Teddys und Züge abgebildet sind. Wenn ich sie mit meinen verfaulenden Beißern zermahle, wird mein Mund wund und sandig. Ich tue das oft. Ich mampfe auch Crawford's Ginger Ruffles und lutsche Nestlé-Fruchtdrops, und ich bin auch dem gelegentlichen, quälend klebrigen Schlucken nicht abgeneigt, das nötig ist, um ein Karamelbonbon zu verdrücken. Ja – ich schleiche mich in die kalte Küche und klaue den Mädchen ihre Plätzchen und Süßigkeiten. Dann komme ich wieder hierher und nasche mich besinnungslos.

Virginia richtet mich auf, öffnet die Knöpfe meines Nachthemds und klopft mich mit ihren glatten, atrix-gecremten Händen ab und sagt zu mir in ihrem trockenen englischen Akzent: »Lily, wirklich, ich muß sagen, Sie können nicht erwarten, daß ich Sie weiter wegen chronischer Bronchitis behandle, wenn Sie nicht bereit sind, das Rauchen aufzugeben. Ich meine, es ist ja nicht so, daß Sie die Fakten nicht kennen ...«

Die Fakten sind, daß Yaws sich ungefähr einmal im Monat aus dem Staub macht, um mit seinesgleichen – lauter permanent präpubertäre, unbedeutenden Privatschulen entstammende Männchen – Golf zu spielen. In Provinzstädten pflegt sie dann in schmucken Gästehäusern ihre Affäre mit ihm. Die beiden sind so ehrbar, daß nie auch nur der Verdacht entsteht, sie könnten Ehebruch treiben. Nachts reiben sie sich auf Laken aus aufgerauhter Baumwolle. Er ejakuliert Staub in ihre sandige Vagina. Ich toleriere das auf die verrückte Art, die man annimmt, wenn man nicht sicher ist, ob man die Pfeife braucht, die tagaus, tagein auf dem Kaminsims ausgeklopft wird, den Tabakrest, der einen in der Kehle würgt. Stimmt nicht. Die Eifersucht zerriß mich, ihr Breitbeil hackte mich aus – ich war ein Einbaum der Sehnsucht. Ich wollte diejenige sein, die mit einem Eis am Stiel in jeder Hand dastand und nicht wußte, an welchem sie zuerst lecken sollte. Nicht Yaws. Nicht Virginia, die von ihrem geräuschlosen, gefühllosen Abklopfen abläßt und sich im Zimmer umsieht, die schwabbeligen Golems mustert, das Lithopädion, den Rotzlöffel, die sarkomatöse Wandbedeckung ... ist sie ins Souterrain gekommen, um zu spekulieren und gleichzeitig ihr Spekulum zu benutzen?

Darüber, was Yaws und ich nicht miteinander trieben? Oder Kaplan? Oder Bob Beltane? Oder König Futter? Stellte sie sich das alles als mögliche Versionen ihres eigenen Lebens nach dem Tode vor? Ich kann es mir vorstellen. Sie hatte einen behinderten Mann. Von der Taille abwärts gelähmt. Glück für Virginia, daß es nicht von der Taille aufwärts war. Auf jeden Fall liege ich da und sehe zu, wie Schwarzweißdokumentarfilme der damaligen Zeit über Affen, die man mit vorgeschnallten Schnauzenmasken zum Rauchen zwang, sich hinter meinen Augen abspulen. Gib's auf. Ich könnte es nicht – lieber würde ich noch einmal sterben. Zigaretten sind die besten Freunde, die ich je hatte. Verläßlicher als Alkohol, Tröster, aber keine Dickmacher. Lieber würde ich tausend Tode sterben. *Roll me over in the clover.* Ja, dreh mich um und laß mich noch einmal mein Leben aushauchen. Die verfickte Kuh – fickt mit meinem Bullen. Die ganze verfickte Herde, alle werden sie bedient von einem Ehemann mit einem tropfenden, einen Meter langen Pimmel. Eifersucht durchströmt mich – ein grüner Kreislauf. All die Ehefrauen, die ich je betrog, all die Ehefrauen, die mich je betrogen. Ich sehe, wie sie sich auf einer Wiese zu einer Horde vereinigen und mit triefenden Mösen ein fröhliches Rondo der Vereinigung bilden, das mich völlig ausschließt. Ich stehe in einem verdammten Kuhfladen, ein trauriges kleines Ding, während die anderen keuchen und muhen und stampfen und stöhnen. *Little boxes, little boxes … and they all look just the same/And they're all made out of ticky-tacky … and they all look – Just the same.* Ja, wie gleich die alle aussehen. Ich schließe die Augen noch fester – »… es ist eine Sucht wie jede andere, Lily, es dauert nur ein paar Tage …« – und wünsche mir Virginia Bridges Tod: O Großer Weißer Geist, wenn ich das Rauchen aufgebe, holst du dann diese Frau an meiner Stelle? Ich tue das wirklich – ich habe es tatsächlich getan. Ich warf die Weights, die Passing Clouds, die Viscounts und die gesegneten du Mauriers in die Waagschale. Jeden Tag zwackte ich ein paar von meiner Rauchration ab – in kleinen Schritten ging alles besser. Ich stapelte sie auf zu einem riesigen Scheiterhaufen aus trockenen weißen Zweigen, warf Dr. Bridge obendrauf – und sie wurde zur Witwe, die an meiner Stelle verbrannte. Arme, trockene Virginia. Mit gut vierzig an Krebs gestorben, obwohl sie nicht wie ich fünfundzwanzig Jahre lang gute vierzig pro Tag geraucht hatte. Arme Virginia – die Berechnung können Sie selbst anstellen – einen so böswillig gewünschten Tod hatte sie nicht verdient.

Ich greife zum Nachtkästchen. Ich brauche jetzt einen großen Schluck von diesem Haig, bevor alles zu vage wird – aber es ist zu spät. Schon weg. Sie ist weg, die Flasche ist weg. Ich bin noch hier.

Ich hob den Kopf und schaute durch die nikotinfleckigen Fenster zur Straße hoch, und die schmucken Räder ihres schmucken Autos waren verschwunden. »Sie verkommt«, murmelten die Fetten, »sie ist schon ganz verkommen …« Ich zündete mir eine neue B&H an und dachte an all die friedvollen Stunden, die ich vernichtet hatte, all die Freuden, denen ich aus dem Weg gegangen war, indem ich mein verbittertes Leben vertändelte auf einem Gewässer des Grolls, kraftvoll paddelte unter den neidgrünen Bäumen mit ihren parasitären Girlanden aus sexueller Eifersucht. Unter dem gräßlichen Bett krähte Lithy mit schrillem Stimmchen: »*Ah – ah – ah – ah – stay-ing al-ive!*«

Wer weiß, warum Virginia Bridge es nötig fand, in ihren gespenstischen Morris zu steigen und die lange Fahrt von Dulburb nach Dulston auf sich zu nehmen?(Ich hatte keinen Zweifel, daß sie dort gelandet war – sie war Dulburb bis in die Fingerspitzen. Dulburb durch und durch.) Aber sie tat es. Wieder und wieder und wieder, Monat um Monat um Monat – insgesamt ein Jahr lang. Ich bereute bitter, je einen Arzt zu einem Hausbesuch gerufen zu haben, da nun diese zwielichtige Doktorin regelmäßig in mein Souterrain herabstieg. Ich stieg aus meinem verdammten Bett. Ich steckte Lithy in die Tasche und ging zur Arbeit.

In diesem Sommer hatte Baskin seine vorletzte Möse begrapscht, seinen letzten Kunden beschmiest und einen Schlußstrich gezogen unter zweiunddreißig Jahre, in denen er der Welt Dinge erzählt hatte, die sie nicht wissen wollte oder sowieso herausgefunden hätte. Er und Mrs. Baskin zogen nach Rainham, wo sie Bedlingtons züchteten. Was von seiner Firma noch übrig war, verkaufte er an einen aufstrebenden Mischkonzern, dessen PR-Zweig Büros in der Nähe der Old Street hatte. Und was war von dem Geschäft noch übrig? Nur eine Kundenkartei mit solchen Schmuckstücken wie das Queen-Mother-Freizeitzentrum in Stratford – »Sie machen sich naß, wir putzen auf!« –, die Schnellreparaturwerkstatt in der Mile End Road – »Nervt Sie der löchrige Auspuff? Uns auch« – und die Waschsalonkette in Leytonstone – »Sehen Sie nicht zu, wie die Welt sich dreht – lassen Sie uns zusehen, daß Ihre Wäsche sich dreht!« Und ich.

Ja – ich ging auch mit. Das war eine der Bedingungen von Baskins Verkauf – die Angestelltenübernahme. Sie denken vielleicht, daß ich hinter den verspiegelten Fenstern von KBHL Corporate Communications hoffnungslos deplaziert aussehen würde – aber nein. Ich konnte mich in ihnen sowieso nicht sehen, und all die parfümierten jungen Vulven, die in ihren feuchten Höschen hereinluderten, um auf der Tastatur zu tanzen, auch nicht.

Scheißverspiegelte Gebäude – wo kamen *die* denn her? Woher nahm die moderne Stadt mit ihrer protzenden Häßlichkeit nur die Unverfrorenheit, sich selbst in diesen zwanzig-, dreißig-, vierzigstöckigen Pfeilerspiegeln zu betrachten? Mit der eigenen Seelenlosigkeit zu liebäugeln und mit den vertikalen, strukturierten Jalousien zu klimpern? Ich erinnere mich noch an das erste Mal, als ich so ein Ding sah – das John Hancock Center in Boston. Muß Mitte der Siebziger gewesen sein; diese glatt-glänzende Spiegelungsstele war ein Präventivschlag der Zukunft gegen dieses ausgebeulte Jahrzehnt. Aber jetzt deckte sich London mit diesen Dingern ein, als wollte die alte Hure ihr Mauerwerk-Make-up in ihnen retuschieren. Jeder Ausblick wurde – an diesen seltenen sonnigen Tagen – zu einem postmodernen Magritte mit flauschigen weißen Wolken, die riesige Außengesimse umwaberten. Aber das Innere des verspiegelten Gebäudes war für mich der perfekte Ort. Für mich mit meinem unerbittlichen Haß auf hübsche junge Frauen und meiner neu entdeckten Eifersucht.

Gott, war ich eifersüchtig. Ich war eifersüchtig auf die philippinische Schuhfetischistin, die wegen Korruption ins Gefängnis mußte – wenigstens war sie verheiratet geblieben. Ich war eifersüchtig auf die blöde Hilary Clinton – sogar als es so aussah, als würde auch sie im Ehejoch bleiben. Ich war eifersüchtig auf die Israelis und die Palästinenser, turtelten sie doch wenigstens, mit dem glatten Billie als Kuppler, in Camp David. Eifersüchtig auf Arafat mit seinem vaginalen Mund und Rabin mit seiner penilen Nase – eifersüchtig darauf, was sie miteinander trieben. Ich war eifersüchtig auf das Mädchen in Pittsburgh, der man in einer fünfzehnstündigen Transplantation sieben wichtige Organe implantierte – sie hatte mehr Männer in sich drin, als ich es je haben würde. Ich war eifersüchtig auf dieses Bobbit-Weib, die ihrem Mann den Schwanz abschnitt – was für eine Besitzergreifung. Ich war eifersüchtig, als Fellini starb – jetzt würde es für mich nie mehr ein Bett in seinem Traumhaus der weiblichen Archetypen geben. Ich war eifersüchtig auf all die Mädchen, die das Beben in L. A. durchlitten – die spürten wirklich einmal, wie die Erde erzitterte. Ich war eifersüchtig auf die palästinensischen Frauen, deren Männer von diesem verrückten Jidd in der Moschee erschossen wurden – die konnten wenigstens heulen und hadern und schreien und ihren Verlust *spüren*. Ich war eifersüchtig, als Fred West, dieser häuslebauende Serienmörder, verhaftet wurde. Stellen Sie sich das vor – eifersüchtig auf diese jungen Frauen, die er hinterhältig in sein Haus lockte, um sie dann grausam zu ermorden. Kann Eifersucht einen noch weiter erniedrigen? Ja, ich war eifersüchtig, als in Kigali die Massaker begannen, einfach weil ich es haßte, ausgeschlossen zu sein. Aber ich war *nicht* eifersüchtig, als Marcel Bich starb; da quälte mich nur der alte, schale Neid. Aber ich *war* eifersüchtig, als der Kanaltunnel eröffnet wurde. Eifersüchtig auf die Röhre, weil sie von Zug um Zug penetriert wurde, jeder mit einer Spermatozoenladung aus *croques m'sieurs* essenden, *Le Monde* lesenden Männern. Ich war eifersüchtig auf Winnie Mandela. Ich war eifersüchtig auf O. J. Simpsons Frau. Ich war so eifersüchtig – ich wollte *nicht ich sein*. Ich wollte geliebt werden. Ich wollte im Arm gehalten werden. Ich wollte zischelnde Mameloschen mit Leuten nuscheln, für die ich immer nur eins sein würde – ihr Baby.

»Be my, be my baby!« sang Lithy in der Tasche meines Sackkleids, als ich mir einen Weg durch die Mädchenhorden bahnte, die aus der U-Bahn-Station Old Street strömten. Sie hätten mich komisch angeschaut – hätten sie sich überhaupt die Mühe gemacht zu schauen. In der Arbeit überlegte ich mir, ob ich den jungen Männern mit ihren knalligen Hosenträgern und ihrer stumpfen Phantasie mein verwelktes Geschlecht anbieten sollte. Das Unterschallsummen der Klimaanlage und das Überschallsirren der Computer, das Murmeln des Alltagsgeplappers – das alles schien sie erstaunlicherweise auf Touren zu bringen. Die meisten von ihnen würden, das wußte ich, *alles* ficken. Sie würden ihren dünnen weißen Stengel in den Kopierer oder das Faxgerät schieben, wenn sie glaubten, daß es sich gut anfühlte. Aber was hätte ich davon? Ich würde nur die schlimmstmögliche Eifersucht empfinden, die Eifersucht auf mein früheres dralles, lüsternes Ich.

Im Spätsommer des Jahres 94 stand ich im versifften Souterrain von 27 Argos Road am offenen Schlafzimmerfenster, als ich die vertraute Anrufung des Yale in einer allzu vertrauten Stimme hörte. Als ich den Hals reckte, sah ich unvertraute, teuer wirkende Stiefeletten aus braunem Leder; eine unvertraute, frisch gewaschene Latzhose; und – Daumen in der Tasche, vier Finger, die auf einen flachen Schenkel trommelten – eine Hand, in deren Garten ich früher wanderte, wie ein Teddybär. Die Hand ging über in einen Arm, den ich früher mit einem Schritt meiner Hand und einem zweiten erklomm, und ein Da-Drunter, das ich kitzelte und kitzelte, bis seine Besitzerin das Gesicht verzog vor Kichern.

Der Schlüssel sauste herab, und sie bückte sich, um ihn aufzuheben. Ihre Haare waren kurz geschnitten – männlich kurz. Es stand ihr nicht. Aber ihre Arme waren sonnengebräunt, fast muskulös und steckten in weißen, hochgekrempelten Hemdsärmeln – und das stand ihr. »Sie ist fit und gesund, fit und gesund ...«, plapperten die Fetten, die sich zu mir ans Fenster gestellt hatten und sich an meine Hüften hängten wie der Schwimmreifen, der sie einmal gewesen waren. »Aber nicht lange«, blaffte ich zurück. Oben auf dem Bürgersteig drehte Natasha sich um, musterte beiläufig die Straße, und dann verschwanden ihre neuen Klamotten in ihrem alten Leben.

Weihnachten 2001

Ich bin ein dickes kleines Ding – das bin ich wirklich. Ein richtiges Schweinchen. Die Eisprinzessin – das muß man ihr lassen – neigte dazu, mich aus sterilen Gläsern mit glutenfreien, im Proteingehalt ausgewogenen und mit Vitaminen angereicherten Breien zu füttern. Vielleicht war diese Sorgfalt bei meiner Ernährung eine Art Kompensation für ihre eigenen, immer erratischeren Eßgewohnheiten. Trotzdem machte sich der Immobilienmakler darüber lustig, denn immer wenn wir drei ausgingen und sie hinter einer dieser schweren, gruftähnlichen Türen verschwand, die beschriftet waren mit den Hieroglyphen der gesellschaftlich Benachteiligten – Alte, Rollstuhlfahrer, Frauen mit kleinen Kindern –, kaufte er mir eine Tüte Pommes. Pommes so dünn wie Zahnstocher und zu Stacheln verbrutzelt in den Fetttrögen von McDonald's, BurgerKing oder Wendy's. Pommes, die in meinem winzigen weichen Mund so scharf und unangenehm waren wie Zahnarztinstrumente – tja, ich bin mal wieder ziemlich weich, was Mund und Gaumen angeht. Oder, alternativ dazu, fettige, schwammige, fast zerfallende Pommes, so weiß wie Uruboros, die sich aus schmierigen Fetzen grauen Papiers nach meinen rosigen Lippen reckten.

Pommes, Pommes und noch mehr Pommes. Pommes, aus der Hand gemampft in Einkaufszentren, an Straßenecken oder an verbogenen Geländern in verschissenen Parks. Pommes, ertränkt in Essig oder in Heinz-Blut. Pommes, an die ich mich nur wegen ihrer Wärme klammerte. Meine kostbaren Pommes, immer bedroht von Jungs in Kapuzensweatshirts – »Hastemalnpommes?« –, deren Knopfnasen mit Silbernieten an ihren Graustahlgesichtern befestigt sind. Im fahlen Dämmer der Innenstadt ähneln sie einem Geheimbund der Abgerissenen, der Infantilisierten. Pommes – für mich immer ein Entree zum Scheißen. Dann legten der Immobilienmakler oder die Eisprinzessin mich auf eine Bank oder eine klappbare Wickelliege aus Plastik oder sogar auf die kalte Erde, um mir Hose und Strumpfhose herunterzuzerren und mir den Bausch absorbierenden Materials zwischen den wunden Schenkelchen herauszuziehen. Dann das Feuchttuch, mit dem man mich abwischte, dann die dick aufgetragene Creme, dann die Pampers. Mein ganzes Leben lang hat meine Unterwäsche mich gepeinigt – bald wird es vorüber sein.

Aber wie bald? Zwei Tage sind es jetzt, und alles, was ich zu essen hatte, war der Weihnachtskuchen, und alles, was ich mir zu trinken besorgen kann, sind ein paar Handvoll Wasser aus der Toilettenschüssel im Bad. Einige Male habe ich mich schon am Treppengeländer entlanggedrückt, dabei vermieden, die Eisprinzessin anzusehen, und bin so bis zur Badezimmertür gekommen. Dort habe ich es gerade noch geschafft, die Schüssel hochzuklettern, mit meinem Händchen zu schöpfen und zu trinken, mich dann draufzusetzen und zu pinkeln, dann zu spülen. Dieser Tod ist ein Kinderspiel.

Kaum zu glauben, daß ich eifersüchtig war auf die Eisprinzessin und ihren Gefährten – eifersüchtig auf dieses erbarmungswürdige Paar, sie hier oben, er dort unten. Aber sie hatten auch ihre Sternstunden, etwa schnatternd in Taxis, wenn wir durch die Stadt kurvten, um zu kaufen, stehlen oder schnorren, und die afrikanischen Fahrer anhand ihrer verinnerlichten Stadtpläne von Lagos, Daressalam oder Addis Abeba die uralte Metropole durchkreuzten. Schnatternd, wenn die Fahrer auf die Bremse stiegen und Bottleneck-Gitarren aus den Boxen auf der Hutablage flossen; schnatternd, wenn sie sich große, schlanke, unermüdlich elegante Massai vorstellten, die, Filterzigaretten paffend, hinausstarrten über die zerklüfteten Täler des Marlboro Country.

Allerdings hatte ich jedes Recht, auf ihn eifersüchtig zu sein – er hatte nichts mit mir zu tun. Und sie – nun ja, ich kannte sie so intim, wie man einen anderen Menschen nur kennen kann. Kannte sie von innen und von außen, Klaustro und Agro. Als Gebärende und als Geborene. Ja, ich habe mich an der Totenbahre der Eisprinzessin vorbeigeschlichen, diesem kalten Leichensockel aus Daunen, von dem schnell fließenden Gletscher ihres Lebens zu einer Endmoräne aus Federbett und Kissen zusammengeschoben. Vorbeigeschlichen – jetzt muß ich mich heranschleichen. Die letzte Nacht war kalt – und heute nacht wird es noch kälter sein. Niemand kommt in diesem toten Intervall zwischen den Jahren. Trotz des gedämpften Polterns und Jaulens der Leute über uns, die sich in Stimmung bringen für einen weiteren Abend mit der Karaokemaschine, die sie zu Weihnachten bekommen haben. Denn die sind so unerreichbar für mich, als wäre diese Maisonette eine Raumstation im Orbit mit ausgefallener Funkanlage, abgestürzten Computern und einem Lebenserhaltungssystem, das seinen Namen nicht verdient.

»Daisy, Daisy, give me your answer do/I'm half crazy, all for the love of you …« *Sie sang es mir vor – ich sang es ihr vor. Und jetzt, da ich über den Teppich krabble, mich aufs Bett hochkämpfe, einen Zipfel Decke packe, sie von ihr herunterziehe und mir umlege, lisple ich dieses Liedchen auf meine eigene unnachahmliche Art:* »Daißie, Daißie, gißie l'anßa du/N'lam na' aßie, orkalofuf uu …« *Was für eine Schande, so zu weinen – das Toilettenwasser zu vergießen. Ich könnte so viel weinen, daß meine Tränen dieses Zimmer überfluten, in einem Brecher die Treppe hinunterstürzen, gegen die Tür krachen und die Ketten oben und unten zerreißen würden. So viel weinen, daß meine Tränen das ganze Coborn House überfluten würden, so daß die Bewohner sich auf dem Spielplatz versammeln und einen Proporz-Wettlauf veranstalten müßten, um wieder trocken zu werden. Jeder hat gewonnen, und alle müssen Preise bekommen. Karaokemaschinen für die Kleinen, Karaokemaschinen für die lüsternen Erwachsenen. Dann können sie alle zusammen etwas sehr Einfaches singen. Ich konnte nie so recht glauben, wie volkstümelnd volkstümliche Musik ist.*

Von dem Platz aus, wo ich liege, kann ich nur sehr wenig sehen, und die Eisprinzessin ist nur ein weiteres Stück schäbigen Mobiliars, das neben mir liegt. Die Wohnung ist voll mit solchen billigen Dingern. Ich sehe orangefarbene, von den Jalousien zerteilte und quer durchs Zimmer fallende Strahlen von der Straßenlaterne vor der Tür. Ich sehe, daß sich an den Fenstern ein dünner Eisrand bildet. Ich will in Träume versinken, Träume von stillen, braunen Zimmern mit schräg einfallendem Sonnenlicht und beißend langweiliger Atmosphäre. Statt dessen erinnere ich mich an einen Ausflug, den die beiden mit mir am kalten Anfang dieses Jahres machten.

Sie waren völlig fertig – 'türlich. High bis zur Halskrause. So flatterten sie durch die Isle of Dogs und vorbei an der Himmelsstadt von Canary Wharf zu den Victory Gardens. Dann durch die Fußgängerunterführung nach Greenwich, dann durch die versmogten Straßen zum Millennium Dome. Auf dem ganzen Weg schoben sie abwechselnd meinen Wagen vor sich her. Zuerst sie, dann er, und beide gaben ihm einen mächtigen Schubs und rannten dann ein Stückchen, um den Handgriff meines schlingernden Gefährts wieder zu fassen zu bekommen. Dabei lachten sie wie Verrückte, weil sie sich einbildeten, daß mir diese kaum kontrollierte Empfindung Spaß machte. »Oh my, my, my De-li-lah!« *sang er – sie hatte es amüsant gefunden, den Namen ihrer gefürchteten Mutter in den ihrer furchtsamen Tochter aufzunehmen. Warum wir dorthin gingen? Weil sie high waren – ja. Weil sie dachten, der Dome wäre ein zusätzlicher Kick, ein Trip für so unbekümmerte, unbeschwerte Seelen wie sie. Ach, und der Immobilienmakler hatte irgendeinen erfolgreichen Deal oder ein Geschäft durchgezogen, und so hatten wir zur Abwechslung mal Geld.*

Sie amüsierten sich wirklich – völlig zugedröhnt schlenderten sie durch das Gedröhn der Erlebnisbereiche, von der Money Zone zur Play Zone und zur Discovery Zone. Und was hielt ich von diesem riesigen, plattgedrückten Busen mit seinem Panoptikum an Firmenspielzeugen und seinen hastenden Massen aus Mittelschichtprolls? Nun ja, als sie am Morgen diesen Ausflug vorgeschlagen hatten, in unserer fahrstuhllosen Wohnung im Coborn House im Coborn Street Estate in der Coborn Street, hatte ich ihnen sagen wollen: »Gehen wir lieber nicht hin und sagen nur, daß wir dort waren.« Aber das war nicht möglich. Mein Vokabular hat sich inzwischen ein wenig erweitert – ich könnte um die wesentlichen Dinge bitten, wenn sie verfügbar wären –, aber damals konnte ich nur »Mumu« zu ihr und »Ruh« zu ihm sagen. Ja, Coborn

House mit seinen drei Stockwerken Außenstegen und –treppen, eine furchtbar billige Kopie von den Rhinelander Gardens an der West 11th Street.

Und der Dome mit seiner protzigen Beschwörung einer technologisch fortgeschrittenen Zukunft, von der wir alle wissen, daß sie nie eintreten wird, woran erinnerte mich der, liebe Mumu, liebster Ruh, als ihr mich hierhin und dorthin schobt? Natürlich an eine andere Zeit und an einen anderen Ort, wo 6 700 000 Kubikmeter giftigen Abraums weggeschafft wurden, damit die Welt von morgen errichtet werden konnte. Er erinnerte mich an einen über zweihundert Meter hohen spitz zulaufenden Turm, der das Endliche symbolisierte, und eine stählerne Kugel mit fast siebzig Meter Durchmesser, die das Unendliche symbolisierte. Er erinnerte mich an die Helicline, die steile, halbrunde Rampe, die sie verband, und an die gigantische NCR-Registrierkasse, die die Besucher zählte. Er erinnerte mich an die riesige Puderquaste, die als Pavillon für Damenkosmetik diente, und an die gigantische Radioröhre, die in gleicher Funktion der Radio Corporation of America diente. Und er erinnerte mich daran, daß Lewis Mumford 1939 sagte, die Weltausstellung sei ein Symbol für den »völlig langweiligen und nicht überzeugenden Glauben an den Triumph der modernen Industrie«.

Ach, die Zukunft – sie ist immer so verdammt veraltet. Für dich, für mich, für uns alle. Wenn es nur einen Ausweg gäbe.

14. Kapitel

Ich machte mich auf die Suche nach Phar Lap, um mit ihm über diese nicht sehr willkommene Heimkehr zu sprechen. Ich ging nicht sehr oft in die Stadt, hin und wieder aber schon. Seit meinem Tod war ich ziemlich oft im Courtauld Institute of Art gewesen. Die Lage dieser Galerien – damals noch verteilt über mehrere Stockwerke hinter der Gower Street – war so versteckt, daß ich mich sicher fühlte. Für Konzerte bevorzugte ich die Wigmore Hall, trauerte aber den Tagen nach, als es dort noch nach Dettol roch. Ich mied die großen Galerien und die beliebten Treffpunkte, ich umging die breiten Promenaden. Das London, das ich durchwanderte, war eine dickenssche Stadt mit gewundenen Gäßchen und sonnenlosen Höfen, wo aus zerfressenen Ziegeln Taubenkot quoll und schmucklose Fensterbänke sich unter Rußdecken versteckten. Was sollte es mir bringen, zu Selfridges zu gehen, dort gab es keine Benson&Hedges.

Aber sogar ich, auf meiner geisterhaften Pilgerreise, bemerkte die Keile des Fortschritts, die in die knarzenden Gelenke der Stadt gehämmert wurden wie künstliche Hüften in arthritische alte Frauen. Protzige Boutiquen und grelle Freßtempel machten zu Dutzenden auf. Am Ende versiffter Durchgänge schimmerten Fronten aus gebürstetem Aluminium im Dämmerlicht, und streunende Model-Kätzchen trippelten zwischen Kothaufen, unterwegs, um ihr Köpfchen auf das flauschige Kissen eines Ciabatta zu betten oder schaumigen Cappuccino zu schlürfen. Natürlich hatten diejenigen von uns, die schon immer hier gewesen waren, das alles schon einmal gesehen. Die Cafés und Ethnorestaurants, die Drogen und die Dämchen, die Touristen und die Tagelöhner, die Stricher und die Stecher.

Angeblich gab es nicht weniger als dreizehn Filialen des Nirgendwo, des australischen Ethnorestaurants. Drei in der Innenstadt, fünf im West End und noch einmal fünf in den Vororten – aber keins davon stand im Telefonbuch. Es war leicht zu verstehen, warum Phar Laps Unternehmung einen solchen Erfolg hatte. Das Nirgendwo-Konzept war Ausdruck all der Marotten, die unter den Städtern als Überzeugungen durchgingen: die Bereitschaft, sich den australischen Chauvinismus zu eigen zu machen, kombiniert mit dem Wunsch, sich bei den Aborigines einzuschmeicheln, und dann kompliziert durch die Schwierigkeit, den Laden überhaupt zu finden. Die Nirgendwos standen nicht im Telefonbuch, und Phar Lap und seine Partner gestatteten auch keine Einträge in Restaurantführer oder Stadtmagazine oder Touristenführer. Um Nirgendwo zu finden, mußte man entweder jemand kennen, der schon dort gewesen war, oder man mußte den Londoner Outback durchstreifen. Dies machte das Nirgendwo – in den übersättigten Augen seiner Betrachter – zu einem authentischen Transponat traditioneller Lebensweise in den großstädtischen Kontext. Im Nirgendwo konnte man nur essen, wenn man Geheimwissen besaß oder bereit war, es zu erwerben.
Es gab außerdem verschiedene Arten des Nirgendwo. Das Dekor der schlichtesten Filialen stellte das ausgetrocknete Flußbett des Todd in Alice Springs an einem heißen Sommernachmittag dar. Schwarzer Schatten neben erbarmungslosem Gleißen. Riesige Berge leerer Dosen und zerbrochener Flaschen. Extreme Trunkenheit. Sehr wenig zu essen. Wenn man in der Hierarchie des Nirgendwo emporstieg, so bewegte man sich – bildlich gesprochen – immer tiefer in die zentralaustralische Wüste. Die Kellner legten immer mehr ihrer K-Mart-Kleidung ab, und man sah sie, wie sie, mit Ocker bemalt, die schrundigen Genitalien in Lederbeuteln versteckt, die Bestellung auf *tjuringa*-förmigen Tafeln notierten. Und es waren weiße Kellner – Collegestudenten aus Perth, Melbourne und Brisbane –, die Phar Lap eingestellt hatte,

weil sie viel zuverlässiger waren als Eingeborene und immerhin ihr Akzent authentisch war.
In den renommiertesten Filialen des Nirgendwo, die ganze Etagen von verspiegelten Bürogebäuden in der City einnahmen, gab es nichts als öde, rissige, von Stachelkopfgras gesäumte Salzflächen. Die Wände waren kunstvoll bemalt mit einem rundumlaufenden *trompe-l'œil*-Fresko, das die heiße Luft am Wüstenhorizont darstellte, mit vielleicht der Spur eines dunklen Flecks, der, in weiter, weiter Ferne, eine kleine Erhebung andeuten sollte, oder war das die Bar? Gelegentlich ließ man irgendwo in den Tiefen des Restaurants eine Eidechse oder eine Beutelratte frei, die dann durch den Staub wuselte und die Gäste erschreckte, die sich vor Vergnügen im Dreck wanden.
Dieses Winden im Dreck war ein zentraler Bestandteil des Nirgendwo-Schtickl. Es kam vor, daß mitten in einem Londoner Winter die Gäste ankamen, von Kaschmir umhüllt, in Wolle gewickelt, in Anzügen, Kostümen und Stiefeln. Doch schon nach wenigen Minuten in der entfeuchteten, vierundvierzig Grad heißen Luft des Nirgendwo lösten sie ihre Seidenkrawatten und ließen sie zu Boden fallen wie schlaffe Schlangen, öffneten ihre Kragen, zogen die Reißverschlüsse ihrer Kleider auf, streiften die Strumpfhosen ab, rissen sich die Socken herunter und spürten den Kies zwischen ihren weichen Zehen.
Das Essen war so gut wie ungenießbar: halbverbrannte Känguruhstücke, Witchetty-Maden, Damper – ein weiches, über dem Feuer gebackenes Fladenbrot – und, wenn man viel Glück hatte, einige Handvoll bitterer Kräuter. Aber darum ging es gar nicht. Hochauflösende Bildschirme an der Decke schleuderten auf die gastritischen Gäste den Anblick eines Himmels herab, der so riesig und allumfassend war, daß er die dürre Erde völlig in den Hintergrund drängte. Wolkenformation wie Kontinente zogen vorbei. Ein Dreiviertelmond ging auf, seine Krater und Berge noch schärfer glaubwürdig als Europa. Das London draußen wurde nicht nur verhüllt – es wurde vom Erlebnis des Nirgendwo aus-

gelöscht. Und es gab den Alkohol. Unmengen von Schnaps. Phar Lap verriet mir mit einem Grinsen: »Wir mischen dieses Zeug in den *grog,* yeh-hey? Läßt die Leute fast wie Schwarze werden, hey-yeh? Nimmt ihnen ein Enzym – was auch immer. Macht den Schnaps so, daß sie ihn nicht vertragen können.«
Ich glaubte ihm keine Sekunde lang. Was es im Nirgendwo gab, war sengende trockene Hitze und für jeden einen hübschen, aber aufdringlichen Jungen, der einem die ganze Zeit im Nacken saß, jedes Heben eines Glases oder einer Flasche nachäffte und einen mit Fragen bestürmte. »Das da?« fragte er etwa. »Willst du das da?« Dann brachte er kalte Flaschen guten australischen Weins oder noch kältere Biere und knallte einem die beschlagenen Gefäße direkt in die schweißfeuchte Hand. Kein Wunder, daß die Leute tranken und tranken, sich die Kleider vom Leib rissen und heulten und Stöckchen gegeneinanderschlugen, wenn – wie es im Nirgendwo oft der Fall war – Exstudenten der Anthropologie von der Australian National University eine unauthentische Vorführung einer zensierten Initiationszeremonie gaben. Sie tranken, und in der Unhappy Hour – wenn Phar Laps Personal Schwärme von Fleischfliegen ins Nirgendwo entließ – kosteten die Drinks nur die Hälfte, und deshalb tranken sie doppelt soviel. Ja, in London gab es nichts, was an einen Ausflug ins Nirgendwo herankam. Nix-is.
Wobei ich, müssen Sie wissen, den Laden nie bei Hochbetrieb gesehen habe. Ich erreichte das Stammhaus des Nirgendwo, das am Südende der Blackfriars Bridge lag, in einem Paradebeispiel des widerlichen Achtziger-Rokoko mit dem Namen Sea Containers House, in einer meiner essenslosen Mittagspausen. Mittags hatte das Nirgendwo nie auf – dafür eröffnete Phar Lap Ende der Neunziger eine sehr erfolgreiche Kette mit zentralaustralischen Ethno-Sandwichshops mit dem Namen Irgendwo.
Es war Anfang August 1994. Vor gut einer Woche war auf die Israelische Botschaft in London ein Anschlag mit einer Autobombe verübt worden, und in der Woche davor hatte eine Bom-

be in Buenos Aires einhundert meiner Glaubensgenossen das Leben gekostet. Das war Alltag für uns Juden, Holocaust und Diaspora, Gaskameraden waren wir alle. Und zu der Zeit liefen im New York State die Vorbereitungen für die Feier des fünfundzwanzigsten Jahrestags des verdammten Woodstock an. Ach! Wenn die Siebziger ausgebeult waren und die Achtziger scharf, dann waren die Neunziger nichts als pseudo.

Aus der Lobby mit ihrem falschen Gold und dem Marmorimitat trug mich Schindlers Lift fünf Stockwerke hoch und spuckte mich in einen grausigen Schlauch von einem Raum aus. Die Bildschirme an der Decke zeigten nichts als sich selbst. Am anderen Ende von etwa dreißig Metern rissigen weißen Schlamms war eine Leinwandbahn mit Wüstenhorizont hochgerollt worden, so daß man auf das Nordufer der Themse und auf ein Stück des Unilever House hinaussah. Ein kräftiger blonder Junge in einem Overall fegte tote Fliegen und hin und wieder eine zertretene Echse zu einem Haufen zusammen. Wahrlich, dachte ich, für geile Jungs sind wir wie Fliegen. Ein fettes Mädchen saugte pfeifend das Stachelkopfgras und hielt inne, als ich zu ihr ging, um auf einen Haufen alter Kleider zu zeigen, der sich, als ich darauf losmarschierte, als Hut auf einem Haufen alter Kleider erwies und schließlich als Phar Lap Jones.

»Hab dich schon erwartet, Lily-Mädel, yeh-hey.« Er spielte mit seinen großen Bumerangs und rauchte eine Selbstgedrehte. Zu seinen Füßen lagen im Staub der Pseudowüste die Stummel vieler ähnlicher und schafften es nicht, zu einem Ende zu kommen.

»Ach ja?«

»*Yuwai* – haste *wulu,* Mädel?« Er bedeutete mir, daß er Feuer brauchte, und ich gab es ihm. Er nahm einen tiefen Zug von seiner krummen Zigarette, dann quoll der Rauch in dünnen Fahnen aus seinen dicken Lippen, verwirbelte kurz in einem Luftzug und löste sich dann auf. »Ja – Natasha is wieder da, yeh-hey?«

»Das weißt du?«

»Weiß ich. Weiß auch Bescheid über deine Gefühle – hab sie gehabt, yeh-hey?«
»Ich war verdammt wütend – wenn du das meinst –«
»Und eifersüchtig. Tödlich eifersüchtig, hey-yeh?«
»Und eifersüchtig«, gab ich zu.
»Das Beste kommt noch, Mädel, yeh-hey. Alle deine Gefühle kommen jetzt wieder, yeh-hey? Fast deine letzte Chance, hey-yeh? Entscheid dich, Mädel, verlaß deinen Umgang oder scheiß dich selber ins Leben zurück, yeh – deine Entscheidung.« Wieder lastete Phar Lap die Verantwortung mir auf, mir armen kleinen fetten Alten, die ich schon so viele vierundzwanzigstündige Dulstoner Tage ertragen hatte. Mein Tod, das wurde mir jetzt klar, gestaltete sich inzwischen nach demselben Schema wie mein Leben, apathisches Verweilen, gefolgt von Krämpfen der Trägheit. Er fragte mich, ob ich diesen »Umgang«, wie er es nannte, verlassen wollte. Doch was das war und wie man das machte, darüber ließ er mich wie immer im unklaren.
Auf jeden Fall konnte ich nicht allzuviel von diesem sinnlosen Gewäsch ertragen, vor allem hier nicht, nicht in einem geschlossenen Ethnorestaurant und nicht von einem toten Aborigine. Ich überraschte mich selbst, indem ich mir Gedanken über Natasha machte. »Natasha ist wieder da, Phar Lap, und sie sieht gut aus.«
»Sie sieht verdammt gut aus. Verdammt gutes *buju*. Aber nicht lange, yeh-hey. Nicht lange. Machst dir also doch Gedanken, Lily-Mädel, yeh-hey? Fragst dich, worauf das alles hinausläuft, yeh-hey? Wie alles zusammenpaßt, hmm? Fragst dich, was ein traditioneller Mann wie ich mit deinem Mädel zu tun hat, hey-yeh?«
»Ja. Ich glaube, es hat etwas mit Natasha zu tun – mit dem, was mit Natasha passiert ist –«
»In Australien?«
»Ja, in Australien.«
»*Yuwai*. In unserm Scheißaustralien. *Juda*! Was passiert ist – willste, daß ich dir erzähle, was passiert ist?«

»Weißt du es denn?«
»Oh, ich weiß es, Lily-Mädel. Ich weiß es – ich war ja verdammt noch mal dabei.«
Und so erzählte er es mir. Es dauerte den Rest der Stunde. Ich kam zu spät in die Old Street zurück. Er erzählte es mir auf seine eigene, unnachahmliche Art, aber um Ihrer Bequemlichkeit willen lasse ich die Wangenschmatzer und Gaumenschnalzer weg, übersetze ich die Eingeborenenausdrücke und den australischen Slang. Denn Ihre Bequemlichkeit liegt mir sehr am Herzen, in dieser unbequemsten aller Zeiten. Eine Wartezeit in einem Warteraum.
Aber Phar Lap war nicht in Potts Point, wo Natasha bei Polly Passmore Unterschlupf fand. Er war nicht dabei, als sie sich durch heiße Tage kotzte – so bizarr, das Frösteln des Entzugs in diesem milden Klima –, und auch nicht am Abend, wenn die beiden jungen Frauen die Matratze aufs Dach schleppten, sich neben den Swimmingpool dort oben legten und hinüberstarrten zum Eingang des Sebold Townhouse Hotel. Zusahen, wie große weiße Geschäftsmänner mit winzigen asiatischen Nutten hineinstolzierten, die an ihren Armen hingen wie Unglücksarmbänder.
Natasha blieb sechs Monate bei Polly in Potts Point, und für sie war das ein Triumph in Kameradschaft. Sie ließ auch die Finger vom Heroin, zumindest mehr oder weniger. Ein paarmal kaufte sie sich Stoff am Cross und sah dabei gar nicht gut aus, und dabei erniedrigte sie sich. King's Cross, Sydney. Absurd – wie Paris, Texas. Jede Facette von Natashas Londoner Leben wurde vom harten Diamanten des südlichen Himmels auf sie zurückgeworfen. Sie erfuhr, daß man in Alice's Restaurant am King's Cross Stoff bekam. Und zwar von Surferjunkies. Haben Sie je einen Junkie mit dem gestählten Körper eines Surfers gesehen, der keinen Ärmel aufkrempeln muß, um eine Vene zu finden, weil er ein ärmelloses Trikot trägt? Völlig bizarr. Natasha sah sie und kaufte von ihnen, wie gesagt, zwei- oder vielleicht dreimal. Aber schlimmer noch, einmal trickste sie, um an das Geld zu kom-

men. In ihrer letzten Zeit in London hatte Russell sie dazu gezwungen, sexuell perverse Dinge zu machen. Mit ihm zu ficken, während andere Männer zusahen, zur Unterhaltung von Dealern, die er übers Ohr hauen, oder Voyeuren, mit denen er gesehen werden wollte. Er hatte sie auch gefesselt und geschlagen. Alles, um an eine Spritze zu kommen, wenn sie zugekokst, oder um an Koks zu kommen, wenn sie zugespritzt waren. Natasha liegt im Graben, bald fressen sie die Raben.

Aber hier war es anders. Natasha schlenderte unter den Touristenmassen umher, unter den grellen Neonschildern der Striplokale, zerfressen vor Gier nach Stoff. Dem Verlangen, sich gehen zu lassen. *Alles* zu vergessen. Es ging eigentlich gar nicht um Geld – sie hatte etwas. Miles schickte ihr monatlich einen Batzen, aus dem Erlös des Wohnungsverkaufs. Aber das reichte nur, um gesund zu leben. Das war ihr gesundes Kapital. Wenn sie Schore haben wollte, dachte sie, mußte sie etwas Krankes dafür tun, sich selbst eine Lektion erteilen. Was für ein Fehler. Erteil dir selbst eine Lektion, und du wirst zum Autodidakten. Sie dachte, es würde ganz einfach sein. Sie hatte gesehen, wie die Straßenmädchen die herumschlendernden Männer anmachten, mit ihnen um zwei Ecken gingen und sich in den Bougainvilleen am Rand eines kleinen Parks für gerade mal zwei Minuten Rammeln hinlegten. Wie die weißen Ärsche der Männer aus dem Immergrün aufstiegen wie gespaltene Monde. Und überall im Rotlichtbezirk erhielt sie die entsprechenden Angebote. »Gut'n Tag, gut'n Tag, gut'n Tag«, sagten die Männer zu ihr. Was – angesichts ihrer langen braunen Glieder, der blauschwarzen Haare und ihres noch immer festen Busens – natürlich nichts anderes bedeutete als: »Guter Fick, guter Fick, guter Fick …« Die australischen Männer, grell gekleidet, lärmend, wie Papageien.

Natasha gab sich der Sache ganz hin. Sie suchte sich den Kleinsten und Furchtsamsten aus, den sie finden konnte. Ein kleiner Angestellter, der ihr kaum bis zu den Schultern reichte und der nach der Arbeit aus dem Finanzdistrikt hierhergekommen war. Er hatte sich ein bißchen betrunken und seine Kumpel verloren. Dachte daran, daß er nie genug Mösen abbekam – wenn überhaupt eine. Sah diese Schönheit, die ihm aufmunternd zublinzelte, und flüsterte: »Gut'n Tag?« Natasha war selbst betrunken und bereit, ihr eigenes unzurechnungsfähiges Kind auf den Strich zu schicken. Sie ging mit ihm in den Park und legte ihn in ein Bett aus geschredderter Rinde. Ihre ganze Erfahrung erwies sich nun als sehr nützlich – all die Knaben und Männer, die sie so erfahren benutzt hatte. Sie hatte es so gut beherrscht, ihnen zu verweigern, was sie wollten; wieviel einfacher war es da, genau das zu geben. Seinen weichen, teigigen Schwanz in ein Kondom zu stecken – kein Problem. Ihn in sich zu stecken – noch weniger ein Problem. Ein bißchen Spucke auf die trockenen Stellen. Mumus Spucke heilt jede Wunde. Sie wandte ihr reizendes Gesicht ab, um die Wurzeln der Büsche zu betrachten. Sie flüsterte: »Oo ja! Das ist gut.« Wo es doch, o nein – *so* schlimm war. Erteil dir selbst keine Lektion – laß dein eigenes Kind nicht im Stich. Wenn echte Lust Marionetten aus uns allen macht, wieviel schlimmer ist es dann, die Marionettenspielerin zu sein?

Sie standen auf, und sie nahm ihm hundert Dollar ab. Hundert verdammte Dollar! Unglaublich. Binnen Minuten war sie so zugedröhnt, daß sie es mit ganzen Fußballmannschaften hätte treiben können. Natasha hatte eine schreckliche Lektion gelernt, den furchtbaren Trick, sich selbst verschwinden zu lassen. Sie wußte es nicht, aber sie hatte eine Tür hinter sich zugeschlagen, und von nun an würde nichts mehr sein wie früher. Doch im Augenblick suhlte sie sich in ihrem warmen Opiat-Tank. Sehen Sie Natasha, die intelligente, nadelgepiekste Delphindame in der Sea World.

Die Leute glauben, daß Junkies, wenn sie vollgedröhnt sind mit Heroin, oder Alkoholiker, wenn sie sich die Hucke vollsaufen, oder Kokser, wenn sie in stratosphärischen Höhen fliegen, daß die alle dann in eine phantastische Welt grenzenlosen Überflusses eintreten, wo sie großen Reichtum, unendlichen Charme und enormes Talent besitzen. Aber dem ist nicht so. Sie machen sich vielleicht auf in ein künstliches Paradies, doch die wahre Welt, in der sie landen, ist für alle ein und dieselbe. In ihr sind sie *okay*. Das ist alles. Sie sind *okay*. Keine Alkoholiker, keine Süchtigen – einfach nur okay. Wie jeder andere. Natürlich, sie haben vielleicht ein paarmal Mist gebaut – ein paar Jobs verloren, ein paar Ehen zerstört, ein paar Kinder vernachlässigt, das eine oder andere Glied verloren –, aber im wesentlichen sind sie okay. Und so dient dieser gigantische Handel – der größer ist als der legale Warenverkehr der ganzen Welt – größtenteils der Befriedigung eines ganz banalen Bedürfnisses. Er versorgt Außenseiter mit der Illusion von Normalität.

Irgendwann stritten sich Natasha und Polly. Was Natasha denn für *Spielchen treibe*? kreischte Polly. Mit den Schmarotzern in Redfern und Paddington herumhängen. Sich besaufen. In Bars gehen. So tun, als würde sie ein Gemeindeprojekt unterstützen, indem sie mal wieder ein beschissenes Wandgemälde pinselt. Noch eine blöde Kleckserei, die in ein paar Jahren sowieso verwittert sei, so chaotisch und unausgeglichen wie die Gemeinde, für die es bestimmt war. *Warum* Natasha überhaupt nach Australien gekommen sei? Doch eigentlich, um den Verlust ihres Babys zu überwinden. Um sich selber wieder in den Griff zu bekommen. Sie sei – das wisse Polly ganz genau – am Mittwoch zugedröhnt gewesen. Und dann ohne ihren verdammten Slip nach Hause gekommen. Was denn das alles solle? Völlig high habe sie auf dem Sofa gelegen und Pollys Freunde in Verlegenheit gebracht. Nette Leute. Lehrer. Habe auf dem Sofa gelegen und von Papageien mit weichen Schwänzen gebrabbelt. Wann sie sich denn endlich mal was vom Land anschaue? Warum sie nicht einfach verdufte? Hinter Polly Passmores Selbstbewußtsein stand der ganze Kontinent. Natasha verduftete.

Wochen-, dann monate- und schließlich jahrelang durchstreifte Natasha Australien. Diese kontinentale Insel, die so groß ist, daß ganze Abschnitte ihres ausgedörrten Territoriums keine Funksignale empfangen – geschweige denn einen Fußabdruck. Ein Land wie ein fremder Planet, so verschieden sind Flora, Fauna und sogar die Landschaftsformen von denen der anderen, flacheren Seite der Erde. Über diese Enormität wurde eine Scheinkultur gespannt, wie ein dünnes, gegerbtes Trommelfell auf einen mächtigen, ausgehöhlten Flaschenkürbis. Eine Kultur von Pseudokolonialisten in Kniestrümpfen, deren Herrscher, die Schafsbarone, in landestypisch rotbraunen Landhäusern wohnen. Diese riesige Scheibe verbrannten Toasts, auf dem südlichen Ozean treibend, nur die abgeknabberten Ränder ein wenig mit Vegemite beschmiert. Dieser surrealistische Alptraum, wo Männer geschuftet hatten, um Hasenzäune zu errichten, die vom Weltraum aus zu sehen sind, und dann ein augenzerstörendes Virus auf Flopsy, Mopsy und – buchstäblich – Watteschwänzchen losließen. Diese edle Demokratie, beherrscht von einer kirschroten Göttin, die im Gestern lebt. Dieser riesige Unort, wo weiße Männer und Frauen zusammenkommen, um Discomusik zu spielen, zu zocken, zu kopulieren und Seifenopern zu schauen, in dem verzweifelten Versuch, die kalte Hitze abzuwehren. Dieser Ofen, wo eine Abkühlung um ein halbes Grad einen Ansturm auf fleecegefütterte Unterwäsche auslöst. Diese Parodie der Zivilisation, wo etwa sieben Millionen Nordeuropäer und etwa sieben Millionen Südeuropäer in Betonzelten an Tausenden von Meilen Meeresufer kampieren und zwischen den Grillfesten der Nachbarn hin und her schlendern. Während im Hinterland eine Handvoll uralter, mystischer Magier sich die geöffneten Venen ihrer Hodensäcke mit Bienenwachs verpfropfen und sie nur öffnen, um ihr Blut mit der geheiligten Erde zu vermischen.

Natasha fühlte sich in dieser Rundumkarikatur wie zu Hause. Sie nahm Barjobs in Brisbane an und kellnerte in Wagga-Wagga. Sie fuhr ein gammeliges Holden-Taxi in Townsville. Sie wagte sich hoch an die saunaschwülen Gestade des Northern Territory und durchquerte die trockene Nullarbor-Ebene in *The Ghan*, dem traditionsreichen Luxuszug. Wenn sie keine Lust hatte zu arbeiten, arbeitete sie nicht. Dann saß sie nur da und dachte nach. Es wäre schön und wohlklingend, wenn man von ihr sagen könnte, daß sie oft an ihre tote Mutter dachte, Lilys liebevollen Sarkasmus und ihren bitteren Witz heraufbeschwor – aber das wäre gelogen. Gelegentlich sah Natasha eine ältere Frau mit dicken, unordentlichen, blonden Haaren, die unter einem heißen Himmel einen flachen Boulevard überquerte und deren schwerfällig wütende Ausstrahlung und Leinenbüchertasche sie an Mumu erinnerte. Dann spürte Natasha, wie die zahnlose, palatale Babysprache, die sie untereinander benutzt hatten, ihr die trockene Kehle hochstieg, und sie wünschte sich, daß sie das Kind, das sie noch nie gewesen war, unmöglicherweise wieder sein könnte. Das Kind, das sie nie sein konnte, außer in Morpheus' lieblosen Armen.

Hammer – wie, in einer perversen Mischung aus Stab- und Fastreim, die australischen Junkies Heroin nennen – mied Natasha. Es gab so viel Australien, und Australien war per se eine solche Vermeidung, daß es ihr leichtfiel. Außerdem war es hier üblich, daß stämmige, bereits von schlummernden Melanomen gebräunte Jugendliche sich in einen Taumel explosiven Kotzens tranken, in Bars wie Käfigen oder in weißgefliesten Bars oder in Bars mit breiten Veranden – alle so konstruiert, daß sie leicht mit dem Schlauch sauberzuspritzen waren. Das Trinken in Lokalitäten, die aussahen wie Toiletten, machte seinen brechreizerzeugenden Aspekt nur allzu akzeptabel. Natasha trank, und in diesem trockenen Klima konnte es ihr nicht allzuviel anhaben; und wenn doch – wer? was? mit wem? … gestern abend? –, dann zog sie weiter. Es gab immer ein neues Nirgendwo, wohin sie flüchten konnte.

Australien, wo Leben Rollenspiel bedeutete und man in jeder neuen Stadt Kopien der Leute traf, mit denen man in der vorhergehenden gefeiert hatte – und in der darauffolgenden noch einmal. Hi, Bob! Wie geht's, Julie? Schön, dich zu sehen, Steve oder Bruce oder Robyn oder Kerry oder wer auch immer. In einem jungen Land können alle Beziehungen, zumindest eine Zeitlang, wie pubertäre Flirts wirken, Mösen und Schwänze nur in leichtem Kontakt wie schweißfeuchte Finger. Kein Heroin – und nur sehr wenig Sex. Nach dem Vorfall in King's Cross – die geschredderte Moral auf der geschredderten Rinde – erkannte ein Teil von Natasha zumindest teilweise die Gefahr dieser Sache.

Auf Magnetic Island, am inneren Rand des Barrier Reef, hatte sie eine kurze Affäre mit einer jungen Frau aus Melbourne – Cynthia, auf der Flucht vor Prostitution und Heroin, Natasha nicht unähnlich. Aber Cynthia war kunstvoll unattraktiv. Beine, Arme, Brust, alles abgeflachte Zylinder. Ein Anzug von einer Person, den man, auf dieser Monsuninsel, im Regen hatte hängen lassen. Fünf Tage lang lagen sie dicht zusammengezwängt in einer Hängematte und berührten sich mit zögernden Händen, ohne recht zu verstehen, warum sie – die beide so etwas noch nie getan hatten – Lust auf diese Lust verspürten. Cynthia sammelte überfahrene Kröten. Zerquetschte Straßenopfer, von den Asphaltbändern gekratzt, die sich über Tausende von Kilometern durch raschelnde Schilfrohrfelder wanden. Sie bewahrte sie in einer Ansett-Reisetasche auf. Die beiden jungen Frauen sortierten die platten Kadaver und spielten Schnippen damit, während sie im Schneidersitz auf der Veranda des Hauses saßen, in dem die Hängematte hing. Ein altes Haus, für diese Weltgegend, mit einem Mansardendach aus Wellblech, auf das der harte Regen niederprasselte. Ein Haus, das Cynthia von einem Junkie gemietet hatte, den sie aus Melbourne kannte, einem Mann wie sie, auf der Flucht vor dem seelischen Ausverkauf, einem Mann, der versuchte, dem niedersausenden Hammer zu entkommen. Diese fünf Tage lang war er Krabbenfischen außerhalb des Riffs.

Und so schlängelte sich Natasha, wie das asymmetrische Fadenspiel des Routenplans der Ansett Airlines, an den Rändern des mächtigen ockerfarbenen Landes entlang. Unterwegs lernte sie andere Cynthias kennen, andere interne Exilanten in einer Kultur, die selbst vom Rest der Welt ausgeschlossen war. Bis sie schließlich, wie so viele andere, erkannte, daß sie nirgendwo

mehr hinkonnte – außer ins Landesinnere. Ins rote Zentrum. In dieser auf den Kopf gestellten Welt fühlte sich der Outback, das abgelegene Hinterland – für Natasha – immer genau so an. Ein kalter Hauch hinter dem Kopf, ein Gefühl der Leere, das ihr die Nackenhaare aufstellte. Es war ein Ort, der ein Unort war. Eine offene Tür an der Rückseite des pseudo-urbanen weißen Australien, die ganz woanders hinführte.
Wobei sich Natasha der traditionellen Bewohner durchaus bewußt war. Kein Wunder, schließlich waren Fragmente ihrer metaphysischen Landkarten auf T-Shirts, Geschirrtüchern und Speisekarten abgedruckt. Und ihre Ortsnamen schmückten inzwischen schmucklose Vorstädte und windige Wohnparzellen. Und ihre geheiligte Monodie drang in klimatisierten Einkaufszentren aus versteckten Lautsprechern. Noch ein Genozid, der in der Textilwarenabteilung geendet hatte.
Während Natashas Zeit in Australien waren die jugendlichen Oberherren schließlich in einem massiven Anfall kollektiven Schuldgefühls zusammengebrochen, sie hatten das Blut auf ihren Beefburgern geschmeckt. Eine komplette Hierarchie flennender Minister und winselnder Professoren war ganz versessen darauf, den uralten Zauberern des Landesinnern etwas zurückzugeben, was ihnen überhaupt nie gehört hatte. Diesen Zauberern – für die alle Zeit Jetzt ist und die ihre Gedanken als Träumereien der Erde selbst begreifen – fiel es sehr schwer zu erklären, was für eine Scheiße hier lief. So beschissen waren sie dran. Wie sollte man, in diesem riesigen Land, mit juvenilen Herrschern umgehen, die einen schmalzigen Slang voller kindischer Verkleinerungsformen sprachen? Die ihre Alten *wrinklies,* »Faltis«, ihre Verletzten *sickies,* »Krankis«, und ihre Lagerfeuer *barbies,* »Grillis«, nannten. Wie sollte man dann erst die Realität mit harten, harten Jungs teilen, die in einer Barbie-Welt lebten?
Natasha wohnte bei einem Jungen in Canberra, der Scheinhauptstadt dieser Pseudonation. Der Junge war der Freund eines Freundes, einer, der eigentlich überhaupt kein Freund von Na-

tasha war. Hinter einem künstlichen See, der nichts zur Verschönerung des Ortes beitrug, stand ein Parlamentsgebäude mit einer Fiale, die es injektionsnadelgleich überragte. Das war das Theater, in dem weißperückte Anwälte zu ergründen suchten, wie sie mit den Zauberern Geschäfte machen sollten. Gelegentlich war auch ein Zauberer zu sehen, wie er, eine schnatternde Schar rosiger Berater auf den dunklen Fersen, im Holiday Inn am Manuka Circle eincheckte.

Der Junge, Sohn eines Anthropologen, der an der Uni lehrte, war gutmütig und bildete sich ein – wie so viele vor und so viele nach ihm, wie so viele, die sie nur einen kurzen Augenblick sahen, einen flüchtigen Blick auf sie aus einem fahrenden Bus erhaschten und gleich ein imaginäres Leben tiefster Intimität konstruierten –, in Natasha verliebt zu sein. Sie gingen aus und tranken in Bars von außergewöhnlicher Häßlichkeit. In pulsierender Nacht kehrten sie ins Elternhaus des Jungen zurück und fanden alle Fliegentüren verhüllt von merkwürdigen samtigen Behängen: ein Schuppenschmuck aus Bogong-Motten, selbst winzige Australier, die, sich am Mond orientierend, zu einer langen Reise aufgebrochen waren, nur um so zu enden, auf Suburbias Leimrute.

Am Ende eines muffigen Korridors lag Natasha in einem knarzenden alten Klappbett. An den Wänden hingen Rindenbilder an Riemen aus Känguruhsehnen. Auf den Regalen behaupteten sich Bücher von Pitt Rivers, Malinowski und Lévi-Strauss neben zeitgenössischen Periodika. Auf dem großen Schreibtisch lag des Anthropologen sorgfältig zusammengetragene Sammlung von Kotsteinen neben Rechnungen und Gefäßen mit Biros. Diese Leute suchen und sammeln doch jeden alten Scheiß. Natasha lag nackt zwischen Laken, die ihr Möchtegernliebhaber behutsam festgesteckt hatte, und las *Das Wunder von Narnia* von C. S. Lewis. Dabei hörte sie Mumus Stimme in ihrem inneren Ohr; sie erzählte vom Wald zwischen den Welten, in dem Bäume mit hohen, geraden Stämmen in Abständen von unheimlicher Regelmäßigkeit stünden, neben Teichen von absoluter Kreisförmigkeit, unter einem Blätterdach von vollkommener Undurchdringlichkeit. Und Mumu erzählte ihr, daß ein Kind, das in einen dieser Teiche tauche, sich in einer ganz anderen Welt wiederfinde, ob nun im viktorianischen London, im sterbenden Reich von Charn oder in Narnia selbst, wo Gott knuddelig war und der Schöpfungsmythos leicht zu vermenschlichen.

Tags darauf brachen die beiden nach Alice Springs auf. Sie hatten keinen genauen Plan, aber in diesem lässigen Reich der Minutenfreunde nahmen sie an, daß sie bei einem der Doktoranden des Anthropologen, der im Northern Territory Feldstudien betrieb, Unterschlupf finden würden. Von Alice brachte ein klimatisierter Überlandbus sie nach Norden, raus aus der unbarmherzigen, eisenroten Landschaft des Zentrums und hinein in eine gastfreundlichere Umgebung verwirrenden, endlosen Grüns. In Gruppen beieinanderstehend, breitete sich stacheliges Strauchwerk unter einem sonnenprallen Himmel aus. Im Bus saßen Faltis in Reihen, die runzligen Hälse verrenkt, damit sie den Bildschirm sehen konnten, der sie mit einem Video über eine neonazistische Verschwörung unterhielt. Natasha und der Junge starrten nach draußen, wo das Zuviel des Nirgendwo vorbeizog. Es wirkte recht harmlos – aber das war es nicht. Wer da hinausgeht, ohne Kompaß und ohne literweise frisches Wasser, der verirrt sich rettungslos in einer wilden Parklandschaft. Völlig desorientiert, erliegt er, nur wenige Meter vom Musikpavillon oder dem Eiscremekiosk oder dem Ententeich entfernt, einem Hitzschlag. Anstatt die Vögel zu füttern, wird er zu Vogelfutter.

Nach etwa sechshundert Kilometern wehte plötzlich animalische Fleischigkeit dicht an Natashas Ohr vorbei, und als sie den Kopf drehte, sah sie einen Aborigine mit einem absurden weißen Stetson, der sich im Mittelgang nach vorne arbeitete. Er erreichte den Fahrer, sagte etwas zu ihm und drehte sich dann zu den Faltis um, die sich jedoch nicht aus ihrem Vertieftsein in die Verschwörung reißen ließen.

Der Mann war mittleren Alters und so dünn, daß man ihn drahtig nennen mußte. Er trug Jeans und Buschstiefel mit seitlichen Elastikeinsätzen von R.M. Williams sowie ein kariertes Hemd. Sein Gesicht – mit dicken Lippen, runden Wangen und ledrigem Hals – bot alles, was man von einem Zaubererantlitz erwartete. Die verspiegelte Sonnenbrille, die seine Augen verdeckte, warf das Abbild der Faltis auf sie zurück. Der Bus kam zum Stehen, die äußeren Räder rutschten vom Schotterbelag und wirbelten eine Staubfahne hoch. Die Tür zischte auf ihrem pneumatischen Arm. Der Zauberer stieg aus und wanderte, ohne sich noch einmal umzudrehen, ins Buschland davon.

»Sie haben einen angeborenen Orientierungssinn«, sagte der Junge allen Ernstes zu Natasha. »Mein Vater hat darüber geforscht. Anscheinend haben sie tatsächlich eine Art Magnetkompaß im Kopf.«

Natasha erwiderte, er solle den Mund halten.

In Stearns, einem Fernfahrerwendeplatz siebenhundert Meilen den Stuart Highway hoch, holte der Doktorand sie vom Bus ab und brachte sie zu einem schmutzigen kleinen Haus aus unverputzten Schlackesteinen. Es war leer bis auf ein Bündel Jagdspeere mit Schäften aus Mulga-Holz, das in einer Ecke lehnte, und einem Haufen Taschenbücher ohne Einband auf dem abgenutzten Linoleumboden. An den Fenstern dieser luftlosen Hütte waren Klimaanlagen befestigt, die aussahen wie Miniaturausgaben des Hauses. Sie ächzten und pfiffen gegen die große Hitze an. Natasha, die triefte vor Schweiß, tröpfelte sich an einem verrosteten Wasserhahn lauwarmes Wasser über ihre Schlaksigkeit. Dann zog sie Shorts und ein altes Che-Guevara-T-Shirt an. Sei setzte eine wißbegierige Miene auf und machte sich auf die Suche nach dem Doktoranden, der unter der Motorhaube seines Autos steckte, einer großen, gelben, schrottreifen Ford-Limousine.

Natasha hatte keine Ahnung, was sie hier eigentlich wollte. Sie hatte das Gefühl, über dies alles nur *unvollständige Informationen* zu besitzen. Diese Fahrt, diese heiße Reise nach Stearns, auf staubigen Wegen, mit abgestumpften Reisebegleitern. Aber sie spürte auch, daß die Information das Unwichtigste war – und daß der Aborigine, der hundert Kilometer südlich von Stearns im Busch verschwunden war, die richtige Herangehensweise hatte. Die korrekte Methodologie.

Der Junge und Natasha beschlossen, ein paar Tage in Stearns herumzuhängen. Am Donnerstag abend sollte eine Initiationszeremonie stattfinden, durchgeführt von den Leuten, die am Rand der Straße kampierten, den Deportierten. Den Leuten, die in Wellblechverschlägen wohnten, inmitten verbogenen Stacheldrahts und zerbrochener Flaschen. Es waren ehemalige Schafscherer und Viehtreiber, die hierhergewandert waren, um in der Nähe ihres eigenen Landes zu sein, nachdem man sie in den Viehstationen im Osten hinausgeworfen hatte. Jetzt bereiteten sie ihre Knaben für das Messer vor. Die eigentliche Zeremonie würden die Besucher nicht sehen – die war tabu, nicht nur für die *kardibar*, sondern auch für ihre eigenen Frauen und sogar für ihre Hunde, die schließlich ihre eigenen, komplexen Abstammungslinien hatten –, zu den Proben waren sie aber sehr willkommen. Der Doktorand verfolgte in Stearns auch eigene Interessen. In seiner Rostlaube fuhr er mit vier der ältesten Männer hinaus ins offene Land im Westen, wo sie versuchten, sich an ihre Lieder zu erinnern, um ihn nicht zu enttäuschen.

Der Doktorand wußte genug, um zu wissen, daß er nie genug wissen würde. Und bewußt wurde ihm das, als er unter den Sternen lag, die in dem tintigen Himmel hingen wie unvorstellbar schwere, strahlende Trauben, bestäubt mit der Hefe der Ewigkeit. Er lag auf seiner Schlafmatte, aber – wie er Natasha und dem Jungen gestand – wenn einer der alten Zauberer »Spring« sagen würde, dann würde er sich aufrichten und, ohne mit der Wimper zu zucken, fragen: »Wie hoch?«

Er brachte Natasha und den Jungen in das Lager, damit die beiden die Deportierten kennenlernten. Natasha stolperte in patschenden Plastiksandalen durch Glasscherben, Stacheldraht und verrostete Victoria-Bitter-Dosen, vorbei an den armseligen Verschlägen, in denen die Leberkranken lagen. Die Hunde kläfften tollwütig, die Kinder bliesen Blasen gelblichen Schleims aus ihren breiten Nasenlöchern, und die Alten sahen durch die attraktive *kardia* in ihren Khaki-Kurzen und ihrem Che-Guevara-T-Shirt einfach hindurch. Sahen durch sie hindurch mit glaukomgeweißten, trachomvernarbten, fliegenumsummten Augen. Die Bäuche der Leute waren angeschwollen vor Unterernährung, die Lebern verhärtet von Zirrhosen, die Beine verbogen von der Rachitis, die Bäuche gesprenkelt vom Syndrom, das Natashas Familiennamen trug. Unter dem harten Licht saßen sie in der vierten Welt. Von Zeit zu Zeit kamen fette Vollstrecker der ersten Welt in kurzärmeligen grauen Hemden mit ihren Pick-ups die Straße entlang, auf der Ladefläche einen Käfig, wie sie normalerweise von Hundefängern benutzt werden. Und die knöpften sich die Leute vor.

Eine alte Frau – Natasha fand das Gesicht fett und fremdartig, die Brüste verschrumpelt – nahm die attraktive *kardia* beiseite, führte sie zu ihrem privaten Fleckchen Staub und zeigte ihr ein paar unauffällige graue Steine. »Das«, sagte die alte Frau, »sind versteinerte Dingo-Urinbrocken, nicht nur kongruent, sondern auch konkomittierend, in Beschaffenheit wie in Farbe, mit den Regenwolken, die in diesem Augenblick in der Thermik im Osten, über dem Barkly Tableland, aufsteigen, sich abkühlen und als Regen niedergehen. Man könnte sagen – wenn man zu einer mechanistischen Weltsicht neigt, was ich natürlich nicht tue –, daß ich diesen bevorstehenden Regen ausgelöst habe, indem ich die Position der Steine auf meiner Handfläche veränderte.« Für Natasha klang das alles natürlich nur wie Wangensaugen, Gaumenklicken und Zäpfchenschnalzen, wobei ein gelegentlich eingestreutes »*ngapa*« und »*yaka!*« das Ganze noch unverständlicher machte.

Es entstand Unruhe unter den Leuten, und sie standen auf und gingen einer anderen alten Frau entgegen, die, verwirrt torkelnd, den roten Rock im orangefarbenen Staub nachziehend, aus der Richtung der Polizeistation die Straße hochkam. Natasha und der Junge blieben zurück, aber der Doktorand schloß sich der Gruppe an und kam dann wieder zu dem Duo, das in dem kurzen Schattendorn stand, den ein toter Baum warf. »Drüben bei Hermansberg hat es einen Unfall gegeben«, erzählte er ihnen. »Ein Angehöriger dieses Klans wurde getötet. Von einem Pick-up überfahren.«

»Hat diese Frau das von der Polizei erfahren?« fragte Natasha.

»Nee – die Polizei weiß gar nichts«, sagte der Doktorand. »Ist ja auch erst vor einer halben Stunde passiert. Kommt, wir fahren besser zum Haus zurück, das hier geht uns nichts an.«

Im Auto aber sagte der Junge, der offensichtlich glaubte, daß es ihn doch etwas angehe, verführerisch zu Natasha: »Es ist Telepathie. Sie erfahren diese Dinge telepathisch. Hermansberg ist Hunderte von Kilometern entfernt –«

Natasha erwiderte, er solle den Mund halten. Der Doktorand warf ihr einen anerkennenden Blick zu, und seine Augen im Rückspiegel verengten sich, als würde er sie zum ersten Mal bewußt wahrnehmen.

Der Doktorand war mit einer Gruppe junger Männer befreundet – schwarze Jungs, die vom weißen Brot unglaublich fett geworden waren. An den meisten Tagen fuhr er sie bis nach Tennant Creek, wo sie ihre Stütze für Schnaps ausgaben. Sie kauften sich den Schnaps und kehrten dann zum Haus des Doktoranden bei Stearns zurück, wo sie *yarndi* rauchten und auf Elektrogitarren Country and Western Music spielten. Dies war ja schließlich Rinderland. Während sie spielten, lösten der Junge, Natasha und der Doktorand die trivialen Denksportaufgaben aus den Rätselheften, die sie in Tennant gefunden hatten. Sie betrieben es wie eine Sucht. Danach spielten sie Trivial Pursuit, wobei sie Tortenstückchen und Spielbrett wegließen und einfach nur die Kärtchen durchgingen und sich gegenseitig die Fragen stellten. Der Doktorand hatte die Baby-Boomer-Ausgabe des Spiels.

Im Verlauf dieser Woche machte Natasha sich daran, den Doktoranden zu verführen. Der Junge war traurig; er konnte sehen, was passierte, auch wenn der Ältere es nicht sehen konnte oder wollte. Natasha beeindruckte den Doktoranden mit ihrer Weigerung, sich von irgend etwas beeindrucken zu lassen, weder vom Geplapper der Leute noch von dem des Jungen, noch von dem irgendeines anderen. Damit und mit der Tatsache, daß sie sich niemals, nicht ein einziges Mal, über die Hitze oder die Fliegen beklagte. Natasha spürte, daß der Doktorand nur *unvollständige Informationen* hatte, aber er hatte immer noch viel mehr als sie. Er wußte etwas, das sie wissen wollte, obwohl sie keine Ahnung hatte, was es war. Der Doktorand war groß und geschmeidig, hatte einen dreieckigen Kopf und sehr grüne Augen. Seine Wangen waren übersät mit alten Aknenarben, so tief eingegraben, daß es aussah, als hätte ein verrückter Koch einst anstelle eines Stückchens Parmesan sein Gesicht genommen und über die Reibe gezogen. Er trug Sarongs im Haus und dreckige Kurze, wenn sie die Leute besuchten. In der zirpenden Nacht, wenn sie im Schneidersitz auf dem Betonboden saßen, Triviales lösten, Bier tranken und Gras rauchten, berührte sein nacktes Knie das ihre.

Am durstigen Donnerstag war es sinnlos, nach Tennant zu fahren – an diesem Tag gab es keinen Schnaps zu kaufen. Deshalb war es ein guter Tag für die Initiationsproben. Am Abend drehte die Regenbogenschlange ihren Dimmerschalter herunter – von Gelb zu Orange zu Violett zu Grau. Das Trio machte sich fein und fuhr den Kilometer bis zum Lager der Leute. Dort fanden sie die Hunde, die beinahe Dingos waren und die nach ihren *wargili* – ihren Cousins – im Busch riefen. Außerdem fanden sie ein ungefähres Oval, das die Leute mit einer Linie aus aufgehäufeltem Staub markiert hatten. Und sie fanden die Leute selbst, die tratschten, *piltjuri* kauten, rauchten und die Preise im Laden diskutierten – ganz wie die Gemeinde in einer orthodoxen Synagoge. Was sie natürlich auch waren.

Der Junge und der Doktorand nahmen in dem Oval Platz. Natasha ging zu den Frauen, die außerhalb saßen. Aus der grauen Dämmerung kamen pubertierende Knaben und etwas ältere Jungs, immer paarweise, ihre dünnen Beine öffneten und schlossen sich wie Scheren, ihre Füße wirbelten Staub hoch. Sie trugen willkürliche Stücke Sportbekleidung – der eine ein Trikot, der nächste Turnschuhe, ein dritter irgendwelche Shorts. Sie tanzten zum Rhythmus klappernder Bumerangs, einer auf den anderen geschlagen, große, schwarze Bumerangs aus hartem Mulga-Holz. Unheimlich, mächtig, zeremoniell, jeder ein dunkel dogmatischer Haken. Paar um Paar kamen die Initianten ins Oval geschert, taten, was vorgeschrieben war, durchbrachen dann den Rhythmus und verließen lachend, die Arme um die Schultern des anderen geschlungen, wie Fußballspieler nach dem Schlußpfiff, das Oval.

Dunkelheit senkte sich herab. Das Feuer wurde geschürt. Das Tanzen und Klappern und Plappern ging weiter und weiter und weiter. Stunden vergingen. Natasha sah den Doktoranden aufstehen und im Dunkel verschwinden – vermutlich, um pinkeln zu gehen. Sie folgte ihm. Sie sah ihn mit dem Rücken zu ihr an einem Baum stehen; als er sich umdrehte und das eine Hosenbein seiner Kurzen herunterzog, ging sie zu ihm. »Machste mit mir eine Spritztour?« fragte sie.

»Eine Spritztour?« schnaubte er. »Wohin?«

»Ach ... irgendwohin«, sagte sie, nahm ihn beim Arm und führte ihn zu seiner Rostlaube, die neben der Straße stand. Durch die Windschutzscheibe sah Natasha ein paar müde Fliegen, die sich inmitten der ungeöffneten Post auf dem Armaturenbrett zur Ruhe legten. Der Doktorand lebte inzwischen wie die Eingeborenen – wenn er auch nicht genau wußte, wo sich das Land befand, in dem sie lebten.

Neben der Rostlaube stand ein Pkw, ein brandneuer Toyota, und an ihm lehnten zwei frischgesichtige Mittelwesten-Jungs mit Apfelwangen, straff zurückgekämmten blonden Haaren, weißen kurzärmeligen Hemden mit Button-down-Kragen und einem so breiten Grinsen, daß ihre Zähne in der Nacht leuchteten wie glühende Feuerroste. »Wie geht's, Gary?« sagte einer der Mormonen – denn das waren sie – zu dem Doktoranden. »Wie laufen die Initiationsproben?«

»Ach, nicht so übel, weißte. Viele von den alten Knaben können allerdings nicht kommen. Weiß auch nicht, warum.«

»Na ja – schätze, sie werden trotzdem die ganze Nacht zugange sein«, sagte der zweite Mormone, der größer war als sein Begleiter, aber ansonsten – für Augen wie die Natashas, die gesättigt waren von der merkwürdigen Individualität der Eingeborenen – von ihm nicht zu unterscheiden.

»Wahrscheinlich«, erwiderte Gary und schwang sich ins Auto.

»Guten Abend«, sagte Natasha zu den Mormonen und stieg auf der anderen Seite ein.

»Guten Abend, Ma'am«, antworteten sie im Chor.

Gary ließ den Motor an und fuhr davon. »Was waren denn das für welche?« fragte Natasha lachend, aber Gary war inzwischen an all die verlorenen Stämme gewöhnt, die es in dieses Land verschlagen hatte, und antwortete nur: »Mormonen. Keine so üblen Kerle. Haben die Apotheke ein Stückchen weiter unten an der Straße. Hilfsbereit, aber nicht aufdringlich. Nicht wie die meisten anderen Fundamentalisten. Die können ziemlich übel sein.« Er zog zwei Bierdosen aus dem Kühlbehälter, riß sie auf und gab eine Natasha. »Und wohin soll diese Spritztour jetzt gehen?« fragte er. Keine Anzüglichkeit – der Mann war immun dagegen. Er hätte selbst ein Mormone sein können, dachte Natasha.

»Als wir im Bus aus Alice saßen« – wo kamen diese Worte nur her? –, »sah ich einen Mann, der ungefähr hundert Kilometer von hier ausstieg. Mitten im Busch. Ein Aborigine –«

»Was denn sonst«, warf Gary dazwischen, lenkte das große Auto auf die Fahrbahn und fuhr nach Süden. Natasha beschrieb den Mann, den sie gesehen hatte, seinen absurden weißen Stetson, die Sonnenbrille, die Aura, die er verströmte, so als würde er *vollständige Informationen* besitzen.

»Das muß Phar Lap Jones sein«, sagte Gary.

»Bring mich da hin, wo er hinwollte.«

Gary hustete, spuckte Bier und riß so heftig am Lenkrad, daß sie, Schenkel an Schenkel und Brust an Brust, zusammenstießen. »Mein Gott, Mädchen – du hast wohl nicht mehr alle Tassen im Schrank!«

»Warum?«

»Er ist so ziemlich der größte Mann in dieser ganzen Ecke des Territoriums. Keiner – und ich meine, wirklich keiner, bis auf seinen Verwalter – würde sich einfallen lassen, auch nur in die Nähe von Phar Laps Land zu gehen. Kannst du dich an diese verdammt großen Bumerangs erinnern, die ich im Haus habe – die schwarzen?«

»Hhhm.«

»*Walbiri*-Bestrafungsbumerangs. Scheißhart, die Dinger. Die Männer würden mich zu Boden drücken und mich mit denen hier, hier, hier, hier und hier schlagen.« Er deutete auf sein tiefsitzendes Schlüsselbein, die Spitzen seiner hohen Schultern, die Ellbogen, seine vorstehenden Hüften und seine großen, nackten Knie, die jetzt gegen das klebrige Vinylarmaturenbrett drückten. »Dann würden die Frauen ihre Röcke hochziehen und mich bepinkeln. Und außerdem«, fuhr er etwas gelassener, weil nun wieder logisch argumentierend, fort, »ist es weit draußen im Busch. Eine Piste gibt's nur auf Dreiviertel der Strecke – und das ist eine schlechte Piste. Danach gibt's gar nichts mehr. Und die Karre hat nicht mal Vierradantrieb. Das kommt überhaupt nicht in Frage. Auf gar keinen Fall.«

»Aber ein Stückchen weit könnten wir doch fahren, oder? Der Mond geht gerade auf, und ich würde gern den Busch im Mondlicht sehen. Das wäre doch kein so großes Geschlepp, oder?«

Geschlepp – und wo kam *dieses* Wort nun her?

»Nein – schätze nicht.«

Sie fuhren nach Westen auf einer sauberen Lehmpiste, die sich wie ein Fluß zwischen den Silbernitratstämmen der Eukalyptusbäume hindurchschlängelte, deren sandige Oberfläche im Mondlicht glänzte. Wie konnte etwas so Negatives so wunderschön sein? Nach zwanzig Kilometern hielten sie an und fummelten ein wenig auf den Vordersitzen des Autos, doch als er nach ihrem roten Zentrum griff, stoppte Natasha ihn und bat, noch ein Stückchen weiter zu fahren. Nach fünfunddreißig Kilometern half sie ihm, seine Schlafmatte aus dem Kofferraum zu holen und auf dem Boden des Trockentals auszurollen. Sie fand sich selbst ohne jeden Skrupel. Keine Skrupel, die Arme zu kreuzen und das ausgebleichte Blumenkleidchen, das sie trug, über den Kopf zu ziehen. Keine Skrupel, den ersten Schritt zu machen, offen für den Mann, offen für die Welt. Und er – er fand sich selbst völlig verzaubert. Verwirrt und verhext. Natürlich, sie war wunderschön mit ihren langen, blauschwarzen Haaren und ihrer Mottenflügelhaut und ihren versilberten Gliedern und ihrem hungrigen Mund und ihren Fingern hier und dort und überall – aber da war noch mehr. Da war Leidenschaft als Kunst und Magie. Leidenschaft, die ein Schicksal schmiedete unter Sternen, die im tintigen Himmel hingen wie unvorstellbar schwere, strahlende Trauben, bestäubt mit der Hefe der Ewigkeit. Sie verlor sich selbst vollkommen, während er in ihr in Hingabe versank. Und indem sie sich verlor, nahm sie ihn mit, halb schreiend, halb weinend: »Meschuggene!« Wo *das* wohl herkam?

Sie tranken mehr Bier, und in beschwingter Stimmung überredete sie ihn, im Trockental weiterzufahren. Nach vierzig Kilometern endete die Piste in einer Sandbank, und sie wären beinahe steckengeblieben. Es wäre besser für sie beide gewesen, wenn sie tatsächlich steckengeblieben wären. Aber Natasha redete Gary gut zu, und Gary redete der Rostlaube gut zu, die ächzend über die Flutebene zockelte, zwischen wilden Dornenbüschen hindurch, die langsam vorbeizogen. Sie fuhren im Schrittempo im Licht des Mondes.

Nach fünfzig Kilometern half sie ihm wieder, seine Schlafmatte herauszuholen und auszubreiten. Dann zog sie ihm die Fetzen seiner Kleidung aus und drückte ihn auf die Erde. Diesmal war ihr Verkehr noch fremdartiger als zuvor, hier, tief im wilden Land, mit Einhörnern, die neben ihren zuckenden Körpern durchs Gebüsch brachen. »Ach, du Mentsch!« sagte sie und streichelte ihm den struppigen Kopf. »Du Mentsch!« Denn er war ein Mann höchster Fähigkeiten, der Doktorand. Ein guter Fahrer im Busch, mit einem ausgezeichneten Orientierungssinn. Als sie fertig waren und er auf dem zerdrückten Lager aus Segeltuch und Leinen schlief, füllte Natasha zwei leere Bierdosen mit Wasser und stellte sie neben seinen dreieckigen Kopf. Mit dem Rest des Wassers ging sie im Mondlicht davon, und ihre Gummisohlen knirschten auf dem harten Gras, schlitterten über die winzigen Kugellager aus zusammengebackener Erde, und die Dornen zerkratzten ihr die Knöchel, ohne daß sie es merkte. Nach etwa einer Stunde erreichte sie eine kleine Anhöhe und stieg hinauf, auf einem schmalen Pfad zwischen Felsen hindurch, die so zersplittert und gespalten und dann geglättet waren, daß sie aussahen wie die Rücken einer Schule Tümmler. Oben auf der Kuppe sah sie es dann, es breitete sich unter ihr aus, genau so, wie Mumu es ihr beschrieben hatte. Phar Lap Jones' Land.
Bäume mit hohen, geraden Stämmen standen in Abständen von unheimlicher Regelmäßigkeit, neben Teichen von absoluter Kreisförmigkeit, unter einem Blätterdach von vollkommener Undurchdringlichkeit. Natasha sah die ersten paar geschwungenen Lippen, die sie herbeiriefen, aber dahinter nur tiefste Dunkelheit. Ohne Angst stieg sie schnell hinunter und schlenderte zwischen den ersten paar Bäumen hindurch, voller Staunen über ihre natürliche Künstlichkeit. Das Wasser in den Teichen war ölig schwarz, aber als sie die nackten Zehen hineintauchte, merkte sie, daß es kühl war und überhaupt nicht dickflüssig. So kühl, daß es nur eine Wohltat sein konnte, darin zu baden, ihren heißen, betrunkenen Kopf hineinzutauchen. Sich von die-

sem fremden, stillen Ort ausnüchtern zu lassen. Vielleicht für immer?

Der Rand des Tümpels fühlte sich – für Natashas busch- und wüstenwilde Hände – wunderbar artifiziell an. Wie mit einer gerundeten Breithacke abgestochen. Auf dem tintigen Wasserhalbmond lagen die Spitzen ihrer langen Haare wie die Beine eines Insekts. Ihr dunkler Umriß hing über der Dunkelheit darunter, die die Dunkelheit darüber nur wenig reflektierte. Sie beugte sich tiefer und tiefer und tauchte, die Augen weit aufgerissen, durch die Decke des Zimmers. Das erste, was sie sah, war die Kette, die von dieser Decke etwa einen Meter nach unten hing. Eine schmierige, schwarze Kette, kräftig eingestaubt und wie ein Äskulapstab umwunden von einem Stromkabel, die zu einem glockenförmigen Lampenschirm führte – nur daß dieser Schirm aus diesem Kopfsprungblickwinkel einfach nur rund wirkte. Dann spähte Natasha an dem Schirm vorbei und sah zuerst ein Fensterbrett und weit darunter einen Ausschnitt des Straßenlebens von Manhattan, wuselnde Fußgänger wie behütete Insekten, lautlos rollende Autos und gegenüber den Baldachin eines Gebäudes. Erst dann registrierte sie, was sich in dem Zimmer selbst befand.

Direkt unter und leicht rechts von ihr befand sich das breite, graue Rechteck eines … Schreibtisches? Ja, ein Schreibtisch mit einer grauen Stahloberfläche. Ein Schreibtisch, weil an seinem Rand ein Kugelschreiberhalter aus Onyx stand, einer von der altmodischen Sorte mit konischen Steckhülsen auf Kugelgelenken. Ein Schreibtisch, weil darauf Papiere aufgefächert waren, von denen einige beinahe herunterfielen. Ein Schreibtisch, weil auf der einen Seite ein schwarzer Kasten mit Knöpfen darauf – eine Gegensprechanlage? – stand. Ein Schreibtisch, weil ein Mann darauf lag. Ein Mann, nackt bis auf ein aufgeknöpftes Seidenhemd. Ein nackter Mann, dessen nackter Fuß gegen den schwarzen Kasten drückte. Ein Mann, dessen Arsch auf der Schreibunterlage ruhte.

Den Blick direkt nach unten gerichtet, betrachtete Natasha das surreal zweidimensionale Nebeneinander des Flansches dieses Männerarsches und der abgerundeten Ecke der Schreibunterlage. Sein Penis lag purpurn und feucht glänzend in einem Nest rötlichblonden Schamhaars. Samenspritzer und -schlieren sprenkelten und streiften den breiten Bauch des Mannes. Sein Gesicht war abgewandt, weil er sich mit jemand unterhielt, der vom Lampenschirm verdeckt wurde. Jemand, der »Und willst du wissen, warum?« mit der Stimme ihrer Mumu sagte, aber eine halbe Oktave höher, und dann unter dem Lampenschirm hervorkam. Blonde Haare wehten hoch und wogten dann in einer wie von einem Sturm aufgepeitschten Welle über nackte Schultern. Diese Schultern waren leicht gerötet. Sie bückte sich, an der Hüfte köstliche Falten werfend, um ein Gewirr aus hautfarbenen Strümpfen und schwarzem Straps vom Boden aufzuheben, und Natasha konnte sehen, wie unter dem tiefen Spalt zwischen den Hinterbacken der Frau ihre Schamhaare wie ein feucht glänzender Dorn hervorragten.

»Warum?« fragte der Mann auf dem Schreibtisch.

»Weil die Kugeln in deinen Scheißstiften«, die junge Frau unter Natasha kam jetzt ganz ins Blickfeld, drehte sich um und stemmte sich auf den Tisch, so daß ihr Hintern auf dem Rand der Tischplatte ruhte, »genauso zu klein sind«, sie drückte den Rücken durch, so daß ihre üppigen Brüste, ihr runder Bauch zu sehen waren, hob ein langes Bein an, legte es locker über den anderen Schenkel und fädelte den Fuß in den zusammengerollten Strumpf, »wie die in deinem Sack.« Mitten im hübschen Gesicht dieser Frau prangte ein weit vorstehender Nasenkiel, links und rechts davon saßen ruhig blickende, graublaue Augen. Im großen, rot angemalten Mund brannte eine dünne weiße Zigarette, deren Rauch träge zu Natasha in die Höhe stieg. Natasha konnte nicht anders, als die Unbekümmertheit dieser jungen Frau zu bewundern, die so offensichtlich eben erst durchgefickt worden war. Natasha, die verwirrt war, weil sie sich dieser Vi-

sion so verwandt fühlte ... Natasha, die zurückschreckte, weil der aus der Vergangenheit aufsteigende Rauch ihr in den Augen brannte.
Und während sie wild um sich schlagend über den Waldboden rollte, hatte Natasha Zeit, über Erklärungen nachzudenken – Müdigkeit? Die Fremdartigkeit des Ortes? Schwaches Bier und starkes Gras? Oder hatte Gary ihr vielleicht ein Halluzinogen von seltener Präzision untergejubelt? –, bevor ihre Hände den Rand eines anderen Teichs spürten, und der Schwung sie mit dem Gesicht voran in eine andere Welt katapultierte.
Natashas liebliches Gesicht ragte aus der lieblosen grauen Oberfläche eines ausgeschalteten Videomonitors hervor. Unter ihr auf dem schrill künstlichen Wüstenboden saß ihre Mumu – sofort erkennbar an ihrem dicken, tapisserieartigen Wollmantel, ihrer nicht unbeträchtlichen Körperfülle, ihrer Leinenbüchertasche von Barnes&Noble, ihren Schuhen wie kollabierte Cornish Pasties, ihrem weit vorstehenden Nasenkiel – in linkisch schiefer Haltung, die Beine seitlich angezogen, die eine Hand aufgestützt, mit der anderen eine Filterzigarette an den ausladend säuerlichen Mund führend. Mumu unterhielt sich mit einem weißen Stetson, dessen Krempe in zauberischer Eindringlichkeit auf und nieder wippte, während darunter das klickende Leiern aboriginalen Slangs hervordrang. Was tut Mumu denn hier? hätte Natasha sich fragen können. Warum unterhält sie sich mit dem Mann, der aus dem Bus ausgestiegen ist, dem Mann, den Gary Phar Lap Jones genannt hat?
Natasha hätte sich dies fragen können – aber sie tat es nicht. Visionäre sind, berüchtigterweise, ziemlich unbeleckt von logischem Denken, frei von rationaler Erkenntnis. Der stolze Geist des Visionärs – wie ein geöffneter Mund – giert oft nur danach, mit König Futter vollgestopft zu werden. Natasha hätte sich die *walbiri*-Bestrafungsbumerangs, die auf dem Pseudowüstenboden lagen, herausgreifen und fragen können, was genau sie denn so dogmatisch verkündeten, diese dunklen, drohenden Haken. Sie

tat es nicht. Sie verlor die Konzentration, und ihr Blick wanderte zum anderen Ende von etwa dreißig Metern rissigen weißen Schlamms, wo eine Leinwandbahn mit Wüstenhorizont hochgerollt worden war, so daß man auf das Nordufer der Themse und auf ein Stück des Unilever House hinaussah.

Und für den Rest der Nacht taumelte und torkelte Natasha Yaws über den Waldboden, rollte in visionärer Ekstase von Teich zu Teich, lag ehrfurchtsstarr da und tauchte ihr Gesicht in Welt um Welt. In einer sah sie den blonden Kopf ihres älteren Bruders, den sie nie gekannt hatte, zerschmettert auf dem Asphalt liegen, während in ihrer Brust die dunklen Trüffeln eines vererbten Rassismus wuchsen. In einer anderen beobachtete sie eifersüchtig, wie Virginia Bridge, an die sie sich aus ihrer Kindheit noch schwach erinnerte, ihre Yahoo-Mumu mit glatten, atrix-gecremten Händen abklopfte und zwischen Houyhnhnm-Zähnen hindurch sagte: »Lily, wirklich, ich muß sagen, Sie können nicht erwarten, daß ich Sie weiter wegen chronischer Bronchitis behandle, wenn Sie nicht bereit sind, das Rauchen aufzugeben. Ich meine, es ist ja nicht so, daß Sie die Fakten nicht kennen ...« In einer dritten sah sie Arme in allen möglichen Winkeln abgestreckt, wie Äste an Bäumen. Winstons und Pall Malls und Camels und Luckys und Newports, die vor sich hin qualmen, wo immer diese Leute sich treffen. Und sie hörte das lustvolle Schnurren von Mumus Stimme: »Wird es so lange dauern?«

»Was?«

»Bis wir uns lieben. Meinst du nicht, wir sollten das Haus sofort in Brand stecken? Wir könnten den Kalender sich selbst überlassen, hm?«

Sie spähte zwischen den Füßen ihrer Mumu hindurch auf das festgetretene Laub am Berkeley Square und spürte das Gewicht der unfaßbaren Müdigkeit des mittleren Alters. Sie spähte zwischen plebejischen Fichten hindurch, während ihre arme alte Mumu ihre Viktualien aus der Tasche fingerte, sie wie nahrhafte Babys in ihren wollenen Armen wiegte und dann ungeschickt ein fünfstangiges Tor überwand. Natasha sah, wie unter ihrer Mumus Hose Blut träge das Schienbein hinunter- und in ihren Socken lief. Wie etwas, um das sie sich beide später kümmern konnten. Von Gefilde zu Gefilde, von Faulheit zu Lust zu Stolz zu Wut zu Gier – und wieder zurück. In diesem, einem bescheidenen, randständigen Gehölz in Phar Laps Wald, einer kleinen Plantage der verfügbaren Welten.

Der Morgen brach an, und der Abgrund des westlichen Himmels zog eine harte Oberfläche über die Teiche des Waldes zwischen den Welten. Natashas Gesicht tauchte aus dem stillen Wasser auf wie ein Polaroid – zuerst verschwommen und dann übermäßig scharf. Hyperreal. Binnen Minuten waren die Triebwerke der Rakete Erde auf vollen Schub geschaltet worden. Sie richtete sich auf, ein langbeiniges geschmeidiges Fohlen, und ihre zerkratzten, blutigen Waden drehten sich hierhin und dorthin, während sie die Wucht der planetaren Rotation auf sich wirken ließ. Dann sah sie sich die Vegetation an. Sie war wie überall sonst, ein Gehölz aus Eukalyptus und Mulga auf einer Unterlage aus hartem Gras. In den Kronen lachten höhnisch Kookaburras. Im Osten lag eine niedrige Anhöhe, deren Schatten bereits kürzer wurde. Im raschelnden Unterholz um sie herum boten die Hügel magnetischer Termiten – wie winzige Mies van der Rohes – oder die Grabsteine uralter Krieger primitive Orientierung.

Natasha fand den Weg zurück. Sie hatte Glück, daß sie genau zu diesem Zeitpunkt das Bewußtsein wiedererlangt hatte, denn die Sonne stand noch tief genug, die Schatten waren lang genug, und auch Wasser hatte sie noch genug. Sie schaffte es zu Garys Rostlaube und weckte ihn. Dann fuhren die beiden den ganzen sengenden Tag lang Richtung Osten, zurück nach Stearns. Es versteht sich von selbst, daß Gary in der Scheiße steckte. Bis zum Hals.

Natasha blieb gerade lange genug in Stearns, um ihre Einkaufstasche mit Slips und Farben, ihre Lederjacke, ihre R.M.-Williams-Stiefel, ihre Jeans und ein Rätselheft zusammenzuraffen. Sie nahm auch einen von Garys schwarzen Bumerangs mit – als bedrohliches Souvenir. Auf der Straße hielt sie einen vorbeifahrenden Mormonentransporter an, und der brachte sie bis Tennant Creek. Von Tennant fuhr sie mit dem Bus nach Alice. Von Alice flog sie nach Sydney. In Sydney verließ sie den Flughafen überhaupt nicht mehr, sondern hing sechsunddreißig Stunden im Terminal herum, bis eine Maschine mit einem Sitz, der billig und schmal genug für sie war, zur Verfügung stand. Sie ging an Bord und flog um die Welt zurück in den vorherigen Tag. Von Heathrow aus fuhr sie mit der U-Bahn nach King's Cross, und dort fühlte sie sich völlig benebelt angesichts der Enge dieser uralten, schlammigen Stadt an den Ufern ihres Mini-Euphrat. Dieses Bäh-Ur. Dieses Fehlers.

In Stearns verging Gary vor Gram. Der Junge machte sich aus dem Staub. Gary ignorierte die fetten jungen schwarzen Männer, die zu ihm kamen, um Elektrogitarre zu spielen, und nach einer Weile ignorierten sie ihn. Er grämte sich – und er trank. Er stolperte die Straße hinunter zu den Läden und kaufte Karton um Karton mit Emu Export und NT Draught und Victoria Bitter und sogar Castlemaine – das die Einheimischen verächtlich »Stacheldraht« nannten. Gary trank, und das Bier fühlte sich in seiner rauhen Kehle stachelig an. Er sattelte um auf Bundaberg Rum – aber es erging ihm nicht besser damit. Er vernachlässigte alles. Vor seinem armseligen kleinen Schlackesteinhaus sank seine einst so stolze Rostlaube in den Schlamm, der zu Staub wurde und wieder zu Schlamm. Auf den längst verfaulten Teppichmatten lagen schmierige Burgertüten und Mangokerne, -stengel und -stiele. Nach einer Weile zog eine große Horde Kakerlaken ein. Im Gegensatz zu Garys Kopf war die Rostlaube zu einem vielfältigen, sprießenden Milieu geworden. Die Leute verstanden.

Der örtliche Quacksalber verstand ebenfalls. Er schickte Gary in den Süden zur Behandlung. Die Rostlaube hinterließ Gary den dürren alten Männern, aber die fetten jungen Männer nahmen sie und fuhren die Stoßdämpfer bei einer zweitägigen Känguruhjagd zuschanden. Gary flog in den Süden, und die Behandlung wirkte nicht. Die Ärzte konnten einfach nicht verstehen, warum ein so junger Mann mit so beängstigender Geschwindigkeit eine solche Zirrhose entwickelt hatte, daß seine Leber jetzt von Narben zerfurcht und von Sarkomen zerfressen war.

Von King's Cross aus fuhr Natasha im Taxi die Balls Pond Road hoch, und an einem unbestimmten Punkt – nicht ganz genau an der Dulston Junction, aber eigentlich auch nicht dahinter – stieg sie aus. Von hier aus war sie immer nur zu Fuß gegangen. Dieser Distrikt hatte etwas Verwirrendes an sich, ein trügerisches Ballen und Bündeln der Straßen, Parks und Siedlungen, so daß es schwierig war, einen Taxifahrer zu dirigieren. Vor allem einen, der anhand verinnerlichter Stadtpläne von Maputo oder Conakry die Stadt durchkreuzte.

In Adelaide schwoll Garys Leber weiter und weiter – und barst dann einfach. Als die Nachricht Stearns erreichte – und wie bald ist Jetzt? –, wußten alle und jeder, daß seine Leber »irgendwie explodiert – einfach geplatzt« war.

In London war Sommer, ein extrem schwüler Sommer, und die kindischen Götter, denen die Bevölkerung huldigte, schienen das schiere Gewebe der Stadt mit Coca-Cola durchtränkt, mit schmelzender Eiscreme beträufelt, mit alten Wrigley's verklebt zu haben. Mit jedem langen, jeansberöhrten Schritt, den Natasha machte, krallte die Stadt ihre gierige, verschwitzte Pranke enger um die gegerbte Gerte ihres Körpers, leckte mit ihrer geschmacklosen, vergifteten Zunge an ihrer kühlen Schönheit. Sie erkannte die Tankstelle an der Ecke wieder, bog in den Corinth Way ein und ging weiter bis zu der Telefonzelle an der Einmündung der Sparta Terrace. Die schlenderte sie entlang, vorbei an den schmalen Häuserfronten, aus deren offenen Fenstern gazedünne Wellen wehten und am Lack der Rahmen schleckten. Sie durchquerte den Syracuse Park, wo ihr auffiel, daß auf dem Spielplatz zwar jede Menge Schaufelbagger aus Plastik und Lastwagen aus Holz herumstanden, die Arbeiter und Fahrer jedoch fehlten. Sie bog in die Athens Road ein, und weil sie es jetzt eilig hatte, bemerkte sie den einzigen Menschen nicht, der sich ihr zeigte, seit sie von der Balls Pond Road abgebogen war. An der Wand vor einem Eckladen saß ein kleiner, makellos gekleideter asiatischer Junge und spielte mit einem Spielzeugauto aus Metall, einer Spielzeugkuh aus Plastik und einer Spielzeugharmonika aus Plastik.

Natasha bog in die Argos Road ein und ging zu Nummer 27. Sie rief hoch: »Bernie, wirf den Schlüssel runter.« Nach einer Junkie-Ewigkeit – und wie bald ist Jetzt? – kam er heruntergesegelt, an ein Stück grünen Zwirn gebunden, wie ein winziger Metalldrachen in der leblosen Luft. War es nur Nattys Phantasie – die allerdings zugegebenermaßen in letzter Zeit ziemlich rege gewesen war –, oder konnte sie aus der Souterrainwohnung wirklich Flüstern hören?

Weihnachten 2001

Früher haßte ich es, nachmittags ein Nickerchen zu machen; wenn ich dann wieder aufwachte, war ich unendlich traurig oder äußerst gereizt, oder ich fühlte mich einfach nur verdammt elend. Ich hatte das Gefühl, als wäre der Tag in zwei Teile zerbrochen – in zwei kurze, unerträgliche Tage anstelle eines einzigen, langen, kaum erträglichen. »Ach«, sagten sie dann immer, »sie ist mürrisch, weil sie eingeschlafen ist. Weil sie ein Nickerchen gemacht hat.« Ja, die Welt hatte mich bei einem Nickerchen ertappt, und von der, die ich zu sein glaubte, wurde das Innere nach außen gestülpt wie bei einem Socken. Also schrie und zappelte ich und krümmte den Rücken wie eine Robbe – wie eine verdammte Robbe –, die unters Polareis taucht, bis sie sagten: »Na schön, Miss Zornteufelchen, wir lassen dich jetzt allein, bis du dich wieder gefangen hast.« Aber ich fing mich nie. Nie, nie, nie.

Die Eisprinzessin sank in ihr kaltes, ewiges Nickerchen in ihrem allerletzten Modefummel, ihrer Kampfanzughose aus Manchesterstoff. Die hat sechs leere Taschen und ein Tarnmuster aus schwarzen, gelben und khakibraunen mißgebildeten Nieren. Am liebsten würde ich jeden Schmegegge, den ich in den letzten Jahren in Kampfanzughosen herumstolzieren gesehen habe, direkt in den Kampf schicken. Ich frage mich, wie sie reagieren würden, wenn Horden brüllender Kuffija-Träger plötzlich in den schmalen Linsen ihrer modischen Brillen auftauchen würden und sie ihre militaristischen Klamotten in der Praxis erproben müßten. Die Neunziger endeten damit, daß diese Dummköpfe eine weite Ebene der Zerstörung durch solch enge Schlitze betrachteten. Wen glaubten sie eigentlich, damit zu verarschen? Ich habe Brillen kommen und gehen sehen. Der letzte Schrei in den Siebzigern waren Brillen, die wie Bildschirmränder oder Klositze aussahen, und man glotzte durch diese ausgebeulten Gläser auf die ausgebeulte Dekade. Jetzt ist alles sehr viel schmaler.

Ja, am liebsten würde ich sie in den Kampf schicken. Und ich würde auch gern all die Kids, die ich in Daunenjacken herumlaufen sehe – die Dinger, die aussehen wie Schlafsäcke mit Armen dran – irgendwo hinschicken, wo es wirklich eisig ist, damit sie ihre Identität ausschlafen können. Und in ein Township würde ich am liebsten all die Wichser in ihren Designersandalen schicken, die den in der dritten Welt aus Autoreifen geschnittenen Latschen nachempfunden sind. Dann könnten sie aus Pfützen saufen und sich mit gutem Grund in den Arsch ficken lassen. Das hätte wirklich Klasse. Wahrlich, was hat die Welt Lachhafteres zu bieten als Fußbekleidungsfetischismus? Da bläst doch Goethe auf der Tröte. Die Eisprinzessin zog mich gern an, als wäre ich ein kleines Accessoire, 'türlich nur, wenn sie gerade bei Kasse war. In dieser ganzen Zeit wünschte ich mir, eins dieser weiblichen Wesen zu sein, die mehr auf diese Dinge achteten, die sich die Zeit nahmen, sich zu pflegen und zu putzen, sich zu frisieren und feinzumachen. Ich kriegte wirklich mein Fett ab – Mann, das kann ich dir sagen. Und dann sagte sie immer zu dem Schtipper, der gerade angesagt war, dem Ausbund an Häßlichkeit, der sie gerade mit seiner Gesellschaft beehrte: »Ach, sie läßt sich nicht gerne fein anziehen. Sie haßt es. Na komm, Delilah. Komm schon!« Aber ich hatte – und habe noch immer – einen beinharten Sturschädel.

Komm und laß mich dir deine kleinen Kampfanzughosen anziehen und deine Trainingsanzüge und sogar deine verdammten Kleidchen! Und dauernd stieß und trat ich um mich und riß an ihren Haaren und fuchtelte mit meinen dicken Ärmchen wie mit Dreschflegeln, die – hahaha – oft genug auch trafen. O ja, ich bin wirklich ein Altmeister der willkürlich unwillkürlichen Handlungen. War ich schon immer. Tja, sie putzte mich heraus mit Cordsamtkleidchen, glitzernder Strumpfhose, Miniaturparka und winzigen Bootsschühchen. Dann ließ sie mich meine Plastiktiara aufsetzen und nahm ihre kleine jüdisch-amerikanische Prinzessin mit, wenn sie ihre Besuche machte.

Bei ihrer eigenen Garderobe war sie weniger einfallsreich. Anziehen, um sich auszuziehen – das hatte sie inzwischen kapiert. Vorüber waren die Tage, als sie noch raffinierte Röcke trug, um dann die Treppe hinunterzufallen. O nein, jetzt verlangten ihre Aktivitäten Bändchen, die sie einschnitten, die ihr Geschlecht und ihren Arsch teilten wie das Kernhaus einer Birne. Über diese Schnur – wenn man daran zog, kamen wie vom Band aus ihrem Mund Sätze wie: »Ach, du …«, »Oooh, willst du …«, »Mmm, kannst du …« – zog sie strapazierfähige und doch durchsichtige 60-Denier-Strumpfhosen, die man schnell abstreifen konnte, ohne sich eine Laufmasche zu reißen. Sie trug Röcke wie Gürtel und Tops wie Sport-BHs für diese höchst unsportliche Aktivität. Sie zog kniehohe Stiefel mit Reißverschluß an und, als Krönung dieses Simulationsensembles, einen dicken Mantel, den sie erst um sich schlingen und dann aufreißen konnte, um ihre Ware zu präsentieren. Simsalabim. Und dann gab es auch noch den Schmuck, die länglichen Ringe an Daumen, Mittel- und kleinem Finger, die eckigen Armreifen, die Zehenringe, das alles wie Teile eines robotischen Exoskeletts. Ich vermute, damit betonte sie nachdrücklich, daß dies rein mechanisch war – was sie tat.

Ja, sie nahm mich mit sich, diese Magierin des Profanen, die die ältesten Tricks der Welt vorführte. So verdammt verrückt und verzweifelt war sie. Zehn, zwanzig, dreißig Minuten lang – wie lange es eben dauerte – sperrte sie mich in irgendeinen verdammten Vorraum im Hilton, im Royal Garden oder im Holiday Inn. Wo ich mit einer Puppe spielte, während sie hinter der Tür das Püppchen spielte. Meine Anwesenheit mach-

te sie zahm – die wirklich Verrückten –, das bildete sie sich zumindest ein. Manchmal ließ sie mich sogar draußen im Taxi, wo ich dann mein Suaheli aufpolieren konnte. Sie hatte, wie alle von ihrer Sorte, ihre Taxlerkomplizen.

Danach trafen wir uns mit dem Immobilienmakler in einem Restaurant im West End, und er ließ sich über sein jüngstes, welterschütternd krummes Geschäft aus. Sein Maklern hatte viele Makel. Der Immobilienmakler mit seinem Handy von der Größe eines Zäpfchens und seinem hübschen Gesicht, das ganz verstopft war vor Eifersucht, der ranzigen, stinkenden Eifersucht, die sie beide auf Touren hielt. Auf Hochtouren.

Sie bestellten dann lächerliche Platten mit Essen, teure Snacks für Schoreschädel – sonnengedörrtes Dies, luftgetrocknetes Das, flambiertes Irgendwas –, und schnitten Eckchen ab, die sie mir ins Mündchen steckten. »Probier das mal«, sagten sie und: »Ooh – das könnte ihr auch schmekken«, und mein wachsender Appetit verhöhnte ihren schwindenden – ich, dieser verdammte Kuckuck in ihrem Nest.

Oder, genauer, in ihren Nestern. Wir zogen beständig um, immer auf der Flucht vor dem Iraner, dem Brasilianer oder dem St.-Trinian's-Absolventen, den der Immobilienmakler zuletzt über den Tisch gezogen hatte. So nannten sie das – »über den Tisch ziehen«. »Warum ziehen wir nicht den und den über den Tisch«, kicherten sie einander nachsichtig zu, zwei, die sich gegenseitig Ablaß gewährten, während sie planten, wen sie als nächstes bescheißen oder verarschen wollten. Gab es je ein Pärchen, das Ablaß mehr nötig hatte als die beiden – sie allein hätten im Mittelalter die Auftragsbücher des verdammten Vatikans füllen können. Du hast bestimmt ihresgleichen schon gesehen, wie sie bei Charlie Chester's am Roulette Jetons auf den Filz werfen oder sich in der American Bar mit Bellinis vollaufen lassen, und dich gefragt, woher sie nur die Frechheit nehmen, ihre zeitlose Gangsterchuzpe zu demonstrieren. Wie sie damit durchkommen, während vor dem Laden, den sie gerade verpesten, ihre Brüder und Schwestern in der Schore, die schmutzigen Schnorrer, kauern, Stolen aus gestifteten Decken um die dürren Schultern. Die vernachlässigten Kinder der Stadt, die nach Hause wollen, weg von den miesen Freiluftschlafstellen, die ihr ganzes Leben geworden sind.

Die Eisprinzessin und ihr Gefährte kamen nur für eine Weile damit durch. Schließlich waren beide nicht mehr so jung, wie sie es mal waren. Und da war auch noch das Kind – was für eine Belastung. Und die Drogen. Es ist erstaunlich, daß sie so lange so viele Drogen nehmen und trotzdem noch bis mehr als drei zählen konnten. Immerhin hatten sie beide einige leberschonende Jahre hinter sich, und sie mieden die Nadel, bis zu diesem, ihrem allerletzten Absturz.

Ich schätze, die Frage, die ich mir jetzt selbst stelle, während ich die Aufwachgeräusche des neugeborenen Coborn House höre (Hosen mit Schriftzügen darauf werden angezogen, Hunde hochgerissen, Türen zugeknallt, dann unten in dem maschendrahtgesicherten Laden die Glückslose gekauft, die keinem je Glück bringen), die Frage also lautet – ist heute ein guter Tag zum Sterben?

Mir erscheint es vernünftig, daß ich den Zeitpunkt selber bestimme, anstatt zu warten, bis ich in geschwächtem Zustand die Scheißtreppe hinunterfalle und mir an der Scheuerleiste neben der Tür den Kopf einschlage. Oder dem wilden, exquisiten Schmerz eines Hungers zu erliegen, der größer ist, als sogar ich es mir vorstellen kann, und dann geschwächt durch die Wohnung zu torkeln und mich mit Tetanus zu infizieren an einem der verbogenen Nägel, die der Immobilienmakler unten aus den Fensterrahmen hatte herausstehen lassen, als er, in einem crackinduzierten Anfall spätberufenen Heimwerkertums versuchte (man kann es nicht Paranoia nennen – seine Ängste waren völlig gerechtfertigt), diese, seine letzte eingenommene Burg von innen her mit Brettern zu vernageln.

Ich könnte mich mit ihrer Drogenscheiße umbringen, aber das ist abstoßend. Ich könnte mich mit einem der vielen Stricke, Bänder und Schnüre aufhängen, die meine terminal nachlässigen Eltern haben herumliegen lassen. Ich könnte mich sogar – wenn die Leitungen nicht eingefroren sind – in der Scheißbadewanne ertränken. Da heißt es immer, daß neunzig Prozent der Unfälle zu Hause passieren, aber keiner redet davon, daß dort auch neunzig Prozent der verdammten Selbstmorde passieren. Statistisch gesehen sind wir schön blöd, wenn wir es uns mit einem guten Buch im Bett gemütlich machen – es könnte uns ja der Wahnsinn überkommen.

Aber ich weiß, daß ich mich für keine dieser Möglichkeiten entscheiden werde. Nichts dergleichen tun werde, während der kalte Tag seine Finger über die billigen Teppichfliesen streckt und die nackten blauen Füße der Eisprinzessin begrapscht. Nichts dergleichen tun werde, während er sich wieder zurückzieht. Worauf warte ich eigentlich? Und warum weine ich plötzlich? Weine um Mummy.

15. Kapitel

Stolz bedeutet, sich nie entschuldigen zu müssen. Soll heißen, wenn ich in allem so verdammt recht habe, wofür sollte ich mich dann bitte entschuldigen müssen? Stolz ist die notwendige Hauptader, aus der täglich Wagenladungen der Selbstgerechtigkeit gefördert und an die Oberfläche gebracht werden können. Stolz kann gepflegt, genährt und für eine unsichere Zukunft zurückgelegt werden. Denken Sie nur an all die aristokratischen Narren, die ihr Meißner polieren, während die Rote Armee nebenan ihre Frauen vergewaltigt. Ihr habt schon recht, Jungs, die Form *muß* gewahrt werden. Und noch etwas – Stolz ist vererbbar. Es gibt eine richtige Erbschaftsindustrie des Stolzes. Soll heißen, man will doch nicht jahrelang Stolz ansammeln, nur um ihn dann in einem Anfall von Umnachtung wegzuwerfen. Nein, gib ihn weiter, Bruder, gib diesen Stolz weiter. Man kann nur hoffen, daß die nächste Generation dieser stolzgeübten Linie begreift, was sie mit dem Zeug tun soll, und nicht als eine Horde abgeschlaffter Epigonen endet, die ihre Tage damit vertrödeln, den Familienstolz auf der Rennbahn der Demut zu verlieren.
Nun, Richard Elvers hatte sich selbst eine Menge Stolz geschaffen, und Charlotte Elvers hatte einen hübschen Batzen von ihrer Familie geerbt. Und noch ein letztes muß über den Stolz angemerkt werden, bevor ich Ihnen erzähle, wie sie den ihren verwendeten: In der Prägeanstalt des Stolzes gibt es keine Falschmünzerei. Absolut nicht. Das kann ich Ihnen versichern, Mutter weiß das am besten. Ich will nichts von diesem Blödsinn über falschen Stolz hören, jetzt nicht und niemals. Es ist mir egal, ob Sie Jonas Salk sind oder ein Junge, der schmollt – Ihr Stolz ist so gut wie der jedes anderen Krüppels.

Nun also Charlotte Elvers, die stolz war auf ihre Errungenschaften im Show Business des Big Business. Stolz auf ihre frauliche Figur. Stolz auf ihre Häuser und ihre Autos und all den anderen Besitz. Stolz auf ihren Vater, den verstorbenen berühmten Kirchenhistoriker (und an diesem Punkt ist es erwähnenswert, daß David Yaws aus einer langen Ahnenreihe von Trollope-Lesern stammte) und stolz auf ihre Mutter. Nein, nicht stolz auf mich. So sehr nicht stolz auf mich, daß sie lieber nicht darüber spricht, wer genau ich war, wer ich bin.

Charlotte, die Yaws-Maske mit Tesa auf die breite Stirn geklebt, hat keine Schwierigkeiten, sich als Goi zu präsentieren. 'türlich. Sie geht doch nicht mit ihrer Mischrassigkeit hausieren. Charlotte neigt dazu, nicht zu erwähnen, daß sie – fragen Sie, wen Sie wollen, man wird es Ihnen bestätigen – jüdisch ist. Eine *Jüdin* sogar. Allerdings, in unseren immer aufgeklärteren Zeiten hat sie es kaum noch nötig, sich die Schutzhülle der Farblosigkeit – wie das gute englische Chamäleon, das sie ist – überzustreifen. Ihre einstudierte Gleichgültigkeit anzulegen. Heutzutage gibt es kaum noch diese betretenen Zusammenkünfte, bei denen irgend jemand eine antisemitische Bemerkung macht und alle anderen schweigend zustimmen.

O nein, heutzutage nicht mehr. Nicht, wenn die verdammten Israelis es so hervorragend schaffen, sich in die Schußlinie zu stellen, indem sie Flüchtlingslager bombardieren, Schädel einschlagen, Bestechungsgelder nehmen und sich allgemein aufführen wie eine waschechte Bande in der Wolle gefärbter faschistischer Arschlöcher. Nein, so wie diese Schlemihle sich aufführen, braucht niemand antisemitisch zu sein. Verdammt, inzwischen ist ja nicht einmal mehr jüdischer Antisemitismus sonderlich skandalös. Früher bedeutete es noch etwas, ein judenhassender Jude zu sein; man konnte *stolz* darauf sein, denn man befand sich in der erlauchten Gesellschaft der größten Geister der letzten beiden Jahrhunderte – aber heutzutage kann sich jeder mickerige beschnittene Schwanz derartige Dreistigkeiten erlauben.

So will ich Ihnen nun den Schauplatz beschreiben, den Vorhang zum Schlußakt des Dramas aufziehen. Es ist der Herbst 94. Charlotte, die Schickse, mit ihrem traurigen, komischen Totmannsgesicht, steht in ihrer squash-court-großen Küche in der Cumberland Terrace. Im Lauf der letzten Jahre haben sich die Elvers noch einige dieser Wohnungen zugelegt, und jede einzelne ist schon ziemlich großzügig geschnitten. Zusammengelegt ergeben sie eine verdammte Villa, ein Landhaus mitten in der Stadt, das nach einem Sohn und Erben schreit. Nur daß es keinen gibt. Charlotte ist noch nicht so pervers, daß sie eins der Schlafzimmer als Kinderstube für den Gesalbten, für den so sehnlichst erwarteten, aber nicht kommenden Messias herrichten würde. Und selbst wenn, wo würde sie anfangen? Es gibt viel zu viele Spielzimmer, in denen niemand spielt, Studierzimmer, in denen niemand liest, Badezimmer, in denen nicht einmal ein Nagelhäutchen gestutzt wird, und Wintergärten voller frisch geschnittener Scheißblumen, als daß sie so etwas ernsthaft in Angriff nehmen könnte. Die Wohnstätte der Elvers ist inzwischen so verdammt groß, daß sie eine Scheißtelefonzentrale haben. Und das ist nur die Londoner Filiale der Kette.

Charlotte also schaltet einen Edelstahlentsafter im Retrolook ein und sieht zu, wie eine Säule aus Bananen, Pflaumen und was nicht alles zu einer gesunden Pampe wird, während sie voller Gram ihre jüngere Schwester mustert. Die eben von den Antipoden zurückgekehrt ist und sich seit neuestem Natasha Bloom nennt. Ja, dieses Yaws hat nie zu ihr gepaßt, war ein viel zu häßliches Knötchen auf dieser makellos olivfarbenen Haut. Und Natasha ist inzwischen mehr als nur olivfarben – sie ist richtig *dunkel.* Soll heißen, es ist fast schon ein Wunder, daß die Einwanderungsbeamten in Heathrow sie überhaupt wieder ins Land gelassen haben, vor allem, falls sie erkannten, daß sie zurückkehrte, um noch weitere Opfer mit ihrer sadistischen Schönheit, ihrem lasterhaften Liebreiz zu quälen.

Ja, Natasha *Bloom.* Charlotte ist den einen Weg gegangen, Natasha den anderen. Auch wenn Natasha nicht direkt sagen würde, daß sie jüdisch ist, so gibt sie doch zu, daß jüdisches Blut in ihren Adern fließt. »Ich habe jüdisches Blut«, sagt sie, als hätte sie – wie der Vampir, der sie so offensichtlich ist – ein Fäßchen davon im Kühlschrank, damit es nicht gerinnt. Oder, auf Nachfrage: »Ich bin halbjüdisch – ich kriege die ganze Schuld ab, aber nichts von der Gemeinschaft.« Tja, weißt du, Natty, es gibt keine Gemeinschaft, die dich als Mitglied aufnehmen würde, auch wenn du ihr beitreten wolltest. Scheiße, du wärst ja nicht einmal im Dulstoner Gemeindezentrum willkommen, und das will was heißen.

Die beiden Schwestern mustern sich gegenseitig, zwei löwenhafte Hälften eines stolzen Wesens. Antipathie knistert zwischen ihnen in der Luft, während Charlotte die Spitze pariert, die Natasha ihr eben hingeschleudert hat. »Nein«, sagt sie, »eine Adoption haben wir nicht in Betracht gezogen.«

Also wirklich nicht, nee. *Absolument non!* Ich meine, was hat es denn für einen Zweck, soviel Stolz anzuhäufen, wenn man ihn dann an den erstbesten komplexbehafteten Halbidioten verschwendet, den die Fürsorge einem zuschieben will? Soll heißen, das wäre ja so, als würde man sein Hab und Gut dem verdammten Staat hinterlassen und dann noch betteln: »Dürfen wir bitte mehr Erbschaftssteuer zahlen? Bitte, bitte.«

»Hast *du* es?« Oh, ein netter, aber nutzloser Versuch, Charlotte, denn du weißt so gut wie ich, daß Mutter Denaturiert hier so wenig Grund für eine Adoption hat wie ein Konsument Grund hätte, einen Breitwand- gegen einen Flachbildschirm oder einen Ford gegen einen anderen Ford oder eine Patek Philippe gegen eine Longines einzutauschen. Ach, was für eine Ironie, daß Natasha nur in der verdammten *Diele* einen Mann zu *streifen* braucht, um schwanger zu werden. Es ist, als wäre ihre ganze so delikat durchscheinende, frisch flaumige Haut eine beschissene *Blume* mit dem perfekten Neigungswinkel, um jede in der Luft schwebende Spore einzufangen.

Nach zwei Abtreibungen in ihrer Jugend hat Natasha immer ein Diaphragma *und* die Pille benutzt *und* auf Kondomen bestanden und samentötende Gleitmittel förmlich *aufgesaugt*, als besäße ihre Vagina Kapillarität. Außer wenn sie zugedröhnt ist – dann kann, wie wir wissen, alles passieren.

Für Männer, die Natasha Bloom in die Klauen fallen, gibt es nichts Verführerischeres als die Art, wie sie ihnen ein Kondom überstreift, ihren Schmock mit Latex knebelt. Komischerweise ist das für diese Gimpel das ultimative Tor zu ungezügelter Lust. Wenn sie so ein Ding mit kühl behenden Fingern köstlich entrollt, denken Sie: Oooh! und Aaah! – sie will wirklich kein Kind, sie liebt mich wegen meines kleinen steifen Ichs. Sie – Aaah!! – hat das Rammeln ebenso nötig wie ich, und deshalb ist sie so geschickt mit diesem einfingerigen Handschuh.

Ach. Was für ein Blödsinn; sie scheinen nicht zu begreifen, daß diese Tüchtigkeit das Markenzeichen der Gier ist. Ich selber hatte ein ziemliches Händchen für diese Dinger. Wichtig ist doch, daß diese Schwänze, wenn sie erst einmal in ihrer Folienhülle stecken, so gut wie harmlos sind. Natasha würde, wenn sie dürfte, Kondome mit extrastarken Konstriktionsbändern am unteren Ende verwenden. Bänder, die einschnüren, so daß, wie bei den Dingern, die Bauern zum Kastrieren von Schafen verwenden, das Teil abstirbt, schwarz wird und irgendwann abfällt. Ach, Natasha, schon beim Anblick eines geräucherten Aals fühlt sie sich ein bißchen wie Lorena Bobbitt, die Schwanzabschneiderin. Trotzdem, ihre Tüchtigkeit mit Kondomen wird ihr noch gut zustatten kommen. Sie muß sie haben – und sie wird sie brauchen.

»Nee.« Natasha mampft einen erdnußbestreuten Schokoriegel, der aussieht wie eine Kotwurst. Sie muß, im Gegensatz zu Charlotte, nicht auf ihr Gewicht achten, und sie hat die makellos weißen Zähne eines Dorian Gray. Das Leben kann so ungerecht sein.

»Allerdings haben Russell und ich vor, demnächst ein Kind zu bekommen.« Ja, die beiden sind wieder zusammen, und diesmal ist es offiziell. »Jetzt, wo er sein Leben wieder auf die Reihe bekommen hat – na ja, ich glaube, daß er einen ausgezeichneten Vater abgeben wird.«

»Was! Russell!« Auftritt Richard Elvers auf patschend großen Füßen. Richard Elvers, der trotz persönlichen Fitneßtrainers noch korpulenter geworden ist. Richard, der, nachdem er die ersten Jahre der Dekade damit zubrachte, für englischen Stolz zu bumsen, nun ihren mittleren Teil unter der Schirmherrschaft des idiotischerweise so genannten Lord Churchill verbringen wird. Armer Richard, es wäre schwierig, kein Mitleid mit ihm zu haben, wäre ich, so eingewickelt in König Futter, wie ich bin, nicht so immanent mitleidlos.

»Schau, Richard«, miaut sie hübsch, »ich weiß, daß du mit Russell nicht immer das beste Einvernehmen hattest« – im Gegenteil, sie hatten es ja, und das ist das Problem –, »aber er ist jetzt clean, und seine Immobiliengeschäfte laufen sehr gut. Ja, er würde sich sogar gerne mit dir über eine alte Schule unterhalten, die er und sein Partner unten in Hackney kaufen wollen.«

Kann ich mir denken. Braucht wahrscheinlich nach außen hin sauberes Kapital für ein neues seiner schmutzigen Geschäfte. Aber eins muß man Russell lassen, er ist zur rechten Zeit ausgestiegen. Hat seinen eigenen Cold Turkey hinter sich, seine persönlichen sechs Wochen in Pullet Green – die Klasse von 92: »Eine schlechte Einstellung hilft einem manchmal durch die schwere Zeit – Scheiße schwimmt immer oben« –, und konzentriert nun seinen ganzen verdrehten Scharfsinn, den er früher benutzte, um winzige Träume zu erzeugen, auf dies, den großen Alptraum der Immobiliensanierung. Klar, völlig abstinent ist Russell nicht – er raucht noch gern und trinkt hin und wieder ein Glas Designer-Lager –, aber von den harten Sachen läßt er die Finger. Als Natasha in seiner neuen Wohnung in den Docklands auftauchte, wieder zugedröhnt und willens, mit der alten Scheiße von vorn anzufangen, schlug Russell, das muß man ihm zugute halten, sie auf ganz neue Art, nüchterte sie noch einmal aus, nahm sie bei sich auf und kleidete sie neu ein. Jetzt sind sie eins der aufstrebenden Paare der Stadt. Russell saniert die Wohnanlagen, Natasha schmückt deren gemeinschaftliche Einrichtungen mit gefälliger Kunst.

»Er hat mir ein Budget von zehn Riesen gegeben, damit ich dieses Gebäude im St. Katharine's Dock gestalte, das er eben fertiggestellt hat«, prahlt Natasha vor ihrer Schwester, »und das wird echt toll aussehen, wenn ich erst mal alle Bilder gekauft habe. Ich besuche heute nachmittag ein paar Galerien – willst du mitkommen?«

»Spinnst du?« blafft ihre Schwester zurück. »Außerdem haben Richard und ich einen wichtigen Termin.«

Es gibt noch andere Dinge, die ich an Russell mag. Mir gefällt sein dunkel attraktives Aussehen – er und Natty passen gut zusammen. Ich mag auch seine kompromißlose jüdische Art, die so typisch ist für das East End. Russells Familie verließ nie ihr angestammtes Viertel, hatte nie etwas übrig für die farblose Gleichgültigkeit der nördlichen Vorstädte. Sie blieben in der Mile End Road wohnen, schneiderten in einem Laden in Whitechapel, besuchten den Gottesdienst zusammen mit den immer weniger werdenden Mitgliedern der Schul, besuchten für einen gelegentlichen Schmieß die Dampfbäder in Hackney. Sie blieben ihrem Cockneyjargon treu – das Wort Gottes, des Gemüsehändlers – und brachten eine neue Generation von Glücksrittern wie Russell hervor, der von seinem Verstand lebte und, beständig improvisierend, wie ein dunkler Engel über dem üppig gedeckten Tisch des Handels seine Kreise zog.

Sie stehen in direktem Kontrast zu Leuten wie Lord Churchill, dem führenden Unfruchtbarkeitsexperten Großbritanniens, in dessen Klinik das erste einer Reihe von Treffen stattfinden wird, die in den kommenden fünf Jahren für Mr. und Mrs. Elvers ständig größere und schließlich phänomenale Bedeutung einnehmen werden.

Lord Churchill – der Großvater väterlicherseits hieß noch Jakob Rotblatt – hat Sprechzimmer in South Kensigton, in bequemer Gehdistanz zu seiner eigenen Privatklinik. Dort quartiert sich

der Großteil seiner Patienten ein, wenn sie London für ihre Behandlungszyklen besuchen. Es ist eine Ironie, die Churchill nicht entgangen ist, daß die meisten seiner Erfolgsgeschichten Leser des anderen heiligen Buches betreffen. Die Frauen, deren Eier er päppelt und pflegt, schüttelt und rührt und hierhin und dorthin transportiert, tragen Gewänder wie schwarze Rundzelte und Schnäbel aus Folie vor dem Gesicht, und sie kommen alle frisch vom Golf. Er muß sie untersuchen unter den Bedingungen striktester Purdah, die betroffenen Körperteile werden ihm portionsweise präsentiert, immer eins nach dem anderen, wie Chicken McNuggets. Es ist, als hätte er sich vorgenommen, mit Hilfe der künstlichen Befruchtung eine Westlondoner Armee zur Unterstützung des Dschihad aufzustellen.
Allerdings sind nicht alle Patientinnen Churchills Araberinnen. Nicht einmal jene, die dem guten Lord sehr nahe stehen, wissen genau, ob dieser »Lord«-Teil seines Namens ein Titel ist. Es könnte ein Vorname sein, ein Beiname aus Studententagen, oder nur der erste Lauf der Doppelflintenkombination »Lord-Churchill«. Natürlich stimmt es, daß der gute Lord wesentlich dazu beigetragen hat, Freunden – und sogar einigen Mitgliedern – des amtierenden Regimes zur Empfängnis zu verhelfen. Aber wäre das schon Grund genug für eine Erhebung in den Adelsstand?
Richard und Charlotte glauben das, während sie zusehen, wie er mit beiden Zeigefingern vielsagende Formen in die Luft zeichnet, mögliche Diagnosen, Therapien und Prognosen skizziert. Lord Churchill dirigiert das menschliche Geschick mit höchster Geschicklichkeit, denn er weiß, daß die beste Verkaufsstrategie, die ein Arzt anwenden kann, darin besteht, mit den Händen zu reden, selbst Hand anzulegen. In einem anderen Leben wäre Churchill ein Billiger Jakob in der Brick Lane gewesen, einer, der Schüsseln, Teller, Tassen und Untertassen zu einer großartigen Geschirrosette aufeinanderstapelt und sie dann anpreist wie sauer Bier: »Also, meine Hübschen – schaut euch das an. Da bricht nichts und splittert nichts. Feinstes neues Porzellan. Sechs von

jedem – für euch nur zehn Mäuse. Nur 'nen Zehner. Wer hat den Mumm? Wer hat die Kohle!?« Statt dessen sind es Petrischalen, die er aufeinanderstapelt, und Hormoninjektionen und Brutkästen, und die Preise des Angepriesenen bewegen sich in der Region von zehn Riesen.

Dennoch, die Hände sind großartig. Als Churchill von seinem Schreibtisch aufsteht und über den dicken, endometrischen Teppich wackelt, lassen ihn sein wunderbar häßliches Gesicht – wie eine geballte Faust in einer Handpuppe –, seine tonnenförmige Brust und die dürren Beine aussehen, als wäre er selbst ein höchst bewegliches Spermium. So daß er den Elvers *enormes* Vertrauen einflößt.

Und mir. Denn ich habe sie nach South Kensington begleitet. Ich habe mir wieder angewöhnt, bei ihnen herumzuhängen. Und ich habe angefangen, die Zeit, die ich mit den Elvers verbringe, als eine Art von Beschäftigung zu betrachten. Und entsprechend habe ich mir immer mehr – und immer längere – Fehlzeiten bei KBHL Corporate Communications erlaubt. Bis sie mich, an dem Punkt, als es ihnen klargeworden sein mußte, daß ich dort eigentlich gar nicht mehr arbeitete, feuerten. Der wichtigtuerische kleine Schwanz, dem ich berichten mußte, berichtete einem anderen wichtigtuerischen kleinen Schwanz von mir. Ach, Kapitalismus! Das wird ein zehntausendjähriges Reich von Millionen wichtigtuerischer kleiner Schwänze. Die Personalchefin bestellte mich in ihre Kabine des Spiegelkabinetts. »Sie werden verstehen, Ms. Bloom«, sagte Miss Ach-so-modern, »daß wir Ihnen, da Sie nicht sehr lange bei uns waren, nicht viel an Abfindung bieten können. Ich hoffe, Sie verzeihen mir die Frage, aber haben Sie private Vorsorge für Ihre Rente getroffen?« Noch ein verspiegeltes Gebäude, in das ich nicht mehr schauen mußte, in dem ich nichts sah von mir, die ich nirgendwohin ging.

Auf dem ganzen Rückweg nach Dulston lachte ich wie eine Verrückte, und in der U-Bahn hüpfte Lithy neben mir auf und ab und sang: *»It's good to touch the green, green grass of home!«* Nicht daß das tote Trumm Versteinerung irgend etwas über Gras wußte oder über Heimat oder über Berühren. Trotzdem, die Jahre, in denen ich mein nie geborenes Kind gerügt und zum Schweigen gebracht und allgemein ermahnt hatte, zeigten jetzt erste Wirkung. Es wuchs mental allmählich heran. Inzwischen war es möglich, mit Lithy eine beinahe schon erwachsene Unterhaltung zu führen. Lithy, das, wie sich zeigte, die forsche Respektlosigkeit und den anarchischen Scharfsinn besaß, den ich meinen Töchtern hatte einimpfen wollen, jedoch ohne Natashas tiefen Brunnen der Bedürftigkeit und Charlottes einengende Kette snobistischer Shops.

Rotzlöffel dagegen zeigte kein Anzeichen von Veränderung. Er war so wie immer, äffte Rollstuhlfahrer nach, indem er seine Hände an den Seiten drehte und kreischte: »Hm-titi-hm-titi!«, streckte Senioren seinen schmalen, schlammigen Arsch entgegen und erschreckte Kinder, indem er sich am Rand ihres Gesichtsfelds materialisierte. Wenigstens war er nicht so anhänglich. Ich ließ ihn allein in der Argos Road, wenn ich zur Arbeit ging, und jetzt ließ ich ihn sogar ganze Nächte allein. Scheiße – was konnte ihm denn schon passieren?

»Und was tun wir jetzt?« fragte Lithy und hüpfte zwischen Bürgersteig und Rinnstein hin und her, während wir uns unserem Zuhause näherten.

»Na, ich schätze, wir müssen der Todokratie einen Besuch abstatten. Mal sehen, ob's eine Ewigkeitsbeihilfe oder so was in der Art gibt.«

Die Todokratie residierte in diesem Winter in den Räumen einer bankrotten Autoverleihfirma in Acton. An der Wand neben der Tür hing eine dieser Stechkartenleitern. Bei der Ankunft mußte man eine Karte lochen und in den entsprechenden Schlitz schieben. Wie Sie wissen, gibt es überall, wo die Todokratie ihre Zelte aufschlägt, eine Art Wartesystem, entweder mit Nummernkärtchen à la Snackbar wie hier oder mit einer elektronischen Anzeigentafel wie in einem Postamt. Drei oder vier – tödlich gewöhn-

lich aussehende – Tote saßen auf funktionalen Bänken und blätterten in zerfledderten Zeitungen der letzten Woche.
Endlich war meine Nummer an der Reihe. Ich ließ Lithy im Warteraum zurück und folgte einem Beamten in einem kurzen Eton-Jäckchen durch eine klaustrophobische Abfolge von Zimmern, eins vollgestopfter mit lebensgroßen Stehfiguren aus Pappkarton als das vorherige. Da ihre Pappkartonstützen auf der Hinterseite längst verschwunden waren, lehnten sich diese steifen Männer überall an. Die Figuren zeigten alle denselben Mann, einen jungen Manager in einem dunklen Zweireiher, der einen Schlüsselbund schwenkte. Auf einer Sprechblase, die aus seinem Mund kam, stand: MIETEN IST FREIHEIT – WIE FREI SIND SIE?
»Die haben die alle hier reingestellt, als der Laden den Bach runterging«, erklärte Hartly, der eton-bejackte Beamte. »Furchtbar lästig, aber wir bleiben ja nicht lange hier. Haben Sie unseren *nyujo* schon begrüßt?« Ich sagte hallo zu ihrem kostbaren blöden *nyujo*, der von einer der grauen Mäuse mit Pritt betupft wurde.
Einige der Anzugträger lungerten in dem Laden herum. Zwei dieser Kleiderständer hatten ihre Sakkos ausgezogen, aus ihren Westentaschen lugten Baseballkarten. Ein anderer in einem blauen Blazer schoß mit Buck Rogers' Raketenpistole X2–31 auf einen Hippie mit Zapata-Schnauzer in einer Mao-Jacke. »Zap-zap-zap«, machte das Spielzeug. Andere Todokraten spielten Mah-Jongg oder Diplomacy, Scrabble oder Monopoly oder arbeiteten sich durch die 43.252.003.274.489.857.856.000 möglichen Kombinationen von Rubiks Zauberwürfel. Sie ignorierten uns, als wir an ihnen vorübergingen. Sie konzentrierten sich auf ihre toten Ticks und ihr unaufhörliches Rauchen. Wie Phar Lap drehten auch die Todokraten selbst. So hatten sie etwas zum Spielen und konnten sich die Taschen mit Utensilien vollstopfen.
Hartly führte mich zu Canters Büronische.
»Ah, Ms. Bloom.« Canter hob den Blick von seinen Papieren, legte seinen Papermate weg und strich sich das Revers seines Jaeger-Sakkos glatt. »Sie können uns allein lassen, Hartly – tun

Sie etwas Nützliches, zum Beispiel Anubis im Turnham Green spazierenführen.«

»Wie Sie wünschen«, sagte Hartly verstimmt. Ich konnte nie herausfinden, wer in der todokratischen Hierarchie wo stand. Zwar hatte Canter formal in meinem Fall das Sagen, doch ich hatte auch schon gehört, daß er auf ähnlich säuerlich unterwürfige Art Hartly, Glanville oder sogar Davis Rede und Antwort stand. Die ganze Organisation hat zu viele Indianer und überhaupt keinen erkennbaren Häuptling, meinen Sie nicht auch?

»Ms. Bloom«, fuhr Canter nun fort, »wie es aussieht, haben Sie Ihren Job aufgegeben?«

»Neuigkeiten verbreiten sich schnell.«

»Oh, so gut wie unverzüglich.«

»Ich bin langsam zu alt dafür.«

»Sie sind nicht älter als an dem Tag, an dem Sie starben. Hatten Sie vielleicht … ähm, wie soll ich es sagen?«

»Gefühle?«

»Genau diese.« Er blätterte einige Karteikarten durch. »Eifersucht Anfang der Sechziger, Wut in den späten Fünfzigern, Stolz, der zurückreicht bis zum Zweiten Weltkrieg, und so weiter?«

»Ja, um die geht's.« Die Todokraten wissen immer alles, verstehen aber sehr wenig. »Aber irgendwie –«

»Berühren die Gefühle Sie nicht? Nun, das ist ja wohl klar, oder? Bei Ihrem ätherischen Körper. Es ist eher so, daß man die Gefühle sieht. Nicht? Sie von außen betrachtet, sich das Erlebte noch einmal vergegenwärtigt.«

Ein ekelhafter Kerl. Ich war mehr als froh, daß ich den Job bei ihnen nicht bekommen hatte. Eine graue Maus kam mit den obligatorischen Nice-Keksen und dem schalen Tee herein. Sie musterte mich mit kaum verhülltem Mißmut und verschwand dann wieder.

»Gehen Sie denn zu den Treffen?« fragte Canter nun und spähte mich durch einen randlosen Kneifer an, den er sich auf seinen Zinken gesetzt hatte.

»Hin und wieder.«
»Nach Ihren Unterlagen hier nicht. Hören Sie, Ms. Bloom, darf ich offen mit Ihnen sein?«
»Was würde es denn bringen, wenn Sie es nicht wären?«
»Sie sind noch immer zu sehr mit den Angelegenheiten der Lebenden beschäftigt. Diese Beobachtung Ihrer Töchter, dieses Eindringen in deren Leben. Mr. Jones sollte Sie davon abhalten. Das bringt jetzt nichts mehr. Es wäre viel besser für Sie, wenn Sie sich überlegen würden, nach Dulburb zu ziehen oder noch weiter weg. Soweit ich weiß, will Ihre ältere Tochter, Mrs. …« Wieder blätterte er in seinen Unterlagen – wann schafften sich diese Arschlöcher endlich Computer an?
»Elvers.«
»Ja, Elvers. Sie will sich einer Fruchtbarkeitsbehandlung unterziehen, wenn ich mich nicht irre.«
»Könnte sein.«
»Ich würde nicht den Fehler machen, während dieser Behandlung zu viel Zeit mit ihr zu verbringen, wenn ich Sie wäre. Es könnte Komplikationen geben.«
»Oh.« Ich stand auf, um zu gehen; von diesem Gespräch hatte ich genug. Ich zog meine Handschuhe an – das schien mir in diesem Augenblick angemessen zu sein. »Ihr Rat in dieser Angelegenheit interessiert mich eigentlich nicht, *Mister* Canter, ich bin nur hier, um zu fragen, ob es jetzt, da ich keinen Job mehr habe, so etwas wie Zigarettengeld gibt?«
»Nur einen sehr geringen Betrag. Ich glaube, im Augenblick beläuft sich die Beihilfe auf einhundertfünfzig Pfund pro Kalendermonat.«
»Das reicht. Ich werde Sie nicht weiter belästigen.«
»Auf Wiedersehen, Ms. Bloom, und gehen Sie auf dem Hinausweg bei der Kasse vorbei. Und bitte, denken Sie darüber nach, was ich Ihnen gesagt habe.«
Aber ich tat es nicht – warum sollte ich? Ich kehrte zurück in die Cumberland Terrace, nahm meinen Posten bei den Elvers wieder

ein. Ich ging mit Charlotte und Richard zu ihren Konsultationen mit Churchill.
Meine Tochter hatte bereits bei ihrem Frauenarzt eine ganze Batterie von Tests und Untersuchungen durchführen lassen, aber der gute Lord machte seine Sache gern gründlich. Sie war zwar schon einmal schwanger gewesen, hatte das aber nur mit anstrengender sexueller Gymnastik geschafft. Churchill hatte bereits ein Bild von einem ganzen Komplex von Problemen, der die Fortpflanzungsfähigkeit der Elvers beeinträchtigte. Charlotte hatte eine leichte Entzündung der Gebärmutterschleimhaut, jedoch nicht so stark, daß sie die Eileiter verstopfte. Richards Spermien waren träge und einige abnorm, aber sie schafften es noch ins Ziel. Es bestand kein Zweifel, daß Charlottes Nervosität und Angst ihren Eisprung beeinträchtigte. Ha! Ihre Unfähigkeit zu empfangen war zu einer *self-fulfilling prophecy* geworden. Aber es herrschte auch eine gewisse Feindseligkeit zwischen ihrem kultivierten Zervixschleim und seinem derben Sperma.
Churchill machte noch weitere Tests. Er untersuchte sie mit seinen geschickten Händen, wobei sowohl er wie Charlotte den beiderseitigen Mangel an Verlegenheit genossen. So, dachte Churchill, sollte Gynäkologie eigentlich sein – man hat eine gefügige Patientin, die schon längst aufgehört hat, ihren Körper als etwas anderes denn ein Vehikel zur Fortpflanzung zu betrachten. Er nahm ihr Blut ab, machte einen Abstrich, machte eine Laparoskopie, um sich über ihre innere Landschaft zu informieren. Er machte sogar eine Hysterosalpingographie – einfach nur deshalb, weil er seine Patientinnen gern mit der korrekten Aussprache dieses Wortes beeindruckte. Er machte eine Ultraschalluntersuchung des Unterbauchs und eine endometrische Biopsie. Erst dann erklärte er sich zufrieden und lud sie zum Mittagessen in den fünften Stock von Harvey Nichols ein.
Danach ging Richard zu Churchill, und der Arzt redete mit ihm, von Mann zu Sperma. Churchill sagte ihm, er könne sich glücklich schätzen, daß er keine idiopathischen Oligozoospermien

habe – und Richard konnte ihm nur zustimmen. Langsame, versaute Spermien zu haben, war eine Sache, aber gar keine zu haben, das würde ja aussehen wie Nachlässigkeit. Churchill sagte Richard, daß sogar seine normalen, beweglichen Spermien unentdeckbare chromosomale Abnormitäten aufweisen könnten. Aber daran müsse es nicht unbedingt liegen, es könne auch sein, daß die Eier seiner Frau sich bereits ihrem Verfallsdatum näherten. Einige Männner, schwafelte Churchill, hätten überhaupt keinen Samenleiter, oder ihre Harnröhre – blödes Rohr – trete an der Unterseite des Penis zutage. Andere hätten eine retrograde Ejakulation, was ziemlich idiotisch sei, weil sie so ihre eigene Blase besamten und ihre eigenen Pissebabys auf die Welt brächten. »Aber das hast du doch bereits getan«, rief ich Richard unhörbar von der Ecke des Zimmers aus zu, »du hast es bereits getan, und ich muß jetzt die Konsequenzen tragen. Jeden Tag steht das Resultat an der Katzenklappe und bettelt um Einlaß.«
Eine andere Möglichkeit sei – und dies beflügelte Churchill, denn es war ein doppelt fruchtbares Forschungsgebiet –, daß Richards Immunsystem auf sein Sperma reagiere, als wäre es ein Fremdkörper, als hätte er die Soße eines anderen geschluckt. Das waren nicht die Worte des guten Lords – das sind die meinen. Wie auch immer, in Churchills Augen war es jetzt das Wichtigste, Richard seinen Lebenssaft abzuzapfen und genügend des Stoffs vorrätig zu haben. Wenn es nach ihm gegangen wäre, hätte Churchill von jedem Mann, der in seine Praxis kam, literweise Samen verlangt, so groß war die Lust des Lords auf Sperma.
Churchill riet Richard, er solle sich Zeit nehmen, er gehe unterdessen einen Cappuccino trinken, damit sein Patient in Ruhe an sich arbeiten könne. Er hatte unzählige bildliche Darstellungen im Angebot, sorgfältig aufgereiht standen sie in einem Chinalackbücherschränkchen. Erotika unterschiedlichster Art, Holzschnitte, Kupferstiche, Kaltnadelradierungen und sogar verdammte Ölgemälde. O ja, Churchill erwartete von seinen Patienten natürlich einen höchst kultivierten Charakter, Männer mußten es

sein, die mit Degas wichsten und bei Gauguin einen Steifen kriegten. Es gab sogar – sollte Richard derber gebaut sein – richtige Fotos von nackten Frauen. Geöffnete Mösen zwischen gespreizten Schenkeln, nur für den Fall, daß er vergaß, warum er hier war und wohin das alles führen sollte.
Richard dankte Churchill und nahm das Plastiktöpfchen. Er versprach, er werde sein Bestes geben und reichlich liefern. Als er dann allein war, verschmähte er des guten Lords lustvolles Schränkchen voll künstlerischer Freuden. Er ignorierte auch die Pornographie und verließ sich ganz auf seine prokreative Phantasie. Ich sah ihm zu, ein massiger Mann kurz vor dem mittleren Alter, der durchs Sprechzimmerfenster hinausstarrte auf den Platz vor dem Haus. Hinausstarrte zu den piekfeinen, altmodischen, knickerbockertragenden Jungs mit ihren noch piekfeineren, noch altmodischeren Kindermädchen. Und sichtlich – das bildete ich mir zumindest ein – jede vertane Ejakulation seiner gut zwanzig produktiven Jahre bedauerte. Jedes steife Laken und gestärkte Taschentuch, jedes vergeudete Tempo. All die Schmerzen im Handgelenk – so nutzlos. Er dachte beim Wichsen an vergeudete Zeit, unser Richard, und ich sah ihm dabei zu. Es ist absurd, ich weiß, aber ich dachte mir, ich sollte mich mit Richard jetzt ein wenig mehr abgeben, zumindest versuchen, ein wenig Mitgefühl mit ihm zu haben. Immerhin war er mein Schwiegersohn. Prinz Futter.
Dieses Herumhängen in der Arztpraxis war meinem Rauchen nicht gerade förderlich; ich mußte mit weniger als einhundertdreißig pro Tag auskommen. Bizarre Abende brachte ich damit zu, Churchill und seinen Laborantinnen beim Durchführen der Tests zuzuschauen. Sie spritzten ihren Schleim und seinen Samen auf einen Objektträger und ließen die Schlutze dann machen. Sie wetteten auf die Resultate und tranken Bier aus Pyrex-Bechern. Was für ein Witzbold Churchill doch war!
Zu Beginn des Winters saßen wir wieder in Churchills Sprechzimmer, und er erläuterte uns die Möglichkeiten. Er verstand

jetzt genausowenig wie zu Beginn der hundert Pfund pro Stunde teuren Konsultationen, warum die Elvers einmal eine Schwangerschaft zustande gebracht hatten, es jetzt aber nicht mehr schafften. Es gab Myriaden von Möglichkeiten, aber keine davon war allein ausreichend. »Ich empfehle ein solches Verfahren nicht leichthin«, sagte er bedeutungsschwer, »aber wenn Sie fest entschlossen sind, es weiter zu probieren, und wenn Sie das Gefühl haben, *vollständige Informationen* zu besitzen, um eine sachkundige Entscheidung treffen zu können, dann könnten Sie es mit einer In-vitro-Befruchtung versuchen.«

O ja, sie wollten es versuchen – warum auch nicht? Schließlich waren sie jetzt so reich wie der verdammte Croesus, und mit ihrer so krass abgestumpften Phantasie und ihren krassen, mit Habseligkeiten vollgestopften Häusern hatten sie kaum noch etwas anderes, wofür sie das Geld ausgeben konnten.

Churchill erläuterte ihnen den Behandlungszyklus. Die Medikamente, die er anwenden würde, um Charlottes Hormonproduktion zu unterdrücken, und die vorübergehende Menopause, die sie auslösen würden. Die Medikamente, die er anwenden würde, um ihre Eierstöcke zu stimulieren und ihre Follikel auf Vordermann zu bringen. Die Ultraschall- und Blutuntersuchungen, die er während der ganzen Behandlung durchführen würde, um zu kontrollieren, ob alles in Ordnung sei. Dann kam er zum schwierigen Teil. Auch wenn sie die Stimmungsschwankungen, die Aufblähung des Unterleibs, die Hautausschläge und die Muskelschmerzen gut verkraftete, gebe es keine Garantie, daß irgendein Behandlungszyklus zu einem erfolgreichen Abschluß gebracht werden könne. Ob sie es *trotzdem* machen wollten? Sie können Ihren Arsch drauf verwetten, daß sie es wollten.

Nun kam die Drogenschule, die Ausbildung an den medikamentösen Granaten. Churchill und seine fruchbarkeitsfördernden Assistentinnen zeigten Charlotte, wie sie am ersten Tag ihrer Periode Zoladex schnupfen mußte. Sie wurde high, einfach nur weil sie wußte, daß bei ihr jetzt etwas in Gang kam, doch auf die Schnupferei folgten immer diese lähmenden Stimmungsschwankungen, diese Wogen hormonellen Weltschmerzes. Am vierzehnten Tag von Charlottes Zyklus wurde kontrolliert, ob ihre Eierstöcke wirklich ruhten, und dann brachten sie Richard bei, wie er seine Frau mit humanem Menopausengonadotropin vollzupumpen hatte. Dazu mußte er mit einer verdammt großen Spritze hantieren und das Zeug sauber in Charlottes Muskeln schießen. Am Anfang wurde ihm ziemlich übel dabei – aber nicht so schlecht wie ihr.

Während dieser ganzen Zeit mußten sie immer wieder in Churchills Klinik, um Bluttests und Scans durchführen zu lassen. Die Behandlungszyklen brachten ihre Geschäftszyklen völlig durcheinander. Am Ende eines jeden mußte Richard eine weitere Spermaprobe abliefern, die, um sie für die Befruchtung vorzubereiten, begutachtet und dann gewaschen wurde – ja, so nannten sie das wirklich. Den Abschluß bildete Charlottes Aberntung. Das gefurchte Feld ihres Körpers wurde vorbereitet für Churchills kombinierte Sonden und Nadeln. Noch ein letzter großer Schuß humanes Choriongonadotropin vor dem Zubettgehen. Schlaft gut, künftige Kinder. In aller Frühe wurden dann die Eier aus den reifen Follikeln in ihrem Uterus gesaugt und zusammen mit Richards blitzsauberen Spermien in eine hübsch dickmachende Nährlösung geschmissen. Dann kam die ganze primordiale Pampe in einen Inkubator, und man mußte abwarten, ob sich daraus etwas entwickelte.

Manchmal fand die Embryologin einen normal sich entwickelnden Embryo, wenn sie vierundzwanzig Stunden später durch ihr Mikroskop schaute – manchmal fand sie zwei. Bei anderen Gelegenheiten waren es vier – oder gar keiner. Nun waren Entscheidungen zu treffen – welche eingepflanzt, welche weggeworfen und welche in die Tiefkühltruhe gesteckt werden sollten, damit man irgendwann in ferner Zukunft Charlottes und Richards daraus machen konnte. Der gute Lord betrachtete diese Eierselektion als seine Stärke. Wie eine hausfrauliche Gottheit begutach-

tete er die Ontogenese durch sein Mikroskop, richtete einen Augenstrahl auf jedes einzelne Ei und entschied dann, welche davon reif, welche die tauglichsten waren.
Zurück in der Cumberland Terrace, in der titanischen Wohnung, sah ich zu, wie Richard seine Frau mit noch mehr humanem Choriongonadotropin vollpumpte, beide gebückt und stöhnend bei dieser schmerzhaften, blutigen Version des Vollzugs. Dann der Transfer. Zurück nach South Kensington, hinauf auf die Couch, hinein mit einer weiteren Nadel. Zu einer unwohltätigen Premiere kam es, als sie die Gelegenheit erhielten, Churchills Auswahl auf einem Monitor zu betrachten – waren sie nicht niedlich? Dann wurde Charlotte, inzwischen sediert, endlich befruchtet. Was für eine beschissene Lotterie! Nur zwanzig Prozent der befruchteten Eier, die nun Charlottes Gebärmutterhals hochgespritzt wurden, hatten überhaupt eine Chance, es zu schaffen. Schlechte Chancen auf der Rennbahn der Demut. Aber eins muß ich ihr – ihnen beiden – hoch anrechnen: ihre Beharrlichkeit. Denn während Zyklus auf Zyklus folgte und die Jahreszeiten ineinander verliefen wie Wasserfarben auf einem Kinderbild, ließen sie in ihren Bemühungen nicht nach.
Mehr noch, ich war sogar richtig stolz auf Charlotte und Richard. Sie waren Kämpfer, sie ließen nicht locker, sie gaben nicht auf. Sie waren so charmelos ausgeglichen; im Gegensatz zu Natasha hatten sie keine inneren Stimmen, die ihnen zuflüsterten: »Komm, gib's auf. Du weißt, daß du nie ein Kind bekommen wirst. Gib's auf. Adoptiere eins, solang noch die geringste Möglichkeit besteht. Vergeude doch nicht dein ganzes Waste of Paper ...«
Ja, ich war stolz auf sie, aber ich muß auch sagen, dieser Stolz hatte sehr viel damit zu tun, daß ich in diesen Jahren auf *fast alles* stolz war. Stolz auf die russischen Plutoniumschmuggler – tollkühne Kerle waren das schon. Stolz auf ihren Präsidenten – der durch Irland schlief. Stolz auf den Schakal – endlich wurde er gestellt. Stolz auf die lächerliche Engländerin, die sich in elf Jahren

einmal um die Welt schleppte. Angeblich wurde sie, als sie in John O'Groats eintraf, geröntgt, und man stellte fest, daß sie das Becken einer Siebzigjährigen hatte. Erzähl mir davon, Schwester – war es vielleicht das meine? Stolz auf die Sektenjünger, die in der Schweiz Selbstmord begingen. Stolz auf Dean Rusk – einfach unglaublich. Stolz auf Rose Kennedy – willkommen an Bord. Noch einmal stolz auf diese Russkis – weil sie Grosny mit Artilleriebeschuß und Handwaffenfeuer so ineffektiv in Schutt und Asche legten. Stolz auf Fred Perry – danke für die knappen Busenleibchen, Alter. Stolz auf die Taliban – verrückte Turbanträger. Stolz auf die Türken – leugnet man einen Holocaust, ist es soviel einfacher, einen zweiten herbeizuführen. Stolz auf Michael Jackson, den geweißten Schwarzen, der sich die Juden vorknöpft. Stolz auf Timothy McVeigh – was für ein Kerl! Faschismus auf die amerikanische Art. Stolz auf die Franzosen – he, die brauchen allen Stolz, den sie bekommen können, schließlich bauen sie mit am Stolzberg der Europäischen Wirtschaftsgemeinschaft. So ist's recht, Jungs – wieder anfangen mit den Atombombentests, genau das, was die Welt 1995 braucht. Und wenn ihr gerade dabei seid – warum zum Teufel habt ihr eigentlich Dreyfuß begnadigt? Das war doch sicher ein *Demuts-Fauxpas*. Stolz auf die Briten, die in Sarajevo einmarschieren – ihr seid nur ein paar Jahre zu spät dran, Jungs, mit eurer Armee unter dem Kommando von Yaws. Stolz auf O.J. – na ja, einer muß ja mit so was durchkommen. Stolz auf Farakhan und seine Million Männer – 600000 hin oder her. Stolz auf Yigal Amir, der allein auf Gottes Befehl handelte und den Rabin-Mord nie bedauerte. Noch nicht. Stolz auf die blöde Prinzessin Sloane, die allein zu Hause herumsitzt, während ihr Gatte, der winzige Reitersmann, woanders herumvögelt. Ho! Stolz auf die Forscher der University of Texas, die das Gen, das Brustkrebs verursacht, isoliert haben. Danke, Jungs. Stolz auf die Tamil Tiger – ihr seid echt klasse! Stolz auf die First Lady mit ihrer Gesetzesvorlage *primus inter pares*. Stolz auf die Iren, die in den Docklands Bomben legten – nur zwei Tote, aber so viele häßliche Häuser demoliert. Cool. Stolz auf das Glasfaserkabel, das Trillionen Bits an Information transportieren kann – zwölf Millionen Telefonanrufe auf einmal. Jetzt können wir alle erfahren, was sie gesagt hat, daß er gesagt hat, was sie gesagt hat – und das in vierhundertfacher Potenz. Stolz auf die geklonten Schafe und George Burns – wobei die Unterscheidung schwierig war. Aber am stolzesten auf den Unabomber, der im tiefsten Montana festgenommen wurde. Mit dem hätte ich mich gut zusammentun und gemütlich schnitzen können. Meinen Sie nicht auch?

O ja, bei soviel Stolz, der in mir schwappte, konnte ich es mir leisten, ein wenig zu verspritzen. Verdammt, ich hatte sogar noch ein wenig Stolz über für Natty und Russ, dieses goldene Paar. Stolz für sie, wenn sie in den Teichen der Plutokratie planschten und ihre Schnäbel hier und dort und überall eintauchten. Einen Monat verbrachten sie in einer Wohnung in Mayfair – den nächsten in einem Penthouse in Paddington. Sie wechselten ihre Behausungen wie andere Leute ihre Kleidung. Mit ihrem verrückten Protzen – so fuhren sie in einem Golf Cabrio die Aldgate entlang, und die Stadt veranstaltete dazu eine Konfettiparade unbezahlter Strafzettel – parodierten sie den behaglichen Wohlstand der Elvers. Und mit ihren latexumhüllten, samentötenden, entspannten Paarungen machten sie sich lustig über den Drang der Elvers zur Fortpflanzung.

Nein, das ist nicht präzise, denn während ich, den Lebensfährten meiner Mädchen nachspürend, die Stadt durchstreifte – manchmal zu Fuß, oft mit Bussen, selten auch mit der U-Bahn –, wurde mir bewußt, daß Russells gelegentliche Joints sich zu einem ganzen Sisalteppich verwoben. Daß aus dem kleinen Glas Lager dann und wann immer öfter eine Flasche Famous Grouse oder Stolychnaya wurde. Immer öfter machte er komische Sachen. Sie stritten, die beiden, die beiden blöden Enten. Sie hackten aufeinander herum und nörgelten, umkreisten den Teich im zunehmenden Zwielicht der Berauschtheit und bemerkten dabei gar nicht, daß all die anderen Vögel schon fortgezogen waren, daß der eisgraue Überwurf sich vom Ufer her breitmachte. Daß der Winter mit seiner kalten Strenge kam.

Ja, eigentlich waren es die Elvers, die Russ und Natty parodierten, mit ihrem Schnupfen und Spritzen und dem Waschen des milchigweißen Stoffs. Es sollte nicht lange dauern, bis diese kindische Veräppelung – warum, ach warum, werden die eigenen Kinder nie erwachsen? – Russ und Natty zu Ohren kamen, und sie nahmen das Schnupfen und Spritzen und das Ausspülen des milchigweißen Stoffs wieder auf.

Ich konnte die Zukunft voraussehen – es würde nicht gutgehen. So wie sie auf ihrem Sofa lagen und unzählige Seifenopern anschauten. Der synthetischen Arrythmie der Kennmelodie lauschten, als könnte die ihrem opernhaften Leben ein wenig mehr Dramatik einhauchen. Wie ihre Stimme die Oktaven auf ihre scharfe Spitze spießte. Und das verzerrte Leviathansstöhnen seiner Lust – ein Hilferuf an sie aus tiefster Tiefe. Wenn er sie mit Gewalt nahm – was er im Frühjahr 96 immer häufiger tat –, dann mußte man betrübt feststellen, daß *er* glaubte, der verletzliche Part zu sein. Das kleine Mädchen.

Nach einer meiner erschlichenen Beobachtungssitzungen – ich sah zu, wie sie sich in einem gemieteten Haus in Notting Hill balgten –, ging ich zu Fuß am Rand des Hyde Park in die Stadt zurück. Im Leben hatte ich, 'türlich, Belenophobie gehabt, die krankhafte Angst, von Nadeln oder anderen spitzen Gegenständen gestochen zu werden. Es wäre mir unmöglich gewesen, so wie jetzt an mehr als einer Meile eiserner Gitterstangen vorbeizugehen. *Unvorstellbar.* Selbst wenn ich es geschafft hätte, dann nur mit Krängung zur anderen Seite, ein altes Schiff, überladen mit fetten Ängsten. Anscheinend hatte der Tod mir wenigstens diese komische Stabilität verliehen.

Die Kinder tollten durch die Buchenalleen. Lithy und Rotzlöffel, die Kätzchen des Todes – immer sportlich. Wir erreichten die Park Lane und kämpften uns über die drei nach Norden führenden

Fahrspuren. Wir kletterten über die Barrieren zu beiden Seiten des Mittelstreifens und eilten über die drei nach Süden führenden Fahrspuren. Wir schlenderten über den Grosvenor Square, und als ein Windstoß über den Platz fegte, drehte ich mich um und sah das grüne Mosaik des Hyde Park, das in Wind und Regen schwankte, eine botanische Krone für die graue Masse der amerikanischen Botschaft.

Sogar der Lärm einer Stadt im Rausch ihres eigenen Kommerzes verklingt, wenn man den Kopf einzieht und ihn ignoriert. Während zwei Millimeter dicke Hülsen sich in den Nieselregen mischten, ging ich zum Berkeley Square und setzte mich auf eine Bank. Hier nun gab es keine Ulmen, sondern nur mächtige alte Platanen auf einem schlichten neuen Platz. Ich saß da und versenkte mich in den Anblick des feuchten, ins Pflaster gepreßten Laubes, einer kindlichen Collage der Antinatur. Komm, Zigarette Nummer 134, deine Zeit ist reif. Ich hatte mich noch nie, das fiel mir jetzt auf, so leer gefühlt. Oder, um es korrekt zu sagen, so gefühllos. Allein die Anstrengung, meine eigene Müdigkeit zu registrieren, war … zuviel. Schauen ließ mich gähnen.

Das Gähnen rief Phar Lap herbei, der, sich einen Weg durch die schutzsuchenden Touristen bahnend, von der Piccadilly-Seite her auf den Platz kam. Phar Lap, der ungewöhnlich flott aussah in einem brandneuen Dryzabone, wobei die Öltuchpelerine des langen Mantels ihm die Imposanz eines schwarzen Ritters oder eines großstädtischen Konquistadors verlieh. »Biste müde, Lily-Mädel, yeh-hey?«

»Mmh – ja.«

»Fix und fertig, *yuwai?«* Er setzte sich neben mich auf die Bank, zog seine Rasseln und die Bumerangs aus den Falten seines Mantels und legte sie auf den Boden. Anscheinend waren wir sichtbar, denn ein Passant schaute uns mit mildem Interesse an. Die alte Frau und der australische Schwarze – noch ein Paar in der schrägen Gesellschaft dieser Stadt, das nicht gesellschaftsfähig war.

»Meine Füße würden mich umbringen, wenn ich nicht tot wäre.«

»Ha! Wasde nicht sagst. Hör mal – du warst bei Mr. Canter, hey-yeh?«

»Ach, ich war vor einer Weile bei ihm wegen einer Beihilfe, weil ich doch jetzt nicht mehr arbeite.«

»Und du hängst noch immer bei deinen Mädels rum, yeh-hey?«

»Wenn man es so nennen kann – da sie mich nicht sehen und nicht hören.«

»Ich seh schon, daß ich dich die ganze verdammte Zeit daran erinnern muß, Mädel. Häng nicht bei den *buju* rum, Lily-Mädel, vor allem nicht bei deinen Töchtern.« Er holte die Utensilien zum Selberdrehen heraus und rollte sich eine Verschrumpelte. Der Regen störte ihn nicht. *»Wulu?«* klickte er, und ich gab ihm Feuer. »Hör zu, geh noch mal zu Canter. Die sind in diesem Monat an der Walworth Road, in einem alten Büroblock, der Providence House heißt. Red noch mal mit ihm – er will dich sehen, yeh-hey?«

»Weswegen?«

»Wegen Steuern – du hast Steuerschulden, hey-yeh?«

»Steuern? Was soll das heißen? Ich bin doch in keinem Finanzamtscomputer mehr – ich bin tot.«

»Yaka! Nicht für jetzt – von vorher, Steuern von vorher. Du mußt sie bezahlen, wenn du zurückwillst.«

»Das soll doch wohl ein Witz sein.«

»Hör zu, Lily-Mädel«, er stand auf, »es gibt bestimmte Gewißheiten, yeh-hey?« Und damit verschwand er.

Also ging ich noch einmal zu Canter. Bewunderte ihren kostbaren verdammten *nyujo*, tätschelte ihren beschissenen Anubis. Ich neckte die Beamten, die mit ihren Rasseln spielten oder auf ihren orangefarbenen Spacehoppers, die Kunststoffstangen zwischen die dekadent bekleideten Schenkel geklemmt, durch die alten Büros hüpften. Ich hörte Canter zu, schaute ihm zu, wie er die Beträge in eine alte Burroughs-Rechenmaschine eintippte, an der Kurbel drehte und dann die Summe ablas, die ihm die Maschine auf einer Papierzunge darbot. »Exakt zweitausenddreihundertvierunddreißig Pfund und dreiundzwanzig Pence. Darauf beläuft sich Ihre Schuld, Ms. Bloom. Sie müssen sie über uns begleichen, denn ansonsten gibt es keine Möglichkeit, auf die Vor-Tod-Ebene zurückzukehren. Ich vertraue darauf, daß Sie das einsehen werden.«

»Nein, das sehe ich überhaupt nicht ein – und Ihnen vertraue ich schon gar nicht mehr.«

»Worauf Sie auf jeden Fall vertrauen können, ist mein Rat in bezug auf die Zeit, die Sie in der Churchill Clinic verbringen. Sie sollten wirklich damit aufhören, Ms. Bloom, vor allem jetzt, da, hrrm, Ihre Gefühle zurückkehren – es gibt einfach keine simplen Mechanismen bei dieser Pro –«

»Bei der Reinkarnation – darum geht's doch, oder? Geben Sie's zu.«

»Der Begriff Reinkarnation ist für diese Sache viel zu simpel. Dagegen spricht allein schon der erforderliche Verwaltungsaufwand. Es gibt zahlreiche Prüfungskommissionen, von denen jede höchst überzeugende Präsentationen erfordert, und nichts von alledem ändert auch nur einen Deut an der Tatsache, daß es reines Glück ist. Falls Sie auch nur beiläufig daran denken sollten, daß Sie – in gewisser Weise – als Kind Ihrer Tochter wiedergeboren werden könnten. Nun, Sie werden sicher einsehen, daß dies nur die hauchdünnste aller Hoffnungen, die größte aller Unwahrscheinlichkeiten sein kann. Sie wären sehr viel besser beraten«, fuhr er trotz meiner offenkundigen Feindseligkeit fort, »wenn Sie das Animationsprinzip einer anenzephalen Totgeburt in Betracht ziehen würden, wie ich glaube bereits erwähnt zu haben.«

»Das haben Sie – mein Gott, das haben Sie. Eine porösere Barriere – ich weiß, ich weiß.«

»Auch ein Lithopädion, wie Sie, soweit ich weiß, selbst eins empfangen haben, im Jahr ...« – er drehte sich auf seinem Stuhl, riß den Aktenschrank auf und blätterte in der Hängekartei – »... 1967, wäre, hrrm, eine bessere Idee.«

»Warum räuspern Sie sich?« Ich ging sofort zum Angriff über.

»Wie bitte?«

»Warum räuspern Sie sich – da ist doch gar nichts drin bei Ihnen.«

»Ich denke nicht, daß –«

»Nein, Sie denken wirklich nicht. Hören Sie, ich habe keine Lust, hier herumzusitzen und mir in alle Ewigkeit diesen meschuggenen Quark anzuhören, schließlich habe ich Kinder, um die ich mich kümmern muß. Und ich verlasse mich kein bißchen auf das, was Sie sagen, Mister ›Hrrm‹, kein winziges bißchen. Ich glaube, Sie enthalten mir etwas vor – ich glaube, ich habe nur *unvollständige Informationen.*«

»Sie können glauben, was Sie wollen, Ms. Bloom.« In seinem bornierten Bürokratismus wurde er nun noch bestärkt durch die Ankunft der abteilungseigenen grauen Maus, die den Tupperware-Teller mit Nice-Keksen vom Tisch nahm und ihn mit einem Ausdruck beschützender Bewunderung ansah. »Sie können glauben, was Sie wollen, aber bevor Ihre Steuerschulden nicht beglichen sind, werden Sie kaum irgendwo hinkommen. Außer nach Dulston natürlich. Nun, und wenn Sie mir keine Vorschläge hinsichtlich eines Rückzahlungsplans machen können, dann entbiete ich Ihnen meine Grüße, Ms. Bloom, dann entbiete ich Ihnen meine Grüße.«

Ich schwöre, daß er das tatsächlich gesagt hat, und überdies (noch so ein Canterscher Ausdruck) faßte er sich gleichzeitig an das Revers seines Shawschen Sakkos, wie der versierte Verfechter des Radfahrens und des Vegetarismus, der er so offensichtlich war, gewesen war und immer bleiben würde.

Ich fuhr nach Dulston zurück – zuerst in einem beschissenen alten Bus, der zum Elephant and Castle hochzockelte, dann mit der U-Bahn quer durch die Stadt nach Bethnal Green in einem

verdammten *neuen* Zug. Unglaublich, in den *vierzig verdammten Jahren,* die ich schon in London wohnte, war das der allererste neue Zug, der auf dieser Linie eingesetzt wurde. Mit einem anderen schleichenden roten Dinosaurier fuhr ich von der U-Bahn-Haltestelle die Mare Street hoch und verschwand dann die Downs Park Road hinunter ins Hinterland von Dulston.
An diesem Nachmittag im späten Frühjahr 1996 waren sogar die Fetten froh, mich zu sehen. »Ooh, sie ist müde und alt, müde und alt«, sagte sie, »sie hat sich übernommen, hat sich übernommen, sie ist müde und alt.«
Wie recht sie doch hatten. Aber ich fand eine Lösung. Ich würde meinen Zigarettenkonsum auf hundert pro Tag einschränken. Die Leute sagen zwar, daß eine solche Einschränkung nichts bringt, daß man in der Zeit zwischen zwei Zigaretten nichts anderes tun kann als darauf zu warten, daß sie vorbeigeht. Daß es so schlimm ist, als würde man soviel rauchen, wie man kann – wenn nicht noch schlimmer. Aber diese lebenden Typen hatten weder meinen ätherischen Körper noch meine durchaus substantielle Motivation.

Weihnachten 2001

Ja, ich habe nicht den Mumm dazu – deshalb flenne ich. Ein internalisierter britischer Schauspieler, der einen Gestapooffizier spielt, hat mich dreimal ins Gesicht geschlagen, und ich habe gestanden. Ich habe nicht den Mumm, es zu tun. Und auch wenn ich ihn hätte, würde ich mich für keine dieser einfachen Möglichkeiten entscheiden. O nein. Ich würde den schweren Bumerang aus Mulga-Holz nehmen. Ich würde mich damit selbst zu Tode prügeln, die ultimative Bestrafung durchführen. Dann würde ich mich höhnisch selbst anpissen, meine eigene erbärmliche Vorstellung von der Welt in den Dreck ziehen.
Der Bumerang ist unten, auf dem Regal aus furnierten Spanplatten. Das Authentische auf dem Imitierten. Er lehnt an der Rückwand des Regals, ein ziemlich unheilvolles Häkchen – und kein bißchen allgegenwär-

tig. Verdammt, sogar das Hinaufklettern wäre gefährlich, bei meiner Schwäche, meiner Größe, meiner elenden Ungeschicklichkeit. Aber ich habe ja sowieso nicht den Mumm dafür.

Nein, in den wenigen Stunden Tageslicht, die mir noch bleiben, werde ich von der kalten Matratze herunterklettern und mich wärmen mit ein wenig Wunderballspielen. Du kennst diese Dinger, stark komprimierte Kugeln aus einem Ölderivat, die, wenn geworfen, durch diesen Schuhkarton von einer Wohnung schnellen, von den Wänden abprallen, durch die windigen Wedel der Yucca-Palme schießen und sich in der blauen Höhle des Schlundes der Eisprinzessin verfangen. Wunderbälle – diese erbärmlichen kleinen Spielzeuge, mit denen ich mich begnügen mußte, als die zwielichtigen Zwillinge keinen mehr über den Tisch ziehen konnten außer sich selbst. Nun ja, es ist ein Riesenunterschied, ob man im Sandkasten so tut, als wäre man Joe DiMaggio, oder hier in diesem Schuhkarton aus Beton mit Wunderbällen spielt, aber ich habe es trotzdem geschafft. Meine Spielzeuge sind alle in einer Kiste unter meinem Bettchen. Die kann ich problemlos herausziehen, die kann ich umkippen. Aber diese Plastikteilchen chinesischer Herstellung sind nicht so gefährlich für Kinder unter sechsunddreißig Monaten, wie die Etiketten einen glauben machen möchten. Nicht daß die Eisprinzessin sich einen Dreck darum scherte, wenn sie, fix und fertig vor Entzug, in das Big M des Merchandising schwankte, wo sie mir ein Unhappy Meal mit einem kostenlosen Spielzeug kaufte und mich, Baby Nero, dann an einem Tisch allein ließ, damit sie ins Klo verschwinden und einen Löffel erhitzen konnte. Hier sind sie alle, meine eigenen kleinen Movie-Spinoffs, Simbas, Buzz Lightyears, Aladdins und Barbies, alle bereit zum Spielen. Aber ups – ich muß pinkeln. Also wieder zurück durchs Zimmer, aufs Klo, meinen alten Orangenkistenschemel an die Schüssel zerren und dann hoch auf den Sitz. Jetzt weiß ich, warum ich diesmal beim Klotraining so gut war – weil ich es nämlich schon kurz darauf ohne Hilfe tun mußte.

Ach! Was für ein Schloch bin ich doch. Dick und häßlich und dumm. Ich habe vergessen, vor dem Pinkeln zu trinken. Jetzt muß ich wieder minutenlang warten, bis der Spülkasten volläuft und ich einen meiner Bade-

spielzeugschöpfer in die Schüssel tauchen und einen Mundvoll trinken kann. Der Spülkasten ist – wie du vermutet hast – so kaputt wie jede andere Installation in der Wohnung. Der Immobilienmakler war – wie ich meines Wissens bereits Grund hatte zu bemerken – nicht besonders scharf auf Arbeiten im Haus. Und so schwimmt der verdammte Schwimmer nicht mehr. Ja, ich würde gern etwas trinken – und ich würde mir gern die Zähne putzen. Es gibt keine Zahnpasta, 'türlich nicht, aber ich habe ein winziges Bürstchen mit einem glitzernden kleinen Stiel. Damit bekomme ich die Krümel vom gestrigen Kuchen aus meinen Milchzähnen. Ich bin – was dich kaum überraschen wird – außergewöhnlich stolz auf meine Zähne. Wenn sie versuchte, mich mit Süßigkeiten ruhigzustellen, dann schrie ich und schlug mit den Fäusten auf sie ein. »Ach, Delilah! Wassisdennlos? Mummy hat dir Süßigkeiten gekauft – jetzt beruhig dich doch wieder! Schau, gute Leckerlies, die schmecken dir bestimmt.« Ja, vielleicht, aber sie lassen auch meine Zähne verfaulen. Ich habe nicht vor, diesen Fehler noch einmal zu machen, deshalb schreie und trete ich und beiße dich sogar mit meinen knospenden Schneidezähnen – bis du zurückweichst, Frau, zurückweichst und mich böse anstarrst. Eine heikle Furie, auf die die Mütter unten in Mexiko stolz wären.

Hier im Bad gibt's nicht viel zu sehen. Ich kann mich auf meinen Schemel stellen und aus dem kleinen Fenster schauen. Aber dort draußen gibt's auch nicht viel zu sehen, nur Block um Straße um Block, Plasticville E3. In den Zwanzigern hatte ich so ein Spielzeug, Plastikhäuser, mit denen man sich seine eigene Stadt bauen konnte. Jetzt macht man das alles auf dem Computermonitor. Als die Eisprinzessin, gern gebende Egoistin, die sie war, noch Frauen hatte, bei denen sie mich abladen konnte, sah ich ältere Kinder, die spielerisch Städte simulierten, mit Pixelparks, -bäumen, -häusern, -läden, -fabriken und -rathäusern. Die mit einem Tastendruck Infrastruktur installierten. Auf dem Land kann man wahrscheinlich inzwischen Pixelkühe melken. Ja, jetzt hat man simulierte Städte, simulierte Beziehungen, sogar simulierten Sex. Alles dank des kostbaren World-Wide-Scheiß-Web. Dieses Netzwerks aus Frühwarnsystemen, die es offensichtlich nicht geschafft haben, vor irgend etwas zu warnen. Man geht ja nicht mal mehr zum Kiosk, um eine

Zeitung zu kaufen – nicht wenn man sie anklicken kann. Die Beine werden verschrumpeln und abfallen. Am Ende werden die Menschen nur noch zwei riesige Daumen sein, die aus einer gigantischen Adrenalindrüse herausragen. Ohne Kreativität und Prokreation.
Wenn ich London simulieren könnte, würde ich der Scheißstadt ein besseres Wetter geben. Ich würde ihr so was wie ein Straßenleben geben. Natürlich kann ich hier oben das hysterische Jaulen der Krankenwagen hören, aber die Kranken, zu denen sie unterwegs sind, sehe ich nie. Die einzigen Spielzeugmenschen, die ich erkennen kann, sind ein paar Teenager, deren geistige Reifung durch Klebstoffschnuppern und Schuleschwänzen so gehemmt ist, daß sie völlig berechtigterweise den ganzen Tag auf dem Spielplatzmobiliar herumhängen. Jeden Tag. Nein, ich will ein Straßenleben, weil meine Misere in Madrid, Mailand oder Manila oder – vorstellbar – sogar in Manhattan nie so einen Lauf nehmen könnte wie hier. Ich will ein Straßenleben, denn dazu gehört die mit Begeisterung ausgelebte Neigung der Leute, ihre dicken Nasen in die Angelegenheiten anderer Leute zu stecken und sich mal kräftig zu schneuzen. Scheiße, ich hätte nicht mal was dagegen, in Tel Aviv oder Jerusalem zu leben. Überall, nur nicht in London, wo die Leute noch immer so verdammt reserviert sind, so höflich, so versteckt hinter ihren Stores der Gleichgültigkeit. Ihre Höflichkeit bringt mich um.

16. Kapitel

Bevor ich gefeuert wurde, hatte ich es überhaupt nicht zu schätzen gewußt, wie sehr die Arbeit mich aus dem Haus brachte. Natürlich machte ich meine Ausflüge nach Regent's Park oder South Kensington, um mich über das teure Prokreationserwerbsprogramm der Elvers auf dem laufenden zu halten, aber jetzt, da ich mehr Informationen hatte, konnte ich leicht ein paar auslassen. Ich bildete mir nicht ein, *vollständige* Informationen zu haben, aber seien wir doch mal ehrlich, was konnten all diese Warnungen von Phar Lap und Canter denn schon bedeuten? Canters Räuspern und dieses Einfordern meiner Steuerschulden. Also mich würde er nicht zum Narren halten. Ich will damit nicht sagen, daß ich anfing zu zählen, wie viele Ries, Quarts und Gramm pro Quadratmeter sich im Familienvermögen befanden, oder zu überlegen, wie ich all dieses Papiergeld ausgeben würde. Aber es erschien mir nur fair, daß es mir zufallen sollte. Mir, die ich verantwortlich war für die Kugelschreiberkappe, die die erdumspannenden Millionen von Memos, Notizen und Berichten erst ermöglicht hatte. Ich hatte die Stifte gemacht, jetzt brauchte ich auch das Papier dazu.

Trotzdem vermißte ich die tägliche Schufterei, das leere Geplapper, das Schlaufenklammern in der U-Bahn. Sogar die aufgeblasenen kleinen Schwänze, die das ökonomische Fahrrad auf eine weitere steroidbefeuerte Bergetappe der Tour de Dollar schickten. Dieser ganze Umgang hatte mich in Kontakt mit der Welt gehalten – in gewisser Weise. Während ich meine Zeit im Souterrain verbummelte, die Fetten schimpfte, mit Lithy sang, Rotzlöffel tolerierte und HeLa hin und wieder kalt abwusch – »Ach! Es ist heiß, so heiß« –, kam mir der Verdacht, daß ich mei-

ne kolossale Lethargie vielleicht noch einmal bereuen würde. Denn genau das war es – Faulheit. Ich war schon immer ein schweres, großes, geistig träges, alterndes Mädchen gewesen, und jetzt mehr denn je.
Im Londoner Zoo, den ich auf meinen Ausflügen zur Cumberland Terrace durchstreifte, gab es ein Faultier. Es war ein komisches Tier, eigentlich sehr bärenartig, aber mit einer spitzen Schnauze und krallenartigen Pfoten. Gehalten wurde es in einem Freigehege, vor der künstlichen Felsformation. Damals in den Sechzigern, als ich mit den Mädchen in den Zoo ging, hausten Braunbären in dem Gehege. Wie auch immer, dieses Faultier konnte sich an die Gefangenschaft einfach nicht gewöhnen. Konnte sich nicht daran gewöhnen, daß ihm soviel Pizza – die Imbißbude war nur wenige Meter entfernt – vor der Schnauze baumelte. Es wiegte sich wie ein Autist oder wie ein Frummer aus Stoke Newington, der an einem Judenhandy schokelt. Von einer Seite auf die andere, von einem Paar Krallenpfoten auf das andere. Hin und her, hin und her. Ich empfand eine Art müdes Mitleid mit dem Faultier; am liebsten hätte ich es aus seinem Elend erlöst. Aber, wie Phar Lap gnomisch bemerken würde, Nichtigkeit kann Nichtigkeit nichts tun. Was für ein Trottel. Oder, wie Lithy jaulen würde: »Zuviel von nichts kann einem Mann den Seelenfrieden rauben.« Im Lauf der Jahre hatte sich wenigstens der lyrische Geschmack meines kalzifizierten Kadavers verbessert.
Meistens aber blieb ich in meiner zweifelhaften Vorstadt Dulston. *»And another child cries in the ghet-to/ In the ghet-to!«* imitierte Lithy den anderen König Futter. Ghetto kommt, 'türlich, vom italienischen Wort für Vorstadt – *borghetto.* Das weiß zwar kaum jemand, aber ich weiß es. Ich würde Ihnen gern sagen, daß ich das herausfand, weil ich die Nächte durchlas, um meine nutzlose Bildung zu erweitern, aber das wäre eine Lüge. In Wahrheit verriet mir das eines Morgens im Dulstoner Café ein Italiener, mit dem ich über einem kompletten toten Frühstück Pathographien ver-

glich. Ja, so schlimm war es geworden, ich hatte mir angewöhnt, wie alle anderen Eierpampe zu mampfen. War das vielleicht die endgültige Anerkennung des Totseins, die Fähigkeit, den Eiertest der Sterblichkeit zu bestehen? Ich weiß es nicht. Es ging ja auch nicht darum, ein Frühstück zu essen, das für den ganzen Tag reichte, sondern eins, das den ganzen Tag dauerte. Auch wenn ich nicht schmecken oder fühlen konnte, das Knirschen meiner erstklassigen Eckzähne auf dieser mineralisierten Dekoration, die den lachhaften Namen geröstetes Brot trägt, konnte ich hören. Ich bestellte es per Quadratmeter. Wie Teppichunterlage oder Packpapier.

Die Treffen hatte ich völlig aufgegeben. Es war mir blendend klar, daß die Persönlich Toten mir nichts beibringen konnten. Das Ganze war wenig mehr als ein ungeselliger Verein, und ich bin – wie ich meines Wissens bereits Grund hatte zu bemerken – kein Vereinsmeier. Außerdem war mir nicht entgangen, wenn ich doch hin und wieder im Gemeinschaftszentrum oder in St. John's vorbeischaute, daß kaum noch dieselben Leute anzutreffen waren, keins der Mitglieder mehr, die ich noch aus meinen ersten Jahren in Dulston kannte. Was war mit ihnen passiert? Waren sie nach Dulburb gezogen? In die Provinzen? Oder hatten sie sich als Zeitarbeiter am Golf engagieren lassen? Oder waren sie, wie ich, einfach aus dieser Schleife ausgestiegen, waren zu der Einsicht gelangt, daß sie mit der unbegrenzt verfügbaren Zeit Besseres anstellen konnten?

Jetzt endlich dämmert mir, zu spät, daß sie doch nicht nur Blödsinn redeten. Daß sie doch mehr Einfluß hatten, als ich annahm. Sie machten sich in großem Stil davon – und zwar für immer. Stiegen nicht nur aus, um in den Schrebergärten hinter Dulston Junction zu hausen, wie es ein paar der Toten taten. Und dort Gemüse züchteten, das sie nie essen konnten, und versuchten, sich mit den bekifften Ökokriegern anzufreunden. Dieser Haufen hatte sich auf Plattformen hoch oben in den Ästen einer uralten Eiche eingenistet, die über die Eisenbahngleise hing. Sie waren fest entschlossen, sie zu retten. Was stellten sie sich eigentlich vor, was passieren würde, wenn man sie umsägte? Ich meine, es ist ja nicht so, als wäre das der verdammte Baum des Lebens. Erstaunlich, daß diese Kinder – die ja angeblich so im Einklang mit der Natur lebten – überhaupt nicht bemerkten, daß sie sich mit toten Taugenichtsen einließen. Aber ich vermute, wer sich in seiner Kleidung eines paläolithischen Stils befleißigt, der verliert das Gefühl für den Stoff des Lebens. Eiertest, also wirklich. Sei nicht vage – sei Veganer.

Nein, die Persönlich Toten redeten nicht nur Blödsinn. An ihrem Programm war anscheinend doch etwas dran – oder Nix-is. Kein einziges Gesicht erkenne ich mehr in diesem gräßlichen Wartezimmer, in dem Hartly mich schon längst vergessen hat. Wir sitzen hier schon eine ganze Weile (eine verdammt lange Weile), nachdem Phar Lap, Rotzlöffel, Lithy und ich in einem schwarzen Taxi vom Piccadilly hierhergefahren waren. Allein das war schon verdächtig – daß wir ein schwarzes Taxi nahmen. Die einzigen Taxis, mit denen ich in den vergangenen elf Jahren gefahren war, hatten Costas und seinen Kumpeln gehört, die gemeinsam die Samsara Minicab Company betrieben. Klapperige alte Kisten, gefahren mit Kupplung statt Bremse von haarigen toten Männern. Doch bei dieser Gelegenheit überrumpelte Phar Lap die Frau, die den Arm hochgerissen hatte, als würde sie Zeus höchstpersönlich begrüßen. Er riß die Tür auf, und wir stiegen alle ein. Nicht daß die Frau deswegen oder wegen irgend etwas anderem eine Szene machte – würden Sie es tun? Wenn Sie auf dem Piccadilly stehen und einem Taxi winken, und als eins anhält, eine fette alte Blondine, ein dürrer Aborigine und ein nackter Neunjähriger es Ihnen vor der Nase wegschnappen?

»Wohin, Chef?« fragte der freiberufliche Nazi im vorderen Abteil, und Phar Lap antwortete: »Palmers Green.«

Ach toll, dachte ich, Palmers Green, noch so eine ruckelnde Odyssee hinaus in die Londoner Peripherie. Noch so eine Suche nach einem heruntergekommenen Versicherungsbüro oder den

farblosen Räumlichkeiten einer bankrotten Farbberatung. Noch so ein Besuch bei der Todokratie. Phar Lap und ich setzten uns auf die Sitzbank, Lithy und Rotzlöffel auf die Klappsitze.
Wir wendeten vom Bordstein weg. Der Nazi schrie, als wollte er seine schnarrende Stimme bis in die hintersten Reihen des Nürnberger Stadions schicken: »Paß doch auf, wohin du fährst, du Wichser!« Die Gegensprechanlage zischte uns zu: »Die andere Route ist teuflisch – hat irgendwo 'nen Bombenanschlag gegeben – was dagegen, wenn ich am Embankment langfahre?«
»Sie sind der Experte«, erwiderte Phar Lap. Wie konnte er nur so naiv sein? Sogar ich, die ich das letzte Mal in einem schwarzen Taxi gefahren war, als es noch keine Gegensprechanlagen gab, wußte, daß dies für den Schnorrer ein Freibrief war, uns auszunehmen. Embankment, also wirklich. Aber ich zahlte ja nicht, und so lehnte ich mich zurück und versuchte, die Fahrt zu genießen.
Ja. Zwischen Mai 96 und Weihnachten 97, als ich herausfand, daß Mr. und Mrs. Elvers mich nach Strich und Faden beschissen hatten, war ich das Faultier von Dulston. Ich trug die Trägheit zu neuen Trögen. Ohne mich weit von der Argos Road zu entfernen, absolvierte ich einen olympischen Fünfkampf des Ennui und gewann jede Disziplin. Hundert Meter Langeweile, der Lauf über die Hürden der Trägheit, das Stoßen der Kugel der Unbeweglichkeit, das Werfen des Speers der Schlaffheit, der Sprung in die Grube des Überdrusses – ich brillierte in allen Bereichen konkurrenzfreien Kämpfens.
Ich war wie diese Opfermumie der Inkas, die man in diesem Jahr auf einem Andengletscher gefunden hatte; perfekt in jeder Hinsicht, außer daß ich mit eingeschlagenem Schädel erfroren war. Mein kleines Radio brachte mir alle Nachrichten, die im verwässerten Cockney metropolitanischer Nachrichtensprecher zu verlesen waren – und ich dachte immer, die sonore Scheiße früherer Jahre wäre schlimm gewesen! Aber der Frieden in Tschetschenien war mir scheißegal – ich würde ihn überleben. Und obwohl

ich Timmy Leary für einen Hochstapler hielt, als ich ihn Ende der Fünfziger kennenlernte (einer von Kaplans Kumpeln), hätte ich mir nicht einmal die Mühe gemacht, ihm meine Meinung zu sagen, wenn ich ihn jetzt am Strand von Santa Dullica getroffen hätte. Die Kampagne zum Verbot von Landminen ging mich nichts an, Bomben in Manchester und Atlanta ließen mich kalt. Der winzige Reitersmann spuckte fünfzig Millionen für sein Indiskretionen spuckendes Frauchen aus. Na und. Die Wahrheit wird als billigstes Revolverblättchen recycelt – aber verdammt, *das* hatten wir doch kommen sehen. In Belgien fand man einen Keller voller Grausigkeiten. Erzählen Sie mir davon. Lieber nicht. In Jerusalem gab es einen Riesenstreit wegen des Tunnels unter dem Tempelberg. Die Juden wollten ihn haben – die Trottel. Und das alles für einen Tunnel? Versucht doch mal, in der Scheiß-U-Bahn zu fahren, ihr Schmocks. In den Staaten ließ sich ein Sechsundsechzigjähriger von einem Computer umbringen. O Mann – langweilen uns diese Dinger nicht sowieso schon zu Tode? Wozu diese Umstände? In Wien gab es eine verdammte Versteigerung für Holocaust-Opfer. Das ist ein bißchen so, als würde man ein gesponsertes Würstchenwettessen für Somalia veranstalten – meinen Sie nicht auch? Der Oberschwanz aus Arkansas wurde wiedergewählt – Fadokratie nenne ich so was. O. J. hat geblecht. Gähn. Die fette Fergy hat mit den Weight Watchers einen Millionenvertrag abgeschlossen, und ich muß gestehen, ich beschäftigte mich beiläufig mit der Frage, wie wohl ihre Fetten einmal aussehen werden. Die Human Fertilisation and Embryo Authority gestattete es einer Frau namens Blood, sich mit dem Samen ihres toten Mannes befruchten zu lassen – retardierte Ejakulation nenne ich so was. In L. A. versuchten einige hirnlose Muskelpakete, den Schwanz eines Kometen zu fangen, und fielen dabei voll auf ihre steroidgeschwellten Schnauzen. In Frankreich schrieb ein armer Vollgelähmter einen ganzen Roman mit einem *Augenlid*. Und es heißt immer, der Roman sei tot. Noch ein verdammter Berg – diesmal der Gins – hat die Bongos weggestellt und den Löffel abgegeben. Nur ein paar Straßen von Dulston entfernt bejubelte die konfektionierte Masse ein glubschäugiges Bambi von einem Premierminister, als wäre die Inauguration eine gottverdammte *Revolution*, dabei war es in Wirklichkeit doch nur eine weitere Ausrede für einen Haufen Papier. Ein Computer besiegte den Juden Kasparow in seinem eigenen Spiel. *Au revoir*, Eierköpfe. Die Schweizer fanden in ihren Tresoren vier verdammte Milliarden von unserem Geld. Ich hatte ja nichts mehr davon, aber mal ehrlich, in welchem Loch habt ihr diesen Batzen denn verloren, ihr Emmentalerschädel? Die Krebsstengelmacher mußten 370 Millionen Dollar an Medicare blechen. Ich lachte gelangweilt – zu wenig, zu spät – und zündete mir eine B&H an. Die sechsundsiebzigste an diesem Tag. Ich wollte meinen Konsum einschränken, wissen Sie noch? In Kambodscha wurde Pol Pot endlich aufgespürt. In Florida brachte ein schwuler Niemand einen schwulen Jemand um, weil ihm der Schnitt seiner Hosen nicht gefiel. Nahm ich zumindest an. In Paris segnete die Kleiderpuppe des winzigen Reiters, wie leider vorauszusehen, das Zeitliche, als sie spät nachts mit ihrem arabischen Beschäler durch die Périphérique galoppierte. Ganz London wurde meschugge. Sogar ich kroch aus dem Bett und schleppte mich zum Kensington Palace, um mir dieses Blütenmassaker anzusehen. Sogar mich ließ diese unglaubliche Verschwendung von Schnittblumen nicht kalt. Ich meine, da hätte man die Schecks doch gleich dem New Covent Garden geben und diese verdammte tote Mittlerin auslassen können. Die in diesem Augenblick wahrscheinlich gerade im verdammten Ennuyeuseville interkruralen Sex mit Georges Simenon hatte. Ihr sollte etwas daran gelegen sein.

Danach versank ich in so gut wie völliger Apathie bis Dezember, als mein Schwarm, der Unabomber, gezwungen war, mit dem Justice Department einen Handel abzuschließen. Er gab dem Leben den Vorzug vor dem Tod – der Jammerlappen. Ich hatte gehofft, er würde nach Dulston kommen und wir beide könnten dann ein paar Jahre mit gemeinsamem Schnitzen vertrödeln. Wissensewasichmeine?

Offensichtlich hatte ich fast sechs Monate lang nichts von der gespenstischen Jagd nach Familienzuwachs gehört, aber ich war mir ziemlich sicher, daß die Elvers noch mit Eifer dabei waren. Inzwischen mußten sie fast zwanzig Churchillsche Zyklen hinter sich gebracht haben. Der gute Lord hatte ihnen zweihundert Riesen abgeknöpft, und trotzdem – vermutete ich zumindest – war Charlotte noch kein bißchen riesiger geworden. Falls sie wirklich noch schwanger werden sollte, dann wären sie wirklich und wahrhaftig geschtippt. Ich meine, was würde Churchill ihnen denn zu ihrem Baby schenken? Ein schnuckeliges Spielzeug? Eine Kinderzimmereinrichtung? Was für einen Mehrwert konnte sein Wirken denn bedeuten für Leute wie die Elvers, Leute, die bereits alles Materielle hatten, was sie wollten, und daneben noch viel, viel mehr?

Erst als ich an der Warren Street aus der U-Bahn stieg und durch den beißenden Wind stapfte, der den Euston Tower herunterpfiff, dämmerte es mir – es war Weihnachtsabend. Wir Dulstoner legten keinen großen Wert auf religiöse Feste, und ich glaube, Sie können verstehen, warum.

Es bringt nichts, den christlichen Retter zu beweinen, wenn man bereits tot ist. Ich meine, das einzige, was am Tag des Jüngsten Gerichts passieren würde, wäre ein Massenansturm der Seelen auf unser Viertel, und der würde die Mieten in himmlische Höhen treiben. Es rentiert sich auch nicht, den Ramadan zu beachten. Was, Nahrung und Wasser ist Ihnen nicht zwischen die Lippen gekommen, hat Ihre Zähne nicht überwunden? Na ja, wenn Sie im Dulstoner Café zu Abend essen, werden Sie es unmöglich *schlucken* können. Ehrlich, ich glaube, nicht einmal der verrückteste tote Mullah würde wegen dem, was wir uns in den Mund stecken, einen doktrinären Streit vom Zaun brechen. Allerdings habe ich gesehen, daß die Seths an Diwali, dem Lichterfest der Hindus, ein bißchen eine Schau abzogen, wobei ihr kleiner Junge Mr. Bernard mit farblosem Wasser besprenkelte. Aber so waren die Seths eben – sie hatten an Dulston viel mehr Gefallen gefunden als ich. Typisch für britische Asiaten, immer bereit, die Zelte abzubrechen, zu sterben und weiterzuziehen zur nächsten Einzelhandelsgelegenheit.

Ja, Scheißnachten. O Tannenbaum, o Tannenbaum, wie spitz sind deine Blätter, tra-la-la-la-la, la-la-la-la, und das nicht nur zur Sommerszeit, nein, auch wenn Papa nach Glühwein schreit, tra-la-la, tra-scheiß-la-la. Lamettabäumchen in den Schaufenstern, rote Nylonstrumpfhüte auf den besoffenen Schädeln der Pendler. Überall gute Laune bis zum Kotzen. In der ganzen Cumberland Terrace fanden die Reichen es angebracht, ihre Fenster mit ach so herzigem Retro-Nippes zu schmücken. Die diesjährige Mode verlangte handbemalten Holzzierrat und Kerzen anstelle von bunten Elektrolichterketten. Alles, was das London dieser Jahrhundertwende aussehen läßt wie das verdammte *Norwegen* an der Wende zum letzten. Die Elvers hatten sich in dieser Hinsicht mal wieder selbst übertroffen. Typisch für ein kinderloses Paar ohne einen Funken Spiritualität in den korpulenten Körpern, daß sie wegen dieser infantilen Saturnalien ein solches Tamtam machten. Typisch vor allem für Charlie – dieser dreisten Möchtegernanglikanerin.

Heftig fluchend stapfte ich die teuren Treppen hoch. Ich manifestierte mich in der großen Vorhalle mit ihrem Boden aus italienischem Marmor und dem Garderobenständer von der Größe eines Mammutbaums. Aus dem Salon hörte ich das Klirren von Kristall und angeregte Stimmen, die glücklich plapperten. Hm, das gefiel mir nicht – weswegen waren denn die so fröhlich? Das Geplapper war nicht nur glücklich, es klang auch so bedrohlich familiär, so furchtbar kindorientiert. Ich ätherisierte mich und schlich über den dicken Teppich.

Ach du heilige Scheiße! Da waren sie, Mummy Elvers, die Geschenke unter eine heitere Tanne legte, ein Dienstmädchen, das mit einem Silbertablett voller Hackfleischpastetchen bereitstand,

die Sherrygläser funkelten, und auf dem mercedesgroßen Diwan saß Richard Elvers mit einem niedlichen kleinen Jungen auf den Knien. Das Kind war ungefähr drei, es grinste über das ganze Gesicht, und seine Haut war so schwarz wie mein kaltes, totes Herz. Ich hatte keinen Zweifel daran, daß dieser Junge nun ihr ganz eigener war. So, wie sie ihn anschauten, wie er sie anschaute, die Tatsache, daß Bob Marley auf der Bang&Olufsen lief – zweifellos Zeichen ihrer tugendhaften Tolerierung seiner afro-karibischen Herkunft –, das alles roch nach perfekt erzeugter Häuslichkeit. Die Elvers waren endlich zu Hause. Aber ein schwarzes Kind? Das hätte ich ihnen nie zugetraut.
Natürlich war ich stinksauer, aber einige Stunden lang glaubte ich einfach nicht, daß das Spiel endgültig aus war. Gut, sie hatten kapituliert und sich für eine Adoption entschieden, aber war es denn nicht oft so, daß nach einem solchen Schritt die verzweifelten Unfruchtbaren sich so weit entkrampften, daß sie es doch noch schafften? Erst als ich Richards Schreibtisch durchwühlte und die Briefe fand, in denen Churchill endgültig bestätigte – wohlgemerkt, erst nachdem er das Geld eingesackt hatte –, daß der Samen meines Schwiegersohns ein geschmackloser Fond, irreversibel versauerte Sahne war, akzeptierte ich die Niederlage. Das war das eine – aber es kam noch schlimmer. Ich hing die ganzen Festtage bei den Neuen Elvers herum, saugte die Atmosphäre auf und erfuhr dabei, daß sie doch tatsächlich Waste of Paper verkauft und einen Großteil des Geldes *verschenkt* hatten und jetzt aufs Land ziehen wollten, um sich ganz ihrem Junior zu widmen. Ich war erledigt. Ich haßte zwar Dulston, aber in die englische Provinz ziehen? Vagisses. *Dazu* hätte ich schon doppelt tot sein müssen.

Siebenundzwanzig Pfund auf dem Taxameter, und Phar Lap sagte keinen Ton. Nicht nur das, er gab diesem Martin Bormann sogar noch ein Trinkgeld, obwohl er uns in seinem teuren Taxi nicht rauchen ließ und auf dem ganzen Weg hierher nach Palmers Green auf dem Handy mit seinen Freunden quatschte. Was für ein Arsch von Glatze.

»Und, was ist es diesmal?« fragte ich Phar Lap, als wir uns wieder einmal auf eine dieser heruntergekommenen Geschäftsstraßen ergossen. »Eine Tuningwerkstatt, die ihre Bilanzen nicht mehr frisieren konnte? Ein Bürgerberatungsbüro, das sich selbst keinen Rat mehr wußte? Was für charmante Räumlichkeiten hat die Todokratie denn diesen Monat für infizierenswert befunden?«

»Hey-yeh. Für mich sieht's aus wie 'n alter Zahnklempner, Lily-Mädel. Wir gehen besser rein, yeh-hey?« Er schulterte seine hölzernen Accessoires. Es schienen jedesmal mehr zu werden.

»Was ist denn das da?« fragte ich, während wir die Treppe hochgingen, und deutete auf einen bemalten Holzstab von etwa einem Meter Länge.

»Der da? Das ist ein *pukamani,* Mädel – Todesstab.« Er benutzte ihn, um damit die Milchglastür aufzustoßen, und dann ließ er mich ein in einen Warteraum, in dem ich nun lange sitzen würde.

»Ah, Ms. Bloom«, sagte Hartly, der direkt vor uns stand, denn er hatte versucht, eine Garfield-Puppe mit einem Saugnapf an der Tür zu befestigen. »Ich fürchte, Mr. Canter ist im Augenblick beschäftigt, aber wir sind sehr froh, daß Sie hier sind. Gut von Mr. Jones, daß er Sie hergebracht hat. Soweit ich weiß, wurden Ihre Steuerschulden inzwischen zur Gänze beglichen.«

»Tatsächlich?«

»Ja, ja.« Jetzt, da er es erwähnte, erinnerte ich mich, daß ich alles bezahlt hatte. In Gelddingen war ich schon immer ziemlich vergeßlich gewesen. »Es gibt nun, wie soll ich es sagen, keine weiteren Hürden oder Hindernisse mehr, es geht nur noch darum, Formulare auszufüllen, die Korrektheit der Angaben zu prüfen, der ganze Verwaltungsaufwand eben.«

»Ach, da wäre ich von allein nicht draufgekommen«, höhnte ich.

Hartly lächelte nachsichtig. »Ich fürchte, unser Wartezimmer ist nicht das einladendste – es ist heutzutage schwer, entsprechende Räumlichkeiten zu finden.«

»Offensichtlich.« Ich sah mich in diesem langen, schmalen Zimmer um. An den Längswänden standen nicht zusammenpassende Stühle: Stapelware aus Plastik, Küchenstühle mit geflochtenen Sitzflächen und gepolsterte Bürosessel mit Rollen. Darüber steckten in Wandgestellen noch immer die Broschüren über Fluor, Zahnseide, Karies und andere lebenswichtige Zahnfäulethemen. Ich betrachtete die gewohnt rotstichig-grellen Plakate des menschlichen Munds, auf denen Kleinanzeigen klebten: »Katze sucht nettes Zuhause«, »Zuhause sucht nette Katze«. Da wäre wohl ein Katzentausch angebracht. Zwischen den gegenüberliegenden Stuhlreihen stand ein langer, niedriger Tisch, auf dem sich unzählige *Woman's Realm, Reader's Digest* und *Tatler* stapelten. Anscheinend waren die einzigen, die je hierher kamen, um sich ihre Zähne richten zu lassen, bildungsarme, weibliche Snobs. Ach ja, natürlich saßen die wartenden Toten herum, aber das war die übliche gespinstige Truppe, *Cabbage-Patch*-Puppen ohne ihren Taufschein, nichtssagende Gesichter, wie man sie durch die regenverspritzten Scheiben öffentlicher Transportmittel sieht. Allerweltsniemande.

»Immerhin«, fuhr Hartly fort, »haben die ehemaligen Mieter ein wenig Lektüre zurückgelassen, Magazine und so weiter, also bitte machen Sie es sich hier bequem. Etwas später können Sie ja vielleicht einmal hereinschauen und den *nyujo* besuchen – aber nur wenn Sie sich danach fühlen.« Und damit verschwand er durch eine weitere Tür mit Milchglaseinsatz, was mir einen kurzen Blick auf die Beamten ermöglichte, die in ihren Anzügen aus allen Epochen mit Spirographen zeichneten, mit Tamagochis spielten und Pokémon-Karten tauschten.

Phar Lap zog eine Nummernkarte aus einem Spender und gab sie mir. »Hier, Lily-Mädel, bist Nummer 1347 – schätze, das wird für dich 'ne verdammt lange Wartezeit werden.«

»Was soll das heißen – für mich? Was ist mit dir?«
»Na ja ... wird Zeit, daß ich mich jetzt endgültig aus dem Staub mache, Mädel, hey-yeh?«
»'tschuldigung – soll das heißen, daß du *mich hier allein läßt?*«
»Ich bin ein Todesführer, Lily-Mädel – dassis die Beziehung zwischen uns. Du wirst nicht mehr lange tot sein, und deshalb wird's Zeit, daß ich ins Woanders gehe.«
»Ins Woanders?«
»Dassis ein neuer Club, den ich in Camden Town aufmache. Wird 'ne große Sache, Mädel – aber keinen Ton darüber zu niemand, yeh-hey?«
Es mir bequem machen in diesem Provisorium? Der Gedanke war absurd. Plötzlich dachte ich mit Wehmut an mein Souterrain in 27 Argos Road, an Dulston, an den Alltag, den ich mir eingerichtet hatte. Sogar an die Fetten. »Na ja, ich schätze, daß mir wenigstens die Kleinen als Gesellschaft bleiben.«
Phar Lap saugte verneinend an den Wangen. »Nee, die Kleinen kommen mit mir, Mädel, yeh-hey? Dassis nicht ihr Umgang, Mädel, ganz und gar nicht ihrer. Hier geht's nur um dich, Lily-Mädel, nur um dich.«
Lithy kam es hart an. *»With your long blonde hair and your eyes of blue/The only thing I ever got from you was sorrow! Sorrow!«* Ich konnte fast Tränen in seinen schwarzen Augen funkeln sehen. Betroffen taumelte es über das höckerige Linoleum des Wartezimmers, bis Phar Lap es aufhob und in seinen Beutel steckte.
Rotzlöffel war ähnlich gerührt. »Verpiß dich, du fette, alte Schlampe. Du verdammte Mörderin. Du Myra Hindley – verpiß dich!« Er wiederholte seine Anschuldigungen noch einmal und stürmte dann zur Hintertür hinaus. Das letzte, was ich – oder soll ich sagen, wir – von ihm sah, war der Schwanz seiner Waschbärenmütze. Warum hatte ich ihm dieses Scheißding nur je gekauft? Ach ja, ich erinnere mich – weil er der König der wilden Grenze sein wollte.

Phar Lap blieb vor mir stehen. »Das war's also, Mädel, yeh-hey? Hab noch ein paar Sachen für dich in meinem Beutel – natürlich nur, falls du gehst?«

»Was soll das heißen – *falls?*« Ich wurde langsam ungehalten – Abschiede hatte ich noch nie gemocht.

»Hast noch immer 'ne letzte Chance, von den Umgängen wegzukommen, Mädel.« Seine Stimme hatte diese merkwürdige Klarheit, die sie in Augenblicken der Belehrung immer bekam. »Noch immer Zeit, dich an die Haken und Ösen der Gnade zu hängen. Wenn du es willst. Wenn du es schaffst – auch nur für wenige Augenblicke –, eine absolute Zielgerichtetheit des Denkens zu erreichen. Glaub mir, Lily Bloom, du wirst es nicht bereuen.« Ich starrte in seine verspiegelte Sonnenbrille und sah dort, auf mich zurückstarrend – und bei weitem nicht so schlecht aussehend, wie ich es nach elf Jahren jenseits des Grabes erwartet hätte –, mich selbst. Meine blaugrauen Augen, meinen weit vorstehenden Kiel von einer Nase, meine hohen Wangenknochen – zum *Sterben*. Meine dichten, glänzenden blonden Haare. Nee – ich sah absolut nicht schlecht aus.

»Und was hast du für mich in deinem Beutel?« fragte ich ihn.

Er griff in seinen geflochtenen Strohbeutel und holte eins nach dem anderen heraus: Rosinen, mit der freigebigen mediterranen Schönheit auf der Schachtel; eine Orange; Knäckebrot; sechs Eckchen Frischkäse; eine Dose Top-Deck-Radlerbier; und schließlich – einen Mars-Riegel. »Hier nimm, Lily, ein bißchen was zu mampfen, damit du durchhältst. Hast Hunger, yeh-hey?«

»Hunger? Ich bin verdammt noch mal am Verhungern!« Ich nahm die Snacks aus der Schale seiner Hände und steckte sie in meine Manteltaschen. Der Mars-Riegel kam als letzter hinein, ich wußte, daß er als erster wieder herauskommen würde.

»Dann spürst du ihn also, Mädel, den Hunger, hey-yeh?«

Ich spürte ihn. Nach all dieser Zeit war er wieder da und nagte an mir, dieser wilde, exquisite Schmerz des Hungrigseins. Das Bedürfnis nach Essen und die Sehnsucht danach, daß es in meinem

abwehrenden Bauch einen chemischen Krieg führt. »Läßt dich mal an was anderes denken als ans Vögeln, yeh-hey?«
Das tat er wirklich – der Hunger. Ließ mich zum ersten Mal seit Monaten an was anderes denken als an Sex. Die Snacks waren binnen Sekunden verschwunden – Sie waren dabei und haben gesehen, wie ich sie verschlang. Der Mars-Riegel kam als erstes, wie vorhergesagt. Der kleine braune Schokoladenriegel, der in meinem Mund zu Brei schmilzt, mir die Kehle hinuntersickert, mit seiner sinnlichen Süße in mich eindringt. Mit drei Bissen verschwunden. Es ist so gut, wieder mit den eigenen Zähnen zu essen – ein Bonus, den ich gar nicht erwartet hatte. Dann verschwanden die Rosinen, die Orange, das Knäckebrot und der Käse. Ich spülte alles mit dem Top Deck hinunter, ohne Ihnen von alledem auch nur einen Happen anzubieten; aber Scheiße, Sie sollten sich ein bißchen energischer bemerkbar machen. Als ich von meiner schuldbewußten Stärkung hochblickte, war Phar Lap verschwunden. Typisch für ihn – sich einfach in Luft aufzulösen.
Seitdem kommt der Hunger dauernd wieder. Wilder Hunger, der mich fortzerren will. Ich weiß nicht, warum Hartly von »früheren Mietern« sprach, denn durch die Tür am anderen Ende des Wartezimmers kann ich von Zeit zu Zeit das schmerzhafte Surren eines wassergekühlten Bohrers hören. Wenn ich mich nicht sehr irre, macht da drin jemand Zahnbehandlungen. Trotzdem, keine Sexbesessenheit, und dafür muß man dankbar sein, denn jetzt, da ich dazu komme, Ihnen all dieses Zeug zu erzählen, fällt mir auf – vielleicht nur ein ganz klein wenig verspätet –, daß es der Sex war, der mich überhaupt erst in diese verdammte Lage gebracht hat. Sie wollen was über die Lust erfahren? Ich erzähle Ihnen von der Lust.

Es war wenige Wochen nach der Enthüllung bei den Elvers. Ich lag zu Hause auf dem Bett, rauchte und lauschte meinem kleinen Radio. Der Nachrichtensprecher – der nun einen breiten, nördlichen Dialekt sprach – meldete uns, daß Benjamin Spock gestorben sei. Scheiße – Spock! Nun doch einer von uns. Wie oft hatte ich, auf der Suche nach dem Eintrag »Koliken«, in seinem Buch geblättert, während das eine oder andere der Kinder sich stöhnend neben mir im Bett wand. Spock, mit seinem guten, stringent gesunden Menschenverstand, den ein Nudnik wie ich nie länger als ein paar Minuten anwenden konnte. Ja, wenn ich nur Kinder *mit* Spock gehabt hätte, dann hätte vielleicht die Chance bestanden, daß sie normal geworden wären und nicht tot oder drogensüchtig oder hirnlos.

Der Gedanke an Spock als potentiellen Vater führte mich – logisch – zu der Vorstellung, es mit Spock zu treiben. Na, wie das wohl wäre! Ich hatte mir schon immer gern ausgemalt, einen Arzt als Geliebten zu haben – die wissen schließlich, wo's langgeht und so weiter. Plötzlich merkte ich, daß ich nicht nur ausführlich über diese Sache nachdachte – wie ich ihm tief in die Brille schaute, ihm aus dem weißen Mantel half – sondern davon *erregt* wurde. Geil. Natürlich spürte ich nicht, wie ich feucht wurde oder meine Brustwarzen steif wurden – aber in meinem Kopf brannte das Fieber des Wollens. Und das blieb auch so für die nächsten eineinhalb Jahre.

Ich hätte nichts dagegen gehabt, es mit Pol Pot zu treiben – er war zwar klein, aber meiner Erfahrung nach waren die schmächtigen, drahtigen Kerle oft die besten Ficker. Nur schade, daß er im Mai 98 den Löffel abgab. Und dieser Marcel Papon, ich hatte keinen Zweifel daran, daß er Juden in die Gaskammer geschickt hatte, aber eins mußte man ihm lassen, vor Gericht sah er schon sehr elegant aus. Er bekam zehn Jahre – ich hätte nichts dagegen gehabt, ihm in seiner Zelle die Haft ein wenig zu versüßen, wennsewissenwasichmeine. Und diese verrückten Skinheads in Sachsen-Anhalt – bei den Bundestagswahlen bekamen sie achtzehn Prozent. Ich wette, daß es an diesem Abend in den Bierkellern hoch herging – ich hätte mich da auch gern hart rannehmen lassen. Ja, meine Lust war nicht wählerisch. Schon im Leben dachte ich, ich wäre ihre Marionette, aber das nun war wirklich *lächerlich,* wenn ich gekonnt hätte, hätte ich *alles* gefickt. Bambi Blair und Adams mit den feuchten Lippen – ein flotter Dreier mit den beiden während der englisch-irischen Gespräche, das wäre genau meine Sache gewesen. Ach verdammt, warum nicht noch ein paar fette Unionisten zum Ausgleich mit dazu? Aufständische Kuffija-Träger auf der West Bank? Vielleicht würden sie sich ein wenig beruhigen, wenn sie an mir ihr Mütchen kühlen könnten. Sie *wissen* doch, was sexuelle Verdrängung bei einem Mann anrichten kann. Ich konnte nicht weinen, als Frankies Blauaugen sich trübten – aber im Gegensatz zum Rest hätte ich es mit ihm auf seinem Totenbett treiben können. Scham kannte ich nicht. Roy Rogers hätte in meinem Land singen können, wann immer er wollte, ich hätte seinen *Trigger* schon richtig zu behandeln gewußt.

Die ganzen ersten neun Monate des Jahres 98 lag ich im Bett und wand mich psychisch, während draußen die Fetten Bauklötze staunten und Lithy *»Je t'aime«* stöhnend Orgasmen vortäuschte. Sogar HeLa wurde ungewöhnlich heiß, und was Rotzlöffel anging – na ja, das können Sie sich ja vorstellen. Schließlich mußte ich aufstehen. Ich kam recht gut damit zurecht, tot, fett und alt zu sein – aber so voller schweinischer Gedanken? Also, ich bitte Sie.

Da die Elvers nun nicht mehr da waren und ich meinen Job verloren hatte, gab es nicht mehr viele Orte, wo ich herumhängen konnte. Außerdem fürchtete ich, daß meine neugefundene Sinnlichkeit es mir schwermachen könnte, ätherisch zu bleiben. Was, wenn einer der Myriaden Männer, mit denen ich auf den Straßen liebäugelte, mich dabei ertappen würde? Das würde einen hübschen Wirbel geben. Nein, ich beschloß, wieder einmal nach meiner Jüngsten und ihrem Gefährten zu sehen. Wenn es jemand gab, der meine Lust ausschalten konnte wie eine Lampe, dann Natasha. Schon bevor sie zur richtigen *Hure* geworden war, war sie nichts als ein Flittchen gewesen. Es war einfach ihre schlechte Einstellung. Die inneren Stimmen, die sie beschwatzten: »Warum läßt du dich nicht von ihm vögeln, Natty? Dann fühlst du dich attraktiv – für eine Weile.« Ja, so war sie, sie verhökerte ihren schwindenden Vorrat an Selbstachtung für Fünf-Pfund-Jetons männlicher Lust.

Mit Natasha und Russell ging es zu der Zeit schon ziemlich bergab. Zwar schafften sie es noch, den Schein zu wahren, doch bei ihnen war ja immer schon alles nur Schein gewesen. Sie lebten in einer schicken Wohnung in den Imperial Mansions, einem dieser modernen Blocks an der Regent's Park Road in der Nähe des Lord's Cricket Ground. Russell hatte diesen voll möblierten Edelunterschlupf einem Nudnik abgeluchst, der meinte, er würde eine Gegenleistung erhalten, wenn er diesem Duo den Arm der Freundschaft entgegenstreckte. Der Idiot, inzwischen streckten die beiden ihre Arme nur noch aus, um Nadeln hineinzustechen. Sie gaben sich weiter der Illusion hin, ihr Leben wäre magisch, weil sie raffinierte Tricks mit Rauch und Spiegeln vollführten. Und wenn sie auf Crack war, dann ließ sie jeden ran.

An diesem speziellen Nachmittag war Russell ausgegangen, um Stoff zu besorgen. Natasha war nicht auf Entzug – das merkte ich sofort. Sie war zugekokst und scharf drauf, noch higher zu werden. Um sich die Wartezeit zu vertreiben, marschierte sie durch die protzigen Räume – weiße Zottelteppiche, Glas-und-Aluminium-Tische, Leder-und-Stahl-Sessel – und rauchte unaufhörlich. Sie häufte einen beeindruckenden Ascheberg für die erwartete Cracksession auf. Sogar ich mit meinem *unermüdlichen* Rauchen war angewidert von der Vorstellung einer Drogensucht, die tatsächlich verlangte, daß man Zigarettenasche sammelte, einen veritablen Vorrat dieses schuppigen grauen Drecks anlegte. Igitt.

Sie trug eine hautenge schwarze, satinglänzende Hose, meine Natasha. Und ein hautenges schwarzes Lurextop. Sie sah noch immer gut aus – wenn man sein Fleisch gern mager und chemisch geräuchert mag. Zum Glück mochte derjenige, der sie besuchen kam, es so. Der Summer ertönte, und unten in der Lobby stand … ich ging mit ihr zum Überwachungsmonitor, um nachzusehen, wer es war … Miles. Wie viele Meilen hatte er sich diesmal geschleppt, um seine alte Liebe zu besuchen? Er hatte noch immer kein Geld für ein Taxi, denn nachdem sie ihn eingelassen hatte, erklärte er, daß er nicht oft mit dem Auto nach London hereinfahre, weil das Parken die Hölle sei – und so teuer.

Ja, Miles, er war aufs Land gezogen und hatte eine Frau geheiratet, die ein bißchen besser zu ihm paßte als Natty. Aber verdammt, sogar Katharina die Große hätte besser gepaßt als Natty, auch wenn man ihr *Pferd* sein müßte. Sie hatten zwei Kinder, zweieiige Zwillinge. Er zeigte ihr die Grinsefotos. Großer Fehler, Miles. Überhaupt hierherzukommen war schon ein Fehler, aber der schwarzen Witwe eine solche allerliebste Mahnung an ihr eigenes mütterliches Versagen zu zeigen – das war saublöd. Aber der Hellste warst du ja noch nie gewesen, was, Miles? Hockst in der Provinz, rackerst dich als Pflichtverteidiger ab und verdienst kaum die Butter aufs Brot dabei. Was für ein Schmock. Und jetzt hast du ihre Eifersucht geweckt, ihre schlechten Gefühle, hast den dunklen Tümpel ihres Selbstekels aufgewühlt. *Wirklich*, Miles, du hättest doch inzwischen wissen müssen, was dann passiert. Das hätteste wirklich, Miles, wirklich.

Sie standen in der Küche, und Natasha machte ihm eine Tasse Tee. Es war die einzige Tasse Tee, die sie in dieser Wohnung je gemacht hatte in den drei Monaten, die sie nun schon hier starb (Leben konnte man das ja wohl kaum nennen). Miles hatte noch nie irgend etwas geraucht, und das gab ihm in dieser dunstigen Bude klare Umrisse. Und als wollte er sich noch anziehender machen, nutzte er aus irgendeinem merkwürdigen Grund diesen Augenblick, um Poesie zu zitieren. »September«, sagte er, »als wir liebten wie in einem brennenden Haus …«

»Wird es so lange dauern?« erwiderte sie beiläufig.

»Was?«

»Bis wir uns lieben. Meinst du nicht, wir sollten das Haus sofort in Brand stecken? Wir könnten den Kalender sich selbst überlassen, hm?«

Es war ihr plötzlich todernst – und ich war entsetzt. Sie zog ein Wegwerffeuerzeug aus der Tasche ihrer hautengen Hose und hielt die zwei Zentimeter blauer Flamme an die Ecke eines Kochbuchs, das auf einem Stapel auf dem Hackblock lag. Um dies zu tun, mußte sie sich über Miles drüberbeugen, so daß ihr flacher Bauch ganz kurz an seinem Schritt rieb. Eins muß man ihm zugute halten, er zuckte zurück – allerdings nicht lange.

Sie trieben es im Schlafzimmer, ohne sich die Mühe zu machen, die schwere, zebragestreifte Tagesdecke von dem breiten, flachen Bett zu ziehen. Ohne daß er sich die Hose auszog. Scheiße, sie hätte sich auch nicht damit aufgehalten, wenn sie es nicht gewesen wäre, die die Schenkel spreizen mußte. Ich stand in der Tür des angrenzenden Bads, also zwischen den Spiegeln, in denen man sich beim Scheißen zusehen konnte, und der Scheißnummer, die da auf dem Bett ablief. Klaustro und Agro. Ich war angewidert – das schon. Aber mehr noch, ich war eifersüchtig. So eifersüchtig, wie ich es noch nie erlebt hatte. Er war *mein* Mann, *mein* Miles. *Ich* hätte diejenige sein sollen, in die er sich so hineinwuchtete. Ich wollte sein hübsches Gesicht mit meinen Küssen bedecken, in seine Haare greifen, in seinen Mund schreien, seinen festen Arsch packen. Ich wollte ihn so, wie ich noch nie einen Mann gewollt hatte.

Und was Natasha anging, die verfickte Schlampe. Ein typisches Kind ihres Vaters – genau das war sie. Noch eine dumme, willensschwache Yaws, wie ein Kind, das einen geeisten Schwanz in jeder Hand hält und nicht weiß, welchen es zuerst lecken soll. Wenn Nichtigkeit solcher Seichtheit etwas hätte tun können, hätte ich ihr die Augen ausgekratzt. Es wegen des Kicks zu tun, das konnte ich ja noch verstehen – aber Ehebruch aus Gehässigkeit, das war vulgär. Doch wie gesagt – es dauerte nur Sekunden. Der arme, alte Miles, offensichtlich bekam er nicht allzuviel ab in

seinem Stevenage oder in welcher alten neuen Stadt er sich verkrochen hatte. Er zog ihr die Hose aus, zog ihr den Slip herunter, stieg auf sie drauf, stieß ein paarmal zu – und dann war alles vorbei. Er blieb nicht zum Tee. Er verließ sie und ging zu Fuß die langen Meilen bis zum Bahnhof, ließ mich mit ihr allein zurück. Aber ich blieb dort. Blieb dort bis wenige Wochen vor meinem Rendezvous mit Phar Lap in Soho, von dem ich Ihnen am Anfang dieser leeren Geschichte erzählt habe. Typisch für die verdammte Todokratie, daß sie uns so herumhängen läßt – aber zum Glück für mich haben Sie sich als *so* guter Zuhörer erwiesen.
Ja, ich blieb. Genaugenommen hatte ich keine andere Wahl. Ich war durch meine Lust an sie gekettet, denn wann immer sie eine Nummer abzog, mußte ich dabeisein. Und sie zog einige ab in den Monaten, bevor sie bemerkte, daß sie schwanger war. Ich lernte, die exquisitesten Qualen des Verlangens zu durchleben, während sie hinter der schaudernden Schulter des unbekannten Stechers Nummer zweiundachtzig auf die Uhr schaute. *»I've got to be there«,* wie Lithy so charmant bemerkte. Ich durchlitt extreme Agonien unstillbaren sexuellen Hungers, während sie an ihrem siebzigsten Würstchen der Woche würgte.
Wie sie dazu kam, zu dieser professionellen Hurerei? Nun, sie war keins dieser armen Mädchen, die ein Kärtchen in eine Telefonzelle kleben müssen, nicht unsere Natty. Sie verstieß nicht so plump gegen das Pornographiegesetz. Diese Kärtchen mit ihren Fotos von pneumatischem, unbeflecktem, üppigem Fleisch, geziert mit rotem Elastikband und weißem Satin. Diese Kärtchen, auf denen steht: »Jasmine, 90–60–88, 18 Jahre, neu in der Szene. Eigene Wohnung. Keine Eile. Komm und entspann dich. Bleib eine Weile«, obwohl sie doch eigentlich schreien müßten: JANINE, 25 JAHRE ALT, EMOTIONAL GESTÖRT, CRACKSÜCHTIG, GONORRHÖE, BLUTERGÜSSE, UNSPEZIFISCHE URETHTRITIS, HIV. ICH MACH'S DIR SCHNELL FÜR ZWANZIG MÄUSE – ICH BRAUCH DRINGEND EINEN SCHUSS. Nein, das alles hatte unsere Natty nicht nötig, sie operierte in einem gehobeneren Marktsegment.

Russell wußte darüber Bescheid, 'türlich, wie hätte er auch nicht Bescheid wissen sollen? Schließlich war er es, der sie mit dem schleimigen Zimon bekannt machte. Ja, Zimon, was für eine Marke, einer, der glaubt, daß ein z aus ihm einen Zorro macht und aus seiner Begleitagentur ein Nonnenkloster im verdammten Baja California. Zimon ist eine große Nummer im Begleitgeschäft, und seine Mädchen sind die besten, wenn's darum geht, betrunkene mittlere Manager auf den zwei Metern von der Tür ihres Hotelzimmers zur Mitte ihres Betts zu begleiten. Ja, Russell wußte Bescheid – wobei sie nie darüber sprachen. Sie waren wie jedes Luden-Nutten-Paar auf der ganzen Welt, sein Haken der Unzulänglichkeit in ihrer Öse der Schande, und so zogen sie sich gegenseitig immer tiefer in den Dreck. Tiefer und tiefer.

Ja, es ging immer weiter bergab mit ihnen. Als sie kurz vor der Geburt stand, hatte der Immobilienmakler jeden Geschäftskontakt, den er je gehabt hatte, ruiniert. Es gab Männer mit Schriftzügen auf ihren Hosen, die seinen Tod wollten. Buchstäblich. Eins muß man ihm allerdings lassen: Im letzten Drittel hielt er sie davon ab, sich für Geld hinzulegen. Ich meine, wie viele Perverse gab es denn, die auf eine methadonschlürfende Schlampe standen, in deren gedehntem braunem Bauch sichtbar ein Fötus strampelte? Mehr als genug. Ja, sie war auf Methadon. Zwanzig Milligramm pro Tag, das sie sich in der Apotheke besorgte und dort trank, neben kahlrasierten Kindern, deren Mütter für Nissenkämme anstanden. Er mußte sie fast einmauern, um sie von der anderen Scheiße abzuhalten. Andererseits war es zu der Zeit schon viel einfacher, sie einzusperren – ihre Behausungen wurden immer zellenartiger.

Immer weiter bergab, von Penthouse zu Haus zu Wohnung zu Bruchbude. Sie zogen Richtung Osten, gegen den Wirtschaftswind des Wohlstands, der in die andere Richtung blies. Zwei dünne Wetterfahnen, die sich an einer Brise der Vernichtung ausrichteten. Jetzt hausen sie in Mile End, in einer schäbigen Unsozialsiedlung, zusammen mit all den anderen entsorgten

Fürsorgeempfängern. Aber was schert mich das? Da draußen wartet eine schöne neue Welt, und ich will wieder ein Teil davon sein. Mann, sie haben es sogar geschafft, im Gazastreifen ein Flugfeld zu bauen – das ist doch was! Gegen den glatten Billie wurde jetzt endlich ein Amtsenthebungsverfahren eingeleitet – warum sie sich den Schwanz Bobbitt nicht schon vor Jahren vorgeknöpft hatten, verstehe ich allerdings nicht. Aus Bambi Blair wurde Bomber Blair, der sich größte Mühe gab, sein Pfadfinderschwänzchen in einen baumelnden militärischen Schmock zu verwandeln, indem er seine Munition auf dem Balkan verschwendete. Wenigstens lebte Yehudi Menuhin nicht ewig, und auch wenn er nicht von einem Auto dahingerafft wurde, gibt es für das terminale Taxi nur ein einziges Ziel.
Womit wir wieder bei uns wären, hier, bei den *Woman's Realms* und all den anderen gesichtslosen Wartenden. Ich nehme an, Sie haben keine Lust, mit mir den *nyujo* der Abteilung zu besuchen? Sie wissen doch Bescheid über *nyujos,* nicht? Ich schätze, das ist die Art, wie die Todokratie von den Umgängen wegkommt, wie Phar Lap es nennt. Der *nyujo* dieser Abteilung wird normalerweise von staubigen Bürohengsten oder muffigen Schreiberlingen mit Copydex, Tipp-Ex oder jedem anderen klebrigen Stoff bekleckert, den sie in die Finger kriegen. Da sie sich aber jetzt in einer Zahnarztpraxis eingenistet haben, verwandeln sie ihn wahrscheinlich mit diesem Scheißamalgam in einen Mr. Kartoffelkopf. Nein, kein Besuch beim *nyujo?* Ich muß sagen, ich kann es Ihnen nicht verdenken. Es ist schon ein verdammt langer Aufenthalt hier in diesem Wartezimmer, nicht? Wir haben eine bunte Mischung von Toten die Treppe hochkommen und durch diese Tür dort gehen sehen, hinter der dieser verdammte Bohrer unaufhörlich kreischt. Kreischt wie ein Maschinenkind, und wie hatte unser Ford so weitsichtig gesagt: »Die Maschine ist der moderne Messias.«
Tausende haben den Vorrang vor uns. Ich schätze, sie haben mitbekommen, daß Ihnen und mir der rechte *Zugang* zur Todokratie

fehlt. Entweder das oder – was für ein widerlicher Gedanke – sie wissen genau, wie sie ihnen den Schwanz lutschen müssen. Lutschen, dabei fällt mir ein – habe ich Ihnen je von dem Kugelschreiber erzählt, den ich in den Vierzigern entworfen hatte? Ich habe? Na ja, Sie wissen ja, wie das ist, man erzählt eine lange Geschichte und vergißt dabei gern, wie man angefangen hat. Ein bißchen wie im Leben, denke ich. Doch ich bin Ihnen sehr dankbar, Sie sind ein guter Zuhörer, offensichtlich jemand, der Sachen in sich aufnimmt. Aber während ich wirklich glaube, einige der anderen, die durch dieses Zimmer rotiert sind, erkannt zu haben, bleiben *Sie* – Schwester? Bruder? – völlig anonym.
Wen? Nun ja, ich glaube, ich habe Yaws – oder jemanden, der aussah wie Yaws – hereinkommen und hier eine Weile sitzen sehen. Er trug eine Tasche mit Golfschlägern und rauchte eine verdammte Pfeife. Wenn es nicht Yaws war, dann hätte er es sein können. Was mich anging, war er schon immer eine Banalität in einem unverhüllten Gemeinplatz. Was ich sein will? Ich werde es Ihnen sagen – alles, was das Bedürfnis hat, in den ersten paar Stunden nach Eintritt in die Welt sein Körpergewicht schnellstmöglich zu vergrößern. Wirklich alles. Mir persönlich würde es nichts ausmachen, wenn ich das Tintenfischlos ziehe, solange ich dann nur ein Tintenfisch bin, der zu essen bekommt. Ich könnte killen für Krill. Seien wir doch mal ehrlich – nicht alles, was Saugtentakeln hat, nervt.

»Ms. Bloom?« Da ist Canter … und ja … ja … es sieht aus, als wäre jetzt endlich ich an der Reihe. »Wenn Sie bitte durchkommen möchten, wir haben jetzt Zeit für Sie.«
Also, machense's gut, mein Freund, ich hoffe, bei Ihnen dauert's auch nicht mehr allzu lange. Ich weiß nicht, ob sonst noch jemand hier ist, der *simpatico* ist, aber es liegen ja noch ein paar tausend *Woman's Realms* herum, mit denen Sie sich die Zeit vertreiben können. Für mich waren die Rezepte für Bananenpfannkuchen eine große Hilfe. Natürlich beschäftigen sie sich nicht mit

dem wilden, exquisiten Schmerz, aber sie geben die Richtung vor.
Wissense was – es ist wirklich eine Zahnarztpraxis. Und da ist der Zahnarzt höchstpersönlich, noch ein beschissener, fieser kleiner Jude, der sich in mein Schicksal einmischt. Wie er wohl heißt? Nein, ich will's gar nicht wissen.
»Blomberg, ich bin Mr. Blomberg – und Sie müssen Ms. Bloom sein. Bitte setzen Sie sich auf den Stuhl. Lassen Sie mich mal in Ihren Mund schauen. Mmmm ... ah, Sie haben wohl ein bißchen genascht, nicht? Na ja, Sie mußten vermutlich lange warten. Würden Sie bitte für mich ausspülen? Vielen Dank. Hören Sie, ich will Ihnen nichts vormachen, Ms. Bloom – darf ich Sie Lily nennen? Lily also. Nun, die ganze Sache wird schmerzhaft werden – *sehr* schmerzhaft. Und vermutlich auch schmutzig und peinlich. Ich würde Ihnen ja gerne eine Betäubung anbieten, aber Sie wissen ja, wie es ist, unsere Mittel sind nicht mehr so, wie sie mal waren. Ich kann Ihnen nur sagen, daß ich dies schon oft getan habe, und daß ich stark und schnell bin. Ob es absolut notwendig ist? Oh, absolut – es ist unabdingbar. Ich meine, natürlich gibt es hin und wieder Mißgeburten und Abnormitäten, aber im Normalfall kommt es nicht vor, daß ein menschliches Wesen mit einem kompletten Gebiß geboren wird.«

Weihnachten 2001

Ich weiß nicht, ob du Erfahrung hast mit dem Geborenwerden – aber ich will dir trotzdem erzählen, wie es für mich war. Es war verdammt schmerzhaft, entsetzlich schmutzig und wahrhaft peinlich. Völlig unappetitlich – überhaupt nicht mein Geschmack. Wie ich aus der vielbesuchten Möse der Eisprinzessin herausschlitterte, während sie schiß und pißte und schrie und kwetschte. Scheiß auf die verdammte Epiduralanästhesie, sie hätten ihr einen verdammten Kaiserschnitt samt Euthanasie verpassen sollen!
Der feste Griff professioneller Hände, das Umhülltsein von einer saube-

ren Decke, das waren zumindest partielle Entschädigungen. Aber dann mußten sie mich an ihre verdammte Titte legen. Ach! Dieser Geruch – du würdest es nicht glauben! Aber das Riechen ist ja auch nicht gerade deine Stärke, nicht? Trotzdem, in den Tagen und Wochen, die folgten, war der Geruch eine interessante Wiederentdeckung – wenn auch nicht immer eine willkommene. Viel mehr nach meinem Geschmack waren die Farben. So leuchtend! So vielfältig! Wenn ich die Möglichkeit gehabt hätte, hätte ich auf diesem Umgang nie wieder etwas einfach nur »grau« genannt. O nein, es hätte dann weißgrau, blaugrau, taubengrau, perlgrau, aschgrau, rußgrau oder écru geheißen. Ich schwelgte in diesen Farben, und sie waren auch still. Sie schrien nicht so wie ich. Schreien und Heulen, Belfern und Trompeten, Wiehern und Rülpsen – ich tat alles, was ich konnte, um diese Schweinehunde dazu zu bringen, mir Drogen zu geben.

Mir wäre es fast lieber gewesen, wenn die Eisprinzessin und der Immobilienmakler noch schlechtere Eltern gewesen wären, als sie es offensichtlich bereits waren. Daß sie eine ihrer kleinen braunen Flaschen in meine Plastikflasche gekippt hätten. Die Ärzte sagten, sie hätten mich entgiftet, bevor sie mich aus dem Krankenhaus nach Hause holen durfte – aber was wissen diese Quacksalber denn schon. Ich schnatterte, Mann. Ich brauchte einen Schuß. Soll heißen, wenn das Babyalter schon bestimmt ist von ungezügeltem Bedürfen, dann verspürt man als Babyjunkie ein verdammt überwältigendes Bedürfnis. Es ist, als wäre man die ganze Welt und wartete sehnsüchtig auf etwas – irgend etwas – Konsumierbares, das einen ablenkt von der Stille des Alls.

Ich hatte nicht einmal die Chance, es aus ihr herauszubekommen. Die Eisprinzessin hatte es nicht mit dem Stillen. Sie brauchte ihren Metabolismus ganz für sich allein – und ihre Brustwarzen für jeden anderen. Zumindest für jeden, der hundert Pfund übrig hatte. Also gab es für dieses Baby klumpigen, schlecht aufgelösten Milchersatz. Meistens war es der Immobilienmakler, der es schaffte, mich zu füttern. Aber er gab mir das Zeug entweder kochend heiß, lauwarm oder einfach kalt. Es ist ein Wunder, daß ich die Säuglingszeit überhaupt überstanden habe. Es war eine schaurige neue Welt für mich, das ist mal klar. Ich kann sie guten

Gewissens nicht empfehlen. Gut, es gibt inzwischen Videomonitore neben Zapfsäulen, so daß man dir zusätzlich etwas verkaufen kann, während du dabei bist, für die Verschwendung nicht erneuerbarer Ressourcen zu bezahlen, aber was ist da schon so Besonderes dran?

Ich kann nicht sagen, daß es mich überraschte, als es passierte. Ich war zwar in diesen letzten achtzehn Monaten nicht in der Lage, mit ihnen zu reden, aber ich habe zugehört. Es war das gleiche wie letztes Weihnachten – irgendein Arschloch warf eine Ladung starken Heroins auf den Markt, und eine ganze Reihe ihrer Kumpel an der Nadel setzten sich den goldenen Schuß. Beinahe wären sie damals schon abgenippelt, was für mich, im großen und ganzen, besser gewesen wäre. Wenn sie nur mit der Scheißalufolie weitergemacht, den Dreck weiter nur geraucht hätten. Auf die Art kann man sich kaum eine Überdosis verpassen. Alles in allem bestätigte der Abgang der Eisprinzessin und ihres Gefährten mich in meiner guten Meinung über das Rauchen. Willste 'ne B&H? Nein, ich schätze, du bist ein bißchen zu jung dafür.

Sie waren sehr fidel, als er in diesem Jahr den Stoff nach Hause brachte. Seit Tagen hatten sie kein Geld mehr gehabt. Die Schriftzughosen saßen Russell im Nacken, und nicht einmal die verdammten Rothschilds hätten ihm etwas gepumpt – selbst wenn sie entdeckt hätten, daß er ihr lange verloren geglaubter Sohn war. Dann schaffte sie es, sich hochzurappeln und einem Typen einen zu blasen. Gut gemacht, Natasha! Braves Mädchen! Was für ein fixes Fötzchen du doch warst. Sie kommt also mit dem Geld zurück, und er geht weg, um Stoff zu besorgen, während sie mir die erste Portion Pampe seit Tagen macht.

Sie fixten in der Küche, während ich mir Teletubbies *anschaute. Nein, die verfügbaren Unterhaltungen verabscheute ich nicht mehr, als du es tun würdest. Sie schaffte es dann noch hoch in ihr gemeinsames Bett, während er in Etappen niedersank. Irgendwie rührend, was? Daß sie gemeinsam abtraten, wie Romeo und die verdammte Julia, nur älter, verzweifelter und ohne jede Liebe füreinander. Ich rührte mich kaum. Ehrlich, ich hatte es erwartet.*

Ich hatte auch erwartet, daß Miles all diese Meilen nach Mile End marschierte – es ist so schwierig, in diesem, dem toten Intervall zwischen den

Jahren, einen Bus zu erwischen. Ja, ich wußte, daß er auftauchen würde. Er hielt ja weiterhin Kontakt mit ihr, weil er den Verdacht hatte, ich sei sein Kind, trotz der Myriaden von anderen potentiellen Kandidaten. Ich meine, Russell kam als mein Vater nie ernsthaft in Frage, dazu sehe ich einfach nicht jüdisch genug aus. Niedliches kleines Näschen und so weiter. Eine Stupsnase nenne ich so was.

Ja, das ist der Grund, warum ich so tapfer war, seit du aufgetaucht bist. Und jetzt war er hier und ist wieder gegangen, und ich bin verdammt noch mal noch immer hier. Wenn nur diese Schweine in der Wohnung über mir nicht so einen Krach mit ihrer Karaokemaschine gemacht hätten, dann hätte ich ihn vielleicht rechtzeitig gehört. Aber so war ich oben und trank Wasser aus dem Scheißklo, als ich den Briefkasten klappern hörte. Ich krabbelte nach unten, so schnell ich konnte, aber offensichtlich hatte er viele Male geklopft, durch den Schlitz gespäht, nichts gesehen und dann beschlossen, wieder zu gehen. Das war's also – ich bin erledigt. Es ist nur noch – wie alles andere – eine Frage der Zeit.

Und um ehrlich zu sein, so sehr hat mir deine Gesellschaft auch wieder nicht gefallen. Ich habe keinen Schimmer, wer dein Vater war, aber als du vor drei Tagen aus ihrem Bett gehüpft bist, wußte ich sehr gut, wer deine Mutter war. Ich schätze, du kannst nicht allzuviel dafür, schließlich war ihr Musikgeschmack nicht sonderlich entwickelt. Aber trotzdem, diese Liedchen, die du immer schmetterst, diese Fetzen idiotischer Popsongs, die haben mich ganz kribbelig gemacht. Wenn du nur der gute Zuhörer gewesen wärst, den ich hatte, als wir gemeinsam in dieser Zahnarztpraxis in Palmers Green saßen, im Wartezimmer zwischen den Leben. Aber was kann man denn schon von einem Lithopädion erwarten – du altes versteinertes kleines Babyfossil.

Nicht viel. Nix-is. Nur das eine: Vergiß mich. Nicht.

Die Originalausgabe erschien 2000 unter dem Titel *How the Dead Live* bei Bloomsbury, London.

1 2 3 4 5 04 03 02